Jorun Thørring

IM AUGE DES FEUERS

Jorun Thørring

IM AUGE DES FEUERS

Kriminalroman

Aus dem Norwegischen
von Sylvia Kall

DUMONT

FSC
www.fsc.org
MIX
Papier aus verantwortungsvollen Quellen
FSC® C083411

Die Originalausgabe erschien 2009 unter dem Titel
›Ildens øye‹ bei H. Aschehoug & Co. (W. Nygaard) AS, Oslo

Erste Auflage 2011
DuMont Buchverlag, Köln

Übersetzung: Sylvia Kall
Umschlag: Zero, München
Gesetzt aus der Adobe Garamond
Gedruckt auf säurefreiem und chlorfrei gebleichtem Papier
Druck und Verarbeitung: CPI – Clausen & Bosse, Leck
Printed in Germany
ISBN 978-3-8321-9613-4

www.dumont-buchverlag.de

Kleine Vorbemerkung

Der mit den norwegischen Verhältnissen vertraute Leser wird in der vorliegenden Übersetzung das in Norwegen durchgängig gebrauchte Du als Anredeform vermissen. Es wurde, soweit es sich nicht um ein kollegiales oder freundschaftliches Du handelt, durch das den deutschen Gepflogenheiten entsprechende Sie ersetzt, auch wenn damit ein Stück norwegischer Authentizität des Textes verloren geht.

Kapitel 1

Tromsø, 15. Oktober 2007

Der Mann, der sich dem Haus näherte, musste ein Ortsfremder sein. Er trug einen Mantel mit Pelzkragen, außerdem Schal und Strickmütze. Dabei hatten sie heute nur zwei Grad minus und es lag nicht einmal Schnee. Eingehüllt in die Dämmerung kam er langsam heran. Sein Gang war gebeugt und der Blick auf die Tür gerichtet, als gebe er den Befehl, sie zu öffnen.

Johan Fjeld war sich nicht sicher, ob er diese Person schon einmal gesehen hatte, und blieb unschlüssig hinter den Gardinen stehen. Irgendetwas an der Erscheinung, an der Art, wie sich der Mann bewegte, kam ihm bekannt vor. Löste Unbehagen aus. Er sollte vielleicht nicht öffnen, dachte Johan, während sein Blick der Gestalt folgte.

Johans Erinnerung wurde allmählich deutlicher. Der linke Fuß, den der Typ etwas höher hob als den rechten, deutete auf eine alte Verletzung hin. Dieser Gang war beunruhigend vertraut.

Johan klammerte sich an die Fensterbank. Spielte seine Phantasie ihm nur einen bösen Streich? Nach einigen Sekunden wich die Farbe aus seinem Gesicht. »Mein Gott! Er ähnelt … er erinnert an … *Karl?*«

Die Türklingel wurde energisch gedrückt.

Johan öffnete nicht. Sank auf einen Stuhl und starrte hinaus in die Dunkelheit. Dort draußen auf der Treppe stand tatsächlich sein älterer Bruder Karl, der bei dem Brand 1969 umgekommen war. Verstört fragte Johan sich, ob er zu viel getrunken hatte, ob er wohl gerade dabei war, verrückt zu werden.

Endlich brach das Klingeln ab. Johan erhob sich unsicher. Irgendwo dort draußen machte er undeutlich den Rücken des Mannes aus. Offenbar war er auf dem Weg zum Tor.

Johan ging in die Diele, zog seine Jacke an, vergewisserte sich, dass der Mann außer Sicht war, und eilte hinaus.

Quietschend öffnete sich die schmiedeeiserne Tür zur Familiengrabstätte. Das im Oktober ohnehin spärliche Tageslicht war heute besonders schnell verschwunden. Auf dem Weg hier herauf hatte Karl den grellen indigoblauen Farbton betrachtet, den der Himmel vor Einbruch der Dunkelheit gehabt hatte. Jetzt war es stockfinster und bitterkalt, der Boden steinhart gefroren.

Er stapfte über starres, welkes Gras und blieb vor dem frischen Grab seines Vaters stehen. Verwundert musterte er den niedrigen, viereckigen Stein aus schwarzem Granit auf dem Nachbargrab. Die eingravierte Inschrift lautete: »Karl Fjeld, gestorben am 14.05.1969. Er ruhe in Frieden.« Auf dem Stein war ein weißer Engel angebracht, dessen Hände zum Gebet gefaltet waren. Bei diesem Anblick kniff Karl die Augen zusammen und dachte, dass er gerade jetzt in der Tat Fürsprache gebrauchen könnte.

Er wischte das Laub von der Bank, die in der Einfriedung stand, und setzte sich. Sehr schnell hatten sich seine Angehörigen damit abgefunden, dass er bei dem Brand ums Leben gekommen sein sollte. Man hatte sterbliche Überreste gefunden, die man für seine hielt, und sie hier beigesetzt. Die Rechtsmedizin der sechziger Jahre, ohne DNA-Untersuchungen und dergleichen, hatte die Ermittler zu falschen Schlüssen geführt. Denn wer hätte es sonst sein sollen?

Die Überreste waren in einem der Familie gehörenden Gebäude gefunden worden. Sie wussten, dass er sich dort drinnen aufgehalten hatte. Also kein Grund, Himmel und Erde in Bewegung zu setzen, um an einem anderen Ort nach ihm zu suchen. Sie waren der Meinung gewesen, sie hätten ihn bereits gefunden.

Er sah sich um. Die Grabsteine verschwammen in der Dunkelheit. Sie ragten höher auf als zuvor, schienen näher an die Stelle heranzurücken, an der er wie ein heimgekehrter Sünder saß. Die uralte Tanne am Grab des Großvaters zeigte mit langen, bärtigen Zweigen auf ihn. Weit entfernt hörte Karl hin und wieder Autos vorbeifahren. Der Friedhof war still, die Geräusche wirkten gedämpft und alles Lebendige war entwichen.

Bei der Kapelle hundert Meter weiter war es hell. Flüchtig nahm er auf der Anhöhe hinter sich einen Schatten wahr. Kein Lüftchen regte sich. Niemand sonst war bei den Gräbern zu entdecken.

Trotzdem hatte er gesehen, dass sich da etwas bewegt hatte. Bäume? Menschen? Als er sich erhob, schienen ihn seine Füße aus eigenem Antrieb weiterzulenken. Gefrorenes Laub knisterte unter seinen Schuhen. Er kam zu der kleinen Anhöhe.

Niemand war zu sehen. Nur Grabsteine mit unbekannten Namen. Karl drehte sich um, wollte schon zurückgehen, als sein Blick auf den kleinsten Stein fiel. Eine rote Granitplatte am Rand, ohne Bepflanzung oder Blumenvasen.

»Oscar Wikan, gestorben am 14.05.1969. Friede sei mit ihm.«

Oscar Wikan war in der Brandnacht im selben Gebäude gewesen wie er.

Karls Brille beschlug und er spürte, dass er schwitzte. Mit steifen Schritten kehrte er wieder zum Stichweg zurück.

Das schmiedeeiserne Tor der Familiengrabstätte stand offen. Er musste wirklich durcheinander sein, denn er war sich sicher gewesen, dass er es vorhin geschlossen hatte.

Der Engel auf dem Grabstein leuchtete weiß in der Dunkelheit, die gefalteten Hände streckten sich ihm entgegen. Um einen Arm war etwas geknotet. Karl trat näher heran. Ein breites Band, unmöglich von der Dunkelheit zu unterscheiden, aber vom weißen Marmor hob es sich deutlich ab. Ein breites, schwarzes Seidenband. *Trauer.*

Karl stutzte. Solche Bänder benutzte man eigentlich nur auf frischen Gräbern. Aber dieser Grabstein, so absurd er auch war, erinnerte an die Jahreszahl 1969. Zu welchem Zweck hängte jemand einen Trauerflor an ein jahrzehntealtes Grab? Und außerdem: Wieso war ihm der Trauerflor nicht schon zuvor aufgefallen?

Der Pelzmantel nützte nur wenig. In seinem Nacken stand kalter Schweiß und der Frost kroch die Wirbelsäule entlang. Mit starren Fingern riss er das Band an sich und stopfte es in die Tasche. Schlagartig überkam ihn eine Flut von wirren Gefühlen.

Niemand weiß, dass du zurück bist, murmelte er. Niemand erwartet dich.

Die Kälte biss und seine Zehen begannen taub zu werden, als er sich langsam rückwärts vom Grabstein entfernte.

Hier lagen nicht seine sterblichen Überreste. Aber wessen Leiche war es dann?

Kapitel 2

Tromsø, 14. Mai 1969, 3:20 Uhr

Das Geräusch der Sirenen weckte ihn.

Karl Fjeld versuchte den Traum festzuhalten, in den er gerade gesunken war, versuchte herauszufinden, ob die Sirenen ein Teil davon waren.

Eine unruhige Nacht. Ferne Stimmen und schrille Töne, die ihn bis in den Schlaf hinein verfolgten. Weit entfernt Motorenlärm. Eine Autotür wurde geöffnet und geschlossen, Schritte draußen vor dem Haus. Gleich darauf das Geräusch von Autorädern, die sich schnell im Kies drehten und davonrollten.

Karl öffnete die Augen und starrte an die Decke. Ein längs verlaufender Riss in der weißen Farbe schlängelte sich bis in eine Ecke. Darauf fiel sein Blick jeden Morgen als Erstes, ein Riss wie ein Pfad, den er unzählige Male gegangen war. Hier kannte er jede Unebenheit.

Die Sirenen heulten weiter, sie klangen wie gierige Wölfe in der Ferne. Er öffnete das Fenster und feuchte Nachtluft erfüllte das Schlafzimmer, zusammen mit dem heulenden Sirenenton. Die Aufforderung des Zivilschutzes, Radio zu hören.

Im selben Moment schrillte das Telefon. Eine scharfe Disharmonie zu den Sirenen, ein Wettstreit beängstigender Töne.

Karl stürzte hinaus in den Korridor und griff nach dem Hörer. Bevor er etwas sagen konnte, gellte die Stimme seines Vaters in seinem Ohr.

»Hörst du nicht die Sirenen, Junge? Die Radiomeldung ist längst draußen. Die Stadt brennt!«

»Die Sirenen …«

»Das halbe Stadtzentrum steht in Flammen! Unsere Häuser! Es brennt ganz in ihrer Nähe!«

Karl setzte an, etwas zu sagen, aber die Sirenen übertönten ihn.

Die Stimme des Vaters schien fern, als er aus dem Fenster sah. Das Mailicht, jetzt in der Nacht genauso hell wie mitten am Tag, war getrübt. Am Horizont quollen dichte Rauchmassen auf. Besitztümer der Familie lagen am Hafen, dazu gehörten unter anderem einige der vielen alten Speicherhäuser direkt am Kai. Dahinter befanden sich schmale Gässchen und einige Holzgebäude. Nicht alle davon waren ebenso schön wie alt. Viele waren dafür, sie einfach abzureißen. Man wollte Platz schaffen für moderne und zeitgemäße Bauten. Aber große Teile der Holzhausbebauung standen unter Denkmalschutz. In einem waren sich jedoch alle schon immer einig gewesen: Das gesamte Hafengebiet mit der alten Holzhausbebauung war eine Brandbombe.

Er blieb unschlüssig mit dem Telefonhörer in der Hand stehen. Die Idee stieg so überwältigend in seinem Bewusstsein auf wie der Rauch am Horizont. Innerhalb von Minuten war er zur Tür hinaus. Der Zeitpunkt war ideal. Endlich konnte er seine Pläne verwirklichen.

Perfekt, diese Aussicht von Rambergan. Es war vier Uhr morgens. In der letzten Zeit hatten sie ruhiges Wetter gehabt, mit tiefblauem Himmel, und es versprach ein weiterer strahlender Maitag zu werden. Auf der anderen Seite des Sundes reichte die Schneedecke noch weit die Berghänge hinab, an einigen Stellen fast bis zum Ufer. Die Insel hüllte sich in verschiedene Nuancen von Weiß, Grau und Blau. Alles war still, selbst das Wasser des Sundes kräuselte sich kaum in der schwachen Brise. Einzig der bleigraue Rauch über dem Hafen bewegte sich. Er quoll von den Holzhäusern auf wie aus einem Vulkan. Kaskaden dunkelgrauer Massen breiteten sich über den weißen Berghängen aus und verdeckten sie. Ein Inferno in Grau und Schwarz, das von einem intensiv orangen Flammenteppich aufstieg.

Mit immer größerer Kraft leckte das Feuer an dem zundertrockenen, mehrere hundert Jahre alten Holz der umliegenden Bebauung. Ein leichter Wind trieb den Rauch nach Norden.

Auf den Straßen herrschte aufgeregtes Treiben. Die Sirenen der Feuerwehrautos vermischten sich mit denen des Zivilschutzes. Hier waren so viele Privatfahrzeuge unterwegs wie sonst nur im morgendlichen Berufsverkehr.

Karl schwang sich aufs Fahrrad und fuhr ins Zentrum, hinunter zum Hafen. Betont sachlich wandte er sich an einen dort stehenden Polizisten. »Ich muss durch die Absperrung. Mein Vater ist Hausbesitzer.«

Der Polizist schien ihn zu erkennen und nickte zögernd.

In großen Teilen des Stadtzentrums und des nahe gelegenen Hafengebiets knisterte und prasselte das Feuer, die Farbe platzte von den Hauswänden und der Asphalt warf bereits Blasen. In einem seltsam unbeteiligten Gemütszustand verfolgte Karl, wie die Flammen ihren zerstörerischen Marsch die Hauswände hinauf fortsetzten.

Karl entdeckte seinen Bruder und seine Schwester auf der anderen Straßenseite. Johan und Rita standen dort drüben wie angewurzelt und starrten auf den Brand. Karl zog sich rasch zurück und hastete weiter.

Die Hitze war durchdringend, als er an den brennenden Häusern vorbeieilte. Hinunter zum Hafen, vorbei an rotbraunen Geräteschuppen und Werkstattgebäuden, einige von ihnen wirklich alt und noch aus Rundstämmen erbaut. An der Ecke bei O. L. Aunes Metzgerei bog er von der Sjøgata in das Gässchen hinunter zum Hafen. Niemand war zu sehen, alle hatten das Weite gesucht.

Auch aus den nächsten Gebäudezeilen schlugen Rauch und Flammen empor. Alles brannte bereits lichterloh.

Ihr Lagerhaus war abgebrannt. Die Hitze war enorm.

Karl bahnte sich einen Weg zurück zum Bürogebäude und fischte den Schlüssel zum Haupteingang aus der Tasche.

Der wohlbekannte Geruch, eine Mischung aus Fisch, altem Holz und Feuchtigkeit, fehlte völlig. Rauchgestank von draußen war auch hier massiv eingedrungen.

Karl sah sofort, dass das Haus nicht leer war. An einem Haken hing die Jacke eines der Angestellten, des Buchhalters Oscar Wikan, zusammen mit dessen schwarzer Schirmmütze.

Karl ging zu dem Büro, in dem er selbst gewöhnlich saß. Zu seiner Verwunderung stand die Tür offen. Ein großer, heller Raum, eine Wand voller Familienbilder und an der anderen ein braunes Ledersofa. Aus dem breiten Fenster konnte man auf den Eingangsbereich und auf die Straße hinuntersehen.

Von seinem Büro aus hörte er draußen Rufe und Stimmen, Lärm, der sich mit Autohupen und Motorengedröhn mischte. Die Geräusche wurden mal lauter, mal leiser.

Karl bemerkte ein eigenartiges Rauschen in den Ohren und fragte sich einen Moment lang, wie viel Sauerstoff wohl schon aus dem Zimmer entwichen sein mochte. Der Rauchgeruch wurde immer penetranter. Karl atmete tief ein und spürte ein Brennen in Nase und Augen. Nun kam es darauf an, dass er sich auf sein Vorhaben konzentrierte.

Er zog der Reihe nach alle Schubladen auf, öffnete den mit Papieren und Dokumenten gefüllten Aktenschrank. Alles lag wirr durcheinander. Wikan hatte bereits darin herumgewühlt. In Karl stieg Wut auf. Seine Hände waren steif und ungelenk. Der Gedanke an den schrecklichen Brand in den angrenzenden Gebäuden machte ihn zusätzlich nervös und hektisch. Aber er musste diese Sache zu Ende bringen, der Zeitpunkt war entscheidend für seine Zukunft.

Sein Vater glaubte, Karl sei hierhergefahren, um wichtige Unternehmensdokumente zu retten.

Ich muss dich bitten, hineinzugehen und die Büros zu überprüfen, Karl. Ich sollte eigentlich selbst gehen, um ganz sicher zu sein. Aber nicht mit diesem Asthma bei all dem Rauch. Deshalb musst du ran, bitte. Versuche es … Gib dein Bestes …

Bruchstücke aus dem Telefonat von vorhin und aus früheren Gesprächen schwirrten in Karls Kopf herum.

Den Umschlag hatte er auf dem Boden einer unverschlossenen Schublade versteckt, zwischen den Seiten eines Exemplars von ›Wir Männer‹. Die Gefahr, dass seine Schwester ein zwei Jahre altes Männermagazin aufschlagen würde, war geringer, als dass sie versuchen würde, abgeschlossene Schubladen mit ihrem Pfennigabsatz aufzubrechen. Wikan rührte solche Zeitschriften nicht an. Er nannte sie »den organisierten Verkauf von Frauen durch das Großkapital«.

In dem Umschlag lagen die Briefe, die *sie* geschrieben hatte. Mit zierlicher Handschrift in einem unnatürlichen, förmlichen Stil. Sie waren für die Öffentlichkeit bestimmt, wie Karl beim Lesen sofort begriffen hatte. Und sie enthielten die unsägliche Behauptung, sie sei schwanger, die Forderung nach Heirat, nach Geld. Drohungen mit »Enthüllungen«.

Karl blätterte alles schnell durch und versuchte, sich zu erinnern, wann es begonnen hatte. Der Anfang war hauchzart und betörend gewesen. Aber nach und nach war sie zu knallharten Erpressungen übergegangen, wenn es nicht nach ihrem Willen lief. Sie ließ ihn nie mehr in Frieden, selbst nachts tauchte sie auf. Vor allen anderen verbarg sie geschickt, wie sehr sie ihn unter Druck setzte. Keiner ahnte, wie es hinter ihrer sanften, schönen Fassade aussah. Er hatte nach einer Lösung gesucht. Eine Möglichkeit wäre gewesen, sie zu töten. Und die Götter wussten, dass er mit dem Gedanken gespielt hatte. Die Lösung *aller* Probleme aber wäre, schlichtweg bei großen Versprechungen zu bleiben und zu flüchten. Er hatte jetzt Geld genug.

Der Metallschrank, der die Buchhaltungspapiere enthielt, war geöffnet worden. Konnte so ein Schrank einen Brand überstehen? Bei diesem Gedanken begann er zu schwitzen. Er steckte den Umschlag mit ihren Briefen in die Tasche und hängte den Mantel in den Flur. Dann ging er systematisch ans Werk. Stapelte die Geschäftsbücher auf dem Boden zu einem Haufen. Nichts durfte das Feuer überleben.

Durch den Lärm hindurch registrierte er, dass unten eine Tür geöffnet wurde. Schnelle Schritte auf der Treppe.

Dann klopfte sie an die Tür.

Kapitel 3

15. Oktober 2007

Karl Fjeld verließ den Friedhof und wanderte mehrere Stunden in der Stadt umher. Er fand ein einladendes Restaurant in der Kirkegata: *Emmas Wunder*. Angesichts seiner von jeher bestehenden Schwäche für Frauen lockte ihn der Name hinein. Er setzte sich ans Fenster, aß, trank dazu Wein und betrachtete die Domkirche. Der Wein wärmte. Karl genoss die Zuwendung der Kellnerin und die beste Mahlzeit seit Tagen.

Der Schock, den er auf dem Friedhof erlitten hatte, ließ endlich nach. Ganz sicher hatte der Trauerflor schon länger dort gehangen. Draußen war es schließlich stockfinster gewesen. Er selbst war zuvor sicherlich nicht aufmerksam genug gewesen und hatte sich allzu sehr den Grübeleien hingegeben. Bestimmt nur ein Kinderstreich. Karl schob alle Gedanken daran beiseite.

Eine Weile hatte er, genau wie alle anderen, geglaubt, seine Vergangenheit sei seit jenem Maitag im Jahr 1969 ein abgeschlossenes Kapitel. Nun wusste er, dass das nicht stimmte. Ein Teil von ihm hatte die Stadt nie verlassen.

Es war nach Mitternacht, als er zum Hafen hinunterging und schließlich an der Ecke eines neuen Einkaufscenters stehen blieb. Prächtig und modern lag es direkt am Rand des Kais und war hoch genug, um die Aussicht auf den Sund zu versperren. Das Grundstück unmittelbar dahinter befand sich wahrscheinlich immer noch im Besitz der Familie. Viertausend Quadratmeter mitten im Zentrum waren viel wert. Hier standen noch Reste der Holzbebauung, die der Brand 1969 nicht hatte vernichten können. Ohnehin waren sie marode und altmodisch gewesen. Nun wirkten sie neben der gewaltigen Fassade des riesigen Nachbargebäudes noch geduckter.

Als er jung war und im Betrieb des Vaters arbeitete, hatte er beinahe den gesamten Besitz verspielt. Wollte schnell reich werden, seinem Vater beweisen, dass er fähiger war, als irgendjemand ahnte. In Wahrheit hatte Karl sein zwiegespaltenes Inneres gehasst. Er verabscheute den permanenten Druck, erfolgreich sein zu müssen, auch in den Dingen, die ihn eigentlich überforderten.

Er ging zum Rand des Kais und betrachtete den Neubau. Helles Holz und Stahl, genau wie Tausende von Gebäuden dort, wo er herkam, auf der anderen Seite des Globus.

Ein scharfer Wind blies vom Sund und die Kälte ließ Karls Gesicht taub werden. Trotzdem fühlte er sich erhitzt und aufgewühlt. Er atmete ein, füllte die Lunge mit feuchtem Dunst vom Meer und spürte wieder das Brennen in den Atemwegen.

Fast vierzig Jahre hatte er in einer Großstadt gelebt, die eine mehrstündige Autofahrt von der Küste entfernt war. Er hatte das Meer endgültig verlassen, als er damals ins Landesinnere zog und sich mit einem anderen Norweger eine Wohnung teilte.

Dieser quälte sich durchs Studium an einer Technischen Hochschule und war arm wie eine Kirchenmaus. Man konnte ohne Übertreibung sagen, dass er von Karl lebte. Aber im Endeffekt zahlte er reichlich zurück. Nach kurzer Zeit stellte er Karl nämlich gut gelaunt seine neue Freundin vor. Trotz ihres jugendlichen Alters hatte sie es bereits zur Witwe gebracht. Sie war wohlhabend, gutaussehend und achtete glücklicherweise *zu sehr* auf ihre üppigen Brüste, als dass sie sich einen Haufen Kinder angeschafft hätte. Karl war ein leidenschaftlich veranlagter Mann. Er spannte sie ihm aus und heiratete sie. Seinen Lebensunterhalt verdiente er in dem Stahlmonument, das schließlich seine Firma beherbergte, und überraschte sich selbst mit der Erkenntnis, dass man auch auf ehrliche Art Geschäfte machen und Spaß dabei haben konnte.

Karls Frau war vor einigen Jahren bei einem Unfall gestorben. Seitdem lebte er zurückgezogen. Seine Gedanken kehrten immer wieder in die Vergangenheit zurück.

Eine seiner wenigen Ablenkungen fand Karl nun in der städtischen Bibliothek. Dort las er täglich mehrere norwegische Zeitungen. Ein Nachruf in *Aftenposten* riss Karl eines Tages aus dem Alltagstrott. Die Nachricht vom Tod seines Vaters erschütterte ihn zutiefst.

Jetzt stand er hier und fühlte sich auf seltsame Art verraten.

Er legte die Hände gegen das frische Holz, ließ seine Finger die stahlgerahmten Fenster entlanggleiten und fuhr zusammen, als es hinter ihm im Kies knirschte. Schlurfende, etwas unsichere Schritte auf dem gefrorenen Boden.

»Es hat noch nicht geöffnet.« Der Mann hinter Karl trug eine dünne, etwas zu weite Windjacke, die Ärmel waren an den Ellbogen durchgescheuert und schmutzig. Karl registrierte lange, dünne Hände, Finger, die rot waren vor Kälte. Die Augen standen nicht nur vor, sondern waren auch geweitet, als betrachteten sie ein Schreckensszenario. Der Mann fixierte Karl mit einem eindringlichen Blick. Irgendetwas an dieser Gestalt machte Karl nervös. Dabei wirkte der Fremde körperlich schwach und vollkommen harmlos.

Karl musterte ihn unwillig. »Was wollen Sie?«

»Du magst diesen Bau auch nicht. Das hab ich sofort gemerkt. Ich hab's sofort gemerkt.« Die Worte brachen aus ihm hervor, stammelnd und monoton. Er war offenbar nicht ganz richtig im Kopf und es war sinnlos, sich ernsthaft mit ihm zu unterhalten.

»So, so.«

»Ich hab gesehen, dass du es bist.« Der Fremde stotterte eifrig weiter. »Ich hab gesehen, dass du es bist. Sofort.« Er hatte offensichtlich die Angewohnheit, Sätze zweimal zu sagen.

»Es spielt keine Rolle, was du gesehen hast. Hau ab.« Aus dem Augenwinkel betrachtete Karl den Mann, das Gesicht halb abgewandt, wobei er eine Miene völliger Gleichgültigkeit aufsetzte. Vielleicht war es jemand, mit dem er zur Schule gegangen war? Die Stadt war leider zu klein, um nicht wiedererkannt zu werden.

»Meine Mutter hat gesagt, dass du es bist. Sie hat dich am Friedhof vorbeigehen sehen. Ich hab's nicht geglaubt, aber jetzt weiß ich, dass sie recht hatte. Du bist Karl Fjeld, nicht wahr? Den alle für tot gehalten haben? Alle haben dich für tot gehalten.«

»Mich für tot gehalten? Nun, ich bin nicht tot.« Karl Fjeld hörte seine Stimme gekränkt in der Abendstille widerhallen. Er war noch nicht vierundzwanzig Stunden in der Stadt, und schon scharten sich die Verrückten um ihn. Abrupt wandte er sich dem lästigen Mann zu, um ihn aufzufordern zu verschwinden. Doch die Worte blieben ihm im Halse stecken.

An der Außenkante der linken Augenbraue begann eine Narbe und teilte sich am Jochbein des seltsamen Mannes. Aus der Nähe war sie deutlich zu erkennen, wie ein klaffender, bläulicher Riss. Sie erinnerte ihn an eine Narbe, die er in seiner Jugend mit einer Mischung aus Schrecken und Staunen studiert hatte und für die sein Bruder Johan teilweise verantwortlich war.

Der hatte mit fünfzehn bei einer halsbrecherischen Mopedfahrt am Lenker gesessen. Alkohol war mit im Spiel gewesen und alles hatte kopfüber in einem Stacheldrahtzaun geendet. Weil die Eltern verreist waren, hatte man Karl kommen lassen.

Karl starrte in die weit geöffneten Augen des Mannes. »Du bist … warst du nicht einer von Johans Freunden?«

Der Mann zuckte mit den Schultern und nickte gleichzeitig. Karl fasste diese Antwort als eine Art Bestätigung auf. »Ge…, gewissermaßen«, sagte der Mann schließlich. »Bekannte. Wir waren gewissermaßen Bekannte.«

Karl sah ihn verblüfft an. »Du bist Per Andersen, nicht wahr?«

»Ich hab ja gesagt, dass ich dich erkannt hab.« Er starrte Karl mit halboffenem Mund an, sein Atem roch nach Alkohol. »Was wird das für einen Aufruhr geben, wenn die Zeitungen herausfinden, dass du doch nicht tot bist …!« Er blickte unruhig hin und her und senkte die Stimme. »Du bist durch die Tür zum Büro deines Vaters gegangen und … keiner hat dich seitdem gesehen.« Kleine Speicheltröpfchen trafen Karl Fjeld im Gesicht. »Keiner hat dich seitdem gesehen.«

»Bist du damals da gewesen?«

»Ich hab nichts gesehen. Nichts.« Per Andersen trat einen Schritt zurück. »Ich weiß es bloß.«

»Wie meinst du das?«

»Ich hab's der Polizei gesagt. Dass ich nichts gesehen hab. Hab es der Polizei gesagt. Die haben es aufgeschrieben.« Der Mann ging noch einen Schritt zurück.

Diese offensichtliche Erregung über das Thema erstaunte Karl, sodass er unweigerlich beruhigend nickte. »Schon in Ordnung.«

In gewisser Hinsicht wirkte der Mann geistig verwirrt, zugleich war er deutlich alkoholisiert und schwer einzuschätzen. Karl erinnerte sich gut an den Jungen: ein Einzelgänger mit einer riesenhaften Hexe von Mutter, einer, der in der Clique im Schatten stand und nur dann mitdurfte, wenn kein anderer verfügbar war. Karl fiel der Spitzname ein, den sie ihm gegeben hatten: Pinocchio, die Holzpuppe. Weil er so leicht zu lenken war. Aber auch wegen des streichholzdünnen Körpers und der ungewöhnlich langen Nase.

»Schon in Ordnung, Per«, wiederholte er. »Das alles ist so viele Jahre her. Jetzt ist es vorbei. Niemand interessiert sich mehr für den Brand.«

»Ich hab der Polizei gesagt, dass ich nichts gesehen hab.«

Karl nickte und zündete seine Pfeife an. »Genau.«

»Nichts.«

Karl klopfte ihm auf die Schulter und zog ruhig an der Pfeife.

Pers geweitete Augen wichen nicht von Karls Gesicht, aber die unruhigen Bewegungen hatten aufgehört und er stand still. »Ich versteh gut, dass du der Polizei nichts sagen wolltest. Was man sagt, wird oft missverstanden.« Nachdenklich entließ er Pfeifenrauch in die kalte Luft. »Aber unter uns: Hast du was gesehen?«

Per Andersens Augen blinzelten einmal. Sein Mund offenbarte eine braune Zahnreihe, als er langsam lächelte. »Ich hab dich gesehen. Und die Dame. Ich hab dich und die Dame gesehen.«

Kapitel 4

14. Mai 1969, 7:30 Uhr

Per Andersen stand auf dem höchsten Punkt der Insel und schaute umher. Er war siebzehn und meinte eins zu werden mit all dem Grau, er fühlte sich so klein wie die Sandkörner neben den Steinplatten, auf denen er stand.

Die Umgebung war scheinbar so wie zuvor. Doch die Lichtverhältnisse hatten sich verändert. Es war dunkler geworden, fast verschwommen. Himmel und Meer, die schneebedeckten Berge, alles war zu einer eintönigen grauen Masse zusammengeschmolzen. Der Nebel lag wie ein Schleier auf seinen schmerzenden Augen, brannte schlimmer als in der Nacht der Rauch. Per musste blinzeln und wegsehen, weil ihm Tränen in die Augen stiegen.

Er war dem erstickenden Rauch entkommen. Aus der Gegend geflüchtet, in der er von klein auf gespielt hatte. Hinterhöfe, Gassen und Treppen, Winkel und Verstecke mit ganz speziellen Gerüchen und Stimmungen. Alte, zundertrockene Holzhäuser, Schuppen, Kais, bis auf wenige klägliche Überreste von den Flammen verschlungen und für immer verschwunden.

Die intensiv orangen Flammen hatten sich in seine Netzhaut eingeätzt. Es war, als fräßen sie sich tief ins Gehirn hinein, flimmerten vor den Augen. Er traute sich kaum, diese zu schließen, nach allem, was er gesehen hatte.

Lange bevor die Sirenen des Zivilschutzes durch die Stadt geschallt hatten, war er vor Ort gewesen. Wenn der Sommer sich näherte, die Nächte hell waren und die Sonne Tag und Nacht schien, hatte er immer Probleme mit dem Schlafen. Deshalb hatte er nachts um zwei in seinem Zimmer gesessen, die neueste Stones-

Platte, *Sympathy for the Devil*, bei Radio Luxembourg gehört und dazu wie ein junger Gott Luftgitarre gespielt, als jemand Steine an sein Fenster warf.

Sein Klassenkamerad Sverre Wikan hatte den Brand schon entdeckt. Er war wie ein Verrückter den steilen Hang hinauf- und am Fuß des Rambergan vorbeigeradelt, um Per zu holen. Der Brand beschränkte sich zu diesem Zeitpunkt noch auf ein überschaubares Gebiet und sie ahnten nicht, dass er so schnell um sich greifen würde. Fjelds Lagerhäuser am Kai hatten schon immer spannende Winkel für die beiden Jungen bereitgehalten. Alte, hässliche Blockhäuser mit eingebranntem Teer an den Wänden.

Sverre und Per wollten sich durch die Absperrungen mogeln, mit Feuerwehr und Polizei Versteck spielen und das Geschehen von einem Logenplatz aus verfolgen. Per selbst hatte kein Fahrrad. Er saß auf Sverres Gepäckträger.

In halsbrecherischem Tempo fuhren sie zum Fjeld-Kai hinunter. Als sie dort ankamen, schlugen die Flammen bereits aus den Fenstern der unteren Stockwerke. Die Löscharbeiten hatten gerade begonnen.

Seite an Seite, mit stockendem Atem, beobachteten die Jungen den Tanz der Flammen.

»Das brennt ordentlich …« Sverres Augen funkelten in dem orangen Licht. »Der ganze Kai wird abbrennen, bevor sie auch nur irgendetwas retten können!«

Sie waren eine Weile stehen geblieben und hatten zugesehen, wie sich das Feuer unerbittlich von Haus zu Haus ausbreitete. Dann waren sie durch den Bretterzaun zu Fjelds Bürogebäude weiter oben gehuscht. Dort hatten sie aufmerksam verfolgt, wie ein Mann durch das Tor eilte und in der Tür zum Bürogebäude verschwand.

Es war Karl Fjeld, der älteste Sohn. Er hatte gerade seine Ausbildung an der Handelshochschule beendet und war der Kronprinz des Unternehmens, ein Mann, von dem selbst Pers Mutter mit Ehrfurcht sprach. Sie betrachtete es sogar als Privileg, seine Büroräume putzen zu dürfen. Fjeld hatte es eilig gehabt, als ob dort drinnen etwas vergessen worden wäre.

Sverre hatte sich augenblicklich für die Idee begeistert, ungesehen hineinzugelangen und zu spionieren. »Vielleicht ist da viel Geld drin«, hatte er aufgekratzt geflüstert. »Vielleicht verstecken sie alles, was sie verdienen, in einem Schrank, statt es zur Bank zu bringen. Ich wette, sie kriegen jetzt Schwierigkeiten, alles mitzunehmen!« Vor Aufregung hatte Sverre feuchte Mundwinkel bekommen. »Wenn wir als Erste hinkommen, kann keiner beweisen, dass das Geld da war, bevor es anfing zu brennen. Sie können es nicht der Polizei melden. Mein Vater sagt, es ist *Schwarz*geld.«

Sverre war der Sohn von Oscar Wikan, einem aktiven Kommunisten. Zusammen mit zahlreichen Gesinnungsgenossen hatte Oscar Wikan angefangen, seiner Partei auch in dieser Stadt den Weg zu bahnen. Fjeld hatte versucht, ihn, den Aufwiegler und Unruhestifter, loszuwerden, aber bislang hatte er damit noch keinen Erfolg gehabt.

Derlei Geschichten über den Vater kümmerten Sverre nicht. Er war bereits in der Hocke und im Begriff, am Zaun entlangzukriechen. Die viel zu lange Jeans schleifte Sand und kleine Steine mit. Es war kalt. In den schattigen Ecken, die die Sonne nie erreichte, lagen noch kleine schmutzige Schneehaufen.

»Ich geh zuerst rein. Du hältst mir den Rücken frei, dann kommst du nach.« Der lange Pony verdeckte die erwartungsvollen Augen weitgehend. Sverre war größer als die meisten anderen Jungen in ihrem Alter, aber dünn und knochig. Außerdem hörte es sich nicht so an, als sei er schon in den Stimmbruch gekommen. Das alles kompensierte Sverre damit, dass er viel einfallsreicher und mutiger war als die anderen. In Pers Augen war Sverre vollkommen furchtlos, der größte Held überhaupt.

Jetzt beobachtete Per, wie Sverres dünner, krummer Rücken in der Jeansjacke sich eilig zur nächsten Ecke des Gebäudes bewegte, dann in der Tür verschwand. Ein Arm hob sich und winkte eifrig, bevor die Tür mit einem mechanischen Klicken zuglitt.

An das, was danach geschehen war, konnte Per Andersen sich nur mühsam und undeutlich erinnern. Immer wenn er die Augen schloss, sah er nicht mehr das eintönige Grau vor sich, sondern intensiv orange Flammen. Sie fraßen ganze Hauswände auf, legten trockenes Holz sekundenschnell in Asche und streckten sich wie gierige Zungen aus den Fenstern. Auch wenn er die Hände an die Ohren presste, hörte er das Prasseln und Krachen. Es ähnelte dem Geräusch des Holzofens, wenn sie mit abgestorbenem Nadelholz heizten. Hartes Knallen, wie von Schießpulver. Dazwischen das Klirren von Fensterscheiben. Außerdem Schreie. Schreie, die aus dem Gebäude kamen und nicht von den Löschtrupps auf den Straßen.

Per konnte weder glauben noch erklären, was er gesehen hatte. Kurz nachdem Sverre Wikan in der Tür verschwunden war, kam eine weitere Person. War die Frau seiner Phantasie entsprungen? Eine Art Fabelwesen, das zu der zitternden Spannung passte, die sie dabei empfanden, in einem verbotenen und abgesperrten Gebiet herumzuschleichen?

Die Frau drückte sich ein Tuch auf Mund und Nase. Die andere Hand hielt sie in der Tasche des grauen Mantels und auf dem Kopf hatte sie einen breitkrempigen Hut, an dessen Farbe Per sich nicht mehr erinnerte. Trotz allem hatte diese Erscheinung etwas verblüffend Reales. Eine richtige Büromaus, hätte Sverre in seinem verächtlichsten Ton gesagt.

Die Frau war so plötzlich aufgetaucht. Vielleicht hatte sie Sverre zur Tür laufen sehen, hatte bemerkt, dass er unerlaubt hineingegangen war. Per war daraufhin noch weiter in sich zusammengesunken und hatte den Atem angehalten.

Jeden Augenblick musste die Frau wiederkommen und wütend seinen Freund aus dem Haus jagen.

Aber nichts passierte.

Ein Stück die Straße runter waren jetzt die Löschtrupps deutlich zu hören, Motorenlärm und laute Stimmen. Der dichte, grauschwarze Rauch quoll wie verfilzte Wolle zum hellen Himmel empor. Er wuchs unaufhaltsam – und ebenso Pers Furcht.

Per wusste nicht, wie lange er dort zusammengekauert gewartet hatte. Er war beklommen am Zaun entlang in eine Ecke gekrochen, von der Angst verfolgt, dass sein Freund drinnen hilflos verbrennen würde. Die Zeit schien stehen geblieben zu sein.

Als die Tür sich plötzlich öffnete, hob Per die Stirn von den Knien. Ein Mann kam heraus. Die etwas abgewetzte blaue Jacke und die Schirmmütze erkannte Per auf den ersten Blick wieder.

Soweit er wusste, hatte er Sverres Vater, Oscar, noch nie in anderer Kleidung gesehen. Oscar eilte zur Hausecke und warf einen raschen Blick über die Schulter in Pers Richtung.

Per stand langsam auf und wich schwankend zurück. Hier wollte er nicht bleiben. Wer auch immer in diesem Haus ein und aus ging – irgendetwas stimmte hier nicht. Er machte kehrt und rannte.

Kapitel 5

14. Mai 1969, 14:45 Uhr

»Bist du krank, Per?« Die Frage des Lehrers riss ihn aus seinen Grübeleien.

Er zuckte zusammen und raffte sich auf. »N… nein … nein. Nur ein bisschen müde.«

Der Lehrer runzelte die Stirn. »Hast du auch die Nacht damit verbracht, dir den Brand anzusehen, anstatt zu schlafen?«

Per nickte mechanisch, während die Gedanken in seinem Kopf wild durcheinanderstoben. Sein Norwegischlehrer war in Ordnung. Vielleicht sogar jemand, mit dem er über das reden konnte, was ihn quälte. Aber er schob diesen Gedanken schnell wieder beiseite. Er konnte nicht darüber sprechen. Wie er es auch darstellen mochte, es würde verdächtig klingen. Gewissermaßen wie eine Mordanklage. Sverre war nicht zur Schule gekommen und der Anblick des leeren Pultes ließ Per vor Angst fast verrückt werden.

Der Lehrer hatte nur einen kurzen Blick auf Sverres Pult geworfen und seine Abwesenheit vermerkt. Sie hatten sich so an Sverres viele Fehltage gewöhnt, dass sich niemand dazu äußerte.

Per brannte darauf, mit Sverre zu sprechen, zu hören, dass alles in Ordnung war. Aber er brachte es nicht über sich, die Schule zu schwänzen, und so machte er sich erst nach der letzten Stunde auf den Weg.

Einer der anderen Jungen schloss sich ihm an. »Sag, Per, wo warst *du* heute Nacht? Ich hab gehört, dass dich jemand zusammen mit Sverre gesehen hat.« Der Blick des anderen ruhte neugierig auf seinem Gesicht und Per spürte, wie er rot wurde.

»Ich war nicht mit Sverre zusammen. N… nur anfangs ganz

kurz. Nur ganz kurz.« Er fragte sich verwundert, warum er log. Sverres Verschwinden kam ihm wie eine grausame Tat vor, an der er schuld war. Aber das konnte doch nicht sein.

»Wo warst du dann?«

»Wie meinst du das?«

»Ich war mit ein paar Leuten beim Arbeiterverein, aber da ist ja nichts Besonderes passiert, außer dass es gebrannt hat. Hast du jemanden von den Fjelds gesehen? Ich hab gehört, dass einer von denen bei dem Brand verschwunden ist.«

Per fühlte, wie ihm das Blut aus dem Gesicht wich. »Davon hab ich nichts gehört. Hab nichts davon gehört.«

»Du machst wohl Witze. Karl Fjeld ist verschwunden.«

»Nur er?«

Der andere sah ihn listig an. »Hast du von mehr Leuten gehört?«

»Ich hab von überhaupt keinem gehört.« Seine Stimme wurde schrill. »Warum nervst du ausgerechnet *mich* damit?«

»Warum wirst du dann so komisch, wenn ich dich frage?«

Per blieb abrupt stehen. »W... Weil ich nichts weiß. Ich weiß nichts. Und weil du eine verdammte Nervensäge bist. Ich kapier nicht, was du eigentlich willst. Nervensäge!« Seine Stimme klang dünn und viel kläglicher als die aus ihm hervorbrechenden Schimpfwörter.

Ohne auf eine Antwort zu warten, drehte Per dem anderen hastig den Rücken zu. Schon ein einziger Blick auf ihn musste ausreichen, um ihn der Lüge zu überführen. Er setzte sich jetzt genau in die entgegengesetzte Richtung in Bewegung, weg von Sverre Wikans Zuhause in der Rektor-Horst-Gate im Norden der Stadt.

Dort wohnte Sverre mit seinen Eltern in einem Zweifamilienhaus. Geschwister hatte er nicht. Sein Vater war ein ziemlich kleiner, drahtiger Mann, der dauernd auf politischen Versammlungen war, und seine Mutter war so schön, dass Per woanders hinsehen musste, wenn er dort hinkam, um nach Sverre zu fragen.

Eine ganze Stunde lief Per ziellos umher. Die Stimmen in seinem Kopf schrien, dass er etwas hätte tun sollen. Er hätte den Freund aus den Flammen retten, Alarm schlagen und Hilfe holen müssen. Aber er hatte nur wie ein Hasenfuß dagestanden, wie immer voller Angst um seine eigene Haut. Angst davor, bei etwas Unerlaubtem erwischt zu werden, Angst vor Schelte und Bestrafung.

Er war der allergrößte Feigling, er verdiente keinen mutigen Freund wie Sverre. Jungen wie Sverre würden nicht sich selbst und ihre eigene Sicherheit an erste Stelle setzen. Per fühlte sich einfach *erbärmlich*. Ein feiger, nutzloser und niederträchtiger Wurm.

Ohne nach rechts oder links zu sehen, taumelte er weiter. Der Regen, der inzwischen eingesetzt hatte, rann ihm in den offenen Hemdkragen und durchnässte die Steppjacke. Per sah den dünnen Arm des Freundes vor sich, der ihm zuwinkte, die Tür, die hinter Sverre zuschlug. Er selbst hatte lediglich die Augen zugekniffen und war zurückgewichen, als die Flammen etwas später ungestüm die Hauswände heraufleckten und plötzlich aus dem Fenster im ersten Stock schlugen.

Per hörte wieder das Geräusch der klirrend zerberstenden Scheiben. Die Stimmen in seinem Kopf malten aus, wie es für Sverre gewesen sein musste, in einem brennenden Haus eingeschlossen zu sein. Erbarmungslos dröhnten die Stimmen in Pers Innerem durcheinander, wurden lauter und lauter, fast ohrenbetäubend. Er lief schneller, versuchte, vor ihnen zu flüchten. Schließlich brüllte er zurück: »Nein! Nein! Neeeeeeein!«

Eine Passantin starrte ihn ängstlich an, aber Per bemerkte sie kaum. Er musste die Stimmen zum Schweigen bringen. Aber so laut er auch rief, sie ließen sich nicht übertönen.

Ohne zu begreifen, wie seine Füße ihn dorthin getragen hatten, befand Per sich plötzlich im Stadtzentrum, auf dem Bürgersteig vor der Absperrung. Er ging am rot-weißen Sicherungsband entlang, wobei er sich bewusst hinter der Ansammlung von Schaulustigen hielt. Die Menschenmenge war so nah wie möglich an die Absperrung herangerückt und alle starrten auf Berge von verkohltem, zusammengestürztem Holz. Männer mit breitem Rücken, aufgeregte Frauen, einige der Umstehenden hatten die Hände tief in den Manteltaschen vergraben, andere zeigten und gestikulierten, während verschiedene Theorien zu den Ereignissen der Nacht ins Kraut schossen.

Die rauchenden Ruinen waren wie schwarze, löchrige Zähne, und der intensive Geruch nach verbranntem Holz drehte Per den Magen um. Er musste sich umdrehen und ein Stück zur Seite gehen, bis die schlimmste Übelkeit nachgelassen hatte.

Pers letztes Bild von Sverre war unerträglich. Sverre hatte vergangene Nacht leblos neben dem brennenden Bürogebäude der Fjelds auf der Erde gelegen. Ein Anblick, den Per nicht mehr los wurde, sosehr er ihn auch zu verdrängen versuchte.

Jede Minute, die verstrich, bugsierte Per weiter ins Abseits. Er konnte es einfach nicht mehr wagen zu erzählen, dass auch er dabei gewesen war.

Es war schon zwölf Stunden her, seit Sverre sich ins Bürogebäude geschlichen hatte. Elfeinhalb Stunden, seit der Mann, den Per für Oscar Wikan gehalten hatte, aus dem Haus gelaufen war. Alle hätten sich darüber empört, weshalb Per erst jetzt sein Wissen preisgäbe. Da war nichts mehr zu machen. Nun musste Per alles für sich behalten, um wenigstens das Gesicht zu wahren.

Er spürte, wie sich wieder alle seine Eingeweide zusammenzogen, und diesmal konnte er es nicht unterdrücken. An einer rußverschmierten Betonmauer musste er sich übergeben. Saure, grüne Galle, die seine Speiseröhre verätzte.

Ziellos schleppte Per sich weiter, in südlicher Richtung zur Kirche und aus dem vom Feuer verwüsteten Gebiet heraus. Schließlich kam er bei sich zu Hause an, beinahe überrascht darüber, dass er es aus eigener Kraft dorthin geschafft hatte. Er stand in der Diele und trat sich die Stiefel ab, als seine Mutter angestürzt kam.

»Gott sei Dank, da bist du ja!« Sie hatte vor Aufregung rote Flecken im Gesicht. »Du hast es sicher schon gehört?«

Er blieb mit einem Stiefel in der Hand stehen, erstarrt und außerstande, den Rücken zu beugen, um ihn abzustellen.

»Was denn gehört?« Es war seine Stimme, die sprach, aber fremd und wie aus weiter Ferne.

»Du hast sicher gehört, wer vermisst wird?«

Alle Kraft verließ seine Hand. »Karl Fjeld. Ich hab von Karl Fjeld gehört.«

Die Mutter schüttelte hektisch den Kopf. »Nein, nicht er.« Sie sah ihren Sohn mit großen, vor Eifer geweiteten Augen an. »Hast du heute schon mit Sverre gesprochen?«

Per stand immer noch aufrecht, aber musste sich mit einer Hand an der Wand abstützen. Er begriff, dass sie ihn auf das Schlimmste vorbereiten wollte. Nur wusste sie weder, wie sie es ihm beibringen sollte, noch was er bereits gesehen hatte. »Nein.«

»Dann weißt du nicht, dass sein Vater verschwunden ist?«

»Sein Vater?« Per atmete aus. »Sein Vater? Also ist nichts mit Sverre?«

»Nein, nicht er, zum Glück. Sverre ist heute Nacht verstört und mit Verbrennungen unten am Kai gefunden worden. Sie haben allerdings keine Ahnung, was mit ihm passiert ist. Aber *verschwunden* ist sein Vater. Seit der vergangenen Nacht hat niemand etwas von Oscar Wikan gehört. Er wurde zuletzt in der Nähe von Fjelds Anlegestellen gesehen.«

Sie hielt einen Moment inne, dann platzte es aus ihr heraus: »Sie befürchten, dass er in dem Bürogebäude gewesen sein könnte.

Dass er ums Leben gekommen ist. Und erst jetzt wird nach ihm gesucht. In der Stadt habe ich gehört, dass seine Frau die Polizei erst heute Nachmittag verständigt hat.« Sie atmete tief ein und setzte schadenfroh hinzu: »Wollte wohl erst sicher sein, dass er auch wirklich abgekratzt ist.«

Pers Augen weiteten sich, dann nickte er. Es war eine kurze, mechanische Bewegung.

Die Erinnerung förderte ein weiteres Bruchstück zutage. In der Nacht, als er sich endlich aufgerappelt hatte, war er nicht gleich davongerannt. Per war langsam dem Mann mit der Schirmmütze gefolgt. Im Hinterhof von Fjelds Büro hatte Per die über Sverre gebeugten Gestalten gesehen.

Noch ein Geheimnis, das Per keinem Menschen erzählen konnte.

Erneut überkam ihn unsägliche Angst.

»Das … hatte ich nicht gehört, nein«, murmelte er tonlos. »Nichts davon gehört. Nichts, nein. Ich hab nichts … hab nichts gehört. Nichts …«

Und da dröhnten wieder die Stimmen in seinem Kopf, noch lauter als die der Mutter. Sein Mund plapperte drauflos, ein kläglicher Versuch, sie zu übertönen. Es gelang ihm nicht.

»Hör auf, alles, was du sagst, hundertmal zu wiederholen, du Schwachkopf!« Ihre schweren Füße stampften auf den Boden, dass die Deckenlampe wackelte. »Ich werde *verrückt*, wenn ich dir zuhöre!«

Er schwieg. Auch in seinem Kopf wurde es plötzlich ganz still. Nur sein Herz, das bis in die Gehörgänge hämmerte, war allzu deutlich zu vernehmen. »Ich glaub, ich werde mich etwas hinlegen. Ich habe die Nacht kaum geschlafen. Die ganze Nacht nicht.«

Seine Mutter stoppte ihn in der Tür. »Von wegen. Du kannst dich jetzt nicht hinlegen. Die Polizei war hier und hat nach dir gefragt. Du sollst auf die Wache kommen. Zieh dir ein sauberes

Hemd und ordentliche Schuhe an. Und putz dir die Zähne. Du stinkst fürchterlich aus dem Mund, man könnte meinen, du faulst von innen.«

Sie hatte den Mantel hervorgeholt, den sie nur zu besonderen Anlässen trug. »Ich komme mit. Die wollen wissen, ob du etwas darüber sagen kannst, was Sverre Wikan letzte Nacht gemacht hat.« Sie hatte sich schon den Hut auf den Kopf gesetzt. »Soweit ich verstanden habe, ist wohl kein vernünftiges Wort aus dem Jungen herauszubekommen.«

Kapitel 6

28. Mai 1969, 15:00 Uhr

Nach vierzehn Tagen im Krankenhaus kam Sverre Wikan in Fjelds schwarzem Mercedes nach Hause. Sverre saß zwischen seiner Mutter und Andreas Fjeld auf dem Rücksitz. Vorne ein Chauffeur, die Familie Fjeld konnte sich Personal leisten.

Sverre wirkte wie ein Schatten seiner selbst. Er war aschfahl und erschien noch dünner als zuvor. Als er aus dem Auto stieg, ruhte Fjelds breite Hand auf seiner Schulter. Die Wiedersehensfreude, die Per und seine Freunde erwartet hatten, war nicht zu spüren. Sverre wurde von Fjeld zur Haustür geleitet, blieb nur einen Augenblick stehen und warf seinen Freunden einen verstörten Blick zu. Er sah auf den Boden, wobei er ein unhörbares »Hallo« murmelte.

Per starrte diesen fremden Jungen, der mit Sverre Wikans Körper herumlief, stumm an. Das Haar war stoppelkurz und die ganze linke Gesichtshälfte wurde von einem Verband verdeckt. Unter der Bandage konnte man mit Salbe bestrichene, flammend rote Brandwunden erahnen. Das rechte Auge schien tief in die Augenhöhle gesackt zu sein, und Per fragte sich beklommen, was wohl mit dem linken geschehen sein mochte. Es blieb unter dem Verband verborgen.

»H… hallo. Wir dachten, du würdest …«, begann Per.

Aber Sverre hatte ihnen den Rücken zugewandt und war bereits auf der Treppe. Immer noch ruhte Fjelds Hand auf Sverres Schulter. Per wusste genau, was seine Mutter dazu gesagt hätte, wenn sie diese Szenerie gesehen hätte. Dass Fjeld ein schlechtes Gewissen habe, weil Sverre verletzt worden und Oscar in Fjelds Firmengebäude umgekommen war. Dass Fjeld allzu offensichtlich versuche, etwas wiedergutzumachen.

Gunhild, Sverres Mutter, blieb einen kurzen Moment vor Sverres Freunden stehen. »Ach Jungs, ihr seid hier …? Das ist nett. Sverre ist noch nicht so ganz er selbst, aber das wird schon wieder, jetzt, da er zu Hause, in der gewohnten Umgebung ist …« Sie sprach leise, schneller als sonst. »Also lauft jetzt nach Hause, hängt hier nicht rum …« Sie war, wie es aussah, ebenso wenig sie selbst.

Genau wie ihr Sohn war sie abgemagert und ihre Bewegungen waren hektisch. Die anderen Frauen redeten über sie. Aus Mitleid war längst Klatsch geworden. »Natürlich hat sich für sie jetzt alles verändert«, hatte Per seine Mutter zu einer Nachbarin sagen hören. »Wer hätte es nicht eilig, was Besseres zu finden als den Kerl, den sie jetzt los ist. Deshalb ist sie wie eine Getriebene, ständig auf dem Sprung, das kann man ja verstehen. Sie ist schließlich nicht mehr die Jüngste.«

Die anderen Jungen verloren das Interesse und gingen ihrer Wege. Per entfernte sich nur zögerlich und setzte sich ein Stück weiter auf eine Steintreppe. Von dort hatte er gute Sicht auf Sverres Fenster. Fjelds Mercedes war inzwischen abgefahren, allerdings ohne Andreas Fjeld. Der war noch im Haus der Wikans geblieben.

Per Andersen dachte wieder an die gespenstischen Gestalten, die er in jener Brandnacht beobachtet hatte. An den Mann, der aus dem brennenden Haus geeilt war – »geflohen war« beschrieb es treffender. Wahrscheinlich hatte niemand außer Per ihn gesehen. Sie behaupteten, dass Wikan und Fjeld in der Brandruine gefunden worden waren und dass kein Zweifel daran bestand, um wen es sich handelte.

Wenn Per daran dachte, verspürte er einen abstoßenden Metallgeschmack im Mund. Es war schon zwei Wochen her. Die Zeit arbeitete gegen ihn. Gnadenlos. Da Per sich noch immer keinem Menschen anvertraut hatte, kam es auch jetzt nicht in Frage, etwas über die Brandnacht zu sagen. Schon gar nicht zu Sverre. Der hatte genug durchgemacht. Außerdem würde sowieso niemand Pers Geschichten glauben.

Er bekam kalte Füße und wollte gerade gehen, als sich an Sverres Fenster etwas regte. Sverre hatte ein eigenes Zimmer, das fast so groß war wie das Schlafzimmer seiner Eltern. Sverres dünne Gestalt tauchte am Fenster auf. Er schien ganz bewusst nach draußen zu sehen. Genau gegenüber befand sich nur die Wand des Nachbarhauses. Sverre musste ihn, Per, fixieren. Per hob beide Arme und winkte begeistert zu seinem Freund hinauf.

Sverre hatte ihn wohl nicht gesehen. Denn im selben Moment fasste er die Gardinen mit beiden Händen und zog sie vors Fenster.

Nach dem Wochenende war Sverre wieder in der Schule. Er stand im Mittelpunkt der Aufmerksamkeit. Per musste jedoch bedrückt feststellen, dass Sverre nach wie vor anders war. Er sprach weniger, hielt sich in den Pausen abseits und blieb nach Unterrichtsschluss für sich. Wenn sie zum Haus der Wikans liefen und nach Sverre fragten, wollte er nie rauskommen.

»Er hat den Schock noch nicht überwunden«, erklärte Pers Mutter. »So was braucht Zeit, egal wie intensiv Fjeld sich mit ihm abgibt. Der Junge wird wohl nie wieder derselbe werden, was ja begreiflich ist. Brandwunden im Gesicht und alles.«

Sie erledigte gerade einiges im Haushalt, lief von einem Zimmer ins nächste, die Stockwerke rauf und runter, und kümmerte sich gar nicht darum, ob Per sie überhaupt richtig hören konnte. »Trotzdem. Verstehst du, warum Fjeld den Jungen so sehr verhätschelt? Als ob der Ausbruch des Feuers Fjelds Schuld gewesen wäre. Nun ja. Schuld oder nicht schuld. Ich schätze, die ganze Elektrik dort war lebensgefährlich. Und je mehr einer hat, desto geiziger wird er. Das Geld für Sanierungen sollte wohl für was

Wichtigeres gespart werden. Für ein neues schickes Sofa, zum Beispiel. Und dann diese Mutter. Das ist ja sogar noch schlimmer. Der arme Junge, muss mit ansehen, wie Mama mit dem Alten anbändelt, noch bevor ihr Mann ganz kalt ist.«

Unmerklich wich Per zurück. Manchmal machte ihm das lose Geschwätz seiner Mutter Angst. Aber nicht das, was sie sagte, jagte ihm Furcht ein. Beängstigend war seine eigene Reaktion. Ihm wurde so komisch dabei. Das Atmen fiel ihm schwerer. Er bekam Lust, ihr die Hand auf den Mund zu pressen, bis sie aufhören würde zu reden. Bis sie still würde, am besten für immer. Oder er stand hinter ihr, wenn sie an der steilen Kellertreppe das Licht anmachte, nahe daran, sie hinunterzustoßen.

Ohne besonderes Ziel lief Per drauflos. Nach einer Weile fand er sich im Stadtzentrum wieder. Er ging an dem Brandgrundstück entlang, das jetzt, zwei Wochen nach dem verheerenden Unglück, bereits asphaltiert und voller parkender Autos war. Per stieg die steilen Hänge zum höchsten Punkt der Insel hinauf und gelangte schließlich zum Friedhof. Ihm war nicht klar gewesen, dass dieser Ort sein eigentliches Ziel gewesen war.

Die Bäume waren noch kahl und das Laub vom Vorjahr lag gelbbraun und verwelkt längs der Wege und auf den Rasenflächen. An der Kapelle bog Per nach links ab und ging an großen Grabsteinen und gepflegten Bepflanzungen vorbei. Auf einem Hügel hinter der Kapelle blieb er an einem frischen Grab stehen.

»Oscar Wikan, gestorben am 14.05.1969. Friede sei mit ihm.«

Per starrte auf die Inschrift und spürte erneut den unangenehmen, trockenen Metallgeschmack im Mund. Vor seinen Augen tanzten die Bilder, die sich in der Brandnacht in die Netzhaut geätzt hatten.

Der aus Fjelds Gebäude fliehende Mann war wegen des dicken Rauchs nur undeutlich zu erkennen gewesen. Er hatte eine Schirmmütze und eine blaue Jacke getragen. Oscar Wikans Kleidungsstücke. Aber die Jacke war etwas zu eng gewesen, an den Ärmeln zu kurz. Sie hatte nicht gepasst.

Der Mann war um die Hausecke gebogen und verschwunden. Per selbst hatte sich schließlich aufgerappelt und war ihm nachgeschlichen. Hinter dem Haus hatte er gesehen, wie sich der Mann und eine weitere Person, die durch den Rauch kaum auszumachen gewesen war, über Sverres leblose Gestalt gebeugt hatten.

Der Mann mit der Schirmmütze hatte das Gesicht in Pers Richtung gewandt. Es war Karl Fjeld.

Da war Per davongerannt. Alles war seine Schuld. Das Gefühl war erschütternd, ekelerregend.

Nach und nach wurde Pers Entsetzen von einer noch gewaltigeren Erkenntnis überschattet. Es war nicht so, wie alle glaubten. Da drinnen war mehr geschehen. Ein schauerlicher Betrug. Und Per war mit seinem Wissen allein.

Kapitel 7

16. Oktober 2007, 2:00 Uhr

Per Andersen stellte sich in die Garageneinfahrt des Einkaufscenters und zündete sich eine Zigarette an. Er sah Karl Fjeld um die Ecke verschwinden. Karl hatte die Hände tief in den Taschen vergraben und der graue Pferdeschwanz lugte unter der Mütze hervor.

Alles war still, nur das Wasser im Sund direkt neben Per bewegte sich sachte. Er sog den Zigarettenrauch tief ein und folgte den Wellen mit den Augen. Es war eine stete, monotone und doch unberechenbare Bewegung, ähnlich der Unruhe, die er selbst verspürte. Er fror ein wenig, zog den Reißverschluss seiner dünnen Jacke bis ganz nach oben und wiegte sich leicht im Takt des Wellengeplätschers.

Die Begegnung mit Karl Fjeld hatte ihn überwältigt. *Fjeld!* Per lachte laut. Zwischen den Mauern klang es hohl. Fjeld war von den Toten auferstanden. Geradezu aus der Asche. Für alle anderen musste es eine unfassbare Überraschung sein. Jetzt fehlte nur noch, dass auch Oscar Wikan wieder auftauchen würde.

Es hatte keinen Sinn, noch länger zu schweigen. Karl Fjeld würde ohnehin wie eine unheimliche Gestalt aus dem Reich der Toten durch die Straßen ziehen. Keiner würde nunmehr behaupten können, dass Per verrückt sei, wenn er endlich erzählte, was er damals gesehen hatte. *Restlos alles.* Dass Karl Fjeld sich in Oscar Wikans Kleidung davongemacht hatte, während Wikan selbst drinnen verbrannt war.

Eben hatte Karl Per sogar zum Reden aufgefordert. Hatte ihn gründlich ausgefragt und ungewöhnlich interessiert zugehört. So viel Beachtung war Per lange nicht mehr geschenkt worden. Per hatte sich über die Jahre hinweg angewöhnt, sich innerlich zu verhärten, sobald jemand mit ihm sprach. Karl Fjelds ruhige Aufmerksamkeit ließ Per weich und fast augenblicklich nüchtern werden. Karls wache, erstaunte Augen hinter den Brillengläsern. In Karls Blickfeld gab es nur ihn, Per Andersen. Es fühlte sich an wie eine Umarmung, ungewohnt und gut. Karl Fjeld war Per wohlgesonnen. Als wäre er ein gütiger Onkel oder ein älterer Bruder für Per.

Ein Damm war gebrochen. Pers Worte waren ungehemmt hervorgeströmt. Er hatte nicht geglaubt, dass er sich so kristallklar an jenen Tag erinnern könnte.

»Das Grab ist offen«, sang er jetzt halblaut. »Fjeld!« Pers Ruf hallte in der Dunkelheit wider, während er die Zigarette mit dem Absatz zertrat. »Hör, was ich sage, Fjeld! Du auch, Wikan!« Er schrie immer, wenn er getrunken hatte. Das tat gut, es fühlte sich an, als ließe man Druck ab. Nüchtern war er stumm wie ein Fisch. Die Worte sprudelten proportional zum Anstieg der Promille hervor. Ein Seemannsknoten, den nur der Alkohol lösen konnte.

Abrupt wurde Per wieder ernst und blinzelte ein paar Mal mit den Augen, während er sich zu erinnern versuchte. Oscar Wikan war auf jeden Fall tot. So viel war klar. Wie es sich zugetragen hatte, dass Karl Fjeld das Gebäude mit Wikans Jacke und Schirmmütze verlassen hatte, war Per ein Rätsel.

Bis heute hatte Per keiner Menschenseele etwas davon erzählt. Es hatte ihn unablässig gequält, sein Geheimnis mit niemandem teilen zu können. Es sich selbst nicht erlaubt zu haben. Selbst der Polizei gegenüber hatte Per geschwiegen. Oscar Wikan und Karl Fjeld waren ja tot aufgefunden worden, man hatte also offiziell nicht mehr über deren Verbleib spekulieren müssen. Ebenso wenig hätte Per auch nur ein Sterbenswort über die Dame mit dem Tuch vor dem Mund verloren. Per hatte in der Brandnacht lediglich ihren Rücken gesehen, bevor sie in Fjelds Bürogebäude verschwunden war. Wieso von ihr sprechen? Keiner hatte sie in irgendeinem Zusammenhang erwähnt. Es würde bloß Ärger geben, wenn man zu viel sagte. Außerdem brauchten sie nicht noch mehr Vorwände, um ihn als »komisch« abzustempeln.

Per legte den Kopf zurück und schaute hinauf in den Sternenhimmel. Wie der Funkenregen von damals. Splitter in Orange. Trockenes, altes, in Brand gestecktes Holz. Jeden Herbst und Winter, wenn er bei klarem Wetter zu den Sternen hinaufblickte, sah er da oben die Flammenhölle. Er hatte nie aufgehört, daran zu denken.

Bei der Befragung im Jahr 1969 hätte er den zugeknöpften Ermittlern eine Menge erzählen können. Aber die kühle Distanz und die unergründlichen Gesichter der Männer hatten Per gehörig eingeschüchtert. Mehr sogar als der alte Oberlehrer. Und dann noch die Worte der Mutter, die sie ihm ins Ohr gezischt hatte, als sie auf der Polizeiwache warteten: »Jetzt musst du dir wahrhaftig überlegen, was du da drinnen sagst, Junge! Und sieh zu, dass du den glotzenden Ausdruck aus dem Gesicht wegbekommst. Du willst ja wohl nicht, dass sie merken, wie dumm du wirklich bist.«

Die Angst war wie flüssiges Magma in ihm aufgequollen. Als er endlich hereingerufen worden war, schien sie zu einem schweren, unbeweglichen Kloß erstarrt gewesen zu sein. Jedes Wort war im Ansatz erstickt. Per war still gewesen.

Ganz und gar stumm, bis jetzt. Nur nicht gegenüber seiner Mutter, natürlich. Nach und nach hatte sie große Teile der Geschichte aus ihm herausgeholt. Den bedrohlichsten Teil allerdings hatte er eisern für sich behalten: dass er Karl Fjeld lebendig von dort weggehen gesehen hatte.

Nun fror er richtig und musste einen Unterschlupf finden. Nach Hause in die Elvegata zu gehen kam nicht in Frage. Nach diesem Erlebnis wollte Per auf keinen Fall seiner Mutter begegnen.

Sie würde es ihm sofort ansehen. »Heraus damit, Junge! Was ist los?« *Junge*. Er war über fünfzig.

Per lief dicht an der Wand des Neubaus entlang. Er hatte ein Ziel. Eine der Türen war nicht ordentlich verschlossen. Seine Hände strichen am Holz entlang, danach über seine Jackentaschen. Noch nie in seinem Leben hatte er eine so überraschende und großzügige »Spende« erhalten wie heute. In den Innentaschen steckten zwei Flaschen. Manchmal wunderte er sich, was wohl in den Leuten vorgehen mochte. An einem Tag wurde man keines Blickes gewürdigt. Am nächsten bekam man einen Hinweis auf gute Übernachtungsmöglichkeiten, wobei ein Fünfhundert-Kronen-Schein in die Tasche glitt, begleitet von kräftigem Schulterklopfen.

Diese Seitentür war nicht abgeschlossen, genau wie man ihm vorher erklärt hatte. Per ging hinein und öffnete eine der Flaschen. Es war erstklassige Ware. Zufrieden zündete er sich eine Zigarette an und sah aus dem kleinen Fenster.

Eine Gestalt kam langsam den Kai entlang. Schließlich trat sie hinter den großen Abfallcontainer bei der Pappelallee und sah zu dem Fenster hinüber, hinter dem Per stand. Zu dieser nächtlichen Stunde konnte es nur einer wie er sein. Oder ein Obdachloser.

Per trat vor die Tür und hob beide Arme. »Sei gegrüßt, Wanderer!«, rief er übermütig. »Hier ist offen.« Er ging wieder hinein und ließ die Tür angelehnt. In einer Ecke entdeckte Per einen Haufen mit Bauabfall und Wellpappe. Dort legte er sich nieder, dann nahm er einen weiteren großen Schluck aus seiner Flasche.

Kurz darauf knirschten draußen auf dem trockenen Kies Schritte.

»Sei gegrüßt ... und komm herein! Komm herein. Und wenn du etwas anzubieten hast ...«

Ein oranges Geschoss zischte an Pers Gesicht vorbei und schlug klirrend gegen die Wand. Überall Splitter. Die Tür knallte zu.

Flüssigkeit breitete sich aus. Sie rann bereits in langen Streifen über den Boden und entzündete sich jetzt. Rasend schnell fanden die Flammen ihren Weg.

Pers Augen schmerzten. Dieses Orange kannte er nur zu gut. Alles verschwamm. Schmerz, Panik und Erinnerung.

Er wollte sich gegen die Tür werfen und dagegenhämmern, aber er war jetzt ebenso wie damals erstarrt. Per versuchte zu schreien. Vergebens. Der Ton fand nur ein dumpfes Echo, wurde von grauem Qualm erstickt. Tödliche Stille. Hinter dem Rauch waren die Flammen, die erbarmungslos um sich griffen.

Kapitel 8

Feuerschein vor dem blauschwarzen Himmel. Es war 3:20 Uhr. Polizeiautos brausten die Strandgata herunter. Das fast fertiggestellte Bryggekanten-Einkaufscenter mit zwölf Wohnungen auf drei Etagen und Geschäften im Erdgeschoss stand in Flammen. Vierzehn Tage, bevor es bezugsfertig werden sollte. Eben noch makellose Wände glühten orange, Fensterscheiben fielen klirrend auf die Straße und trotz der nächtlichen Stunde hatten sich in Rekordzeit Autos und Schaulustige versammelt. Die Löschtrupps waren schon seit einer Weile vor Ort und man hatte unerwartete Entdeckungen gemacht.

Kriminalhauptkommissar Aslak Eira fuhr so nah wie möglich an die Brandstelle heran. Er rieb sich den Schlaf aus den Augen und blinzelte in die Flammen. Nicht nur das Gebäude ging hier gerade in Rauch auf. Das Gleiche galt für Eiras Schneehuhnjagd. Scherzhaft behauptete er immer, nur Mord oder Naturkatastrophen könnten ihn von seinem Hobby abhalten. Jetzt hatte er es mit beidem zu tun.

Polizeidirektor Hagen hatte ihn gnadenlos aus dem Bett geklingelt und kurzerhand Eiras Urlaub gestrichen. Eine ganze Woche. Also würde Eira die frisch geputzte Schrotflinte wieder wegstellen, den fertig gepackten Rucksack leeren und ihn auf den Dachboden zurückbringen.

»Ein Brand in einem funkelnagelneuen Gebäude, Eira. Uns wurde ein Toter gemeldet. Er soll in einem verschlossenen Raum gelegen haben. Es war wohl jemand, der dort eigentlich gar nichts zu suchen hatte. Deinen Urlaub kannst du nehmen, wenn wir klargestellt haben, dass der Mann nicht ermordet worden ist. Das ist hoffentlich schnell geschehen, aber du musst dringend den Fall übernehmen, Eira. Natürlich hätte Henriksen sich in deiner Abwesenheit darum kümmern sollen. Aber er behauptet, dass seine Gesundheit es nicht mehr zulässt, nachts zu arbeiten. Der Mann wird ja schließlich bald pensioniert.«

»Mein Gott, Henriksen hat sich vor über fünfzehn Jahren zur Ruhe gesetzt! Da war er etwa so alt wie ich jetzt. Diese *eine* Woche im Jahr …«

Das Klicken am anderen Ende war endgültig. Der Polizeidirektor diskutierte keine Anweisungen. Kriminalhauptkommissar Aslak Eira war auf den Fall angesetzt, während sein Kollege, Kriminalhauptkommissar Henriksen, zu Hause im Bett lag und seine Gesundheit pflegte.

Eira stieg mit dem ungewöhnlich starken Drang, jemandem den Hals umzudrehen, ins Auto. Das Schicksal hatte Kriminalkommissar Benjaminsen auf den Beifahrersitz gesetzt. Dessen Kopf mit dem kurzen Borstenschnitt reichte kaum über den Jackenkragen hinaus.

»Vielleicht war es wieder unser guter alter Pyromane. Wie anno dazumal. Wir haben doch alle gedacht, dass er seine Brände völlig selbstlos gelegt hatte. Zugunsten des kommunalen Haushalts sozusagen«, bemühte Benjaminsen sich fröstelnd um einen Scherz.

»Versuch bloß nicht, nachts um drei witzig sein zu wollen!«

Benjaminsen zuckte zusammen und drehte Eira ein geisterbleiches Gesicht zu. »Was ist denn mit *dir* los?«

Langsam fuhr Eira an der Reihe der Schaulustigen vorbei. »Die Aufgabe des Pyromanen, den die Kommunalverwaltung in den sechziger und siebziger Jahren angeheuert hatte, war es, denkmalgeschützte alte Holzhäuser zu beseitigen. Aber das Einkaufszentrum war bis heute Nacht ein moderner Bau wie aus dem Bilderbuch. Außerdem in Privatbesitz.« Eira stellte den Motor ab. »Lass uns mit den Feuerwehrleuten sprechen.« Er stieg aus und stellte sich neben einen Mann, der einige Jahre älter war als er selbst.

»Es scheint, als bekämen wir den Brand unter Kontrolle, bevor er sich ausbreitet«, beantwortete Brandermittler Sverre Wikan Eiras unausgesprochene Frage. »Glücklicherweise ist das Feuer im südlichen Ende des Gebäudes ausgebrochen. Im umgekehrten Fall stünde jetzt die ganze Häuserzeile in Flammen.«

»Wissen Sie etwas über die Person, die gefunden worden ist?«

Sverre Wikan schüttelte den Kopf. »Er muss schon tot gewesen sein, als die ersten Feuerwehrleute das Gebäude betraten. Man hat ihn noch nicht identifiziert. Der Arzt hat den Krankenwagen mit dem Toten direkt zur Pathologie geschickt. Hier vor Ort konnte nichts weiter unternommen werden.«

Eira sah sich erneut um. »Gott sei Dank stehen in diesem Viertel fast nur Geschäftsgebäude.«

»Das Grand Hotel ist in der Nähe, aber der Abstand ist immerhin so groß, dass wir eine Evakuierung nicht für nötig halten.«

»Haben Sie irgendeine Ahnung, wie es zu dem Brand kommen konnte?«

Wikan schüttelte den Kopf. »Die Sprinkleranlage war nicht eingeschaltet, ich weiß nicht, ob sie überhaupt schon vollständig installiert war. Was mich wundert, ist, dass sich das Feuer so schnell ausgebreitet hat. Die brandtechnische Untersuchung wird uns weitere Informationen liefern.« Wikan nickte kurz. Eira begriff, dass Wikan das Gespräch damit für beendet erklärte. Wikan kehrte Eira seinen breiten Rücken zu und entfernte sich zu einem der Feuerwehrautos.

Eira steckte die Hände in die Taschen und musterte die Schaulustigen. Leicht fröstelnde Gestalten, die Gesichter bleich. Als der Brand sich in den Nachthimmel erhoben hatte, waren sie allesamt aus dem Nichts aufgetaucht. Eira blieb etwas abseits stehen und betrachtete sie, einen nach dem anderen.

Vielleicht war es tatsächlich das Werk eines Pyromanen. In diesem Fall stünde der Täter wahrscheinlich dort unter den vielen

Schaulustigen und ergötzte sich am Anblick des züngelnden Feuers vor dem schwarzen Nachthimmel.

Eira war jetzt seit etwa einer Stunde vor Ort. Man hatte den Brand offensichtlich unter Kontrolle, aber auch nach Abschluss der Löscharbeiten würde noch einiges zu erledigen sein. Vor allem mussten technische Untersuchungen durchgeführt werden. Eira sah Sverre Wikan innerhalb der Absperrung umhergehen, Anweisungen geben, mit der Löschmannschaft sprechen. Langsam löste sich die Zuschauermenge auf. Die einzelnen Gestalten verschwanden in ihren Autos oder entfernten sich zu Fuß. Eira versuchte die Eindrücke einzufangen, sich Details zu merken. Ob jemand es vielleicht besonders eilig hätte oder sich möglicherweise eigenartig verhielt. Es gab nichts besonders Bemerkenswertes. Nur Eiras dumpfes Gefühl, dass er einer bestimmten Sache – oder einer bestimmten Person – auf die Schliche kommen musste. Und dass bislang noch keinerlei Anhaltspunkte dafür vorlagen.

Er holte die Schlüssel heraus und ging zum Auto.

Kapitel 9

Johan Fjeld lag im Bett, alle Lichter waren ausgeschaltet, seine Augen weit geöffnet. Er war Karl heute ein Stück gefolgt, dann aber abgebogen und mit der schockierenden Neuigkeit zu seiner Schwester Rita geeilt. Rita hatte ihm nicht geglaubt. Ihn glatt abgefertigt, sich geweigert, ihm länger zuzuhören, und behauptet, er habe ein Alkoholproblem. Dabei galt das zweifellos für *sie*.

Trotzdem hatte sie ihm einen Cognac angeboten. Schließlich hatte sie selbst schon einen vor sich stehen. Sie hatten vor dem Fernseher gesessen und auf den Bildschirm gestarrt, das Schweigen zwischen ihnen grenzte an Feindseligkeit. So war es immer schon gewesen. Rita behandelte ihn mit einer Arroganz, zu der nur wenige andere fähig waren. Wenn Johan bei ihr war, saß er immer wie auf Nadeln. Nicht ohne Grund war sie eine alte Jungfer geblieben, dachte er schadenfroh. Es gab keinerlei Platz für andere, wenn Rita im Raum war.

Kurz bevor die Abendnachrichten gesendet wurden, war Johan überzeugt, dass sie mit der Nachricht vom heimgekehrten Bruder beginnen würden. Es schüttelte ihn unwillkürlich bei dem Gedanken an die Sensationslust der Journalisten.

Aber Johan hatte sich getäuscht. In den Nachrichten wurde Karl Fjeld mit keinem Wort erwähnt.

»Nun sieh mal einer an, was soll dein ganzes Gerede über Karl?« Ritas Tonfall war noch herablassender als zuvor.

Johan begann nun selbst an seinem Wahrnehmungsvermögen zu zweifeln. Hatte heute überhaupt jemand an seiner Haustür geklingelt?

Nach ein paar großzügig bemessenen Gläsern Cognac und einigen unergiebigen Stunden bei Rita war Johan schließlich in der

Verfassung, wieder nach Hause zu gehen. Zudem verspürte er einen immensen Hunger. Rita hatte ihm wie üblich nichts angeboten und Johan wollte sich keinesfalls so weit vor der Schwester erniedrigen, sie um Essen zu bitten.

Sie wohnten nur zehn Minuten Fußweg auseinander. Die Abendluft war ruhig und kalt. Johan machte einen Abstecher ins Stadtzentrum und aß in einem Lokal Unmengen Tapas. Anschließend besorgte er sich bei einem Fastfood-Restaurant noch einen Hamburger und eine große Portion Pommes. Im Grunde war Essen das beste Rauschmittel, dachte er, als er mit herrlich schwerem Magen in sein Bett fiel.

Plötzlich weckte ihn ein Geräusch. Ein Klicken an der Haustür. Unmittelbar danach hörte er die quietschenden Angeln der Küchentür. Er hatte sich noch nicht dazu aufraffen können, sie zu ölen.

Johan sprang auf und lief zum Fenster. Draußen waren keine Autos zu sehen. Rita hatte einen Schlüssel, aber sie kam nie ohne Auto, jedenfalls nicht um diese Zeit.

Er verhedderte sich in seinem Morgenmantel, als er zur Treppe schlich. Sein Herz hämmerte bis in den Schädel. Unsicher klammerte Johan sich ans Geländer und fluchte innerlich darüber, dass er alle Lampen ausgeschaltet hatte.

»Ist jemand zu Hause?«

Johan erstarrte.

Die vom Fuß der Treppe heraufschallende Stimme klang vertraut. Nur der Akzent passte nicht dazu.

Jemand stand an der Treppe, offenbar auf dem Weg nach oben.

»Was … wer zum Teufel …?« Jeder Muskel in Johans Körper spannte sich an.

Die Gestalt setzte sich in Bewegung. Kurz darauf flutete Licht durch die Diele. Der Mann war jetzt so nah, dass es keinen Zweifel mehr gab. Hier stand Karl.

»Gut siehst du aus, Johan.«

Johan fiel keine Antwort ein. Dieser Mensch musste sich mit größter Selbstverständlichkeit selbst die Tür aufgeschlossen haben, und das, nachdem er beinahe vierzig Jahre fort gewesen war.

»Ich bin schon zweimal hier gewesen und habe geklingelt. Keiner hat mir geöffnet. Ich fand es an der Zeit, den alten Schlüsselbund zu benutzen, den ich aus irgendeinem unerklärlichen Grund die ganzen Jahre behalten habe.« Karl trat noch ein paar Schritte näher heran.

Er wirkte bedeutend jünger, als er war. Mit dem Pferdeschwanz, dem Lederband um den Hals und dem lose über der Jeans hängenden Hemd legte er es auch sicher darauf an.

»Vielleicht habe ich den Schlüsselbund ja nie weggeworfen, weil daran das Škodazeichen hängt. Mein allererstes Auto.« Er setzte das makellose Lächeln eines Filmstars auf und hielt die Schlüssel hoch. Johan ließ die Schultern sinken. Das war der letzte Beweis, auch wenn Johan diesen gar nicht mehr benötigt hätte. Der Mann war Karl. Johan erinnerte sich nur zu gut an den Schlüsselbund.

»Hier hat sich rein gar nichts verändert. Du scheinst im Grunde derselbe zu sein wie in deiner Jugend. Und mein altes Elternhaus hat noch immer das Türschloss der sechziger Jahre.« Karl kam heran, streckte die Hand aus. Johan ergriff sie nicht.

»Du ... das ...« Johans Stimme zitterte. »Wenn ich an all die Trauer und Verzweiflung denke, die du verursacht hast ...« Vielleicht sollte er froh, sogar überglücklich sein. Aber er empfand nur Wut. »Als sei nichts geschehen, tauchst du einfach hier auf ...« Er schluckte, sein Mund war trocken. »Ach ja, natürlich. Vaters Tod, Testamente und dergleichen ...«

Karl hielt beide Hände hoch. »Okay, ich hätte vielleicht anrufen sollen. Bevor das Postschiff am Kai angelegt hatte und ich den Besitz mit eigenen Augen gesehen hatte, war ich mir nicht sicher, ob ich hierherkommen wollte. Ich bin über vieles im Zweifel gewesen, es gibt etliche Dinge zu erklären.« Er sah plötzlich müde aus. »Lass uns morgen darüber reden. Ich schlafe in meinem alten Zimmer.« Starren Blickes und mit gebeugtem Nacken stieg Karl die Treppe hinauf.

Oben knarzten die Bodendielen, danach die alte Federkernmatratze. Dann wurde es still.

Johan brauchte einen Drink. Karl trug ein dunkles Geheimnis, ein erstickendes Unbehagen mit sich. Die Behörden waren sicherlich nicht informiert worden. Karl hatte bestimmt nichts Offizielles unternommen, um seinen Tod endlich zu dementieren. Er wollte wohl noch bis morgen warten. Beim Gedanken an den Grabstein mit Karls Namen auf dem Friedhof brach Johan der Schweiß aus. Es würde einen gewaltigen Skandal geben. Der Mann mit dem grauen Pferdeschwanz, der im alten Kinderzimmer seines Bruders schlief, war ihm völlig fremd. Aus Johans Sicht ein Eindringling, der aufgetaucht war, um sich einen Anteil am Erbe des Vaters zu sichern.

Johan ging hinaus in die Diele, um zu überprüfen, ob die Tür abgeschlossen war. Mit der Hand auf der Türklinke blieb er stehen. Sog die Luft konzentriert durch die Nase ein. Er meinte Brandgeruch wahrzunehmen. Was Feuer betraf, hatte Johan sensible Antennen und sich auf jede erdenkliche Weise abgesichert, zumindest finanziell.

Johan sah sich in der Diele um. Die Eichenwände mit ehrwürdiger Patina, der Messingbeschlag an der Hutablage und der alte Schirmständer – alles war wie immer. Seine eigene Freizeitjacke hing neben Karls schwerem Wintermantel mit dem Pelzkragen.

Plötzlich griff Johan nach einem Mantelärmel und hielt ihn sich an die Nase. Er roch verbrannt, so wie Kleidung zu riechen pflegte, nachdem man ein Lagerfeuer gemacht hatte.

Johan ließ den Ärmel los, als habe er einen Stromschlag bekommen. Wo war Karl gewesen? Ohne zu zögern steckte Johan die Hand in Karls Tasche. Er fand Streichhölzer, eine Pfeife, frisch gestopft, aber noch unbenutzt. Ein schwarzes Seidenband. Johan fuhr wieder zusammen und legte alles zurück an seinen Platz, als er Schritte auf der Treppe hörte.

»Hast du gefunden, was du suchst?«

Johan drehte das Schloss um. »Ich suche nichts. Ich schließe die Tür ab.«

»So wie du schwitzt, solltest du die Tür vielleicht lieber aufmachen.« Karl stand auf der untersten Stufe und betrachtete ihn ruhig. »Hast du in meinen Taschen was gefunden?«

»In deinen Taschen?« Johan gelang es nicht, glaubhaft entrüstet zu wirken. Seine Stimme klang dünn, wie sie immer geklungen hatte, wenn er als Junge in die Enge getrieben worden war. »Was zum Teufel sollte …«

»Du hast meine Taschen durchsucht.«

»Es roch verbrannt. Ich hab nachgesehen, ob in deinen Taschen etwas brennt.«

»In meinen Taschen brennt? Ich rauche Pfeife, das kann man schon an der Kleidung riechen.« Karl musterte ihn lange. »Warum hast du solche Angst vor Feuer, kleiner Bruder?«

Johans Bewegungen schienen langsam zu erstarren, der Nacken krümmte sich und die Nasenlöcher vibrierten, als bekäme er nicht genug Luft. Er machte auf dem Absatz kehrt. Wollte von dort weg, sich hinlegen, schlafen. Mitten auf der Treppe blieb er jedoch stehen.

»Ja, lass uns darüber reden, Karl. Was ist damals, als du verschwunden bist, eigentlich geschehen? Das Gebäude, in das man dich zuletzt hineingehen sah, ist vollständig abgebrannt. Man hat zwei Leichen gefunden. Und du hast dich nie mehr gemeldet. Vierzig Jahre hast du uns alle in dem Glauben leben lassen, dass du einer der Toten gewesen seist.« Johan blickte den Bruder empört an. »Brandgeruch wird mich immer an dich denken lassen, Karl.«

Karl hielt dem Blick stand. »Du hast dich im Laufe der Jahre wahrhaftig nicht verändert, Johan. Du hast immer noch etwas Gekränktes und Kindisches an dir.« Karl ging zum Mantel und holte die Pfeife heraus. Er zog an ihr, ohne sie anzuzünden, und legte sie in die Tasche zurück. »Es fällt schwer, dich ernst zu nehmen, wenn du in diesem Ton sprichst.«

»Von Vater habe ich erfahren, dass du die Finanzen ordentlich durcheinandergebracht hast, auch wenn er mir nie Einzelheiten erzählen wollte. Er hat es vertuscht und hinter dir aufgeräumt. Es war ihm wohl zu peinlich.« Karl antwortete nicht und Johan fuhr fort: »Da waren auch noch andere Dinge, nicht wahr? Weibergeschichten? Ich weiß ja, dass du mit ...«

»Sag, Johan«, unterbrach Karl ihn zerstreut, so, als hätte er kein Wort des Gesagten gehört. »Gibt es die alte Blockhütte noch, die wir in Hella hatten?«

Johan bewegte den Mund, ohne dass ein Wort herauskam. Er fürchtete, der Bruder sei verrückt geworden. »Natürlich gibt's die noch!«

»Ich erinnere mich, wie sehr du die Ausflüge dorthin gehasst hast. Plumpsklo. Kleine, harte Betten, feuchte und klamme Decken. Alles muffig. Kein Komfort. Du hast also nicht die Gelegenheit genutzt und sie verkauft?«

Johan stand immer noch auf der Treppe, eine Hand umklammerte das Geländer. Er antwortete nicht und Karl redete weiter: »Wage es nicht, sie zu verkaufen. Ich liebe diese Hütte. Hör mir zu, ich werde ab jetzt hier bleiben. Nach dem Wochenende werde ich die Behörden benachrichtigen, dass ich zurück bin. Du kannst gerne mitkommen. Dann wirst du alle Einzelheiten erfahren. Die Aufregung wird sich schon legen, aber die Hütte werden wir in Zukunft sicher gut brauchen können. So eine Wiedervereinigung ist eine anstrengende Angelegenheit. Wir werden alle Erholung nötig haben.«

Johan starrte ihn bloß an.

»Ich werde morgen Nachmittag dorthin fahren.« Karl ging an Johan vorbei die Treppe hinauf. Ein schwacher Geruch nach Verbranntem schien mit ihm vorüberzuziehen und rief bei Johan Gänsehaut hervor. Kurz darauf war das Knarzen der Bodendielen, dann das der Matratze zu hören.

Johan stand noch an derselben Stelle. Sog weiterhin den Atem durch die Nase ein, aber der Geruch war nicht mehr da. In Karls Zimmer wurde es still. Johan schleppte sich Stufe für Stufe langsam nach oben.

Kapitel 10

Es war noch nicht halb acht, als Eira am Eingang zur pathologischen Abteilung des Krankenhauses vorfuhr. Um ihn herum war es stockfinster. Der Parkplatz war so früh am Morgen noch fast leer. Eira unterdrückte ein Gähnen und ging mit steifen Schritten zum Eingang. Das Krankenhaus grenzte an ein Naherholungsgebiet. Der Wald hinter dem Gebäude erinnerte ihn daran, dass er genau jetzt aufgestanden wäre, Kaffee gekocht, Brote für unterwegs geschmiert und dabei mit Niillas gefrühstückt hätte. Dann hätte er Rucksack und Gewehr ins Auto geworfen und wäre in die Freiheit gefahren. Ins Gebirge, wo es frische Luft und hoffentlich eine Menge Schneehühner gab. *Verdammt.* Er hämmerte mit der Faust gegen die Bürotür des Gerichtsmediziners Vennestad.

»Ist es nötig, mir die Tür einzuschlagen, Eira?« Vennestad war noch in Zivil. Er musterte Eira. »Du meine Güte! Ich sollte vielleicht besser nichts mehr sagen. Ich sehe Ihnen an, dass etwas passiert sein muss.«

»Meine Schneehuhnjagd ist ins Wasser gefallen.«

Vennestad schob die Brille auf die Stirn. »Ach, du lieber Himmel. Na, dann versteht es sich ja von selbst. Wir werden alle versuchen, Rücksicht zu üben, Eira.« Er räusperte sich. »Ich bin schon informiert worden. Wir haben einen Toten hereinbekommen. Weiß man, wer er ist?«

»Noch nicht.«

Vennestad nickte mitfühlend. »Was halten Sie davon, wenn Sie schon mal zum Obduktionssaal gehen und die Schutzkleidung anlegen? Nehmen Sie sich die Zeit, die Sie brauchen. Ich bin in ein paar Minuten da.«

Eira machte mit dem unbestimmten Gefühl kehrt, dass Vennestad etwas ganz anderes gesagt hatte, als bei ihm angekommen war.

Eine gefühlte Ewigkeit murmelte und leierte sich Vennestad durch Röntgenbilder und vorläufige Probenergebnisse. Eira konnte sich nicht erinnern, dass eine Obduktion jemals so lange gedauert hatte. Die Schlussfolgerung war hart erkämpft.

»Nun, ziemlich viele der inneren Organe des Mannes sehen nicht gut aus, aber das hat nichts mit dem Brand zu tun, also werde ich Sie nicht damit aufhalten.«

»Danke, Vennestad.«

Vennestad ließ die Handschuhe in den Eimer fallen. »Entscheidend ist, dass er am Leben war, als das Feuer ausbrach. Der Tote war stark verbrannt und starb an dem Rauch und der Gasentwicklung. Das Feuer scheint also die direkte Ursache für den Tod des Mannes gewesen zu sein.«

»Und der Zeitpunkt?«

»Es ist schwierig, ihn genau zu bestimmen. Aber der Brand wurde gegen zwei Uhr gemeldet, was sehr gut passen könnte. Also irgendwann zwischen Mitternacht und drei Uhr.« Er studierte seine Unterlagen. »Ein relativ hoher Promillewert. Kein einziges Zeichen dafür, dass ihm jemand auch nur ein Haar gekrümmt hätte. Weder Schlag- noch Bruch- oder Stichverletzungen, soweit wir sehen können. Es ist möglich, dass er bei Ausbruch des Feuers geschlafen hat und nicht mehr aufgewacht ist.«

Die Stadt war zum Leben erwacht und der Vormittagsverkehr auf seinem Höhepunkt. Eira fuhr durchs Zentrum und kam an dem abgebrannten Gebäude vorbei. Es stand wie ein futuristisches Monument aus Stahl und verbranntem Holz direkt am Rand des Kais. Die letzten Löscharbeiten waren beendet und die Brandtechniker standen bereit, um mit den Untersuchungen im Gebäudeinneren zu beginnen.

In den wenigen Stunden mit Tageslicht hob sich der Himmel jungfräulich rein und blau von der schwarzen, rauchenden Fassade ab. Eira hielt vor der Absperrung. Sverre Wikan unterhielt sich gerade mit ein paar Feuerwehrmännern. Die Frau, die sich neben ihn gestellt hatte, bemerkte Eira erst, als sie ihn ansprach.

»Ist das nicht total verrückt? Was soll man eigentlich glauben?«

Eira betrachtete sie zerstreut. »Wie meinen Sie das?«

Sie trug einen dunkelblauen Popelinmantel im klassischen Fünfziger-Jahre-Stil. Dazu passten auch die flachen, braunen Schuhe. Eine geräumige Einkaufstasche aus abgenutztem Kunstleder baumelte an einem Arm. Sie sah aus, als wollte sie gleich einige Geschäfte stürmen. Aber die Läden würden frühestens in über einer halben Stunde öffnen. Ihre kleinen, etwas blassen Augen schwirrten umher – von der Brandstelle zur Wachmannschaft und weiter zu den Leuten von der Spurensicherung. Im Übrigen waren die Augen das einzig Kleine an ihr. Ansonsten war sie eine große, kräftige Frau, die im Gespräch mit Eira zu ihm hinunterblicken musste.

»Bei diesen Bränden geht es nicht mit rechten Dingen zu. Die Insel ist von Wasser umgeben, es regnet oder schneit die meiste Zeit des Jahres, trotzdem brennt es ständig.« Ihre Augen streiften kurz sein Gesicht. »Ich sag, es ist wieder ein Pyromane. Und ich habe das voriges Mal auch schon gesagt, als die halbe Stadt abgebrannt ist. Nichts haben sie damals herausgefunden, keiner wurde festgenommen.«

Eira schaute sie stumm an und nickte ungeduldig.

»Nein, nein, mein Lieber, es ist mir klar, dass Sie nichts darüber wissen können. Wo *Sie* herkommen, habe ich sofort gesehen. Aber es ist nun mal so: Wenn *einflussreiche* Leute in etwas verwickelt sind, geht es nicht vordringlich darum, den Täter zu fassen. Man hält lieber alles ganz klein, nur keinen Wind machen. Sie und ich hingegen, wir würden für die gleiche Tat lebenslänglich sitzen. Es kommt eben immer darauf an, wer sich was zuschulden kommen lässt.« Sie hatte die Stimme verschwörerisch gesenkt.

»Wovon reden Sie, Frau ...?«

»... Andersen. Magni Andersen.« Sie strich sich mit den breiten Händen über die Taschen ihres Popelinmantels und schnalzte mit der Zunge. Ihr künstliches Gebiss passte nicht mehr hundertprozentig in den alternden Mund und löste sich ein Stück weit, wenn sie vor Eifer zu schnell sprach.

Sie hob einen knochigen Finger und zeigte auf Sverre Wikan. »Ach, übrigens, schauen Sie sich mal den dort drüben an, der gerade den Job als Brandermittler bekommen hat. Damals, als es richtig gebrannt hat, war er auch schon dabei. Wussten Sie das? Zwar noch ein Junge, aber mitten im Geschehen.«

Jetzt beugte sie sich etwas nach vorne, um auf Augenhöhe mit Eira zu gelangen. Ein muffiger Geruch nach ranzigem Fett und Kampferdrops ging von ihr aus. Ihre spezielle Redetechnik erlaubte es ihr, sowohl beim Ein- als auch beim Ausatmen zu sprechen. Sie öffnete ihre Tasche und holte ein großes, zerknülltes Taschentuch heraus. Damit schnäuzte sie sich lautstark. Eira registrierte, wie wohltuend diese kurze Unterbrechung war. Er hätte jetzt die Möglichkeit gehabt, dem Redeschwall zu entkommen, blieb aber trotzdem stehen.

»Sie sagten vorhin mal etwas von einem Pyromanen. Wo haben Sie das denn gehört?«, fragte er beiläufig. »Solche Brände mit ungeklärter Ursache lassen ja meistens die Gerüchteküche brodeln.«

Zum ersten Mal blickte sie Eira direkt in die Augen. »Gerüchte? Hat man so was schon gehört!« Sie stopfte das Taschentuch wieder in die Tasche. »Ich wiederhole bloß, was alle anderen erzählt haben, Dinge, die man eben wusste. Der Brand damals wurde gelegt, so einfach ist das. Er ist unten am Kai ausgebrochen. Aber meinen Sie, irgendjemand hätte das genauer nachverfolgt, sodass der Schuldige erwischt worden wäre?«

Sie rückte einen Schritt näher und senkte die Stimme. »Warum ist danach nichts passiert? Man hat bloß die Flammen gelöscht und ein paar riesige Bulldozer herangekarrt. Bevor man die verrußte Wäsche von der Leine geholt hatte, war alles wieder hübsch und ordentlich. Dann ist der König zum Stadtjubiläum gekommen, die Leute haben gestrahlt und alles war vergessen.«

Eira seufzte unhörbar und knöpfte die Jacke bis zum Hals zu. »Es scheint mir, als habe da jemand aus einer Mücke einen Elefanten gemacht«, sagte er und versuchte, dabei nicht abweisend zu klingen. Im Augenblick war er nicht in der Stimmung, sich um ältere Damen mit großem Aufmerksamkeitsbedürfnis zu kümmern.

Wie viele andere hatte Eira sich die Untersuchungen rund um den großen Stadtbrand im Jahr 1969 schon vor langer Zeit angesehen. Das Feuer war in einem äußerst brandgefährdeten Gebiet mit alten Anlegern ausgebrochen. Es hatte bereits zuvor Pläne zum Abriss und für die Umgestaltung gegeben. Draußen im Sund war ein Schiff vorbeigefahren, und irgendjemand von der Besatzung hatte am Kai Personen beobachtet, vermutlich Betrunkene. Sie hätten sich angeblich in der Nähe des späteren Brandherds aufgehalten. Aber das war auch alles. Mehr hatten die Ermittlungen damals nicht erbracht.

Wahrscheinlich hatte die Feuerwehr einfach an der falschen Stelle mit dem Löschen begonnen und nicht dort, wo das Feuer am schnellsten um sich gegriffen hatte. Schlichtweg die Verquickung unglücklicher Umstände, dachte Eira. Ein Pyromane war nirgendwo erwähnt worden. Dieses Viertel war schließlich schon seit Jahrzehnten eine tickende Brandbombe gewesen.

»Ich sage Ihnen eins, Herr …?« Die Stimme der älteren Dame riss Eira aus seinen Gedanken.

»Eira. Aslak Eira.«

»Das habe ich mir schon gedacht. Dass Sie Same sind.« Sie

überlegte kurz und sah ihn dann blinzelnd an. »Ja, *Sie* sind das. Der den Fall mit den Studentinnen im Frühling gelöst hat.«

Energisch legte sie ihm die Hand auf den Arm und hielt ihn zurück, als er sich in Bewegung setzen wollte. »Hören Sie, Eira. Ich habe viele Jahre die Büros der Fjelds geputzt. Wäre das Haus nicht abgebrannt, hätte ich für lange und treue Dienste den Königlichen Verdienstorden in Silber bekommen, das kann ich Ihnen sagen.«

»Tatsächlich?«

»Sie müssen mir nicht glauben. Das haben die Ermittler aus Oslo 1969 auch nicht getan, als sie mich befragten. Es ist gut möglich, dass sie Schwierigkeiten hatten, meinen Dialekt zu verstehen, denn sie haben rein gar nichts von dem, was ich erzählt habe, berücksichtigt. Ich höre es am Ton, wenn ich nicht ernst genommen werde. Also, ich war oft da, als kein anderer Außenstehender da war, und ich habe deutlich mitbekommen, wie die Fjelds sich hinter verschlossenen Türen gestritten haben.«

Sie richtete sich auf. Um ihren Mund zuckte es abschätzig. »Wissen Sie, für die war ich ja nur ein Teil des Inventars. Keiner hat sich die Mühe gemacht, sich zusammenzureißen, bloß weil *ich* in der Nähe war.«

Eira kämpfte mit widerstreitenden Gefühlen. Einerseits drängte es ihn, dem Wortschwall schnellstmöglich zu entkommen, andererseits war er jetzt neugierig geworden, ob sie tatsächlich neue Informationen über den Brand von 1969 liefern könnte.

»Wenn sie alleine waren, war nicht mehr viel von ihrer feinen Art zu erkennen. Sie haben gestritten, dass die Fetzen nur so flogen, und das ging bis hin zu Morddrohungen.«

»Das ist nicht Ihr Ernst.«

»Doch, natürlich. Besonders die Brüder. Die haben nie miteinander gesprochen, außer wenn sie sich gezofft haben. Und ihre engelsgleiche Schwester war auch nicht ohne. Einmal …« Sie hielt inne und kniff den Mund zusammen, als habe sie plötzlich Redeverbot bekommen.

Eira legte fragend den Kopf schief. Mehr war auch nicht nötig.

»Einmal hat sie die beiden angeschrien, dass jemand sie abfüllen und über den Rand des Kais stoßen sollte, damit man sie los wäre.«

Eira hatte plötzlich genug. »Tja, was soll man dazu sagen? Ich glaube, bei einem Wutausbruch sagen einige von uns Dinge, die sie nicht so meinen. Außerdem ist das ziemlich viele Jahre her … Frau Andersen, ich bin im Dienst. Jetzt muss ich wirklich mal mit denen reden, die hier ihre Untersuchungen durchführen.«

»Ich hab ihn übrigens gesehen, an dem Abend 1969, als es brannte.«

»Ihn?«

»Karl Fjeld.«

»Das haben Sie den Ermittlern erzählt, nicht wahr?«

»Ja, sicher. Aber es ist nichts dabei herausgekommen, denn er ist ja bei dem Brand verschwunden.«

»Er ist dabei verbrannt.«

Sie nickte und sah Eira mit weit geöffneten Augen an. »Das haben sie alle behauptet. Jahrzehntelang. Aber jetzt werde ich Ihnen was sagen: Ob Sie es glauben oder nicht, ich hab ihn vorgestern früh wiedergesehen!«

Eira stutzte. »Darf ich Ihnen eine persönliche Frage stellen, Frau Andersen?«

Sie nickte eifrig.

»Wie alt sind Sie?«

»Fünfundsiebzig.«

Eira ließ sich einen Moment Zeit. »Sie haben gestern Karl Fjeld gesehen, der bei dem Brand 1969 gestorben ist?«

»Das hab ich. Ich bin mir absolut sicher. Er war es. Und ich weiß, dass er mich auch wiedererkannt hat, obwohl er sich nichts hat anmerken lassen. Eira, ich sage Ihnen, da hat sich für mich vieles zusammengefügt. Aber wenn Sie nichts dagegen haben, würde ich lieber mal in Ihrem Büro darüber sprechen. Jetzt muss ich nämlich Besorgungen machen.«

Eira nickte langsam. »Natürlich. Sie wissen ja, wo Sie mich finden.«

Er schaute ihr nach, als sie erstaunlich leichten Schrittes davonging – bei solch einem massigen Körper … Es musste hart sein, körperlich fit zu bleiben, während der Geist nachzulassen begann.

Kapitel 11

17. Oktober 2007

»Traurige Geschichte.« Sverre Wikan nickte Eira kurz zu, als er am nächsten Tag zusammen mit einem der technischen Brandermittler im Polizeipräsidium eintraf.

Im grellen Licht der Bürolampen war die Brandverletzung, die Wikan auf seiner linken Gesichtshälfte hatte, deutlicher als bisher zu sehen. Die Narbe hob sich glänzend und rötlich von der blassen Haut ab. Eine Augenbraue fehlte. Sein Gesicht wirkte streng und irgendwie nackt. Dies war der erste Fall, den sie gemeinsam bearbeiteten. Wikan hatte eine vergleichbare Stellung in Ostnorwegen aufgegeben und war vor drei Monaten in den Norden gezogen.

Er holte Akten aus der Tasche. »Wir haben ein Brandmuster gefunden, das darauf hindeutet, dass das Feuer gelaufen oder an mehreren Stellen gleichzeitig ausgebrochen sein muss.«

»Wie erklären Sie sich das?« Eiras Blick war auf Wikan gerichtet.

»Wir haben einen zerbrochenen Flaschenhals mit einem Stofffetzen darin gefunden. Es könnte sich um eine Art Molotowcocktail handeln«, fügte Wikan erklärend hinzu. »Zudem lagen in einer Ecke Glasscherben. Und an einigen Stellen an der Wand war ein stärkeres Brandmuster im Holz wahrzunehmen. Das bestätigt unsere Meinung, dass da drinnen Benzin oder etwas anderes Brennbares ausgespritzt worden ist. Vermutlich kam die Flüssigkeit aus einer Flasche, die man an der Wand zerschlagen hat.«

Sein Kollege machte ein Zeichen, dass er etwas sagen wollte. »Wir haben Proben aus den Ritzen zwischen Boden und Wand genommen. Sie werden uns genauer Auskunft über die brennbare Substanz geben.«

»Kann der Alkoholiker betrunken eingeschlafen sein, ohne zu merken, dass etwas die Pappe entzündet hat?« Benjaminsen starrte gedankenverloren aus dem Fenster, wo noch pechschwarze Finsternis herrschte.

»Das ist natürlich eine der vielen Möglichkeiten, die man erörtert.« Wikan klang unerwartet nachsichtig.

»Molotowcocktail?« Eira schmeckte dem Wort nach. »Warum um Himmels willen sollten wir es mit so was zu tun haben? Wenn solche Begriffe ins Spiel gebracht werden, denkt man doch wohl in erster Linie an Sabotage und Terror.«

»Um die Neubauten unten am Hafen hat es heftige Diskussionen gegeben. Der Brand kann gelegt worden sein, ohne dass man wusste, dass sich darin jemand befand.«

»Auf die erstaunliche Schnelligkeit, mit der das Feuer um sich gegriffen hat, haben wir bereits hingewiesen.« Wikan schwieg einen Augenblick und sah immer noch zögerlich aus, als er weitersprach: »Möglicherweise müssen wir den Schluss ziehen, dass es Brandstiftung war. Weniger wahrscheinlich ist ein Unfall, also unvorsichtiger Umgang mit brennbaren Flüssigkeiten vom Betrunkenen selbst oder jemandem, der dort mit ihm zusammen war. Wie dem auch sei, wir haben nicht nur große Schäden an einem Neubau, der viele Millionen Kronen gekostet hat, sondern dazu noch einen Todesfall. Eine bedauerliche und sehr überraschende Tatsache. Das Gebäude hätte leer sein sollen, abgeschlossen und unzugänglich, außer für Personen, die einen Schlüssel haben. Die sind alle befragt worden. Keiner war nach Feierabend in dem Gebäude.« Er fuhr fort, ohne Zeit für Fragen zu lassen. »Die Nachricht von dem Brand haben wir in der Nacht kurz vor halb drei erhalten. Der Tote ist in einem Raum in der Nähe der Garageneinfahrt gefunden worden. Die Tür war geschlossen und der

Raum bestand aus Holz und solidem Betonboden.« Er kratzte sich nachdenklich am Kopf. »Erinnert ein bisschen an den Brand, den wir letztes Jahr in Ostland untersucht haben. Ein neues Hochgebirgshotel, in dem alle möglichen Brandschutzmaßnahmen vorgenommen worden waren. Das nützt aber nicht viel, wenn die Leute betrunken im Bett rauchen und in einem Haufen synthetischer Kleidung einen Schwelbrand auslösen.«

»Ich war gerade bei den Gerichtsmedizinern«, warf Eira ein. »Vennestad bestätigt Ihre Theorie. Der in dem Gebäude gefundene Tote ist jetzt identifiziert. Es war möglich, ihm Fingerabdrücke abzunehmen. Er ist ein fünfundfünfzig Jahre alter, stadtbekannter Alkoholiker. Sein Name ist Per Andersen und er war tatsächlich in unseren Archiven. Nach dem Brand 1969 ist er kurz vernommen worden.« Eira hielt eine vergilbte Mappe hoch. »Wir nehmen an, dass er in dem Gebäude geschlafen hat, als der Brand ausgebrochen ist. Der Raum war, wie wir vermutet haben, voller unterschiedlicher Abfälle, die noch nicht abtransportiert worden waren. Es muss zu einer erheblichen Rauchentwicklung gekommen sein, die ihn schnell vergiftet hat.«

Wikan blätterte in seinen Papieren und sah auf einmal unangenehm berührt aus. »Ich hab ihn in meiner Jugend gekannt. Ein armer Tropf, mit dem es das Schicksal nicht sonderlich gut gemeint hat. Um ehrlich zu sein, haben seine Probleme mit der Flasche damals schon angefangen.«

Eira betrachtete Sverre Wikan nachdenklich. »Nach dem Nachlöschen gestern habe ich mit einer etwas seltsamen älteren Dame namens Magni Andersen gesprochen. Sie kannte Sie.«

»Magni. Per Andersens Mutter. Sie müsste inzwischen wohl benachrichtigt worden sein.« Um Sverre Wikans verbranntes Auge zuckte es. »Eine schrullige Frau und außerdem wohl eine der redseligsten, die ich kenne. Der arme Per. Er hat bestimmt noch zu Hause bei ihr gewohnt.«

Mit einer Hand wühlte Sverre sich durch die kurzen Haarstoppeln. »Ich frage mich, ob ich nicht auch zur Flasche gegriffen hätte, wenn ich ihr den ganzen Tag hätte zuhören müssen.« Unvermittelt schwieg Sverre und räusperte sich. Derartige Analysen fielen nicht in seinen Fachbereich.

Eira trommelte mit den Fingern auf die Tischplatte. »Hatte Per Andersen keine andere Familie als seine Mutter Magni?«

»Er ist Einzelkind und hat sein ganzes Leben mit seiner Mutter zusammengewohnt.« Wikans kleine, tief liegende Augen schienen fast zu funkeln. »Es ist mir ein Rätsel, wie sich jemand mit ihr einlassen konnte, selbst vor fünfundfünfzig Jahren, als sich noch alles im Stockdunkeln abspielte. Die Gene, die ihn zum Alkoholiker werden ließen, muss Per von seinem unbekannten Erzeuger mitbekommen haben.«

Es wurde gekichert und gegrinst und die Stimmung stieg merklich.

Kriminalkommissarin Berger war wie gewöhnlich joggend ins Büro gekommen, ihr frisch gekämmter Pferdeschwanz war straff und noch feucht vom Duschen. Eira warf ihr aus dem Augenwinkel einen Blick zu. Sie war die einzige Frau in der Versammlung und saß hochrot am Ende des Tisches. Mit ihren eins achtundsiebzig war sie nicht gerade klein, dabei schlank und grazil. In gewissen Bereichen fehlte ihr allerdings jeglicher Sinn für Humor.

»Ich muss schon sagen …«, fauchte sie.

Eira machte eine beschwichtigende Handbewegung. »Per Andersen, der Alkoholiker ist, ließ sich also in dem Raum nieder, in dem noch eine Menge Verpackungs- und Baumaterial herumlag. Dass er überhaupt hineingekommen ist, ist sowieso auf ein Versehen zurückzuführen. Irgendwer hatte wohl vergessen, die Tür hinter sich abzuschließen. Wir überprüfen, ob jemand ihn dort hineingehen sah oder ob in der näheren Umgebung Personen beobachtet worden sind.«

Eira wandte seinen Blick dem Polizeibeamten von der Wache zu, der mit einem Zettel in der Hand hereinkam. »Oft helfen uns die Aussagen von Taxifahrern weiter. Im Moment wird unter Hochdruck die Taxinachtschicht befragt. Wir haben ein Hinweistelefon eingerichtet und eine Tür-zu-Tür-Aktion organisiert.« Er schaute konzentriert auf den Zettel. »Aha, offenbar gibt es die Zeugenaussage eines Fahrers, der um 1:50 Uhr nachts Passagiere am Grand Hotel abgesetzt hat. Das ist zwar eine Straße weiter, aber als er zum Hotel hin abbog, sah er zwanzig oder dreißig Meter von der Brandstelle entfernt zwei Personen miteinander reden. Zwei Männer.«

»Keine weiteren Angaben?«

Eira schüttelte den Kopf. »Es war dunkel, kalt, spät. In solch einer Situation achtet man wohl lediglich auf die Uhr und den Verkehr, während man sich nach Hause ins Bett sehnt. Wer kümmert sich da um zwei Typen, die diskutierend draußen in der Kälte stehen?« Nachdenklich sah Eira in die Runde. »Inzwischen wissen wir Folgendes.« Eiras Blick schweifte zu einem neu hinzugekommenen Brandermittler, der seine Jacke ausgezogen und sich auf den Stuhl ihm gegenüber fallen lassen hatte. »Das Opfer war höchstwahrscheinlich noch am Leben, als das Feuer ausbrach.«

Polizeidirektor Hagen erhob sich und ging zur Tafel. »Es sieht so aus, als habe es guten Grund gegeben, die Jagdwoche abzublasen, Eira.« Er griff zum Stift und fasste zusammen: »Ein Brand mit einem Toten. Brandstiftung kann nicht ausgeschlossen werden.«

»Warum in aller Welt sollte jemand einen heruntergekommenen Alkoholiker, der keiner Fliege was zuleide tut, umbringen?« Eira schmerzte die Erinnerung an die Jagd.

»Solche Typen verschönern nicht gerade das Stadtbild, wenn sie herumtorkeln und um Geld betteln«, sagte Henriksen, der plötzlich aus seinem Dämmerzustand erwacht war und sich in seinem Stuhl aufgerichtet hatte.

»Hör doch auf, Henriksen. Per Andersen hat beim Schnorren wenigstens nicht Akkordeon gespielt.« Eira klopfte wieder ungeduldig mit den Fingerspitzen auf den Tisch.

»Dass sie das Straßenbild verschandeln, ist das eine. Aber wenn ich daran denke, wie viele Ressourcen die Gesellschaft auf solche Leute verwendet, Sozialhilfe, Gesundheitsfürsorge ...«

»Du bringst es tatsächlich fertig, wegen des Stadtbilds und ein paar lausiger Sozialleistungen entrüstet zu tun. Der Mann ist vielleicht *getötet* worden, begreifst du das. Deshalb sitzen wir alle hier und reden über ihn.« Henriksen, frisch und munter, bei fabelhafter Gesundheit, war mehr denn je ein rotes Tuch für Eira.

Henriksens Augen wurden schmal. »Entrüstet tun? Wenn das so ist ...«

»Okay«, fuhr Polizeidirektor Hagen brüsk dazwischen. »Wir warten die endgültigen Ergebnisse der Brandtechniker und Gerichtsmediziner ab. Sortiert jetzt, nachdem die Medien über den Fall berichtet haben, weiter die eingehenden Hinweise. Per Andersen wird unter Einbeziehung aller unserer Archive mit der Lupe untersucht, sowohl was die Vergangenheit als auch was die Gegenwart betrifft.«

Kapitel 12

Eira kam heim in ein Haus, das ihm wie ausgestorben erschien. Er wanderte durch die Räume, die kleine Küche, das gemütliche Wohnzimmer, und öffnete die Tür zum Zimmer seines Sohnes Niillas. Wie üblich sah es aus, als hätte eine Bombe eingeschlagen. Haufen von Kleidung und Sportzeug. Dieses Chaos gab Eira stets ein Gefühl von Stabilität und Ruhe, besonders wenn der Junge mit seiner Gitarre im Schoß mittendrin saß. Jetzt war alles verwaist.

Eira ging wieder in die Küche, fand eine Schüssel Labskaus vom Vortag und stellte sie in die Mikrowelle. Dann sah er auf sein Handy, aber auch hier keine Nachricht von Niillas. Gewöhnlich gab der Junge immer Bescheid, wenn er nicht zum Essen kam. Heute nicht. Vorgestern ebenso wenig. Und wenn schon, dachte Eira resigniert, als er das Handy wieder in die Tasche steckte. Er hatte keinen Anspruch darauf zu wissen, wo Niillas war. Irgendwann sollte er aufhören, immer darüber nachzugrübeln, was sein Sohn wohl gerade machte.

Auf der Straße vor dem Küchenfenster vermoderten die Herbstblätter. Das Gefühl, sich auch selbst einer Art Herbst des Lebens zu nähern, stieg unbehaglich in Eira auf. Man musste sich darauf vorbereiten, bald wieder allein zu sein. Die Midlife-Crisis schlug brutal zu.

Er wechselte vom Küchentisch hinüber zu seinem Arbeitstisch im Wohnzimmer und begann, in Hahnen- und Straußenfedern, Fäden, Harz und feinen Werkzeugen herumzustöbern. All seine Utensilien zum Fliegenbinden waren hier versammelt. Nun galt es, mit minimalen Bewegungen den haarfeinen Faden um die winzige Feder und den beinahe mikroskopisch kleinen Haken herumzuwickeln. Eine Beschäftigung, die es hoffentlich unmöglich machen würde, an andere Dinge zu denken.

Eira befestigte einen Haken im Bindestock und begann mit dem Fliegenbinden – in erster Linie, weil er verbissen und gereizt war, und nicht, weil er besondere Lust dazu gehabt hätte. Eira gelang es nicht, sich zu konzentrieren. Er arbeitete ungenau und nachlässig. Die Fliege, die er zehn Minuten später gegen das Licht hielt, hätte keinen Fisch, der auch nur einen Funken Instinkt besaß, zum Anbeißen verführen können. Eira knipste den Haken ab und warf ihn in den Mülleimer.

Das Labskaus hatte er in der Mikrowelle vergessen. Es war wieder kalt, aber Eira kümmerte sich nicht darum und aß es zur Hälfte auf. Die Stille ging ihm auf die Nerven. Er hätte viel dafür gegeben, das Gitarrengeklimper seines Sohnes durch die Wand zu hören. Selbst der Lärm aus Niillas' überdimensionierter Stereoanlage, die Kehllaute des Sängers von *Linkin Park*, wären Eira im Augenblick willkommen gewesen.

Stur und entschlossen hatte er sich an das Binden einer neuen Angelfliege gemacht, als sein Handy plötzlich klingelte. Es war Sandvik, einer der durchtriebeneren Journalisten der Stadt. Eira klemmte sich das Handy zwischen Ohr und Schulter, während er unverdrossen weiterwickelte.

»Hören Sie, Eira.« Keine Einleitung oder Erklärung. »Per Andersen, dieser Mann, der bei dem Brand gefunden worden ist.« Pause.

»Ja?«

»Er ist drinnen verbrannt, nicht wahr? Bei dem Brand gestorben?«

Eira fiel der Haken auf den Boden. »Mist!«

»Das hab ich mir gedacht. Er war also *nicht* schon vor Ausbruch des Feuers tot. Außerdem hatte er sich mehr als genug hinter die Binde gekippt, stimmt's?« Der Journalist schwieg kurz.

Eira seufzte. »Sie wissen verdammt gut, dass ich nicht …«

»Waren es mehrere? Zechbrüder?«

»Das geht aus der Obduktion nicht hervor.«

»Es gab wohl keine offensichtlichen Hinweise auf eine Schlägerei, oder? Verletzungen Fehlanzeige … Per Andersen war kein aggressiver Typ, war niemals in Handgemenge verwickelt. Also scheint der Brand die Todesursache zu sein.« Der Journalist fuhr noch eine Weile ungehemmt fort, seine Fragen selbst zu beantworten.

Eira schaltete auf Durchzug. Als Sandvik endlich wieder eine Atempause einlegte, fragte Eira: »Sonst noch was?«

»Geben Sie mir Bescheid, wenn Sie etwas in der Hand haben?«

Eira hatte keine Lust, das Gespräch weiter auszudehnen. »Wir werden Sie auf dem Laufenden halten.«

Die Unruhe, die Eira schon vor Stunden befallen hatte, hielt an. Also konnte er genauso gut ins Büro zurückgehen. Eine halbe Stunde später saß er am Computer und tippte auf die Tastatur. Dermaßen wenig über Per Andersen zu finden war deprimierend. Eine Personenkennziffer. Keine Einkünfte. Eine einzige Aufzeichnung in den Archiven der Polizei. 1969 war Per im Zusammenhang mit dem Brand zu einer Vernehmung vorgeladen worden. Das Protokoll dazu befand sich wie andere Unterlagen aus dem Jahr 1969 in einer vergilbten Pappmappe. Ein kurzer Blick darauf hatte Eira nicht zu neuen Erkenntnissen verholfen. Jetzt schlummerte alles am Rand von Eiras Schreibtisch vor sich hin.

Eira ging zum Fenster und starrte hinunter auf die dunkle Straße. Es hatte zu schneien begonnen. Der Verkehr war nicht mehr so dicht. Die meisten Leute hatten sich in ihre Häuser zurückgezogen.

Eira erspähte eine dunkle Gestalt an der Ecke des Folkets Hus. Zuerst glaubte er, dass sie auf Grün wartete, aber die Ampel sprang um, und die Person blieb stehen. Sie schien auf irgendetwas anderes zu warten. Unverwandt blickte sie zu seinem Fenster hinauf. Vor der Straßenlaterne hinter ihr war sie bloß eine dunkle Silhouette, auf so weite Entfernung nicht näher zu erkennen.

Eira zog sich vom Fenster zurück. Sah auf die Uhr. Halb elf. Niillas ging immer noch nicht an sein Handy.

Mit einer kalten, unbekannten Anspannung, die ihn nicht loslassen wollte, schaltete Eira das Licht aus und verließ sein Büro.

Kapitel 13

18. Oktober 2007

Im Laufe der Nacht waren fünfzehn Zentimeter Schnee gefallen. Viele hatten ihre Winterreifen noch nicht aufgezogen, und auf den Straßen herrschte Chaos. Für heute Morgen war ein Treffen mit den brandtechnischen Ermittlern angesetzt worden. Bei diesen Straßenverhältnissen würden sich wohl einige Teilnehmer verspäten. Eira, der in der Nordre Tollbugate wohnte, nur drei Gehminuten vom Polizeipräsidium entfernt, hatte den dicht fallenden Schnee zufrieden betrachtet. Ein guter Grund, nun doch seine Wanderstiefel hervorzuholen, die er sogleich hingebungsvoll mit Fett einschmierte. Dabei trank er frisch aufgebrühten Kaffee und malte sich für die nahe Zukunft einige phantastische Skitouren aus.

Die Küchentür ging auf und Niillas kam herein, das nasse, halblange Haar in Strähnen und die Augen wie schmale Striche in dem verschlafenen Gesicht. Vergangene Nacht war er erst nach zwei Uhr nach Hause gekommen, und das an einem gewöhnlichen Dienstag.

Abrupt blieb Niillas stehen.

»Biru beargalat!«, fluchte der Junge und fasste sich an die Nase. »Das hier ist eine Küche! Kein Schweinestall!«

Eira starrte ihn verblüfft an, dann sah er sich in der aufgeräumten Küche um. »Schweinestall? Es ist wohl vor allem mir zu verdanken, dass es hier immerhin noch so aussieht wie jetzt«, begann er.

»Glaubst du, es ist appetitlich, bei diesem Gestank zu essen?«

»Gestank? Na hör mal! Ich fette meine Winterstiefel …«

»Musst du die verdammten Stiefel hier *drinnen* fetten? Es stinkt nach Stall! Nach altem ranzigem Schaf!«

Eira schaute seinen Sohn ratlos an. Es war das erste Mal, dass Niillas ihn auf diese Weise beschimpfte und anschrie.

»Und wenn mal zur Abwechslung *nicht* Wanderstiefel mit ranzigem Fett eingeschmiert werden, dann sind es Haufen von Federn, die einem das Wohnzimmer versauen.« Niillas klapperte geräuschvoll mit den Schubladen. »Messer, die geschnitzt, oder Griffe aus Knochen, die bearbeitet werden ... Hier sieht es aus wie in einem verdammten Bastelladen!«

Eira war immer noch sprachlos, aber Niillas wartete sowieso nicht auf eine Antwort. »Warum kannst du nicht sein wie andere Leute? Andere Väter sitzen vor dem Fernseher und schauen sich die Nachrichten oder einen Film an. Arbeiten am Computer ... so was halt. Die sitzen nicht am Frühstückstisch und reiben Wanderstiefel mit ranzigem Fett ein!«

Eira hatte die Bemerkung auf der Zunge, dass er das die ganzen Jahre, seit Niillas' Geburt, gemacht hatte, aber das spielte jetzt wohl keine Rolle. Niillas hatte ein ganz anderes Problem als den starken Geruch des Fettes. Eira ließ den Stiefel mit einem dumpfen Aufprall auf den Boden fallen und stand langsam auf, wobei ein Gefühl, das er nicht benennen konnte, in seiner Brust aufstieg. Ein Gemisch aus Wut und Trauer.

»Sag, Niillas, schämst du dich für deinen Vater?«

Niillas hatte ihm den Rücken zugekehrt und strich sich eine Scheibe Brot. Eira sah, dass sein Sohn erstarrte.

»Es könnten ja mal Leute kommen, die nicht an so was gewöhnt sind«, presste Niillas zwischen zusammengebissenen Zähnen hervor. Er warf das Messer hin und verschwand in seinem Zimmer. Eine Viertelstunde später knallte die Tür, und Eira sah die schmächtige Gestalt, nur mit einem dünnen Kapuzenpullover und Stoffturnschuhen bekleidet, auf die Straße hinaustrotten.

Jugendliche liefen im Winter so herum, das wusste Eira. Trotzdem wirkte Niillas so verwundbar, dass Eira plötzlich den Wunsch verspürte, hinter ihm her zu stürzen und ihn an sich zu drücken. Ihm zu versprechen, die Utensilien zum Fliegenbinden, die Messergriffe, die er schnitzte, alles, womit er sich gerne beschäftigte, wegzuräumen. Was auch immer, wenn nur zwischen ihnen alles wieder in Ordnung käme.

Eira atmete tief ein und legte den Kopf nach hinten gegen die Wand. Nein, das ginge zu weit. Er musste es einfach hinnehmen. In all den Jahren war es ungewöhnlich friedlich zwischen ihnen zugegangen. Nur sie beide, keine Mutter, keine Frauen. Es hatte auch nicht den Anschein, als habe Niillas etwas vermisst, sie waren ein außerordentlich gutes Zweiergespann gewesen. Hatte er bis jetzt wenigstens geglaubt.

In der letzten Zeit war offenbar irgendetwas mit Niillas geschehen. Er zog sich zurück, wirkte in sich gekehrt und abwesend. Es schien, als betrachtete Niillas den Status quo aus der Distanz. Beurteilte alles, was vorher ein natürlicher Teil seines Lebens gewesen war, mit neuen Augen. Nur so konnte Eira sich Niillas' Kommentare zum Fliegenbinden erklären. Eira horchte in sich hinein und erkannte, wie tief getroffen er wäre, falls sein Sohn sich tatsächlich für den etwas schweigsamen Vater mit den seltsamen Hobbys schämen würde.

Langsam griff Eira zu den Wanderstiefeln und stellte sie raus auf die Treppe. Dann schüttete er den lauwarmen Kaffee weg und ging mit schweren Schritten zur Tür.

Kapitel 14

Eira hatte Berger aufgelesen, die sich nach dem Joggen umgezogen und rasch geduscht hatte. Ihr Gesicht war immer noch hochrot und überhitzt.

»Es wird dir nichts helfen, dass du aussiehst, als ob du eine Heidenangst vor deinem Job hättest«, murmelte Eira. »Ich muss so schnell wie möglich mit Magni Andersen sprechen. Bisher war es nicht möglich, sie aufzutreiben, weil sie ein Leben ohne Telefon führt. Anstandshalber habe ich seit dem Tod ihres Sohnes ein paar Tage verstreichen lassen und bin jetzt so rücksichtsvoll, zu ihr nach Hause zu fahren, anstatt sie in unsere heiligen Hallen zu schleppen.«

»Glaubst du, dabei kommt etwas anderes heraus, als dass sie behaupten wird, ihr Sohn sei ein armer Tropf gewesen, der zu viel getrunken hat und eingeschlafen ist, während es um ihn herum brannte?«

Eira warf ihr einen kurzen Blick zu und bremste scharf. »Ach so. Dann können wir ja genauso gut wieder nach Hause fahren und etwas machen, wozu wir Lust haben. Du kannst noch eine Runde joggen und ich kann Fliegen binden.« Eira bemerkte selbst, wie mürrisch das klang. Er fühlte sich wie ein Dreckskerl. Aus irgendeinem Grund war er momentan nicht er selbst, und heute musste Berger es ausbaden.

Sie wurde rot bis zu den Ohrläppchen. »Was soll das denn, Eira? Es wird ja wohl erlaubt sein, eine ganz normale Frage über unsere Erfolgschancen zu stellen.«

»Schon gut, Berger. Wie viel Nutzloses tun wir im Laufe einer Ermittlung? Aber es muss erledigt werden, auch wenn mir klar ist, dass es halb sechs ist und du dir um diese Zeit gewöhnlich irgendetwas im Fernsehen ansiehst. Sport oder eine Soap, was weiß ich.«

Berger blickte verärgert in seine Richtung. Er zwinkerte ihr zu.

Eira war bis zum Ende einer Häuserzeile aus den frühen fünfziger Jahren gefahren, bremste und ließ den Motor im Leerlauf weiterlaufen. »Hier muss es sein.« Er deutete auf ein kleines Einfamilienhaus, von dessen hohem Fundament der Putz abblätterte, sodass der Moosbewuchs zwischen den Steinschichten sichtbar wurde. »Sie wohnt hier seit ihrer Jugend. Per Andersen ist in diesem Haus aufgewachsen.«

Der Garten auf der Vorderseite war klein und überwuchert. Es gab keine spezielle Bepflanzung, aber entlang des Zauns wuchsen wilder Sauerampfer und Herkulesstauden. Unter dem frisch gefallenen Schnee waren sie jetzt gelb und schlapp und gaben dem dunkelroten Haus und seiner Umgebung eine herbe Nuance von Tristesse. Zwei von Magni Andersens Schürzen hingen steif gefroren auf der morschen Wäschespinne neben der Eingangstür. Rechts neben der Tür war ein Klingelknopf ohne Name. Eira drückte mit dem Zeigefinger darauf und drinnen summte es. Als keiner öffnete, drückte er noch einmal auf den Knopf.

»Ja, ja, ich *komme* …!« Ihre Stimme brachte deutlich zum Ausdruck, dass sie keine faire Chance bekommen hatte, die Tür vor seinem zweiten Klingeln zu erreichen.

»Das ist doch keine Art!« Die schlaffe Haut ihrer Wangen wackelte, als sie die Tür öffnete. »Ach ja, Sie, klar.« Es klang nicht wie ein Freudenausbruch.

Magni Andersen stand wie festgewachsen in der Türöffnung, groß und wuchtig, und machte keine Anstalten, die beiden Ankömmlinge hereinzulassen. Die Diele hinter ihr war dunkel. Der gleiche Geruch nach Kampferdrops und Fett, den Eira zuvor schon bei ihr wahrgenommen hatte, strömte ihnen jetzt besonders intensiv entgegen. »Worum geht es?«

»Wir haben ein paar Fragen zu Ihrem Sohn Per.« Eira versuchte, seine Stimme so sanft und freundlich wie möglich klingen zu lassen. »Wenn wir hereinkommen dürften?«

»Sagen Sie mir eins.« Magni lehnte sich energisch vor. »Haben Sie eigentlich die leiseste Ahnung, wie es ist, jemanden zu verlieren, der einem nahestand? Na?« Das faltige Gesicht war nur ein paar Zentimeter von seinem entfernt. »Wissen Sie, wie das ist?«

Eira war perplex. Er wich einen Schritt zurück. Was dieses Thema betraf, kannte er sich aus. Seine Mutter war gestorben, als er sechs gewesen war, und sein Vater hatte sich nach dem Tod seiner Frau der Flasche ergeben.

»Vom Stehen hier kriegt man schon etwas kalte Füße.« Berger sagte hundertprozentig ehrlich, was ihr in ebendiesem Moment am meisten zu schaffen machte. Die Bemerkung zeigte Wirkung. Sie wurden ohne ein Wort hereingelassen und ins Wohnzimmer gewiesen.

Es war, als passierte man durch die Tür die Schwelle zu den fünfziger Jahren. Alles einheitlich aus derselben Zeit, wie in einem Museum – die Stehlampe in der Ecke, die Radiotruhe, die so gut erhalten war, dass sie bei einer Auktion ein hübsches Sümmchen eingebracht hätte.

»Ich hol den Kaffeekessel.« Magni Andersen verschwand in der Küche.

»Man kann der Dame wirklich nicht unterstellen, dass sie in Sachen Einrichtung sklavisch jedem Modetrend folgen würde«, flüsterte Berger und sah sich um. »Hier ist seit Einar Gerhardsens Zeit als Ministerpräsident rein gar nichts Neues angeschafft worden.«

Magni war mit dem Kaffeekessel und einer halbleeren Packung Marie-Keksen zurück. »Sie können dann jetzt fragen.«

Eira hob die Tasse zum Mund, um Zeit zu gewinnen. Der Kaffee erinnerte an Moorwasser, das er ab und zu trank, wenn er keinen ordentlichen Bach fand. Dünne, lauwarme Brühe, die nach

Erde schmeckte. Er fühlte den Blick der Frau, die wie ein Tierweibchen bereit zur Verteidigung war, bohrend auf seinem Gesicht.

»Per wohnt also noch hier?«

»Wohnte.«

Eira ärgerte sich über sich selbst. »Wir konnten keinen Schlüssel bei ihm finden.«

Sie gab ein trockenes Schnauben von sich. »Er hat nie einen Schlüssel gehabt. Der hängt draußen an einem Haken an der Kellerluke. Das ist schon so, seit er ein kleiner Junge war. Er konnte noch nie auf Schlüssel achtgeben.«

»Was, glauben Sie, war die Ursache dafür, dass dort, wo sich Ihr Sohn in jener Nacht befand, ein Feuer ausgebrochen ist?«

Ihre Tasse traf die Untertasse mit einem harten Klirren. »Ob Per daran schuld war, meinen Sie?«

Eira hätte es selbst nicht wesentlich anders formulieren können und nickte bloß.

»*Wenn* er es verursacht hat, war es ein Unfall.« Das Wort »wenn« betonte Magni nachdrücklich. »Es kann ja auch ein anderer Herumtreiber gewesen sein.«

»Gibt es Ihrer Meinung nach einen Grund dafür?«

»Meiner Meinung nach gibt es für den Brand keinen anderen Grund, als dass es ein Unglück war. Ein Unfall. Natürlich kann Per ihn aus Versehen ausgelöst haben. Zum Beispiel seine Zigarette verloren haben. Eingeschlafen sein.«

»Wie lange hatte er schon Alkoholprobleme?«

»Lange.« Sie sah weg. »Seit seiner Jugend.«

»Erzählen Sie ein bisschen von ihm. Ist er verheiratet gewesen, was für Freunde hatte er …«, begann Eira.

Magni Andersen sank tiefer in ihren Sessel, einen verschlissenen Ohrensessel mit Armlehnen aus Birke, an denen der Lack abgescheuert war. Die Knöchel ihrer großen Hände wurden weiß, als

Magni die Armlehnen fest umklammerte. »Per ist nie verheiratet gewesen. Er war immer so nervös, irgendwie … besonders nach diesem Brand 1969. Sverre Wikan und er waren an jenem Abend zusammen draußen, und Per hat einen ganzen Tag geglaubt, dass Sverre umgekommen wäre. Danach war es quasi vorbei mit der Freundschaft. Sverre war seitdem verschlossen und blieb für sich. Stand wohl unter Schock, denke ich. Hatte seinen Vater verloren und alles. Und dann diese sonderbare Mutter …«

»Sonderbar?«

Magni Andersen wedelte ausweichend mit der Hand. »Ja, in gewissem Sinne anders als wir anderen. Wollte anscheinend was Besseres sein.«

»Ach ja?« Eira wurde es unbehaglich. Er brauchte Informationen, keinen Klatsch.

Magni richtete sich abrupt in ihrem Sessel auf. »Sie brauchen jetzt nicht dazusitzen und so naiv zu tun. Alle wussten, dass sie was mit dem alten Fjeld hatte, obwohl er verheiratet und viel älter als sie war«, platzte es heraus. »*So* geheim war das nämlich nicht.«

»Wo ist sie jetzt?«

»Sie ist damals, kurz nach dem Brand, nach Spanien gezogen.«

»Hat sie sich dort ein Haus gekauft?«

Magni Andersens Augen wurden schmal. »Na ja … Sehen Sie, das weiß eben keiner. Wie sie das finanziert hat, ist ein Rätsel. Sie hatte ja kein Einkommen und ihr Mann war Angestellter bei Fjeld. Aber eine Wohnung hat sie sich gekauft, ja.«

Es war unüberhörbar, was sie unterstellte, und Eira ließ das Thema fallen. Er konnte sehen, dass Magni darauf brannte fortzufahren, aber er ging nicht näher auf die Biographie von Sverres Mutter ein. »Nun ja, das hat für unseren Fall wohl keine Bedeutung.« Eira sog Luft ein. Unvermittelt setzte er wieder an: »Hat Per jemals gesagt, was bei dem Brand 1969 passiert ist? Was er gesehen hat?«

Magni zögerte. »Er ist danach nicht mehr derselbe gewesen, kann ich Ihnen sagen.«

Sie war ausnahmsweise nicht so wild darauf zu erzählen, was sie wusste.

Eira fixierte sie. »Hatte er Widersacher … irgendwelche Feinde?«

»Per? Nein, keine.« Sie lachte trocken. »Wie sollte ein Mann, der völlig ohne Bedeutung für irgendjemanden oder irgendetwas ist, sich Feinde machen?«

»Per war bei dem Brand 1969 zugegen.« Eira drückte sich so behutsam aus, wie er nur konnte. »Dann hat es vor zwei Tagen wieder gebrannt und er war wieder da. War er besonders … fasziniert von … interessiert an … Feuern?«

Magni Andersen schaute ihn misstrauisch an, witterte offenbar, worauf die vorsichtigen Formulierungen abzielten.

»Fasziniert? Wie meinen Sie das?«

»Hat er als Kind oft Dinge angesteckt? Feuerchen gemacht und so?«

»Jetzt werden Sie wirklich unverschämt!« Sie richtete sich entrüstet in ihrem Sessel auf. »So ein *dahergelaufener Lappe*, marschiert hier rein und deutet an, dass mein armer Sohn *begeistert von Feuer* gewesen sein soll!« Sie äffte seinen Dialekt nach, während sie sich noch heftiger in Rage redete. »Sie glauben, dass er ein Pyromane war! Nein, stellen Sie sich vor, das war er nicht.«

Jetzt hatte sie sich in all ihrer Masse aus dem Sessel erhoben und baute sich mächtig vor Eira und Berger auf. »Sie haben ja genauso wenig Durchblick wie die Polizei 1969. Die haben es auch nicht geschafft herauszufinden, wer die zundertrockenen Schuppen unten am Hafen angesteckt hatte. Dabei musste man ja schon schwachsinnig sein, wenn man nicht begriff, wer dahinterstand.« Sie bewegte sich noch einen Schritt näher auf Eira und Berger zu. Beide wichen irritiert zurück.

»Machen Sie, dass Sie hier rauskommen! Es bringt nichts, Ihnen etwas zu erzählen. Selbst wenn ich Ihnen den Namen buchstabieren würde, würden Sie es nicht kapieren!«

»Frau Andersen, wenn Sie Informationen haben …«

»*Informationen?* Wissen Sie, was ich habe? Ich habe verdammte Lust, Ihnen eine reinzuhauen! Machen Sie, dass Sie rauskommen, oder ich helfe nach!«

Eira hob beide Hände und verließ das Haus mit einem kurzen Kopfnicken.

»Du meine Güte, was für eine liebenswürdige und sympathische Frau«, brach es aus Berger heraus, als sie im Auto saßen. »Sverre Wikan hatte wahrscheinlich nicht ganz unrecht mit seiner Andeutung, dass Per wegen ihr zur Flasche gegriffen hat.«

Eira blickte aus dem Autofenster. »Wenn jemand mit fünfundsiebzig Jahren seine Impulse so schlecht unter Kontrolle hat, wie muss es da erst zugegangen sein, als Per noch ein Kind war.«

»Armer Kerl.« Berger starrte vor sich hin. »Glaubst du wirklich, dass sie etwas weiß, oder sind das alles nur Klatschgeschichten und Hirngespinste?«

»Ich weiß es nicht. Sie war ja wirklich nahe dran an den Fjelds. Magni hat dreißig Jahre lang jeden Tag deren Büros geputzt. Da hat sie wahrscheinlich eine Menge mehr mitbekommen, als denen bewusst war.«

Eira startete den Wagen. »Ich glaube, sie muss sich etwas beruhigen, das hier ein paar Tage sickern lassen. Wir werden sehen, ob bei den Ermittlungen etwas Konkreteres herauskommt. In diesem Fall würden wir sie zu einer offiziellen Vernehmung vorladen. Vorläufig warten wir ab.«

Kapitel 15

18. Oktober 2007

Die Wolkendecke hing tief über den Bergrücken, als Karl Fjeld gegen 12:30 Uhr über die Brücke zwischen Tromsøya und Kvaløya rollte. Er fuhr an dem stillgelegten Fährhafen vorbei und betrachtete die kleinen, dicht am Brückenkopf liegenden Bauernhöfe. Ein Gefühl von Nostalgie überkam ihn. Er blickte auf den Sandstrand und das Treibholz am Ufersaum. Ländliche Idylle nahe der Stadt, merkwürdig abrupte Übergänge.

Zwischendurch hielt er immer wieder an und verlor sich im Anblick eindrucksvoller Landschaftszüge, als seien es alte Fotografien, die man hervorgeholt und hier längs der Straße aufgehängt hatte. Zwischen einzelnen Neubaugebieten gab es Orte, an denen die Zeit stehen geblieben zu sein schien: ein Kleinbauernhof mit einem Schuppen, dessen Dach mit Gras bewachsen war und wo im Sommer Weidenröschen blühten, eine windschiefe Scheune und ein Bootshaus am Strand.

Karl Fjeld war zurück, er fühlte sich wieder als Junge. Die Vergangenheit zog unmittelbar an seinen Augen vorüber, glasklar standen die Erinnerungen vor ihm.

Er stoppte das Auto in einer Busbucht und schaute aufs Meer hinaus. Auf der anderen Seite der Tromsøya stieg immer noch der Rauch aus dem Einkaufscenter am Kai. Bei diesem Anblick konnte Karl einen Anflug von Zufriedenheit nicht unterdrücken. Er hoffte nur, dass es wirklich bis auf die Grundmauern niederbrennen würde, bevor sie es löschen konnten. Keiner wusste besser als er, dass Feuer ein mächtiges Element war, dem der Mensch wenig entgegensetzen konnte.

Er würde diesen Tag nie vergessen, den 14. Mai 1969. Die erste Zeit danach war berauschend gewesen. Der Brand hatte alles in Ordnung gebracht, hatte für mehrere Tage vollkommenes Chaos geschaffen und ihm genau den Fluchtweg eröffnet, den er brauchte.

Noch bevor sie den Brand unter Kontrolle gebracht hatten, war er in Schweden angelangt gewesen, und er hatte bereits auf einem kanadischen Frachter angeheuert, als sie das, was sie für seine sterblichen Überreste gehalten hatten, aus der Asche klaubten. Ein schlechtes Gewissen hatte Karl dabei nicht gehabt. In dem Leben, das er hier verlassen hatte, war einfach zu vieles in eine Schieflage geraten.

Karl startete den Wagen erneut und fuhr nachdenklich weiter. Bei Hella steuerte er an den alten Arbeiterhäusern vorbei, die aus der Stadt hierhergebracht worden waren. Sicher ein lobenswertes Denkmalschutzprojekt. Aber er hatte die ganzen Jahre die Berichterstattung in den Zeitungen verfolgt und wusste, dass es finanziell kein Erfolg war, denn Geld für die Instandhaltung gab es nicht.

Johan hatte nicht eingehender nachgefragt, sondern seinen Bruder bloß loswerden wollen. Es war offensichtlich, dass Johan es gänzlich aufgegeben hatte, Karls Beweggründe zu verstehen. Es gab für Karl auch keinen Grund, Johan zu erzählen, dass er hier draußen jemanden treffen wollte. Auch nicht, dass es sich um eine Frau handelte.

Die Hütte der Familie lag ein paar Kilometer hinter Hella. Karl parkte zwischen den Bäumen, ging zur Tür und blieb dort lange stehen. Das Häuschen war kleiner, als er es in Erinnerung hatte. Aus unbearbeiteten Stämmen, mit kleinen Fensterscheiben. Nach seiner Zeit war eine Veranda angebaut worden. Von dort hatte man eine fabelhafte Aussicht auf den Straumen, der an den Felsen weiter unten starke Strudel bildete. Als Punkt in der Ferne sah

Karl ein Schiff, das sich auf dem Weg in den Sund befand. Vermutlich eines der Hurtigruten-Flotte. Er fixierte es angestrengt und hatte dennoch Mühe, es deutlich zu erkennen. Die Dämmerung war hereingebrochen und raubte ihm nun Stück für Stück den prächtigen Ausblick.

Karl lief ein paar hundert Meter durch niedriges, sumpfiges Gebüsch hinunter zu den Uferfelsen. Unter seinen Füßen knisterte getrockneter Tang. Er blieb stehen und hob ein Stück Treibholz auf. Dann starrte er auf das Wasser hinaus und wurde sich der vollkommenen Einsamkeit bewusst. Nur die Möwe, der immer anwesende Aasvogel, kreiste hoch über ihm.

Jetzt war Flut. Die Strömung peitschte gegen die Felsen. Hier konnte man nie baden. Er erinnerte sich daran, wie die Erwachsenen von frühester Kindheit an davor gewarnt hatten. An die Schreckensgeschichten, was passierte, wenn man ins Wasser fiel. Kein Mensch war imstande, zurück an Land zu schwimmen, wenn er einmal in den Sog hineingeriet.

Sehr undeutlich nahm Karl in der aufziehenden Dunkelheit die Rückenflossen einer Gruppe von Schweinswalen und einen vorbeiziehenden Seelachsschwarm wahr. Für einen Moment bedauerte er, dass er die Angel aus der Hütte nicht mitgenommen hatte. Dann sah er zu dem Gebäude hinauf und entschied, dass es zu spät war, um noch einmal zurückzugehen.

Plötzlich erblickte er eine Gestalt. Irgendjemand ging im Halbdunkel den Weg entlang. Ein Stück über ihm, wo das große Bootshaus die Sicht auf den Pfad verdeckte, verschwand der Betreffende aus seinem Blickfeld.

Karl kehrte um und ging wieder zur Hütte hinauf. Nur Johan konnte wissen, dass Karl hierhergefahren war. Karl legte die Hände vor den Mund und rief: *»Johan!«*

Niemand antwortete. Karl wollte noch einmal rufen, als er weit entfernt auf den Felsen einen Angler sah, vermutlich den Besitzer einer Hütte in der Nähe. Das ließ ihn schweigen. Er wollte kein Aufsehen erregen. Hier glaubte man ja schließlich, er wäre tot.

Hinter dem Bootshaus war niemand zu sehen. Vielleicht war es Einbildung gewesen. Oder die Person hatte eine andere Richtung eingeschlagen. Sie konnte genauso gut in den Wald hinein verschwunden oder am Strand weitergelaufen sein.

Karl ließ das Ganze auf sich beruhen und ging zurück. Spürte, wie der Hunger nagte. Die Kanne mit Kaffee und der Proviant standen auf dem Küchentisch. Nancy, Johans Haushälterin, hatte am Morgen alles für Karl hergerichtet. Sie hatte auch die Schneehuhnpastete zubereitet, die er noch aus seiner Jugend kannte, und mehrere Scheiben von dem groben Brot dazugelegt, das sie immer selbst backte – ihre Spezialität und Karls Lieblingsessen.

Nancy war schon seit Jahrzehnten im Haus. Sie wurde langsam alt, aber Johan hatte es gut, solange sie da war.

Als Karl etwas später auf der höchsten Erhebung stand, war der Himmel blauschwarz. Im Norden konnte er die Lichter des Stadtgebiets sehen. Den scharfen Wind spürte er kaum, als er in die Stille hineinhorchte.

Das war Heimat. Vielleicht verlief so das Altern. Wurzeln gruben sich, je älter sie wurden, zur Oberfläche empor, wurden sichtbar, spürbar. Er konnte sie nicht länger übersehen.

Weil Karl keine Taschenlampe mitgenommen hatte, musste er sich zur Hütte zurücktasten.

Ein Holzofen, zwei Holzstühle und eine schmale Bank. Das war die schlichte Ausstattung der Küche.

Ein leises Geräusch von draußen drang in Karls Gedanken. Er sah rasch aus dem Fenster. Im Dunkeln konnte er lediglich Bäume erkennen, die sich in dem frischen Wind wiegten. Als er sich wieder umdrehte, stand sie in der Türöffnung.

Kapitel 16

Sie räusperte sich. »Der Pferdeschwanz steht dir nicht.«

Sie war tatsächlich noch so, wie er sie all die Jahre in Erinnerung gehabt hatte. Die Augen durchdringend blau, beobachtend, als ruhten sie auf interessanten Details seines Gesichts. Aber die Kälte in ihnen war ihm neu. Karl wurde klar, dass diese Frau nicht mehr dieselbe war, die er vor vielen Jahren gekannt hatte.

Er reichte Oscar Wikans Witwe Gunhild die Hand. Sie nahm sie kurz. Die Phrase vom Sich-fabelhaft-gehalten-Haben lag Karl auf der Zunge, aber sie wäre jetzt deplatziert gewesen. »Ich weiß es zu schätzen, dass du mich treffen wolltest«, sagte er bloß.

»Begreiflich, dass du dir einen einsamen Ort ausgesucht hast. Es muss schwierig sein, sich in der Öffentlichkeit zu zeigen.« Das leichte Zittern in ihrer Stimme kam nicht vom Alter.

»Lass uns einen Kaffee trinken.« Er ging an ihr vorbei in den Wohnraum. »Ich habe eine Thermosflasche von zu Hause mitgebracht.« Karl goss Kaffee in zwei Tassen und sie setzte sich auf die Kante eines Stuhls, ohne die Jacke zu öffnen. Das Essen stellte er mitten auf den Tisch.

»Nein danke. Komm lieber zur Sache.«

Er zuckte mit den Schultern, griff nach der Tasse und schlürfte langsam den Kaffee. »Gunhild, warum bist du meiner Bitte gefolgt, hierherzukommen?«

Sie antwortete nicht.

Karl nahm einen weiteren Schluck Kaffee. »Mein Vater ist vor kurzem gestorben. Mit dreiundneunzig Jahren. Du denkst sicherlich, er sei aus purer Bosheit so lange am Leben geblieben.«

Das Schweigen war wie ein Tauziehen zwischen ihnen. Karl brach es als Erster. »Johan hat jetzt Zugang zu Vaters Online-

Konto erhalten. Ich habe mir die PIN und alle übrigen Daten zur Einsichtnahme besorgt. Seit heute Morgen um sechs saß ich am PC und habe mir die Kontoauszüge angesehen. Wie ich feststellen musste, wird jeden Monat ein fester Betrag auf dein Konto in Spanien überwiesen.«

Sie antwortete noch immer nicht.

»Geht's dir gut in Spanien? Eine kleine Wohnung in Marbella, die Vater finanziert hat, soweit ich verstanden habe. Sie wurde nach meinem Verschwinden für dich gekauft.« Er aß von Nancys bestens zusammengestellter Wegzehrung, scheinbar entspannt. Nur die Gesichtsfarbe verriet seine Erregung. »Hat mein Vater sein ganzes Leben geglaubt, dass du die Liebe meines Lebens gewesen seist? Dass wir geheiratet hätten, sobald du von deinem Mann geschieden gewesen wärst, und dann alle Pläne nur deshalb nicht umgesetzt wurden, weil ich ja offiziell bei dem Brand ums Leben gekommen bin?«

Sie beugte sich vor. »Komm zur Sache, Karl Fjeld! Warum hast du nach so vielen Jahren Kontakt zu mir aufgenommen? In deinem Brief hast du geschrieben, dass wir miteinander reden müssten. Warum? Warum *jetzt*?« Ihr Blick sagte ihm, dass starke Gefühle mit dem Alter nicht verblassten. Einen Moment fragte er sich, ob sie ihn wirklich hasste.

»Gunhild, ich habe keine Ahnung, wie du meinen Vater so unter deinen Pantoffel bekommen hast. Er hat seinen Betrieb mehr geliebt als seine Familie oder Frauen im Allgemeinen, und ich weiß noch nicht einmal, ob du seine Geliebte warst.«

Gunhild wurde bleich, sagte aber nichts.

Karl sog hörbar Luft ein. »Er hat dir also nach dem Tod deines Mannes eine Wohnung in Spanien gekauft, ohne es mit einem Dritten abzusprechen, und dir eine kleine jährliche Pension zukommen lassen. Warum in aller Welt hat er das getan? Aus Fürsorge? Schuldgefühl? Großmut? Das glaube ich nicht. Solche Eigenschaften hatte er nicht. Seine eigene Tochter arbeitete zum niedrigsten Tariflohn in der Firma.« Er drehte die Kaffeetasse zwischen den Händen und blickte seine frühere Geliebte kühl an. »Mit anderen Worten: Unsere Familie hat großzügig zu deinem Wohlergehen beigetragen, Gunhild Wikan. Jetzt ist es höchste Zeit, dass dem ein Ende gesetzt wird. Du hast nie mehr damit gerechnet, dass ich wieder auftauchen würde, aber ich *bin* zurück. Ich werde als der heimgekehrte Sohn auftreten.«

Ruhig begann er zusammenzupacken. »Alle Bindungen und *Verpflichtungen*«, er zeichnete mit den Zeigefingern Anführungszeichen in die Luft, »die unsere Familie dir gegenüber eingegangen ist, haben jetzt ein Ende. Die Wohnung kannst du behalten, das sollte genug sein. Ich werde in Zukunft nicht noch mal von mir hören lassen.«

Gunhild war bereits aufgestanden, immer noch kreidebleich im Gesicht. Ihre Bewegungen waren schnell, und bevor er reagieren konnte, hatte sie ihre unberührte Kaffeetasse ergriffen und ihm den Inhalt ins Gesicht geschleudert. »Dann haben wir ja doch noch was gemeinsam, Karl Fjeld!«

Gunhild stieß die Tür weit auf, die schrill in den Angeln quietschte und sogleich vom Wind erfasst wurde. Karl konnte gerade noch Gunhilds graublondes Haar im Wind flattern sehen, bevor sie in der Dunkelheit verschwand.

Er zog die Tür wieder zu und setzte sich an den Küchentisch. Plötzlich bedauerte er zutiefst, dass er die Flasche Bourbon in seinem Zimmer bei Johan zurückgelassen hatte.

Es war merkwürdig. Er saß in einer kleinen, altmodischen Blockhütte am Lieblingsort seiner Kindheit, sah hinaus in die Finsternis und horchte auf den Wind und den Regen, der jetzt gegen das Fenster klatschte, während ihm lauwarmer Kaffee in den Hemdkragen rann. An der Wand hing eine einzelne Kugellampe, ein sparsames Licht in spartanischer Umgebung. Trotz allem verspürte Karl ein seltsam angenehmes Gefühl des Zur-Ruhe-Kommens. Zum ersten Mal seit langer Zeit war er versucht, den verwässerten Begriff *glücklich* zu gebrauchen. Als sei ihm eine Last von den Schultern genommen worden.

Es war Mitternacht, als Karl Fjeld in dem breiten, bequemen Bett in seinem früheren Elternhaus erwachte. Er hatte nicht länger als etwa eine halbe Stunde geschlafen. Übelkeit quälte ihn und er streckte sich erneut nach dem Whiskeyglas, das er vor dem Schlafengehen geleert hatte.

Nachdem er von seinem eigenartigen Ausflug zur Hütte zurückgekehrt war, hatte er etwas in dieser Art gebraucht. Es hatte gut getan, sich wieder aufzuwärmen.

Jetzt schnitten heftige Magenschmerzen wie Messer durch Karls Leib, in seinem Mund brannte es und nur reine Willensstärke hielt ihn davon ab, aus voller Lunge zu schreien. Schweiß strömte über seine Schläfen, vermischte sich mit dem Speichel und schmeckte bitter wie der Kaffee, den er am Abend getrunken hatte. Er hatte die Bettdecke auf den Boden getreten, wand sich einige Minuten im Bett wie ein Aal, aber schaffte es schließlich nicht mehr, sich zu beruhigen.

Karl rollte aus dem Bett hinab auf den Boden, kroch zur Tür, wobei das Zimmer vor seinen Augen auf und ab schwankte.

»Johan!« Es klang wie ein Folterschrei. *»Johan!«* Karl richtete sich mühsam in Richtung Türklinke auf. Dann sank er mit wild hämmerndem Herzen wieder auf die Knie zurück. Er war nicht imstande, auch nur irgendwie zum Zimmer seines Bruders hinüberzugelangen.

»Hilf mir!« Es war jetzt eher ein Flüstern.

Johan kam nicht. Niemand kam.

Als Karl Fjelds Hilferufe schließlich erstarben, war im Haus noch immer kein Laut zu hören.

Kapitel 17

20. Oktober 2007

Die Nachricht kam am späten Vormittag gegen halb zwölf herein.

Wanderer meldet Fund einer toten Person am Fuß des Berges Tromsdalstinden. Ca. 1 km unterhalb der Rotkreuzhütte.

Eira hatte das Treffen mit den Feuerwehrleuten und Brandtechnikern beendet und sich gerade den Versicherungsbericht zum Brand von 1969 vorgenommen. Er wollte alle Details durchgehen, die Vernehmungsprotokolle genau studieren und versuchen, die Schlussfolgerungen von damals neu zu bewerten. Er wechselte den Telefonhörer zum anderen Ohr. »Noch mal, bitte.«

Die Meldung blieb die gleiche. Ein Bergsteiger im Rentenalter hatte angerufen. Er schien verstört. Unzusammenhängend hatte er berichtet, dass eine tote Person am Berghang liege. Wahrscheinlich ein Mann.

»Warum sagt er *wahrscheinlich*?« Widerwillig schob Eira den alten Versicherungsbericht beiseite, wenig angetan von dieser Ablenkung. »Liegt die Leiche schon lange dort?«

»Da sind wir uns nicht sicher.«

Berger wurde hereingerufen und informiert. »Ach du meine Güte, Tiere?«

»Was weiß ich, Berger. Der Wanderer hat nur einen kurzen Blick auf die Leiche geworfen und ist zu seinem Auto gestürzt.« Eira zog seine Jacke an. »Es gibt nur eine Möglichkeit, das herauszufinden. Und vergiss um Himmels willen nicht, dir vernünftiges Schuhwerk anzuziehen. Schuhe, die sich in null Komma nichts mit Wasser vollsaugen können, sind untersagt. Du weißt, was ich meine. Nasse Füße beeinträchtigen das Gehirn.«

Die Straße, die taleinwärts führte, schlängelte sich durch ein Dickicht aus Moorbirken und Farnen. Zur Linken plätscherte der Fluss. Der Wasserstand war niedrig, die Steine wurden sanft überspült. Der Wagen folgte der Straße bis zu ihrem Ende. Eira parkte hinter dem Krankenwagen und lief mit Berger zu Fuß weiter.

Am Ufer blieb er stehen und ging in die Hocke. Er schöpfte mit einer Hand ein paar Schluck von dem frischen Flusswasser, wobei er den Blick hinauf zu den gewaltigen Felsen des Tinden schweifen ließ. Bald würde die Dunkelheit hereinbrechen, die Lichter der Stadt würden sich im nachtschwarzen Wasser des Sundes spiegeln.

Natur und Berge in unmittelbarer Nähe der Stadt zu haben entschädigte normalerweise die Seele. Ein Ausgleich dafür, zu allen Jahreszeiten und bei *jedem* Wetter so hoch im Norden zu leben. Heute hielt die Bergwelt allerdings kein erholsames Erlebnis für sie bereit.

Der Anrufer, ein Mann in den Siebzigern, war zu erschüttert gewesen, um mit ihnen noch einmal hinaufzugehen. Er blieb mit einem der Fahrer im Auto sitzen. »Folgen Sie einfach den Möwen und Krähen«, hatte er gemurmelt. »Die haben sich schon über der Leiche zusammengerottet.«

Die Vogelschreie wurden immer penetranter, je weiter sie das Tal hinaufmarschierten. Eira erinnerte sich an die Worte des älteren Herrn. Ein Stück von Eira entfernt kreiste eine große Krähe über den Baumwipfeln, ein Aasvogel. Möglicherweise war es einer von denen, die die Leiche gewittert hatten. Die Krähe ließ sich auf einer Baumkrone nieder. Sie näherten sich, und der Vogel erhob sich widerwillig von seinem Ast. Er schrie noch einmal schrill, bevor er in einigen Metern Höhe weitere Kreise zog.

Eira beobachtete, wie sich die Krähe kurz auf einen anderen Wipfel setzte und dann erneut hochflog. Plötzlich waren zwei andere Vögel hinzugekommen, die ebenfalls über derselben Stelle schwirrten.

»Ich glaube, wir sind da. Ungefähr dreißig Meter vom Weg entfernt.« Eira ging mit langen Schritten die Böschung hinauf auf die Vögel zu.

Alle drei flatterten mit durchdringendem Geschrei vom Dickicht auf. Eira erreichte die Stelle und vergaß die Vögel, als er den Blick auf die Erde senkte.

»Hier wären wir«, sagte er tonlos über die Schulter.

Der Tote trug altmodische Knickerbocker und lange, gestrickte Kniestrümpfe mit Norwegermuster. Bei den Schuhen handelte es sich um unmoderne Wanderschuhe, dasselbe galt für den Anorak, ein beiges Exemplar mit einem Gummizug in der Taille. Trotzdem war die Kleidung bei Weitem nicht das Auffälligste.

Berger umklammerte seinen Arm mit eisernem Griff. Eira hatte das Gefühl, als hinge sie mit ihrem gesamten Körpergewicht daran.

»Er … ja, denn es ist ja wohl ein ›Er‹ …?« Sie nahm die Hand vom Mund und zeigte mit zitterndem Finger. »Der Hals …« Sie schwieg und schluckte.

Der Person fehlte der Kopf.

Eira löste Bergers Hand von seinem Arm und trat einen Schritt näher an den Torso heran. »Jetzt weiß ich, was der Wanderer mit ›wahrscheinlich‹ gemeint hat. Aber der Kopf ist sicher auch hier irgendwo.«

Nachdem er sich kurz umgesehen hatte, runzelte Eira die Stirn. Es war enttäuschend, auf Anhieb nur so wenig zu entdecken. Er richtete den Blick wieder auf die Leiche, wünschte, er hätte den versierten Pathologen Vennestad hier. Es sah aus, als sei der Kopf sehr exakt abgetrennt worden, keine Unebenheiten, nichts, was auf eine Säge hingewiesen hätte. Eher einige wohlgezielte Hiebe mit einer großen Axt. Und noch etwas anderes Merkwürdiges fiel Eira auf: Es fehlte nicht nur der Kopf, sondern auch Blut. Die Fundstelle war in keiner Weise besudelt.

Eira verharrte an einer Stelle, seine Augen scannten den Fundort und die unmittelbare Umgebung. Er kartierte den Ort präzise. Abgesehen von der Brutalität, mit der der Mann geköpft worden war, wollte Eira das Ganze einfach nicht einleuchten. Bei all seiner Erfahrung mit übel zugerichteten Mordopfern – irgendetwas befremdete Eira an der Art und Weise, wie die Leiche dalag. Der Mann, denn es *war* ein Mann, wirkte eigenartig zurechtgelegt, regelrecht drapiert, als habe jemand die Gliedmaßen arrangiert und geordnet, damit es ordentlich aussehen würde. Eine Art Aufbahrung.

Er hob den Blick und sah zum Himmel hinauf. Der Wind blies frisch und Eira fürchtete, es könnte bald anfangen zu regnen. Oder zu schneien.

Längst hatte die Spurensicherung ihre Arbeit aufgenommen. Eira war nicht von der Leiche gewichen, sodass die Vögel in gebührendem Abstand blieben. Nun sollten bald die ersten Untersuchungsergebnisse eingehen. Man durchkämmte bereits die unmittelbare Umgebung, aber den Kopf fand man nicht.

Eira trat widerwillig beiseite, als die Pathologin eintraf, eine junge, magere Frau, für seine Begriffe ein kleines Mädchen.

»Sie haben wohl heute Dienst?«, murmelte er, und es war eher eine missmutige Feststellung als eine Frage.

Sie würdigte ihn keiner Antwort. »Haben Sie etwas angefasst?«

Jetzt war es an ihm, nicht zu antworten. Wie unprofessionell, nach solchen Selbstverständlichkeiten zu fragen.

Sie sah ihn mit müden Augen an. Eine leichte Röte breitete sich über ihrem Gesicht aus. Das konnte ebenso gut vom kühlen Abendwind herrühren, der vom Fluss hinaufwehte, dachte Eira und versuchte, sein schlechtes Gewissen wegen seines barschen Tons zu beschwichtigen. Mit Allwetterjacke und Wanderstiefeln war sie passend gekleidet, und dieser Anblick steigerte sein Zutrauen zu ihr, wie ungern er das auch zugeben wollte. Still folgte er ihren Bewegungen, während sie die Leiche untersuchte.

»In Ordnung.« Sie nickte den Männern zu, die bereitstanden, um den Toten vom Berghang wegzutransportieren, und trat zu Eira. Ein paar Minuten lang sagte keiner von ihnen etwas, bis Eira das Schweigen brach. »Nun?«

»Wenn die Frage auf irgendwelche Erkenntnisse abzielen sollte, dann habe ich nichts Erfreuliches für Sie. Der Mann ist bereits eine Weile tot, mindestens vierundzwanzig Stunden.«

»Glauben Sie, er ist hier getötet worden?«

Sie schwieg wieder einen Moment und sah sich um. »Nein«, sagte sie bestimmt. »Mit größter Wahrscheinlichkeit war er schon eine ganze Zeit tot, bevor der Kopf abgehauen wurde, es sei denn, man hat eine große Plane unter ihn gelegt. Hier ist nirgends Blut, wie Sie bemerkt haben werden.«

»Der Mann sah auch nicht ganz jung aus, nach dem zu urteilen, wie faltig die Haut seiner Hände war.«

Sie nickte. »Hatte er Papiere?«

Eira schüttelte den Kopf. Sie hatten keinerlei Dokumente bei ihm gefunden. Nichts, was ihn hätte identifizieren können.

Die junge Ärztin packte ihre Sachen zusammen und murmelte einen kurzen Abschiedsgruß. Dann folgte sie Berger und den Männern, die den Toten hinunter zum Krankenwagen brachten.

Eira stand noch immer auf demselben Fleck und beobachtete die Techniker, die das Gebiet sorgfältig absuchten. Von seinem Standort aus konnte er den nach unten führenden Pfad sehen. Auf beiden Seiten des Flusses verliefen Wanderwege. Niedriges Birkendickicht machte es unmöglich zu überblicken, wer sich womöglich noch in der Gegend befand. Eira schüttelte die steif gewordenen Beine und registrierte, dass ein Fuß eingeschlafen war.

Jemand musste den Mann kennen. Irgendeiner würde ihn als vermisst melden.

Langsam fuhr Eira die holprige Straße am Flussufer hinunter. Die Brücke vom Tal hinüber zur Insel Tromsøya, auf der das Zentrum der Stadt lag, war zwei Kilometer lang. Wie immer öffnete sich hier der Blick auf das SAS-Hotel und die Gebäude, die errichtet worden waren, nachdem der Stadtbrand 1969 fünfundzwanzig Häuser zerstört und fünfunddreißig beschädigt hatte. Eira registrierte, dass die verbliebene Holzhausbebauung immer mehr von Hochhäusern verdrängt worden war, trotz der nach dem Brand ausgearbeiteten Denkmalschutzpläne. Sein Blick fiel auf die alte Schiffswerft am Brückenkopf, die bald ein pulsierendes Einkaufs- und Vergnügungszentrum wie Aker Brygge in Oslo werden sollte. Dann erhöhte Eira das Tempo und machte einen kurzen Abstecher nach Hause in die Nordre Tollbugate, um Hausaufgaben zu kontrollieren und Essen zu kochen. Gerade als er dort ankam, fuhr ein wohlbekanntes Auto vor seiner Tür vor. Der stramm gespannte Pferdeschwanz war Eira vertraut. Auch der energische Gesichtsausdruck ließ keinen Irrtum zu.

»Hey, Eira.« Kine Berger sah ihn forsch an. »Hast du hierfür etwa Zeit? Sie warten schon auf dich, zumindest auf deinen Bericht.«

Niillas war offensichtlich noch nicht nach Hause gekommen. Resigniert sperrte Eira die Tür auf und stapfte in die kleine Diele. Dort stolperte er über die Schuhe des Jungen, aus denen der gestern einfach rausgeschlüpft war, ohne sie anschließend zum Trocknen zu stellen. Eira rückte den Gitarrenkasten behutsam an der Wand zurecht. Er wohnte in der Nähe des Polizeipräsidiums und hatte es sich zur Gewohnheit gemacht, kurz vorbeizukommen und nachzusehen, ob sein Sohn zu Hause war und auch sonst alles seine Ordnung hatte.

»Diese zusätzlichen Minuten genehmige ich mir, Berger. Gibt's was Neues?« Er sah sich im Wohnzimmer um. Die gesamte Planung für den restlichen Tag mit Fliegenbinden am Abend war längst über den Haufen geworfen worden. Auf dem Tisch lag der Stapel Zeitungen, die er noch nicht gelesen hatte.

»Wir haben die Liste der Vermissten überprüft. Keiner passt zu der Beschreibung, auch wenn der fehlende Kopf natürlich ein Problem darstellt.« Sie erschauderte unwillkürlich. »Also ehrlich. Jemand köpft eine Person und versteckt sie in unzugänglichem Gebiet direkt vor der Stadt. Das ist …« Ausnahmsweise fand Berger keine Worte.

»Die Wandersaison ist auf ihrem Tiefpunkt. Bald beginnt die dunkelste Jahreszeit und das Wetter und die Straßenverhältnisse können sich innerhalb von Minuten ändern. Um diese Jahreszeit laufen nicht viele abseits von Pfaden und Wegen, nehme ich an. Der Mörder muss sich ganz gut mit den hiesigen Natur- und Klimabedingungen auskennen. Dort im Gebirge bleibt eine Leiche eher unentdeckt. Jedenfalls ist es viel sicherer, als den Toten hier unten am Kai ins Meer zu werfen.«

»Wenn ihn keiner als vermisst meldet, wird der Fall ungelöst bleiben.«

»Solange die DNA des Mannes nicht registriert ist.«

»Ich glaube nicht, dass es einfach wird. Wenn man einen solchen Schritt unternimmt, um die Identität einer Leiche zu verbergen, muss das gründlich, vielleicht sogar langwierig vorbereitet worden sein. Ich nehme an, wir werden mit diesem Fall alle Hände voll zu tun bekommen.« Er zeigte zur Tür und kritzelte einen Zettel für seinen Sohn, den er mitten auf dem Küchentisch platzierte. »Die Arbeit ruft, Berger.«

Kapitel 18

»Ein Toter oben im Gebirge?« Benjaminsen war als Letzter im Besprechungsraum eingetroffen und hatte sich auf einen leeren Platz direkt neben der Tür fallen lassen. Nachdenklich rollte er die Limonadenflasche zwischen beiden Händen hin und her, während Eira das Team über die neuesten Ereignisse informierte.

»Der Kopf fehlt?« Benjaminsen schien nicht zu begreifen.

»Das Opfer war bereits tot, als der Kopf abgetrennt wurde. Daher können wir nur ungefähre Angaben machen: weißer Mann, zwischen sechzig und fünfundsiebzig Jahren. Circa eins fünfundachtzig groß. Altmodische Wanderkleidung von guter Qualität. Wir warten auf einen Abgleich der Fingerabdrücke mit unserem Archiv.« Die ersten Fotos waren fertig. Eira war dabei, sie an der Tafel anzubringen.

Einer der Polizeibeamten ergriff das Wort. »Vorläufig passt keiner der vermisst Gemeldeten zu der Beschreibung … soweit der Tote überhaupt beschrieben werden kann. Den Untersuchungen zufolge ist er bereits mehr als vierundzwanzig Stunden tot gewesen, als man ihn fand. Bei uns sind aber schon seit drei Tagen keine Vermisstenmeldungen mehr eingegangen.«

»Und es gibt keine Blutspuren? Wie geht das zusammen, ein abgetrennter Kopf, aber kein Blut?« Benjaminsen bewegte sich unbehaglich auf seinem Stuhl. »*Irgendeine Spur* muss doch noch zu sehen sein …« Er unterbrach sich, als die Tür aufging und Berger hereinkam. Ihr Gesichtsausdruck deutete auf Neuigkeiten hin.

»Wir hatten sie tatsächlich.« Sie stotterte fast. »Seine Fingerabdrücke waren im Archiv. Der Mann wird allerdings erheblich länger vermisst, als irgendjemand von uns gedacht hätte. Nämlich seit 1969.«

»Seit 1969?« Eira erholte sich als Erster von der Überraschung und studierte das Blatt, das Berger ihm gab.

»Der Mann heißt Karl Fjeld«, sagte Eira langsam und ließ den Blick kreisen. Keiner in der Runde schien mit diesem Namen etwas anfangen zu können.

»Karl Fjeld?« Henriksen reagierte zuerst, er kannte die alten Kriminalfälle. Aus halb liegender Stellung richtete er sich im Stuhl auf. Hatte er zuvor noch stumpf vor sich hingestarrt, so wirkte er jetzt aufgeregt und nicht im Mindesten überzeugt. »Behauptet hier etwa jemand, dass die am Berghang gefundene Leiche Karl Fjeld sein soll?«

»Niemand behauptet irgendetwas. Die Fingerabdrücke beweisen es.«

Henriksen sog deutlich hörbar die Luft ein und rückte seine Brille zurecht. »Das ist schlicht und einfach unmöglich.«

»Was willst du uns sagen …?« Eira versuchte, die Ruhe zu bewahren.

»Karl Fjeld ist nicht kürzlich gestorben. Er ist seit bald vierzig Jahren tot.«

»Merkwürdig. Die Fingerabdrücke sind in unseren Archiven und gehören unzweifelhaft Karl Fjeld. Außerdem habe ich mit einer Frau gesprochen, die beteuert, sie habe ihn neulich gesehen.« Eira erinnerte sich an sein erstes Zusammentreffen mit Magni Andersen bei der Brandruine. Er wandte sich Berger zu. »Erzähl.«

Berger umfasste mit beiden Händen eine dicke, vergilbte Mappe und sah hochkonzentriert aus. »Alles geht zurück auf den großen Stadtbrand von 1969, der angeblich in Fjelds Lagerhäusern unten am Hafen ausgebrochen sein soll. Die Firma Fjeld AS verkaufte Ausrüstung für die Fischereibranche. Sie hatten große Lager am Kai, in den alten Speicherhäusern. Die Gebäude und weite Teile des Stadtzentrums brannten bis auf die Grundmauern nieder. Karl Fjeld war seit der Brandnacht verschwunden. Im

Zuge der Ermittlungen archivierte man Fingerabdrücke von ihm wie auch von den anderen Familienmitgliedern. Sicherlich hegte man den Verdacht, dass der Brand vorsätzlich gelegt worden war.«

»Wurde dieser Verdacht nicht konkreter? Kam vielleicht jemand aus der Familie Fjeld in Frage?«

»Sieht nicht so aus.« Berger blätterte vor und zurück, als suche sie irgendwo ein Stichwort. »Die Fingerabdrücke des Mannes vom Berghang sind jedenfalls identisch mit denen, die wir seit 1969 im Archiv haben. Sie sind nach dem Verschwinden des Mannes in seinem Haus genommen worden.«

Eira ließ die Information sacken. »Hat er denn nie mehr Kontakt zur Familie aufgenommen?«

»Hätte er es offiziell getan, hätten sie uns schon längst die Türen eingerannt, Eira. Es wäre eine Sensation gewesen. Für die ganze Stadt. Und für ihn selbst inzwischen ziemlich peinlich.« Henriksens Nase glänzte und seine Brille war weit nach unten gerutscht. »Überleg mal: Karl Fjeld ist 1969 beobachtet worden, wie er in das Büro der Firma hineinging, aber keiner hat gesehen, dass er es auch wieder verlassen hätte. Das Gebäude ist abgebrannt und man hat in der Ruine sterbliche Überreste von zwei Personen gefunden. Eine davon musste man logischerweise für Karl Fjeld halten. Ich erinnere mich an die Zeitungsbilder von der Beerdigung. Er hat ja offenbar alle bewusst in dem Glauben gelassen, dass er umgekommen sei. Dann kannst du nicht einfach mir nichts, dir nichts nach Jahrzehnten wieder aufkreuzen.«

Die Fingerabdrücke und Bergers Ausführungen versetzten das Team in hektische Aktivität. Die neuen Informationen hatten wie eine Bombe eingeschlagen. Man diskutierte erhitzt, wie sinnvoll es beim aktuellen Stand der Ermittlungen wäre, Kontakt mit der Familie aufzunehmen, und beschloss, zunächst so gründlich wie möglich die Identität des Toten vom Berghang zu überprüfen.

Berger schüttelte sich. »Wenn der Mann ohne Kopf wirklich Karl Fjeld ist – wer wurde dann damals unter Karl Fjelds Namen beerdigt, Eira?«

»Um diese Frage zu klären, müsste man eben doch bald auf die Fjelds zugehen und sie zu den Ereignissen von 1969 vernehmen. Auf den Toten vom Berghang müsste man erst in einem zweiten Schritt zu sprechen kommen, und zwar dann, wenn wir seine Identität ganz sicher benennen können.«

»Ich war noch nie zuvor so glücklich über meine untergeordnete Stellung«, murmelte Benjaminsen und sah durch und durch bedrückt aus. »Es kann unmöglich meine Aufgabe sein, die Familie aufzusuchen. So etwas erfordert eine beachtliche Gehaltsklasse.«

Eira klopfte ihm auf die Schulter und blickte über die im Besprechungszimmer versammelte Gruppe. »Im Grunde besteht wenig Zweifel, dass es sich bei der Leiche vom Berghang um Karl Fjeld handelt. Aber keiner hat ihn als vermisst gemeldet. Keine Menschenseele. Das ist ja wohl ebenso seltsam wie sein Wiederauftauchen.«

»Vielleicht gar nicht so seltsam.« Henriksens Stimme durchbrach Eiras Gedanken. »Der Vater, Andreas Fjeld, ist vor kurzem gestorben, fast hundertjährig. Es gibt in dieser Familie sicherlich ein hübsches Erbe zu verteilen. Und man weiß ja allgemein, dass der Geruch von Geld die lichtscheusten Subjekte aus ihren Verstecken locken kann.«

Alle starrten Henriksen in stummer Verwunderung an. Innerhalb von fünf Minuten hatte er mehr Vernünftiges gesagt als irgendwann zuvor in seiner gesamten Karriere.

»Karl Fjeld scheint fast unmittelbar nach seiner Rückkehr getötet worden zu sein.«

»Und das Motiv für den Mord?«

»Vielleicht ganz einfach die Tatsache, dass er fast vierzig Jahre, nachdem er für tot erklärt und begraben worden ist, wieder auftauchte? Jemand wollte ihn um jeden Preis loswerden. Endgültig.«

»Oder geheimhalten, dass er die Jahrzehnte über gar nicht tot war.«

»... was doch irgendwie auf dasselbe rausläuft. Drehen wir uns nicht im Kreis?«

»Warum um alles in der Welt ließ Karl sie die ganzen Jahre in diesem Glauben?«

»Vielleicht ist er vor etwas davongelaufen? Unangenehme Verpflichtungen, unlösbare Konflikte ... ein Verbrechen im schlimmsten Fall.« Eira zuckte mit den Schultern. »Der Mann muss ja nicht kriminell gewesen sein, nur weil er fliehen wollte.« Wer möchte das nicht ab und zu, dachte Eira. »Aber der Umstand, dass er ermordet wurde, als er wieder auftauchte, ist vielleicht ein Indiz dafür, dass hinter seinem Verschwinden doch etwas mehr als Fernweh steckte. Das wirft unsere zweite zentrale Frage auf: Was hätte dieser verschwundene Mann jetzt so Bedeutendes sagen oder tun können, dass jemand ihm den Tod wünschte?« Eira stierte einige Sekunden in die Luft. »Gab es eigentlich irgendwelche Aufzeichnungen über den Mann, bevor er 1969 verschwand? Wenn nicht, ist es jetzt unser Job, alles abzuklappern, was man nach so vielen Jahren noch irgendwie aufspüren kann.« Er erhob sich langsam. »Benjaminsen, du überprüfst die Familie, nicht zuletzt die sozialen und beruflichen Verhältnisse. Wir interessieren uns vor allem für die, die zum Zeitpunkt seines Verschwindens, also 1969, am Leben waren. Sieh dir das Strafregister des Mannes an. Ein paar Leute machen eine Tür-zu-Tür-Befragung entlang des Wanderwegs bis zum Campingplatz und weiter hoch zum Gebirgspfad.«

»Ich begreife nicht, was er überhaupt dort oben zu suchen hatte.« Henriksen unterstrich mal wieder das Selbstverständliche.

»Eben. Berger und ich werden noch einmal dort hochgehen und einen Blick auf die Gegend werfen. Es ist ja so, wie du immer sagst, Henriksen. Ich bin schließlich Same, also auf eine andere Art und Weise Spürhund als gewöhnliche Kriminaltechniker. Nicht wahr?«

Henriksen nickte. Von Herzen einig und ohne die sozialen Antennen, um Eiras Sarkasmus zu bemerken.

Kapitel 19

Mit dem Handy am Ohr war Eira geradewegs in sein Büro marschiert. Er hatte nicht locker gelassen, bis einer der Laboranten am anderen Ende der Leitung versprochen hatte, den Pathologen Professor Vennestad ans Telefon zu holen. Der hielt gerade eine Vorlesung und war wenig angetan von dieser plötzlichen Unterbrechung.

»Es geht wohl um Leben oder Tod, Eira«, fauchte Vennestad.

»Keinesfalls«, entgegnete Eira. »Dann würde ich nämlich nicht Sie als Ersten anrufen.«

»Ich bin *mitten in* einer Vorlesung …«

»Vennestad, welche Möglichkeiten zur Identifikation schwer brandverletzter Leichen hatte man, bevor die DNA-Analyse entdeckt wurde? Röntgenaufnahmen vom Gebiss und dergleichen können Sie gleich außen vor lassen. In diesem Fall haben wir keine Zahnarztbilder.«

Vennestad schnaubte. »Eira, es ist mir unbegreiflich. Nur weil Sie meinen, Sie bräuchten auf der Stelle Nachhilfe in Medizingeschichte, musste ich meine hundert Studenten da drinnen zum Däumchendrehen verdonnern?«

»Hat man sich früher immer nur auf Vermutungen gestützt?« Eira war immun gegen Vennestads Empörung.

»Ja … nein … nein, natürlich nicht!« Eira konnte förmlich hören, wie Vennestad mit den Hufen scharrte. »Also, ganz kurz. Meistens hat man eine Art Wahrscheinlichkeitsrechnung angestellt, immer mit der Frage im Hinterkopf: Wer war am ehesten vor Ort? Und konkret gesagt: Fingerabdrücke können starke Verbrennungen überstehen, Zähne halten unglaublich große Hitze aus. Daher setzte man früher vor allem auf die Zähne, und offensichtlich wissen Sie das ja ohnehin schon. Außerdem hatte so manches Opfer vielleicht ein künstliches Hüftgelenk, einen Herzschrittmacher oder einen genagelten Beinbruch. Solche Implantate konnte man leicht einer bestimmten Person zuordnen, und damit hatte man ein Opfer identifiziert. Oder der Betreffende trug ein besonderes Schmuckstück, das die Flammen überlebt hat. Sie sehen, Eira, man stand eigentlich nie absolut ratlos einem unbekannten Toten gegenüber. Aber seit wir auf die DNA-Analyse zurückgreifen können, haben sich die Methoden natürlich gewaltig verändert.« Vennestad atmete tief ein. »Um was geht es also, Eira? Wir *haben* heute die DNA-Analyse, Sie brauchen sich nun wirklich nicht den Kopf darüber zu zerbrechen, wie man vor 1989 vorgegangen ist.«

»Vennestad, was ich Ihnen jetzt sage, wird Ihre Konzentration für die nächste Stunde ruinieren. Das Problem ist, dass man in Tromsdalen, unterhalb der Rotkreuzhütte, eine Leiche gefunden hat.«

»Das weiß ich bereits.«

»Wir haben den Mann anhand seiner Fingerabdrücke identifiziert, was zunächst schon mal erfreulich ist. Die Schwierigkeit ist nur, dass er 1969 für tot erklärt wurde. In dem Jahr wurde er auch begraben.«

Am anderen Ende war es still. »Ich muss schon sagen, Eira. Das klingt nach einer Herausforderung. Ich werde die Obduktion persönlich vornehmen. Danach sehen wir weiter.« Vennestad brach das Gespräch ab.

Einige Stunden später war der Name »Karl Fjeld« mit allen Reisegesellschaften, Polizeibehörden und Interpol abgeglichen. Man hatte ihn als Passagier einer Rundreise von Bergen nach Kirkenes registriert. Die Liste stammte aus der ersten Oktoberhälfte. Der Mann war sowohl norwegischer als auch kanadischer Staatsbürger, nannte sich Carl Field und hatte als Wohnsitz Montreal angegeben. Weitere Recherchen ergaben, dass er Witwer war, kinderlos und im Ruhestand. Er hatte im Lauf der Jahre eine Firma für medizinisches Gerät aufgebaut, die auf zahnärztliche Instrumente spezialisiert war. Ein größerer Betrieb, offenbar mit guten Umsätzen.

»Wir haben keine Angaben über irgendwelche nahen Angehörigen auf der anderen Seite des großen Teiches, denen man den Todesfall melden müsste«, murmelte Eira. »Hier wird aber immerhin bestätigt, dass der Geburtsort des Mannes Tromsø, Norway, ist.«

»Wann ist er in Kanada angekommen?« Kine Berger goss sich eine Tasse Kaffee ein.

»Im Mai 1970. Und im Dezember desselben Jahres hat er eine Kanadierin geheiratet, die etwas älter war als er. Sie ist vor ein paar Jahren gestorben und hat ihm einiges hinterlassen.«

Eira schritt nachdenklich vor seinem Schreibtisch auf und ab. »Hat er mit einem Dritten gemeinsame Sache gemacht? Ich meine, war Karl Fjelds plötzliches Verschwinden damals vielleicht Teil eines Plans? Hatte jemand Vorteile davon, dass es Karl auf einmal nicht mehr gab? Sollte damit etwas vertuscht werden?«

»Nichts, was der Polizei bekannt wäre. Vielleicht war es etwas auf privater Ebene. Geld ist ja in vielen Beziehungen ein Konfliktthema. Geld und Liebe.«

Berger schnaubte. »Geld kann für Karl Fjeld kein Problem gewesen sein.«

»Aber trotzdem: Alles deutet doch darauf hin, dass Karl deswegen zurückgekehrt ist. Sein Vater ist gestorben und er kam *nach* der Beerdigung heim, rechtzeitig zur Testamentseröffnung. Er ist aufgetaucht, um bei der Auszahlung dabei zu sein.« Eira schaute Berger unvermittelt ins Gesicht.

Berger parierte den Blick. »Auszahlung? Vielleicht eher Abrechnung! Eine Abrechnung auf vielen Ebenen, wie es aussieht.« Jetzt nahm sie einen Schluck aus ihrer Tasse.

»Berger, hör zu. Wir müssen zum Punkt kommen. Wieso wurde Karl Fjeld ermordet? Wollte vielleicht jemand partout nicht publik werden lassen, dass Karl Fjeld zurück in der Stadt war?«

Sie strich nachdenklich über den Kaffeelöffel. »Eine letzte Möglichkeit: Rache. Jemand hatte eine offene Rechnung mit ihm.«

»Fjeld hat immer noch Familie hier in Tromsø. Eine Schwester und einen Bruder. Es würde mich wundern, wenn keiner der beiden von seiner Rückkehr erfahren hätte.« Eira stand auf und ging zur Tür. » Wir müssen mit jemandem sprechen, der auf jeden Fall wusste, dass Karl Fjeld zurück war. Magni Andersen hat behauptet, ihn gesehen zu haben.«

»Sie sitzt schon hier und wartet.« Berger sah ihn von der Seite an. »Das heißt, sie *hat* unten gesessen und gewartet.«

»Ist sie gegangen?«

»Sie geriet in Rage, weil du sie vierzehn Minuten hast warten lassen. Plötzlich ist sie auf und davon. Heute ist nämlich Bingo, und sie geht jede Woche dorthin. Wenn sie hier geblieben wäre, hätte sie ihren festen Tisch nicht bekommen.«

Eira musste sich ein überwältigendes Gefühl der Erleichterung eingestehen. »Dann holen wir sie morgen noch mal. Und sorg dafür, dass sie nicht warten muss.«

Kapitel 20

»Sie haben Karls Leiche gefunden?« Rita Fjelds Stimme klang rau. Karl Fjelds zwei Jahre jüngere Schwester starrte sie genauso schockiert an, wie Eira und Berger es erwartet hatten.

Rita schluckte schwer und spielte ununterbrochen mit ihrem Feuerzeug, wirbelte es immer wieder zwischen Daumen und Mittelfinger herum. Sie war eine große, knochige Frau mit einem harten Gesichtsausdruck, was von dem dürren Körper noch unterstrichen wurde. »Soll das eine Art makabrer Scherz sein?« Ihr Mund war hörbar trocken und sie sah sich nach der Wasserkaraffe um. Einer der Beamten musste ihr einschenken. Ihre Hand zitterte so, dass sie den Krug nicht hochheben konnte.

»Karl ist seit 1969 tot.« Endlich sagte auch Johan Fjeld, Karls jüngerer Bruder, etwas. Seine bleiche, teigige Haut glänzte. Insgesamt eine massige Gestalt. Johans Kopf ging direkt in die Schultern über, man vermisste den Hals. Die herabhängenden Wangen wurden vom hoch zugeknöpften Hemdkragen eingeschnürt. Er hatte seinen unförmigen Körper so weit nach vorne gebeugt, dass das Hemd zwischen den Knöpfen nachgab und aufklaffte. Johans Augen wanderten zwischen Rita und den Kommissaren hin und her. Die Haut unter seiner Nase war feucht. »Sie begreifen vermutlich nicht, welchen Eindruck eine solche Behauptung auf uns macht.«

Eira sagte nichts. Er hatte die Arme verschränkt und wartete. Ließ sie reagieren, reden.

»Worauf stützen Sie diese haarsträubenden Annahmen?« Rita hatte einige Schluck Wasser getrunken und wieder Farbe im Gesicht.

»Auf Fingerabdrücke.«

»Fingerabdrücke?« Johans unterdrückter Ausruf zog die Blicke aller auf sich.

»Ja. Eine nicht unübliche Methode zur Identifikation.« Eiras Augen waren aufmerksam. »Warum so überrascht, Fjeld?« Sie hatten keine Details erwähnt, nur darüber informiert, dass Karl gefunden und identifiziert worden war.

Johans Mund bewegte sich wortlos, aber Rita hatte sich wieder gesammelt. »Wie bekommt man Fingerabdrücke von einem Mann, der seit 1969 tot ist?«

»Nun, das war er offenbar nicht.« Eira legte die Auskünfte vor, die sie sich unter anderem auch bei den kanadischen Behörden besorgt hatten. »Uns ist es gelungen, seine letzten Reisewege zu ermitteln. Die Passagierlisten der Schiffslinie Hurtigruten waren dabei sehr aufschlussreich. Als das nach Norden fahrende Schiff am 15. Oktober am Kai in Tromsø anlegte, ging Ihr Bruder Karl an Land. Er sollte jedoch noch am selben Tag nach Kirkenes weiterreisen und danach wieder zurück nach Bergen fahren. Von dort hatte er ein Flugticket nach Hause, einen offenen Rückflug nach Kanada.« Eira legte eine Pause ein, um die Informationen wirken zu lassen.

Rita und Johan rührten sich nicht. »Das glaube ich nicht«, kam es schließlich von Rita. »Da muss ein Irrtum vorliegen. Die Analysen sind fehlerhaft oder die Personeninformationen und Identitäten wurden irgendwie verwechselt. Karl ist seit Jahrzehnten tot.«

»Auf dem Schiff ist er jedoch nicht wieder aufgetaucht«, fuhr Eira unbeirrt fort. Er beugte sich vornüber und fixierte Rita mit seinem Blick. »Sie beide haben ihn also nicht getroffen?« Er sprach langsam und betonte jedes einzelne Wort.

Rita stand abrupt auf. »Es ist ein Skandal, dass Sie so etwas behaupten!«

Eira folgte jeder ihrer Bewegungen mit den Augen. »Sicherlich nicht. Wir haben Zeugen – und ich spreche dabei ausdrücklich von *mehreren* –, die den Mann beobachtet und ihn als Karl Fjeld wiedererkannt haben.«

»Das ist infam! Die ganze Geschichte ist ein reines Hirngespinst.« Bebend deutete Rita mit dem Zeigefinger auf Eira. »Zeigen Sie mir diese Personen, die ihn *gesehen* haben wollen. Sagen Sie mir, wer das ist.« Sie zog ihren Mantel an. »Jemand will uns kompromittieren. Unseren guten Namen beschmutzen, unseren Ruf zerstören. Geschäftsvereinbarungen mit uns unmöglich machen. Man ist auf Geld von der Sensationspresse aus. Fahren Sie uns bitte nach Hause.«

Sie bat nicht um Erlaubnis, gehen zu dürfen. Mit starrem Nacken und wehendem Mantel verschwand sie durch die Tür, Johan im Schlepptau.

»Keiner aus Karl Fjelds Familie gibt zu, ihn getroffen zu haben.« Eira war allein im Raum, aber er sprach laut, während er gedankenversunken aus dem Fenster starrte. In der Scheibe sah er undeutlich seine eigenen Züge. Ein blasses, markantes Gesicht, die schmalen Augen verschwanden in schwarzen Höhlen. Ein Effekt des grellen Deckenlichts, hoffte er.

Die Tür ging auf und Bergers grellgrüne Reflexweste schmerzte in den Augen. »Tschüss. Ich hau ab.« Sie hatte sich umgezogen und war in vollständiger Joggingmontur.

»Setz dich.«

»Ich will gerade gehen. Es ist neun Uhr.«

»Na und? Wartet zu Hause etwa etwas auf dich?« Ein Blick in ihr Gesicht ließ ihn verstummen. Berger führte das ziemlich öde Leben einer »einsamen Wölfin«, und er wusste, dass sie hart kämpfte, um sich damit zu arrangieren. Sie war neunundzwanzig Jahre alt, seit einem halben Jahr in der Stadt und hatte noch nicht besonders viele gute Freunde, zumindest seines Wissens nicht. Das waren keine guten Voraussetzungen für eine lange Karriere in der

Stadt. »Ich brauche einen klar denkenden und vernünftigen Kopf zum Diskutieren«, sagte er und machte eine einladende Bewegung mit den Händen. »Ich dachte, dir ginge es wie mir und es stünde dir frei, auch mal zu ungewöhnlichen Zeitpunkten hier herumzusitzen und Spekulationen anzustellen.«

Sie sagte noch immer nichts, ließ sich aber auf ihrem Schreibtischstuhl nieder und sah schon viel zufriedener aus. »Nun?«

»Die Begegnung mit dem charmanten Geschwisterpaar hat meine Neugier erregt«, sagte er mit einem matten Lächeln. »In allem, was sie gesagt haben, war solch ein aggressiver Grundton, als seien sie beschuldigt worden, ihren Bruder getötet zu haben. Sie wollten einfach nicht akzeptieren, dass es sich um ihn handelt.«

»Er ist schließlich 1969 beerdigt worden.«

»Du hast recht. Aber warum haben sie nicht gefragt, wie dieser Mann starb? Wir haben mit keinem Wort erwähnt, dass er ermordet worden ist.«

»Vielleicht wussten sie es schon.« Berger rutschte ungeduldig auf ihrem Stuhl hin und her. »Eira, das haben wir bereits heute Nachmittag im Team durchgekaut. Gibt's was Neues?«

»Vermutlich nicht. Nur die Hoffnung, dass jeder neue Blickwinkel zu neuen Theorien führt, von denen uns eine möglicherweise weiterbringt. Also, was ist dein momentaner Eindruck?«

»Unsere Theorie mit dem Erbstreit klingt für mich nicht besonders plausibel. Weder Johan noch Rita haben finanzielle Probleme. Ob das Erbe durch zwei oder drei geteilt wird, macht doch in diesem Fall nicht viel aus.«

Eira nickte zustimmend. »Ich habe eigentlich auch nicht geglaubt, dass wir zu sehr an dieser Sache mit dem Testament festhalten sollten. Aber eben habe ich mit dem Anwalt des verstorbenen Andreas Fjeld gesprochen. Du weißt schon, der fast hundertjährige Vater von Karl, Rita und Johan. Der Anwalt sagt, dass Andreas Fjeld sein ganzes Leben lang darauf bestanden hat, das

Original seines Testaments in einem Safe in seinem eigenen Haus aufzubewahren. Er war geradezu besessen von der Möglichkeit, dass das Büro des Anwalts ausbrennen und damit das Testament vernichtet werden könnte. Die Testamentsvollstreckung ist übrigens bis zur Aufklärung von Karl Fjelds Tod verschoben worden.«

»Das ist gut. Dann also …« Berger hatte sich halb von ihrem Stuhl erhoben.

»Berger, irgendjemand wurde unheimlich nervös, als Karl Fjeld sich auf einmal wieder auf den Straßen der Stadt zeigte.«

»Wären 1969 nicht zufällig Karl Fjelds Fingerabdrücke archiviert worden, hätten wir vielleicht nie die Identität des Toten mit dem abgehackten Kopf klären können.«

Eira kramte in seinen Unterlagen und holte einen Stoß vergilbter Mappen hervor. »Das war wirklich Glück. Meines Erachtens wird die Verbindung zu den Ereignissen von 1969 jetzt immer deutlicher. Lass uns deshalb mal nachsehen, wer damals außer den Familienangehörigen vernommen wurde.« Eira zählte auf: »Gunhild Wikan, ihr Sohn Sverre, Per Andersen und seine Mutter Magni, die bei Fjeld geputzt hat, außerdem noch Nancy, die Haushälterin.« Er kritzelte alle Namen auf einen Notizblock. »Von denen gibt *heute* nur Magni zu, dass sie Karl Fjeld kürzlich wiedergesehen hat. Sie muss baldmöglichst befragt werden. Innerhalb weniger Stunden sind hier zwei rätselhafte Leichenfunde zu verzeichnen. Beide Personen hatten eine Verbindung zu dem Brand von 1969, und in beiden Fällen gibt es scheinbar kein Motiv. Wer hat etwas zu verbergen?«

Magni Andersen stapfte schweren Schrittes die Stufen vor ihrer Haustür hinunter, wobei sie sich mit einer Hand am Geländer abstützte. Missmutig schlurfte sie zur Kellerluke und hakte den Schlüssel auf dem Nagel an der Innenseite fest. Dort platzierte sie ihn seit Jahrzehnten, wenn sie das Haus verließ.

Am Tor wartete der Polizeiwagen mit laufendem Motor. Magni hatte sich rundweg geweigert, noch einmal Beamte in ihr Wohnzimmer zu lassen. Man solle sie ins Präsidium holen, wenn man noch was von ihr wolle.

Eira hatte zwei junge Polizisten geschickt. Als Magni sich auf den Polizeiwagen zubewegte, stieg der Beifahrer aus, um ihr die Tür zum Rücksitz zu öffnen.

Sie blieb stehen.

»Bitte. Steigen Sie ein.«

»Ich muss vorne sitzen.«

»Vorne?«

»Ich muss vorne sitzen, hab ich gesagt. Wo soll ich sonst mit meinen Beinen hin?« Ihre kleinen Augen waren kugelrund geworden. Der Blick, mit dem sie den Beamten ansah, glühte sichtlich in der Oktoberdunkelheit.

»Natürlich.« Der Beamte schloss die hintere Tür des Wagens und hielt ihr nun die Beifahrertür auf. Er wirkte leicht irritiert, seine Bewegungen waren etwas linkisch.

Magni ließ sich ohne ein Wort auf den Beifahrersitz fallen, und kurz darauf war der Wagen startklar.

Die Gestalt verschmolz mit den Baumstämmen. Aufmerksam folgte ihr Blick den Rücklichtern. Das Polizeiauto verschwand um die Ecke. Einige Minuten später war der Schlüssel geholt und die Tür aufgeschlossen. Die Kugelleuchte über der Treppe brannte nicht und das Haus lag im Dunkeln. Es sah aus, als schlucke die Türöffnung die hineingleitenden Umrisse der Person.

Kapitel 21

Johan sank tief in seinen Ohrensessel am Fenster. Durch die Scheibe sah er undeutlich, wie Rita durch das Tor hinausging und hinter den dichten Tannen verschwand. Sie hatte ihr Auto ein Stück entfernt auf der Straße geparkt. Der Abstand zwischen den Torpfosten sei zu schmal, hatte sie einmal gesagt. In gewissem Sinne hatte sie recht. Die Pfosten waren zu einer Zeit gesetzt worden, als nur die wenigsten ein Auto besaßen. Auf jeden Fall war er zu schmal für jemanden mit Promille.

Er legte den Kopf nach hinten und atmete durch. Hohe Decken, schwere, dunkle Möbel und ein anhaltender Geruch nach Möbelöl und Staub. Nie hatte er auch nur ein Detail an der Einrichtung verändert, das wäre ihm nicht im Traum eingefallen. Es wäre einem Sakrileg gleichgekommen, wenn er etwas hinausgeworfen hätte. Sein Vater hätte Aktionen dieser Art niemals gestattet.

Das Haus war für eine Person allein viel zu groß. Johan hatte keine Verwendung für all die Zimmer, aber sie waren ein Teil des Hauses und brauchten eine gewisse Möblierung, damit man sich in ihnen nicht komplett verloren fühlte. Er sinnierte darüber, dass keiner von ihnen, weder er selbst noch Rita, je eine Familie gegründet hatte.

In seiner Jugend hatte er ein paar Mal Freundinnen mit nach Hause gebracht, aber dann recht schnell das Interesse an ihnen verloren. Seine Ansprüche waren hoch, und die seiner Eltern im Grunde unerfüllbar. Die Antrittsbesuche potenzieller Schwiegertöchter waren qualvoll gewesen. Bei Kaffee und Kuchen hatten Johans Eltern eingehend geprüft, ob sich das jeweilige Mädchen für die Familie Fjeld ziemen würde. Johan hatte sich bald entschieden, solcherlei Torturen nicht länger durchstehen zu wollen. Die Mädchen waren nervös geworden, erröteten, kicherten, verschütteten Kaffee. Sie waren in den Augen der Eltern nicht angemessen gekleidet oder entstammten schlichtweg der falschen Familie.

Und dann war da Rita. Zu dieser Zeit hatte sie noch zu Hause gewohnt und war immer dabei gewesen. Rita war von jeher eine Miesmacherin, eine geistige Henkerin gewesen. Sie hatte dagesessen und geschwiegen, während sie Johans neue Flamme durch ihre halb zugekniffenen Augen musterte. Rita hatte dann meistens behauptet, der Zigarettenrauch brenne in ihren Augen. Johan wusste jedoch genau, dass seine Schwester gerade wieder dabei war, die arme Frau, die sich in ihr Revier gewagt hatte, kritisch zu taxieren.

»Leicht vulgär«, war Ritas Urteil in den meisten Fällen gewesen. »Direkt von der Straße. Nicht besonders helle. Wo gabelst du die eigentlich immer auf, Johan?«

Die Wahrheit war natürlich, dass Johan trotz seines Wohlstands nicht aus der obersten Liga wählen konnte. Auch das gehörte zu den Dingen, die Rita ihm sehr früh unmissverständlich klargemacht hatte: Er war nicht gerade ein Traummann. Im Gegenzug verspürte Johan eine tiefe Genugtuung darüber, dass die meisten Männer Angst vor Rita hatten. Diese Frau war ein wahrer Drache.

Johan zuckte zusammen, als die Wohnzimmertür leise aufglitt. Nancy stand dort, ein unbeweglicher Schatten vor der dunklen Diele.

»Verdammt, Nancy, kannst du nicht ein paar Geräusche machen, damit man dich hört? Mein Herz verträgt keine Personen, die einfach so aus dem Nichts auftauchen. Nicht noch eine.« Er sah sie missbilligend an. »Wie lange warst du schon vor der Tür, bevor du sie geöffnet hast?«

»Das Abendessen steht in der Küche.«

»Wirst du jemals aufhören, an den Türen zu lauschen?«

»Ich lösche das Licht hinter mir.«

»Nein! Hör endlich auf, die Lampen im ganzen Haus auszumachen! Wir haben hierzulande genug Energie! Ich kümmere mich selbst darum, wenn ich ins Bett gehe.«

»Ich mache mich jetzt mal auf den Weg.« Sie hatte sich keinen Zoll bewegt.

»Gut, gut. Bis morgen. Und lass das Licht in der Diele an.«

Johan verschüttete ein paar Tropfen, als er sein Glas wieder füllte, und wünschte sich, dass es geschneit hätte. Ohne ordentlich Schnee war es verflucht schwarz draußen. Die riesigen Fenster gaben ihm das Gefühl, immerfort allen möglichen Blicken ausgesetzt zu sein. Der Wind hatte kräftig zugenommen. Kahle Bäume wogten in den Böen.

Es war eisig kalt, auch hier drinnen. Johan hatte die Doppelfenster für den Winter nicht eingesetzt, hatte es einfach nicht über sich gebracht. Das altmodische System der doppelten Fenster, die im Winter eingehakt und im Frühling wieder ausgehakt wurden, machte eine Mordsarbeit. Jedes Jahr schwor er sich, dass sie gegen moderne dreifach verglaste Fenster ausgetauscht werden sollten, aber dann begann die Sonne zu scheinen, die Temperaturen stiegen und er vergaß es.

Er zog die Gardinen zu. An einem Fenster pfiff der Wind durch die Ritzen und die Gardine bewegte sich leicht. Er blieb mitten im Raum stehen, fror so arg, dass er zitterte. Die Fenster mussten also doch rein, so schnell wie möglich. Ohne sich umzudrehen, schaltete er das Licht aus, verließ mit einem seltsamen Gefühl panischer Eile das Wohnzimmer und visierte das Schlafzimmer an. Dieses Zimmer ließ sich verschließen, es hatte dichte Fenster und war warm. Dort konnte er im Bett lesen.

Der Wind war inzwischen abgeflaut. Johan hatte das Buch weggelegt und war fast eingeschlafen, als er das Geräusch hörte. Die

Treppenstufe, die knarrte, wenn man nicht aufpasste, wohin man trat. Das Geräusch, das er in seiner Jugend stets sorgfältig vermieden hatte, um nicht zu verraten, wie spät er nach Hause kam. Er hatte den Laut zum letzten Mal gehört, als Karl da gewesen war.

Eine eigenartige Taubheit ließ ihn schwer und unbeweglich werden, aber nicht lange. Johan sprang aus dem Bett und stürzte zur Treppe. Er blickte hinab. Ganz unten machten die Stufen einen Bogen und dort war es stockfinster. Seine Phantasie spiegelte ihm eine Bewegung in der Dunkelheit vor. Sein Verstand widersprach, das war Unsinn. Er schaltete die Deckenleuchte ein und umklammerte den obersten Knauf des Geländers, die Beine unzuverlässig kraftlos unter ihm.

Als er sich hingelegt hatte, war er ziemlich betrunken gewesen. Der Rausch war immer noch spürbar. »Hallo? Hallo!« Johan taumelte schwankend ein paar Stufen hinunter. Seine Stimme wurde brüchig und sein Herz raste. Alle Fenster waren geschlossen. Nancy hatte sicherlich abgeschlossen, als sie gegangen war. Spukte Karl etwa irgendwie hier herum?

Er fuhr zusammen, als er Karls Mantel sah. Es war zum Verrücktwerden! Karl hatte sich Johans Allwetterjacke ausgeliehen, bevor er zur Hütte gefahren war, und das riesige Monstrum mit dem Pelzkragen hing noch hier. Wie dumm, noch nicht wieder daran gedacht zu haben. Er konnte unmöglich den Mantel einfach hier hängen lassen und behaupten, er gehöre ihm selbst. Die Polizei würde möglicherweise Untersuchungen anstellen, und dann musste alles, was Karl gehörte, verschwunden sein.

In der Diele roch es schwach nach Rauch und Johan griff in Karls Manteltaschen. Sie waren natürlich leer. Karl hatte die Pfeife zwischen den Zähnen gehabt, als er losgefahren war. Johan schloss schnell die Tür auf und wollte gerade die Diele verlassen, als sein Blick auf die Konsole fiel. Neben seinen Autoschlüsseln, die er am frühen Abend dorthin gelegt hatte, lag Karls Pfeife.

Johan riss den Mantel und die Pfeife an sich und knallte die Tür zu.

Bei voller Beleuchtung, in eine Wolldecke gewickelt, saß Johan im Wohnzimmer. Er nippte an einer Flasche und starrte in das Kaminfeuer, das mit äußerst seltsamer Flamme und schwarzem Rauch Karls Mantel und Pfeife verzehrte. Johan blieb dort sitzen, bis er hörte, wie der Zeitungsbote am nächsten Morgen in aller Frühe die Zeitung in den Briefkasten warf. Dann schlief er sturzbetrunken ein.

Kapitel 22

20. Oktober 2007

»Todesursache augenfällig, könnte man versucht sein zu sagen«, bemerkte Vennestad am nächsten Morgen. Mit gerunzelter Stirn musterte er die kopflose Leiche.

Eira wippte von Bein zu Bein. »Sie führen eine vollständige Untersuchung durch?«

»Selbstverständlich.«

Während dieser zwei Sätze hatte Vennestad den Y-Schnitt gemacht und war bereits dabei, den Bauch der Leiche zu öffnen. Gewöhnlich sprach er bei der Arbeit, ein gedämpftes Murmeln, das sich in erster Linie an ihn selbst richtete. Aber jetzt war der Pathologe plötzlich still geworden. »Man soll ja nicht gleich nach dem Äußeren gehen. Dieser Leitsatz bewahrheitet sich öfter, als man glaubt.«

Eira, der hinter ihm stand, trat einen Schritt vor und richtete seinen Blick wie immer nur widerwillig auf das klaffende Fleisch.

»Was denn, Vennestad? Klären Sie einen Laien wie mich auf.« Zu Ratespielchen hatte Eira keine Lust – auch fühlte er sich dazu nicht qualifiziert.

Vennestad kam nun glücklicherweise direkt zur Sache. »Der Mann war wohl schon ein älterer Mensch, aber nicht besonders gebrechlich.« Er löste gerade die Därme aus dem Bauchraum. »Soweit ich sehen kann, war der Mann gesund.« Er runzelte die Stirn und schwieg, während er mit der Untersuchung fortfuhr.

Eira interpretierte Vennestads Falte zwischen den Augenbrauen als Zeichen dafür, dass der Professor sich jetzt einer besonderen Herausforderung stellte. Die Falte mochte aber ebenso gut bedeuten, dass er überrascht war, weil er ganz und gar nichts Unnatürliches finden konnte. Vennestads gemurmelte Laute waren unverständlicher als die lateinischen Fachausdrücke, deren er sich hin und wieder bediente. Trotz allem beschloss Eira, den Pathologen nicht zu stören.

Nach einer halben Stunde wurde Eiras Geduld belohnt. »Ich kann die Vermutung der Polizei bestätigen, Eira. Der Mann muss tot gewesen sein, lange bevor der Kopf vom Körper abgetrennt wurde.«

Eira betrachtete Vennestad skeptisch. »Warum in aller Welt hat man ihn dann geköpft?«

»Da fragen Sie den Falschen.«

»Und die Todesursache, Vennestad?«

Der Pathologe zögerte. »Ich habe ihn gründlich auf die häufigsten Todesursachen untersucht: blutende Magengeschwüre, Herzinfarkt, Löcher in der Hauptschlagader ...«

»Gut, okay.« Eira hatte im Augenblick keinen Bedarf an einer medizinischen Vorlesung, die ihn obendrein an die Hinfälligkeit des Körpers erinnerte. Er wollte etwas hören, das die Ermittlung möglichst schnell vorantreiben würde. »Bitte machen Sie es nicht zu kompliziert, Vennestad. Wollen Sie uns sagen, dass der Mann ganz einfach eine Krankheit hatte und daran gestorben ist?«

»Das Einzige, was ich gefunden habe, ist eine leichte Fettleber. Er hat vermutlich gern Alkohol getrunken. Außerdem gibt es Blutergüsse an einigen Organen, besonders an den Nieren.«

Eira seufzte frustriert. »Meine Güte, als wenn mir das was sagen würde, Vennestad ... Ich wüsste jetzt doch gerne was Konkretes zur Todesursache. Dass der Mann *nicht* durch das Abtrennen des Kopfes gestorben ist, sondern schon lange zuvor tot war, haben Sie ja bereits bestätigt. Aber ist er denn nun eines natürlichen Todes gestorben oder wurde er ermordet?«

Vennestads Nacken krümmte sich noch mehr. »Sie stellen

schwierige Fragen.« Er drehte den Kopf um neunzig Grad in Eiras Richtung. »Haben die Leute von der Spurensicherung irgendwelche Anzeichen dafür gefunden, dass der Kopf da oben im Gebirge abgehauen worden ist?«

»Nein.«

»So, so.« Vennestad war schon wieder ganz und gar mit den Organen des Toten beschäftigt und nahm nun den Magen in Angriff. »Relativ kurze Zeit vor seinem Tod hat er eine ordentliche Mahlzeit zu sich genommen. Der Mageninhalt ist sehr gut erhalten. Ich denke, wir werden eine recht detaillierte Beschreibung der einzelnen Bestandteile bekommen«, sagte er langsam.

»Das stimmt mich jetzt wirklich optimistisch.« Eira dachte daran, wie bei ihm selbst gewöhnlich ein Abendessen aussah. Eine Scheibe Brot mit Käse. Eine mit Salami. Eine mit Schinken. Kaffee.

»Das freut mich. Man hilft ja gerne.«

Eira gab die Hoffnung auf, innerhalb der nächsten Minuten Bahnbrechendes von Vennestad zu erfahren. Der Professor war ein Perfektionist. Genau das schätzte Eira an ihm. Im Moment fehlte ihm allerdings der Sinn für eine weitere Beschäftigung mit Detailfragen.

Berger hatte sich die ganze Zeit über ein paar Schritte hinter Eira gehalten, mit möglichst viel Abstand zum Obduktionstisch. Sie war blass um die Nase.

Eira nickte ihr kurz zu. »Ich fahre jetzt ins Präsidium. Dort scharrt schon eine Heerschar von Journalisten mit den Hufen.«

Als er an ihr vorbeiging, wisperte er fast unhörbar: »Du hast übrigens die Wahl. Entweder du versauerst hier, während Vennestad sich durch die nächsten paar Stunden stochert und murmelt, oder du begleitest mich zur Pressekonferenz und wirst selbst in tausend winzige Stückchen zerpflückt. Journalisten können wie Geier sein, und unser Fall ist leider nicht gerade unspektakulär. Na?«

»Hau schon ab. Ich bleibe hier.«

Eira zog den Kittel aus und verschwand.

Eira hatte die Pressekonferenz ohne größere Blessuren hinter sich gebracht und goss sich nun einen großen Becher Kaffee ein. Eben öffnete er seine Butterbrotdose, als Vennestad anrief.

»So ein Abendessen ist nicht zu verachten, Eira. Auch wenn unsereiner abends wohl eher die traditionellen Butterbrote zu sich nimmt. Aber ich verstehe ja Ihre Skepsis …«

»Was denn, Vennestad?«, seufzte Eira. »Hatte er Taubenbrust gegessen? Wachteleier? Vielleicht Schnecken?«

»Nicht ganz so exotisch. Es handelt sich um die eine oder andere Variante fein gehacktes Fleisches. Darin war etwas, das wir mit ein bisschen externer Hilfe von den Biologen als Wacholderbeeren und rosa Pfeffer identifiziert haben. Außerdem einige Preiselbeeren. Ja, und dann das Brot, eine sehr grobe Sorte. Selbst gebacken, vermute ich, mit vollem Korn und Nüssen.«

Eira kritzelte auf seinen Block, während Vennestad vortrug, welche Schlüsse er inzwischen gezogen hatte. Erneut unterbrach Eira den Professor. »Wacholderbeeren. Preiselbeeren. Das verbinde ich mit Wild. Rentier, Elch, Schneehuhn. Ganz und gar nicht untypisch für diese Breiten. Aber gehacktes Fleisch … also keine Sauce und Kartoffeln?«

»Definitiv nicht, Eira. «

»Wann ist er gestorben?«

»Der Tod muss maximal ein bis zwei Stunden nach dem Essen eingetreten sein. Die Ergebnisse weiterer Analysen erhalten wir morgen.«

Eira legte auf, unsicher, ob das Gespräch zu irgendetwas anderem nütze gewesen war, als ihm den Appetit zu verderben. Vor seinem inneren Auge sah er das »Essenspaket«, das Vennestad vor einigen Stunden geöffnet und jetzt im Detail beschrieben hatte. Er schaute hinunter in seine Butterbrotdose und schaffte es nicht, das Bild auf seiner Netzhaut loszuwerden.

Langsam schloss Eira die Dose, schob den Kaffee weg und vergrub sich wieder in seinen Papieren.

Kapitel 23

Eira und Berger waren in Richtung Gebirge aufgebrochen. Sie parkten am Ende der Straße, die sie wieder das Tal hinaufgeführt hatte. Hier wurde der Weg bald zum Pfad. Feiner Nieselregen sprühte ihnen ins Gesicht.

Nebel hatte die Berggipfel eingehüllt und die Luft kroch wie nasskalter Dampf in die Nasenlöcher. Der feine Regen war nur ein Vorgeschmack. Am Horizont rollten bleigraue Wolkenmassen heran, schwer von aufgespeichertem Niederschlag. Bald würde er entweder als Regen oder Schnee herunterkommen. Die Pfützen würden den Boden in eine glitschige, unförmige Masse verwandeln.

Der drohende Wetterumschwung an sich konnte Eira nicht schrecken. Wohl aber das, was er mit dem Erdreich und dem Birkendickicht anrichten würde. Ab einer gewissen Niederschlagsmenge konnten wichtige Spuren und Hinweise verwischt oder gänzlich getilgt werden. Die gesamte vergangene Woche war ungewöhnlich niederschlagsarm gewesen. Eira würde es als echtes Pech betrachten, wenn sich das Wetter ausgerechnet jetzt änderte.

Er strich sich mit dem Handrücken übers Gesicht und konzentrierte sich auf den noch relativ trockenen Boden. Es war dunkler geworden. Er brauchte nicht den Blick zu heben, um zu registrieren, dass die schwere Wolkendecke das ohnehin spärliche Licht in Dämmerung verwandelt hatte. Er fluchte laut auf Samisch.

Berger, die bis jetzt still gewesen war, platzte heraus: »Kannst du nicht auf eine etwas integrierendere Art fluchen?« Unter ihren Schuhsohlen schmatzte es und sie rutschte ein Stück über den Boden. Wandern in nassem, unwegsamem Gelände war definitiv nicht ihr Steckenpferd.

»Wir haben ja auch noch das Verkehrsdezernat, Berger. Denk drüber nach. Zum größten Teil Asphalt.« Eira bemerkte, dass der Boden mit Abdrücken von Fahrradreifen und den Sohlen all derer übersät war, die an Wochenenden und Nachmittagen hier oben gewandert waren. Er überhörte Bergers leises Gemurmel hinter sich und ging weiter.

Sie näherten sich der Stelle, an der die Leiche gefunden worden war. Eira verließ den Weg. Das feine Regenwasser hatte bereits begonnen, den Grund aufzuweichen, aber noch nicht so stark, dass die Abdrücke und Spuren auf der Erde verschwunden waren. Es tropfte von der knorrigen, kleinen Birke, als er die Äste zur Seite bog. Eira wollte den Boden gründlich absuchen.

Nachdem er lange in der Hocke gesessen und den Bereich mit den Augen und Fingern vorsichtig durchgekämmt hatte, erhob er sich und winkte Berger heran. »Sieh dir das an«, sagte er. »Siehst du die Furchen hier im Moos?«

Berger nickte schwach. »Vielleicht«, murmelte sie. »Aber um ehrlich zu sein, sehe ich sehr wenig.«

»Zumindest siehst du bestimmt, dass die Rinde an manchen umstehenden Birkenstämmen abgeschabt ist, oder? Schau mal, ein paar Blätter sind etwas zerfasert und an einigen Stellen sogar ganz abgerissen.«

Sie nickte wieder.

»Weißt du, welchen Schluss man daraus ziehen kann?«

»Ganz und gar nicht, Eira.«

»Dann lass es mich erklären. Das Deutlichste sind die Birkenstämme. Niedrige Moorbirken, wir befinden uns direkt unterhalb der Baumgrenze. Sie sind so niedrig und krumm, dass sie fast flach auf der Erde liegen. Etwas ist über sie hinweggeschrappt. Es hat die Rinde und die Blätter abgerissen. Das Gleiche gilt für das Moos dort. Siehst du, dass es etwas aufgekratzt ist?«

»Erzähl mir lieber, welche Schlussfolgerung du daraus ziehst,

Eira.« Berger war im Osloer Stadtteil Majorstua aufgewachsen und hatte sich nie mit Moos und Moorbirken beschäftigt.

»Wir finden diese Spuren direkt unterhalb der Stelle, an der der Mann entdeckt worden ist. Sie hören hier auf. Weiter oben sind keine derartigen Veränderungen zu sehen. Also wäre es denkbar, dass sie von etwas verursacht worden sind, das über die Birkenstämme und das Moos gezogen worden ist. Ein Schlitten zum Beispiel.«

»Ein Schlitten, bevor es nennenswert Schnee gegeben hat?«

»Es gibt nicht nur Schlitten für Schnee.«

»Was für welche denn dann? Und wie sollte jemand so ein Gefährt hier heraufgezogen haben? Wir sind doch schon ziemlich weit oben und das Gelände steigt stetig an.«

Eira starrte lange nachdenklich auf die Erde. »Wenn der Kopf *hier* abgetrennt worden wäre, müsste man viel Blut sehen. Das ist aber definitiv nicht der Fall. Der Mann ist vermutlich vorher geköpft und dann hierhergebracht worden.«

Eira warf seiner Kollegin einen kurzen Blick zu und beantwortete die Frage, die ihr ins Gesicht geschrieben stand. »Jemand hoffte auf baldigen starken Schneefall. Ein halber Meter in einer Nacht. Wenn du dich hier auskennst, weißt du, welche Mengen in kurzer Zeit runterkommen können.«

»Der Mord wirkt in hohem Maße geplant.« Berger zurrte sich den Schal enger um den Hals.

»Du sagst es. Der Mörder hat sich eine Menge Arbeit damit gemacht, die Leiche abgelegen zu platzieren. Plötzlicher Affekt oder unkontrollierte Gefühle, so was ist in diesem Fall, glaube ich, vollkommen unwahrscheinlich. Zudem ist der wichtigste Identifikationsbereich des Körpers, der Kopf, entfernt worden.«

Berger nickte. Es schüttelte sie. Sie drehte sich um und sah ins Tal hinunter. Die Dunkelheit war hereingebrochen. Mit einem Mal wirkte der Wald viel dichter. Der Pfad, den sie hinaufgekommen waren, verschwand nur einige Meter unter ihnen im Gesträuch. Schon bei Tageslicht war wegen des Nieselregens alles eigenartig konturlos gewesen. Jetzt aber schien der Weg schier ins Nichts zu führen. »Eira, es wird hier jetzt plötzlich verdammt finster.«

Eira betrachtete immer noch den Tatort, als lerne er die Details auswendig, als präge er sich jedes aus dem Boden hervorlugende Gras- oder Heidekrautbüschel präzise ein. Er hob überrascht den Blick: »Ja, klar. Um diese Jahreszeit liegt die Dunkelheit immer auf der Lauer.«

»Irgendwie wird im Dunkeln alles so unglaublich riesig. Selbst ein enges Tal wie dieses dehnt sich zu unendlicher Weite aus.«

Eira zeigte zum Weg. »Dort unten steht der Rucksack. Lose oben drauf liegt eine Tüte mit zwei Stirnlampen. Holst du sie bitte?« Er bückte sich und schnitt vorsichtig einen der untersten Zweige ab, an denen die Abschürfungen am deutlichsten waren. »Es war ein bisschen riskant von mir, den Rucksack mitten in der Wildnis abzustellen. Man bewegt sich schnell von ihm weg und findet im Dunkeln nicht zu ihm zurück.« Er konzentrierte sich wieder auf die Fundstelle.

Berger ging widerstrebend hinunter. Sie hatte angefangen zu frieren. Ein nasser Schneerest löste sich von einem Ast und klatschte gegen ihre Stirn. Kine Berger gab einen kleinen Schrei von sich. Glücklicherweise vermischte er sich mit dem Laut einer Krähe, die sich von dem Baumwipfel direkt über ihr erhob. Sie war wohl bloß ein bisschen nervös. Ein Mann war ermordet und ohne Kopf aufgefunden worden. Sie richtete den Blick auf den Weg und versuchte, den dunklen Wald zu beiden Seiten zu ignorieren, erreichte Eiras Rucksack und bückte sich nach der Tüte mit den Lampen. Auf dem Rucksack, hatte er gesagt. Er meinte wohl unten drin.

Von einer Tanne in der Nähe rutschte abermals Schnee. Es gab ein dumpfes Klatschen. Zwei weitere Vögel flogen kreischend auf. Berger meinte, etwas weiter unten Bewegungen zu sehen.

»Eira!« In einer so gewaltigen Umgebung klang ihr Ausruf kraftlos.

Eira war blitzschnell bei ihr. »Die Lampen sind nicht da. Bist du sicher, dass du sie überhaupt eingesteckt hast?«

Berger sprach langsam. Ihre Lippen fühlten sich taub an, wie nach einer Spritze beim Zahnarzt. Sie wollte nicht zugeben, dass sie sich von herabfallendem Schnee und kreischenden Vögeln hatte aus der Fassung bringen lassen. Von der rationalen Polizistin war nicht mehr viel übrig. Sie fürchtete sich vor dem Wald, der undurchdringlichen Finsternis und den Schatten zwischen den Bäumen. Und genau das brauchte Eira nicht zu wissen.

»Weg?« Eiras gedämpfter Ausruf riss sie aus ihren Gedanken. »Die Tüte mit den Lampen lag ganz sicher oben auf dem Rucksack. Ich habe das absichtlich gemacht, damit sie bei Bedarf gleich griffbereit sind!«

Eira sah sich um. Es hatte angefangen zu schneien, schwere, nasse Flocken, die sofort schmolzen, wenn sie auf Haut trafen. »Na prima, wie auf Bestellung. Alle Fußspuren werden im Nu verschwinden.« Eira nahm den Rucksack auf. »Wir sind beobachtet worden, Berger. Der Weg ist gut zu sehen, jeder findet hierher. Und es gibt genug Wald und Dunkelheit, um sich darin zu verstecken.«

Er setzte sich langsam in Bewegung. »Jetzt müssen wir uns im Dunkeln hinuntertasten. Ohne Licht sehen wir keine weiteren Spuren. Dafür ist aber eines völlig klar: Jemand verfolgt unsere Arbeit.«

Kapitel 24

Als sie zurückkamen, hatte Eira eine Nachricht auf dem Anrufbeantworter. Er rief Vennestad zurück, der ihn auf seine typisch umständliche Art informierte.

»Das war eine ziemliche Überraschung, Eira«, begann er wie üblich mit einer Aussage, die nur ihm selbst verständlich war.

»Bitte erklären Sie mir das, Vennestad.«

»Wie Sie sich erinnern, waren bei Karl Fjeld keine inneren Verletzungen erkennbar. Ich hatte zunächst keine offensichtliche Todesursache finden können.«

»Mhm.«

»Hat er geraucht?«

»Was?«

»Hat Karl Fjeld Nikotin konsumiert?«

»Ich habe keine Ahnung. Was hat das mit unseren Ermittlungen zu tun?« Vennestad und er lebten in unterschiedlichen Welten, das hatte Eira schon längst festgestellt und mit der Zeit zu akzeptieren gelernt. Aber in diesem Moment ging ihm Vennestads Weitschweifigkeit auf die Nerven.

Vennestad hingegen war bester Laune. »Nun, die vollständige Analyse liegt jetzt vor. Der Mann hatte eine Nikotinvergiftung. Man fand eine tödlich hohe Konzentration in seinem Blut.«

Eira runzelte die Stirn. »Wie zum Teufel ist das möglich? Ich habe Bekannte, die über sechzig Zigaretten am Tag rauchen.«

»Er hat *reines* Nikotin gegessen oder vielleicht getrunken. Eine andere Möglichkeit ist, dass es auf die Haut geschmiert wurde oder er es eingeatmet hat.«

»Gegessen? Die Wildmahlzeit, die Sie beschrieben haben, bestand also nicht nur aus Pfeffer und Preiselbeeren?«

»Nikotin ist das potenteste Gift, das wir kennen. Der Tabak aus zwei gewöhnlichen Zigaretten reicht, um einen Menschen zu töten, wenn man ein Destillat daraus herstellt. Kennt man das Rezept, kann man dem Betreffenden ein paar Tropfen in den Kaffee oder in einen Drink mischen.«

Vennestad überlegte einen Moment. »Ob das Nikotin dem Fleischgericht mit Wacholder- und Preiselbeeren beigemengt war, ist wirklich schwer herauszufinden. Karl Fjeld hatte Alkohol im Blut. Möglicherweise hat er ja einen vergifteten Drink zu sich genommen.«

»Wie lange dauert es, bis man daran stirbt?«

»Reines Nikotin direkt auf der Haut tötet augenblicklich. Ansonsten kann man eine halbe bis anderthalb Stunden veranschlagen, abhängig von Menge und Konzentration.«

Eira saß an diesem Nachmittag mit Polizeidirektor Hagen beim Kaffee.

»Sie sagen, dieser Karl Fjeld war bei der Schiffsgesellschaft Hurtigruten registriert?«

Eira rührte in seiner Tasse. »Ja, als Passagier und mit leicht verändertem Namen.«

»Hat er eine Adresse in der Stadt angegeben, bevor er am 15. Oktober von Bord ging? Schließlich wollte er ja auf der Rückreise nach Süden wieder zusteigen. Falls es eine Verspätung gegeben hätte, hätte die Schiffsgesellschaft ihn informieren können.«

»Die Hurtigruten hatte nichts weiter außer den Buchungsunterlagen.«

Polizeidirektor Hagen trommelte mit den Fingern auf die Armlehne. »Wie wahrscheinlich ist es, dass Karl Fjeld seine Familie besucht hat, nachdem er das Postschiff verlassen hatte? Und dass seine Geschwister das dann wiederum verheimlicht hätten?«

Eira griff nach den Autoschlüsseln. »Wir werden sehen, wie das

Geschwisterpaar auf unsere neuesten Informationen reagiert. Ob die beiden immer noch behaupten, dass Karl sie nicht besucht hätte. Wir konfrontieren sie jetzt ganz einfach mit allem, was wir wissen.«

Kurz darauf waren Eira und Berger auf dem Weg zum Elternhaus der Fjelds.

»Das ist nicht möglich!« Rita war bereits eingetroffen und offensichtlich erschüttert. »Wie sollte das abgelaufen sein? Wollen Sie etwa behaupten, dass dieser *Karl* hier im Haus war? Dass all das hier geschehen sein soll, bei Johan? *Ein Mord?*«

»Wir glauben, dass Karl ein Tabakdestillat gegessen oder getrunken hat«, erklärte Eira zum dritten Mal.

»Er soll also nach so vielen Jahren hierhergekommen sein, und wir hätten ihn dann schnurstracks vergiftet? Aus welchem Grund, wenn ich fragen darf?«

»Das hoffen wir von Ihnen zu erfahren.«

Sie starrte ihn nur kalt an.

Eira erhob sich und ging in die Diele. Er wurde auf Johans Hausangestellte Nancy aufmerksam, die wie ein Schatten in der Küche hantierte. Eira trat ein. Sie antwortete mit kaum hörbarer Stimme, als er grüßte.

Eira versuchte so höflich wie möglich zu lächeln. »Nancy, wir setzen uns am besten gleich hier in der Küche zusammen.«

»Ich wollte gerade gehen.« Sie ging hastig zur Tür und umfasste die Klinke.

»Es dauert nur einen Moment.« Eira geleitete sie zum Küchentisch und schloss die Tür.

Nancy blieb mitten in der Küche stehen, während Eira umherschlenderte und Regale und Arbeitsflächen betrachtete. »Kochen Sie, Nancy?« Sie nickte stumm. »Und Sie backen auch Brot?«

Ihre Augen wurden größer. »Warum fragen Sie danach?«

Er stand vor dem Gewürzbord, einem Sammelsurium aus Töpfchen und Gläsern. »Pflücken Sie selbst Wacholderbeeren?« Sie antwortete nicht. »Ich hatte eine Tante, die behauptete, dass das Haar schön wird, wenn man es mit einem Auszug aus Wacholderbeeren spült.«

Nancy wurde nicht mitteilsamer.

»Meine Tante hat viel größere Mengen gesammelt, als Sie sie hier haben«, sagte er und nahm das Glas herunter. »Wozu verwenden Sie denn Wacholderbeeren, Nancy?«

»Das können Sie sich doch wohl denken, Eira.« Es klang fast gekränkt. »Für Rentiergeschnetzeltes.«

»Und auch noch für was anderes?« Er öffnete den Kühlschrank.

»Pastete. Dort steht noch eine halbe.«

»Ach ja?« Eira klang plötzlich wie der Moderator einer Kochshow im Fernsehen. »Wie bereiten Sie so was zu?«

»Das ist sehr einfach.« Jetzt war Nancy in ihrem Element und entspannte sichtlich die Schultern. »Man nimmt gehacktes Schneehuhnfleisch. Auch Leber muss rein, obwohl Johan den Anblick von Leber nicht erträgt. Ich schmuggle sie trotzdem rein. Würzen sollte man das Ganze mit etwas Lorbeer. Und mit Wacholderbeeren, ja. Und außerdem noch mit ganzem, grünem Pfeffer.«

»Was kommt obendrauf?« Er hatte die Schüssel in der Hand und inspizierte die Pastete mit klinischem Interesse.

»Aspik mit ganzen Preiselbeeren und Pfefferkörnern.«

»Haben Sie Essen für Karl gemacht, als er hier gewohnt hat? Jetzt vor kurzem, meine ich?«

Sie schwieg perplex.

»Schneehuhnpastete und selbst gebackenes Vollkornbrot?«

»Warum fragen Sie all das, Eira?« Sie war wieder auf der Hut.

»Haben Sie auch Kaffee für ihn gekocht?«

»Ich koche Essen und Kaffee für die, die hier wohnen. Dafür bin ich da.«

»Kommen oft Leute hierher?«

Nancy schüttelte den Kopf. »Fast niemand. Abgesehen von den üblichen: Zeitungsbote, Müllabfuhr, ab und zu die Post, außerdem hatten wir den Schornsteinfeger und die Brandschutzkontrolle hier, Spendensammler …« Sie hatte sich jetzt warmgeredet.

»Gut, gut, ich verstehe.« Eira beugte sich näher heran. »Haben Sie Karl getroffen, als er zurückgekommen ist?«

Nancy bekam hektische rote Flecken auf den Wangen. »Tun Sie nicht so, Eira. Sie wissen gut, was Rita und Johan gesagt haben. Dass er nicht hier gewesen ist.« Sie griff nach ihrer Handtasche und umklammerte sie fest mit den Händen. »Ich begreife nicht, warum Sie mir all diese Fragen stellen, auf die Sie die Antwort schon wissen. Kann ich jetzt gehen?«

Eira antwortete nicht. Er öffnete die Tür und rief nach Rita und Johan.

»Dürften wir Karls altes Kinderzimmer sehen?«

Rita sah Eira missmutig an. »Sie fragen, als ob man die Möglichkeit hätte, Nein zu sagen.« Sie winkte zu Johan hinüber. »Das ist dein Haus. Geh du mit ihnen nach oben.«

Eira drehte sich zu Nancy um und fragte, ob sie in Karls Zimmer gewesen sei.

»Ja, bei jedem Putzdurchgang.« Nancy biss sich auf die Lippen. »Früher«, fügte sie schnell hinzu.

Widerstrebend ging sie auf Eiras Aufforderung hin mit nach oben. Karls Zimmer lag direkt an der Treppe und war blitzblank und aufgeräumt.

»Ist hier etwas verändert worden?«

Johan zuckte mit den Schultern. »Fragen Sie Nancy. Sie putzt im ganzen Haus. Wenn etwas herumliegt, räumt sie es auf.«

»Verändert?« Sie sah ihn erschrocken an. »Ich habe keine Ahnung. Ich … ich verstehe nicht, was Sie meinen.«

»Hat zum Beispiel jemand etwas aus dem Zimmer entfernt?«

Sie blickte verwirrt. »Entfernt …? Ich weiß nicht … was sollte das sein?«

Eira betrachtete die nervöse Frau. Manche Menschen waren von Haus aus schuldbewusst und verängstigt, ohne jeden Grund. Sie schien das schwärzeste Gewissen der Welt zu haben, obwohl Eira keine Anschuldigungen gegen sie vorgebracht hatte.

Er erinnerte sich an Vennestads Aussage, dass das Gift sehr einfach herzustellen sei. Aber wie konnte man das beweisen und wer hatte es getan? Auf gut Glück zog er einige Schubladen heraus und öffnete verschiedene Schranktüren. Im Nachttisch stand eine leere Flasche Bourbon. Eira griff danach. »War das Karls Whiskey?«

Nancy bewegte tonlos die Lippen, bevor sie schließlich nickte. »Er trank abends manchmal. Also, früher … Einen Schluck, bevor er sich hinlegte.«

Eira rieb sich über die Nasenwurzel. Er nahm die Flasche an sich. Es bestand immer noch die Hoffnung, dass darin aufschlussreiche Überreste zu finden waren.

»Wir nehmen die Flasche mit, außerdem auch Nancys delikate Pastete sowie alles, was uns sonst noch aus der Küche interessiert.« Bevor sie protestieren konnten, war er schon fast aus dem Zimmer. »Ungeachtet dessen würden wir Ihnen dringend empfehlen, uns alles zu erzählen, was Sie über die Sache wissen. Damit wir nicht annehmen müssen, dass Sie uns bewusst Informationen vorenthalten.«

Kapitel 25

Eira ließ sich auf seinen Stuhl fallen und schälte sich aus der Jacke. Es war nach 22 Uhr und seine Nackenmuskeln schmerzten. »Lasst uns noch mal zusammenfassen, bevor wir Schluss machen«, sagte er und sah Henriksen verärgert an, der sich auf die Kante von Eiras Tisch gesetzt hatte. »Vennestad hat heute mitgeteilt, dass Karl Fjeld an einer akuten Nikotinvergiftung gestorben ist. Damit meint er keinesfalls, dass Karl Fjeld zu viel geraucht hätte. Fjeld hat *reines* Nikotin zu sich genommen. Oder genauer gesagt, jemand hat dafür gesorgt, dass er es zu sich nahm. Wir wissen noch nicht, wie es passiert ist oder wer es getan hat.«

Eira öffnete die Mappe zum Fall Fjeld und blätterte darin. »Wir wissen nur, dass er kurz vor seinem Tod Schneehuhnpastete und grobes selbst gebackenes Brot gegessen sowie Kaffee getrunken hat. Eine Mahlzeit, die wahrscheinlich Nancy Larsen, Johan Fjelds Haushälterin, zubereitet hat. Die Frau ist im Übrigen total verschreckt und so mitteilsam wie ein Laternenpfahl. In Fjelds Nachttisch habe ich eine leere Whiskeyflasche gefunden. Nancy erzählt, dass Karl vor dem Schlafengehen gerne mal einen Drink zu sich nahm. Sie achtet sorgfältig darauf, alles, was sie über Karl sagt, in die Vergangenheit zu verlegen, und will nicht zugeben, dass sie Karl kürzlich begegnet ist.«

»Karl verbringt also den Tag zusammen mit Bruder und Schwester und isst von der Haushälterin zubereitetes Essen.« Die Pizza war eingetroffen und Benjaminsen sprach wie gewöhnlich mit vollem Mund. »Dann nimmt er auf der Bettkante einen Drink und am nächsten Morgen findet man ihn tot. Versuchen sie *das* zu verheimlichen?«

»Nicht schlecht, Benjaminsen. Du hast es erfasst. Das ist ein absolut plausibles Szenario.« Eira grinste ironisch und blätterte ungeduldig weiter.

»Jemand hat also versucht, Karl Fjeld einen schnellen Tod zu bereiten.«

»Wir wissen nicht, ob das Essen, das er zu sich genommen hat, vergiftet war. In diesem Fall hätte er es unmittelbar vor dem Zubettgehen gegessen haben müssen.« Eira drehte den Stift zwischen den Fingern. »Wie ich Vennestad verstanden habe, ist der Tod in der Nacht vom 18. auf den 19. Oktober eingetreten, irgendwann zwischen Mitternacht und vier Uhr morgens.«

»Die Vergiftung erfolgte also höchstwahrscheinlich zu Hause bei Johan, wo Karl in seiner Jugend gewohnt hatte und wo sein Zimmer immer noch so war, wie er es verlassen hatte.« Polizeidirektor Hagen hatte seine Beobachterrolle aufgegeben und überraschte die Runde mit einem seiner seltenen Einwürfe.

»Höchstwahrscheinlich.«

»Und Motive für den Mord?«

»Ebendie lassen sich absolut nicht fassen. Nach achtunddreißig Jahren Abwesenheit wird jemand sofort nach seinem Auftauchen umgebracht.« Eira erhob sich und ging zur Tafel, an die er die Bilder gepinnt hatte.

»Wir müssen die Berührungspunkte mit dem Fall Per Andersen unter die Lupe nehmen«, sagte Eira langsam. »Es gibt Querverbindungen. Per Andersen und Karl Fjeld tauchten viel früher schon mal gemeinsam in einer Akte auf.« Er wandte sich erneut den Versammelten zu. »Ich meine die Unterlagen zum Stadtbrand von 1969. Ich habe einige der Berichte durchgesehen. Das war der größte Brand in Skandinavien nach dem Zweiten Weltkrieg. Die Anleger der Familie Fjeld am Hafen sind abgebrannt. Der älteste Sohn Karl war eines von zwei Opfern, die für tot erklärt wurden. Der zweite Tote war Oscar Wikan, Sverre Wikans Vater, der als Buchhalter bei Fjeld angestellt gewesen war. Sverre hatte eines der brennenden Gebäude betreten und wäre um ein Haar ebenfalls ums Leben gekommen. Er war zusammen mit Per Andersen zur Brandstätte gefahren. Und nun Szenenwechsel: Der Hintergrund von Pers Tod vor wenigen Tagen ist noch ungeklärt, aber wahrscheinlich müssen wir den Bericht über den Brand von 1969 gründlicher durchgehen, um das Ganze besser einordnen zu können. Irgendwie scheinen sich die Ereignisse von damals auf die aktuellen Fälle auszuwirken. Viele Namen von damals beschäftigen uns heute wieder. Der gemeinsame Nenner ist *Feuer*. 1969 war die Ursache unbekannt. Dieses Mal findet man eine Flasche mit einem Stofffetzen darin. Per Andersen war bei beiden Bränden dabei. Er wusste mehr, als seine verwirrte Erscheinung vermuten ließ.«

»Kann er das Feuer gelegt haben?«

»Das ist natürlich möglich. Zu dem Geschehen von 1969 haben wir nur seine eigene Zeugenaussage. Per Andersen hat behauptet, dass er keinen in das Gebäude hineingehen oder herauskommen gesehen hat. Und zwar, weil das Feuer zu stark wurde und er sich deshalb zurückgezogen hätte.«

»Glaubst du, dass er sich die ganze Zeugenaussage ausgedacht hat?«

»Das wissen wir nicht, aber ich würde einen Monatslohn für die Antwort geben.« Eira blickte von einem zum anderen. »Etwas sagt mir, dass Per Andersen in der Tat gestorben ist, weil in seinen marinierten Gehirnwindungen Informationen lagen, von denen jemand fürchtete, sie könnten an die Oberfläche treten. Was dagegen Karl Fjeld hätte verraten können, ist mir weniger klar. Auch er hat ja all die Jahre vorher geschwiegen. Wir müssen die Möglichkeit in Betracht ziehen, dass er getötet worden ist, um zu verhindern, dass er redete.«

»Welche Gründe, ihn zu töten, sollte es denn sonst gegeben haben?« Berger sah Eira skeptisch ins Gesicht.

»Dadurch, dass er wieder da war, könnte sich etwas Entscheidendes verändert haben. Vielleicht gewisse Rollen? Oder Positionen? Jemand fürchtete wohl ziemlich ernsthaft, durch Karls Auftauchen einen Vorteil oder ein Privileg zu verlieren.«

»Genau das gilt ja in erster Linie für Johan. Karl war der Älteste der drei Geschwister. Johan wäre schlagartig entthront worden, sobald Karls Rückkehr bekannt geworden wäre. Und Rita wäre sozusagen von Platz zwei auf Platz drei gesunken.«

Eira nickte langsam. »Wir werden praktisch mit der Nase darauf gestoßen. Aber Vorsicht, wir sollten uns nicht unbedingt auf das augenfälligste Motiv beschränken.«

Kapitel 26

22. Oktober 2007

Kriminalkommissar Benjaminsen ging die Arbeit einmalig schnell von der Hand. Als sie sich am späten Nachmittag in Eiras Büro trafen, hatte er über eine Reihe von Fragen Klarheit gewonnen. Er hatte eine Übersicht über Karl Fjelds engsten Familienkreis erstellt, Informationen zur finanziellen Situation und zum beruflichen Werdegang der einzelnen Personen gesammelt sowie Auszüge aus dem Strafregister besorgt. Zudem war es Benjaminsen gelungen, Versicherungsunterlagen aufzuspüren, die sich auf Zahlungen nach dem Brand von 1969 bezogen.

Um seinen kurzgeschorenen Kopf zu lüften, war Benjaminsen zur Stadtbibliothek gelaufen und hatte sich einige Presseberichte aus den Tagen unmittelbar nach dem Brand angesehen. Eira kannte einen weiteren Grund für Benjaminsens Ausflug zur Stadtbibliothek: köstliche Sandwiches und frisch aufgebrühter Kaffee aus Helmersens Delikatessenladen, der zufällig direkt auf dem Weg lag.

»Tja, bis jetzt war nichts Besonderes zu finden«, murmelte Benjaminsen. Tomatensaft und Pesto tropften auf den vor ihm liegenden Papierstapel. Er fuhr mit dem Handrücken darüber. »Johan und Rita Fjeld haben jeweils ein sauberes Strafregister. Finanziell sind sie 1969 gut weggekommen. Der Betrieb war bis unters Dach versichert und wurde wieder aufgebaut. In den Medien wurde damals angedeutet, dass der Brand in gewisser Weise einen langjährigen Konflikt gelöst habe, nämlich die Frage nach der Stadtplanung im Hafengebiet. Bereits lange vor dem Brand hatte es vollständig ausgearbeitete Pläne für den Ausbau gegeben. Die ganze Gegend sollte abgerissen und neu aufgebaut werden. Die Pläne waren nie realisiert worden, weil die Familie Fjeld nicht zum Verkauf bereit gewesen war.«

»Genau die gleiche Geschichte wie heute«, nickte Eira nachdenklich. »Die Fjelds besitzen immer noch ein zentral gelegenes Grundstück mitten in der Stadt. Dort möchte man die Holzhäuser abreißen, damit ein neues, verflucht hohes Monstrum von einem Gebäude entstehen kann.«

»Könnte das ein Streitpunkt gewesen sein? Verkauf von Grundbesitz?« Berger hatte Benjaminsens Papiere durchgeblättert.

Benjaminsen schob einen weiteren Bissen seines Sandwichs in den Mund. »Tja, man muss sehen, ob es wirklich schlagkräftige Argumente dafür gibt. Fjeld senior ist bis 1969 unerschütterlich und vollkommen bockig bei seiner Haltung geblieben. Hat sich standhaft geweigert zu verkaufen und damit die ganze geplante Renovierung des Hafens verzögert. Jetzt dagegen sind die Geschwister Fjeld allem Anschein nach zum Verkauf bereit. Es sieht nicht so aus, als hätten Johan und Rita damit ein Problem.«

»Auf jeden Fall *hatten* Johan und Rita das Sagen. Bis Karl Fjeld plötzlich wieder auftauchte.« Eira klopfte mit dem Bleistift auf die Tischkante. »Was meint ihr? Wollte er vielleicht ein Wörtchen mitreden?«

»Ein bestechender Gedanke.« Berger hatte ihre Mahlzeit bereits beendet.

Eira nippte an seinem Kaffee. »Ich weiß trotzdem nicht so recht, was ich glauben soll. Johan wirkte auffallend gestresst. Irgendwie matt und ausgelaugt. Rita dagegen ist insgesamt überzeugender. Sie legt eine gehörige Portion Entrüstung, Entsetzen oder Abscheu an den Tag, je nachdem.« Eira zuckte mit den Schultern. »Entweder kann Rita besser schauspielern als ihr Bruder Johan oder Johan weiß etwas, wovon Rita nicht den blassesten Schimmer hat.«

Berger wirkte ungeduldig. »Das sind doch alles bloß Spekulationen. Wir sollten uns auf die Fakten konzentrieren.«

Benjaminsen war damit beschäftigt, ein Stück Tomatenschale aus den Zahnzwischenräumen zu pulen. »Hatte abgesehen von seinen nächsten Angehörigen jemand ein Motiv, Karl Fjeld umzubringen? Wohl kaum.«

»Woher in aller Welt sollen wir das wissen, Benjaminsen?« Abrupt stand Eira auf. »Karl Fjeld ist im Mai 1969 beerdigt worden. Besser gesagt, sein Name steht seitdem auf dem Grabstein. Wir haben andererseits eindeutig über Fingerabdrücke nachgewiesen, dass Karl Fjeld die Leiche vom Berghang ist.« Eira legte eine kurze Pause ein. »Leute, unser nächster Schritt gehört nicht gerade zu meinen Lieblingsaufgaben. Aber so was ist nun mal ab und zu erforderlich: Wir müssen das Grab des *angeblichen* Karl Fjeld öffnen lassen. Vor allem benötigen wir eine DNA-Analyse desjenigen, der dort begraben liegt. Vielleicht kann man diesen Toten auch nach so vielen Jahren noch irgendwie identifizieren.«

Benjaminsen legte sein Sandwich weg. *»Öffnen …?«*

Eira nickte nur. »Zeit, deinen Nachwuchs vom Kindergarten abzuholen, Benjaminsen. Mach morgen weiter mit der Recherche. Wir müssen ja nicht alle gleichzeitig Überstunden machen.«

Kapitel 27

Eira setzte Berger vor ihrer Wohnung in Tromsdalen ab und wollte direkt nach Hause fahren. Es war sieben Uhr und schon längst dunkel geworden. Die Lichter der Stadt glitzerten im Wasser, als er die Brücke über den Sund entlangfuhr. Eira bemühte sich, mehrere Gedanken gleichzeitig im Kopf zu behalten. Er sortierte mühsam alles, was sie bislang über die Leiche ohne Kopf ermittelt hatten. Dann versuchte er sich zu erinnern, ob sein Kühlschrank zu Hause noch genügend Essbares bereithalten würde.

Hatte Niillas gesagt, ob er um diese Zeit zu Hause wäre? Falls ja, hieße das, dass ein Einkauf wohl unumgänglich war. Einen Moment lang war Eira völlig durcheinander. Die Fähigkeit, zwei oder mehrere Gedanken gleichzeitig zu verfolgen, war höchstwahrscheinlich eine ausgesprochen weibliche Eigenschaft. Berger gegenüber hatte Eira das natürlich noch nie erwähnt.

Bevor er Ordnung in seinem Kopf geschaffen hatte, war Eira vor seinem Haus angelangt und der Wagen auf dem schmalen gepflasterten Fleckchen vor der Haustür geparkt.

Aus der Stereoanlage im Wohnzimmer dröhnte Gitarrenmusik. In der Diele stand ein Paar Schuhe, das Eira noch nie gesehen hatte. Es waren Damenschuhe, die ihm augenblicklich sagten, dass die Besitzerin nicht dem Bevölkerungsdurchschnitt angehörte. Eiras Unmut wuchs, als er in die Küche kam. Ein angeschnittener Brotlaib lag auf der Arbeitsplatte und war offensichtlich dabei auszutrocknen. Das ärgerte ihn besonders, denn er hatte ihn selbst gebacken. Ein Jarlsberg-Käse lag daneben und wirkte ebenfalls nicht mehr taufrisch. Die Teedose stand offen. Eira war verwundert. Das alles sah seinem Sohn nicht ähnlich. Niillas war im besten Sinne abgeklärt, zur pubertären Revolte fehlte ihm die Aggression. Er war ein langhaariger fast Achtzehnjähriger mit einer unermesslichen Begeisterung für Musik und einem entspannten Verhältnis zu den meisten Dingen. Gewöhnlich gab es keinen Ärger mit Niillas. Nach dem Essen stellte er sogar meistens die Lebensmittel in den Kühlschrank zurück.

Die Erkenntnis traf Eira wie eine Bombe. Der Junge musste verliebt sein.

Geistesabwesend schnitt er sich eine Scheibe Brot ab. Sann darüber nach, ob er sich in sein Schlafzimmer schleichen oder ins Wohnzimmer gehen und Hallo sagen sollte. In der Küche sitzen bleiben konnte er nicht, das wäre ihm merkwürdig und unhöflich vorgekommen. Das Haus war ohnehin das reinste Puppenhaus, und Versteckspiele waren darin gar nicht möglich.

Eira hatte sich noch nicht entschieden, als die Tür aufging und Niillas hereinkam. Unsicher blickte er zu seinem Vater und strich sich das ungewöhnlich zerzauste Haar glatt.

»Hast du Besuch?«

Niillas nickte und kehrte seinem Vater den Rücken zu.

»Jemand, den ich kenne?«

Niillas drehte sich wieder um. Sein Blick war kühl und säte Unruhe in Eira. »Du kannst Norwegisch sprechen. Sie sitzt im Wohnzimmer. Ich will nicht, dass sie denkt, wir würden über sie reden.« Er zischte die Worte in rasend schnellem Samisch durch seine zusammengebissenen Zähne.

Eira vergaß zu kauen. »Wovon redest du? Ich bin zu Hause, in meinem eigenen Haus. Wir beide sprechen immer Samisch miteinander.«

Niillas schlug die Augen nieder, wandte sich ab und zog jedes Wort bewusst in die Länge: »Bitte nicht, wenn sie hier ist.«

Eira legte die Brotscheibe langsam auf die Arbeitsplatte. Er atmete tief ein, um seinen galoppierenden Puls zu stabilisieren. Er kam nicht dazu, etwas zu sagen, weil eine Gestalt in der Tür auftauchte. Sein erster Gedanke war, dass sie etliche Jahre älter sein musste als Niillas. Zehn Jahre vielleicht. Der zweite war, dass sie auf eine interessante Art schön und so gekleidet war, dass jeder sie zweimal ansehen würde.

»Hallo.« Dass er sie anstarrte, schien sie völlig ungerührt zu lassen. »Mir war, als hätte ich Stimmen gehört. Ich dachte, wir wären allein.« Sie ging zu Niillas und legte den Arm um ihn. Dann sah sie freundlich zu Eira. »Du bist sicher sein Vater?« Ihr Arm glitt von Niillas' Taille und Eira konnte nicht umhin zu bemerken, wie ihre Finger fast zufällig über Niillas' Gesäß strichen. Dann streckte sie Eira die Hand entgegen. »Victoria.«

Eira betrachtete ihre Züge. Große, etwas zu stark geschminkte Augen in einem makellosen Gesicht. Der Mund glänzte von Lipgloss und die Nägel waren schwarz lackiert.

Eira wandte den Blick nicht von ihrem Gesicht. Hätte er ihn gesenkt, wäre er in ihrem Ausschnitt gelandet, der ihre Brüste nur lose umspielte. Noch weiter unten waren zwei nackte Füße mit schwarz lackierten Zehennägeln. Sie war barfuß in den Schuhen gewesen, dachte er erstaunt und schaute auf das Thermometer vor dem Fenster, das ein Grad minus anzeigte.

»Wir geh'n in mein Zimmer.« Niillas' Gemurmel riss Eira aus seinen Gedanken.

»Ihr könnt gerne im Wohnzimmer sitzen, auch wenn ich zu Hause bin.«

Das glucksende Lachen des Mädchens brachte ihn fast zum Erröten. Er mochte sie ganz und gar nicht. Eira versuchte, sich selbst zu sagen, dass das daran liege, dass sie seinen Jungen stahl, denjenigen, der ihm am allernächsten stand und der der einzige Mensch war, den er als »sein« betrachtete. Aber das war es nicht. Er vertraute seiner Intuition, die ihn schon vor langer Zeit gelehrt hatte, hinter die Fassade zu blicken. Was er sah, missfiel ihm.

Einige Minuten später hatte sich das durch die Wand zu hörende Gemurmel und Gelächter gelegt. Es war, als erwache Eira plötzlich. Er stand so abrupt auf, dass der Stuhl umkippte, ging ins Wohnzimmer und legte eine CD ein. Volle Lautstärke.

Dann richtete er sich am Wohnzimmertisch ein, suchte Drecheleisen, Schleifwerkzeug, Polierutensilien und alles zusammen, was er zur Fertigstellung des Messers brauchte. Seit geraumer Zeit arbeitete er bereits daran. Es hatte ein besonders kniffliges Muster auf dem Griff aus Knochen, das gleiche war auf der Scheide.

Eira war verwirrt. Welche Phase war da bei Niillas eingeläutet worden? Aber er wusste, dass das hier, was er jetzt in den Händen hielt, ihm gehörte. *Duodji.* »Bastelei« hatte es der Junge vor einigen Tagen verächtlich genannt. Für Eira war es Handwerk im besten Sinne, Handwerkskunst mit jahrhundertealter samischer Tradition. Hier lagen seine *Wurzeln*. Diese Tätigkeit am Wohnzimmertisch war Eira immens wichtig.

Und Niillas, der auch ein Teil von ihm war.

Sein Handwerk würde er niemals aufgeben, wie vehement Niillas das auch einfordern mochte. Es kam darauf an, geduldig zu sein, durchzuhalten. Genauso ausdauernd wie beim Schnitzen, wenn er mit der gleichen Bewegung unzählige Male kratzte, um Muster in so etwas Widerstandsfähiges wie Knochen zu ritzen.

Eira war möglicherweise zwischendurch missmutig, aber er gab niemals auf. Auch diesmal nicht. Er würde sogar aus dieser Situation einen Weg finden.

Zwei Stunden waren vergangen. Er hatte auf demselben Fleck gesessen und mit seinem Werkzeug unermüdlich den Knochen eingeritzt. Als ob die Antwort, die er suchte, tief in der Struktur dieses Knochens verborgen läge.

Die Musik war zu Ende, im Haus war kein Laut zu hören. Es war erst neun Uhr abends. Eine unerklärliche Unruhe kribbelte unter Eiras Haut. Zu viele unbeantwortete Fragen und unentwirrbare Ängste schwirrten in seinem Kopf herum. Er musste sich bewegen, musste raus. Hier fiel ihm die Decke auf den Kopf.

In der Diele blieb er stehen, hob die Hand und klopfte dreimal an Niillas' Tür. »Ich geh noch mal zur Arbeit.« Es blieb still, und er fühlte sich wie ein kompletter Idiot, als die Tür hinter ihm zufiel.

Im Büro war es noch stiller. Er setzte sich bei gedämpfter Beleuchtung an seinen Schreibtisch und holte die Papiere heraus, die seit mehreren Tagen ganz oben in der Schublade lagen. *Vernehmung von Per Andersen.* 20.05.1969.

Eiras Blick glitt noch einmal über die Seiten. In ihm zog sich alles zusammen. Per Andersen war kein einfacher Interviewpartner gewesen. Seine Antworten bestanden zum größten Teil aus Einsilbern, wenn er überhaupt antwortete. Das Ganze war angereichert mit dem unermüdlichen Soufflieren seiner Mutter Magni. Etwa nach der Hälfte der Zeit wurden die Fragen deutlich einfacher gestellt. Die Ermittler waren sichtlich ungeduldig geworden. Sie hielten Per offensichtlich für geistig beschränkt.

Was hatte Per Andersen gequält? Was hatte ihm derart die Sprache verschlagen? Die Vernehmungssituation an sich? Die dominante Mutter? Oder hatte er etwas gewusst, was er um nichts in der Welt preisgeben wollte? Und wenn dem so gewesen war, vor *wem* hatte er sich dermaßen gefürchtet?

Eira ging das Protokoll noch einmal durch. Ohnehin waren Pers Antworten äußerst spärlich gewesen. Aber in einem Abschnitt der Befragung war Per sogar vollständig stumm geblieben. Im Protokoll waren folglich lediglich die Fragen verzeichnet: *»Hast du irgendwelche Personen in der Nähe des Gebäudes erkannt, während du dort standest? Hast du jemanden außer Sverre ins Gebäude gehen sehen? Hat irgendwer es wieder verlassen?«* Die Fragen wurden umformuliert und auf immer einfachere Art gestellt, aber Per hatte eisern geschwiegen.

Eira starrte aus dem Fenster und betrachtete die Schneeflocken, die wie riesige Motten um die Straßenlaternen wirbelten. Müdigkeit senkte sich auf ihn herab und er war versucht, sich vornüber auf den Tisch zu legen und bis zum nächsten Morgen zu schlafen.

Er widerstand der Verlockung. Der Gedanke an die junge Frau bei Niillas brachte ihn wieder auf die Beine, und mit langen, schweren Schritten ging er hinaus und die Steigung zur Nordre Tollbugate hinauf. Unnötig geräuschvoll schippte Eira den Schnee vor der Tür beiseite, trat sich die Schuhe gründlicher ab als sonst, wenn er durch meterhohe Schneeverwehungen gewandert war, und hängte schließlich seine Jacke in der Diele auf.

Selbst nachdem er mit ebenso lautem Geklapper den Geschirrspüler ausgeräumt hatte, blieb es still. Eira gab auf und ging ins Bett.

Kapitel 28

23. Oktober 2007

Eira war ungewöhnlich schlecht gelaunt, als er am nächsten Morgen die Kaffeemaschine anstellte und den Braunkäse auf das selbst gebackene Brot hobelte. In der Gefriertruhe war nur noch ein Laib Brot. Gekauftes Brot war ihm noch nie ins Haus gekommen. Er musste also heute backen. Das fühlte sich plötzlich an, als müsste er die Unterlagen für die Steuererklärung ausfüllen.

Er füllte den Kaffeebecher bis zum Rand und sank auf einen Küchenstuhl. Seine Stimmung war wahrlich an einem Tiefpunkt angelangt. Er ertappte sich dabei, Sehnsucht zu verspüren. Sehnsucht nach einer Frau. Zum ersten Mal seit vielen Jahren wünschte er sich, Niillas' Mutter würde in der Nähe leben und nicht mit einem Schafzüchter in Neuseeland. Eira und sie hatten nur eine kurze Beziehung gehabt und nie zusammengelebt. Von Anfang an hatte Eira allein das Sorgerecht für den Jungen.

Eiras eigene Mutter war gestorben, als er sechs Jahre alt gewesen war. Er hatte Mühe, sich ihr Gesicht in Erinnerung zu rufen. Noch schwieriger war es für ihn, ihr Wesen zu beschreiben. Er hatte sie einfach zu früh verloren. Nun sehnte er sich nach jemandem, mit dem er seine Sorgen teilen konnte. Ein seltener Wunsch. Er und Niillas waren ein gutes Team, hatte er immer geglaubt.

Eira verlagerte seinen Gedankenstrom mühsam in Richtung Job. Vennestad würde um Punkt neun beginnen. Eira wollte pünktlich sein. Jetzt war es Viertel nach sieben, und er hatte noch keinen Laut aus dem Zimmer des Jungen gehört. Normalerweise kam Niillas um diese Zeit aus der Dusche getorkelt. In weniger als einer Stunde fing die Schule an.

Eira wurde auf einmal klar, dass er gar nicht wusste, ob Niillas überhaupt zu Hause war. In drei Schritten war er an seiner Tür und klopfte kurz. Niemand antwortete. Er öffnete die Tür und wäre beinahe auf einen an der Schwelle liegenden lila Stringtanga von der Größe eines Gummibandes getreten.

Er hielt inne. Sie lagen ineinander verschlungen in einem Durcheinander aus Decken und Laken. Ihr nacktes Bein, das sie um Niillas' Hüfte gehakt hatte, leuchtete weiß im Dunkeln. Er lag wie ein Kind an ihren Brüsten. Beide schliefen fest.

Eira fühlte sich wie gelähmt. Widerstreitende Impulse kämpften in ihm. Einerseits wäre er am liebsten augenblicklich ins Zimmer gestürmt, um beide am Kragen zu packen, das Mädchen geradewegs vor die Tür zu setzen und Niillas unter die Dusche zu bugsieren.

Eine andere innere Stimme riet ihm, leise den Rückzug anzutreten, wie ein Hund zurück in die Küche zu schleichen und so zu tun, als hätte er keine Ahnung, dass sie überhaupt da waren.

Eira klickte sich durch das virtuelle Telefonbuch seines Handys. Er konnte sich nicht entsinnen, bewusst nach dem Gerät gegriffen zu haben, aber seine Finger flogen mit fixem Ziel über die Tasten. Sie stand noch drin – *Mona Lie* – und er stellte fest, dass er seit Mai, als die Umstände und die Arbeit sie zusammengeführt hatten, keinen Kontakt mehr zu ihr gehabt hatte. Mona war Psychiaterin und Angestellte im städtischen Krankenhaus. Sie war vor gut einem Jahr in die Stadt gezogen und wohnte allein in einem Reihenhaus im Süden der Insel. In Eiras Erinnerung war sie klein und allzu dünn. Er musste aber einräumen, dass sie genügend Substanz gehabt hatte, nächtelang seine Träume zu füllen. Und diese waren alles andere als Albträume gewesen. Sie hatte seine Konzentration immerhin so sehr beeinträchtigt, dass er eine lange Wanderung im Gebirge gebraucht hatte, um von ihr loszukommen. Sein Daumen drückte automatisch auf den Knopf und kurz darauf meldete sie sich.

»Mona.«

»Eh …«

»Ja? Hallo … Aslak?«

Ihre Stimme musste die ganze Zeit irgendwo in seinem Hinterkopf gespeichert gewesen sein. Sie wirkte augenblicklich, hatte einen beruhigenden Effekt und löste im Nu einiges der angesammelten Anspannung. Spontan wäre ihm keine Person eingefallen, die sich deutlicher von ihm unterschieden hätte, und vielleicht war es gerade deshalb so einfach, mit ihr klarzukommen.

»Ja, ich bin's. Der Kaffee ist gerade heiß. Kommst du vorbei?« Sie hatte ihn einmal darauf hingewiesen, dass er selten plauderte und meist ohne Umschweife zur Sache kam. Anfangs war es ihr schwergefallen, damit umzugehen. Offensichtlich hatte sie sich mittlerweile daran gewöhnt. Er glaubte sogar, dass sie sich gerne mit ihm unterhielt.

»Bekomme ich eine Scheibe Brot zum Kaffee? Ich hab noch nicht gefrühstückt.«

Sie lernte in der Tat schnell. Machte kein Aufhebens davon, dass er fast ein halbes Jahr nichts von sich hatte hören lassen. Dass er ihr keinerlei Erklärungen dafür lieferte. »Geht in Ordnung.« In diesem Moment hätte Mona viel von ihm verlangen können. Er war zu fast allem bereit, nur um sie zum Kommen zu bewegen.

Während er wartete, stellte er Schüsseln, Becher und Aufstrich auf den Tisch. Wenn sie sich nicht grundlegend verändert hatte, würde sie nur Erdbeermarmelade haben wollen. Wohltuend unkompliziert. Eira blieb mit dem Rücken zur Küche stehen und betrachtete die neuen Mosaikbilder, die die Hauswand schräg gegenüber schmückten. Farbenprächtige, fröhliche Bilder auf grauem Stein, ein Fest fürs Auge. Nur – Eira war heute beim besten Willen nicht nach Feiern zumute.

Sie hatte sich wirklich direkt ins Auto gesetzt. Es hatte nur zehn Minuten gedauert und jetzt stand sie da, in Jeans und wattierter Steppjacke, das dunkle Haar zum Pferdeschwanz zusammengebunden. Er fand, sie sah jünger aus als Niillas.

Mona umarmte Eira flüchtig und er ging vor ihr hinein. Während sie die Jacke auszog, goss er Kaffee ein und legte einen großen Löffel mit Marmelade auf ihre Scheibe Brot. Wenn einem die Worte fehlten, musste man sich an Gesten halten.

Mona hatte sich gesetzt. Ihre Augen folgten ruhig seinen Bewegungen, wichen keinen Augenblick aus, außer wenn sie plötzlich auf seinen Blick trafen. Als er schließlich nichts anderes mehr tun konnte, als sich ihr gegenüber hinzusetzen, fragte sie: »Worüber wolltest du mit mir reden?«

»Wir haben uns lange nicht gesehen.«

»Ich weiß.« Sie biss ein winziges Stück von ihrem Brot ab, wie sie es, wie er sich erinnerte, immer tat. Sie aß wie ein Spatz. »Ich freue mich, dass du an mich gedacht hast. Was ist passiert?«

Sie wirkte engagiert und zurückhaltend zugleich. Jetzt, da sie hier war, fühlte er sich ruhiger. Seine Probleme waren plötzlich in weite Ferne gerückt.

Eine ganze Weile blieb es still zwischen ihnen. So war sie. Sie hatte es nie eilig mit dem Reden. Er leerte seine Kaffeetasse und aß sein Brot, immer noch schweigend.

Schließlich sagte sie: »Ich glaube nicht, dass es um deine Arbeit geht.«

Er goss Kaffee nach, ohne sie anzusehen.

»Es geht um Niillas, nicht wahr?«

Er hatte die Tasse halb zum Mund geführt, stellte sie aber wieder hin. »Ich begreife nicht, was da abläuft.« Er konnte sie immer noch nicht ansehen. Er war nicht illoyal, entschied er. Er musste das einfach mit jemandem besprechen. Mit ihr. Aber etwas stimmte nicht mit seinen Augen. Mit seinem Hals und seiner Stimme.

Er hörte sich an wie ein Fremder. »Er ist so kühl geworden. Verhält sich fast feindselig.«

Erneut entstand eine lange Pause. Eira spürte ihren Blick wie ein Brennen auf seinem Gesicht. »Was denkst du selbst darüber?«

Er holte Luft. »Ich mache mir Sorgen wegen allem, was ich nicht weiß … über ihn.« Er atmete wieder aus, lange und hörbar. »Wegen allem, was er mir nicht erzählt.«

»Bist du sicher, dass dir das am meisten Angst macht?«

Er schüttelte mechanisch den Kopf. »Nicht nur. Wir hatten immer …« Er machte eine Bewegung mit der Hand. »Waren so … Ich habe mehr Angst davor, ihn zu verlieren, als vor allem anderen.«

Er konnte sehen, wie sie seine Worte abwog. Ihn überkam das dumpfe, quälende Gefühl, sich in einer Psychotherapiesitzung zu befinden. Und noch schlimmer: es nötig zu haben.

Sie öffnete gerade den Mund, als die Tür aufging. Niillas kam herein, verschlafen und zerzaust, nachdem er wie gewöhnlich vorher geduscht hatte. Er blieb abrupt stehen, lächelte aber, als er sah, wer es war. »Mona.«

»Ich sitze auf deinem Platz, Niillas. Aber ich gehe jetzt. Die Arbeit ruft.« Sie stand auf und umarmte ihn. Eira registrierte, dass sein Sohn die Umarmung erwiderte. »Schön, dich zu sehen, Niillas, ich hab an dich gedacht.«

Niillas trat zur Seite und Victoria kam herein. Sie schien für einen Moment zu erstarren, als Mona ihr die Hand reichte, und ihre Augen wurden schmal. Aber dann fiel die spürbare Reserviertheit von ihr ab, und sie ergriff mit einem strahlenden Lächeln Monas Hand. »Victoria.«

»Mona. Was machst du so?«

»Ich studiere Psychologie. Im ersten Jahr.«

»Aha. Gefällt's dir?«

Victoria hatte bereits einen Becher gefunden und sich Kaffee eingeschenkt. Sie bewegte sich auf nackten Füßen zwischen Arbeitsplatte und Küchentisch hin und her. »Es macht mir großen Spaß. Man trifft so interessante Leute. Das ist im Grunde das Wichtigste für mich, wichtiger als das Studium selbst.« Sie sprach einen Dialekt, der sich geographisch schwer einordnen ließ. Mit dem Becher in der Hand setzte sie sich auf den Stuhl Eira direkt gegenüber. Offensichtlich forderte sie seine Abneigung bewusst heraus. Sie richtete den Blick auf ihn, als seien sie allein im Raum, und signalisierte Mona damit unmissverständlich, dass das Gespräch beendet war.

»Na dann«, sagte Mona leichthin und zog ihre Steppjacke an. »Das war nett. Man muss die freien Stunden, die man hat, nutzen, nicht wahr? Egal zu welcher Tageszeit.«

Eira erhob sich, das Gesicht wie in Stein gehauen. Er begleitete Mona wortlos hinaus und blieb trotz der Minusgrade nur im T-Shirt bei ihr stehen. »Was hältst du davon, nächste Woche mit mir essen zu gehen?« Auf einmal war es wichtig, eine Art Sicherheit zu schaffen. Sie nicht gehen zu lassen, bevor er wusste, wann er sie das nächste Mal treffen würde. »Passt dir Freitag?«

Über ihr Gesicht flackerte kurz etwas wie Überraschung. Dann sagte sie scheinbar unbeeindruckt: »Ich wollte gerade Freitag vorschlagen. Ich hoffe, du kannst Niillas überreden mitzukommen.«

Victoria erwähnte sie nicht, und Eira atmete erleichtert aus. Monas Intuition funktionierte, wie sie sollte. »Zumindest mit mir kannst du rechnen.«

Er sah dem davonfahrenden Auto nach und vermisste sie schon jetzt. Dann griff er nach seiner Jacke, schlüpfte in die Schuhe, rief ein »Tschüss« über die Schulter und setzte sich ins Auto. Er sah keinerlei Anlass, noch einmal in die Küche zu gehen.

Kapitel 29

Vor dem Obduktionssaal ging es ungewöhnlich geschäftig zu, als Eira eintraf. Er stoppte an den beiden Flügeltüren und sah durch eines der Bullaugen hinein. Lauter weiß und grün bekittelte Menschen.

Beim Eintreten erfasste Eira eine Welle warmer, eigentümlich riechender Luft. Formalin in knisternder Atmosphäre. Man spürte förmlich die angespannte Erwartungshaltung der Spezialisten. Im Zentrum der Laboranten stand Vennestad, bereits hochkonzentriert. Bei ihm eine stämmige Frau mit roter Brille. Unter der Haube lugte kurzes, graues Haar hervor. Vennestad verfolgte ihre Aktionen aufmerksam, während sie sich auf eine Art bewegte, die von den Umstehenden gehörigen Respekt einforderte.

Vennestads Stab war erweitert worden. Soweit Eira informiert war, musste dies die Gerichtsanthropologin sein, eine Spezialistin für Skelette am Osloer Institut für Gerichtsmedizin. Heute war sie nach Tromsø gebeten worden. Auch Eiras Team hatte Verstärkung bekommen. Er würde ab jetzt mit vier Ermittlern der Landeskriminalpolizei zusammenarbeiten.

Eira ging einige Schritte weiter in den Raum hinein und richtete seinen Blick auf den glänzenden Stahltisch. Die Reste eines dunkelbraunen Skeletts waren in möglichst korrekter Formation auf grünen Tüchern angeordnet worden. Man hatte ausgegraben, was man fast vierzig Jahre lang für Karl Fjelds sterbliche Überreste gehalten hatte. Mehrere Plastiktüten und Schachteln waren in Reih und Glied aufgestellt und gekennzeichnet: *Tibia dxt, femur sin, radius sin, ulna dxt.* Ohne zu fragen, begriff Eira, dass die verschiedenen Teile des Skeletts einzeln untersucht und mit den Vermerken »rechts« und »links« gekennzeichnet wurden.

Die kurzhaarige Frau maß die Länge der Knochen, wog und fotografierte. Vennestad stand vornübergebeugt neben ihr, die Hände auf dem Rücken, während Röntgenaufnahmen gemacht wurden. Die CT-Bilder waren bereits fertig.

»Zum Glück hatte der Tote Zähne, Eira«, murmelte Vennestad. »Auch wenn damals Amalgam Hochkonjunktur hatte.« Vennestad schob die Brille hoch auf die Stirn. »Ich habe die alten gerichtsmedizinischen Berichte von 1969 durchgesehen. Einer der Gründe dafür, dass man derart patzte und glaubte, es sei Karl, war ja, dass man keine Gebissabdrücke von Karl besaß. Und Fingerabdrücke ließen sich damals von dem Toten auch nicht nehmen.«

Die grauhaarige Frau richtete sich auf und betrachtete Eira über ihren Brillenrand hinweg. Mit dem Gefühl, als stünde er vor einer strengen Oberlehrerin, stellte er sich vor. »Was haben Sie bisher herausgefunden?«

»Es handelt sich um einen circa eins fünfundachtzig großen Mann. Was das Skelett anbelangt, so hatte er keine nachweisbaren Krankheiten. Das Alter liegt schätzungsweise irgendwo zwischen zwanzig und dreißig Jahren. Wie Vennestad schon angemerkt hat, hatte er noch eigene Zähne, auch wenn es mit seiner Gesundheit nicht zum Besten stand.« Sie schob die Brille mit dem Handgelenk zurecht. »Sie haben noch keine Vermutung, um wen es sich handelt?«

»Wir haben uns bis jetzt vor allem damit beschäftigt, um wen es sich *nicht* handelt«, murmelte Eira. Er hatte eines der Fotos in die Hand genommen, die neben dem alten Bericht lagen. Eine verkohlte Leiche, sicherlich selbst für die nächsten Angehörigen nicht wiederzuerkennen. »Man hat also diese Besitzstücke, die Karl Fjeld gehörten, auf und neben der Leiche gefunden. Eine Brille mit relativ dicker Stahlfassung.« Er griff nach einem weiteren Foto. »Außerdem diesen ausgefallenen Ring. Die Sachen waren immerhin so gut erhalten, dass man sie eindeutig Karl Fjeld zuordnen konnte. In Verbindung mit Zeugenaussagen, in denen es hieß, dass er auf das Bürogebäude zugegangen war, war das entscheidend. Lassen Sie mich nachdenken. Es könnte so gewesen sein: Jemandem war klar, dass man eine verkohlte Leiche nach solch einem heftigen Brand nicht würde identifizieren können. Er platzierte die Gegenstände während des Brandes auf und neben der Person. Eine bewusst gelegte falsche Fährte.«

»Glücklicherweise kann ich solche Mutmaßungen Ihnen überlassen, Eira.« Vennestad kehrte ihm den Rücken zu und konzentrierte sich wieder auf die Osloer Rechtsmedizinerin, die dabei war das Skelett zu untersuchen.

Eira trat einen Schritt näher heran und kam ihr damit eindeutig zu nahe, wie sie unmissverständlich zeigte. Ihr langer grüner Kittel, die Haube, der Mundschutz und die Handschuhe sorgten wie gewöhnlich für die perfekte Vermummung. Nichts Individuelles. Umso wirkungsvoller die Augen. Sie musterten Eira über die Brillengläser hinweg klar und scharf.

Eira musste tief Luft holen. »Haben Sie eine Möglichkeit herauszufinden, ob der Mann bereits *vor* dem Brand getötet worden ist?«

Sie nickte etwas reserviert. »Ich hoffe es.« Dann deutete sie mit ihrem behandschuhten Finger auf die Röntgenaufnahmen des Kopfes. »Hier sehen Sie eine feine Linie entlang der Schädelbasis. Mit Sicherheit eine Bruchlinie, die in einer Vertiefung endet. In einem Abdruck«, korrigierte sie sich schnell. »Das bedeutet, dass der Mann irgendwann einen Schlag gegen den Kopf bekommen hat. Wir werden uns das genauer ansehen.« Die Falte zwischen ihren Augen wurde tiefer. »Entschuldigen Sie mich jetzt bitte, ich muss mich konzentrieren. Die Polizei bekommt eine Zusammenfassung meiner Ergebnisse, wenn ich die Untersuchung abgeschlossen habe.«

Eira hatte seine Ration an Informationen zugeteilt bekommen.

Er drehte sich zu Vennestad um, der schweigend dem kurzen Wortwechsel zugehört hatte. »Sobald Sie Bilder von seinen Zähnen haben, werden wir sie sämtlichen Zahnärzten der Stadt schicken, die Unterlagen aus der fraglichen Zeit archiviert haben. Dann können wir nur hoffen, dass er nicht Patient bei einem der Ärzte war, bei denen es ebenfalls gebrannt hat. Nicht weniger als drei Zahnärzte haben damals ihre Praxen verloren.«

»Wir werden sehen, was sich alles finden lässt, Eira. Im Gegensatz zu 1969 können wir diesmal die DNA analysieren. Zu diesem Zweck wollen wir nun gleich mal den Oberschenkelknochen und den Zähnen jeweils etwas Masse entnehmen.«

Eira verließ den Saal. Hier wurde gerade aller Wahrscheinlichkeit nach ein Jahrzehnte zurückliegender Mord aufgedeckt. Seine Theorie war, dass der Mann bewusstlos geschlagen, eventuell auch getötet worden war und danach in dem Haus verbrannte. Seine Identität war im Moment noch ungeklärt. Besonders rätselhaft war, dass damals keine weitere Vermisstenmeldung eingegangen war. So hatte es keinerlei Verdacht gegeben, dass bei dem Brand jemand anders als Karl Fjeld und Oscar Wikan ums Leben gekommen sein könnte.

Kapitel 30

Eira blieb draußen stehen. Der Wind zerrte an ihm, blies den Formalingeruch aus seinem Haar und erlöste ihn von dem Gefühl, ein Film aus uraltem Ruß mumifiziere sein Gesicht. Die schwüle Luft im Obduktionssaal hatte den Schweiß in Eiras Nacken getrieben. Sein Kragen war klamm. Noch bevor sich all sein Unbehagen gelegt hatte und der Stoff wieder trocknen konnte, gefror die Feuchtigkeit darin zu kleinen Eismolekülen.

Eira strich sich mit der Hand über die Augen, als wolle er das Bild der dunklen Skelettreste verscheuchen, atmete tief, bis ihm fast schwindlig wurde. Seine kräftigen Herzschläge gemahnten ihn plötzlich ebenfalls an die Vergänglichkeit des Lebens. An die Uhr, die erbarmungslos tickte und ablief. Er schüttelte diese Gedanken ab und setzte sich in Bewegung. Sein Frühstück war nicht üppig gewesen, fiel ihm ein, und die Gerichtsmediziner würden sicher noch eine Weile brauchen. In der Zwischenzeit konnte er zumindest eines seiner Primärbedürfnisse befriedigen.

Bei Helmersens erklomm er mit einem frisch aufgebrühten Kaffee einen Stuhl am Fenster. Das Koffein brachte seine kleinen grauen Zellen wieder in Schwung. »Irgendwer ist also in dieser mysteriösen Brandnacht 1969 umgebracht worden«, murmelte er in Richtung Fensterscheibe. »Den Rest hat das Feuer erledigt. Ein genialer Mordgehilfe, die Flammen haben alle möglichen Spuren und individuellen Merkmale des Opfers verschlungen.« Ihm wurde langsam klar, dass sie vor einer beinahe unlösbaren Aufgabe standen. Das allzu spärliche Beweismaterial war uralt. Sie würden das Ganze in langwierigen und mühsamen Ermittlungsarbeiten aufdröseln müssen.

Eira lehnte an der Wand, als Vennestad schließlich aus dem Obduktionssaal kam und sich auf den Weg machte.

»Worum geht's, Eira?« Vennestad sah nicht so aus, als lege er Wert auf Eiras Besuch.

»Um den Bericht des gerichtsmedizinischen Instituts in Oslo von 1969.« Er hielt Vennestad eine Mappe mit ihm teilweise unverständlichem Inhalt hin. »Man findet also zwei Leichen. Die eine wird schnell als Oscar Wikan identifiziert. Ich habe nun ein paar Fragen.« Eira legte einen Notizblock auf seine Knie. »Erstens: Warum war Wikan zu diesem Zeitpunkt überhaupt in dem Gebäude? Zweitens: Warum ist er nicht rechtzeitig herausgekommen? Das Feuer ist an einer völlig anderen Stelle ausgebrochen und er muss sich darüber im Klaren gewesen sein, dass es sich auf ihn zubewegte. Er hätte alle Zeit der Welt gehabt herauszugelangen, wenn er nur gewollt oder gekonnt hätte.«

Vennestad strich sich über die Augen. »Irrationales Verhalten, Eira. Der penetrante Rauch könnte schuld daran gewesen sein. Das Haus füllt sich langsam, aber sicher mit Qualm. Wikan atmet zu viel davon ein; die Kohlenmonoxidkonzentration im Blut wird zu hoch, er ist benebelt und macht Fehler. Unvernünftige Dinge, wie zum Beispiel sich aufs Sofa zu legen. Oder in den Keller statt raus aus dem Haus zu gehen.«

Eira war alles andere als zufrieden mit dieser Erklärung. »Wikan gehörte rein gar nichts in dieser Firma und er hatte keinen Grund, sich dort aufzuhalten. Warum geht er nicht *raus*? Lange *bevor* ihn irgendetwas benebelt?«

»Tatsache ist, dass die Pathologen nachher nur noch Wikans Skelett untersuchen konnten. Falls er andere Verletzungen hatte, wurden diese nicht mehr erkannt. Auch wenn er erwürgt, erstochen oder vergiftet worden sein sollte – nach so einem Brand lässt sich vieles nicht mehr nachweisen«, sagte Vennestad und zuckte mit den Achseln.

»Rosige Aussichten für unsere aktuellen Ermittlungen.« Eira verfiel in stilles Grübeln, bis ihn Vennestads leicht dozierende, monotone Stimme zurückholte.

»Etwas mehr zu finden war dagegen bei dem anderen, den man bis jetzt für Karl Fjeld hielt«, bemerkte er aufmunternd. »Der Mann hatte einen Schädelbruch, wie die Gerichtsanthropologin eben gesagt hat. Damals hat man dies einfach hingenommen. Man dachte wohl, der Mann sei bei seiner Flucht vor dem Feuer gestürzt oder von einem Balken getroffen worden.« Vennestad räusperte sich und fuhr fort. »Die Röntgenaufnahmen, die wir heute gemacht haben, bestätigen durchaus die Ergebnisse von 1969. Die Kopfverletzung war ganz frisch. Hätte der Mann einen alten Bruch gehabt, wäre eine Neubildung von Knochengewebe – *callus* – in der Bruchlinie zu sehen. Das ist hier nicht der Fall.«

»Wurde er bewusstlos geschlagen? Oder getötet? Das ist doch gerade das Problem, Vennestad. Wir müssen uns heute angesichts all der neuen Informationen fragen, ob der Mann *vor* dem Brand getötet wurde oder nur ohnmächtig war.«

Vennestads Gesichtsausdruck hellte sich auf. »Ob er getötet wurde, können wir Gerichtsmediziner Ihnen nicht sagen, Eira. Aber in einer Sache kann ich Ihnen helfen. Er hatte Ruß in den Atemwegen und in der Lunge, also hatte er während des Brandes noch geatmet.«

Kapitel 31

24. Oktober 2007

Eira klingelte. Als sie die Tür öffnete, war Rita Fjelds Gesichtsausdruck bestenfalls lauwarm zu nennen. Auch die Lockenwickler konnten nicht zu einem gefälligeren Gesamteindruck beitragen. Ritas Stimme war dunkel und rau, und die vielen senkrechten Falten um die Lippen waren so eng zusammengezogen, dass Eira unmittelbar klar wurde, wie ungelegen sein Besuch kam.

»Also wirklich! Es wäre doch wahrhaftig möglich gewesen, vorher anzurufen und einen Termin zu vereinbaren, sodass man sich zumindest ein bisschen hätte zurechtmachen können.« Diesmal unternahm sie keinerlei Versuch, sich zu verstellen. Das war ihm im Grunde recht. Die Situation war nun ideal. Rita Fjeld hatte keine Zeit gehabt, sich mental vorzubereiten und alles auszusortieren, worüber sie nicht reden wollte. Eira würde von ihr verlangen, sich spontan an eine Episode zu erinnern, die sie sicher nach bestem Vermögen zu verdrängen versucht hatte.

»Das ist doch die Höhe!« Sie schnaubte laut und ging voran ins Wohnzimmer. »Ein Mann taucht über dreißig Jahre, nachdem mein Bruder im Feuer umgekommen ist, aus dem Nichts auf, und dann behauptet die Polizei mit ihren phantastischen Methoden, dass dieser Tote ohne Kopf mein Bruder gewesen sein soll …« Sie schnaubte wieder, diesmal noch entrüsteter. »Ohne jede Scham öffnet man Karls Grab, *Grabschändung* nenne ich so was … All das können wir nicht verhindern, und noch nicht mal Protest ist erlaubt!«

»Sind Sie nicht daran interessiert, dass diese Angelegenheit so eindeutig wie möglich geklärt wird?«

»Für mich *war* das Ganze klar! Achtunddreißig Jahre lang!«, fauchte sie geradezu. »Wie hätte es anders sein können? Karl ist bei dem Brand gestorben. Wir haben ihn beerdigt, ich war selbst dabei. Glauben Sie mir, ich habe viele Jahre gebraucht, um das hinter mir zu lassen und wieder zur Ruhe zu kommen.« Wutschäumend beugte sie sich zu Eira. »Ein wildfremder Mann, ein Tourist, kommt ums Leben, und die Polizei bringt es fertig zu behaupten, dass die Fingerabdrücke des Mannes zu einer Person gehören, die seit fast vierzig Jahren tot ist.«

»Hatte Karl damals mehrere Brillen?«

»Wie bitte?«

»Sie haben die Frage gehört.«

»Brillen …«, sie starrte ihn verwirrt an. »Ja … nein … ich habe keine Ahnung.«

»Erinnern Sie sich daran, ob er einen Ring hatte, den er immer trug?«

Sie nickte und wurde hellhörig. »Ja. Was ist damit?«

»Die Familie wurde hinzugezogen, als Karl identifiziert werden sollte?«

Sie erbleichte und senkte den Blick. »Sprechen Sie bitte nicht davon.«

»Sie alle waren sich sicher, dass es Karl war?«

»Glauben Sie etwa, wir wären in der Lage gewesen, uns die Überreste sonderlich lange anzusehen?« Sie faltete die Hände im Schoß und sah weg.

»Irgendetwas muss Sie davon überzeugt haben, dass er es war.«

»Ich weiß ja, dass Sie die Antwort schon kennen.« Rita erhob sich und tastete nach den Zigaretten. Als sie eine davon anzündete, war das Zittern ihrer Hand deutlich zu sehen. »Warum quälen Sie mich so viele Jahre danach damit? Diese fürchterlich verkohlte Leiche, bei deren Anblick man sich in seiner wildesten Phantasie nicht vorstellen konnte, dass sie einmal ein Mensch gewesen sein sollte, das … das sollte offenbar mein Bruder sein.« Sie nahm ein Taschentuch und schnäuzte sich die Nase.

»Sie haben damals bestätigt, dass es Karl war?«

»Ich wollte nur noch raus! Raus aus diesem schrecklichen Raum … Dieser beißende Geruch … Ich war kurz davor, ohnmächtig zu werden, wollte mich übergeben, die Beine haben mir versagt.«

Eira verstand sie, aber ließ nicht locker. »Etwas hat Sie doch wohl veranlasst, mit Ja zu antworten – und nicht mit Nein? Dass er am richtigen Ort gefunden worden ist?«

»Die Brille.« Sie machte eine hilflose Bewegung mit der Hand. »Die rußgeschwärzte, verbogene Brille, die ich ohne Probleme wiedererkennen konnte. Und der Ring. Er hatte diesen Ring am Finger, seit er aus den USA heimgekehrt war.«

Sie hatte sich ans Fenster gestellt. Von dort blickte man über den ausgedehnten Besitz, auf die entlang des Zauns in einer Reihe gepflanzten Bäume und jenseits von ihnen auf das klassisch schöne Panorama des Sundes mit den Bergen dahinter. Eira stellte sich neben Rita. »Wenn Sie die Möglichkeit gehabt hätten, zu sich zu kommen, wenn man Ihnen Zeit gegeben hätte, nachzudenken, noch einmal hineinzugehen, glauben Sie, dass Ihre Antwort dann die gleiche gewesen wäre?«

»Wie meinen Sie das?«

»Stellen Sie sich vor, Sie hätten sich sammeln und über den Schock beim Anblick der Verbrennungen hinwegkommen können. Sie hätten der Brille und dem Ring keine Bedeutung beigemessen, sondern sich auf den Körperbau konzentriert. Was dann?«

»Körperbau!«, schnaubte sie. »Wissen Sie überhaupt, wovon Sie reden? Um Ihnen die Wahrheit zu sagen: Ich hatte keine Ahnung, ob es tatsächlich Karl war. Wie hätte man sich in so einer Situation auch sicher sein können? Es war vollkommen unmöglich zu antworten. Der Tote war … kein Mensch mehr. Aber ich konnte mir nicht vorstellen, wer es sonst sein sollte. Wer sonst hätte in die Büros gehen sollen? Die Türen waren abgeschlossen. Karl war kurz zuvor hineingegangen, das wusste ich, und …« Sie verstummte plötzlich und drehte sich weg.

»Wer noch?«

»Niemand.«

»Sie wissen, dass das nicht stimmt«, protestierte Eira. »Da drinnen sind zwei Personen tot aufgefunden worden.«

»Danach haben Sie nicht gefragt. Sie haben gefragt, was ich wusste. Die Antwort ist, dass ich nichts davon wusste, dass außer meinem Bruder jemand in das Gebäude gegangen ist.«

Sie sah beim Reden an ihm vorbei, umklammerte mit einer Hand fest ihren Ellbogen und starrte aus dem Fenster.

»Was können Sie mir über Oscar Wikan erzählen?«

»Vermutlich nicht mehr, als Ihnen ohnehin schon bekannt ist. Wikan ist auch bei dem Brand gestorben. Er war Buchhalter, verheiratet, hatte einen Sohn. Und er war Kommunist. Meiner Ansicht nach ein lästiger Agitator, ein richtiger Aufwiegler. Mein Vater hatte versucht, ihn loszuwerden, aber das war ihm natürlich nicht gelungen.«

»Er hatte doch auch eine Frau? Gunhild?«

»Was sollte *die* mit der Sache zu tun haben?« Ritas Stimme bebte.

Eira wunderte sich über den Unterton. »Antipathie« war nicht das richtige Wort. Er schwieg und dachte einen Moment darüber nach, ob er Rita womöglich falsch verstanden hatte, ob er ihr zu starke Gefühle zuschrieb.

Eira räusperte sich. »Also, Sie wissen nicht, warum Wikan gerade in jener Nacht so spät in die Büros gegangen ist?«

»Das habe ich schon 1969 beantwortet.« Sie klang wieder abweisend. »Karl hatte eine Menge Belege durchgesehen, unter anderem Gehaltslisten. Oscar hatte sich zu viele Überstundenzuschläge zugeschanzt. Sowohl an seiner Liste als auch an den Listen anderer Mitarbeiter war herummanipuliert worden. Ich glaube, Wikan hat versucht, die Papiere verschwinden zu lassen.«

»Warum sucht er sich ausgerechnet eine solche Nacht dafür aus? Eine Menge Leute, totales Chaos …«

»Vielleicht gerade deshalb. Chaos, Gedränge, überall Menschen. Keiner würde reagieren, wenn man ihn hineingehen sähe.«

»Wäre es denkbar, dass Wikan viel früher am Abend ins Büro gegangen ist? Und dann vielleicht einschlief? Könnte ihm schlecht geworden sein?«

Endlich wandte sie den Blick von der Fensterscheibe ab und sah Eira direkt in die Augen. »Ich glaube nicht, dass Oscar Wikan begriffen hat, wie gefährlich das Feuer war. Das war den wenigsten von uns bewusst, wir hätten nie gedacht, dass der Brand sich so stark ausbreiten würde. Und schon gar nicht so schnell.«

Rita strich mit der Hand über ein Sideboard und öffnete es. Gedankenversunken rückte sie einige Gläser zurecht. Dann setzte sie sich auf eine Stuhlkante. Ihre Wangen waren übersät von hektischen roten Flecken. »Wenn es stimmt, dass Karl doch nicht bei dem Brand gestorben ist, stelle ich mir folgende Frage: Wusste Karl, dass Oscar Wikan in jener Nacht dort war? Kann er ihn absichtlich da drin eingeschlossen haben?« Sie stockte, allerdings nicht lange. »Es würde mich nicht wundern, wenn Karl die unbekannte Person, die im Keller gefunden worden ist, niedergeschlagen und seine eigenen Sachen dort zurückgelassen hätte, um uns alle irrezuführen.« Sie sah Eira fest an. »Wissen Sie, Karl war ganz und gar kein Engel.«

Kapitel 32

Magni Andersen schob die Küchenstühle geräuschvoll zurecht, nachdem sie das Abendessen auf den Tisch gestellt hatte.

»Per, du Taugenichts! Mach, dass du runter zum Essen kommst!«

Plötzlich hielt sie inne. Mehr als ein halbes Jahrhundert hatte sie jeden Tag zur gleichen Zeit nach ihm gerufen, ob er zu Hause war oder nicht. Eine Angewohnheit, die sich schwer ändern ließ. Das Gedächtnis war schwerfällig geworden, sie spürte es.

Der Vorfall war ihr noch nicht völlig bewusst geworden. Sie ertappte sich dabei, das Ganze einen »Vorfall« zu nennen. Worte wie »Tod« und »Todesfall« hätten sie nur unsäglich traurig gemacht. Jetzt war Per nicht mehr da, aber sie brachte es irgendwie nicht fertig zu weinen. Tränen waren ihr immer fremd und unnatürlich vorgekommen. Magni konnte sich kaum erinnern, jemals geweint zu haben, außer als Kind, wenn sie ihren Willen durchsetzen wollte. Auch jetzt verspürte sie keinen Impuls zu weinen. Die meiste Zeit des Tages dachte sie noch nicht einmal an den *Vorfall.* Sie verhielt sich wie immer, verrichtete ihre alltäglichen Pflichten und hatte trotz der Aufregung in der letzten Zeit kein einziges Mal das Bingo-Spiel versäumt.

Wenn man ehrlich sein wollte, war er viele Jahre lang eine rechte Plage gewesen, mit all seiner Sauferei, dem ewigen Betteln um Geld, gar nicht zu reden von seinem Versuch, im Keller Selbstgebrannten herzustellen. Nie war Schnaps daraus geworden, bloß trüber Hefesatz. Glücklicherweise hatte er nicht genug Grips gehabt, um mit dem Apparat zurechtzukommen. Er war eben nicht der Hellste gewesen. Per war da ganz nach seinem Vater gekommen. Ein großer, kräftiger Herumtreiber, der tüchtig zupacken konnte, aber nichts im Kopf hatte. Sie war nur kurz mit ihm zusammen gewesen und hatte so getan, als bemerke sie nicht, dass er nicht lesen konnte oder zum Rechnen immer die Finger benötigte. Auf manche Dinge verstand er sich jedoch durchaus. Und das Resultat war Per.

Magni schmierte sich vier Scheiben Brot mit Zervelatwurst, gab einen Klecks Sauerrahm darauf, griff nach der Schüssel mit italienischem Salat und ging ins Wohnzimmer. Draußen war es stockfinster und sie schaltete eine kleine Lampe in der Wohnzimmerecke an. Man musste Energie sparen, die Strompreise waren mittlerweile ins Absurde gestiegen.

Draußen sah sie die Schürzen, die sie auf die Leine gehängt hatte, munter im Wind flattern. Sie mussten schon längst trocken sein. Magni war bisher noch nicht dazu gekommen, sie abzuhängen. Aber was sollte sie jetzt auch über die eisglatten, dunklen Stufen in den Garten laufen, um die Wäsche hereinzuholen? Das konnte nun wirklich bis morgen warten.

Sie stopfte sich eine Scheibe Brot in den Mund. Die Kruste hatte sie sorgfältig abgeschnitten, weil ihr Gebiss nicht mehr richtig mitspielte. Auch die Zuzahlung für Zahnersatz war grotesk hoch geworden. Magni verwünschte lauthals alle Zahnärzte.

Sie sinnierte über das ungleiche Paar von der Polizei, das kürzlich bei ihr aufgekreuzt war. Der stämmige Same und dieser dünne Strich von Frau in seinem Schlepptau. Aber eines hatten sie gemeinsam: Keiner der beiden besaß Anstand. Sie war so wahnsinnig wütend geworden, denn natürlich hatten sie recht. Per wusste viel mehr, als er irgendjemandem erzählt hatte. Abgesehen von ihr natürlich.

Per hatte viele Jahre über die Familie Fjeld und über den Brand gesprochen – bei jedem Abendessen, tagtäglich. Er war nie über die Sache hinweggekommen. Hatte alle Einzelheiten so oft wiederholt, dass sie sie auswendig kannte.

Natürlich hatte es sie provoziert, als die Kriminalbeamten kamen und offenbarten, wie wenig sie wussten, wie naiv sie doch waren. Selbstverständlich konnte sie ihnen nichts erzählen. All die Jahre war das eine Sache zwischen ihr und Per gewesen. Es hätte keinen Sinn gehabt, die Polizei hineinzuziehen, das hätte nur Scherereien gegeben. Die Polizei war nichts für Leute wie sie und Per. An diesen Grundsatz hatte sie sich immer gehalten, auch, als man sie auf die Wache gebracht hatte. Sie war keinen Deut von ihrer bisherigen Version abgewichen. War bei ihrer Aussage geblieben, bis dem Polizisten Schweißperlen auf die Stirn gtreten waren. Dann hatte er sie gehen lassen.

Magni Andersen schob sich die letzte Brotscheibe in den Mund, wobei sie dachte, dass jetzt vielleicht doch die Zeit für einen Wendepunkt gekommen war. Per war tot und sie wurde langsam alt. Warum sollte sie länger schweigen? Sie könnte zum Beispiel darüber sprechen, was sie jahrelang beim Putzen im Haus der Fjelds mitbekommen hatte. Oder erzählen, worüber Per vor lauter Angst nicht hatte sprechen können, als er 1969 schweißgebadet, mit merkwürdigen Grimassen auf dem Gesicht, befragt worden war.

Magni setzte sich im Stuhl zurecht. Der Gedanke gefiel ihr. Morgen könnte sie zum Beispiel geradewegs zum Polizeipräsidenten gehen und sagen, dass sie ganz besondere Informationen habe. Sie mochte diesen Mann nämlich. Er wurde auf den Titelseiten der Zeitungen ständig niedergemacht und musste Nerven aus Stahl haben. Das war einer, mit dem man ein ernstes Wort reden konnte.

Das Geräusch der Türklingel ließ Magni den Bissen Brot fast unzerkaut hinunterschlucken. Besuche waren selten, und nun plötzlich zwei innerhalb einer Woche? Wenn es wieder dieser Polizist wäre, würde ihr endgültig der Kragen platzen. Irgendwann musste einfach Schluss sein mit der Schnüffelei. Sie saugte ihr Gebiss in die richtige Position und ging zur Tür.

Die Frau auf der Treppe war von Dunkelheit umhüllt. Magni starrte sie an, aber ohne Licht in der Kugelleuchte über der Tür sah sie die Konturen des Gesichts nur undeutlich. Ausnahmsweise handelte es sich um eine Person, auf die Magni *nicht* hinuntersehen konnte. Hier stand eine große, schlanke Frau in einem eleganten, roten Wollmantel und schwarzen hochhackigen Stiefeletten. Magni fuhr augenblicklich die Stacheln aus: »Wir kaufen nichts.« Sie hatte die Tür schon wieder halb geschlossen, als die Hand der Frau sie stoppte.

»Ich habe gehört, dass Per tot ist. Mein Beileid.«

Magnis Mund blieb halb offen stehen. »Wer zum ...«

»Erkennen Sie mich nicht wieder? Ich bin Gunhild Wikan, Sverres Mutter.«

Magnis verblüffter Gesichtsausdruck war echt, aber hielt nicht lange an. Sie übersah die ausgestreckte Hand und schob die Tür ganz auf, sodass das Licht aus dem Flur auf das Gesicht der Frau fiel. »Ja, hol mich doch der Teufel ... Sie sind es!« Magnis Augen wurden schmal. »Das ist ja ein starkes Stück. Ich kann mich nicht erinnern, dass Sie früher viele Worte für mich übrig hatten, wenn ich Sie bei Fjeld getroffen habe. Da sind Sie schnell über den Putzeimer gestiegen und haben zugesehen, dass Sie zu den hohen Herren in den Büros kamen. Obwohl Ihr Mann nicht *so* viel höher auf der Leiter war als ich ...«

»Ach, lassen Sie das doch jetzt«, unterbrach Gunhild sie fast scharf. »Das ist ja so lange her.«

Magni stand breitbeinig in der Tür und machte keine Miene, Gunhild hereinzulassen. »Ich kann mich nicht erinnern, dass Sie mir damals die Tür eingerannt hätten, als Per und Ihr Sverre miteinander befreundet waren. Was hat das jetzt zu bedeuten? Sind Sie den ganzen Weg von Spanien hierhergereist, um zu kondolieren?«

»*Es war wichtig,* gerade jetzt zurückzukommen.« Gunhild zögerte. »Wollen Sie mich nicht hereinlassen? Es gibt doch keinen Grund, nicht miteinander zu sprechen.«

Magni schnaubte. »Ich sehe aber auch keinen Grund, es zu tun.«

»Nur eine halbe Stunde.« Gunhild legte ihr leicht die Hand auf den Arm und die Berührung ließ Magni einen Schritt zurücktreten. Das verstand Gunhild als Einladung und ging in den Flur.

»Danke. Draußen wird es langsam kalt.«

Magni verkniff sich einen Kommentar über witterungsgerechte Kleidung und stapfte vor ihr her ins Wohnzimmer. »Setzen Sie sich.«

»Vielen Dank. Aber machen Sie sich nicht die Mühe, Kaffee aufzusetzen oder …«

Magni gab einen trompetenartigen Laut von sich. »Das hatte ich auch nicht vor. Was wollen Sie eigentlich?«

Gunhild schien ihr Kommen plötzlich zu bereuen. Aber dann sagte sie, leise und eindringlich: »Ich habe in all den Jahren so viel an Per gedacht. Ich … ich weiß ja, dass es nicht so gut ging mit ihm.« Sie suchte nach Worten. »Was, glauben Sie, war der Grund dafür? War es der Brand damals? Hat er versucht, Sverre aus dem brennenden Gebäude herauszuholen, ohne dass es ihm gelang?« In dem Blick, den sie Magni zuwarf, war echte Verzweiflung. »Hat er Ihnen jemals gesagt, wie es ihm danach ging?«

Während Gunhild redete, hatte Magni wie gebannt dagesessen. Dann bewegte sie sich und sagte langsam: »Vielleicht sollten Sie mir lieber erklären, warum Sie das jetzt auf einmal interessiert? Damals war Ihnen Per doch völlig egal.« Magnis Hände lagen ruhig auf ihren Knien, aber die Fingerknöchel waren weiß und ihre Brust hob und senkte sich schneller als gewöhnlich.

»Das weiß ich«, sagte Gunhild mit leiser Stimme. »Ich mache mir seitdem Vorwürfe. Und deshalb bin ich heute hier. Warum war ich nicht freundlicher, mitfühlender? Per stand vor dem Haus und wartete, als Sverre aus dem Krankenhaus kam. Warum habe ich ihn nach Hause geschickt?« Sie blinzelte mehrmals und sah weg. »Ich war ganz einfach zu sehr mit mir selbst beschäftigt.«

Vollkommen ratlos öffnete und schloss Magni den Mund mehrere Male, während sie sich mit den großen Händen über die Schenkel strich. »Ich mach doch etwas Kaffee«, murmelte sie und stand auf.

»Darf ich mal Ihre Toilette benutzen?« Gunhild hielt einen Handschuh gegen ihren Augenwinkel gepresst.

»Oben im ersten Stock. Die Tür mit dem roten Herz.«

Gunhild stieg langsam die schmale Treppe hoch. Setzte die Stiefeletten so vorsichtig auf den Stufen ab, als träte sie in eine Blumenwiese. Im ersten Stock war es eng, es gab drei Türen und ein kleines Fenster an der Querwand. Gunhild erinnerte sich vage an Sverres Beschreibung des Hauses aus der Zeit, als er noch ein Junge gewesen war. Daher wusste sie, dass eine der Türen zu Magnis Schlafzimmer gehörte, die andere zu einer Kammer. Gunhild ging an der Tür mit dem Herz vorbei.

Am Fenster begann eine weitere Treppe, die auf den Dachboden führte. Dort oben hatte Per sein Zimmer gehabt. Die Treppe war noch schmaler als die erste und hatte kein Geländer, aber Gunhild war nach wie vor gut zu Fuß. Ebenso lautlos wie zuvor ging sie hinauf und sah sich auf dem Dachboden mit Schrägdach um. Links war die Tür zu Pers Zimmer. Sie schob sie auf und zuckte zusammen, als die Scharniere knarrten.

Gunhild brauchte nicht mehr als zwei Minuten, um sich den Raum, die Wände, die Regale, einzuprägen, um die Schubladen im Schreibtisch aufzuziehen und die Papiere durchzublättern. Sie starrte lange auf den Schlüsselbund, der dort lag, nahm ihn dann mit spitzen Fingern auf und ließ ihn in ihre Tasche sinken.

Als sie auf dem Weg nach unten an der Toilette vorbeikam, vergaß sie nicht, die Spülung zu betätigen und das Wasser am Waschbecken eine Weile laufen zu lassen.

Magni füllte die Tassen und stellte den Kaffeekessel mit einem dumpfen Aufprall mitten auf den Tisch. Sie hatte sich inzwischen gesammelt und ihre Gesichtszüge waren wieder vollends durch den distanzierten Ausdruck geprägt.

»Ich habe über Ihre Fragen nachgedacht, Gunhild Wikan«, sagte sie gedehnt und setzte sich. »Ob Per über etwas gesprochen hat, was sonst niemand wusste.«

Ihre nackten Arme, dick wie Oberschenkel, hatte Magni vor der Brust verschränkt. »Sie haben völlig recht. Natürlich gab es da eine Menge. Vieles, was er außer mir niemandem erzählt hat.« Sie beugte sich vor. »Das eine ist, dass Sie Sverres Mutter sind. So gesehen könnte ich Sie ins Vertrauen ziehen. Aber das andere ist, dass Sie zumindest damals unendlich affektiert und geltungssüchtig waren. Außerdem unerträglich arrogant. Sollte ich da irgendeinen Drang verspüren, *Ihnen* Geheimnisse anzuvertrauen?«

Gunhild starrte in ihre Kaffeetasse. Obenauf schwamm eine dünne Fettschicht. »Vielleicht sollte ich jetzt besser gehen.« Übertrieben langsam zog sie ihre Handschuhe an. »Danke für den Kaffee.« Ohne sich noch mal umzudrehen, stolzierte sie aus dem Wohnzimmer.

Magni war empört wie lange nicht mehr. Gunhild Wikan war an Frechheit kaum zu überbieten. Wie eine Diva war sie hier hereinspaziert und hatte geglaubt, sie, Magni Andersen, brenne darauf, sich ihr anzuvertrauen. Diese falschen Tränen, die zitternden Mundwinkel – eine hinterlistige Schauspielerin! Magni wäre tatsächlich fast darauf hereingefallen. Aber sie vergaß nie. Keinesfalls diejenigen, die auf ihr herumgetrampelt waren. Solche Leute würde sie bis in alle Ewigkeit im Kopf behalten.

Verärgert schüttete Magni den Kaffee zurück in den Kessel. Lange blieb sie sitzen und starrte vor sich hin. Etwas stimmte nicht mit dieser Frau. Die hatte einige Leichen im Keller. Ob dieser Polizist eigentlich wusste, dass Gunhild Wikan zurückgekehrt war und in den gleichen Angelegenheiten herumschnüffelte wie er? Es wäre ihr ein Vergnügen, ihn zu bitten, Gunhild einen Besuch abzustatten.

Am Fenster bewegte sich etwas und Magni fuhr zusammen. Die Schürzen. Diese verdammten Schürzen warfen da draußen Schatten. Sie flatterten so heftig im Wind, dass Magni einen Moment geglaubt hatte, dort jemanden zu sehen.

Magni erhob sich vom Stuhl und ging schweren Schrittes zur Tür. Dunkelheit hin oder her, das Zeug musste jetzt doch rein. Der Winter war da, von nun an würde die Wäsche auf dem Dachboden trocknen. Magni war noch nicht zu alt zum Treppensteigen.

Der Wind riss an der Tür, als Magni sie öffnete. Sie blieb im Türrahmen stehen und blinzelte. Zu ärgerlich, dass Per sich nie dazu hatte aufraffen können, die Glühbirne in der Lampe über der Haustür auszuwechseln.

Nur schemenhaft nahm sie die Wäscheleine wahr, auf der beide Schürzen hingen. Sie wirkten grau vor dem noch dunkleren Hintergrund und den mächtigen, dichten Tannen an der Grenze zum Nachbarn.

Magni suchte Halt am wackeligen Geländer und tastete sich vorsichtig die vereisten Treppenstufen hinunter. Dann brauchte sie nur noch die paar Meter zur Wäschespinne zu laufen. Sie nahm die Schürzen herunter und erstarrte, als sie Schritte auf dem gefrorenen Boden hörte. Mit verkniffenen Zügen drehte sie sich um. »Was denn *jetzt* noch?«, fragte sie scharf. »Verschwinden Sie von hier.«

Magnis Worte klangen seltsam hohl in der Dunkelheit und verhallten dumpf. Der Neuschnee knirschte unter den sich nähernden Schritten. Die Gestalt trat aus der Dunkelheit heraus. Nun erhellte das Licht vom Küchenfenster das Gesicht und Magni hob mit halb geöffnetem Mund ihre Hand. Sie versuchte verzweifelt, sich gegen den Arm zu wehren. Vergebens. Er schwang in einem langen, hohen Bogen auf sie zu.

Der Schreck erreichte kaum noch Magnis Augen. Sie erloschen sofort, als der harte Gegenstand ihren Kopf traf.

Kapitel 33

25. Oktober 2007

Am nächsten Morgen um zehn vor acht herrschte plötzlich große Aufregung. »Der ärztliche Notdienst hat uns benachrichtigt. Sie sind gerufen worden, weil eine Frau angeblich ohnmächtig auf der Treppe vor ihrem Haus lag. Und zwar in der Elvegata, im Norden der Stadt.« Benjaminsen hatte die Nachricht entgegengenommen. »Sie war aber gar nicht ohnmächtig, sondern tot. Offenbar ist sie in Pantoffeln rausgegangen, ausgerutscht und mit dem Hinterkopf auf die Treppe geschlagen. Das muss wohl eine Steintreppe sein«, setzte er hinzu. »Wir müssen jetzt hin, weil sie die Tote sonst nicht abtransportieren können.«

»Auf einer Treppe ausgerutscht und dabei gleich umgekommen?« Eira runzelte die Stirn. »Dazu gehört schon einiges.«

»Es handelt sich um eine große, schwere Frau. Schon älter. Ich glaube, du kennst sie. Magni Andersen.«

»Wir sind nicht dazu gekommen, uns sonderlich gut kennenzulernen, aber gut genug, dass ich mir das sofort näher ansehen werde.« Eira griff nach seiner Jacke.

Vor dem Haus hatte sich eine ansehnliche Menge Schaulustiger versammelt. Krankenwagen und Polizeiauto waren am Straßenrand abgestellt worden und vor dem Eingang des Hauses warteten die Sanitäter.

»Haben Sie sie angefasst?«

»Ja, natürlich. Die Situation hier war uns nicht sofort klar.«

»Wie hat sie gelegen?«

»Ungefähr so wie jetzt.«

Eira zog die über sie gebreitete Decke beiseite. Sie lag auf dem

Rücken, mit dem Kopf auf der mittleren Treppenstufe. Sie hatte keine Jacke an und nur Hausschuhe an den Füßen. Die eine Hand umklammerte zwei Schürzen und aus ihrem Hinterkopf war eine Menge Blut auf die Stufen geflossen.

»Ist jemand von Ihnen im Haus gewesen?« Alle schüttelten den Kopf. »Jemand ist in das Blut getreten, hier ganz am Rand. Bitte hinterlassen Sie alle Ihre Fußabdrücke bei den Kollegen von der Spurensicherung, zum Vergleich. Und halten Sie sich vor allem von der Treppe fern.«

Eira betrachtete lange die oberste Stufe. Ohne Zweifel war dort ein Abdruck. Im Dunkeln war wohl schwer zu sehen, wohin man die Füße setzte.

»Sie muss draußen gewesen sein, um Wäsche von der Leine zu holen. Schnee geschaufelt hat sie auch, besonders rund um die Wäschespinne. Und mit einem Besen gefegt.« Benjaminsen zeigte auf den Pfad, der von der Treppe zur Wäschespinne freigeräumt war. »Das hat sie sicherlich gemacht, um etwas Bewegung zu bekommen. Denn eigentlich ist es ja nicht nötig zu räumen, wenn nur fünfzehn bis zwanzig Zentimeter Schnee liegen. Vielleicht ist ihr schlecht geworden, sodass sie auf der Treppe umkippte.«

Benjaminsen neigte dazu, laut zu denken. Die meisten seiner Gedanken waren konstruktiv, aber häufig störte er den Denkprozess anderer. »Benjaminsen, hol doch jetzt einfach die Leute von der Spurensicherung und schaff einen Gerichtsmediziner her. Sofort.« Eira gab ihm einen freundlichen, aber bestimmten Knuff in den Rücken.

Alles, was Benjaminsen gesagt hatte, war an und für sich vernünftig. Jedoch hatte Eira einen Einwand: Magni Andersens Haltung passte nicht zu Benjaminsens Theorie. Da sie die Schürzen in der Hand hielt, musste sie auf dem Weg ins Haus gewesen sein. Sie lag aber falsch herum. Es sei denn, sie hätte etwas vergessen und wäre wieder auf dem Weg nach draußen gewesen.

Eira sah lange zu den Schneehaufen hinüber. Um die Wäschespinne herum war so gründlich geräumt worden, dass man auf dem Rasen hätte Golf spielen können. Es juckte ihn in den Fingern, in den Schneehaufen zu wühlen, die weißen Massen gründlich zu durchforsten. Magni Andersens Garten war derart verwildert, dass man sich beispielsweise einen Weg durch meterhohes Unkraut bahnen musste, um zu ihrer Mülltonne zu gelangen. Sie war nicht der Typ, der nur wegen der Optik ein paar lumpige Zentimeter Schnee weggekratzt hätte – noch dazu in Hausschuhen und ohne Jacke.

Zwei Stunden später war fast der ganze Schnee in Magni Andersens Garten durchgesiebt worden, und Eiras Vermutungen hatten sich tatsächlich bestätigt: Man hatte Blutspuren entdeckt.

»Die Verletzungen passen nicht zu einem Sturz. Sie sprechen eher für einen Schlag auf den Kopf«, murmelte der Arzt. Eira hatte seinen Namen nicht verstanden. Der Mediziner sprach ein gebrochenes Norwegisch, außerdem sah er aus, als fröre er. »Mit einem stumpfen Gegenstand, einem Knüppel zum Beispiel.« Er musste nach einem passenden Wort suchen, aber Eira interessierte momentan gar nicht, ob es sich um einen Knüppel oder ein Brett gehandelt hatte. Ausschlaggebend war, dass sich Eiras Verdacht erhärtete. Magni Andersen war getötet worden.

Ein Beamter der Spurensicherung beugte sich über den Schnee und fotografierte. »Massenhaft Fußspuren. Schwierig, sie zu unterscheiden. Hier wurde ein Schneeschieber verwendet, danach noch ein Besen. Offenbar wollte man Fußspuren verwischen.«

»Ist sie bei der Wäschespinne getötet worden?«

Er nickte. »Jetzt, wo wir einen Schimmer Tageslicht haben, kannst du das hier besser erkennen.« Er zeigte auf die Wäschespinne. »Frische Blutstropfen, die die mittlere Holzstange getroffen haben.«

»Danach ist sie zur Treppe geschleift und dort hingelegt worden. Der Mörder hat hinter sich gefegt, als er das Grundstück verließ.« Eira sah sich um. »Hat keiner einen Besen hier herumliegen sehen?«

Der Beamte schüttelte den Kopf. »Nicht in unmittelbarer Nähe.«

»Wir werden uns drinnen umsehen.«

Magni Andersens starke Ausdünstung füllte das ganze Haus. Sie hatte nicht sonderlich viel für Hausarbeit übriggehabt. Die einzelnen Gegenstände waren zwar an ihrem Platz, aber verdreckt und eingestaubt. Eira fuhr mit einem Finger an der Holzvertäfelung über der Küchentür entlang und spürte dicke Fettablagerungen.

Benjaminsen öffnete die Speisekammer und zog einen Laib Weizenbrot hervor, der so stark von Schimmel überwachsen war, dass er einer blaugrünen Perücke ähnelte. »Ach, du Scheiße!« Er ließ ihn augenblicklich fallen, als habe er sich verbrannt.

»Solchen gut frisierten und strukturierten jungen Männern wie dir tut es gut, mal herauszukommen und andere Bevölkerungsschichten kennenzulernen«, murmelte Eira. Er schob einen Topf mit Erbsensuppe, der im Küchenschrank vor sich hin gor, wieder an seinen Platz. »Das ist das Volk, Benjaminsen.«

»Von wegen Volk«, erwiderte der schnaubend. »Das ist äußerste Schlamperei, Unsauberkeit und Faulheit.«

Sie setzten die Durchsuchung im Schlafzimmer fort. »Es ist mir zutiefst zuwider, die Sachen anderer Menschen zu durchwühlen«, klagte Benjaminsen. »Besonders ihre Unterwäsche.«

»Denk lieber daran, was die Unterwäsche über eine Person erzählt, Benjaminsen. Sauber? Verwaschen? Löchrig? Aufreizend oder praktisch?«

Sie fanden nichts von Interesse in Magnis Sachen und kletterten die Treppe zum Dachboden hinauf, wo Per gewohnt hatte.

Schweigend gingen sie an den Regalen entlang, zogen die Schubladen des Schreibtischs auf. Schließlich sagte Benjaminsen langsam: »Weiß man, ob Per jemals Feuer gelegt hat?« Benjaminsen hatte Stöße alter Zeitungsausschnitte hervorgeholt. Alles handelte von Bränden.

»Wir wissen, dass er 1969 draußen vor Fjelds Bürogebäude war, als es brannte. Er war alleine, und aus den alten Berichten geht hervor, dass sie bei den Vernehmungen rein gar nichts aus ihm herausbekommen haben. Die Ermittler deuten ziemlich unmissverständlich an, dass sie ihn für geistig zurückgeblieben hielten, und auf jeden Fall entschieden sie sich dafür, ihn aus der ganzen Geschichte auszuklammern.« Eira zog die Latexhandschuhe aus und steckte die Hände in die Taschen. Er winkte Benjaminsen, mit ihm hinauszukommen. »Ich glaube, wir sollten das jetzt an die Spurensicherung übergeben. Der gesamte Raum muss auseinandergenommen werden.«

Berger kam herein, nachdem sie eine Tür-zu-Tür-Befragung in der Nachbarschaft durchgeführt hatte. »Schräg gegenüber, in der Wohnung im ersten Stock, wohnt ein älteres Ehepaar. Die Frau erzählt, dass sie immer so gegen vier, halb fünf aufwacht, weil sie auf die Toilette muss. Sie hat gesagt, dass sie jemanden aus Magni Andersens Haus kommen sehen hat.«

»Mann oder Frau?«

»Sie ist über achtzig und sieht etwas schlecht. Schwankt bei der Antwort hin und her. Zuerst hat sie gesagt, dass es eine Frau war, dann hat sie es sich anders überlegt und gemeint, es könne auch gut ein Mann gewesen sein. Auf jeden Fall habe jemand das Haus verlassen.«

»Die Zeit passt nicht. Zu diesem Zeitpunkt war Magni schon viele Stunden tot.«

»Das ist mir klar. Aber das ist das Einzige, was wir beim Herumfragen herausbekommen haben.«

»Auf jeden Fall muss man sich fragen, wer zu so einer Zeit hier war.« Eira sah nachdenklich vor sich hin. »Wie gut sieht die alte Dame wirklich? Könnte sie sich einfach getäuscht haben?«

»Sie findet ihr Bett und trifft die Toilettenschüssel, Eira. Ich glaube, sie sieht gut genug, um zu erkennen, dass auf der anderen Straßenseite ein Mensch ist.«

»Versuch es noch mal bei ihr, wenn sie etwas Zeit zum Nachdenken gehabt hat.«

Kapitel 34

»Sehen Sie sich ihren Schädel an, Eira«, murmelte Vennestad. »Man kann deutlich den Abdruck des Mordwerkzeugs erkennen.«

»Abdruck?« Eira sah nichts besonders deutlich, bloß die durch die Schlagwaffe hervorgerufene Verletzung und dass Magni Andersens Kopf jetzt im fraglichen Bereich kahlrasiert war.

Vennestad stellte Vergrößerungsglas und Lampe ein. »Nun, Eira? Sie können hier erkennen, dass das Werkzeug, mit dem sie erschlagen wurde, viereckig gewesen sein muss. Wie ein Klotz also. Es war ordentlich Kraft dahinter, die Röntgenaufnahmen zeigen einen markanten Bruch. Wahrscheinlich war sie auf der Stelle tot.«

Eira blickte lange auf die Stelle, an der die Schlagwaffe aufgetroffen war. Er versuchte, Zusammenhänge herzustellen. Eine fünfundsiebzig Jahre alte Frau war ermordet worden. Der einzige Grund, den er sich dafür vorstellen konnte, war, dass sie irgendetwas Entscheidendes gewusst hatte. Vermutlich hatte sie Informationen besessen, die nicht weitergegeben werden durften. Für irgendjemanden hatte Magnis Wissen ein Risiko dargestellt.

Sie hatten sich wegen des Mordes an ihrem Sohn Per mit Magni in Verbindung gesetzt. Eira war überzeugt gewesen, dass Magni sie auf die richtige Spur bringen konnte. Aber das Gespräch mit ihr war unerfreulich verlaufen. Sie schien überhaupt nicht daran glauben zu wollen, dass jemand Per getötet haben könnte. Eira erinnerte sich mit Unbehagen daran, wie sie die Mordtheorie zurückgewiesen und ihren Sohn als eine Person bezeichnet hatte, die für nichts und niemanden Bedeutung gehabt hätte. Im Grunde war wohl genau das eine der zentralen Fragen. Hatte Per tatsächlich nur eine untergeordnete Rolle gespielt?

Der Mord an Magni konnte darauf hindeuten, dass Per Andersens Beobachtungen doch von Gewicht gewesen waren. Sie mussten eine gewisse Sprengkraft enthalten haben, auch noch nach über vierzig Jahren.

Lange Zeit war Per eine Art Stadtstreicher gewesen, arbeitslos, immer unruhig und täglich unterwegs. Er beobachtete seine Umgebung. Die Leute übersahen ihn jedoch geflissentlich und kümmerten sich nicht darum, ob er ihre Gespräche mitbekam. Sie hielten ihn für dumm und ungefährlich. Das Gegenteil mochte eher zugetroffen haben.

»Sie hören gar nicht zu, nicht wahr?« Vennestads Stimme unterbrach Eiras Gedankenfluss. Der Ton war jetzt schärfer. »Sie sind ja ganz woanders. Nun gut. Ich habe nicht viel hinzuzufügen. Die Frau sieht ansonsten gesund aus, hatte wahrscheinlich eine eiserne Konstitution.« Er kehrte Eira leicht gekränkt den Rücken zu.

Eira nickte zerstreut. Er hatte bloß seine Gedanken wandern lassen, das war alles. Zurzeit passierte das häufig. Er war manchmal unkonzentriert, aber nicht gleichgültig. Gott bewahre, denn wenn es so weit käme, könnte er den Dienst quittieren.

Er winkte Berger zu sich, während er die grässliche grüne Schutzkleidung ablegte. »Bleib doch bitte bis zum Ende der Obduktion hier«, sagte er nur. Ohne weitere Erklärung verließ er den Raum, um Sverre Wikan aufzusuchen.

Kapitel 35

»Ich muss das Problem von allen Seiten betrachten.«

»Und wie?« Sverre Wikan war mit seinem Hund, einem eleganten, gut gepflegten Dobermann, Gassi gegangen und hatte ihn ins Auto gebracht. Jetzt hängte er die Jacke über die Rückenlehne seines Bürostuhls und betrachtete Eira aufmerksam.

Sverre hatte scharfe, graue Augen. Das linke war umrahmt von brandverletzter, vernarbter Haut, das rechte zierte ein dichtes Netzwerk kleiner Falten, als ob er häufig lächelte. Das war aber nicht der Fall. Sverre Wikan war kein fröhlicher Mensch. Die breiten Schultern waren leicht nach vorn geneigt, wie unter einer schweren Last. Das borstige, kurze Haar war an den Schläfen grau. Sverre hatte so schmale Lippen, dass man sie nicht sah, es sei denn, er öffnete den Mund. Aber das Kinn war breit und sein Kiefer kräftig. Er hatte die Angewohnheit, sich darüberzustreichen, wenn er nachdachte. So wie jetzt. Eira hatte ihn draußen abgepasst und um ein möglichst baldiges Treffen gebeten. Wikan hatte nur genickt und auf sein Büro gedeutet.

Sverre Wikan gehörte ganz offensichtlich nicht zu den Leuten, die ihr Büro mit einer persönlichen Note versahen. Es gab keine Diplome, Meisterschaftspokale oder Familienbilder. Eira fiel ein, dass Wikan Junggeselle war. Vielleicht war er zu pedantisch, als dass es eine Frau mit ihm ausgehalten hätte. In einer Ecke des Raumes stand ein schmaler Kleiderschrank, in dem er wohl seine Sachen verstaute. Allein das Namensschild an der Tür verwies auf seine Person. Ordnung und Effektivität. Das waren die Signale, die er aussandte, falls jemand im Zweifel sein sollte, wofür er stand.

Eira räusperte sich. »Ich hatte gehofft, Sie könnten mir helfen.«

Sverres unzählige Falten am rechten Augenwinkel zogen sich zusammen und Eira wurde für den Bruchteil einer Sekunde taxiert. »Ich? Wie?«

»Per Andersen ist bei dem Brand umgekommen. Jetzt ist seine Mutter ermordet worden. Was glauben Sie, Sverre? Gibt es irgendeinen Zusammenhang?«

Sverre sah plötzlich verblüfft aus. »Das fragen Sie *mich*? Ich bin Feuerwehrmann, kein Polizeiermittler.«

»Brandermittler, das ist kein so großer Unterschied.«

»Kommen Sie zur Sache, Eira. Ich gewähre Ihnen großzügig Zeit, nur weil ich dachte, dass Sie etwas Wichtiges auf dem Herzen hätten. Womit kann ich Ihrer Meinung nach behilflich sein?«

»Ich komme ständig auf den Brand von 1969 zurück. Per war dort. Das Gleiche gilt für Sie, Sverre. Aber weder Sie noch Per waren damals als Zeugen sonderlich brauchbar. Hat denn wirklich keiner von Ihnen etwas gesehen?«

»Entschuldigung, Eira«, unterbrach Wikan schroff. Sein Blick war finster geworden und der schmale Mund sah aus wie eine straff gespannte Schnur in seinem zerfurchten Gesicht. »Worauf wollen Sie mit alldem hinaus? Was hat die alte Geschichte mit den aktuellen Ermittlungen zu tun?«

»Genau das möchte ich gerne von Ihnen wissen.«

»Also wirklich! Soll ich Ihnen das Szenario etwa im Detail beschreiben?« Zum ersten Mal sah Eira Sverre Wikan in einem Zustand, der an emotionale Erregung erinnerte. »Was glauben Sie, was ich in der alten Brandfalle erlebt habe? Ich war in einem Gebäude voller Rauch. Die Flammen haben sich von allen Seiten herangefressen. Es gab keine Luft zum Atmen.« Er sprach rasend schnell. »Alles, woran ich gedacht habe, war, mich lebendig dort herauszuschleppen, und ich erinnere mich nicht daran, wie ich das geschafft habe. Was Per vor dem Haus gemacht hat, war damals – und ist auch jetzt – ohne jede Bedeutung für mich!«

Eira bewegte sich vorsichtig auf seinem Stuhl. Er war sich gerade bewusst geworden, dass er eine Grenze übertreten haben musste. Schweigend trank er von dem starken Kaffee, den Wikan ihm serviert hatte, und wartete, bis dieser seine Balance wiedergefunden zu haben schien.

»Es wundert mich immer mehr, dass Sie später nicht miteinander darüber gesprochen haben.«

»Sie haben ja keine Ahnung, Mann!« Jetzt hatte Wikan die Stimme zu einem wütenden Zischen gesenkt. »Ich stand unter Schock. Ich hatte geglaubt, ich würde sterben. Mein Vater ist da drinnen verbrannt. Meinen Sie, ich hätte das Bedürfnis verspürt, das Ganze mit einem Einfaltspinsel wie Per Andersen zu diskutieren? Sie verstehen, worauf ich hinauswill: Ich habe keinen Anlass, darüber zu sprechen. Es gibt nämlich niemanden, der die Fragen beantworten könnte, die unbeantwortet sind. Verlieren Sie mal Ihren Vater als Jugendlicher.«

Eira hätte eine passende Antwort parat gehabt. Aber seine eigene Jugend durfte hier keine Rolle spielen. Er spürte, wie Sverre Wikan sich verschloss, sich zurückzog. Es schien plötzlich offensichtlich, warum er so wenig lächelte. Die Erinnerungen waren immer noch wie offene Wunden, und Sverre war nicht imstande, sie zu berühren. Eira versuchte es aus einer anderen Perspektive.

»Hören Sie, wir können momentan das, was damals passiert ist, nicht in unsere Ermittlungen miteinbeziehen, weil wir noch nichts Verwertbares haben. Wir haben gute Gründe dafür. Sie wissen natürlich, dass wir davon ausgehen müssen, dass der Mann, der in Tromsdalen, ganz in der Nähe der Rotkreuzhütte, gefunden worden ist, Karl Fjeld ist.«

Wikan starrte aus dem Fenster. Sein Gesicht verriet nichts, weder, was er dachte, noch, was er fühlte. »Das ist ja vollkommen abwegig«, sagte er und schüttelte verzagt den Kopf.

»Wir haben Beweise, ohne dass ich ins Detail gehen kann.«

»Wer ist dann der, der beerdigt worden ist und den man die ganzen Jahre für Karl Fjeld gehalten hat?«

»Das wissen wir nicht.«

»Beruhigend.«

Eira seufzte unhörbar. »Ist es vorstellbar, dass jemand glaubte, Per habe wichtige Informationen? Er könnte etwas ausplaudern, das für irgendjemanden Folgen gehabt hätte? Als Per umgebracht wurde, war Karl Fjeld nach fast vierzig Jahren gerade wieder in der Stadt aufgetaucht. Pers Wissen war offenbar plötzlich wieder brisant, *weil* Karl Fjeld doch nicht tot war.«

Sverre Wikan beugte sich nach vorn und verschränkte die Hände. »Warum um Himmels willen hat Per dann nicht viel früher etwas gesagt? Brisanz hin oder her … Und wie konnte Per überhaupt wissen, dass Karl Fjeld zurück war? Per war Alkoholiker und die meiste Zeit benebelt.« Sverre erhob sich resigniert. »Es tut mir leid, Eira, ich kann Ihnen dabei nicht helfen. In meinen Ohren hört sich das völlig absurd an. Und …« Er hielt kurz inne. »Ich mache keinen Hehl daraus, dass es schmerzhaft für mich ist, an diese Dinge zu rühren. Aber natürlich bin ich dazu bereit, wenn es unbedingt notwendig ist. Ich werde darüber nachdenken.« Er blickte auf seine Hände. »Meinen Sie, durch dieses Gespräch ist irgendetwas klarer geworden?«

Eira sah ihn nachdenklich an. »Ehrlich gesagt, nein. Ich musste mich einfach erkundigen.«

»Jederzeit.« Sverre zögerte, dann sprach er es aus: »Vielleicht sollten Sie sich auf die noch lebenden Familienmitglieder konzentrieren.« Er hielt die Handflächen abwehrend hoch. »Wollte bloß einen kleinen Tipp geben, mehr nicht.«

Als Eira ins Präsidium zurückkam, schlugen ihm aus der halb geöffneten Tür des Besprechungsraums Stimmen und der Duft von Kaffee entgegen. Er ging hinein und betrachtete Benjaminsen, der einen Stoß Fotos inspizierte. Dann sah er zu Berger, die mit einem Bericht in der Hand dastand und konzentriert blätterte. Henriksen hingegen schaute bloß aus dem Fenster und schien nachzudenken.

Plötzlich wurde Eira etwas bewusst: Zu dem Zeitpunkt, als Per Andersen im Feuer des Molotowcocktails getötet wurde, musste bereits der nächste Schritt geplant gewesen sein. Magni sollte aus dem Weg geräumt werden. Warum passierte dies alles? Eira landete wieder bei Karl Fjeld. Sein Auftauchen hatte all diese Ereignisse in Gang gesetzt. Per hatte in jener Nacht mit Karl geredet, das hatte Magni Eira erzählt. Der Taxifahrer, der zwei Männer im Gespräch gesehen hatte, war nach langem Nachdenken zu einer Personenbeschreibung gelangt, die zu Per Andersen passte. Den anderen Mann hatte er flüchtig von hinten gesehen, er erinnerte sich an einen grauen Pferdeschwanz. Die Fotos, die die Polizei von den Passbehörden in Kanada erhalten hatte, zeigten einen lächelnden Mann mit Brille und grauem, zu einem Pferdeschwanz zurückgekämmten Haar. Sowohl Per als auch Karl waren jeweils in der Brandnacht auf den Spielplan getreten – das war eine der augenfälligsten Parallelen zwischen den Ereignissen von 1969 und 2007. Eira wurde wie in einer Zeitschleife immer wieder auf das Jahr 1969 zurückgeworfen. Die Lösung musste dort liegen.

»Eira, der Fußabdruck, den wir auf der Treppe gefunden haben …« Der Kollege von der Spurensicherung riss ihn aus seinen Gedanken.

»Ja?«

»Wir haben ihn untersucht. Es handelt sich ganz ohne Zweifel um die vordere Hälfte eines Schuhs mit derber Sohle. An der Außenkante etwas abgetreten.«

»Der Träger hat also O-Beine?«

»Möglich. Jedenfalls ist die Sohle außen verschlissener als in der Mitte. Sie passt definitiv nicht zu jemandem von der Krankenwagenbesatzung oder zu anderen, die dort waren, bevor wir erkannt hatten, dass es sich um Mord handelte.«

Eira starrte auf das Foto des Abdrucks. »Mann oder Frau?«

»Es ist in der Tat nicht so leicht, die Größe zu bestimmen, weil wir so wenig von der Sohle haben.«

»Wir haben die alte Dame, die in jener Nacht eine Person gesehen haben will, noch mal befragt«, warf Benjaminsen ein. »Einer Personenbeschreibung sind wir nicht nähergekommen. Aber ihr ist plötzlich noch etwas anderes eingefallen. Früher am Abend muss auch schon jemand zu Magnis Haus gekommen sein. In Rot gekleidet. Leider hat unsere Zeugin nur den Rücken in der Tür verschwinden sehen.«

»Zwei Besuche am selben Tag?«

»Genau das ist der Punkt. Sonst soll fast nie jemand die Andersens besucht haben, sagt die Nachbarin. Daher sind ihr die beiden Personen auch aufgefallen.«

Kapitel 36

Die Dunkelheit brach nun täglich früher herein. Tromsøs Bibliothek war ein architektonisches Glanzstück. Man hatte sie als Glaskuppel konzipiert, und sie leuchtete an diesem Abend wie eine Laterne. Eira fand unmittelbar davor einen Parkplatz. Er wollte sich die Zeitungsberichte vom Mai 1969 genauer ansehen.

Kurz darauf war die Mikrofilmrolle mit den Zeitungen an Eiras Platz und er verschaffte sich einen Überblick. In einem der Berichte stand, dass ein durch den Sund fahrendes Schiff gegen zwei Uhr eine Person auf dem Kai, direkt hinter Fjelds Anleger, gemeldet hatte. Zwei junge Männer auf dem Heimweg aus einem Lokal hatten das Gleiche beobachtet und hinzugefügt, dass bereits Rauch und Flammen aus den Fenstern im ersten Stock geschlagen hatten. Sie waren losgelaufen, um die Feuerwehr zu verständigen, und hatten sich den Betreffenden nicht genauer angesehen. Im Nachhinein hatten sie ihn als ziemlich ungepflegte Erscheinung beschrieben und man nahm an, dass es ein Obdachloser gewesen sein könnte.

Später war man an die Öffentlichkeit getreten und hatte nach weiteren Zeugen gesucht. Man hatte den Betreffenden aufgefordert, sich zu melden, aber ohne Erfolg.

Eira las die Berichte mehrere Male. In einem Artikel wurde darauf hingewiesen, dass sich auf dem Gelände hinter Fjelds Anlegestellen stapelweise alte Kartons befunden hatten, genauso wie anderer leicht entzündbarer Abfall. Zuvor war diese gefährliche kleine Mülldeponie bereits mehrmals beanstandet worden. Hier musste der Brand auch tatsächlich ausgebrochen sein. Aber wer war die Person, die man gesehen hatte?

Als Eira spät am Nachmittag nach Hause kam, klebte ein gelber Papierzettel an seiner Haustüre.

Denkt ihr an Freitag, du und Niillas? Mona

Er steckte den Zettel in die Tasche und lächelte. Niillas mochte Mona, er hatte sogar ein paar Mal gefragt, warum sie sich nicht mehr miteinander trafen. Aber diesmal würde für Niillas wohl nichts daraus werden. Nicht bei den Themen, die Eira mit Mona besprechen wollte.

Das Gitarrengeklimper, das ihn häufig empfing, wenn er um diese Zeit nach Hause kam, fehlte. Eira versuchte fast täglich, pünktlich zum Essen zu kommen. Er freute sich nach wie vor darauf. Da hatten sie Zeit füreinander, Vater und Sohn.

Eira stellte die Einkaufstüte auf den Küchentisch und machte seine Runde. Niillas war offenbar seit dem Frühstück nicht zu Hause gewesen. Das nasse Handtuch lag noch auf dem Stuhl an seinem Schreibtisch. Es war Niillas' Ritual, es im Badezimmer aufzuhängen, sobald er aus der Schule kam.

Eira sah noch mal auf sein Handy, keine neuen Nachrichten. Er hielt mitten im Raum inne und fühlte sich plötzlich nicht wohl in seiner Haut. Niillas' Reich ging ihn nichts an, Eira hielt sich grundsätzlich nie dort auf, wenn Niillas nicht dabei war.

Trotzdem blieb Eira in seiner Tür stehen, als könne er hier die Antwort auf seine Fragen finden. Zum Beispiel, warum es sie einander entfremden sollte, dass Niillas jetzt eine Freundin hatte. Sein Sohn strahlte eine gewisse Feindseligkeit aus. Im besten Fall Reserviertheit. Niillas ging auf Distanz. Das verstand Eira nicht. Irgendetwas war ihm entglitten.

Eira machte einen halben Schritt auf den Schreibtisch zu. Der war unter einer Flut von Papieren begraben. Eira reckte den Hals, versuchte, besser sehen zu können, ohne allzu nahe heranzugehen. Wohnungsprospekte. Eira blinzelte zweimal, bevor er mit einem Schritt am Tisch war und danach griff.

Junges Wohnen, Wohnprojekt für junge Leute, die ihren ersten eigenen Hausstand gründen.

Die Worte trafen ihn wie ein unerwarteter Schlag in die Magengrube. Einen Moment lang bekam er fast keine Luft. Darauf wäre er nie gekommen. Er sah das zerzauste, verschlafene Wesen vor sich, das achtzehn Jahre lang jeden Morgen mit ihm gefrühstückt hatte. Versuchte Niillas, eine Wohnung zu finden, ohne es seinem Vater gegenüber mit einem einzigen Wort zu erwähnen?

»Suchst du was?«

Eira ließ die Papiere fallen. »Ich hab meine übliche Runde gemacht.«

»Warum schnüffelst du in meinen Sachen herum?«

Niillas' Kälte trieb Eira fast Tränen in die Augen. Herumschnüffeln. Eira verspürte das Bedürfnis, seine Gefühle zu erklären, sich zu rechtfertigen. »Mein Blick ist einfach so darauf gefallen. Ich wollte unbedingt etwas erfahren, da du mir ja nichts mehr erzählst.«

»Es geht dich einfach nichts an.«

»Willst du alleine wohnen?«

»Nein.«

»Mit *ihr* zusammen?«

»*Sie* heißt Victoria. Sie hat sich dir bereits vorgestellt.«

»Du hast mir noch nicht erzählt, wie alt sie ist. Nichts Persönliches über sie.«

»Spielt das eine Rolle?« Niillas zog sich zurück, setzte sich aufs Bett.

»Ich würde gerne wissen, mit wem mein Sohn zusammenziehen will. Wenn du noch nicht einmal darüber reden kannst, bist du vielleicht zu unreif für solche Entscheidungen.« Das war ein Schlag unter die Gürtellinie. Verdammt.

Niillas stand auf und ging mit kerzengeradem Rücken zur Tür. »Du wirst es rechtzeitig erfahren.« Er verschwand in die Küche.

Eira hörte, wie die Kühlschranktür zweimal knallte, danach die Eingangstür, dann war alles still.

Er verließ Niillas' Zimmer und sank am Küchentisch nieder, griff sich mit beiden Händen ins Haar. Was zum Teufel passierte da gerade? Er hatte immer noch Schwierigkeiten, richtig zu atmen. Etwas blockierte seinen Hals. Schnürte seinen Brustkorb ein.

Eira machte sich langsam daran, die Einkaufstüte auszupacken. Reis, Butter, Spargelbohnen, Pilze und Sauerrahm. Mariniertes Schweinefilet. Er hatte ein Festessen vor sich gesehen. Niillas und er. Jetzt musste er wieder alleine essen. Es war sicher sinnvoll, sich schon mal daran zu gewöhnen.

Er erinnerte sich an den Zettel in seiner Tasche und wählte, ohne zu zögern, ihre Nummer. Sie war zu Hause und gerade dabei, Essen zu kochen.

»Das Fischfilet kann gut bis morgen warten«, unterbrach er ihre Erklärungen. »Komm lieber hierher. *Bitte.*«

Er meinte es ernst und sie fragte nicht weiter.

»Bin gleich da.«

Er kam jäh zu sich, als es an der Tür klingelte. Mona war ungewöhnlich schnell gewesen. Erleichterung durchströmte ihn und ließ auf einmal alles viel heller aussehen. Sie wollte ihn also wirklich treffen.

»Hallo.«

Eiras Gesichtsmuskeln erstarrten. Es war Victoria.

»Niillas ist nicht da.«

»Ich hab Zeit, auf ihn zu warten.«

»Fragt sich, ob das eine gute Idee ist. Er ist gerade gegangen.«

»Ich lass es drauf ankommen. Ein bisschen kann ich doch warten?« Sie legte eine Hand auf seinen Arm. »Du wirst mich doch nicht hier draußen stehen lassen? Ich friere jetzt schon.«

Sie war viel zu dünn angezogen. Unter der kurzen Lederjacke trug sie den dünnen, langen Pullover mit dem tiefen Ausschnitt vom letzten Mal. Die Strumpfhose war schwarz, glänzend und durchsichtig. An den Füßen hatte sie hochhackige, weiße Stiefeletten. Der Nordwind erfasste die Tür und die Böe schlug direkt in die Diele. Eira konnte nicht den Tod eines anderen Menschen verursachen und trat widerwillig beiseite. »Dann komm rein. In seinem Zimmer ist es schön warm.«

»Hier riecht's gut. Was kochst du?« Sie war ihm in die Küche gefolgt und hatte sich die Jacke ausgezogen.

»Essen.« Er konzentrierte sich aufs Kochen und wandte ihr den Rücken zu. Mit gezielten, langsamen Bewegungen schnitt Eira das Gemüse für den Salat klein.

»Niillas sagt, du bist ein Zauberer mit dem Messer.«

Er antwortete nicht.

»Er sagt, du kannst beim Messerwerfen treffen, was du willst. Auf noch so große Distanz einen Menschen mitten ins Herz, wenn du möchtest.«

Schweiß stand auf seiner Stirn. Die Küche war zwar wirklich klein, aber sie hatte sich dennoch näher als nötig an ihn herangestellt. Sie folgte jeder Bewegung des Messers mit großem Interesse.

»Stimmt das …?« Sie nahm sich eine Gurkenscheibe und biss mit einem scharfen Knacken ein Stück davon ab.

Er legte das Messer hin. »Ich glaube nicht, dass Niillas bald zurückkommt. Ich kann dich gerne nach Hause fahren, aber dann muss es sofort sein. Ich erwarte Besuch.«

»Besuch?« Sie drehte den Rücken zur Arbeitsplatte und lehnte sich zurück auf die Ellbogen. »Niillas hat nie erwähnt, dass du eine Freundin hast. Aber ich kann es mir gut vorstellen.« Sie betrachtete ihn auffordernd, er tat ihr jedoch nicht den Gefallen zu antworten. »Ist es die Dünne, Kleinmädchenhafte in der Steppjacke, die ich beim Frühstück getroffen hab? Farblos und ungeschminkt, nicht wahr? Wirkte so ein bisschen jungfräulich nervös, als sei sie direkt aus der Dusche ins Auto gehüpft, aus Angst, zu spät zum ersten Mann zu kommen, dem sie endlich aufgefallen ist.« Sie lachte entwaffnend, als sie seinen Gesichtsausdruck sah. »Nimm's mir nicht übel. War nur so eine Beobachtung.«

Eira registrierte sprachlos, wie sie Mona mit liebenswürdigem Lächeln und blitzenden Augen in rüdester Weise niedermachte. Er bemerkte die einstudierte Körperhaltung, die vorgeschobenen Hüften, die Kleidung, den Blick. Gab sie sich in Gegenwart von Männern immer so?

Sie schob sich langsam von der Arbeitsplatte weg und kam auf ihn zu. Reflexartig griff er nach ihrer Jacke und reichte sie ihr. Sie nahm sie mit einem Lächeln entgegen. »Okay, fahr mich nach Hause. Bevor sie kommt. Ich schau dann später noch mal vorbei.«

Er verlor keine Zeit. Fuhr hart am Tempolimit, nutzte alle gelben Ampeln und sagte kein Wort, bis er vor dem Einfamilienhaus vorfuhr, in dem sie die Souterrainwohnung gemietet hatte.

»Es ist wohl zwecklos, dich auf eine Tasse Kaffee hereinzubitten?«

»Tschüss, Victoria. Ich muss sehen, dass ich nach Hause komme.«

Sie lehnte sich zu ihm herüber, legte eine Hand ganz oben auf seinen Schenkel und hauchte ihm einen Kuss auf den Mundwinkel.

Eira fühlte etwas, heiß wie Lava, in seinem Brustkorb aufsteigen. Er lehnte sich über sie und riss die Autotür auf. »Ich hab's eilig.«

Mit einem leichten Schulterzucken glitt sie aus dem Wagen. »Danke fürs Bringen, Aslak. Grüß Niillas und sag ihm, dass ich mich bei ihm melde.«

Mit einer heftigen Bewegung brachte er das Auto zurück auf die Straße.

Mona wartete draußen in ihrem Wagen, als er zu Hause ankam. Er parkte hinter ihr und blieb einen Moment sitzen, während sein Puls sich beruhigte. Er hätte gern mit Mona darüber gesprochen, aber was sollte er sagen? In den Ohren anderer würde die Geschichte sich wie chauvinistisches Wunschdenken anhören. Oder schlimmer: wie böswillige Verleumdung. Er beschloss, es auf sich beruhen zu lassen.

»Tut mir leid.« Er ging zur Tür und schloss auf. »Ich hatte vorher noch was zu erledigen.«

Sie standen beide in der engen Diele und ihre hellblauen Augen starrten an ihm vorbei ins Nichts. »Wir sind vor knapp zehn Minuten aneinander vorbeigefahren. Du hast mich nicht gesehen.«

Er war froh über die Dunkelheit in der Diele. Lügen waren noch nie sein Spezialgebiet gewesen und er hatte auch jetzt nicht vor, sich darin zu versuchen. »Ich habe Victoria nach Hause gefahren.«

Mona sah immer noch in eine andere Richtung. »Warum wolltest du, dass ich herkomme?«

Er atmete ein und sagte etwas zittrig: »Ich … muss mit jemandem reden. Nein, das stimmt nicht. Ich muss mit *dir* reden.«

Endlich sah sie ihn an.

Jetzt konnte Eira befreit sprechen. »Ich habe das Gefühl, als sei ich kurz davor, mich zu verirren. Ich weiß nicht mehr, welche Richtung die richtige ist. Niillas ist aus meinem Blickfeld verschwunden, und es kommt mir irgendwie so vor, als versuche Victoria, mich in den Abgrund zu führen.« Er hörte, dass er Worte benutzte, die man gewöhnlich bei der Elchjagd verwendete. Die Begriffe waren ihm vertraut, ergaben einen Sinn.

Mona legte beide Handflächen auf sein Gesicht. »Du musst dich trauen, die Zügel loszulassen, Aslak. Lass Niillas selbst damit klarkommen. Du kannst das nicht für ihn übernehmen.«

»Ich mache mir Sorgen um ihn.« Das war nicht wahr. Er war

halb verrückt vor Angst, aber er konnte sich nicht dazu überwinden, es geradeheraus zu sagen.

Mona sah ihn lange an, dann zog sie einen Stuhl heran und drückte Eira auf die Sitzfläche. Unaufgefordert öffnete sie die Küchenschränke. »Du bist ehrgeizig, Aslak. Als Vater … und auch, was das Essen angeht, wie ich sehe.« Sie legte das Schweinefilet in den Kühlschrank, kramte eine Tüte Tomatensuppe hervor, schnitt Brot ab. Als das Essen auf dem Tisch stand, blieb er unschlüssig sitzen und starrte in seinen Teller.

»Iss jetzt.«

Er nickte, bewegte sich aber nicht.

Mona schob ihren Stuhl direkt neben seinen. »Wir essen erst ein bisschen. Dann können wir darüber reden.«

Er lehnte den Kopf an ihre Schulter. »Ich bin so schrecklich müde, Mona. Ich glaube, ich habe mich übernommen. Etwas sagt mir, dass ich in der Erziehung meines Sohnes eine Niete war.«

Sie nahm ihm den Löffel aus der Hand. »Dein Problem ist nicht die Erziehung. Niillas ist kein Kind mehr. Dein Problem ist es zu begreifen, dass er bald von hier weggehen wird. Vielleicht …«, sie zuckte leicht mit den Schultern, »findest du etwas anderes, womit du die Zeit füllen kannst? Vielleicht ergibt sich etwas Neues?« Während sie redete, strich sie ihm über den Nacken, die langsame Bewegung war wie ein wortloses Mantra.

Er spürte, wie er zur Ruhe kam, und seufzte. »Hmmm … wahrscheinlich hast du recht. Wieder mal. Ich glaube an deine Worte. Sag, wie oft kann man bei dir zur Therapie kommen?«

Kapitel 37

26. Oktober 2007

»Ich habe gehört, dass Ihre Mutter zu Hause ist.« Eira setzte sich und griff nach der Kaffeetasse, die Sverre Wikan ihm reichte.

»Was heißt schon zu Hause?« Wikan zuckte mit den Schultern. »Sie ist jedenfalls in der Stadt.«

Eira erahnte einen Konflikt und wog seine Worte sorgfältig ab. »Ich will versuchen, Kontakt zu ihr aufzunehmen. Wohnt sie nicht bei Ihnen?«

Eira wusste gut, wo sie sich aufhielt: Gunhild Wikan hatte sich in einer kleinen Pension in der Stadt eingemietet. Aber Eira wollte sich sachte an Sverres Verhältnis zu seiner Mutter herantasten.

»Nein.« Wikan rang einen Moment mit sich, dann stellte er die Kaffetasse ab und sah Eira fest an. »Hören Sie, ich habe keinen Grund, Ihnen etwas vorzumachen. Meine Mutter ist vor über dreißig Jahren aus der Stadt weggezogen. Wir sind uns inzwischen absolut fremd geworden. Da ist es nicht sonderlich naheliegend, dass sie bei mir einzieht.«

»Haben Sie sich wirklich nur wegen der langen Zeit und der großen Entfernung auseinandergelebt?«

»Nein. Eira, Sie stellen rhetorische Fragen. Sie wissen ja, damals ist so viel passiert …« Er machte eine weit ausholende Geste mit der Hand. »Um es kurz zu machen: Ich hatte eine enge Beziehung zu meinem Vater. Als er starb, trauerte sie nicht so um ihn, wie sie es meiner Meinung nach hätte tun sollen – wenn es denn von Herzen gekommen wäre. Sie brachte bald andere Männer ins Spiel.« Er erhob sich abrupt, kehrte Eira den Rücken und starrte verbittert aus dem Fenster. »Das habe ich ihr sehr verübelt.«

Die Gefühle anderer waren ein unberechenbares Minenfeld. Eira wagte sich dennoch hinein. »Trotz allem hatte sie Ihren Vater geheiratet.«

Wikan ließ ein kurzes, ironisches Lachen hören. »Lassen Sie es mich so sagen: Manche heiraten nicht unbedingt freiwillig. Oder aus Liebe.«

Eira hätte sich ohrfeigen können, dass er das Thema überhaupt angesprochen hatte. »Tut mir leid.«

»Das muss Ihnen nicht leid tun, Eira. Dazu habe ich ein ganz abgeklärtes Verhältnis. Ich mache keinen Hehl daraus, dass ich meiner Mutter nie besonders nahestand. Als sie mich vor ein paar Tagen besuchte, war ich dann auch ziemlich überrascht. Natürlich habe ich sie hereingebeten. Ich bin ja kein Unmensch.«

»Was macht sie eigentlich hier? Soweit ich weiß, ist sie doch, seit sie damals wegzog, nicht mehr hier gewesen.«

Sverre Wikan zuckte mit den Schultern. »Keine Ahnung. Sie wird langsam alt. Ich glaube, es ist reine Nostalgie. Der Drang, aufs Leben zurückzublicken, wenn man sich dem Ende des Weges nähert.«

»Ich bin auch eigentlich gar nicht gekommen, um über Ihre Mutter zu sprechen, sondern über Per Andersen.«

Wikan drehte sich zu ihm um. »Ach ja? Per Andersen?« Er setzte sich und war plötzlich ganz Ohr.

»Sind Sie jemals bei ihm zu Hause gewesen?«

Wikan strich sich bedächtig durchs Haar. »Ich verstehe nicht ganz, worauf Sie mit dieser Frage hinauswollen, Eira. Per war während meiner Kindheit und auch einen guten Teil meiner Jugend nur ein Bekannter. Wir waren nie besonders eng befreundet. Aber ich möchte mich natürlich nicht schlecht über ihn äußern oder ihn in schlechtem Licht darstellen, jetzt, da er tot ist. Er konnte einem einfach leid tun.«

»Sie waren also bei ihm zu Hause?«

»Ein- oder zweimal. Per wollte immer am liebsten zu *mir* nach Hause kommen.« Er zögerte. »Es lag an der Stimmung bei ihm daheim. Man hatte nie Ruhe vor dieser Nervensäge von Mutter.«

»Hatte er irgendwelche besonderen Interessen?«

»Tja …« Wikan lachte entwaffnend. »Allmählich wurde ja klar, dass er ziemlich … infantil war. Wurde irgendwie nie erwachsen. Zum Beispiel ist er wohl nie ganz mit dem Stadtbrand fertig geworden, den ich am liebsten vergessen wollte. Um es auf den Punkt zu bringen: Er interessierte sich für alles, was mit Feuer zu tun hatte.«

»Eben.«

»Wie deuten Sie das?« Wikan wirkte immer noch skeptisch und sah aus dem Fenster.

»Genauso wie Sie. Dass sein Interesse, einfach ausgedrückt, etwas zu groß war.«

Wikan seufzte. »Okay, Eira. Es lässt sich ja ohnehin nicht verheimlichen. Einer der Gründe dafür, dass ich mich in meiner Jugend schließlich von Per zurückzog, war seine Faszination für offenes Feuer. Er wollte bei jeder erdenklichen Gelegenheit zündeln und versuchte, alles Mögliche abzufackeln. Er hat oft ausschließlich davon gesprochen.« An Sverres vernarbtem Auge zuckte es leicht, als bereite es ihm Schmerzen zurückzudenken. »Als ich aus dem Krankenhaus heimkam, stand er da und wartete auf mich. Ich konnte seinen Anblick nicht ertragen, Eira. Er hatte die Angewohnheit, alles, worüber er redete, endlos zu wiederholen. Ich wusste, dass der Brand ein unerschöpfliches Thema sein würde. Nach dem, was ich erlebt hatte, machte mich schon der bloße Gedanke an diesen Menschen körperlich krank. Ich habe Per schlicht und einfach fallen lassen.«

»Glauben Sie, dass er den Brand in dem neuen Einkaufscenter gelegt haben könnte?«

Wikan schwieg und schüttelte langsam den Kopf. »Ich weiß

nicht mehr darüber als Sie und ich möchte lieber nicht spekulieren. Aber ist es denn nicht wahrscheinlich? Irgendetwas ist jedenfalls schiefgegangen. Die Tür ist zugefallen, er ist nicht mehr herausgekommen.«

»Aber als wir den Brandbericht durchgesprochen haben, haben Sie keine Hypothesen aufgestellt.«

Sverres Gesicht verdunkelte sich. »Ich war da, um Fakten darzulegen, wollte zusammenfassen, was wir gefunden hatten. Welche Theorien ich persönlich hatte, war meiner Meinung nach vollkommen uninteressant. Jedenfalls, solange ich nicht die Spur eines Beweises hatte.«

Eira grübelte einen Moment. Dann wechselte er bewusst das Thema. »Wissen Sie, wie lange sich Ihre Mutter in unserer Stadt aufhalten wird?«

Wikan schüttelte den Kopf. »Ich habe nur das eine Mal mit ihr gesprochen. Da hatte sie sich noch nicht entschieden, hat gesagt, sie wolle ein Weilchen abwarten. Fragen Sie mich bitte nicht nach ihren Beweggründen.« Wikans Telefon klingelte und Eira griff nach seiner Jacke.

Danke für den Kaffee, gab Eira pantomimisch zu verstehen, während Wikan nur nickte und weitertelefonierte.

Sverres Worte schwirrten noch in Eiras Kopf umher. Er kam sich eigenartig beklommen und unkonzentriert vor. Plötzlich war Eira gar nicht mehr klar, aus welchem Grund er Sverre Wikan eigentlich aufgesucht hatte. Eiras Probleme mit Niillas überlagerten die Erinnerung an das Gespräch mit Sverre. Sverres zerrüttetes Verhältnis zu seiner Mutter rief bei Eira irrationale Ängste hervor: Was, wenn Niillas später einmal ebenso kaltherzig über seinen Vater spräche?

Eira zwang sich, Beruf und Privates zu trennen. Sverres Nüchternheit war überzeugend gewesen, er war offensiv und abgeklärt auf Eiras Fragen eingegangen. Aber er hatte etwas zu häufig betont, dass es nichts zu verbergen gebe. Das ließ Eira stutzig werden. Wikan hatte ihm nicht alles gesagt. Eira fragte sich, was ihm vorenthalten worden war. Die Antwort war wahrscheinlich nicht von Sverre zu bekommen. Sverre war seiner Mutter Gunhild gegenüber trotz allem loyal, wie wenig Kontakt die beiden auch pflegen mochten. Vielleicht war Gunhild in eine dubiose Sache verwickelt gewesen. Sie hatte wohl keine einfache Biographie. So, wie Eira Sverres Worte von vorhin interpretierte, hatte Gunhild Oscar Wikan heiraten *müssen* und diesen Mann möglicherweise nie für gut genug gehalten. Hier tat sich gleich eine ganze Palette von Mordmotiven auf: Hass, Rache, Neid. Oder auch Liebe.

Gunhild Wikan selbst musste die Antworten liefern.

Kapitel 38

»Du meine Güte, sieh dir das an. Jetzt berichten sie seitenweise groß und breit darüber, dass die Polizei die Untersuchungen zu dem Brand von 1969 wieder aufgenommen hat. Woher beziehen die nur immer ihre Informationen?«

Johan Fjeld blätterte frustriert in seiner Zeitung. Rita war vorbeigekommen. Sie waren wieder zu einer Befragung bei der Polizei vorgeladen worden. Die DNA-Analyse des bislang unbekannten Toten aus dem geöffneten Grab hatte ergeben, dass die Person nicht mit der Familie Fjeld verwandt gewesen war. »Verstehst du eigentlich, was die sich dabei denken?«

»Hast du als Einziger nicht mitbekommen, wie Polizei und Medien heutzutage funktionieren?« Sie zog schnell und nervös an ihrer Zigarette. »Wundert es dich wirklich, dass sich die Presse dafür interessiert? Die Polizei gräbt die sterblichen Überreste einer Person aus, die wir und alle anderen fast vierzig Jahre lang für unseren Bruder gehalten haben, und … dann ist es ein Fremder! Für die Journalisten ist das doch ein gefundenes Fressen. Gerade weil unser Name bekannt ist.« Rita legte eine kurze Pause ein. »Aber was ist mit uns? Ich komme mir vor wie am Pranger und traue mich kaum noch in den Laden. Am liebsten würde ich nur noch im Dunkeln rausgehen.«

»Die Sache mit den sterblichen Überresten ist das eine. Ich frage mich allerdings, weshalb sie sich so besessen auf diesen Jahrzehnte zurückliegenden Brand stürzen.«

Rita war nahe daran aufzugeben. »Hör zu, Johan, vor dir sitzt deine Schwester. Du kannst deine Maske ablegen. Wieso tust du so überrascht? Selbst du begreifst wohl, dass rund um den Brand von 1969 etwas nicht stimmt und nie gestimmt hat.«

Sie drückte die Zigarette so fest aus, dass ihre Fingerknöchel weiß wurden. »Herrgott, wie ich es hasse, bei diesen Polizisten zu sitzen. Man wird aufs Übelste verdächtigt und kann sich überhaupt nicht dagegen wehren.«

Johan ließ langsam die Zeitung sinken. »Weißt du eigentlich, dass mir das gehörig stinkt, was du hier von dir gibst? Jede deiner Bemerkungen klingt wie eine Unterstellung. Meine liebe Rita, darf ich dich daran erinnern, dass ich damals noch ein Junge war? Was wusste ich denn? Du dagegen hast im Büro gearbeitet und dich in alles Mögliche eingemischt, ohne dass Vater auch nur etwas ahnte.« Er streckte sich nach seiner halbleeren Kaffeetasse. »Und hast du denn völlig vergessen, wer bei der Identifizierung des Toten mit dabei war? Wer glaubte bitte schön, unseren lieben Bruder Karl wiederzuerkenen? Du oder ich?« Er hob den Blick von der Tasse und sah sie durchbohrend an. »Aus irgendeinem Grund musst du dir sehr sicher gewesen sein, dass Karl tot war.«

»Was zum Teufel willst du …« Rita war wutentbrannt aufgestanden, als es an der Tür klingelte.

Johan war schon auf den Beinen. »Ich mach auf.«

Die Frau, die Johan ins Wohnzimmer folgte, war sonnengebräunt. Sie hatte noch ihr naturblondes Haar, allerdings mit einem Anflug von Grau. Die hohen Jochbeine und das intensive Blau ihrer Augen stachen hervor. Man konnte noch deutlich erkennen, wie schön sie in ihrer Jugend gewesen sein musste.

Rita Fjeld erstarrte und trat einen Schritt zurück.

»Gunhild Wikan …«

Rita hielt die Tür weiterhin mit einer Hand fest, ohne Anstalten zu machen, Gunhild hineinzubitten. Als Rita die Zigarette zum Mund führte, zitterte ihre Hand leicht. »Wie lange bist du schon in der Stadt?«

»Eine Weile.« Gunhild blieb in der Türöffnung stehen. Streckte nicht die Hand aus. Die Art, wie sie das Kinn hob, deutete darauf hin, dass noch der gleiche Trotz, vielleicht auch Groll, in ihr wohnte wie beim letzten Mal, als sie sich gesehen hatten. Das war vor fünfunddreißig Jahren gewesen.

»Zurzeit passiert hier ja so einiges, wie man hört. Ich habe mir gedacht, dass dies bestimmt der richtige Ort ist, um Näheres zu erfahren.« Gunhild drängte sich an Rita vorbei und blieb mitten im Wohnzimmer stehen. »Karl ist zurückgekommen und unmittelbar nach seinem Auftauchen getötet worden, heißt es. Die ganze alte Geschichte kommt wieder hoch.« Sie presste die Worte hasserfüllt durch ihre zusammengebissenen Zähne.

»Wie erklärst du dir das, Rita? Und was ist mit meinem Mann? Weißt du da vielleicht etwas, auch wenn man dich damals gerade zu diesem Thema nicht allzu gründlich befragt hat?« Gunhilds Halsschlagader pulsierte kräftig und ihre blauen Augen blitzten vor Hass.

Rita war vor Verblüffung sprachlos, aber nicht lange. »So eine Unverschämtheit! Kommst hierher …« Sie hielt inne, aber dann zischte sie leise: »Ja, du weißt wohl, wie wir dich früher genannt haben, als du allen Männern hinterhergelaufen bist? Wie kannst du es wagen, dich hier reinzudrängeln und mir unerhörte Unterstellungen an den Kopf zu werfen? Gerade du, die du ohne zu zögern über Leichen gegangen wärst, nur um deinen verdammten Willen zu bekommen – über Leichen gegangen *bist*, sage ich!« Rita war außer sich. »Woher hattest du das Geld für eine Wohnung in Spanien? Aus einigen interessanten, wenn auch unorthodoxen Investitionen, nicht wahr? In Karl? Oder in meinen Vater? Ich nehme an, dass dein kommunistenfreundlicher Mann vielen deiner Pläne doch arg im Wege gestanden hatte!« Rita hatte angefangen hin- und herzulaufen. Dann ging sie schnurstracks zur Tür und riss sie weit auf. »Verschwinde von hier! Es gibt nichts, worüber wir mit dir reden müssten.«

Gunhild Wikan richtete sich kerzengerade auf. »Das wäre aber in jedem Fall klüger. Mir fällt durchaus einiges ein, was ihr lieber mit mir als mit der Polizei diskutieren solltet.« Auf dem Weg zur Tür strich Gunhild nonchalant mit den Fingerspitzen über eine der Lampen. »Deine grenzenlose Eifersucht zum Beispiel. Wie du immer der Meinung warst, Karl stünde dir im Weg.«

Gunhild hielt in der Tür inne und warf Rita über die Schulter einen herausfordernden Blick zu. »Ich erinnere mich gut, was für Geschichten Karl aus eurer Kindheit erzählt hat. Eure Eltern wagten kaum, dich mit deinen Brüdern allein zu lassen, weil man nie sicher war, dir trauen zu können. Du warst eine der Ersten, an die ich gedacht habe, als ich hörte, dass Karl ermordet worden ist.«

Nachdem Gunhild das Haus verlassen hatte, herrschte im Wohnzimmer dröhnende Stille.

Rita Fjeld stand in Johans Wohnzimmer hinter der Gardine und verfolgte, wie Gunhild Wikans Rücken die dunkle Allee hinunter verschwand. Als Gunhild außer Sicht war, öffnete sie das Sideboard und nahm ein großes Tulpenglas heraus. Mit tauben Fingern füllte sie es bis zur Hälfte mit Cognac und trank gierig.

Gunhilds Fragen waren mehr als unangenehm gewesen. Sie hatten Rita den Boden unter den Füßen weggezogen und den letzten Rest von Selbstbeherrschung zunichtegemacht. Die dünne Glasur, die ihre Angst in Schach gehalten hatte, war dahin. Sie hatte ein halbes Leben gebraucht, um die Erinnerungen zu verdrängen. Musste jahrzehntelang Schlaftabletten nehmen, um nur irgendwie zur Ruhe zu kommen. Rita hatte verzweifelt versucht, das Bild des verkohlten Menschen loszuwerden. Erbärmliche Überreste, von denen es geheißen hatte, dies sei Karl, ihr eigener Bruder, gewesen.

Die Brille und der Ring, als ob sie das jemals vergessen hätte. In jener Nacht war alles schiefgegangen.

Sie war so vertieft in ihre Gedanken, dass sie zusammenzuckte, als die Esszimmertür geöffnet wurde und Johan hereinkam.

»Ich finde, du hast dich gut verteidigt.« Er hatte die Haustür abgeschlossen und Pantoffeln angezogen, trat lautlos zur Hausbar. »Kurz und bündig, sehr überzeugend.«

Rita kniff ein Auge zu und sah ihn an. Jetzt hatte sie wieder diesen verhärmten Gesichtsausdruck. »Ich muss nur an dieser Erklärung festhalten«, sagte sie spitz. »Meine Version ist glasklar. Ich habe in der letzten Zeit keine Geister getroffen. Karl ist 1969 gestorben. Dass jetzt ein wildfremder Mann auftaucht, der behauptet, er sei Karl, werde ich keinesfalls ohne Weiteres für bare Münze nehmen. Auch wenn die Polizei darauf besteht, dass Karls Identität bewiesen wäre.«

»Ganz deiner Meinung.« Johan nippte am Cognac. »Wenn nur Nancy nicht beobachtet hätte, dass Karl tatsächlich kürzlich hier aufgetaucht ist. Ihr ist vollkommen klar, dass er es war, es wird uns nicht gelingen, ihr etwas anderes einzureden.«

Rita runzelte nachdenklich die Stirn. »Sie ist aber furchtbar leicht zu lenken und lässt sich alles Mögliche vormachen. Man könnte behaupten, dass sie phantasiert hat, dass sie langsam, aber sicher dement wird.«

»Was sollen wir tun?«

»Was *können* wir tun, meinst du wohl.«

Zwischen ihnen entstand ein aufgeladenes Schweigen.

»Die offizielle Wahrheit ist folgende, Rita: Keiner von uns weiß genau, was damals, 1969, geschehen ist.« Johan schwenkte den Cognac im Glas und folgte versonnen den Kreisbewegungen. »Wir waren nicht dabei. Wir haben deshalb keine Ahnung, ob die Theorien um sein Verschwinden korrekt sind.« Er trank aus und stellte das Glas weg. »Spielt ja an und für sich auch keine Rolle mehr. Da kursieren nur Vermutungen. Feuer beseitigt Spuren mit fabelhafter Effektivität.«

Johan richtete die schmalen Augen auf Rita, griff dann nach einem Brieföffner und säuberte sich damit die Nägel. »Aber sag mal, so unter uns, ist damals wirklich alles verschwunden?«

Ihre Mundwinkel zogen sich noch weiter nach unten. »Das Haus ist vollständig abgebrannt«, sagte sie steif. »Was soll die Frage überhaupt?«

Scheinbar gleichgültig zuckte er mit den Schultern. »Du warst ja im Prinzip mehr im Büro als zu Hause. Ich habe mich bloß gefragt, ob du vielleicht wichtige Dokumente an dich genommen hast. Ob du eventuell Beweise für einige deiner eigentlich ziemlich abwegigen Theorien gesammelt hattest.«

»Wovon sprichst du genau, Johan?« Die Spannung zwischen ihnen war plötzlich mit Händen zu greifen.

»Nun, du hast ja Verschwörungstheorien aufgestellt, die eines paranoiden Diktators würdig gewesen wären. Soweit ich mich erinnere, warst du der Meinung, dass Gunhild sowohl auf Karl als auch auf die Firma AS Fjeld scharf war.«

»Ich hatte Beweise. Diese Frau war extrem geldgierig, wollte gesellschaftlich aufsteigen und einfach um jeden Preis etwas Besseres sein.«

Der Cognac verfehlte nicht seine Wirkung. Johan betrachtete sie mit verschleiertem Blick und schien sich zu amüsieren. »Du warst eifersüchtig auf Gunhild.«

»Mir war klar, was für ein Weibsbild sie war!«, platzte es aus Rita heraus. »Im Gegensatz zu dir kenne ich mich nämlich ein bisschen mit Frauen aus.«

»Vater hat dir jedenfalls nicht geglaubt.«

»Er hat mir nie zugehört. Gunhild hat sich an Karl herangemacht. Zuerst hat sie ihn verführt, später dann bedroht und erpresst. Sie wollte verraten, dass er Geld unterschlagen hatte, die Beziehung öffentlich machen, einen Skandal auslösen. Gunhild hing an ihm wie ein Blutegel. Es kam vor, dass sie sogar mitten in der Nacht aufkreuzte. Ich verstehe nur zu gut, dass er vor dem ganzen Chaos fliehen wollte.«

»Warum ziehen Frauen so übereinander her?«

»Du hast weder Intuition noch Intelligenz, Johan. Auch keinerlei soziale Intelligenz. Das ist dein Problem.«

»Warum hast du Vater nie etwas über Gunhilds wahres Gesicht erzählt?«

»Er hat es doch auf den Kopf zugesagt bekommen, als Karl verschwand. Gunhild zögerte nicht, hier zu erscheinen. Sie hatte wohl die Scheidung von ihrem Mann beantragt und behauptete, sie sei von Karl schwanger gewesen, habe das Kind aber am Anfang der Schwangerschaft verloren. Zu allem Überfluss hatten sie angeblich auf längere Sicht geplant zu heiraten.«

»Warst du bei dem Gespräch zwischen Vater und Gunhild dabei?«

»Keineswegs. Nancy hat an der Tür gelauscht.«

»Vater war begeistert von Gunhild. Sie war schließlich die schönste Frau von Tromsø.«

Rita lachte resigniert. »Er hatte panische Angst. Meinst du vielleicht, er hat Gunhild die Wohnung in Spanien finanziert, bloß weil er ein dämlicher verliebter alter Mann war? Die Wohnung war eine Art Abfindung. Vater kaufte sich – und uns – von Gunhild Wikan frei. Ansonsten hätte die Gute wohl recht unangenehm werden können. Sie wäre weiterhin hier in der Stadt herumgelaufen und hätte unseren guten Namen in den Schmutz gezogen.« Rita holte tief Luft und trank den letzten Rest Cognac aus. »*Sie* besaß nämlich Papiere, mit denen sie angeblich die meisten ihrer fürchterlichen Behauptungen beweisen konnte. Unterschlagung. Heirat. Schwangerschaft.«

Johan kniff die Augen zusammen. »Du bist wirklich boshaft.«

Rita ging zu ihm hinüber und beugte sich über seinen Stuhl. »Wenn jemand es verdient hat, dass man ihm den fetten Nacken durchhackt, dann du. Ich würde dich mit Freuden umbringen. Bisher gab es Gründe, die dagegen sprachen. Aber momentan motivierst du mich ungemein.«

Johan presste sich an die Stuhllehne. »Du übertreibst, Rita.«

»Nicht im Geringsten.« Sie sah ihn mit einem Ausdruck an, den man als blanke Verachtung bezeichnen konnte. »Vater ist vor vier Wochen gestorben. Wie viel Zeit soll noch vergehen, bis du dich in den Keller hinunterbegibst und seine Sachen aufräumst? Bis du endlich die alten Papiere aus dem Safe entfernst?«

»In den Keller ...« Johan erbleichte.

»Dorthin hast du deinen Fuß wohl seit Ewigkeiten nicht mehr gesetzt. Aber wenn du dich überwinden könntest, den Packen hochzuholen, könntest du alles unserem Anwalt übergeben.« Sie flüsterte eindringlich: »Wer weiß, vielleicht schlummern dort noch ein paar Überraschungen. Natürlich nur, wenn Nancy damals recht hatte. Sie kann sich ja auch verhört haben. Das Haus hat schließlich dicke Türen.«

Kapitel 39

Rita Fjeld hatte lange vor der kleinen *Pension Tromsø* im Auto gewartet, als sie endlich kam. Die Frau, die den Gehweg entlangstakste, kämpfte mit dem Gegenwind und bemerkte Rita nicht. Die Dunkelheit war hereingebrochen und Gunhild hatte mehr als genug damit zu tun, die Einkaufstüten in der einen Hand zu balancieren und mit der anderen den Hut festzuhalten.

Rita beobachtete Gunhild. Sie erkannte nicht nur ihre Gesichtszüge wieder, sondern auch Gunhilds allzu majestätischen Gang auf hohen Absätzen, den affektierten Hüftschwung und das selbstherrlich erhobene Kinn. Zweifellos hatte sie sich das alles von den amerikanischen Filmstars abgeschaut. Gunhild war früher Dauergast im Kino Verdensteateret, während ihr Mann in Andreas Fjelds Betrieb Überstunden schob.

Rita erinnerte sich daran, dass Gunhild zu jener Zeit faszinierend zart, fein und grazil gewirkt hatte. Sie schien über andere erhaben. Die Frauen hassten Gunhild für diese unschlagbar attraktive Ausstrahlung. Die Männer waren total verrückt nach ihr und Gunhild wusste das auszunutzen. Selbst Ritas Vater, Andreas Fjeld, war wie ein Hund um Gunhild herumgeschwänzelt. Bis Karl verschwunden war und Andreas Fjeld Gunhilds anderes Gesicht kennengelernt hatte. Fortan war Andreas froh gewesen, sie durch seine Zahlungen auf Abstand halten zu können.

Selbstverständlich hatte Rita gegen diese verdammte Wohnung in Spanien protesiert, hatte versucht, ihren Vater zur Rede zu stellen. Welche Druckmittel hatte Gunhild in der Hand? Aber Andreas hatte mit rasender Wut reagiert. Ritas Fragen waren unbeantwortet geblieben, bis heute. Wie viel hatte er beigesteuert? Hatte Gunhild womöglich nach wie vor eine kleine, von Andreas

Fjeld signierte Einnahmequelle? War das der Grund dafür, dass sie reihenweise Einkaufstüten exklusiver Damenboutiquen zur Schau trug?

Rita wurde sich gewahr, wie viel Gunhilds Erscheinung in ihr auslöste. Sie stellte fest, dass bestimmte Gefühle einem anderen Menschen gegenüber jahrzehntelang unverändert bleiben konnten. Wie sie in einem Dämmerzustand vor sich hin schwelten, um dann mit unvermuteter Kraft an die Oberfläche zu drängen, stärker als jemals zuvor.

Rita hatte noch nie einen Menschen so sehr verabscheut wie diese Frau.

Nachdem Gunhild Wikan sich den Hang bei Macks Brauerei heraufgekämpft hatte und in der Pension verschwunden war, stieg Rita aus und schloss das Auto ab. Sie betrat den engen Eingangsbereich und nickte der jungen Dame am Empfang freundlich zu.

»Ich suche nach einer alten Freundin, die hier wohnen soll. Ihr Name ist Gunhild Wikan.«

Die Angestellte war nicht viel älter als achtzehn. Sie strich sich das lange, blonde Haar hinter das Ohr und sah hinunter ins Buch. »Ja, sie wohnt bei uns.«

»Oh, tatsächlich!« Rita hoffte, dass der Ausruf echt klingen würde. »Können Sie mir sagen, wann sie angekommen ist?«

Ein erneuter Blick ins Buch. »Vor dreieinhalb Wochen. Am zweiten Oktober«, präzisierte sie.

Rita überschlug schnell im Kopf. Das war *vor* Karls Auftauchen, *vor* dem Brand im Einkaufscenter gewesen. Was um alles in der Welt machte Gunhild in der Stadt? »Sie wissen nicht, wie lange sie hier bleibt?«

Nun begann das Mädchen zu ahnen, dass sie ausgefragt wurde. Sie fixierte Rita mit halb zusammengekniffenen Augenlidern. »Sie ist auf ihrem Zimmer. Sie können sie ja einfach selbst fragen.«

»Natürlich«, lachte Rita leichthin. »Es ist nur so, dass wir mit ein paar Leuten eine Überraschungsparty für sie planen. Wir fragen uns, wann sozusagen der letztmögliche Termin dafür wäre.«

»Ja, wenn das so ist.« Das Lächeln des Mädchens ließ große, gleichmäßige Zähne sichtbar werden. »Sie hat nichts Definitives gesagt, glaube ich. Zu dieser Zeit des Jahres ist es hier ja auch nie voll«, beeilte sie sich hinzuzufügen.

Rita war die Gästezahl der Pension vollkommen egal. »Spricht sie immer noch ihre Muttersprache?«

Das Mädchen sah sie irritiert an. »Muttersprache?«

Rita wedelte leicht mit der Hand. »Ich dachte nur, dass sie einen spanischen Akzent bekommen haben könnte. Sie hat so lange dort gelebt, wissen Sie.«

»Sie redet überhaupt nicht von Spanien.« Der Ton war wieder reservierter. Sie hatte sicher die Anweisung erhalten, nicht mit Außenstehenden über Gäste zu sprechen.

Rita wagte nicht, weitere Fragen zu stellen. »Wären Sie vielleicht so nett, nicht zu erwähnen, dass ich hier gewesen bin? Ich hoffe, wir können die Party auf die Beine stellen.«

Die junge Frau nickte zuvorkommend und Rita verabschiedete sich. In der Tür blieb sie noch einmal stehen. »Ist die Rezeption Tag und Nacht besetzt?«

»Nur bis elf Uhr abends. Danach kommen die Gäste mit ihrer Schlüsselkarte herein.«

Rita erwiderte mit ihrem freundlichsten Lächeln: »Danke, meine Liebe. Und: Vergessen Sie einfach, dass ich hier war.«

»Klar doch.«

Als es auf zehn Uhr zuging, hatte Rita bereits zwei Stunden gewartet und vom Sitzen im Auto Rückenschmerzen. Sie hatte die zwei mitgebrachten Frikadellenbrote gegessen und eine Thermosflasche Kaffee geleert. Rita spürte, dass langsam, aber sicher eine

Blitztour in eines der nächstgelegenen Cafés unumgänglich geworden war. Sie musste dringend zur Toilette.

Das Café war gut besucht, lauter Jugendliche in nietenbesetztem schwarzem Leder. Rita hatte Aufsehen erregt – ungefähr so viel, als erschiene Madonna plötzlich auf dem Nordlichtfestival von Tromsø. Das üppig schwarz geschminkte Mädchen hinter dem Tresen hatte ein Piercing in der Zunge und einen Silberring an der Lippe. Sie brauchte in Ritas Augen unverhältnismäßig lange, um zu artikulieren, dass die Toilette *only* für Gäste sei. Rita zeigte auf ein zufällig ausgewähltes Gebäckteilchen in der gläsernen Theke. So würde sie sich den Toilettengang nun erkaufen.

Als Rita endlich wieder im Auto saß, fragte sie sich, ob Gunhild womöglich ausgerechnet während ihrer stressigen fünf Café-Minuten aus dem Haus gegangen sein könnte. Wenn sie überhaupt ausgehen wollte. Rita war kurz davor aufzugeben, dann hielt sie unvermittelt die Luft an.

Gunhild Wikan trat aus der Pension. Dieses Mal hatte sie vernünftigere Schuhe an, aber sie waren genauso elegant wie die allzu sommerlichen, in denen sie ein paar Stunden zuvor herumstolziert war. Rita beobachtete einen Moment, wie Gunhild über den festgetretenen Schnee schritt, dann setzte Rita das Auto langsam in Bewegung und behielt sie weiterhin im Auge.

Gunhild lief nur einige hundert Meter. Am Strandtorget winkte sie ein freies Taxi heran und setzte sich schnell auf dessen Rückbank. Sofort fuhr der Wagen los. Rita folgte ihm mit ausreichendem Abstand.

Auf den Straßen herrschte um diese Uhrzeit wenig Verkehr und die Fahrt dauerte noch nicht einmal zehn Minuten. Als das Taxi anhielt und Gunhild bezahlt hatte, hämmerte Ritas Herz.

Gunhild war auf dem Weg zu Johan.

Rita parkte ein Stück entfernt und ließ Gunhild keinen Moment aus den Augen. Im schummrigen Licht der Straßenlaternen warf Gunhild einen unruhigen Schatten auf die weiße Hauswand. Ihre Bewegungen waren schnell und etwas steif, der Kopf gesenkt, ihre Arme lagen eng am Körper an.

In den Fenstern zum Wohnzimmer und zur Küche brannte Licht, während der erste Stock komplett dunkel war. Das bedeutete, dass Johan zu Hause war und im Wohnzimmer saß, wahrscheinlich in Gesellschaft seiner Whiskeyflasche.

In Ritas Augen war Johan kein richtiger Kerl, sondern feige und verklemmt. Er lieferte nur allzu oft Belege für seine jämmerliche Neigung, anderen immer nach dem Mund zu reden. Ein erbärmlicher Opportunist. Er hatte sich früh angewöhnt, in unangenehmen Situationen immer andere vorzuschieben. Das versuchte er momentan auch mit Rita.

An dem Tag, als Karls Leiche beseitigt werden musste, hatte Johan ausnahmsweise mal selbst mit angepackt. Aber das war auch bloß wieder ein weiterer Ausdruck seiner Feigheit gewesen. Johann hatte panische Angst gehabt, sie hatte dem schwächlichen Mann plötzlich Riesenkräfte verliehen. Jedenfalls Kraft genug, um die Leiche ins Auto zu bugsieren und etwas später den Hang hinaufzuziehen.

Rita sah Gunhild Wikan um die Hausecke in Richtung Eingangstür verschwinden. Nach zehn Minuten war sie noch nicht wieder zurückgekommen. Sie musste hineingelassen worden sein. Was Gunhild bei Johan wollte, war Rita unbegreiflich. Sie mussten eine Verabredung haben. Jemanden, den man kaum kannte, besuchte man um diese Zeit nicht zu Hause, ohne sich vorher abgesprochen zu haben.

Rita blieb bei abgeschaltetem Motor sitzen und durchforschte fieberhaft ihr Gehirn nach einem glaubwürdigen Grund, jetzt dort hineinzugehen. Sonst erschien sie ja nie um diese Uhrzeit bei Johan. Es würde auffällig wirken und offenbaren, dass sie spioniert hatte. Johan war zwar nicht der Hellste, aber in diesem Fall würde er sicherlich stutzig werden.

Rita saß immer noch unentschlossen im Auto, als Gunhild plötzlich wieder um die Ecke bog und schnell in einer Seitenstraße verschwand.

Rita schloss das Auto ab und ging mit hastigen Schritten zu dem halbdunklen Haus. Sie wollte gerade klingeln, als ihr Nancy entgegenkam.

»Ich wollte eben nach Hause gehen.« Nancy zwinkerte verwirrt mit den Augen.

Rita ärgerte sich wie immer über Nancys Unterwürfigkeit. »Keine große Neuigkeit, Nancy. Das machst du ja dreimal die Woche.« Sie stürmte durch die Tür. »Wer war hier zu Besuch?«

Nancy zwinkerte wieder. »Besuch?«

»Die Frau, die gerade das Haus verlassen hat.«

»Wovon redest du, Rita?« Johan war in die Diele herausgetreten und hatte sich hinter Nancy gestellt. Er sah gut gelaunt aus, seine Wangen waren leicht gerötet und er hatte den Krawattenknoten gelockert.

»Von der Frau, die ich hier herein- und vor nur einem Moment auch wieder herauskommen gesehen habe.« Ihr letztes Quäntchen Geduld war verflogen. Rita fauchte ihren Bruder förmlich an.

Johan winkte ab. »Ach, *sie!* Die heimliche Geliebte, die hier täglich gegen 22 Uhr hereingeschmuggelt wird und dann lautlos wieder verschwindet.« Seine Hand landete auf Ritas Schulter. »Es ist ein großer Trost festzustellen, dass nicht nur ich etwas durch den Wind bin. Meine liebe Rita – *niemand* war hier heute Abend zu Besuch.«

Rita sah ihn an und ihr wurde plötzlich eiskalt. Johan wirkte ausnahmsweise glaubwürdig. Sie schüttelte seine Hand ab und trat ins Wohnzimmer. Nur *eine* Kaffeetasse, *ein* Whiskeyglas. Sie ging weiter in die Küche, die nach Putzmittel roch. Alles sauber und aufgeräumt, keine Spuren davon, dass hier jemand soeben bewirtet worden wäre. Dann lief sie hoch in den ersten Stock und wusste nicht mal mehr so recht, warum. Es gab nirgends auch nur ein Anzeichen von Besuch. Dennoch hatte sie ja mit eigenen Augen gesehen, wie Gunhild Wikan auf das Haus zu- und anschließend wieder weggegangen war.

Als Rita zurück in der Diele war, blieb sie stehen. »War die Haustür den ganzen Tag abgeschlossen?«

»Natürlich.«

Sie nickte kurz. »Dann geh ich jetzt.«

»Rita, was soll das alles …«

Ohne zu antworten, stapfte sie zu ihrem Auto.

Kapitel 40

Johan gelang es nicht, seine Unruhe abzuschütteln. Gunhilds Besuch, der seinen Streit mit Rita so jäh unterbrochen hatte, hatte beiden Geschwistern beinahe die Luft zum Atmen geraubt.

Seitdem konnte Johan nicht mehr still sitzen. Ohne Ziel und Zweck war er im Haus herumgelaufen. Es würde Tage dauern, bis er den Schock, sie zu sehen, auch nur annähernd überwunden hätte. Zwar hatte er sich beinahe schon daran gewöhnt, dass unvermutet Menschen auftauchten, die er Jahrzehnte nicht mehr gesehen hatte. Aber die Tirade, die Gunhild in den paar Minuten auf sie losgelassen hatte, war nicht leicht zu verdauen.

Gunhild hatte den Eindruck erweckt, sie besäße kompromittierende Informationen. Insbesondere gefährliche für Rita. Er wusste nicht mehr, was er glauben sollte. Wie ärgerlich, dass er wichtige Dinge zumeist als Letzter erfuhr.

Johan wunderte sich auch über sich selbst. Er fühlte sich seltsam zufrieden bei dem Gedanken, dass Rita Schwierigkeiten bekommen könnte. Brüderliche Ritterlichkeit, ein Bedürfnis, die Schwester zu verteidigen, meldete sich bei ihm nie. Stattdessen hoffte er geradezu, dass sie im Zuge der aktuellen Ermittlungen in die Bredouille geraten würde. Hasste er Rita tatsächlich? Sie war ein ungewöhnlich harter Knochen. Als Kind war sie vom Vater entweder tyrannisiert oder ignoriert worden, und die ewig unzufriedene Mutter hatte sie pausenlos kritisiert. Wer wäre da nicht kalt und berechnend geworden?

Er schlenderte ziellos durchs Haus und befand sich plötzlich oben in dem Zimmer, in dem Karl auch kürzlich wieder gewohnt hatte. Es war Karls ehemaliges Kinderzimmer. Seit Karl 1969 verschwunden war, hatte sich in diesem Raum fast nichts verändert.

Die Mutter hatte bestimmt, dass keiner etwas anrühren oder umstellen dürfe. Daran hatten sich alle jahrzehntelang gehalten.

Als Karl jetzt wieder aufgetaucht war, war es Johan wie Schuppen von den Augen gefallen: Man hatte all die Jahre darauf gewartet, dass Karl zurückkommen würde. Irgendjemand hatte vielleicht immer gewusst, dass Karl noch lebte.

Die Ereignisse der vergangenen Tage lasteten wie ein Fluch auf Johan.

Karl hatte den ganzen Tag in der Hütte verbracht und war nach seiner Rückkehr sofort zu Bett gegangen. Er war nicht zum Frühstück erschienen, und der Grund dafür blieb nicht lange im Dunkeln: Karl lag tot in seinem Zimmer.

Danach war es kompliziert geworden. Rita war gekommen und hatte es geschafft, *ihn* in die Misere hineinzuziehen. Er war blind und willenlos darauf eingegangen, hatte wie immer darauf vertraut, dass sie den klügeren Kopf hatte. Der Plan schien perfekt.

Sie hatten Karl uralte Wandersachen vom Dachboden angezogen, ihn mühsam in den Kofferraum des Autos gestemmt und waren das Tromsdal so weit wie möglich hinaufgefahren. Anschließend wollten sie Karls Leiche abseits des Weges ins Moor schaffen. Dorthin würde sich wohl kein Wanderer verirren.

Johan hatte den Toten in einen alten Sack aus Segeltuch gelegt und hinter sich her gezogen. Woher er überhaupt die Kraft dafür genommen hatte, war Johan bis heute unklar. Es musste das Adrenalin gewesen sein. Jedenfalls war er beinahe vor Angst verzweifelt – davor, dass jemand den Toten in seinem Haus hätte finden können. Also lieber diese Schufterei im Moor.

Der Boden war hart. Auf der dünnen Schneeschicht glitt der Sack gut. Da der Winter unmittelbar vor der Tür stand und es wohl bald heftig schneien würde, rechnete er damit, dass eventuelle Spuren schnell verschwinden würden.

Schön, auf diese Weise aus dem Leben scheiden zu dürfen, würde man später sagen. *Rüstiger Wandersmann im Gebirge tot umgefallen. Bis zuletzt konnte er seiner Leidenschaft frönen. Ein Leben für die Natur.* So ähnlich war es gedacht gewesen.

Bis die grässliche Geschichte mit dem Kopf den ganzen Plan zerstörte.

Wer um alles in der Welt hatte das getan? Was für eine groteske, unfassbare Tat! Jetzt war die Polizei eingeschaltet und der Verdacht hatte sich augenblicklich gegen ihn, Johan Fjeld, gerichtet.

Die Polizei hatte Karls alte Sachen förmlich unter die Lupe genommen. Johan wusste nicht recht, wonach sie suchten. Die Todesursache hatten sie ja bei der Obduktion festgestellt. Karl war vergiftet worden, so einfach war das. Wer hätte beweisen können, dass Karl das, woran er gestorben war, nicht aus freien Stücken zu sich genommen hatte? Der verdammte Kopf zerstörte jedoch alles. Nun zog nichts mehr. Weder die Geschichte vom natürlichen Tod eines Wanderers noch die Selbstmordtheorie.

Johan war so aufgebracht gewesen. Sein Bruder war in einem der Schlafzimmer *seines* Hauses gestorben. Er machte keinen Hehl daraus, dass er die Leiche dringend hatte loswerden wollen.

Vermutlich wäre es nun am besten, die Karten auf den Tisch zu legen und zu gestehen, dass *er* ihn dort ins Gebüsch geschleift hatte. Die Erklärung war einfach: Er hatte es getan, um ihn aus dem Haus zu schaffen. Damit könnten die Ermittlungen vorangebracht werden, ohne dass Johan selbst im Zentrum stünde. Denn es war offensichtlich, dass er spätestens dann der Hauptverdächtige sein würde, wenn bekannt würde, dass Karl in seinem Haus gestorben war.

In einem Punkt würde Johans Version allerdings haken: Er hatte bisher nicht gemeldet, dass Karl bei ihm aufgetaucht war und hier übernachtet hatte.

Rita behauptete wieder einmal, er sei ein Idiot. Ihrer Meinung nach hätte er sich gleichgültig stellen und unmittelbar nach Karls Tod die Polizei rufen sollen. Trotzdem hatte sie ganz und gar nicht protestiert, als er sie um Hilfe gebeten hatte. Ganz im Gegenteil. *Sie* hatte sich alles Weitere ausgedacht – die Sache mit der Wanderkleidung und wohin sie ihn bringen sollten. Sie war eiskalt und durchtrieben. War sie womöglich noch einmal ins Gebirge gefahren, um dem toten Karl den Kopf abzuhacken? Ein Alibi hatte sie sicherlich nicht. Rita wohnte allein, hatte kaum Freunde und ging selten aus.

Seitdem Rita das Testament aufs Tapet gebracht hatte, waren seine Gedanken darum gekreist. Er war immer davon ausgegangen, dass das Erbe zu gleichen Teilen an ihn und Rita gehen würde und niemand sonst berücksichtigt würde. Etwas anderes wäre ihm nie in den Sinn gekommen. Bis Rita ihm zornig an den Kopf geschleudert hatte, dass möglicherweise Überraschungen zu erwarten seien. Wusste sie etwas, was er nicht wusste? Hatte sie den Vater oder die Dokumente manipuliert? Eines war klar: Der Vater hatte sich noch einmal sein Testament vorgenommen, als er krank geworden war. Zu wessen Vorteil?

Den Keller mied Johan konsequent. Allein der Gedanke daran ließ ihn schaudern. Dort standen Berge von altem Gerümpel und in einem Raum hatte sich der Vater eine Art Büro eingerichtet. Johan hatte seinen Fuß nicht mehr dorthin gesetzt, seit er sechs Jahre alt gewesen war.

Er hatte an diesem Tag mit seinen Geschwistern Verstecken gespielt. Johan hatte sich als Versteck einen der Vorratsräume ausgesucht, ein furchtbar gruseliges Kabuff mit dunkelbraunen Wänden. Es roch nach feuchtem Schimmel. Ganz oben an der Wand war ein kleines Fenster, das jedoch kaum Licht hereinließ. Später hatte sein Vater den Raum dann zum Büro umfunktioniert.

Während der kleine Johan im Stockfinsteren saß und standhaft versuchte, seine Angst zu unterdrücken, hantierte jemand von außen am Türschloss. Er hörte mit stockendem Atem, wie der Schlüssel sachte gedreht und herausgezogen wurde. Johan war eingeschlossen.

Erst spät am Abend war er gefunden worden. Niemand hatte auf sein Rufen reagiert und keinem war es seltsam vorgekommen, dass er so lange nicht erschienen war.

Der Schuldige meldete sich nicht. Sein Vater behauptete sogar, Johan habe selbst die Tür von innen abgeschlossen und dann den Schlüssel verloren. Rita schwor, dass sie nie freiwillig in den Keller hinuntergehen würde. Und Karl hatte seine Geschwister nur wortlos angesehen.

Seitdem war Johan also nicht mehr im Keller gewesen. Als Karl aufgetaucht war, hatte er nach dem Testament gefragt. Früher hatte der Vater es im Kellersafe deponiert. Aber in den letzten Jahren hatte er glücklicherweise Vernunft angenommen und es bei seinem Anwalt hinterlegt.

Johan holte die Kellerschlüssel und setzte sich ins Wohnzimmer. Ihm war nur zu bewusst, wie absurd es war, dass einem erwachsenen Mann beim Gedanken an einen alten Keller die Knie schlotterten.

Nach zwei kräftigen Drinks fühlte er sich der Aufgabe schon eher gewachsen. Er hatte schon länger die Absicht gehabt, die Sachen des Vaters zu sortieren. Nur hatte er bisher noch jedes Mal einen guten Vorwand gefunden, es nicht zu tun. Bis zum nächsten Tag zu warten hatte keinen Zweck. Morgen hätte er vielleicht den Mut und auf jeden Fall die Wirkung einiger starker Drinks verloren.

Als er schließlich die Treppe hinunterging, schlug ihm der Geruch von Mauerwerk und alter Feuchtigkeit entgegen. Der dritte

Drink, auch dieser großzügig bemessen, unterdrückte den Impuls umzudrehen ausreichend. Jetzt fühlte er sich mutig genug. Dennoch fiel es ihm schwer, zu atmen und klar zu sehen. Sein Blickwinkel war eigenartig verengt, wie wenn er durch das falsche Ende eines Fernrohrs schaute. Unendlich weit vor ihm lagen das Ende des Kellergangs und das Büro seines Vaters.

Lautes Sprechen schien zu helfen. »Es geht gut ... es geht gut ... es geht gut ...«, wiederholte Johan wieder und wieder wie ein Mantra, als könnte er damit alle möglichen bösen Mächte auf Abstand halten. Es ging tatsächlich gut. Er stand vor der Tür zum Archivraum, in dem er selbst eingeschlossen gewesen war.

Vielleicht würde er die Dämonen endgültig vertreiben, wenn er es wagte, die Tür zu öffnen, hineinzugehen, einen Moment dort zu stehen und dann ruhig wieder hinauszugehen. Er musste wohl schon ziemlich betrunken sein. In nüchternem Zustand wäre er niemals auf solch einen Gedanken gekommen.

Die Tür war nicht verschlossen und konnte ganz einfach aufgezogen werden. Als Johan schließlich mitten im Raum angekommen war, holten ihn die traumatischen Kindheitserlebnisse ein. Dieselbe Angst wie damals stieg in ihm auf. Er erlebte noch einmal mit aller Heftigkeit, wie entsetzt er gewesen war. Es war unbeschreiblich grauenvoll für den Sechsjährigen gewesen, stundenlang in dem finsteren Raum zu hocken, verlassen und verraten. Johan kämpfte mit den Tränen. Er war kaum imstande, sich aufrecht zu halten.

Von der Deckenleuchte draußen im Gang fiel ein schmaler Lichtstreif herein und Johan zwang sich mit aller Gewalt, die Augen etwas weiter zu öffnen.

Seit damals hatte sich viel verändert. Das kleine Fenster war ausgewechselt worden. Es gab Regale mit Ordnern. Aber der Holzschemel, auf dem er damals gesessen und schier endlos geweint hatte, stand noch immer an der Wand. Der unförmige Safe hatte ebenfalls nach wie vor seinen Platz in der Ecke. Die gepanzerte Tür stand halb offen.

Johan fröstelte. Er hatte das beklemmende Gefühl, nicht allein hier unten zu sein. Es war, als beobachte ihn jemand.

Er tastete nach dem Lichtschalter, ohne ihn zu finden, wankte näher zum Safe, öffnete die Tür ganz und sah hinein. Johan blickte in matte, milchig weiße Augen, schauerlich gleichgültig und leer. Das Gesicht war nur anhand des grauen Pferdeschwanzes wiederzuerkennen.

Karls Kopf.

Johan schwankte rückwärts hinaus, knallte die Tür zu und stürzte mit animalischem Gebrüll die Kellertreppe hinauf.

Kapitel 41

27. Oktober 2007

Rita Fjeld war sichtlich erregt. Sie fingerte unablässig an Eiras Füllfederhalter herum und bewegte ihren Blick zwischen dem Fenster und den Personen im Raum hin und her. Es wirkte, als strengte sie sich an, die Hände ruhig im Schoß zu halten, während sie auf die neuen Informationen der Polizei wartete.

Sie trug diesmal keine Lockenwickler im Haar. Aber sie wirkte erschöpft. Das konnte sie nicht ausreichend verbergen, auch nicht durch das etwas zu dick aufgetragene Make-up. Trotzdem schien sie ihrer Sache sicher zu sein. Sie saß auf der Stuhlkante und hatte sich ihm direkt zugewandt. Eira spürte instinktiv ihre Abneigung. Ritas Verteidigungsmechanismen hatten sie gestählt und wenig umgänglich werden lassen.

Mit Johan war es anders. Er sank in dem Moment, als er den Sitz berührte, im Stuhl zusammen. Johan war im gleichen Maß abwesend und unkonzentriert, wie Rita auf der Hut zu sein schien. Den Plastikbecher mit Kaffee hatte Johan in drei langen Zügen geleert. Seine Finger umklammerten die Armlehne des Stuhls. Eira hatte sich dafür entschieden, am Anfang mit beiden gleichzeitig zu sprechen. Denn sie besaßen die einzigartige Fähigkeit, das Beste und das Schlechteste des jeweils anderen hervorzutreiben.

»Die Untersuchungen zeigen, dass der unbekannte Mann, der 1969 unter dem Namen ›Karl Fjeld‹ beerdigt worden ist, noch nicht einmal mit Ihnen verwandt war. Aber auch bei ihm haben wir es mit Mord zu tun. Haben Sie irgendeine Vermutung, um welche Person es sich handeln könnte?« Er blickte von einem zum anderen.

Johans entrückter Blick war mit einem Mal fokussiert und scharf. Er sah Eira mit wachem Gesichtsausdruck an. »Ich habe damals die Leiche nicht identifiziert. Ich war noch ein Junge. Sie dagegen …«, er nickte leicht zu Rita hinüber, die kalkweiß wurde.

»Ich handelte nach bestem Gewissen! Ich hatte den *Eindruck*, dass er es war. Wie hätte ich ahnen können …« Sie gab auf und stöhnte frustriert.

»Sie müssen meine Schwester entschuldigen. Sie ist zurzeit etwas aus der Balance.«

Eira griff ein, bevor der Streit vollends ausbrechen würde. »Lassen Sie uns hier einige weitere Aspekte betrachten, etwas handfestere Dinge.«

Plötzlich hatte er die ungeteilte Aufmerksamkeit beider.

»Wir wissen, dass der echte Karl Fjeld, also der Mann, der vor einigen Tagen ohne Kopf aufgefunden wurde, vergiftet worden ist. Als er gefunden wurde, war er bereits viele Stunden tot.« Eira blätterte weiter. »Der Kopf wurde mit einem scharfen Werkzeug, vermutlich einer breiten Axt, abgehauen, und zwar *nach* seinem Tod.« Er lehnte sich im Stuhl zurück und sah in die ausdruckslosen Gesichter. »Unserer Ansicht nach waren das große Anstrengungen, um die Identität des Mannes zu verbergen. Stimmen Sie zu?«

Die Blicke der beiden Geschwister waren leer.

»Schrecklich«, murmelte Johan.

»Ja, nicht wahr?«

»Aber Sie halten daran fest, dass keiner von Ihnen beiden von Karl aufgesucht worden ist, als er kürzlich wieder in der Stadt war?«

Johans Mund hatte bereits ein Nein geformt, aber Rita kam ihm zuvor und verhinderte den Missgriff.

»Nun ja, doch«, seufzte sie. »Er hat ganz kurz Kontakt zu Johan aufgenommen. Es war eine schockierende und nicht besonders herzliche Begegnung. Das verstehen Sie ja sicherlich.«

»Dennoch haben Sie den Behörden keinen Hinweis gegeben, dass er zurück war?«

»Herrgott, nein. Bei den Behörden hätte er sich doch wohl selbst melden müssen!«

Benjaminsen beugte sich vor. »Der Zeitpunkt seines Verschwindens ist Ihnen auch nicht bekannt?«

Diesmal war Johan schneller. »Nein.«

»Da ist noch was, nicht wahr?« Ritas gut entwickelter Sinn für das Unangenehme und Unerwartete versagte selten. Sie ignorierte Benjaminsen und schaute Eira direkt an.

»Richtig. Weil Karl so unerwartet aufgetaucht ist und keiner seine Pläne kannte, haben wir uns bei allen Busunternehmen, Hotels, Reisebüros und Reisegesellschaften in der Stadt umgehört. Es hat sich gezeigt, dass Sie, Johan, ihm Ihr Auto geliehen haben müssen. Er ist wohl damit nach Hella gefahren. Sie stehen mit Ihrem roten Alfa Romeo, 96er-Modell, ziemlich allein da, und der Wagen wurde von einem Nachbarn in Hella wiedererkannt.« Eira sah ihn interessiert an. »Warum haben Sie uns das nicht erzählt?«

Johan hielt beide Hände hoch. »Hören Sie, ziehen Sie jetzt keine voreiligen Schlüsse. Ich habe Karl das Auto geliehen, weil er mich darum gebeten hat. In seiner Jugend hatte er eine besondere Beziehung zu dieser Hütte in Hella und jetzt hatte er den Wunsch, ein paar Stunden dort zu verbringen. Karl wollte nicht, dass seine Rückkehr bekannt würde. Es ist ja nicht so schwer zu verstehen, weshalb.«

»Natürlich.« Eira betrachtete ihn weiterhin mit Interesse. »Waren Sie dabei?«

»Nein.«

»Aber Ihr Bruder und Ihr Auto waren da?«

Johans Blick wich einen Moment aus. »Richtig.«

»Derselbe Hüttennachbar war an jenem Nachmittag zum Angeln draußen und beobachtete jemanden auf den Felsen unterhalb Ihrer Hütte.« Eira sah Johan aufmunternd an. »Karl vermutlich?«

»Ja, und?« Johan klang gereizt. Er wirkte jetzt unsicher und hatte die Schultern wie eine schützende Mauer hochgezogen.

»Dieser Nachbar hat noch eine andere Person durch das Dickicht zu den Felsen hinuntergehen sehen. Er hat beobachtet, dass Karl dem Betreffenden entgegengehen wollte, dann aber stoppte, weil die Person hinter einem Bootshaus verschwand.« Eira hielt wieder inne und sah Johan fragend an.

Johan explodierte beinahe. »Verdammt, können Sie nicht einfach zum Punkt kommen? Worauf wollen Sie hinaus?«

»Der Wind wehte in die Richtung des Nachbarn. Er hat deutlich gehört, dass Karl Ihren Namen rief: *Johan*.«

Johan erhob sich halb vom Stuhl. »Es ist völlig egal, was dieser Nachbar zu hören glaubte. Ich war es nicht! Ich war an jenem Nachmittag nicht dort draußen.«

»Dann ist Ihnen wohl klar, dass Sie ein Alibi brauchen. Wo waren Sie?«

Unvermittelt stand Johan gänzlich auf, stützte beide Hände auf die Tischkante und beugte sich über Eira. »Ich war zu Hause in meinem Wohnzimmer. Wo ich im Übrigen immer bin, jeden Nachmittag. Ich gehe gewöhnlich nirgendwohin. Nie. So einfach ist das.«

»Waren Sie alleine?« Benjaminsen knickte den Plastikbecher zwischen den Fingern und das Geräusch schien Johan auf die Nerven zu gehen.

»Ja, zum Teufel!«

»Das Problem ist, dass niemand Ihre Aussage bestätigen kann. Nancy hatte ihren freien Nachmittag. Wir haben nur Ihr Wort, dass Sie zu Hause waren.«

Johan drehte sich entgeistert zu Rita um. »Aber … ich …«

Rita sah plötzlich aus, als amüsiere sie sich. »Du meine Güte,

Johan, als ob ich dir helfen könnte. Ich habe dich den ganzen Tag nicht gesehen, das weißt du.«

Johan durchbohrte sie mit einem wütenden Blick.

»Das heißt, wir müssen Ihr Auto untersuchen, Fjeld.« Eira streckte die Hand nach den Autoschlüsseln aus. »Außerdem müssen wir Ihr Haus durchsuchen, uns interessiert besonders, was Sie in den Stunden gemacht haben, in denen Karl sich mit Ihrem Auto in Hella aufgehalten hat.« Er stand auf und öffnete das Fenster. »Ich werde Sie hinausbegleiten.«

Kapitel 42

Johan saß wie ein Häuflein Elend auf dem Beifahrersitz. Nach langem, schmollendem Schweigen wandte er sich Rita zu. »Wir müssen diesen Kopf loswerden.«

»*Du* musst diesen Kopf loswerden.«

Mit rot geränderten Augen starrte er sie fassungslos an. »Versuchst du, so zu tun, als sei das hier mein Problem?«

»Es ist in höchstem Maße dein Problem.« Die Erregung ihres Bruders schien sie nicht zu berühren. »Karl ist zu dir gekommen. Hat in deinem Haus gewohnt.« Sie hielt an einer roten Ampel und legte ihm eine Hand auf die Schulter. »Danach hast du für einen etwas … unorthodoxen … Umgang mit der Situation plädiert, und unser lieber Bruder rächt sich wahrhaftig damit, dass er trotz deiner schweren Strapazen ein weiteres Mal bei dir auftaucht.«

Sie lachte leise, und Johan fand, es klang boshaft.

»Du bist verrückt. Auf jeden Fall nicht normal. Wie kannst du etwas so Haarsträubendes sagen und auch noch darüber lachen?«

»Du musst einfach selbst damit klarkommen, Johan.« Sie schaltete hart in den ersten Gang und beschleunigte. »Ich bin weder verrückt noch böse, aber ich habe einfach nichts damit zu tun. Du weißt, dass ich versucht habe, dir zu helfen, soweit ich konnte. Jetzt musst du *deinen Kopf* schlicht und ergreifend selbst aus der Schlinge ziehen. Frag dich doch mal, ob nicht vielleicht *du* total durchgeknallt bist.«

Er schlug mit der Faust auf das Armaturenbrett. »Verdammt, Rita, du musst mir doch helfen! Begreifst du nicht, dass jemand hinter mir her ist? Wenn die Polizei diesen Kopf in meinem Keller findet … dann sieht es ja, verflucht noch mal, so aus, als wenn ich … ich …«

»Ja, als wenn was, Johan?« Sie hatte den Wagen vor seinem Tor zum Stehen gebracht und ließ den Motor weiterlaufen. »Man hat ja nur dein Wort, dass du da nicht irgendwie mit drinhängst. Ich kann mich auch nur an das halten, was du sagst.« Sie beugte sich in Richtung des Beifahrersitzes und senkte die Stimme verschwörerisch. »Denk dran, dass nur mein guter Wille mich davon abhält, genauso zu denken wie die Polizei.«

»Und das wäre wie?« Johan war weiß um den Mund.

»Dass du Karls Tod arrangiert, dich dabei aber leider ziemlich ungeschickt angestellt hast. Zu allem Überfluss hast du viel zu schwache Nerven, um das Ganze durchzustehen.«

»Weißt du was, Rita? Manchmal denke ich, man hätte *dich* töten sollen, nicht Karl.«

Sie sah ihn verächtlich an. »Man – bist du das?« Dann sagte sie hart, bevor er sich sammeln konnte: »Ich habe jetzt eine ganze Stunde mit dir bei der Polizei gesessen. Armer Johan, du hast schon wieder einen großen Fehler gemacht. Du hättest ihnen dringend sagen müssen, dass du einen Kopf in deinem Keller gefunden hast. Einen Kopf! Und auch nicht irgendeinen Kopf, sondern den deines Bruders. Warum hast du nicht einfach deine Unschuld beteuert und die Polizei beauftragt, das alles für dich aufzuklären? Aber nein, du hast den Kopf mit keinem Wort erwähnt.« Rita schüttelte den Kopf, wie nach einem tiefen Schlaf. »Mit keinem einzigen.« Sie beugte sich über Johan und öffnete die Beifahrertür. »Mach, dass du rauskommst, du Idiot. Jetzt hast du es dir wirklich vermasselt. Glaub bloß nicht, dass du mich mit in diesen Dreck hineinziehen kannst, Johan. Ich werde jegliche Beteiligung meinerseits abstreiten und du wirst mir schwerlich etwas nachweisen können. *Du* dagegen kannst dich auf eine Hausdurchsuchung einrichten und darauf, dass sie Karls DNA, Blut und was weiß ich noch unten in deinem Keller finden werden.«

Damit knallte sie die Tür zu und gab Gas.

Johan hatte den letzten Rest der Whiskeyflasche geleert. Es war mehr als das Doppelte von dem gewesen, was ihn normalerweise vollständig außer Gefecht gesetzt hätte. Er war ziemlich betrunken. Aber es reichte nicht, um die Angst zu dämpfen. Sie schwelte nach wie vor erbarmungslos in ihm. Allein der Gedanke, erneut in den Keller zu gehen, ließ sein Herz rasen und trieb ihm den Schweiß auf die Handflächen.

Trotzdem musste er hinunter. »Es geht gut … es geht gut … es geht gut …« Diesmal wirkte es nicht. Er stand vor der Tür zur Kellertreppe. Sein Mund war staubtrocken. Er fühlte sich einer Ohnmacht nah und war plötzlich stocknüchtern. In der Hand hielt er einen Eimer, gefüllt mit Wasser und einem Gemisch aus Chlor und Putzmittel. Seine Hände würden sich auflösen, wenn er anfing zu putzen. Aber das machte nichts, sein gesamtes Ich ging sowieso gerade zu Bruch.

Er riss die Kellertür auf und stapfte die Treppe hinunter. Mit der einen Hand trug er den Eimer, in der anderen hielt er die stärkste Taschenlampe, die er hatte finden können. In diesem elendigen Raum dort unten funktionierte nur eine der Glühbirnen an der Decke. Aber auch sonst wäre es nicht hell genug gewesen. Er versuchte, sein Mantra laut vor sich hin zu sprechen, seine Wut aufzupeitschen, indem er an Rita dachte, aber nichts half.

Dennoch tat er es. Er ging in den Keller, zu dem verhassten Raum, während er krampfhaft gegen die Angst ankämpfte. Seine innere Panik griff wie ein wildes Flammenmeer um sich. Es gab nur die Flucht nach vorne – er *musste* es tun. Auf keinen Fall durfte Karls Leiche mit ihm in Verbindung gebracht werden.

Er öffnete die Tür zum Büro. Es fühlte sich an, als explodiere sein Herz im Brustkorb, und in Johans Ohren tobte ein gewaltiger Sturm. Der Lichtstrahl seiner Taschenlampe fiel auf den Safe.

Der Kopf war weg.

Johan stieß einen spitzen Schrei aus.

Mit einem langen Satz war er im Raum und kippte die Hälfte des Wassers in den leeren Safe, über den Tisch und auf den Boden. Johan war außer sich. Schnell griff er zur Scheuerbürste und rieb sie hin und her, als putze er um sein Leben.

Blind vor Angst goss er das restliche Wasser über den Boden und in den Safe, schrubbte wie besessen, ohne jedoch überhaupt Blutflecken zu sehen. Das Holz war uralt, dunkelbraun, teergebeizt und aufgesplittert. Er trieb die Bürste vor und zurück, schürfte sich an den Kanten der Safeöffnung und an den Fußbodenbrettern die Hände auf, hörte sein panisches Geschluchze wie aus weiter Ferne. Die ganze Zeit hatte er den abgehackten Kopf vor seinem inneren Auge. Das Bild verschwand nicht, soviel er auch schrubbte.

Schließlich richtete er sich auf. Der Eimer war leer, ebenso er selbst. Er hatte weder Kraft noch Atem. Für einen kurzen Moment wurde er sich der absoluten Stille bewusst.

Jetzt erst realisierte Johan, dass der Safe *vollkommen* leer war. Auch der Umschlag mit alten Dokumenten war weg.

Dann hörte er das Geräusch. Es kam aus dem Erdgeschoss. *Klick-klick.* Die Tür am oberen Ende der Treppe wurde zugeschoben und abgeschlossen.

Kapitel 43

Rita kam eine Viertelstunde später. Johan saß auf der Treppe vor dem Haus, er war nur im Hemd, das zudem schmutzig und zerrissen war. Er zitterte und schlotterte so sehr, dass die kühle Oktoberluft allein nicht die Ursache sein konnte.

Rita blieb ein paar Meter vor ihm abwartend stehen. »Du siehst nicht sehr gut aus.«

Er stierte geradeaus in die Dunkelheit. »Jemand war hier.«

»Herrgott. Du warst im Keller.«

»Natürlich war ich im Keller. Du hast mich gebeten, dort runterzugehen, zum Entfernen ... zum Wegputzen der Spuren.«

»Ich hab dich um überhaupt nichts gebeten.« Sie trat etwas näher heran.

Er wich zurück. »Der Kopf war weg.«

»Er war weg?« Sie sagte es in einem alltäglichen Ton, als ob er seine Pantoffeln nicht gefunden hätte. Aber ihre steife Haltung und die Art, wie ihre Augen eingehend sein Gesicht musterten, verrieten, dass sie herauszufinden versuchte, wie schlimm es um seine geistige Gesundheit stand.

»Du hast gehört, was ich gesagt habe.«

»Du erträgst es einfach nicht, dort runterzugehen.«

»Du glaubst mir nicht. Du meinst, ich phantasiere.« Er schluckte schwer.

»Natürlich glaube ich dir.«

Er kannte sie gut genug, um zu sehen, dass sie log. »Es war jemand hier. Ich schwöre es! Sie haben die Tür oben an der Treppe abgeschlossen, während ich mit Putzen beschäftigt war.«

»Ja, sicher. Klar.« Sie setzte sich vorsichtig neben ihn und nahm seine Hand.

»Soll ich Dr. Moe anrufen?«

»Was zum Henker soll ich mit Dr. Moe?« Er zog seine Hand mit einem Ruck zurück.

»Du bist nur … ein bisschen aus der Balance, daran liegt es. Es wäre naheliegend, die Polizei zu rufen, das stimmt, aber diese Möglichkeit hast du ja verspielt, da du ihnen nicht alles gesagt hast. Es wäre etwas schwierig, sie noch mal anzurufen, weil du vergessen hast, ein kleines Detail zu erwähnen … nämlich, dass der Kopf deines Bruders in deinem Keller gelegen hat.«

Ritas beißender Sarkasmus brach sich immer wieder Bahn. Sie glaubte ihm kein Wort und er war zu müde und entmutigt, um die Kraft aufzubringen, weiter mit ihr zu streiten. »Alle Papiere und Dokumente sind ebenfalls weg.«

Sie schien zu erstarren, erhob sich abrupt und ging weiter in den Garten hinein. »Bist du durch das Fenster herausgekommen?« Sie war vor dem zerschlagenen Fenster stehen geblieben.

Er stöhnte auf, als sei allein der Gedanke daran schmerzhaft. »Hör zu, Rita.« Er war auf die Beine gekommen und schwerfällig zu ihr hinübergegangen. »Ich steh da im Keller und putze wie ein Verrückter, als ich oben das Klicken höre – das Geräusch, das das Schloss der Kellertür von sich gibt, wenn abgeschlossen wird. Ich renne die Treppe hoch, die Tür ist von der anderen Seite verschlossen. Ich dachte, ich dreh durch …« Er fasste sich mit beiden Händen an den Kopf. »Danach hat mich bloß der Instinkt getrieben. Ich bin wieder runtergestürzt, mir ist der Nothammer eingefallen, den Vater in einen Glaskasten einbauen lassen hat … und dann …« Er sah sie mit blutunterlaufenen Augen an. »Ich erinnere mich nur, dass ich ihn herausgerissen und auf das doppelt verglaste Fenster eingehämmert habe, man kann es aus Sicherheitsgründen ja nicht öffnen – ja, und dass ich dort rausgekommen bin. Dann habe ich dich angerufen … und … hier bist du.« Sein Blick war beinahe flehend. »Was soll ich tun, Rita?«

»Wir müssen natürlich das Haus untersuchen.«

Er erstarrte. »Hineingehen, meinst du?«

»Was sonst? Du wohnst schließlich hier!« Sie drehte sich um und marschierte zur Eingangstür. »Jetzt komm schon. Der Safe muss überprüft werden. *Wenn* jemand hier war, ist er sicherlich ohnehin schon wieder weg.«

Sie wartete an der Tür auf ihn und Johan gehorchte wie immer. Beide gingen in den hinteren Flur und Rita griff resolut nach der Klinke. Die Kellertür war unverschlossen.

Johan starrte Rita verblüfft an. »Die muss wieder aufgeschlossen worden sein.«

»Womit denn, Johan?« Sie sprach vollkommen ruhig, wie mit einem Kind. »Wo ist der Schlüssel?«

Er steckte die Hand in die Tasche und fühlte das kalte Metall des Schlüssels. »Ich weiß nicht.«

Rita sah ihn lange an. Er musste ihrem durchdringenden Blick ausweichen.

»Ich werde hinuntergehen und mir den Keller anschauen«, sagte sie bestimmt. »Hier ist niemand außer dir gewesen und es gibt dort unten nichts, wovor man sich fürchten müsste. Ich hatte jedenfalls noch nie Angst vor dem Keller.«

Er verstand die Anspielung, verzichtete aber auf eine Antwort.

»Geh ins Wohnzimmer und warte. Nimm dir einen Drink.«

Noch nicht einmal fünf Minuten später war sie wieder oben. *Johan ist 'ne Memme, Johan ist'n Mädchen,* hatte sie gerufen, als sie Kinder waren.

Jetzt legte sie nur Tasche und Mantel ab und ging zu Johan ins Wohnzimmer. »Ich möchte etwas trinken.«

Rita hob die leere Whiskeyflasche an, warf ihm einen raschen Blick zu und nahm dann den Cognac aus dem Schrank. Sie füllte zwei Gläser bis zum Rand und setzte sich.

»Da unten ist alles so wie eh und je. Abgesehen davon, dass der

Safe tatsächlich leer ist.« Sie ließ die braune Flüssigkeit, die sie unablässig im Glas herumwirbelte, nicht aus den Augen. »Wo sind die Dokumente, Johan? Die Papiere, die dort gelegen haben? Alte Briefe, ich glaube auch, dass ein nach Karls Verschwinden aufgesetzter Entwurf des Testaments da war. Du weißt, dass nie ein Schlüssel in der Kellertür steckt. Nicht, nachdem das mit dir passiert ist. Mutter wollte nicht riskieren, dass die Tür aus Versehen abgeschlossen würde.«

Er nickte stumm. Auch er hatte den Schlüssel nicht in der Tür stecken lassen, als er heute Abend hinuntergegangen war. Der lag noch in seiner Hosentasche und schien eine Tonne zu wiegen.

»Die Tür ist offen. Behauptest du weiterhin, dass du da drinnen eingesperrt worden seist?« Sie hob den Blick vom Glas, ohne ihn anzusehen. »Es war eine traumatische Zeit für dich, Johan. Der Druck war sehr groß und du stehst mit beiden Beinen in einem Sumpf. Im Moment ist einfach alles ein bisschen zu viel für dich. Eben deshalb habe ich vorgeschlagen, Dr. Moe anzurufen.«

Dr. Moe war ein pensionierter Arzt. Er war der Hausarzt der Familie gewesen und hatte sich besonders nach dem Brand von 1969 um die Fjelds gekümmert. Auch nachdem er in den Ruhestand gegangen war, war er immer für sie da.

»Vielleicht morgen«, antwortete Johan ausweichend. »Im Moment bin ich zu müde, um klar zu denken.«

»Möchtest du, dass ich heute Nacht hier schlafe?«

Es gab nichts, was er sich sehnlicher gewünscht hätte, aber sein Stolz verbot ihm, das Angebot anzunehmen. »Das ist nicht nötig, Rita. Ich werde sofort einschlafen, wenn ich mich hinlege.«

Mit einem merkwürdigen Aufblitzen in den Augen sah sie kurz zu ihm hinüber. »Sicher wirst du das.«

Johan leerte das Glas und schaute in eine andere Richtung, er wusste genauso gut wie sie, dass er die ganze Nacht kein Auge zutun würde.

In der Tür blieb sie stehen. »Ich weiß, dass du die Papiere aus dem Safe entfernt hast, Johan. Ich hoffe bloß, du hast diesen verrückten Zirkus nicht veranstaltet, damit ich glaube, dass die Papiere jetzt unauffindbar wären.«

Johan starrte sie sprachlos an.

»Schlaf drüber. Morgen bist du hoffentlich wieder bei Verstand. Dann rufst du die Polizei an und erzählst ihnen die Wahrheit. Liefere am besten auch gleich alles bei ihnen ab, was du an Papieren gefunden hast. Das könnte uns weiterhelfen.« Bevor er sich sammeln konnte, war sie fort.

Die Standuhr im Wohnzimmer schlug dreimal.

Ihr Ton hatte ihn früher nie gestört. Jetzt machte er ihn wahnsinnig. Schon seit Mitternacht wälzte er sich im Bett herum, fühlte das Uhrenschlagen regelrecht auf seinem Körper. *Eins – zwei – drei.*

Abgeschlossen.

Nicht abgeschlossen.

Der Kopf.

Leere.

Alles kreiste in seinem Bewusstsein und hielt ihn quälend wach.

Ritas Gesichtsausdruck war nicht misszuverstehen gewesen. Die herabgezogenen Mundwinkel, unzufrieden und höhnisch zugleich. Sie war der Meinung, dass er phantasierte. Er sei im Begriff, den Verstand zu verlieren.

Hatte sie recht?

Er setzte sich auf die Bettkante. Ein Schlag. Halb vier.

Es war, als riefen ihn Stimmen. Er musste die Tür berühren. Sie anfassen, sich vergewissern, dass sie jetzt abgeschlossen war.

Er glaubte Rita nicht. Auch nicht, dass der Safe wirklich leer war. Sie behauptete, dass er sich *alles* eingebildet habe. Dann müssten die Papiere ja noch im Safe liegen. Rita aber sagte, die Tür stünde weit offen, der Safe enthalte nichts. Da passte doch etwas nicht zusammen.

Und er *hatte* das Klicken gehört und tatsächlich versucht, die Tür von innen zu öffnen. Er konnte sehr wohl noch zwischen Realität und Einbildung unterscheiden.

Die Kälte auf der Kellertreppe ließ ihn erzittern. Der Geruch dort unten, eigenartig organisch, wie nasse Erde oder Schimmel, erinnerte ihn unangenehm an Blut. Sein Puls begann zu rasen. Er bekam nicht genügend Luft. Es nützte nichts, tief einzuatmen – seine Brust war zu eng. Die Füße bewegten sich unsicher vorwärts. Kalter Schweiß strömte aus allen Poren, die Angst vor dem Ersticken presste seinen Brustkorb noch enger zusammen.

Johan näherte sich dem Raum mit dem Safe und hörte sein eigenes Röcheln wie aus weiter Ferne. Den Safe in der Ecke nahm er eigenartig unscharf wahr. Er schwankte darauf zu. Der ganze Raum rotierte. Aus der Öffnung starrten ihn milchig weiße Augen an.

Alles um ihn herum entfernte sich. Ein Schatten legte sich über Johan, als er fiel.

Der Fußboden in der Diele war kalt. Johan erwachte durchgefroren. Sein Blick streifte verwirrt umher, hinüber zur Kellertür. Er musste geträumt haben, geschlafwandelt sein. Oder war er in der Nacht wirklich dort unten gewesen? Die Bilder hatten sich in seine Netzhaut eingebrannt. Aber es war undenkbar.

Obwohl er sich krank und elend fühlte, stand er auf. Er fuhr zusammen, als die Uhr im Wohnzimmer fünfmal schlug. Seine Nerven lagen blank. Er ertrug dieses Geräusch einfach nicht. Die Uhr musste aus dem Haus.

Er schleppte sich hoch in sein Zimmer, trank auf der Bettkante noch einen großzügig bemessenen Cognac und schlief ein.

Kapitel 44

29. Oktober 2007

Eira sah die Frau hinter der großen Grünpflanze in der Eingangshalle sitzen. Sie hatte die Füße mit übertriebener Sorgfalt platziert, beide eng zusammengestellt, als posiere sie für ein offizielles Porträt. Dünne Strümpfe und hohe Absätze. Eira fragte sich wirklich, wie man auf die Idee kommen konnte, sich an einem Oktobertag im äußersten Norden so zu kleiden.

»Sie sind Aslak Eira«, stellte sie beim Aufstehen ohne weitere Fragen fest, obwohl er hätte schwören können, dass er sie noch nie zuvor getroffen hatte.

Ihm war klar, dass ihm sein Ruf vorausgeeilt war: ›Schauen Sie nach einem samischen Mann in den Vierzigern mit etwas zu langem, sandfarbenem Haar, gerader Nase und energischem Mund.‹ ›Netter Kerl‹, hätte er selbst gern hinzugefügt, aber er wusste nicht, ob sein Ruf dies erlaubte.

Eira räusperte sich. »Stimmt.«

Sie reichte ihm die Hand. »Gunhild Wikan. Ich habe es vorgezogen, hier unten zu warten. Sie wollten mit mir sprechen?« In diesem Moment fuhr ein Schneeräumer lärmend am Fenster vorbei, seine schwere Schaufel schabte grob und hart die Bordsteinkante entlang.

Ihre Hand war so schmal, dass er sich kaum traute, sie zu drücken. Gunhilds Griff war überraschend fest. Der Blick, den sie ihm aus ihren blauen Augen zuwarf, hatte eine Intensität, die ihn zu Boden sehen ließ. In ihren Bewegungen wirkte sie angespannt.

Eira geleitete sie die Treppe hinauf, schloss die Tür auf und nahm, ohne zu fragen, zwei Tassen Kaffee mit ins Büro.

Sie griff nach der Tasse und trank begierig. »Ich brauchte wirklich etwas, um mich aufzuwärmen. Ich hatte ganz vergessen, wie eisig der Wind hier im Norden sein kann.«

»Ich möchte Ihnen gerne einige Fragen stellen.« Mona Lies Andeutungen hinsichtlich seiner mangelnden Fähigkeit, ein Gespräch einzuleiten, fielen ihm ein. Gunhild stand ganz oben auf der Liste der Personen, mit denen er sprechen wollte. Sie war selten in der Pension erreichbar gewesen und ging nicht an ihr Handy. Jetzt war sie endlich da.

Sie schien allerdings nicht die Absicht zu haben, es ihm leicht zu machen. Die blauen Augen musterten ihn, ihr Mund bekam einen entschlossenen Zug, noch bevor sie auch nur ein einziges Wort geäußert hatte. Eira nahm an, dass sie gerade einen Gedanken formulierte. Er fühlte sich plötzlich, als hätten sie die Plätze getauscht und als sei *er* derjenige, der ausgeforscht wurde.

»Haben Sie eine Frau, Eira?«

»Nein.«

»Na also.« Ihre ungewöhnlich scharfen Augen schienen ihn zu durchbohren. »Außerdem glaube ich, dass Sie mindestens zwanzig Jahre zu spät geboren sind, um das voll und ganz zu verstehen.«

»Entschuldigung?« Eira sammelte sich nach dieser überraschenden Einleitung und sah verstohlen auf die Uhr. Wie weit wollte sie vom Thema abschweifen? »Ich fürchte, ich kann jetzt nicht ganz folgen.«

»Klatsch und Verleumdungen«, sagte sie mit einer neuen Härte in der Stimme. »Die Boshaftigkeit anderer Menschen. Über deren Reichweite ist man sich nicht im Klaren, wenn man es nicht am eigenen Leib erfahren hat. Als ich in Ihrem Alter war, war Tratschen eine Art Volkssport.«

Eira war durchaus der Meinung, dass er ein wenig über derlei Dinge Bescheid wusste, verspürte jedoch nicht das Bedürfnis, das mit ihr zu diskutieren. »Warum sind Sie gerade jetzt in der Stadt?«

»Zufällig, Eira. Ich wohne in Spanien direkt neben einer Siedlung norwegischer Rentner. Ich höre die Sprache und fühle die Sehnsucht nach dem Land. Norwegen ist immer noch meine Heimat, auch wenn ich schon lange ausgewandert bin. Es war höchste Zeit, die heimischen Gefilde wiederzusehen. Auch meine Uhr tickt, und jetzt bin ich noch gesund und munter. Unglaublich, wie sich alles verändert hat, man fühlt sich fast fremd. Wie dem auch sei«, sie zögerte und nahm einen weiteren Schluck Kaffee, »als ich vor kurzem gelesen habe, dass die Polizei die alte Geschichte von 1969 wieder hervorgekramt hat, ahnte ich, dass es in diesem Zusammenhang Spekulationen, Unwahrheiten und Lügen geben würde. Und dass ich recht schnell da hineingezogen würde.«

»Wann sind Sie hier angekommen?«

»Vor mehr als drei Wochen.«

»Vor Karl Fjelds Auftauchen?«

Sie nickte.

»Aber nach dem Tod seines Vaters Andreas?«

Sie nickte erneut.

»Haben Sie Karl Fjeld hier getroffen?«

»Nein.« Ihre Hände umklammerten die Handschuhe. Eira sah, dass ihre Knöchel weiß wurden. »Mein Mann ist in diesem Bau verbrannt, mein Sohn ist da drinnen beinahe ums Leben gekommen und für die ganze Stadt stand fest, dass ich eine schreckliche Frau war, weil ich meinem Mann untreu war.«

Sie schien darauf zu brennen, sich zu erklären, aber wollte offenbar vor allem über die Ereignisse von 1969 sprechen. Vermutlich hatte sie die Absicht, Missverständnissen vorzubeugen. Ihre eigene Person stand dabei im Vordergrund. Dennoch antwortete sie ausweichend auf Eiras Fragen.

»Waren Sie Ihrem Mann denn untreu?«

»Welche Bedeutung hat das für diesen Fall?«

»Sie beantworten meine Frage nicht, Frau Wikan. Waren Sie es?«

»Gerüchte werden schnell zu Wahrheiten, wenn die Mehrheit beschließt, sie zu glauben. Man hat keine Chance, sobald mehr als zwei Personen behaupten, dass man einen Geliebten hätte, noch weniger, wenn sie ihn sogar mit Namen nennen und er es nicht abstreitet.«

Eira erinnerte sich an Magni Andersens Geschichte über den alten Fjeld, der Sverre und Gunhild nach dem Brand vom Krankenhaus nach Hause begleitet hatte. »Es heißt, dass Sie ein Verhältnis mit Andreas Fjeld hatten.«

Sie atmete schnell ein und ihr Blick flatterte. »Das weiß ich. Aber es ist nicht wahr.«

»Warum hat er Sie damals aus dem Krankenhaus abgeholt?«

Sichtlich überrascht warf sie ihm einen kurzen Blick zu. »Wir taten ihm leid, das ist alles.«

»So leid, dass er seinen Wagen wegschickte und bis zum späten Nachmittag bei Ihnen blieb?«

Sie lehnte den Kopf zurück und schloss die Augen. Er sah ihre Augenlider zittern und stählte sich innerlich, weil er fürchtete, sie würde anfangen zu weinen. Aber das tat sie nicht. Stattdessen richtete sie sich im Stuhl auf und fixierte Eira mit ihrem Blick. »Da! Hören Sie sich selbst? Ein weiteres Beispiel dafür, worüber ich gerade gesprochen habe. Meinen Sie nicht, dass sie alle hinter den Gardinen standen und gafften? Genau auf die Uhr sahen? Schnatterten und spekulierten?«

Gunhild strich sich mit beiden Händen über den Rock, zupfte nicht existente Haare ab und fingerte an den Mantelknöpfen herum, bis ihr Atem wieder ruhig war. »Der alte Fjeld war ein liebenswürdiger Mann. Er wusste, dass ich nicht dazu gekommen war, einkaufen zu gehen, und hatte einen Beutel Hackfleisch für uns dabei. Ich fragte ihn, ob er nicht auch etwas zu essen haben wolle. Normale Höflichkeit, nicht wahr?« Sie sah Eira an, bis er nickte, dann sagte sie: »Das hätte ich natürlich niemals tun sollen, denn zu meiner Überraschung sagte er Ja. ›Ich glaube, dann sollten Sie Ihr Auto fortschicken, sonst gibt es Gerede in der Nachbarschaft‹, bat ich. Natürlich war das eine fürchterliche Fehleinschätzung meinerseits. Als der Wagen ohne Andreas Fjeld davonrollte, gingen sie von den Fenstern weg. Alle glaubten, sie hätten verstanden, was vor sich ging. Dieses Gerücht hat wahrhaftig überlebt. Ist es da verwunderlich, dass ich von hier geflüchtet bin?«

»Ich muss Ihnen eine persönliche Frage stellen, Frau Wikan.« Sie nickte. »Sie waren bis zu dem Tag, als Sie von hier fortgezogen sind, Hausfrau und Mutter ohne eigenes Einkommen. Wie haben Sie diesen Spanienaufenthalt finanziert?«

Sie stieß ein trockenes Lachen aus. »Was meinen Sie, wie viele Versionen dieser Geschichte es gibt?« Dann lächelte sie mitleidig. »Zum Teil ist es tatsächlich so, wie alle glauben. Andreas Fjeld hat die Wohnung gekauft. Nicht, weil ich seine Geliebte gewesen wäre. Ich glaube, er fühlte sich schuldig und wollte etwas wiedergutmachen, weil mein Mann ja in seinem Bürogebäude gestorben war.«

Gunhild hielt einen Moment inne und zuckte mit den Schultern. »Andreas Fjeld kaufte diese kleine Wohnung an der Costa del Sol, zur damaligen Zeit hat das so gut wie nichts gekostet. Und ich habe ja meine Rente.« Sie straffte zum x-ten Mal ihren Rock. »Er war ein sehr diskreter Mann, Eira. Das alles geschah in größter Heimlichkeit. Ich glaube, zu Anfang wussten nicht einmal seine Kinder davon.«

»Und das ist also der Grund dafür, dass Sie noch in der Stadt sind und mich jetzt aufsuchen? Sie wollen dafür sorgen, dass die richtige Version der Geschichte erzählt wird?«

»Unter anderem deshalb, ja.«

»Und sonst?«

»Das ist privat. Nichts, was für Sie oder die Polizei von Interesse wäre, Eira.« Sie sah weg und erhob sich. »Vielen Dank, dass Sie sich die Zeit für mich genommen haben. Ich weiß, dass Sie Wichtigeres zu tun haben, aber ich finde es gut, dass Sie die Dinge direkt aus meinem Mund hören wollten.«

»Wussten Sie, dass Karl Fjeld nicht tot war, sondern nach dem Brand 1969 einfach verschwand?«

Sie lachte verblüfft. »Hätte ich es gewusst, hätte ich wohl die Polizei benachrichtigt, als er nicht wieder auftauchte, oder?«

»Das war keine klare Antwort auf meine Frage.«

Sie beugte sich vor. »Karl Fjeld hat keiner Menschenseele erzählt, dass er vorhatte, sich in jener Nacht davonzumachen. Warum in aller Welt hätte er es *mir* erzählen sollen?«

»Hat er?«

»Nein.« Es klang wie ein Peitschenknall.

Im nächsten Moment lächelte Gunhild Wikan Eira betont herzlich an. Sie war offenbar launisch. Ihre Stimmung konnte sich innerhalb von Sekunden ändern. Eira stellte wieder fest, dass sie einmal eine ungewöhnlich charmante Frau gewesen sein musste. Zweifellos eine, die einen Mann um den Verstand bringen konnte. Aber jetzt nicht mehr. Und ihn schon gar nicht. Ihr allzu aufgesetztes Lächeln brachte ihn bloß dazu, sich zu fragen, was sie ihm *nicht* erzählt hatte.

Kapitel 45

Nachdem Gunhild Wikan gegangen war, holte Eira die vergilbte Pappmappe aus seiner Schreibtischschublade.

Vernehmung von Gunhild Wikan, 19. Mai 1969.
Anwesend: Staatsanwalt Berntsen, Chefermittler Haugen und Kriminalhauptkommissar Nilsen.

Wo waren Sie in der Nacht zum 14. Mai zwischen 24 und 8 Uhr?
Ich war zu Hause. Zu dieser Zeit habe ich geschlafen.
War Ihr Mann zu Hause?
Er ist am frühen Abend zur Arbeit gegangen. Überstunden. Ich legte mich schlafen, bevor er zurück war. Bevor er zurück sein sollte, meine ich.
Die Sirenen des Zivilschutzes weckten die Stadt um 4 Uhr. Ihr Mann war um diese Zeit noch immer nicht zu Hause. Was taten Sie da?
Ich bin von den Sirenen gar nicht wach geworden.
Sie haben die ganze Nacht ohne Unterbrechung geschlafen?
Ja. Mir ging es an jenem Tag nicht so gut.
War Ihnen klar, dass Ihr Sohn nicht zu Hause war?
Sverre war unterwegs, als ich mich hingelegt habe. Ich wusste aber nicht, dass er die ganze Nacht weg war, bis ich am nächsten Morgen an seine Tür geklopft habe. Unmittelbar danach hat man mich aus dem Krankenhaus angerufen.
Sie müssen doch gemerkt haben, dass Ihr Mann die ganze Nacht nicht im Bett gewesen ist. Trotzdem haben Sie ihn erst um 16 Uhr als vermisst gemeldet?

Wir … wir … schlafen getrennt. Er schläft auf dem Dachboden. Als er nicht zum Essen kam, begriff ich, dass etwas passiert sein musste.
Vor diesem Zeitpunkt haben Sie also keine Nachforschungen angestellt, obwohl er seit dem Abend vorher weg war?
Ich hatte keine Ahnung, dass er die ganze Nacht nicht zu Hause war.
Obwohl Sie ihn nicht beim Frühstück getroffen haben?
Ich stehe nie auf, um mit ihm zu frühstücken. Außerdem war ich mir sicher, dass alles in Ordnung war, dass er sich an den Aufräumarbeiten beteiligte. Wie gesagt, ich war selbst nicht ganz gesund.

Eira zog einen weiteren vergilbten Bogen heraus.

Vernehmung von Sverre Wikan, 29. Mai 1969.
Anwesend: Staatsanwalt Berntsen, Chefermittler Haugen und Kriminalhauptkommissar Nilsen.

Sverre, welche Erinnerungen hast du an den Zeitpunkt unmittelbar bevor du in Fjelds Büros gegangen bist?
(Schweigen) Nicht so viele. Ich erinnere mich an nichts Besonderes, meine ich.
Mit wem warst du zusammen?
Per Andersen.
Was habt ihr bei Fjelds Verwaltungsgebäude gemacht?
Wir haben nur … geguckt.
Habt ihr etwas Besonderes beobachtet?
(Schweigen) Besonderes?
Etwas, was um das Gebäude herum oder möglicherweise innen passiert sein könnte?
(Schweigen)

Habt ihr jemanden kommen oder vom Haus weggehen sehen?
Karl Fjeld ist hineingegangen.
Habt ihr gesehen, dass er das Gebäude wieder verlassen hat?
Nein.
Warum bist du selbst hineingegangen?
Nur, um zu gucken.
Was hast du gesehen?
(Langes Schweigen.) Nur 'ne Menge Rauch.
Hat das Haus gebrannt, als du hineingegangen bist?
(Langes Schweigen.) Nicht, soweit ich sehen konnte. Aber es ist immer mehr Rauch von draußen hereingedrungen.
Trotzdem bist du dort drinnen geblieben. Warum?
Ich … habe Leute in den Büros gehört und mich auf dem Klo versteckt.
Hast du jemanden gesehen, während du dich in dem Gebäude aufgehalten hast?
(Langes Schweigen.) Nein. Aber ich habe jemanden auf der Treppe gehört.
Du hast niemanden gesehen. Trotzdem bist du in dem brandgefährdeten und schließlich brennenden Haus geblieben. Warum?
(Schweigen)
Warum bist du in dem brennenden Haus geblieben, Sverre? Hast du etwas beobachtet?
Da … war so viel Rauch. Ich glaube, ich bin ohnmächtig geworden oder vollkommen verwirrt gewesen. (Der Zeuge fasst sich an den Kopf und steht auf.)
Wie bist du herausgekommen?
Ich erinnere mich nicht. Kann ich jetzt gehen?
Hast du draußen jemanden getroffen?
(Vernehmung abgebrochen, weil der Zeuge über Kopfschmerzen und Übelkeit klagt.)

Eira blätterte weiter. Später hatte man Sverre noch einmal befragt, war aber nicht weitergekommen. Augenscheinlich gab es ein schwarzes Loch in Sverre Wikans Gedächtnis. Sverre schwieg sich über die Ereignisse in Fjelds Bürogebäude aus.

Eira legte die Papiere langsam ab. Was war in jener Brandnacht vor fast vierzig Jahren wirklich geschehen?

Gunhild Wikan überzeugte ihn nicht. Er glaubte nicht, dass sie wegen ihres Rufs in die Stadt zurückgekommen war. Wenn sie so an Gerüchte und Verleumdungen gewöhnt war, wie allgemein gesagt wurde, hätte sie nicht die lange Reise auf sich genommen, nur um sich zu verteidigen. Sie hätte sich taub gestellt. Eiras Verdacht wurde immer stärker: Hatte Gunhild doch vorab gewusst, dass Karl Fjeld plante, in seine Heimatstadt zu reisen? Hatte sie vorgehabt, ihn aufzusuchen, als er noch lebte?

Er spürte plötzlich den Luftzug vom offenen Fenster, schloss es und ging hinaus. Auf dem Flur herrschte geschäftiges Treiben. Leute liefen hin und her, piepende Handys ruinierten Eiras Konzentrationsvermögen. Er streckte den Kopf durch die Tür zum Konferenzraum.

»Benjaminsen!«

Benjaminsen sah ihn verwundert an. »Ich stehe nur einen Meter neben dir.«

»Jørgen Haugen, der Ermittler, der das Ganze 1969 geleitet hat – finde heraus, ob er noch lebt. Ich komme mit den schriftlichen Berichten allein nicht mehr zurecht. Ich muss mit jemandem sprechen, der damals ermittelt hat.«

Benjaminsen warf ihm einen langen Blick zu und sah aus, als sei er froh, gleich wieder woanders hingehen zu können. »Wird erledigt.«

Chefermittler Jørgen Haugen war anlässlich seiner Pensionierung nach Mariestad in Schweden gezogen. Zwei Jahre später war er

Witwer geworden. Er besuchte sein Heimatland regelmäßig und traf jeden Winter etwa zeitgleich mit dem ersten Schnee in der Stadt ein. Es hieß, er vermisse in Schweden den Winter, weil er für sein Leben gern Ski lief, aber er hasse den nordnorwegischen Frühling und Sommer.

Haugen war vor zwei Tagen in der Stadt angekommen und wohnte wie immer bei seiner einzigen Tochter. Sie war am Telefon, als Eira anrief, und klang äußerst skeptisch.

»Ich verfolge die Angelegenheit natürlich in der Zeitung«, sagte sie reserviert. »Aber ist das denn wirklich nötig? Mein Vater ist weit gereist und erschöpft. Ich glaube auch nicht, dass er besonders begeistert sein wird, wieder in diesen alten Geschichten herumwühlen zu müssen.«

Sie irrte sich. Jørgen Haugen war gerne bereit, sich mit einem jüngeren Kollegen zu treffen. Er öffnete selbst die Tür, nachdem Benjaminsen und Eira geklingelt hatten. Vor ihnen stand ein großer Mann, dessen Hose von breiten Hosenträgern über einem mächtigen Bauch hochgehalten wurde. Haugen schlurfte voraus ins Wohnzimmer, wo er offenbar gerade gesessen und *Guten Morgen, Norwegen* angeschaut hatte.

Aus der Küche hörte man, wie seine Tochter klappernd den Geschirrspüler ausräumte. Dann kam sie zur Tür herein. »Möchten Sie eine Tasse Kaffee?«

Ihr Angebot wäre verlockend gewesen, wenn sie endlich den kühlen Unterton abgelegt hätte. Eira wollte das Schicksal nicht herausfordern. »Eh … nein, danke.«

Haugens breiter Mund spitzte sich um die kleine Porzellantasse. »Frisch gebrüht. Kaffee kochen kann sie, meine Tochter Lillian. Backen auch. Hervorragend.« Er nahm eine Zimtschnecke aus der Schale. Sie war erst vor kurzem aus dem Ofen gekommen.

Benjaminsen sah sehnsüchtig auf das Gebäck und blätterte dann eifrig in seinem Notizblock.

Eira versuchte, sich zu konzentrieren. »Es geht, wie Sie wissen, um den Brand, den Sie 1969 untersucht haben«, begann er.

Haugen nickte so heftig, dass seine großen Walrosswangen schlackerten. »Ich weiß, Sie haben die alten Akten wieder hervorgekramt.« Er kaute hingebungsvoll, während er redete.

»Wie sicher waren Sie sich, dass der Tote Karl Fjeld war?«

Haugens kleine, rot geränderte Augen starrten ins Leere. »Das waren völlig andere Zeiten, Eira. Man hatte nicht all diese fabelhaften Hilfsmittel, auf die man heute zurückgreifen kann. Und wir waren uns keineswegs sicher. Wir stützten uns auf Zeugenaussagen, dass Karl Fjeld beobachtet worden war, als er auf das Gebäude zuging, auf seine Sachen – Ring und Brille –, die am Unglücksort gefunden worden waren, sowie auf die Identifizierung durch die Familie. Besonders durch die Schwester.«

»Wie verlässlich war die?«

Haugens kleine Augen blitzten auf. »Ganz und gar nicht verlässlich, Eira. Sie identifizierte nicht Karl, sondern seine Sachen. Aber wir hatten nichts anderes, woran wir uns hätten halten können.«

Haugen griff wieder nach dem Fingerhut von Kaffeetasse. »Bei dem anderen Fall hatten wir zunächst wirklich überhaupt keine Ahnung. Bis Oscar Wikan im Laufe des folgenden Nachmittags schließlich als vermisst gemeldet wurde. Glücklicherweise konnten wir die Angelegenheit mit Hilfe alter Röntgenaufnahmen – von seinem Zahnarzt – klären. Zumindest die Identifizierung von Wikan war absolut sicher.«

Eira betrachtete den Mann, der sich gerade eine Lutschpastille in den Mund steckte. Er hielt ihnen die Schachtel hin. »Die Klimaveränderung, wissen Sie. Man bekommt eine Halsinfektion, sobald man aus dem Flugzeug steigt.«

»Und Familie Fjeld fand sich damit ab, dass der Sohn bei dem Brand ums Leben gekommen war?«

»Vollkommen. Sie haben es ohne Weiteres akzeptiert.«

Ohne Weiteres akzeptiert. Eira starrte auf die drei Worte, die er in Ermangelung einer besseren Beschäftigung aufgeschrieben hatte. »Fanden Sie das nicht etwas seltsam?«

Der Mann sah ihn erstaunt an: »Seltsam?«

Eira konnte kein gutes Argument für diese Behauptung finden, er hatte nur das unbestimmte Gefühl, dass der Fall überraschend schnell abgeschlossen worden war. Das war besonders merkwürdig, weil man im Grunde nur unsichere Indizien dafür gehabt hatte, dass der Tote Karl gewesen sein sollte.

Eira räusperte sich. »Ring und Brille … Wo hat man sie gefunden?«

Haugen blinzelte verwundert, und Eira beeilte sich zu präzisieren: »Hat man sie *an* dem Toten gefunden? Den Ring am Finger, meine ich?«

Haugen schüttelte den Kopf. »Nein. In der Tat nicht. Sowohl die Brille als auch der Ring lagen direkt neben der Leiche. Wir haben angenommen, dass er sie in seinen Taschen gehabt hatte, aber die Kleidung war natürlich verbrannt.«

»Sind Sie deswegen nie stutzig geworden?«

Haugen zögerte lange. »Selbstverständlich. Aber was hätten wir tun sollen? Das war alles, was uns vorlag. Und warum hätten sich diese persönlichen Dinge dort befinden sollen, wenn es *nicht* Karl gewesen wäre?«

Eira bewegte sich etwas unbehaglich auf seinem Stuhl. »Was, wenn jemand die Ermittler in die Irre führen wollte? Eine falsche Fährte, Haugen! Möglicherweise hat jemand Karl die Sachen gestohlen und sie anschließend auf dem unbekannten Toten platziert. Oder – was für mich sogar noch wahrscheinlicher klingt: Karl Fjeld könnte die Sachen selbst dorthin gelegt haben.«

Haugen blickte Eira verblüfft in die Augen. »Aber warum denn das? Mit welchem Motiv?«

Eira ließ das Thema fallen. Er sah versonnen aus dem Fenster und setzte nach einer Weile neu an: »Was ist mit Oscar Wikan? Warum hat er es Ihrer Meinung nach nicht geschafft, den Flammen zu entkommen?«

Zum ersten Mal schien Haugen sich nicht wohl in seiner Haut zu fühlen. »Wikan war uns ein Rätsel. Warum war er nachts im Büro gewesen? Andreas Fjeld konnte nicht erklären, was sein Mitarbeiter dort gemacht haben könnte. Er bestritt, Wikan angerufen und ihn gebeten zu haben, zum Büro zu fahren und Papiere oder Ähnliches zu retten. Wikan hätte alle Zeit der Welt gehabt, um zu bemerken, dass das Feuer immer näher kam. Warum ist er nicht hinausgelaufen?« Haugen unterstrich seine Ratlosigkeit mit heftigem Achselzucken. »Wir haben kurze Zeit mit der Theorie gespielt, dass er eingeschlossen gewesen sein könnte. Aber wir landeten schließlich bei der Hypothese der Gerichtsmediziner, dass die Männer sich zu lange in dem Gebäude aufgehalten und zu viel Rauch eingeatmet hatten. Da wird man zwangsläufig verwirrt oder bewusstlos und kann einfach nicht mehr dem gesunden Menschenverstand folgen.«

Haugen wirkte, als wolle er sich verteidigen. »Es könnte natürlich auch einen Unfall gegeben haben, einen Sturz vielleicht. Oder er wurde aus ganz anderen Gründen bewusstlos …« Er beschrieb einen großen Bogen mit den Händen.

Eira strich mit den Fingern über seine rasierte Wange. »Ist es nicht sonderbar, dass Karl Fjeld die ganze Zeit kein Lebenszeichen von sich gegeben hat? Dass er die Leute tatsächlich in dem Glauben gelassen hat, er sei ums Leben gekommen?«

Haugen zupfte seine Hosenträger zurecht und blies die Wangen auf. »Nein, wissen Sie was, darüber habe ich nie nachgedacht. Er ist für tot erklärt worden, und damit Schluss. So habe ich es damals gesehen und so sehe ich es heute noch. Was in seinem Kopf vorgegangen ist, kann wohl niemand beantworten.« Er stand mühsam auf. »Meine lieben Kollegen, jetzt bin ich mit meiner Tochter zu einem Brunch eingeladen. Viel mehr kann ich wohl nicht für Sie tun?« Haugen marschierte voraus in Richtung Tür.

»Vermutlich nicht.« Eiras Antwort klang eher wie eine Frage. Haugen blieb stehen und schaute auf seine Pantoffeln hinunter. »Sie wissen ja«, sagte er leise, »es war nicht unsere Aufgabe, uns mit haltlosen Spekulationen zu beschäftigen. Das Brandunglück war eine plausible Erklärung für Karl Fjelds Verschwinden.« Er zögerte noch etwas. »Es gab allerdings Gerüchte, wissen Sie. Mehrere Jahre später wurde gesagt, dass die Firma vor dem Brand finanziell nicht so gut dastand, wie die meisten geglaubt hatten. Dass Karl zumindest teilweise daran schuld gewesen sein sollte.« Er zuckte mit den Schultern. »Spekulationen, wie gesagt.«

Eira nutzte die Gelegenheit. »Kannten Sie Gunhild Wikan?«

Haugen schien zu erröten.

»Oh … Die habe ich recht gut gekannt. Verheiratet mit Oscar Wikan. Schöne Frau.« Er lachte verlegen.

»Sie hatten nichts gegen sie in der Hand?«

Haugen starrte ihn betroffen an. »Gunhild Wikan? Was hätten wir gegen sie in der Hand haben sollen?« Er wurde ernst, sah beinahe bedrückt aus. »Sie ist natürlich vernommen worden, als ihr Mann umgekommen ist. Du lieber Himmel, sie war am Boden zerstört, bleich wie ein Laken und die Augen schwarz vor Trauer. Man hörte kaum ihre Stimme, wenn sie sprach, aber sie ertrug es heldenhaft und mit geradem Rücken.« Haugens Bewunderung für Gunhild Wikan war nicht zu überhören.

»Aber es wurde ja angedeutet, dass …«

Haugen fiel Eira ins Wort und wirkte zum ersten Mal verärgert. »Neid, Eira. Im Nachhinein hat sich ja erwiesen, dass es keine Anhaltspunkte für irgendeines dieser Gerüchte gab. Gunhild Wikan hat seit dem Tod ihres Mannes allein in Spanien gelebt.« Er räusperte sich. »Ich werde Ihnen sagen, wie ich die Sache sehe: Gunhild Wikan war ganz einfach eine Nummer zu groß für diese Stadt. Eine außergewöhnlich attraktive Frau. Tapfer stand sie all diese schrecklichen Ereignisse und Befragungen durch. Sie wurde aufs Übelste verleumdet und verdächtigt. Das war meiner Ansicht nach der Grund dafür, dass sie nicht lange nach dem Brand einfach aus der Stadt verschwand.«

»Wie lange danach?«

Haugen zögerte nicht – die Antwort kam prompt, als wenn er den Satz schon unzählige Male wiederholt hätte: »Ein halbes Jahr danach. Sobald Sverre am Gymnasium begonnen hatte.«

Kapitel 46

Eira und Benjaminsen fuhren direkt zurück ins Präsidium. Vor dem Büro stießen sie auf Berger. Sie kaute an einer Banane, hatte ihre Winterjacke an und sah damit aus, als wolle sie sich augenblicklich auf Expedition nach Grönland begeben. Allerdings wusste man es bei ihr nie so genau. Berger hatte die Angewohnheit, die Jacke drinnen anzubehalten, und hätte sie wohl auch für einen Urlaub an der Costa del Sol übergeworfen.

»Hallo, Berger. Wie ich höre, sind die Leute von der Spurensicherung fertig mit Johan Fjelds Auto. Wir fahren mit ihnen zurück und machen direkt die Hausdurchsuchung. Weißt du schon, ob sie irgendetwas im Auto gefunden haben?« Eira fürchtete, dass die Antwort negativ sein könnte.

Berger zuckte mit den Schultern. »Abgesehen von dem, was ohnehin zu erwarten war, nichts Besonderes. Man hat natürlich Fasern von Johan und Rita nachgewiesen, zudem waren Karl Fjelds Fingerabdrücke am Lenkrad. Aber kein Blut.« Sie legte den Kopf schief. »Kommst du?«

Eira war gedankenversunken ins Büro gegangen. »Gunhild Wikan war heute Vormittag hier.«

Berger ließ sich desorientiert auf einen Stuhl plumpsen, dann erinnerte sie sich. »Sie ist also endlich aufgetaucht.«

»Die Dame war sehr darauf bedacht, mir ihre Version der Geschichte zu erzählen.«

»Und die lautet?«

»Sie glaubt wohl, dass wir uns für ihr angebliches Verhältnis mit Karl Fjelds Vater, Andreas, interessieren würden. Soweit ich verstanden habe, war es ihr wichtig, diese Gerüchte über ihre Vergangenheit zu entkräften.«

»Ist sie den ganzen Weg von Spanien hierhergekommen, nur um uns das zu erzählen?«

»Das bestreitet sie. Sie behauptet, der Anlass für ihren Besuch sei privater Natur, ohne dass sie das näher ausführen würde. Trotzdem wundert es mich, dass sich eine Frau, die ihr halbes Leben im Ausland verbracht hat, plötzlich um irgendwelche uralten Gerüchte in ihrer Heimat kümmert. In den alten Berichten von 1969 wird sie kaum erwähnt, abgesehen davon, dass sie mit einem der ums Leben Gekommenen verheiratet war und in diesem Zusammenhang routinemäßig befragt worden ist.«

Eira schaltete den Anrufbeantworter ein und zog die Jacke über. »In der Vernehmung hat sie behauptet, dass ihr Mann getrennt von ihr in einem eigenen Zimmer schlief«, sagte Eira und runzelte die Stirn, als Berger die Bananenschale in seinen Mülleimer warf. Er hasste Bananen, vor allem ihren Geruch. »Such Benjaminsen und bitte ihn, eine Übersicht über alle registrierten Scheidungsmeldungen von 1968/69 zu beschaffen. Nur der Vollständigkeit wegen.«

Benjaminsen polterte herein, warf sich auf einen Stuhl und ließ seiner Verzweiflung freien Lauf. »Scheiße, ich habe vergessen, für heute Abend einen Babysitter zu organisieren. Meine Frau hat Karten für ein Musical, das momentan im Theater läuft.«

»Glaubst du etwa, du könntest einfach so ins Theater gehen?« Es war als Scherz gemeint, klang aber eher wie eine Rüge. Benjaminsen war in letzter Zeit dünner geworden und hatte dunkle Ringe unter den Augen. »Wie geht's den Kindern?«, schob Eira in einem Anfall von Mitleid nach.

»Die Kleine bekommt gerade Zähne und der Große holt sich jede Woche einen anderen Erkältungsvirus im Kindergarten. Schniefen, Fieber und Gebrüll die halbe Nacht. Nächsten Sonntag wird die Kleine getauft, und meine Schwiegermutter ist fuchsteufelswild, weil wir uns gegen eine kirchliche Zeremonie entschieden haben. Meint natürlich, dass *ich* dahinterstecke. Als Babysitterin fällt sie also momentan aus. Meine Frau wird mir den Koffer vor die Tür stellen, wenn ich heute Abend nicht mit ihr ins Theater gehe.« Endlich holte Benjaminsen tief Luft und stierte Eira hohläugig an. »Glaubst du, Niillas …?«

»Niillas und seine Band geben heute Abend ein Konzert im Kaos.«

Benjaminsen fluchte wieder. »Das gibt Krach. Sie wird mich auf ewig verfluchen.« Er hielt inne. »Ja also, war nicht so gemeint …«, stotterte er.

»Das führt doch zu nichts.« Eira grub alle Finger ins Haar. »Berger kann babysitten.«

»Ich?« Sie schnellte vom Stuhl hoch. »Erstens kenne ich diese Kinder nicht und zweitens mag ich Kinder sowieso nicht.«

»Zwei Stunden wirst du schon aushalten«, entrüstete sich Eira. »Du hast jetzt neun Stunden gearbeitet, da kannst du ein bisschen Entspannung gebrauchen. Die beiden sind sehr lieb und werden deine Meinung über Kinder für alle Zukunft verändern.«

Berger starrte ihn mit offenem Mund an, und Benjaminsen fiel ihr fast um den Hals. »Das ist ja super. Danke, du bist …«

»Ich bringe das nicht zusammen«, unterbrach Eira brüsk. »Könnten gleich zwei Leute ein Interesse daran gehabt haben, Karl Fjeld zu töten? Gibt es Konstellationen, die wir noch nicht gesehen haben?«

Wortlos reichte Benjaminsen ihm eine Mappe, die Eira sogleich öffnete. »Gunhild Wikan?«

Benjaminsen nickte. »Alles, was ich über sie finden konnte«, sagte er mit einem raschen Blick auf die Uhr. »Keine kriminelle Vergangenheit. Nur vielleicht etwas … bunt.«

»Hier steht, dass sie Sverre mit siebzehn bekommen hat und im Jahr darauf Oscar Wikan heiratete. Das ist ja nun keine Sensation.

Ich selbst war schließlich auch nicht gerade ein Greis, als ich Vater geworden bin.« Eira vertiefte sich wieder in die Papiere, leicht verdutzt, dass er deren Inhalt auf sich selbst bezogen hatte. »Mit fünfundzwanzig hat sie einen Sekretariatskurs absolviert, ansonsten ist sie ihr ganzes Leben lang zu Hause gewesen.«

»Hat sie zu Hause *gearbeitet*«, korrigierte Berger, die noch immer empört war.

»Ja, natürlich. Entschuldigung. Da ich immer sowohl zu Hause als auch außer Haus gearbeitet habe, habe ich nie über den Unterschied nachgedacht.«

»Man sollte dir einen Orden verleihen.« Berger war knallrot vor Wut. »Nur zu deiner Orientierung, Frauen haben das immer so gemacht. Eine Menge von ihnen ist allein mit den Kindern, nicht nur mit einem Kind, sondern mit einem ganzen Schwung. Aber sobald ein *Mann* das macht …«

Jetzt blieb Benjaminsen der Mund offen stehen. »Nun bist du aber ganz schön frech, Berger, entschuldige, dass ich das sage. *Ich* bin auch …«

»Okay, das reicht«, unterbrach Eira. »Es ist schon spät. Konzentrieren wir uns auf den Fall. Bist du dazu gekommen, die Scheidungsregister zu überprüfen?«

Benjaminsen nickte eifrig. »Gunhild hat im April 1969 die Scheidung beantragt. Oscar war nicht einverstanden und hat die Papiere nicht unterschrieben. Daher wäre die Scheidung erst nach einem Jahr rechtskräftig gewesen.«

»Davon haben weder Gunhild noch Sverre ein Wort gesagt.« Eira stand entschlossen auf. »Bevor wir Schluss machen, haben wir noch eine Orientierungssitzung.« Er warf einen letzten Blick in die Papiere. »Sie hat nicht zu hundert Prozent zu Hause *gearbeitet.* Es hat den Anschein, als habe sie sechs Wochen bei den Fjelds zu Hause geputzt, als Nancy mit einem gebrochenen Schlüsselbein ausgefallen ist.« Eira sah hoch. »Wer hat dir das erzählt?«

»Johan Fjeld. Ich habe mich heute Morgen mit ihm unterhalten. Er hatte genug Zeit zum Nachdenken und hat gesagt, dass das ein paar Jahre vor dem Brand gewesen sein muss. Er erinnerte sich, dass Karl gerade von der Handelshochschule nach Hause gekommen war.«

»Also kennt Gunhild die Familie und auch das Haus.« Eira kratzte sich am Kopf. »Vielleicht halte ich mich zu sehr bei dieser Dame auf. Aber irgendwie gelingt es mir nicht, sie richtig zu fassen zu bekommen.«

Kapitel 47

Sie parkten vor dem Zaun zu Johan Fjelds Grundstück und gingen die hundert Meter zur Eingangstür zu Fuß. Altes Laub lag gelb und glitschig auf dem Weg, von den wechselnden Niederschlägen in der letzten Woche fest zusammengepresst. Der Wind kam in Böen, und die Regentropfen schienen auf dem Gesicht zu gefrieren. Das Seil an Fjelds Fahnenstange peitschte in den Windstößen wie ein Handmixer. Der Schnee war zu dünnem, hellbraunem Matsch zerschmolzen und würde morgen wahrscheinlich wieder zu einer steinharten, lebensgefährlichen Eisschicht erstarren. Eira verwarf augenblicklich die Theorie, dass die alternde Gunhild Wikan in ihre Heimatstadt zurückgekehrt war, um ihre alten Tage hier zu verbringen. Das war viel zu strapaziös. Die globale Klimakrise mit ihren plötzlichen Temperaturschwankungen hatte das Leben nicht nur für die Eisbären in der Arktis unvorhersehbar gemacht. Verfluchtes Sauwetter!

»Was hast du gesagt, Eira?« Bergers Kopf war gut in eine offenbar beinahe schalldichte, dicke Mütze eingepackt und ragte kaum über den hochgeschlagenen Jackenkragen hinaus.

Er antwortete nicht, drehte sich halb um und sah das Auto der Spurensicherung hinter sich parken. »Ich hab bloß laut gedacht. Daran, wie kompliziert die Ermittlungen um 1969 gewesen sein müssen. Die Kriminaltechniker sind aus dem Süden hier hoch gereist. Das Gleiche galt für die Gerichtsmediziner. Alle Analysen sind nach Oslo geschickt worden. Die Toten, die untersucht werden sollten, auch. Hin und zurück. Hoch und runter. Vielleicht hat es den Ergebnissen nicht sonderlich gut getan, dass wichtige Untersuchungen 160 Meilen vom Tatort entfernt durchgeführt werden mussten.«

Diesmal antwortete Berger nicht.

»Heute haben wir eigene Leute hier vor Ort. Im Vergleich zu damals sollte das die Ermittlungen doch erleichtern.«

»Vielleicht war das damals auch eine Mentalitätsfrage – bei diesen großen Unterschieden zwischen dem Norden und dem Süden unseres Landes … Bevor ich mit der Arbeit hier oben angefangen habe, wusste ich auch nicht, wie ihr Nordlichter wirklich drauf seid«, murmelte Berger.

»Du lernst aber unglaublich schnell«, sagte Eira mit einem anerkennenden Nicken und klingelte bei Johan Fjeld.

Berger errötete verblüfft und zog den Kopf noch tiefer in den Kragen.

Es dauerte lange, bis Johan öffnete. In der Zwischenzeit waren sie einmal ums Haus herumgegangen.

Johan sah aus, als sei er gerade aus dem Bett gekommen und habe dort eine Nacht von zweifelhafter Qualität verbracht. Er war unrasiert. Auf der einen Wange hatte er einen deutlichen Abdruck, vermutlich von einer Falte im Bettlaken.

»Es ist zwei Uhr nachmittags, Herr Fjeld.«

Johan starrte Eira an, als sähe er ihn zum ersten Mal. »Zwei Uhr? Das war mir nicht bewusst. Was streunen Sie hier herum?«

»Was ist mit Ihrem Kellerfenster da auf der Rückseite passiert?«

»Passiert?«

»Haben Sie den Eindruck, dass ich undeutlich spreche, Fjeld? Sie haben den Hang, meine Fragen zu wiederholen.« Eira fasste Johan am Arm und führte ihn vorsichtig in die Diele. »Zurzeit ist es verdammt ungemütlich in Gottes freier Natur. Lassen Sie uns hineinkommen, wir müssen uns aufwärmen. Vielleicht haben Sie etwas Kaffee. Sie sehen aus, als könnten Sie selbst auch einen gebrauchen.«

Johan wirkte immer noch wie in Trance. »Aber …« Er stierte

verständnislos auf den Durchsuchungsbefehl und die zwei Männer hinter Eira und Berger, die gerade weiße Schutzanzüge anlegten. Zusätzlich zogen sie Plastikhüllen über die Schuhe und Papierhauben über die Haare.

»Wir müssen uns das Haus ansehen. Aber kümmern Sie sich nicht um die beiden. Wir wollen uns unterhalten, während sie arbeiten. Es wird nicht den ganzen Tag dauern.«

Fjeld schien nicht ganz nüchtern zu sein. Er musste sich an der Arbeitsplatte in der Küche abstützen und war im Gesicht aschgrau geworden. »Der Kaffee ist … da.« Die Worte waren an Berger gerichtet. Unbeholfen wies er auf den Küchenschrank.

Eira wagte nicht, sie anzusehen. Er kehrte ihr den Rücken zu und hörte, wie die Schranktüren mit einem energischen Ruck geöffnet und geschlossen wurden. Aber einige Minuten später blubberte die Kaffeemaschine.

»Die Küche ist der Mittelpunkt des Hauses. Wir setzen uns hier hin.« Eira sprach ruhig, versuchte, den Mann dazu zu bringen, sich zu entspannen. Irgendeine Gemütsbewegung musste ihn vollständig aus der Fassung gebracht haben. Dass ihre bloße Anwesenheit solche Wirkung auf ihn haben sollte, schien unwahrscheinlich, jedenfalls hatte Johan nie zuvor so reagiert.

Eira blickte vor sich hin. »Vielleicht sollten Sie uns zuerst etwas über das zerbrochene Kellerfenster erzählen.«

Sie hatten bei ihrem kurzen Rundgang bemerkt, dass es sorgfältig zugenagelt war. Auffallend war jedoch, dass die Reparatur von außen vorgenommen worden war, und zwar völlig planlos, als seien die Bretter in Zeitnot davorgehämmert worden.

»Das war gestern«, murmelte er. »Sie reparieren es heute Nachmittag.«

»Was ist passiert?«

»Die Kellertür … ist mir ins Schloss gefallen, als ich da unten war. Es war die einzige Möglichkeit herauszukommen. Mit …

dem Hammer, der dort hängt … falls es brennt.« Er suchte nach Worten und wirkte noch verwirrter.

Eira stand auf und ging zur Kellertür. Sie hatte eine gewöhnliche Türklinke mit einem Schlüsselloch darunter. Weder Tür noch Schloss waren seit dem Bau des Hauses ausgetauscht worden, schätzte er. Es steckte kein Schlüssel und es gab auch kein Schnappschloss.

»Wann ist das Haus gebaut worden?« Eira betrachtete Fjeld eingehend, der gierig den glühend heißen Kaffee schlürfte.

»1910.«

»Erklären Sie mir, wie die Tür zufallen konnte, wie Sie sagen.«

»Ich habe keine Ahnung. Sie war verschlossen, als ich hochkam. Ich hatte keine andere Wahl, als das Fenster einzuschlagen.«

»Waren Sie allein im Haus?«

Fjeld nickte. »Es war acht Uhr abends.«

»Was wollten Sie im Keller?«

Fjeld stellte die Tasse mit zittriger Hand ab. »Die Sachen meines Vaters überprüfen.«

Eira wartete, aber es kam keine weitere Erklärung.

»Überprüfen?«

»Nichts Wichtiges. Ich wollte nur nachsehen, … ob alles in Ordnung ist.«

Ein Beamter der Spurensicherung rief aus dem Wohnzimmer. Der Mann hatte seinen Kopf zur Hälfte in Johan Fjelds geräumigen Kamin gesteckt und schabte die Asche mit einem Löffel in eine Tüte. »Hier werden durchaus auch andere Dinge als gewöhnliches Holz verfeuert.« Die Stimme hallte im Kaminschacht wider. »Unter anderem Textilien und … das hier.« Seine Hand hielt einen verkohlten Gegenstand hoch, den Eira sofort als Pfeife erkannte.

»Außerdem haben wir noch etwas Interessantes.« Der Kriminaltechniker streckte Eira ein rußgeschwärztes Stoffbündel hin.

»Sieht nach Mullbinde aus und innendrin ist Tabak, der in Alkohol gelegen hat.«

»Nikotindestillat.«

»Richtig. Jemand scheint den Tabak in einer alkoholischen Flüssigkeit durch die Mullbinde geseiht und das Bündel danach in den Kamin geworfen zu haben.«

Der Kriminaltechniker hielt die Nase daran. »Der Alkoholgehalt ist recht hoch. Das Bündel muss in den Kamin geworfen worden sein, als der gerade *nicht* brannte. Ansonsten hätte sich der Alkohol verflüchtigt.«

Eira fand Johan Fjeld so, wie er ihn verlassen hatte – zusammengesunken im Stuhl.

»Haben Sie da unten hiernach gesucht?« Eira hielt Johan die Tüte mit dem Tabakbündel hin.

Johan starrte verständnislos darauf.

»Mullbinde mit Tabak darin.«

»Ich habe keine Ahnung, wovon Sie reden.«

»Wer außer Ihnen sollte so etwas in den Kamin gelegt haben? Nancy vielleicht?«

»Was zum Teufel …!«

»Hören Sie, Fjeld. Karl ist hier im Haus gestorben. Nancy redet in diesem Moment im Wohnzimmer wie ein Wasserfall. Erzählt, dass sie ihn auf dem Boden in seinem alten Schlafzimmer gefunden habe und dass ihr verboten worden sei, die Polizei zu rufen.«

»Das war alles Ritas Idee.«

»Rita hat vorgeschlagen, ihn zu töten und ihm danach auch noch den Kopf abzutrennen?«

»Nein! Wir haben ihn nicht getötet! Und er war … *ganz* … als wir ihn dorthin gebracht haben.«

»Rita haben wir noch nicht befragt. Sie ist nach Ihnen an der Reihe. Dann werden wir hören, was sie zu sagen hat.«

Johan sprang vom Stuhl auf. »Rita ist ein Verschwörungsgenie! Sie ist ein Ass darin, andere anzuschwärzen und Leute gegeneinander aufzuhetzen.«

»Benutzen Sie den Kamin häufig?«

Johan sank zurück auf den Stuhl, sein Blick wurde wachsam und er sah aus, als halte er einen Augenblick lang die Luft an. »Gelegentlich.«

»Was verbrennen Sie dort?«

»Es kommt vor, dass ich alten Plunder darin verbrenne. Wissen Sie, seit Einführung der Müllsortierung weiß man nicht mehr, in welche Tüte man das Zeug stecken soll. Da kann man es genauso gut in den Kamin werfen.«

»Pfeife rauchen Sie nicht, oder?«

»Nein … Doch, in der Tat, ab und zu«, sagte er schnell.

Eira holte Luft und wollte ihm gerade wegen der Lügen die Leviten lesen, als der zweite Kriminaltechniker aus dem Keller kam.

»Eira, der Keller ist interessant. Jemand ist vor kurzem dort gewesen. Ein Raum voller alter Dokumente stinkt nach Chlor und Putzmittel. Und am Holz eines alten Stuhls dort drinnen haben wir Blutspuren gefunden.«

»DNA?«

»Ich glaube, sie lässt sich ermitteln. Außerdem steht dort ein verschlossener Safe. Kann Johan Fjeld ihn öffnen?«

Johan erhob sich wieder, diesmal nur halb. »Es … er ist leer. Der Safe ist leer und die Tür steht weit offen«, stotterte er. »Ich … ich habe gerade …« Er schwieg und ließ sich mit einem hilflosen Gesichtsausdruck wieder auf den Stuhl sinken. »Ich kann nicht …«

»Was können Sie nicht? Den Code eingeben?«

Johan schüttelte bloß den Kopf, sein Gesicht war aschgrau.

Die Treppe, die hinunter in den Keller führte, war aus grobem, gebeiztem Holz. An der Wand über den Stufen hing alles Mögliche, vom Blaubeereimer bis zum Wanderschuh. Unten schloss sich ein kurzer Gang an, der auf jeder Seite drei Türen hatte.

Eine Tür stand offen. Der Raum dahinter sah aus wie eine Art Büro mit Regalen voller Aktenordner. Dazwischen das von Johan Fjeld zerbrochene Fenster.

Eira bemerkte, dass sämtliche Fenster im Keller in jüngerer Zeit ausgetauscht worden sein mussten, vermutlich aus Sicherheitsgründen. Eira wollte sich eines davon genauer ansehen. Es knirschte unter seinen Schuhen, als er der Wand nahekam. Vor der Ritze zwischen Wand und Boden lag Zementstaub von der dicken Grundmauer, der wahrscheinlich noch vom Fensterwechsel herrührte.

Eiras Kollege von der Spurensicherung zeigte auf das Fenster. »Solide, doppelte Scheiben, die nicht geöffnet werden können.« Er hielt den roten Nothammer hoch. »Den hier hat Johan benutzt, um ein Loch in das Fenster dort drüben, im anderen Raum, zu schlagen. Er hat ihn anschließend einfach weggeworfen. Der Glaskasten, in dem er normalerweise hängt, ist draußen vor der Tür.«

Eira trat etwas zur Seite. »Nimm bitte Proben von diesem Staub. Die Farbe von der Mauer kann sich mit dem Zement vermischt haben. Überprüft das. So etwas setzt sich hartnäckig in den Schuhsohlen fest, wenn man hineintritt.«

Der Spezialist machte sich sofort an die Arbeit.

Eira erkundigte sich, in welchem Zimmer er den Safe finden könnte.

»Du brauchst eigentlich nur dem Geruch nachzugehen. Es riecht nach Chlor wie in einem frisch geschrubbten Schwimmbad.«

Eira betrat den Raum. Er war dunkel, kalt, zugig. In einer Ecke stand ein alter Holzstuhl, daneben ein Schreibtisch. Obenauf thronte der Safe, viel zu wuchtig für das wackelige Möbelstück.

Der Kriminaltechniker war gerade damit beschäftigt, den Safe zu öffnen. »Wir haben es gleich, Eira.«

Nach einer Weile klickte das Schloss, der Beamte öffnete die gepanzerte Tür und warf einen Blick in den Tresor.

Eira trat zwei Schritte näher heran. »Und? Etwas gefunden?«

Es kam selten vor, dass die Antwort eines Kollegen in Würgegeräuschen unterging.

Im schummrigen Licht konnte Eira auf dem obersten Safefach einen dunklen Klumpen erkennen. Die verzerrten Konturen eines männlichen Gesichts.

»Karl Fjeld«, hauchte Eira.

Kapitel 48

Johan Fjeld war immer noch nicht rasiert. Das saubere Hemd konnte nicht darüber hinwegtäuschen, dass er sich am Rande eines Kollapses befand. Es war wenig aus ihm herauszubekommen, weder Antworten noch Ergänzungen, so als habe Johan sich ergeben. Er wollte offenbar nur noch alles hinter sich bringen, egal mit welchem Ergebnis.

Eine solche Haltung bekümmerte Eira. Einem Mann, der sich ohne Widerstand ergab, der am Boden lag – *sich selbst auf den Boden warf* –, bevor der Kampf begonnen hatte, konnte man kaum Glauben schenken, selbst wenn er ein Geständnis ablegte.

»Sie behaupten, dass Sie den Kopf Ihres Bruders zufällig in dem Safe dort unten gefunden haben?«

Johan Fjeld nickte mit leerem Blick.

»Sie haben keine Ahnung, wie er dorthin gekommen ist, aber Sie geben zu, dass Sie die Leiche am Berghang abgelegt haben?«

Erneutes Kopfnicken.

Eiras Sorge um den Mann nahm zu. Einen Moment lang dachte er daran, einen Arzt zu rufen, fuhr dann aber fort: »Machen Sie langsam, Fjeld. Nehmen Sie sich die Zeit, die Sie brauchen. Beginnen Sie ganz von vorne, bitte.«

Und Johan Fjeld erzählte. Erst langsam und stockend, aber recht bald strömten die Worte aus ihm heraus. Er wirkte erleichtert, endlich frei reden zu können. Die Geschichte klang so absurd, dass Eira sie nicht kommentierte und auch kaum Zwischenfragen stellte. Als Fjeld seinen Bericht damit beendete, weshalb er das Fenster eingeschlagen hatte, sagte Eira schließlich: »Sie hatten also die Haustür abgeschlossen, aber die Kellertür offen stehen lassen, als Sie hinuntergegangen sind?«

»Genau.«

»Aber beim Hochkommen haben Sie bemerkt, dass die Kellertür plötzlich verschlossen war?«

Johan nickte.

»Sie haben das Kellerfenster eingeschlagen, weil die Tür oben an der Kellertreppe abgeschlossen war?« Johan nickte. »Dann haben Sie die Haustür aufgeschlossen, sind wieder hineingegangen und haben festgestellt, dass die Kellertür doch nicht abgeschlossen war?«

Fjeld nickte erneut.

»Und es gab kein Zeichen von Einbruch?«

»Nicht das geringste.«

Eira fragte sich, wie Mona Lie mit dieser Situation umgegangen wäre. Johan klang, als habe er Wahnvorstellungen – oder noch schlimmer: als sei er auf dem Weg in eine akute Psychose. »Wie erklären Sie sich all dies selbst, Fjeld?«

»Ich habe keine Erklärung dafür.« Johan sah Eira trüben Blickes an. »Um es geradeheraus zu sagen, Eira, dieser Keller hat mir immer schon Angst gemacht.«

Eira kreuzte skeptisch die Arme. »Glauben Sie, dass Ihre Angst vielleicht auf Ihre Phantasie eingewirkt hat? Ich meine, dass die Phantasie Ihnen auf diese Weise eventuell einen Streich gespielt haben könnte?«

Johan fasste sich langsam an den Kopf. »Ich … ich glaube fast, ich bin ohnmächtig geworden. Und ich hatte das Gefühl, dass jemand … über mir stand … während ich langsam bewusstlos wurde.« Er starrte verwundert vor sich hin.

Als Schauspieler hätte Johan richtig Karriere machen können, dachte Eira. Falls Johan tatsächlich simulierte.

Johan blieb in sich zusammengesackt sitzen. »Sie glauben, ich bilde mir das alles nur ein.«

»Ja, Fjeld. In der Tat. Zumindest klingt Ihre Geschichte nicht plausibel, wenn – wie Sie steif und fest behaupten – das Haus abgeschlossen war.« Eira strich sich mit der Hand durchs Haar. Hier stieß er an seine Grenzen. »Ich gebe zu, dass ich Schwierigkeiten mit Ihrer Version habe, das ist einfach so. Aber am allermeisten sorge ich mich im Moment um Ihr inneres Gleichgewicht. Ich würde mir wünschen, dass Sie mit jemandem sprechen, der sich auf diesem Gebiet besser auskennt als ich. Holen Sie sich psychologischen Rat, Johan.« Eira erhob sich. »Und was *mein* Fachgebiet angeht: Die Funde in Ihrem Haus haben natürlich zur Folge, dass Sie zur Vernehmung mitkommen müssen.«

Eiras Stimmung hatte sich leicht verbessert, als sie bei den Autos standen und auf Johan Fjeld und die beiden Beamten von der Spurensicherung warteten.

»Jetzt mal Klartext: Johan wirkt regelrecht geistesgestört.« Eira trommelte mit den Fingerspitzen auf ein Autodach.

Sand, ein von der Landeskriminalpolizei hinzugezogenener Ermittler, ergriff das Wort. »Wie viel von dem, was Johan sagt, können wir glauben? Hat der Kopf die ganze Zeit im Safe gelegen? Spielt Johan uns was vor?«

»Ich glaube irgendwie nicht, dass Johan Fjeld das Zeug dazu hat.« Benjaminsen klang äußerst skeptisch.

Sand grinste. »Wir sollten das Ganze mal aus einer neuen Perspektive betrachten. Führt hier eine andere Person Regie? Wird vielleicht nicht nur die Polizei, sondern auch Johan Fjeld komplett ausgespielt?«

Eira trommelte sachte weiter. »Jemand, der sich ungesehen ins Haus schleicht und das alles arrangiert? In diesem Fall hätte der Betreffende sowohl Schlüssel zur Haus- als auch zur Kellertür, die angeblich beide immer verschlossen sind.«

»Mit anderen Worten: Nancy oder Rita.« Benjaminsen wippte von Bein zu Bein.

Sand blickte versonnen auf Fjelds Haustür. »Wir sollten uns nicht auf Personen versteifen, sondern lieber versuchen zu verstehen, wie der Betreffende möglicherweise denkt.«

Eira sah nachdenklich vor sich hin. »Johan scheint bei dem bloßen Gedanken, hinunter in den Keller zu gehen, vollkommen die Fassung zu verlieren. Man hätte ein ganzes Heer da unten verstecken können, ohne dass er es gemerkt hätte.«

»Alle seine Schreckensvisionen haben sich erfüllt, als er den besagten Kopf im Safe fand. Zumindest wenn man seiner Version folgt«, fügte Sand hinzu. »Es wäre also denkbar, dass jemand von Johans Phobie wusste und den Plan hat, ihn in den Wahnsinn zu treiben.«

»Dann wäre derjenige ja bald am Ziel. Johan wirkt dermaßen verwirrt, dass er kaum mehr zwischen Phantasie und Wirklichkeit unterscheiden kann.« Benjaminsen strich sich mit der Hand über den Borstenschnitt.

»Insofern müssen beide Möglichkeiten weiter verfolgt werden – entweder führt Johan uns an der Nase herum, oder wir werden gemeinsam mit Johan zum Besten gehalten«, fasste Eira zusammen. »Im Übrigen könnte es wichtig sein, dass wir Johans Angstzustände ernst nehmen. Egal woher sie rühren.« Er nickte zum Haus hinüber, wo Johan in diesem Moment gebeugt und langsam die Treppe hinabschritt. »Steigt schon mal ein, ich halte ihm die Wagentür auf.«

Kapitel 49

30. Oktober 2007

Als Eira am nächsten Vormittag in den Konferenzraum kam, herrschte bereits Hochbetrieb. Auf einem Tisch in der Ecke standen Reste kalter Pizza und lauwarmer Kaffee.

Eira zog seine Jacke aus und setzte sich auf die Tischkante. Ein Kollege von der Spurensicherung ergriff gerade das Wort. Der Mann hatte die ersten Jahre seiner Kindheit in Bergen verbracht und seitdem seine südnorwegische Aussprache beibehalten. »Wir haben eine überraschende Entdeckung gemacht, Eira.«

»So?« Eira holte sein Butterbrotpaket heraus und hörte skeptisch zu, denn er glaubte kaum, dass er nach dem Fund in Johan Fjelds Safe noch nennenswert überrascht werden könnte.

»Dieser Nothammer, der bei Fjeld draußen vor dem Archivraum angebracht war und mit dem er die Scheibe eingeschlagen hat …«

»Ja …?«

»Wir haben Blut daran gefunden. Und Hautzellen.«

Eira vergaß zu kauen. Ein Hammer mit Blut und Hautzellen gehörte in die Kategorie *Angriffswaffen.* Johan Fjelds panische Flucht aus dem Fenster konnte zu Verletzungen geführt haben, allerdings hatte Johan nur oberflächliche Schürfwunden an den Händen. »Irgendwelche Übereinstimmungen mit anderen Proben?«

»In der Tat. Am ganzen Griff sind Johans Fingerabdrücke. Aber das Blut auf dem Hammerkopf ist nicht mehr ganz frisch. Es trägt Magni Andersens DNA.«

Dr. Vennestad kaute auf einem harten Pizzarand. Er war bereits auf dem Laufenden. »Ich habe mir den Nothammer schon angesehen, Eira. Eigentlich ist es ja eher ein Klotz. Sie erinnern sich, dass ich bei Magni Andersen auf einen viereckigen Abdruck hingewiesen habe, der uns zunächst auf eine flache Mordwaffe schließen ließ?«

Eira nickte.

»Nun, ich habe mir den Obduktionsbericht noch mal vorgenommen, und die Maße könnten übereinstimmen. Die DNA-Struktur ist ja definitiv identisch. Es muss also das Werkzeug sein, mit dem Magni Andersen getötet wurde.«

Eira mischte die losen Puzzleteile durcheinander. Welche Beziehung bestand zwischen Magni Andersen und Johan Fjeld? Magnis Sohn Per war ein Bekannter von Johan gewesen, aber kein enger Freund. Magni selbst hatte viele Jahre in der Firma der Fjelds geputzt. War in den Büros ein- und ausgegangen, geradezu ein Teil des »Inventars« gewesen, wie sie selbst es sarkastisch ausgedrückt hatte. War sie in die Familienangelegenheiten verstrickt gewesen?

Benjaminsen stand mit verschränkten Armen an der Tafel und betrachtete die angepinnten Fotos. »Das ist nun wirklich etwas anderes als das Kätzchen, dem jemand den Kopf abtrennt und es dann in Nachbars Garten legt. Wenn das hier herauskommt! Ich möchte mir die Schlagzeilen zu Karl Fjelds Kopf lieber nicht vorstellen. Schon allein die Tatsache, dass wir uns überhaupt wieder mit dem Brand von 1969 beschäftigen, hat für meinen Geschmack genug Gezeter ausgelöst ...«

Eira trat neben Benjaminsen. Der Kopf war der einzige Inhalt des Safes gewesen. Eira wandte sich an den Kriminaltechniker. »Irgendwelche Spuren? Fingerabdrücke?«

»Fingerabdrücke gibt es massenhaft. Auch von Johan Fjeld. Außerdem hat er ein Kleidungsstück im Kamin verbrannt. Wir haben Wollfasern gefunden und Reste von Tierfell. Wahrscheinlich Teile eines Pelzkragens. Die Pfeife dagegen ...« Er blätterte weiter.

»Damit hatten wir weniger Glück. Ziemlich dick, langer Pfeifenstiel, also, es ist klar, dass es sich um eine Pfeife handelt, aber mehr ist nicht herauszubekommen. Der Speichel in der Pfeife ist zerstört, sodass wir keine DNA isolieren konnten.«

Eira runzelte die Stirn. »Okay, lass es uns positiv sehen. Immerhin ist die Leiche jetzt wieder komplett. Was man von Johans hingestotterter Geschichte natürlich nicht behaupten kann. Sie ist unzusammenhängend und unlogisch. Wir haben aber eindeutige Beweise dafür, dass Karl bei Johan übernachtet hat und Johan später versuchte, Karls Habseligkeiten loszuwerden, indem er sie im Kamin verbrannte.«

Eira legte eine Pause ein und strich sich übers Kinn. »Für Johan sieht es zweifellos düster aus. In seinem Keller befand sich Karls Kopf zusammen mit der Waffe, durch die Magni Andersen ums Leben kam. Der Nothammer war bereits wieder an seinen Platz an der Wand gehängt worden, wo er zuvor jahrzehntelang unangetastet gehangen hatte. Der Hammer wäre niemals als Mordwaffe identifiziert worden, wenn Johan ihn nicht aus dem Glaskasten gerissen und die Scheibe damit eingeschlagen hätte.«

Die Logik hinkte jedoch. Wenn Johan Magnis Mörder war, warum war er dann so unvorsichtig gewesen, den Hammer noch einmal zu benutzen? Es passte auch nicht, dass der Hammer nach dem Mord nicht gesäubert, sondern sofort wieder aufgehängt worden war. Panik, nahm Eira an, wenn man dem Muster, das sich herauskristallisierte, glauben wollte. *Panik,* die Johan unzurechnungsfähig werden ließ. Offenbar folgte er nicht mehr dem gesunden Menschenverstand. Es begann sich abzuzeichnen, dass seine Psyche das Ganze nicht durchhielt.

Und noch eine Unstimmigkeit: Johan hatte trotz allem ein Gewissen. Auf solche Weise mit Leichenteilen herumzuhantieren verlangte jedoch außerordentliche Kaltblütigkeit. Eira nahm sich vor, über diesen Punkt noch einmal gesondert nachzudenken.

Für Johan war in jedem Fall alles zusammengestürzt: Das blanke Entsetzen über das, was er getan hatte, regierte jetzt diesen Menschen. Immerhin hatte Johan bereits zugegeben, den toten Bruder hinauf ins Gebirge transportiert zu haben. Johan Fjeld war in ärgster Bedrängnis, in Rechtfertigungsnot, und zu allem Übel klang alles, was er sagte, verdammt unglaubwürdig.

Eira traf den Mülleimer, der am anderen Ende des Raumes stand, mit dem Butterbrotpapierbällchen und machte sich ein Kreuz in den Kalender. In diesem Jahr hatte er noch nicht danebengeworfen.

Rita Fjeld nahm nach dem ersten Klingelton ab, aber an ihrem Tonfall merkte er, dass es nicht sein Anruf war, den sie erwartet hatte.

»Was soll ich Ihrer Meinung nach dazu sagen?« Sie klang heute ungewöhnlich mürrisch. »Ich habe seine Geschichten gehört und mache mir natürlich Sorgen.«

Er erhoffte sich von ihr Antworten auf viele Dinge und stellte sich deshalb taub für ihre Proteste gegen ein Treffen.

Eine Viertelstunde später saß Eira in Ritas Wohnzimmer. Sie sah ihn durch die von ihrer Zigarette aufsteigende Rauchsäule hindurch angestrengt an. »Ich weiß, es erscheint dramatisch, dass er ein Fenster einschlägt, um herauszukommen.« Sie klopfte die Asche ab und schlug die Augen nieder. »Eigentlich ist es sehr einfach: Er hat ein schwieriges Verhältnis zu diesem Keller, seit er als Kind durch ein Missgeschick dort eingeschlossen wurde. Das Wort Trauma beschreibt es wohl am treffendsten.«

»Wir haben dort unten Blut entdeckt. Und wir haben Blut auf dem von ihm verwendeten Nothammer gefunden.«

Sie zuckte mit den Schultern. »Man schneidet sich ja schnell an zerbrochenem Glas.«

»Es ist nicht sein Blut.«

Sie sah ihn kurz an. »Ach?«

»Welche Beziehung hatte er zu Magni Andersen?«

Rita lachte reserviert. »Beziehung? Was für eine merkwürdige Bezeichnung. Das klingt ja fast wie ein … Nun. Sie hat vor vielen Jahren unsere Büros geputzt.« Rita wirkte auf einmal wachsam. »Warum fragen Sie? Was hat sie mit der Sache zu tun?«

»Das Blut, das wir an dem Hammer gefunden haben, ist ihres.«

Jetzt legte Rita die Zigarette hin. »Es würde mich sehr wundern, wenn sie jemals bei Johan gewesen wäre.«

»Was dann wohl bedeutet, dass der Hammer aus dem Haus geschafft und benutzt worden ist, um Magni Andersen niederzuschlagen und zu töten, und dann wieder an seinen Platz dort unten gebracht wurde. Übrigens ein praktischer, kleiner Glaskasten, in dem er da hängt.«

Rita stand bereits mit einem Cognacglas in der Hand neben dem großen Eichenschrank. »Machen Sie weiter, Eira.« Sie füllte das Glas fast zur Hälfte. Ein rascher Blick auf die Uhr sagte Eira, dass es Viertel nach drei war.

»Soweit mir bekannt ist, haben abgesehen von Johan nur Sie und Nancy Schlüssel zu seinem Haus. Sie alle behaupten, zu dem Zeitpunkt, als Magni Andersen getötet wurde, alleine bei sich zu Hause gewesen zu sein.«

Ritas Augen wichen Eira weiterhin aus.

Eira fuhr sich durchs Haar. »Sie werden verstehen, dass Sie – und wir – hier ein Problem haben. Hat sonst noch jemand Zugang zum Haus?«

Ihr Blick verfinsterte sich und traf jetzt direkt in Eiras Augen. »Ich hoffe, Sie finden das heraus. Soweit ich weiß, hat außer uns dreien keiner einen Schlüssel zum Haus.« Bei jedem Wort klopfte sie mit einem ihrer langen Fingernägel gegen das Glas. »Ich bin nach dem Brand ausgezogen. Wem mein Vater oder Johan Schlüssel gegeben haben, kann ich Ihnen nicht sagen.«

»Okay.« Im Stillen seufzte Eira. An dieser Kratzbürste konnte man sich wahrlich die Zähne ausbeißen. »Dann lassen Sie uns über eine Person sprechen, die tatsächlich regelmäßig bei Johan im Haus ist. Seine Hausangestellte, Nancy. Sie kommt um neun und geht um fünf Uhr wieder, nicht wahr? Drei Tage die Woche?«

Rita nickte defensiv. »Vermutlich.«

»Reden Sie keinen Unsinn, Sie wissen das gut.« Er sah sie hart an. »Jedes Mal, wenn ich bei Johan war, war Nancy *auffallend unsichtbar*. Sie lief fast vor mir davon. Als wir zur Hausdurchsuchung dort waren, haben wir sie beiseitegenommen und lange mit ihr gesprochen. Ich hielt eine formelle Vernehmung im Präsidium für zu dramatisch. Allerdings landeten wir schließlich doch dort.« Eira lehnte sich im Stuhl zurück und ließ seine Worte sacken.

Ritas unerschütterliche Fassade schien zu bröckeln, aber nur minimal. »Was wollen Sie damit sagen, Eira?«

»Einige besitzen eben doch ein Gewissen, Frau Fjeld. Es ist auf jeden Fall nicht gesund für solche Menschen, eine Schweigepflicht auferlegt zu bekommen. Ihr Gewissen macht da nicht mit.«

Rita schloss die Augen. »Mein Gott!«

»Es war, als steche man ein Loch in eine Eiterbeule. Es quoll nur so aus Nancy heraus. Wie sie den Gast des Hauses tot auf dem Schlafzimmerboden gefunden hat und wie Johan und Sie sich die Köpfe zerbrochen haben, um eine Lösung zu finden, die die Polizei außen vor ließ. Ein Arzt war zu keinem Zeitpunkt ein Thema.«

»Ist das verwunderlich?«, platzte es aus Rita heraus.

»Und der armen Nancy legten Sie einen Maulkorb an und drohten ihr mit Kündigung und schlechterer Rente, wenn sie auch nur einen Mucks von sich geben würde. Sie deuteten sogar an, dass Nancy zur Hauptverdächtigen werden könnte, nur weil sie die Leiche gefunden hat.«

Während er redete, war Rita erregt aufgestanden und lief nun im Zimmer hin und her. »Sprechen wir von ein und derselben Person? Dieser rechtschaffene Mensch, von dem Sie reden, soll unsere Nancy sein? Ich will Ihnen jetzt mal was sagen, Eira. Nancy hat über die Jahre hinweg perfide Techniken entwickelt, wie man am besten an verschlossenen Türen lauscht und fremde Briefe liest. Diese Disziplinen beherrscht Nancy meisterlich. Wie können Sie ihrem Wort nur vertrauen?«

Rita blieb unmittelbar vor Eira stehen. »Aber, du meine Güte, was hätte ich denn tun sollen? Johan hat mich morgens in aller Herrgottsfrühe angerufen und mir diese fürchterliche Geschichte aufgetischt. Sowohl er als auch Nancy waren völlig aufgelöst. Es ist doch klar, dass ich ihn gebeten habe, die Polizei anzurufen und einen Arzt kommen zu lassen. Aber er wollte nicht und war vollkommen außer sich. Wenn Sie wüssten, wie satt ich es habe, für diesen Mann die Mutter zu spielen!«

Die Hand mit dem Streichholz zitterte leicht, als Rita sich eine Zigarette anzündete. »Es tut mir leid, Eira. Ich weiß wirklich nicht mehr, als ich erzählt habe. Meine Aufgabe bestand darin, Johan vor einer Katastrophe zu bewahren. Aber jetzt glaube ich wirklich, dass ich nichts weiter für ihn tun kann.«

Am späten Nachmittag wurden die Fenster im Konferenzraum weit aufgerissen. Eiskalte Luft fegte herein und die Gänsehaut, die sie verursachte, fühlte sich herrlich an. Im Raum hielten sich viele Leute auf, Kaffeetassen wurden auf Stapeln von Papieren und Notizen balanciert. Die Stimmung war gehoben und optimistisch. Alle Indizien deuteten klar in Richtung eines Verbrechens, das innerhalb der Familie des Opfers begangen worden war.

Johan Fjeld war der Hauptverdächtige. Er hatte versucht, geheimzuhalten, dass sein Bruder Karl im gemeinsamen Elternhaus gestorben war, hatte die Leiche abtransportiert und die unzusammenhängende Geschichte über die abgeschlossene Kellertür verbreitet. Außerdem war der abgetrennte Kopf in Johans Safe aufgefunden worden und er hatte Kleidung im Kamin verbrannt. Das alles waren Belastungsmomente gegen Johan. Man hatte nachgewiesen, dass Johans DNA im Blut auf dem Kellerboden enthalten war. Und nicht zuletzt schien Johan psychisch immer mehr schlappzumachen.

Eira überlegte, wie sich wohl alles zugetragen haben mochte. Johan hatte Karl sein Auto geliehen und war möglicherweise selbst in der Nähe der elterlichen Hütte gesehen worden. Karls Vergiftung musste wohl anders geplant gewesen sein. Hier hatte es offensichtlich eine Panne gegeben. Johan hatte vermutlich damit gerechnet, dass Karl den Whiskey mitnehmen, ihn in der Hütte trinken und dort zu Bett gehen würde.

Eira verlor den Faden, als die Tür aufging und Polizeidirektor Hagen hereinkam. Er wirkte angespannt. Es wurde augenblicklich still im Raum.

Berger stand auf und schloss die Fenster.

Eira griff widerwillig nach der Zeitung, die sein Chef ihm reichte. Von der Titelseite sprang ihn das Wort »Familientragödie« an. Der Text enthielt eine Menge haltloser Spekulationen, aber auch einige Informationen, die über das hinausgingen, was die Polizei für die Presse freigegeben hatte.

»Woher haben die das?« Eira zitierte eine Passage über *Funde im Wohnhaus der Familie, die darauf hindeuten, dass eine Person aus dem engsten Familienkreis verdächtigt* werde.

»Das ist eine Schlussfolgerung, die wir erst hier und jetzt gezogen haben. Niemand hat das offiziell an die Presse gegeben!« Eira überflog den Rest des Artikels, faltete die Zeitung mit festem Griff wieder zusammen und ließ den Blick über die Versammelten schweifen. »Wer zum Teufel gibt hier unerlaubterweise Informationen an die Presse weiter?«

Berger setzte sich aufrecht hin. »Schaust du etwa einen Bestimmten von uns an, Eira?« Sie errötete vor Entrüstung. »Vielleicht wäre es eine gute Idee, auch in diesem Fall in Fjelds engsten Familienkreisen zu suchen!«

Eira wusste, auf wen Berger anspielte. Auch er hatte sogleich an Nancy gedacht. An diese loyale, leicht nervöse Frau, die sich stets im Hintergrund hielt und nie ein Wort sagte. Aber *wenn* sie mal in die Gänge kam, redete sie wie ein Staubsaugervertreter – vor allem, wenn man sie ein wenig unter Druck setzte.

»Rita Fjeld behauptet, dass sie zurzeit keine Zeitungen liest. Darüber können wir froh sein.« Eira stand auf. »Berger, es wird dir gleich wieder viel besser gehen, wenn du dir schon mal bequeme Joggingschuhe anziehst. Aber wir kommen wahrscheinlich trotzdem zu spät zur Pressekonferenz.«

Polizeidirektor Hagen nickte hochkonzentriert und blickte in die Runde. Wie so häufig erwies sich dieser sehnige Mann, dessen Haut so zerfurcht und gegerbt war wie die eines Lofotfischers, auch in dieser Situation als verantwortungsbewusster Chef. »Ich glaube, heute sollte vielleicht besser *ich* den Kontakt zu den Medien übernehmen«, sagte er schließlich. »Wir müssen jetzt versuchen zu mauern. Ich beherrsche die Kunst, viel zu reden, ohne irgendetwas zu sagen, weitaus besser als du, Eira.« Hagen klopfte Eira kurz auf die Schulter und verließ den Raum.

Eira war bereits wieder in Gedanken versunken und starrte nachdenklich vor sich hin.

»Solche alten Villen wie die der Fjelds haben eine echte Seele«, sagte er langsam, »und sind oft unergründlich. Ich denke da vor allem an dunkle Dachböden, weit verzweigte Kellerflure, diverse Schächte mit Luken zum Ein- und Aussteigen. Meistens gibt es mehr als einen Hinterausgang, und diese Türen tragen häufig noch die Originalschlösser. Also, wenn ihr mich fragt, da *müssen* noch weitere Schlüssel in Umlauf sein. Und außerdem fällt mir jetzt gerade etwas ein: Nancy hat bei der Vernehmung eingeräumt, dass Johan sich aufgeregt hat, weil Karl sich mitten in der Nacht ganz einfach selbst die Tür aufgeschlossen hat. Diese Schlüssel haben wir bisher weder berücksichtigt noch zu Gesicht bekommen.«

Er trommelte mit den Fingern auf den Tisch. »Der Mörder hat wahrscheinlich Karls Schlüssel an sich genommen. Aber warum sollte Johan das tun, wenn er eigene Schlüssel zum Haus hat?«

Kapitel 50

Eira fand Dr. Moes Adresse und setzte sich ins Auto. Der langjährige Arzt der Familie war zweiundachtzig Jahre alt, wohnte aber noch in seiner eigenen Wohnung und kam allein zurecht. Als Eira an Dr. Moes Wohnungstür läutete und sich vorstellte, wurde er eifrig hineingebeten. Eine ungewohnte Erfahrung für einen Kommissar. War ab einem gewissen Alter vielleicht *jeglicher* Besuch willkommen?

»Johan Fjeld?« Dr. Moes Haut war vergilbt. Auf dem Kopf hatte er viele braune Leberflecke, aber nur noch ein paar vereinzelte Haare. Der Mann sah aus, als befände er sich kurz vor der Mumifizierung, und seine Augen waren etwas matt. Doch Eira erkannte schnell, dass sein Geist gut funktionierte. »Andreas Fjelds jüngster Sohn, nicht wahr?«

Eira nickte und der Mann verschloss sich wie eine Auster, der man auf die Schale geklopft hatte. Der Widerwille, mit Außenstehenden über seine Patienten zu sprechen, war ihm in Fleisch und Blut übergegangen. Eira legte die Papiere vor, die den Arzt von seiner Schweigepflicht entbanden. Moe warf einen langen und immer noch genauso unwilligen Blick darauf. »Johan Fjeld als Kind? Warum um Himmels Willen sollte das von Interesse sein?«

»Hören Sie, Dr. Moe. Es heißt, Johan sei als Sechsjähriger im Keller eingesperrt worden. Der gleiche Keller spielt jetzt eine Rolle bei der Untersuchung des Mordes an Karl Fjeld, wahrscheinlich sogar ebender Raum, in dem Johan als Kind eingeschlossen war. Vielleicht wird Johan ja von Erinnerungen an dieses üble Erlebnis verfolgt?«

Eira konnte eine hilflose Geste nicht unterdrücken. Er fühlte sich so unbeschlagen in Sachen Psychologie. »Bitte, Dr. Moe. Was wissen Sie über dieses Ereignis, das für den sechsjährigen Johan so schockierend war?«

Dr. Moe faltete seine langen, knochigen Finger und sah Eira direkt in die Augen. »Sie waren damals Kinder, Eira. Johan war sechs, Rita acht Jahre alt. Einige Spielkameraden waren dabei. Alle wussten von Johans Angst vor dunklen Räumen, Kellern, Dachböden … Es wurde vermutet, dass er mit einem Trick dort hinuntergelockt worden war. Die Tür wurde abgeschlossen und der Junge saß fest, fast bis Mitternacht.« Der greise Arzt machte eine wegwerfende Handbewegung. »Kinder eben.«

»Er ist eingeschlossen und so lange allein gelassen worden?«

Moe nickte.

»Könnte das Blut, das wir gefunden haben, von damals stammen?«

»Gut möglich. Er hat sich an der Tür blutig gekratzt. Wenn Sie suchen, finden Sie sicher noch ein paar Spuren mehr.«

Eira schauderte. »Konnte man jemanden zu cinem Geständnis bewegen?«

»Oh ja. Rita hatte ihn eingeschlossen. Das fanden wir alle bereits entsetzlich genug, aber noch schlimmer war, dass sie danach keinerlei Zeichen von Reue zeigte.«

»Weiß Johan, dass Rita ihn eingesperrt hat?«

»Nein, das weiß er nicht. Außer natürlich, sie hat es ihm als Erwachsene erzählt. Die Eltern wollten damals nicht, dass es herauskam. Sie hatten das Ziel, die Geschwister mit einem guten Verhältnis untereinander aufwachsen zu lassen.«

Ein Kurs in Psychologie würde ihm gut tun, dachte Eira resigniert, nachdem er sich von Dr. Moe verabschiedet hatte. Es war gut, Mona Lie in der Hinterhand zu haben. Wie so oft in letzter Zeit dachte er an sie. Er wollte sie sehen und außerdem hatte er einen Auftrag für sie.

Mona Lie traf pünktlich im Café im Aunegården ein. Die alte Metzgerei, die den Brand von 1969 überlebt hatte, war zu einem Restaurant mit vielen Ecken und Nischen umgebaut worden und ideal für vertrauliche Gespräche an einem Dienstagnachmittag. Mona hatte eine Aktentasche dabei und war elegant gekleidet, mit Kostüm und hohen Stiefeletten. Unter dem dicken Isländerpulli fühlte Eira sich eigenartig verschwitzt und bemerkte plötzlich, dass seine Finger gelbe Flecken hatten. Am Abend zuvor hatte er einen Schnitt mit Jod bepinselt.

Sie nahm mit einem kecken Hüftschwung Platz, während er seine Hand unter den Tisch schmuggelte.

»Hast du was mit Jod gemacht?«

Eira fühlte sich wie ertappt und nickte matt.

»Du schneidest dich bestimmt häufig, wenn du an deinen Messern arbeitest. Ich werde dir etwas anderes geben. Jod hinterlässt allzu hässliche Flecken auf der Haut.« Sie hatte nach der Speisekarte gegriffen und sich bereits entschieden. »Ich habe wirklich einen Bärenhunger. Was nimmst du?«

Er blieb die Antwort schuldig. Ein Blick auf die Uhr zeigte, dass Mona erst vor drei Minuten angekommen war. In dieser Zeit hatte sie ausgesucht, was sie essen wollte, und die Jodflecken sowie den Schnitt an seinen Fingern entdeckt. »Das Gleiche wie du«, sagte Eira einfältig.

Sie hatte ein herzförmiges Gesicht und eine winzige Kerbe am Kinn. Wenn sie lächelte, bildeten sich zwei kleine Grübchen in den Wangen, genau drei Punkte, durch die man ein gleichseitiges Dreieck ziehen konnte. Jetzt ließ sie das Gesicht in ihren Händen ruhen und sah ihn mit blauen Augen an, die im Kontrast zu dem schwarzen, glatten Haar noch heller wirkten. »Du wolltest über etwas reden?«

Er verschränkte seine gelb gefleckten Hände und sortierte seine Gedanken. »Was lässt einen Menschen zum Pyromanen werden?«

»Du meinst, warum manche Menschen vorsätzlich einen Brand legen?«

Eira nickte. »Kann zum Beispiel ein Kindheitstrauma später, im Erwachsenenalter, zu solch einer Tat führen? Oder … liegt so ein Verhalten von Geburt an in der Persönlichkeit verankert?« Er fand es schwierig, seine Fragen zu formulieren, aber sie schien ihn ausgezeichnet zu verstehen.

Mona kaute bedächtig. »Ein Brandstifter ist nicht immer ein Pyromane«, begann sie langsam. »Pyromanie ist eine Verhaltensstörung, wenn du willst, nenn es eine ›Krankheit‹, genauso wie Kleptomanie. Das Entscheidende ist, dass der Betreffende nie in Raserei Feuer legt, um zum Beispiel etwas zu rächen oder ein Verbrechen zu vertuschen. Ein Pyromane fühlt den *Drang zum Feuer*. Er *muss* Feuer legen. So jemand ist erregt, wenn er nur daran denkt. Nichts anderes motiviert ihn. Und anschließend, wenn der Brand ausgebrochen ist, fühlt sich der Pyromane eigenartig befreit oder entladen.«

»Also fast wie beim Sex.«

»Vielleicht.« Sie senkte den Blick. »Du hast nach dem Persönlichkeitstyp gefragt. Ein Pyromane ist oft ein Einzelgänger. Etwas asozial, wenige Freunde, vielleicht eine schwierige Kindheit.«

»Per passt sehr gut auf diese Beschreibung, findest du nicht?« Eira drehte seine Tasse zwischen den Händen.

Sie nickte. »Brandstifter der anderen Kategorie bezeichnen wir nicht als Pyromanen. Das ist jemand mit Problemen anderer Art, aber eben keiner, der das Feuer an sich anbeten würde. Dieser Typus legt aus Wut Feuer, sei es, um sich zu rächen oder um sich Aufmerksamkeit zu verschaffen. Sehr oft haben solche Menschen eine schwierige Kindheit hinter sich. Wurden beispielsweise jahrelang vernachlässigt. Das ist meistens der Fall, wenn die Eltern mit Suchtproblemen kämpfen.« Mona sah Eira forschend ins Gesicht, wie um zu prüfen, ob er ihr noch folgen konnte.

Einige Minuten lang aßen sie schweigend. Dann griff Eira das Gespräch wieder auf. »Also, Mona, sag mal: Egal ob wütender Brandstifter oder feueranbetender Pyromane – der Betreffende kann also jeder x-Beliebige sein und im Alltag scheinbar gut funktionieren?«

»Bis zu einem gewissen Grad, ja.«

Eira zögerte. »Meine Gedanken kreisen immer wieder um den Brand von neulich. Die Motive konnten wir noch nicht eindeutig ermitteln.« Dann strich er sich durchs Haar. »Übrigens habe ich eine Aufgabe für dich.«

Er trank einen Schluck Wasser. »Ich habe eine Verabredung für dich getroffen.« Als Mona Lie die Augenbrauen hob, fuhr er fort: »Ich wusste, dass du mich nicht im Stich lassen würdest.«

Sie lachte verwirrt. »Schön, schön. Um was geht's denn?«

»Dr. Moe ist ein pensionierter Arzt. Er hat wahrscheinlich die umfangreichste Praxiserfahrung hier in der Stadt. Könntest du mit ihm gemeinsam ein paar Berichte durchsehen? Der Stapel liegt bereits auf meinem Schreibtisch. Es sind lauter Akten von 1950 bis 1970, und es geht um kriminelle Kinder oder Jugendliche. Ihr sollt herausfinden, welche dieser Fälle etwas mit Brandstiftung zu tun haben.«

Mona war alles andere als begeistert. »Zu der Zeit gab es keine Computer, Aslak. Auch die Kinder- und Jugendpsychiatrie war damals nicht sonderlich gut entwickelt. Und hier im Norden noch weit weniger als im Rest des Landes.«

Er vergaß die Jodflecken und legte seine Hand auf ihre. »Na, dann werdet ihr umso schneller vorwärtskommen. Ich wusste, dass du Ja sagen würdest.«

Sie wischte sich den Mund mit der Serviette ab. In ihren Augen lag ein Blitzen, das Eira nicht deuten konnte.

Mona war gegangen. Eira holte sein zerfleddertes Notizbuch aus der Tasche und überflog die letzten Eintragungen. Das Café im Aunegården war leer, er saß in einer Ecke an der Tür. Hier ging es in den Raum, der einmal die Metzgerei gewesen war. Ein guter Platz zum Nachdenken.

Seine Finger blätterten schnell durch die Seiten. Mit den meisten der 1969 involvierten Personen hatte er jetzt gesprochen, Ermittler und Ärzte eingeschlossen. Eiras Augen durchforschten die Liste der Beteiligten. Ein beklemmendes Gefühl stieg in ihm auf. Der Fall war festgefahren.

Eine vage Spur von damals war allerdings noch ungeklärt.

Zwei Zeugen hatten jemanden am Hafen, bei Fjelds Anleger, gesehen, kurz bevor der Brand entdeckt worden war. Man hatte angenommen, dass es sich um einen Obdachlosen handelte. Wer sonst würde sich nachts um diese Uhrzeit dort herumtreiben?

Dem Bericht zufolge waren einige der damals stadtbekannten Wohnungslosen befragt worden, darunter Jens Eide. Eira hatte das Vernehmungsprotokoll gelesen, und es war ihm von allen noch am interessantesten erschienen. Aber auch hier gab es, soweit er sah, nichts wirklich Griffiges. Jens war offenbar in einer völlig anderen Ecke der Stadt gewesen, als der Brand sich im Zentrum, rund um Fjelds Bürogebäude, ausgebreitet hatte.

Trotzdem hätte Eira jetzt gerne mit Jens gesprochen. Er musste zumindest herausfinden, ob der Mann überhaupt noch lebte. Eira wusste gut, wo die Obdachlosen ihren Treffpunkt hatten. Sie versammelten sich immer am Hafen und am Domuskai. Eira würde nach dem Einkaufen dort vorbeischauen.

Kapitel 51

Eiras Auto rollte langsam den Bangsundkai in Richtung Torghuken entlang, als er Sverre Wikan erblickte, der gerade dabei war, einige Lebensmitteltüten und seinen Hund im Wagen einzuschließen. Sverre hatte Eira ebenfalls erkannt und winkte.

Eira bremste, ließ das Autofenster halb herunter und zeigte amüsiert auf den Hund, der seine Schnauze wie verrückt an die Scheibe presste. »Ich glaube wirklich, dass Sie mit dem da mehr Arbeit haben als ich mit meinem Sohn. Niillas geht schließlich schon seit vielen Jahren allein nach draußen und schafft es auch ohne meine Hilfe bis zur Toilette.«

Eira wollte gerade neben Sverres großem Geländewagen einparken. Plötzlich bremste er scharf und schrie erschrocken auf. Er hätte beinahe einen Mann angefahren. Diese Person war ohne nach dem Verkehr zu schauen hinter einem großen Lieferwagen hervorgekommen.

Der Mann wirkte benommen und entfernte sich verwirrt.

Die Falte auf Sverres Stirn war noch tiefer als sonst und die lila Narbe glänzte im Licht der Straßenlaternen. Sverre sah dem Mann nach. Ein dünner, älterer Alkoholiker. »Es ist eine Schande, wie heruntergekommen manche Menschen sind. Der da säuft seit Jahrzehnten«, fügte er hinzu.

Eiras Blick folgte der schwankenden Gestalt, die inzwischen Gesellschaft von zwei jüngeren Obdachlosen bekommen hatte. »Wissen Sie, wie der Mann heißt?«

Sverre nickte. »Jens Eide, wenn ich mich nicht irre. Bettelt ständig um Geld. Muss eine außergewöhnliche Leber haben, da er immer noch unter uns weilt.« Sverre hatte sich ins Auto gesetzt und den Motor gestartet. »Gibt man solchen Leuten Geld oder nicht?«

»Warum nicht?«

»In diesem Fall würde ich eine gehörige Standpauke obendrauf legen.« Als er Eiras irritierten Blick sah, machte Sverre schnell einen Rückzieher. »Na ja, das wäre Jens Eide ohnehin egal.«

Eira wollte Sverre gerne loswerden, um ungestört mit Jens Eide sprechen zu können. »Ich sehe das Problem. Aber man sollte einer armen Kreatur immer wieder eine Chance geben, wie vergeblich der Versuch auch erscheinen mag.«

»Ach, Eira. Sie sind zu gut für diese Welt.« Sverre machte eine kleine Pause. »Gibt's eigentlich was Neues?«

»Nichts Bahnbrechendes.« Eira spielte mit seinem Autoschlüssel. »Sehen Sie manchmal Ihre Mutter?«

Sverre Wikans Gesicht verschloss sich. »Das war jetzt eine dumme Frage, Eira. Natürlich sehe ich sie.« Die Verärgerung stand Wikan ins Gesicht geschrieben, aber er lächelte Eira trotzdem kurz zu.

Eiras Chance war gekommen. »Tut mir leid. Ich weiß, dass Sie mehr als genug zu tun haben. Ich sehe ja, Sie waren einkaufen.« Er nickte zu den Tüten auf Sverres Rücksitz. »Ich melde mich, wenn noch was ist.«

Eira blickte Sverres Auto nach, das bald um die Ecke verschwand. Auf einmal stand die dünne Gestalt von vorhin neben ihm.

»Sie …? Sie … Sie haben wohl nicht zufällig ein paar Kronen übrig, damit ich den Bus nach Hause nehmen kann?«

Der Mann hatte eine Gesichtshaut wie altes Leder und eine Nase, die offenbar im Erwachsenenalter ungehemmt weitergewachsen war. Dunkelrote Blutgefäße zeichneten sich wie haarfeine Flüsse auf einer alten Landkarte ab. Er musste schon lange einfach nur noch vor sich hinvegetierten. Er war krumm und knochig und trug viel zu dünne, abgewetzte Kleidung. Sie stank beißend. Die blaulila Hand, die er ausstreckte, schien den eisigen Wind, der heute den Kai entlangpeitschte, nicht mehr zu spüren.

Eira fragte sich, wie der Mann es wohl all die Jahre geschafft hatte, es in seiner ganz privaten Hölle auszuhalten. »Mit ein paar Kronen kommen Sie mit dem Bus nicht weit.« Eira steckte die Hand in eine der Einkaufstüten und zog eine Banane heraus. »Nehmen Sie die, während ich nachsehe, was ich außerdem noch für Sie finden kann.«

»Eine *Banane*? So was hab ich bestimmt seit hundert Jahren nicht mehr gegessen.« Mit seinen steifgefrorenen Fingern begann Jens Eide unbeholfen, das Stück Obst zu schälen. Er grinste breit. »He, he … Vitamine! Gut für Leute wie mich.« Abgesehen von ein paar Eckzähnen fehlte das meiste von seinem Gebiss.

Jens nahm einen Riesenbissen und schluckte ihn fast unzerkaut hinunter. »Den mit dem Hund kennen Sie auch, nicht wahr? Netter Kerl, kann ich Ihnen sagen. Sehr spendabel, genau wie Sie.« Er griff nach dem Hundert-Kronen-Schein, den Eira ihm entgegenhielt, und lachte heiser. Dann wurde er von einem heftigen Hustenanfall geschüttelt. »Aber was zu rauchen haben Sie wohl nicht?«

Eira verneinte. »Woher kennen Sie Sverre?«

»Ich habe seinen Vater gekannt – Oscar Wikan.« Jens holte ein dünnes Tabakpäckchen heraus, in dem er kleine, von der Straße aufgelesene Zigarettenstummel aufbewahrte. »Mein Bruder und ich – ja, wir waren beide für die starken Sachen, wissen Sie. Wir kannten seinen Vater.« Er hatte einen winzigen Stummel hervorgekramt, den er anzündete. Eira verfolgte fasziniert jede Bewegung des Mannes und fragte sich, wie viele Züge er wohl nehmen konnte, bevor er sich die Lippen verbrennen würde.

»Wissen Sie …«, Jens nahm die Kippe aus dem Mund und betrachtete sie, »sein Vater war ein bisschen … *rot* angehaucht, deshalb hat er nichts dazu gesagt, dass mein Bruder und ich … wir gehörten ja zum *echten* Proletariat der Stadt … dass wir uns im Sommer manchmal in einigen Kartons bei den Anlegern oder im Hinterhof von Fjelds Bürohaus schlafen gelegt haben. Dort war es richtig gemütlich, mit etwas Zeitungspapier und Wellpappe fühlten wir uns wie in einem Himmelbett.«

Er nahm einen letzten Lungenzug und schaute traurig auf den verglimmenden Rest des Stummels. »Nach diesem mörderischen Brand hat sich alles verändert. Jetzt ist es da drüben so was von sauber und ordentlich, dass man sich nirgendwo mehr zum Schlafen hinlegen kann, ohne gleich entdeckt und natürlich verjagt zu werden.«

»Wo ist Ihr Bruder?«

Jens stierte Eira mit glasigen, rot geränderten Augen an. »Ja, wer das wüsste«, sagte er nur.

»Wie meinen Sie das?«

Jens warf die Kippe, die jetzt nicht viel mehr als reine Glut war, ins Wasser und verlor dabei fast das Gleichgewicht. »Er ist vor langer Zeit verschwunden.«

Er stützte sich auf Eiras Motorhaube. »Wir haben mit ein paar Kumpels drüben in Skansen zusammengesessen und getrunken. Hatten einen richtig schönen Abend, ein nettes, kleines Gelage mit ungewöhnlich gutem Wodka.« Er holte die Tüte mit den Kippen heraus und begann wieder, darin herumzuwühlen. »Ein portugiesischer Rostkahn, der ein paar Tage am Kai lag, hatte einen hübschen Nebenerwerb zu seiner Fischerei. Man kommt nicht jeden Tag so billig an so guten Schnaps.«

Eira betrachtete Jens Eides blaulila Hände. Die Ärmel der dünnen Jacke endeten fünf Zentimeter über den Handgelenken. Eira fröstelte, zog sich die Mütze tiefer über die Ohren und kramte in den Taschen nach seinen Handschuhen. Es half nichts – er fror ja nicht wegen des Schnees.

»Ist Ihrem Bruder etwas passiert?«, hakte Eira nach, weil Jens das Thema schon vergessen zu haben schien.

Der Mann sah überrascht zu Eira auf. »Ach, das. Er fing einen so heftigen Streit mit einem der anderen an, dass er sich bald aus dem Staub gemacht hat. Hat gesagt, er geht lieber schlafen. Und das konnte man ja zu der Zeit am besten beim Fjeld-Kai.« Jens starrte verwundert in die leere Luft. »Das war übrigens genau in der Nacht, als es gebrannt hat. Ich merke mir ja nicht so viel, aber das … Seitdem habe ich ihn nicht mehr gesehen.«

Eira trat einen Schritt näher. »Hören Sie, darüber haben Sie doch wohl mit der Polizei gesprochen … damals?«

Jens zuckte mit den Schultern. »Ja, schon. Aber *ich* war ja nicht da. Das hab ich denen auch gesagt.« Er beugte sich weit zu Eira hinüber und senkte die Stimme, sein Atem stank betäubend nach Fäulnis, Schnaps und Tabak. »Unter uns gesagt, als ich dorthin gekommen bin, hab ich mich verdammt darüber gewundert, dass er eine halbe Flasche Wodka stehen gelassen hat. Und es war auch noch echte Ware und nicht dieses selbst gebrannte Zeug. Die Flasche stand einfach da, direkt neben dem Karton, wo er gewöhnlich lag. Jeder, der vorbeikam, hätte sie mitnehmen können.« Er wischte sich die Nase mit dem Jackenärmel ab. »Die Banane hat ganz hervorragend geschmeckt. Lange her, ja. Sie wissen schon, die Lebensmittelpreise schnellen im Moment in die Höhe, vom Preis für flüssige Nahrung gar nicht erst zu reden … he, he.«

Eira reichte ihm die ganze Bananentüte. »Was haben Sie gedacht, als Sie die Schnapsflasche gefunden haben, aber nicht Ihren Bruder?«

»Das hab ich Ihnen ja gerade gesagt. Ich hab mich gewundert.«

Eira vermutete, dass Jens Eide weit hinten in seinem Bewusstsein irgendetwas gespeichert hatte. Etwas, worüber er nie weiter nachgedacht hatte. Offenbar hatte der Alkohol Jens Eides Gehirn in einen beständigen Dämmerzustand versetzt. Wie viele seiner kleinen grauen Zellen waren nach einem langen Leben ständigen Alkoholkonsums überhaupt noch übrig? Eira wusste: Er durfte Jens keine Antwort in den Mund legen, gerade weil der sich so eifrig darum bemühte, es Eira nur irgendwie recht zu machen.

»Was glaubten Sie, wo Ihr Bruder abgeblieben war?«

»Keine Ahnung. Er konnte weggegangen sein, um zu pinkeln, um mit einem Kumpel zu quatschen, um sich was zu essen zu suchen, was auch immer. Aber Sie haben ja gehört, was ich gesagt habe. Er wäre nicht weit weggegangen, ohne die Flasche mitzunehmen.«

»Was haben Sie dann gemacht, als Sie anstelle Ihres Bruders nur die Wodkaflasche fanden?«

Jens Eide musste lange überlegen. »Ich hab bloß da gestanden und gewartet.«

»Und?«

»Es brannte ja wie die Hölle. Nicht wahr? Musste dann irgendwann machen, dass ich wegkomme.«

»Haben Sie nie daran gedacht, dass er sich vielleicht vom Anleger entfernt hatte und hinauf zu dem Gebäude gegangen war, wo Fjeld seine Büros hatte? Es heißt, dass dort ein schöner kleiner Hinterhof war, wo Sie beide oft gesessen und getrunken haben. War er vielleicht sogar ins Gebäude hineingegangen?«

Diesmal kam die Antwort sofort. »Aber wie zum Teufel sollte er dort hineingekommen sein?« Jens Eide schüttelte langsam den Kopf, eine baumelnde, teilnahmslose Bewegung. »Wir hätten ja wohl nicht immer draußen geschlafen, wenn wir gewusst hätten, wie wir da hätten reinkommen können.« Ein heiseres Lachen folgte. »Da hätte uns schon jemand einladen müssen. Und bei meinem Bruder wusste man ja nie.«

Kapitel 52

Eira war zurück im Büro und streifte Mütze und Handschuhe ab. Gleichzeitig wählte er Vennestads Nummer. Es war halb fünf, aber so, wie er Vennestad kannte, war der Pathologe noch nicht nach Hause gegangen.

»Hören Sie, Sie haben doch DNA-Proben des unbekannten Toten, der fälschlicherweise unter Karl Fjelds Namen beerdigt worden ist?«

»Richtig, Eira. Wir haben herausgefunden, dass nicht einmal ein Verwandtschaftsverhältnis zur Familie Fjeld vorlag. Wir konnten den Toten nicht identifizieren.«

Eira trat von einem Bein aufs andere, während er darauf wartete, dass Vennestad auf seine langsame, umständliche Art zu Ende gesprochen hatte.

»Wenn Sie eine Blutprobe von jemandem bekommen, der heute lebt, dann könnten Sie doch feststellen, ob eine Verwandtschaft vorliegt, oder? Auch wenn der Unbekannte schon seit Jahrzehnten tot ist?«

»Durchaus.« Vennestad schwieg einen Moment. »Ich werde mich nicht nach dem Grund für diese Fragen erkundigen, Eira. Wenn ich Sie recht interpretiere, habe ich die Antwort in Kürze auf dem Tisch.«

Damit hatte er recht, allerdings nur, falls Jens bereit war, eine Blutprobe abzugeben.

Ich hab bloß da gestanden, hatte Jens gesagt. Das war seine Erinnerung an den Brand von 1969. Offenbar war Jens genau zu dem Zeitpunkt vor Ort gewesen, als sich rund um Fjelds Bürogebäude allerhand zugetragen hatte. Eira stellte sich vor, wie der Mann dort stand, sich nur langsam bewegte, den Blick stumpf über die Umgebung gleiten ließ, Eindrücke auffing und sie irgendwo im Gedächtnis archivierte, ohne sie zu reflektieren. Hatte er jemanden kommen oder gehen sehen? Oder etwas anderes, an das er sich nicht mehr bewusst erinnerte? Ließ sich etwas davon vielleicht wieder hervorholen?

Bei dem Mann, der dort drinnen verbrannt war, konnte es sich durchaus um Jens' Bruder handeln. Wie war er hineingekommen? Die Möglichkeit einer *Einladung* – wie Jens es genannt hatte – war tatsächlich nicht auszuschließen.

Eira grub beide Hände ins Haar, versuchte, sich das Szenario vorzustellen. Die Leiche, fast unkenntlich, wurde mit Karl Fjelds Ring und dessen Brille gefunden. Man nahm deshalb an, es *sei* Karl. Wenn es hingegen Jens' Bruder gewesen war: Warum hatte niemand den Mann vermisst? War nicht nach ihm gefahndet worden? Eira legte Benjaminsen einen Zettel mit der Bitte hin, die Archive von 1969 zu durchsuchen.

Eira überlegte weiter. Jens Eide war ein ziemlich betagter Mann. Betrachtete man seinen ungesunden Lebenswandel, so war es äußerst verwunderlich, dass er überhaupt so alt hatte werden können. Eiras Intuition schlug Alarm. Er fühlte eine gewisse Unruhe wie einen schleichenden Virus in seinem Körper, wurde plötzlich unkonzentriert und rastlos.

Eira blickte aus dem Fenster. Ende Oktober, unbeständiges Wetter und Kälte. Zu dieser Zeit des Jahres gab es wenig Tageslicht und die Nächte waren lang. Gerade alte Menschen waren gefährdet. Und alte kranke Obdachlose wie Jens erst recht. Man konnte leicht auf Neuschnee oder einer spiegelglatten Eisschicht ausrutschen. Dieser Tage stürzten sogar einige junge Personen und verletzten sich schwer an einer Bordsteinkante. Ein Alkoholkranker wie Jens lief außerdem Gefahr, mit einer Flasche im Arm auf einer Treppe einzuschlafen und nicht mehr aufzuwachen. Das Risiko war groß. Jens könnte erfrieren und für immer all das mit sich nehmen, was eventuell noch in seinen verschrumpelten Hirnwindungen gespeichert war.

Morgen musste Eira sich noch einmal die '69er-Unterlagen zur Vernehmung von Jens Eide ansehen. Welche Fragen hatte man ihm gestellt?

Es war Zeit, Feierabend zu machen. Aber wie von selbst schlug Eiras Wagen eine völlig andere Richtung ein. Das war nicht der Weg nach Hause. Eira fuhr bereits einige hundert Meter den Kai entlang, als er sich dessen bewusst wurde. Gut, dann würde er eben sehen, ob er Jens aufspüren konnte. Falls der Mann rein körperlich in der Lage dazu war, wollte Eira sich gerne mit ihm unterhalten. Unter Garantie hatte Jens Eiras hundert Kronen in flüssige Nahrung und nicht in eine ordentliche Mahlzeit investiert.

Wo hielt sich dieser Mann auf? In einem schäbigen Bett in einer abrissreifen Bruchbude oder in dunklen Seitenstraßen und Toreinfahrten? In einem der vom Sozialamt bereitgestellten Zimmer in irgendeiner wenig attraktiven Wohneinheit? Oder schlief er einfach abwechselnd bei irgendwelchen Kumpels?

Eira parkte, knöpfte die Jacke bis zum Hals zu und ging langsam in südlicher Richtung den Kai entlang. Er stieg über dicke Seilrollen und passierte Stapel von nassen Holzpaletten. An solchen Orten saß Jens wohl bei schönem Wetter und tankte Sonne und Schnaps. Jetzt aber war die Gegend außergewöhnlich unwirtlich. Die Polarnacht lag wie ein schwarzer Deckel über Tromsø und es war unmöglich zu sehen, ob sich vielleicht irgendwelche Gestalten in Hohlräumen und Nischen versteckten.

Eira atmete feuchte, salzige Luft ein, die mit der Ausdünstung von faulendem Holz und Teer vermischt war. Die Anleger waren nass und glitschig. Eira meinte, noch immer den intensiven Fischgeruch wahrzunehmen, obwohl hier schon seit Jahrzehnten kein Fischerboot mehr festgemacht hatte.

Es machte keinen Sinn, weiter als bis zum Hafendamm zu laufen. Südlich der Gaststätte Ølhallen gab es eigentlich nur noch unbefestigtes Ufer – mit Ausnahme der neuen Wohnkomplexe auf Pfählen draußen im Wasser. Ein interessantes Projekt angesichts schmelzender Pole, dachte Eira und zog die Mütze tiefer in die Stirn.

Es war ebenfalls sinnlos, in den Bars und Kneipen der Stadt nach Jens zu suchen. Einer wie Jens würde nirgendwo hineingelassen werden. Er trank draußen im Freien.

Hier, dachte Eira und blieb am äußersten Rand des Kais stehen.

Diese Stelle war gefährlich. Man konnte leicht ins Wasser fallen, heute genauso wie vor vierzig Jahren. Das Wasser war das ganze Jahr über eiskalt. War man zudem noch betrunken, hatte man wohl keine Chance. Eiras Blick fiel auf eine dicke Seilrolle. Er malte sich aus, was man damit alles anstellen konnte. Beispielsweise hätte man mit Hilfe eines solchen Seils bequem und unbemerkt eine Leiche auf hohe See ziehen können.

Eira wurde aus seinen Gedanken gerissen. Hinter ihm knirschte es, als ob jemand auf Glas träte. Schnell drehte er sich um. Hatte sich nicht das Licht einer der Laternen leicht bewegt?

»Hallo?« Eira trat rasch näher an die Laterne heran. »Ist da jemand?« Der Lichtkegel der Lampe war wieder ruhig. Das einzige Geräusch war das Pfeifen des Windes. Eira schüttelte sich und kehrte um. Wenn man erst mal anfing, der Phantasie freien Lauf zu lassen, sah man mehr, als gut war.

Eira hatte den Wind im Rücken, als er den gleichen Weg zurückging. Kein Mensch war hier draußen. Die Anleger bebten zwischen den peitschenden Wellen. Es war ungewöhnlich kalt. Eira steckte die Hände tief in die Taschen und ertappte sich dabei, schneller als sonst zu gehen. Das Gefühl, nicht allein auf dem Kai zu sein, wollte ihn nicht loslassen.

Eira ging bis ganz in den Norden nach Skansen weiter, wo das älteste Haus der Stadt stand. Direkt daneben war eines der Gebäude am Kai zu einem Museum umgebaut worden. Ein niedriges, rotes Holzhaus mit einigen Bänken davor. Auf diesen sah er Gestalten sitzen, als sei es ein schöner Sommertag, an dem das Meer spiegelglatt dalag und die Sonne lachte.

Die blaulila Faust um die glänzende Wodkaflasche war im Licht der Straßenlaterne deutlich zu erkennen. Hier saß Jens Eide, zusammen mit zwei jüngeren Obdachlosen.

Als Eira zu ihnen hinüberging, schien Jens ihn nicht wiederzuerkennen. Eira wurde zunächst argwöhnisch fixiert, dann aber als harmloser Fremder angesehen – niemand, mit dem man hätte teilen oder streiten müssen. Sie nahmen keine weitere Notiz von Eira.

»Könnte ich mich kurz mit Ihnen unterhalten, Jens?«

Die Worte sickerten unheimlich langsam durch Jens' Gehirnwindungen. Eine lange Minute verstrich, bis eine Reaktion erfolgte. »Häh?«

Eira hatte so etwas erwartet.

»Kommen Sie doch bitte einen Moment hierher, Jens.«

Die roten Augen blinzelten Eira mehrmals verwirrt an, bevor es Jens endlich dämmerte. »Nein, da hol mich doch der Teufel, ist das nicht der Bananen-Mann? Setz dich her, Kumpel, vergiss den Nordwind und genieß die Aussicht aufs Meer. Das hier sind Freunde, nette Leute, bei denen du dich wie zu Hause fühlen kannst.«

Jens zog Eira auf die Bank hinunter, zwischen sich und einen der anderen. Dann schlug er Eira kameradschaftlich auf den Rücken und lachte ihm mit seinem stinkenden Atem heiser ins Gesicht.

»Auch einen Schluck?« Jens hielt Eira die Flasche hin.

»Nein, danke. Ich muss noch fahren.«

»Fahren oder nicht fahren, spielt das eine Rolle? Auf dieser Insel fährt man nie weit. Im Übrigen hast du das ganze Vergnügen bezahlt, Kumpel.« Jens stieß erneut sein gurgelndes, heiseres Lachen aus und Eira bekam zum x-ten Mal an diesem Tag reichlich Alkoholdunst ins Gesicht.

Eira schob die Hand mit der Flasche bestimmt weg. »Können wir jetzt ein bisschen miteinander reden oder sollen wir es auf später verschieben?«

Jens war ernst geworden und sein Kopf hing vornüber. Er suchte offenbar etwas in seinen Taschen, wahrscheinlich die unvermeidliche Tüte mit den Kippen. »Nein, tut mir leid, Kamerad. Im Moment habe ich keine Zeit. Wir feiern hier ein kleines Fest, verstehst du?«

»Damals, '69, haben Sie und Ihr Bruder da auch hier gesessen? Sie haben Skansen erwähnt.«

Langsam drehte ihm Jens das Gesicht zu und einen Augenblick lang wirkte sein Ausdruck fast klar. »Ja, genau hier. Aber von den anderen lebt keiner mehr. Nur noch ich.«

»Glauben Sie, dass Ihnen weitere Details aus dieser Nacht einfallen werden, wenn wir uns morgen treffen und miteinander reden?«

»Fraglich.«

»Was ist fraglich? Ob wir uns treffen können oder ob Sie sich erinnern?«

Der Betrunkene sah ihn an und wieder hatte es den Anschein, als erlebe er gerade einen lichten Moment. Er strich sich mit einer Hand über das verfilzte Haar. »Ich werde dir was sagen, denn du bist ein verdammt netter Kerl und bist dir für nichts zu fein. Damals … hätte ich mich vielleicht an das eine oder andere erinnern können, wenn ich gewollt hätte.« Er stellte die Flasche vor sich ab. »Ich wurde von einigen Polizisten abgeholt. Höflich waren sie ja. Aber ich hab nach Feuer gestunken und hatte ganz schön gebechert, und ich trag ja nicht grad Anzug, so wie die.« Seine Hand griff nach der Flasche und er nahm einen kräftigen Schluck, als sei es Quellwasser. »In jenen Tagen war das Wetter verdammt schön. Aber nicht so schön, dass im Vernehmungsraum alle Fenster hätten weit offen stehen müssen. Sie taten so, als hätte ich die Pest. Es hat auch nicht sonderlich lange gedauert, bis wir fertig waren. Eine gute Lösung, kann ich dir sagen, richtig abgefüllt zu sein und sich an nicht mehr als unbedingt nötig zu erinnern. Da hat man weniger Ärger.«

»Aber wollten Sie denn nicht, dass alles getan wurde, um Ihren Bruder zu finden?«

Die matten, rot geränderten Augen richteten sich mit einer Art entgeisterter Verwunderung auf Eira. »Hätten *diese* Typen etwa dabei helfen können? Was schiefgeht, geht schief. Und wenn einer draufgeht, hilft diese Schnüffelei von den Bullen auch nichts mehr.« Er kaute auf einer mikroskopisch kleinen Kippe herum, warf sie mit einem traurigen Blick weg und fuhr fort: »Weißt du, keiner hat Frank vermisst. Er war ein verflixter Krawallmacher. Er hat gebettelt und herumgestritten. Sogar gestohlen. Es gab ständig Streit, wenn er auftauchte. Deshalb ist er ja in der Nacht, als es brannte, von uns weggegangen. Wir waren ehrlich gesagt froh darüber.«

»Ist er nicht als vermisst gemeldet worden?«

Jens rieb sich mit den rotlila Händen über die Knie und schaukelte etwas vor und zurück. »Naja …« Dann schwieg er wieder.

»Wer hat Frank vermisst? Außer Ihnen?« Eira merkte, dass Jens sich verschloss, aber er gab nicht auf.

»Hör zu, es war nicht das erste Mal, dass Frank sich aus dem Staub gemacht hat. Einmal ist er, ohne was zu sagen, mit einem alten Kumpel, der Fernfahrer war, abgehauen. Ist bis nach Hamburg mitgefahren. Wir hatten eine Hütte verkauft, die wir geerbt hatten, und das Geld war schnell weg. Ich habe zwei Monate kein

Wort von ihm gehört. Dann kam er zurück, total abgebrannt.« Jens sank in sich zusammen und legte den Kopf schief, als denke er nach. »Ach, dieser verdammte Brand damals. Wir waren ja noch so jung. Das hat mich alles schon ziemlich mitgenommen. Bin wohl in den Brandruinen herumgelaufen und hab nach Frank gesucht, glaub ich …«

»Haben Sie ihn als vermisst gemeldet?«

»Ich nicht. Die Polizei hat es getan, als er nicht zur Vernehmung erschienen ist. Sie fragten sich, ob er umgekommen war. Aber weil ich erzählt hatte, dass er an dem Abend seiner Wege gegangen war, bevor der Brand ausbrach, glaubte man, dass er die Stadt verlassen hatte.« Jens zögerte. »Ich hatte den Eindruck, dass sie ihn eine Weile für den Brandstifter gehalten haben, weil einige Jungs eine zerlumpte Person in der Nähe der Stelle, wo der Brand ausgebrochen war, gesehen hatten.«

Die Antwort versetzte Eira einen Stoß, aber bevor er den Mund öffnen konnte, war Jens auf den Beinen. Dieser Mann musste von einer bizarren Form von Humor am Leben gehalten worden sein, denn wieder entblößte er das Zahnfleisch mit einem heiseren, gurgelnden Lachen und stampfte in einer Art Tanz herum. Er stimmte ein Trinklied an: *»Oh jolly good whiskey for everyone, oh jolly good …«*

Dann lehnte er sich vertraulich zu Eira hinüber und senkte die Stimme. »Weißt du, ich war in dieser Brandnacht wirklich ganz *entsetzlich* mitgenommen. Ich muss fürchterlich ausgesehen haben … Na ja, wir hatten eben 'ne kleine Party …« Jens nahm einen kräftigen Schluck aus der Flasche und ließ sich wieder neben Eira auf die Bank fallen.

»Haben Sie etwas bemerkt, als Sie zurückgekommen sind, um nachzusehen, ob Ihr Bruder sich hingelegt hatte?«

Einer der beiden anderen mischte sich neugierig ein. »Was treibt ihr zwei da eigentlich? Was geht hier ab? Bist du Pastor?«

Brüllendes Gelächter. Eira war plötzlich in die Gruppe aufgenommen und man bot ihm Bier und Schnaps an.

Er spürte, dass er innerlich ein wenig erstarrte. Er musste hier weg. In Gesellschaft dieser Leute kochten allzu viele Erinnerungen hoch. Der Geruch, die Stimmungsschwankungen des Trinkenden. Eiras Vater hätte zu Lebzeiten gut in diese Runde gepasst. Nach dem Tod von Eiras Mutter hatte sich der Vater völlig dem Alkohol ergeben. Der kleine Aslak war tief verunsichert gewesen.

»Ich muss los.« Eira war bereits auf den Beinen.

»Jetzt schon? Das Fest hat ja gerade erst angefangen!«

»Dann sagen wir, morgen. Ich komm zu Ihnen. Wo wohnen Sie?«

»Wohnen? Tja, ich trinke gewöhnlich einen Kaffee bei der kirchlichen Stadtmission, etwas später am Tag. Vielleicht so gegen zwei.«

»Abgemacht.« Eira hob die Hand, drehte sich um und ging weg. Seine Beine fühlten sich an wie Blei.

Jens Eide hatte sich von der Bank erhoben und torkelte in Richtung Storgata. Es war spät und am spärlich beleuchteten Kai fiel es ihm schwer, die Füße richtig zu setzen.

Die dunkle Gestalt, die an einem Treppengeländer lehnte, konnte Jens nur erahnen. Er blieb stehen und fand mühsam die Balance.

»Warum in aller Welt stehst *du* hier? Du siehst aus, als ob du frieren würdest.«

»Da hattest du ja gerade nette Gesellschaft, Jens.«

»Ja, nicht wahr? Kaum zu glauben. So spendabel war schon lange keiner mehr. Und wenn man einmal guten Schnaps hat, laufen sie gleich alle herbei.«

Jens hielt inne und blickte zu Boden, als fixiere er eine bestimmte Sache. »Moment mal, was mir da gerade einfällt … *Dich* wollte ich ja schon lange mal was fragen.« Er starrte immer noch auf die Erde. »Du warst ja direkt vor dem Abfallcontainer, als Per Andersen verbrannt ist.«

»Abfallcontainer?«

»Der beim Einkaufscenter. Zuvor war Baumüll in dem Container. Aber genau an diesem Tag haben sie ihn geleert, und da hab ich mich für die Nacht dort drinnen eingerichtet. Es ist ein Dach drauf, weißt du.« Jens hob den Blick und schien auf einmal aufgeregt zu sein. »Ich bin aufgewacht, als du vorbeigegangen bist. Hast du gesehen, was mit Per passiert ist? Du *musst* es gesehen haben.«

Der vor seinen Augen wedelnde Fünfhundert-Kronen-Schein brachte Jens zum Schweigen. »Fünfhundert?«

»Es ist schade um dich, Jens. Der Alkohol hat dich kaputt gemacht. Du phantasierst. Aber jetzt ist es zu spät. Du wirst dich sowieso nicht mehr ändern. Kauf dir morgen Schnaps.«

Jens starrte dem Rücken nach, der um die Ecke verschwand. In der Hand hielt er den Schein. Er hatte bereits vergessen, worum es bei dem Gespräch gegangen war.

»Verdammt nett!«, rief Jens, aber die Worte verhallten im Wind. *»Oh jolly good whiskey for everyone«,* grölte er.

Dann brach er abrupt ab. Es wäre unklug, das an die große Glocke zu hängen, dann würde bloß ständig gebettelt werden. Dieses Geld würde er nun wirklich für sich behalten. Ordentlich Schnaps kaufen. Vielleicht sogar ein Frikadellenbrot.

Er steckte den Schein in die Tasche und lachte leise in sich hinein. So viel Geld hatte er seit Ewigkeiten nicht mehr gehabt. Zu keinem Menschen ein Wort.

Kapitel 53

In der Küchentür blieb Eira stehen. Die Frau an der Arbeitsplatte war barfuß, und die grellen Farben ihrer Kleidung beseitigten jeden Zweifel, um wen es sich handelte. Er wusste nicht recht, was er mit sich anfangen sollte – still und leise wieder hinausgehen oder eintreten? Es roch ungewöhnlich, sie bereitete wohl irgendein Fleischgericht zu. Auf dem Schneidebrett erblickte Eira zwei lange, rote Chilischoten. Wenn der Geschmack des Essens genauso intensiv war wie die Farben, die sie trug, war es sicherlich kein Gericht für Anfänger.

Er sah sich nach Niillas um. Offenbar war der Junge nicht da. Victoria drehte sich halb um und lächelte Eira zu, als sei alles in schönster Ordnung. »Magst du Indisch?«

»Indisch?« Sie meinte wohl das Essen.

Es musste an seinem Gesichtsausdruck liegen, dass sie in Lachen ausbrach. »Indisches Essen, ja. Das Einzige, was Männer wie dich zum Weinen bringen kann.«

Ohne besonderes Gespür für derlei Dinge zu besitzen, hätte er schwören können, dass sie mit ihm flirtete. »Wo ist Niillas?«

»Uns fehlte frischer Koriander. Und Naan-Brot. Er holt es.«

Noch ein kleiner Nasenstüber. Niillas wusste gut, dass sein Vater um diese Zeit fast immer beim Einkaufen war – trotzdem hatte der Junge keine SMS geschickt. Es wäre so einfach gewesen, seinen Vater zu bitten, noch etwas mitzubringen. Na ja, Koriander und Naan-Brot. Niillas glaubte wohl, dass Eira sich bei so was nicht auskannte. Aber er hätte wenigstens fragen können.

Eira versuchte, an etwas anderes zu denken, und begann, seine Einkäufe in den Kühlschrank einzuräumen. Koteletts, Rotkohl und Erbsen. Nicht gerade einfallsreich.

Er betrachtete den Topf auf dem Herd, dessen Inhalt kräftig blubberte. »Das heißt also, dass ich zum Essen eingeladen bin?« Eira wünschte sich von ganzem Herzen, seine Abneigung gegen Victoria endlich überwinden zu können. Aber seine Stimme klang trotzdem unecht. So redete er normalerweise nicht.

»Durchaus.« Victoria wirkte unbeeindruckt. Seine deutlich wahrnehmbare Skepsis prallte offenbar an ihr ab. »Ich habe dich mit eingerechnet.«

Mit gleichmäßigen Bewegungen rührte sie im Topf. Schmale Schultern und ein gerader Rücken. Nur ein dünnes Top darüber. Eira warf einen Blick zum Fenster, gegen das jetzt starker Schneeregen peitschte. In *ihrem* Universum hingegen schien heute ein warmer Sommertag zu sein. Oder sie hatte ein enormes Bedürfnis, Haut zu zeigen, dachte Eira, verärgert über sich selbst, weil er sich überhaupt damit befasste.

»Könntest du den Chili kleinhacken? Schließlich bist du ja der Mann mit dem Messer«, unterbrach sie seine Gedanken. Eine schmale Hand hielt ihm das Gemüsemesser hin, die Spitze auf seine Brust gerichtet. Bevor er etwas sagen konnte, hatte sie ihm erklärt, in welcher Form die Schoten geschnitten werden sollten. Also stellte er sich ans Schneidebrett und hackte Chili.

Die Küchentür ging auf, Niillas war plötzlich da und starrte auf Victoria. »Was machst du da?« Eira selbst hatte wohl kaum skeptischer geklungen, als er vor knapp einer Viertelstunde angekommen war.

»Deinem Vater beibringen, wie man Chili schneidet«, antwortete sie und gab Niillas einen flüchtigen Kuss auf die Wange. »Hast du alles bekommen?«

Niillas nickte und Eira erkannte die kurze Nackenbewegung wieder, die typisch für den Jungen war, wenn er vor vollendete Tatsachen gestellt wurde. »Ja.«

Victoria sprach unbeirrt weiter: »Du kannst gleich mal den

Tisch decken und Reis aufsetzen. Dann ist das Essen in zwanzig Minuten fertig.«

Sie hatte vollständig das Kommando übernommen. Voller Unmut wurde Eira klar, dass Vater und Sohn brav ausführten, was dieses barfüßige Wesen ihnen aufgetragen hatte.

Eine halbe Stunde später saß er beim Essen und weinte, genau wie sie es vorhergesagt hatte. Eiras Geschmacksknospen waren ausgeschaltet, sein Mund fühlte sich an wie eine offene Brandwunde und die Tränen strömten unaufhaltsam hervor.

»Ich hätte vielleicht Rücksicht darauf nehmen sollen, dass ihr nicht an diese Art von Essen gewöhnt seid. Obwohl ein Sprung ins kalte Wasser genauso gut sein kann.«

Eira nickte nur, während er an einem Eiswürfel lutschte.

»Du bist Kommissar?« Sie sah ihn aus halbgeschlossenen Augen an. Er nickte wieder. »Was für Fälle untersuchst du?«

»Mord.« Niillas klang mürrisch.

»Sonst nichts?«

»Was zum Beispiel?«

Sie zuckte mit den Schultern. »Raub, Drogen und so? Vielleicht auch diesen Brand?«

»Ja, den auch«, sagte er, wenig erpicht darauf, das Thema zu vertiefen.

»Cool. So was zu untersuchen. Ich find deinen Job spannend, Aslak.«

Eira hob erschrocken den Blick vom Teller, aber Niillas war zum Glück die Saftflasche holen gegangen, die noch im Auto lag.

»Danke für die Einladung.« Eira stand auf und begann lustlos, den Tisch abzuräumen.

Victoria schwänzelte um ihn herum, die ganze Zeit etwas zu dicht. Er verstand nicht, was sie damit bezweckte. Forderte sie ihn heraus? Versuchte sie, ihn zu verdrängen, war er im Weg? Sollte er verschwinden, sodass die beiden ihre Ruhe hatten? Aber Niillas'

Vorschlag, sich in sein Zimmer zurückzuziehen, hatte sie abgelehnt und stattdessen angeregt, dass sie alle zusammen im Wohnzimmer Kaffee trinken könnten.

Dort betrachtete Victoria mit großem Interesse das halbfertige Messer, an dem Eira gerade arbeitete. Dann zog sie mehrere der samischen Bücher aus dem Regal und legte eine CD von Mari Boine ein. Nebenbei stellte sie neugierige Fragen zu der Schamanentrommel an der Wand.

Eira fühlte sich belästigt. Victoria nahm *zu viel* Platz ein. So würde das Vater-Sohn-Verhältnis immer weiter den Bach runtergehen, das war Eira klar. Niillas war während des Kaffees immer stiller und verschlossener geworden. Auch ihm schien die Runde nicht gerade angenehm zu sein.

Es reichte. Eira erhob sich mit einem Seufzer.

»Gut, Leute. Ich muss noch mal zur Arbeit.«

Sie stand gleichzeitig mit ihm auf. »Muss man bei der Polizei so spät noch arbeiten?«

»Immer.«

»Dumm. Ich würde dich so gerne besser kennenlernen.«

Victorias Satz vibrierte in der Luft, bis sie erneut ansetzte: »Du bist ja schließlich Niillas' Vater.«

Sie jonglierte mit Worten. Warf sie risikofreudig in die Luft und fing sie elegant wieder auf. Möglicherweise spielte Victoria mit Eira, auf jeden Fall aber mit Niillas. Eira konnte es sich nicht anders erklären. Verwirrt murmelte er einen Abschiedsgruß und hastete zur Tür hinaus.

Kapitel 54

Plötzlich war sein Büro zu einem Ort der Ruhe und Entspannung geworden.

Eira nutzte die Gelegenheit, den Bericht von 1969 noch einmal durchzulesen – besonders den Teil mit der Vernehmung von Per Andersen.

Die Befragung hatte nicht lange gedauert. Zwei erfahrene Ermittler hatten ihn in Anwesenheit seiner Mutter vernommen. Man war zu dem Schluss gekommen, dass Per nichts gesehen hatte, was für den Fall von Bedeutung gewesen wäre. Zwischen den Zeilen war zu lesen, dass die Polizei den Zeugen für nicht sonderlich intelligent hielt und sich daher auch von einer eingehenderen Befragung keine zusätzlichen Informationen erwartete. Aus der Abschrift ging hervor, dass Per größtenteils einsilbig geantwortet hatte, wenn überhaupt. Meist hatte er sich auf Kopfschütteln und Nicken beschränkt und eine Vorliebe für starke Gesichtsgrimassen gezeigt, was die Ermittler wohl für ein Zeichen geistiger Schwäche gehalten hatten.

Ja, ja, dachte Eira und klappte die Akte zu. Im Jahr 1969 schienen die Psychologiekurse für Kriminalbeamte *noch* erbärmlicher gewesen zu sein als heute.

Pers Biographie war schlicht. Nach der zehnten Klasse hatte er immer wieder mal einen kleinen Job angenommen. Alle Beschäftigungsverhältnisse waren jedoch nur von kurzer Dauer gewesen. Das Problem war, dass Per bereits früh zum Alkohol gegriffen hatte. Sein gesamtes Leben lang hatte er zu Hause bei seiner Mutter gewohnt, die unverheiratet geblieben war.

Darüber hinaus war nicht viel zu finden. Es zeichnete sich immer deutlicher ab, dass Per Andersen als einfältig angesehen wurde. Dafür gab es keine tiefer gehende Begründung, als dass er Grimassen schnitt, wenn er in Stress geriet, und es ihm die Sprache verschlug, wenn er antworten sollte.

Eira überlegte, wie Pers besonderes Interesse an Feuer einzuordnen sei. Vermutlich hatte sich der Brand von 1969 als Trauma niedergeschlagen, das Per Tag und Nacht verfolgt hatte. Sverre Wikan hatte zwar behauptet, dass Per auch *vor* dem großen Stadtbrand von Feuer und Bränden besessen gewesen war, aber dafür gab es keinen weiteren Beleg. Magni hatte sich furchtbar aufgeregt, als Eira ihr gegenüber angedeutet hatte, ihr Sohn könne ein Pyromane gewesen sein. Nun war Magni tot. Wer konnte jetzt noch weitere Informationen über Per liefern?

Eira dachte lange nach, den Kopf gegen die Nackenstütze gelehnt, die Füße auf dem Tisch. Schließlich wanderten seine Gedanken wieder zu Jens Eide. Das Milieu der Obdachlosen war in dieser Stadt nicht besonders groß. Jens und Per hatten sich vermutlich gekannt. Wie weit reichte ihre gemeinsame Geschichte zurück? Vielleicht konnte Jens ein lebendigeres Bild von Per zeichnen als dieser Polizeibericht.

Eiras Atem ging schneller. Er musste mehr über Jens Eide herausfinden. Der Mann war in den Archiven registriert, weil er ein paar Mal wegen übermäßiger Trunkenheit in der Öffentlichkeit festgenommen worden war. Eira machte große Augen, als er den Lebenslauf des Mannes aus der Akte fischte. Jens hatte an der Universität von Trondheim ein Ingenieursdiplom erworben. Seine Noten waren hervorragend. Aber bereits während des Studiums hatte Jens immer wieder gern zur Flasche gegriffen und nach seinem Abschluss war er dann endgültig zum Alkoholiker geworden. Er hatte versucht, einen Job zu finden, und anfangs reichlich Stellen zur Auswahl gehabt, nur konnte er nirgends Fuß fassen. Schnell war es mit ihm bergab gegangen.

Eira legte den Kopf wieder zurück und dachte darüber nach,

wie wenig man über die Zukunft wusste. Er hatte sich mittlerweile offenbar angewöhnt, alle möglichen gescheiterten Lebensläufe mit seinem Privatleben in Verbindung zu bringen. Immer war da die Angst um seinen Sohn. Eira musste sich eingestehen, dass er Niillas' Zukunft nicht beeinflussen konnte. Er fühlte sich, als blicke er weit hinunter in einen bodenlosen Abgrund. Er spürte den Sog, fühlte, dass er über den Rand gezogen wurde, und fiel, fiel.

Schließlich ging er hinaus auf den Korridor und holte sich einen Kaffee aus dem Automaten. Dann saß er wieder in seinem Büro. Die Tasse in den Händen war das einzig wirklich Greifbare – und doch erschreckend zerbrechlich. Er blieb bis nach Mitternacht.

Kapitel 55

Es war halb eins. Die weißen Stiefeletten standen noch in der Diele, als Eira zu Hause die Tür aufschloss. Sie blieb also über Nacht. Er dachte an den kommenden Tag, an Niillas, der in die Schule musste. Der Alltag von Vater und Sohn würde fürchterlich in Unordnung geraten, wenn Niillas nicht genug Schlaf bekäme. Aus Niillas' Zimmer drang kein Laut und Eira widerstand der Versuchung, stehen zu bleiben und an der Tür zu lauschen.

Auf dem Wohnzimmertisch brannte eine einzelne Kerze. Alle Lampen waren ausgeschaltet. Victoria saß auf dem Sofa und hatte den Kopfhörer des CD-Players auf. Niillas hatte seinen Kopf auf ihren Schoß gebettet und schien zu schlafen.

Plötzlich verstand Eira. Sie saß nicht wegen Niillas hier.

»Hallo«, flüsterte sie. »Konntest du arbeiten?« Das Lächeln, mit dem sie ihn bedachte, war wunderschön. Jeder Mann hätte sich für den großen Gewinner des Abends gehalten. Jeder außer Eira. Er fühlte sich kalt wie Eis. Victoria passte ganz und gar nicht hierher – weder in sein Wohnzimmer noch zu seinem Sohn.

»Ich glaube, es ist am besten, wenn du jetzt gehst.«

Sie legte den Kopf zurück und sah ihn aus halbgeschlossenen Augen an. Ihre Arme sanken seitlich hinunter, so als setze sie sich besser zurecht. Ihre Beine glitten ein kleines bisschen auseinander.

»Auf der Stelle!«

Sie rührte sich nicht. »Niillas schläft so gut.«

»Lass ihn schlafen. Ich fahr dich nach Hause.«

»Okay.« Sie rutschte vom Sofa und trippelte auf nackten Füßen aus dem Zimmer. Ihre Hand streifte im Vorbeigehen Eiras Schulter und ihre Augen ruhten eine Sekunde zu lange auf ihm. »Ich mach mich nur schnell fertig.«

Eira war schon auf dem Weg nach draußen, als er plötzlich stehen blieb und sich umdrehte. Niillas schlief fest und hatte keine Ahnung, was vor sich ging. Mit zwei Schritten war Eira bei ihm und zog ihn mit beiden Händen hoch. »Geh jetzt schlafen. Es ist nach halb eins. Ich fahr Victoria nach Hause, dann komm ich zurück. Okay?«

Niillas nickte schlaftrunken und sank wieder zurück.

Sie saß schon im Auto, als Eira herauskam. Wie beim letzten Mal fuhr er ohne ein Wort, den Blick starr geradeaus gerichtet und den Fuß fest auf dem Gaspedal.

»Was ist los, Aslak?« Ihre Hand berührte sein Knie. »Warum gehst du mir aus dem Weg?«

Vom Zusammenbeißen der Zähne schmerzte sein Kiefer. Er schob ihre Hand weg.

»Ist es schwierig wegen Niillas?«

»Genug, Victoria. Hör auf.«

»Warum gehst du mir aus dem Weg?«

»Was willst du mit deinem Spiel eigentlich erreichen?« Wegen der fest zusammengekrampften Kiefermuskeln bekam er die Worte fast nicht heraus.

Sie legte den Kopf gegen die Nackenstütze. Einige Minuten war es still.

Mittlerweile waren sie fast angekommen, und Eira begann langsam, sich zu entspannen.

Plötzlich stöhnte Victoria auf. *»Ahh …«*

Er warf ihr einen raschen Blick zu. Sie musste Schmerzen haben. Ihre Augen waren geschlossen und sie presste beide Hände auf den Bauch. »Was ist?«

Schwach schüttelte sie den Kopf. »Mein Bauch.« Sie öffnete den Sicherheitsgurt und krümmte sich.

Eira war jetzt in die Straße eingebogen, in der sie wohnte, und parkte ein. Er war vollkommen ratlos. Sie saß immer noch vornübergebeugt da und hatte die Stirn auf das Armaturenbrett gelegt.

»Soll ich dich zum Notarzt fahren?«

»Nein … nein.« Ihre Worte waren kaum hörbar. »Ich hab eine chronische Darmentzündung, mit der ich Gott sei Dank schon lange keine Probleme mehr hatte. Es muss das indische … Essen … gewesen sein … die Gewürze. Das geht vorbei.« Sie legte den Kopf auf seinen Oberschenkel. »Wenn ich nur hinein … komme. Und ins Bett.«

»Ich kann dich in diesem Zustand nicht allein lassen«, sagte er und spürte, wie sich seine Nackenmuskulatur wieder verhärtete. »Wir fahren zum Notarzt.«

»Nein!« Sie wimmerte eigenartig. »Ich hatte das schon oft. Drinnen hab ich Medikamente. Bring mich bitte einfach nur rein.«

Er half ihr vorsichtig aus dem Auto. Victoria stützte sich gänzlich auf Eira. Er hantierte ungeschickt mit den Schlüsseln, bekam die Tür endlich auf und ließ Victoria in Stiefeletten und Jacke aufs Sofa sinken. Sie wimmerte noch immer.

»Gib mir die Handtasche da.«

Er hob eine Tasche vom Boden auf. Sie holte eine Schachtel heraus und drückte zwei Tabletten aus dem Aluminium. »Die hier wirken ganz schnell. Ein Medikament, das die Entzündung hemmt.« Sie ließ die Tasche wieder fallen. »Kannst du mir helfen?« Sie zeigte auf die Stiefeletten.

Er zog ihr die Stiefeletten und die Lederjacke aus. Dabei rutschten die dünnen Träger ihres Tops bedenklich weit die Schultern hinab. Auf Eiras Stirn brach Schweiß aus. Versehentlich griff er etwas energischer zu.

»Immer mit der Ruhe, Aslak. Ich muss nur erst auf die Toilette.« Sie hängte sich wieder an ihn, während er sie auf dem Weg ins Bad stützte. »Warte hier draußen.«

Er ging ins Wohnzimmer zurück und fühlte sich erbärmlich. Überall lag Kleidung verstreut. Auf dem Wohnzimmertisch stand eine imponierende Auswahl an Make-up. Er hob die Tasche auf, die sie von sich geworfen hatte. Der Spürhund in ihm erwachte. Eira konnte nicht umhin, die Schachtel mit den Tabletten herauszuholen.

Er kannte das Präparat. Genau dieses Medikament kaufte er immer für Niillas, wenn der über Halsweh klagte. Eira legte die Tasche zurück auf den Fußboden und starrte mit einer eigenartigen Taubheit im Körper vor sich hin. Aus alldem wurde er nicht klug.

»Aslak? Sei so nett und hilf mir ein bisschen«, hörte er Victorias Stimme durch die halb geöffnete Tür. Er konnte sehen, dass sie auf der Toilette saß. Das Top hatte sie ausgezogen und nur noch einen kleinen Push-up-BH an. Der Slip hing lose um ihre Knöchel. »Jetzt geht es mir schon ein bisschen besser.« Sie sprach jedoch noch mit schwacher Stimme und ihre verzerrten Gesichtszüge ließen Eira näher treten.

Victoria deutete auf ein Häufchen Stoff auf dem Boden. »Gib mir das da.«

Er reichte ihr das T-Shirt, um das sie gebeten hatte. Bevor er sich wegdrehen konnte, war sie aufgestanden und hatte den BH ausgezogen. Splitternackt wendete sie das T-Shirt auf rechts. Dann streifte sie es langsam über. »Das Schlafzimmer ist nebenan.« Sie legte den Arm um seine Schultern und stützte ihr gesamtes Gewicht auf Eira. Zehn Schritte später lag sie im Bett.

»Vielen Dank. Jetzt ist es wirklich nicht mehr so schlimm.« Sie streckte die Arme aus und hielt Eira an der Jacke fest. »Du willst doch wohl nicht einfach gehen und mich hier allein lassen?«

Er starrte sie nur verwundert an.

Sie zog ihn mit Schwung zu sich hinunter und schlang die Arme um seinen Hals. Eira fühlte ihren Mund auf seinem, warm und fest.

Er riss sich los. »Ich glaube, das geht tatsächlich schnell vorüber. Du wirst den Rest der Nacht gut zurechtkommen.«

Die Glasscheiben vibrierten, als er die Tür hinter sich zuschlug.

Danach fuhr er planlos in der Stadt umher.

Was war da eben passiert?

Er war es, mit dem etwas nicht stimmte. Es lag an seinem problematischen Verhältnis zu Frauen. Im Prinzip war er nicht viel anders als Männer wie Per Andersen. Genau wie bei Per hatte die Beziehung zur Mutter – oder die fehlende Beziehung – dazu geführt, dass er sich als Erwachsener einer Frau gegenüber nicht normal verhalten konnte. Aber was war eigentlich »normal«?

Er musste krank sein. Victorias seltsames Verhalten war sicherlich nur ein Produkt seiner Phantasie.

Oder hatte er das Mädchen über Gebühr gereizt? Wodurch?

Plötzlich befand sich Eiras Wagen in Mona Lies Gegend. Sie hatte sich ein Reihenhaus in Fagereng gekauft, und als Eira an ihrer Einfahrt vorbeifuhr, sah er ihr Auto dort stehen. Ihm war bewusst, dass es zwei Uhr morgens war, und ihre Fenster waren dunkel. Trotzdem klingelte er sofort ohne jeden Vorbehalt an ihrer Tür.

Erschrocken und schlaftrunken öffnete sie. »Aslak?«

Ohne ein Wort ging er schnurstracks an Mona vorbei ins Haus. Er ließ sich auf die Wohnzimmercouch fallen und grub beide Hände ins Haar. »Ich bin ernsthaft krank, Mona. Ich habe Wahnvorstellungen, Halluzinationen.«

Sie setzte sich neben ihn. »Zieh deine Jacke aus, Aslak. Darüber muss ich mehr hören.«

Er behielt die Jacke an. Durchforschte sein Gehirn nach den richtigen Worten, aber fand sie nicht. Stattdessen fiel sein Blick auf die Ziffern von Monas Digitaluhr – er war schon zu lange unterwegs. Wenn Niillas wach war, würde er sich fragen, was sein Vater wohl die ganze Zeit über trieb. Victoria war offensichtlich imstande, alles Mögliche zu behaupten. Eira erhob sich abrupt. »Ich muss nach Hause, Mona. Niillas …«

Sie sah ihn ungläubig an und stand langsam auf. »*Niillas?* Weißt du, Aslak, der Junge ist siebzehn, ich glaube, du …«

Er unterbrach sie. »Es ist nicht, wie du denkst. Nicht so …« Er gab auf und schwieg.

Mona hatte sich bereits angezogen. »Ich glaube, ich verstehe. Komm, dann fahr ich dich nach Hause. Du kannst dein Auto im Laufe des Tages abholen. Ich kann gut damit leben, dass es hier geparkt ist.«

Mona begleitete Eira bis zu seiner Haustür. Niillas trat in die Diele, als Eira aufschloss. Bei Monas Anblick veränderte sich sein Gesichtsausdruck. *»Du?«*

»Hallo, Niillas. Du kannst mir die Schuld geben, wenn dein Vater beim Frühstück mürrisch und schlecht gelaunt ist. Bis demnächst.«

Niillas lächelte.

Mona setzte sich ins Auto und fuhr davon.

Kapitel 56

1. November 2007

Jens war heute nicht aufgetaucht. Die Sozialarbeiterin von der Stadtmission hatte Eira mit sorgsam ausgewählten Worten erklärt, dass dies typisch für Alkoholiker sei. Sie brächen Versprechen, selbst den eigenen Kindern gegenüber. Das müsse Eira einfach akzeptieren und dürfe es nicht persönlich nehmen. Er solle später einen neuen Versuch machen und noch einmal vorbeischauen.

Eira hatte genickt, eine höflich-interessierte Miene aufgesetzt und sie zu Ende reden lassen, obwohl er alle Einzelheiten dieses Themas bereits in langjähriger, bitterer Erfahrung kennengelernt hatte. Er würde ihrem Rat folgen. Auch seinen Vater hatte er nie aufgegeben, bis es dann eines Tages zu spät gewesen war.

Eira trat gerade aus der Tür der kirchlichen Stadtmission auf die Straße hinaus, als Mona anrief.

»Da hast du mir ja eine tolle Aufgabe aufgebrummt.« Mona klang fast etwas spitz. »Du nutzt meine größte Schwäche aus.«

»Ach ja?«

»Dass ich viel zu pflichtbewusst bin.«

»Jetzt bin ich wirklich erleichtert.«

»Inwiefern?«

»Ich dachte, du sprichst über ganz andere Schwächen.«

Sie überhörte die Anspielung. »Wenn du nicht bereits eine Verabredung mit Dr. Moe getroffen hättest, hätte ich wohl dankend abgelehnt …«

»Dann entschuldige bitte. Was habt ihr herausgefunden?«

»Wir haben einige Fälle herausgegriffen und sind sie genau durchgegangen. Und um das Ergebnis gleich vorwegzunehmen:

Unserer Meinung nach ist keine dieser Personen verdächtig. Keiner scheint etwas mit dem Brand von 1969 zu tun gehabt zu haben, und auch nicht mit deinem aktuellen Fall. Es handelt sich um Personen, die entweder sowieso schon vorher gestorben sind oder einwandfreie Alibis haben. Ich kann dir leider nichts Positives sagen. Es besteht noch nicht mal eine Querverbindung zu den Leuten, mit denen du dich im Moment dauernd abgeben musst.«

Eira war enttäuscht, ohne recht zu wissen, was er sich von der Aktion erwartet hatte. »Dass ihr keine *gemeldeten* Fälle gefunden habt, heißt natürlich nicht, dass alle eine reine Weste haben.«

»Sicher nicht. Aber keiner der Verdächtigen hatte in seiner Jugend irgendwelche notorischen Neigungen zu Brandstiftung, jedenfalls nicht von solcher Art, dass man jemanden als Pyromanen eingestuft hätte. Zumindest ist es nie der Öffentlichkeit zu Ohren gekommen. So viel steht fest.«

Mona hatte ihm erzählt, dass sie Feierabend machen und nach Hause fahren würde, und Eira entschloss sich, das Gleiche zu tun. Das Essen kochte sich schließlich nicht von alleine. Als er gerade den Motor starten wollte, entdeckte er ein kleines Kärtchen, das unter dem Scheibenwischer steckte.

Eira stieg aus, zog es heraus und hielt es ins Licht. Das Farbfoto zeigte eine lächelnde Victoria. Auf die Rückseite hatte sie ihre Handynummer und *»xxx«* geschrieben. »Küsse«, bedeutete das wohl.

Eira steckte das Bild so schnell in die Tasche, als habe er sich daran verbrannt, und ließ sich verwirrt und wütend auf den Fahrersitz fallen. Was zum Teufel beabsichtigte Victoria damit?

Zu Hause war niemand. Niillas hatte sich schon wieder auf den Weg gemacht und keine Nachricht hinterlassen. Auch von Victoria keine Spur.

Es hatte ihn die ganze restliche Nacht und den Vormittag gekostet, etwas Abstand zum Vorfall in Victorias Wohnung zu bekommen. Mit diesem Foto hatte Victoria nun schon wieder etwas angerichtet. Eira wurde schummrig. Er war aufgewühlt und irritiert. Immerhin begann er langsam zu ahnen, wie manche Frauen tickten. Gott sei Dank war er bislang von derlei Angriffen verschont geblieben.

Plötzlich schoss ihm der Name *Gunhild Wikan* durch den Kopf. Wie mochte diese Frau in jungen Jahren gewesen sein? Hatte sie sich ähnlich aufgeführt wie Victoria? Männer bewusst gegeneinander ausgespielt? Eira war beileibe kein Macho. Und es widerstrebte ihm, *so* von einer Frau zu denken. Er hatte sich immer voll und ganz für emanzipatorisches Gedankengut eingesetzt. Auch Niillas war in diesem Sinne erzogen worden. Der Junge sollte nicht denken, Frauen taugten nur zur Triebbefriedigung. Aber es lag ja auch nicht daran, dass Victoria eine Frau war.

Mona Lie hatte bei ihrem gemeinsamen Restaurantbesuch angedeutet, sie halte Victoria für psychisch angeknackst. »Persönlichkeitsstörung«, hatte sie mit ernstem Blick gesagt. »Aslak, diese Frau hat was Zerstörerisches an sich. Wer mit ihr zusammenleben möchte, muss das dauerhaft in Kauf nehmen. Armer Niillas.«

Da Niillas im Moment nicht da war, ließ Eira das Essen ausfallen. An der Wand über der Kellertreppe hing eine Keule getrocknetes Fleisch. Er holte sie herunter und schabte langsam dünne Scheiben ab, die er zusammen mit Fladenbrot kaute. Dabei dachte er über Monas Worte nach.

Victoria und Gunhild, zwei seelenverwandte Wesen? Jedenfalls machte ihn der Gedanke an Gunhild jetzt richtig unruhig und raubte ihm den Appetit. Er hängte das getrocknete Fleisch und das Schneidebrett zurück an die Wand. Dann zog er sein Handy aus der Hosentasche, wobei Victorias Foto herausfiel. Eira fluchte leise und betätigte die Tasten des Handys.

»Mona? Ich bin's noch mal. Niillas ist nach wie vor nicht bereit, endlich mal wieder einen Abend mit seinem Vater zu verbringen. Was hältst du davon, hierherzukommen? Ich muss über Frauen sprechen.«

Einen Moment blieb er sitzen und betrachtete Victorias Passbild, das eben zu Boden gefallen war. Dann hob er es auf und befestigte es mit Klebeband am Schneidebrett, nahm das Messer in die Hand und ging ins Wohnzimmer. Von hier aus hatte er die größtmögliche Entfernung bis zu der Wand, an der das Schneidebrett hing. Eine gerade Linie. Wunderbar. Er liebte Herausforderungen. Das Messer zischte durch die Luft und bohrte sich mittig in das Bild.

Schließlich nahm er alles herunter und ließ das geschlitzte Foto im Mülleimer verschwinden.

Kapitel 57

2. November 2007

Jens Eide betrachtete die blaulila Haut über seinen Handgelenken und sann einen Moment darüber nach, warum er sich nie ein Paar Handschuhe angeschafft hatte. Aber was sollte er eigentlich mit Handschuhen? Er fror nicht mehr, fühlte die Kälte nicht, auch wenn der Frost mittlerweile dieses Marmormuster in Blau und Lila auf seine Haut gezeichnet hatte. Manchmal war er so durchgefroren, dass er sicherlich beinahe die Grenze zum Erfrieren überschritt. Aber das sagte nur der Kopf, denn der Körper war ja schon lange jenseits jeglicher Empfindungen.

Er hatte auf einer Treppe hinter der Heilsarmee, in der Gasse zwischen Grønnegata und Storgata, im Sitzen geschlafen. Zu dritt hatten sie sich Schnaps, Vollkornbrot und ein Päckchen Salami geteilt. Er war so entsetzlich betrunken und müde gewesen, dass er eingeschlafen war und auch nicht gehört hatte, wie die Kumpanen ihrer Wege gegangen waren.

Jens' Rücken war in einer merkwürdigen, schiefen Sitzhaltung erstarrt, ebenso sein Nacken. Er brauchte lange, um den Körper vorsichtig wieder in seine natürliche Stellung zu bringen. Früher war das nie ein Problem gewesen. Das Alter machte sich nun wohl doch langsam bemerkbar.

Diesen Winter würde er vielleicht noch durchhalten. Und den nächsten Frosteinbruch? Wenn das so weiterging, konnte er sich auf ein baldiges Ende einstellen. Oder bestand noch irgendein Fünkchen Hoffnung darauf, dass er auf seine alten Tage eine feste Bleibe fände? Einen regelmäßigen Job, um so was bezahlen zu können? Möglicherweise sogar einen edlen Gönner?

Jens wunderte sich, wie er überhaupt auf solche Gedanken kommen konnte. Seine Kumpels wären zutiefst schockiert gewesen, wenn er derlei Dinge laut ausgesprochen hätte.

Seine Blase war randvoll. Aber dies war kein geeigneter Ort zum Wasserlassen. Jens stand auf und humpelte zur nächsten Hausecke. Es schneite in dicken Flocken. Jens blickte die Storgata hinab. Alles war menschenleer. Auf der anderen Seite lag das Meer offen und glitzernd da. Hier konnte er sich nach Herzenslust erleichtern, ohne dass jemand Anstoß daran nehmen würde. Die Uhr an der Wand eines Versicherungsgebäudes zeigte 3:30. Er war mittlerweile nüchtern genug, um zu wissen, dass er die Nacht nicht hier draußen fortsetzen konnte. Ein geeigneter Unterschlupf musste her. Sonst wäre dies sicherlich seine letzte Nacht.

Der Wind trieb Papier und weggeworfene Pappbecher vor sich her, als Jens mit wackligen Schritten auf den Sund zusteuerte. Ein paar Boote waren für die Nacht vor Anker gegangen und schaukelten in den aufgewühlten Wellen. Das große Seefahrerdenkmal thronte als dunkle, dramatische Silhouette vor ihm. Es zeigte einen Fischer bei stürmischem Wetter draußen auf dem Meer, auch er eingeschneit und im Kampf mit den Elementen. Ein Bruder im Geiste.

Jens erinnerte sich, wie er hier als Gymnasiast Krabben gekauft hatte, wenn die Frühlingssonne zu wärmen begann, wie die Hausfrauen ihren Fisch fürs Mittagessen direkt von den Booten erworben hatten. Fischer in blauen Overalls und Schiffermützen packten die Ware auf die Waage und behaupteten, dass ihr Fang der frischeste und beste war, den man an diesem Tag bekommen konnte.

Eine Verlängerung des Anlegers führte aufs Wasser hinaus. Hier hatte Jens gewöhnlich gesessen, den Möwen die Krabbenschalen zugeworfen und dabei das Leben auf dem Kai beobachtet. Jetzt fühlte er sich an eine verlassene Theaterbühne erinnert. In seinem

Kopf hallte noch das Geräusch des Menschengewimmels wider, aber heute Nacht waren nur dumpfe Wellenschläge gegen die breiten, von Grünalgen überwachsenen Pfähle des Anlegers zu hören.

Er schwankte unsicher zum Rand des Kais und öffnete ohne Scham den Hosenschlitz. Jens ließ den Strahl in einem großen Bogen auf die Wellen treffen, seufzte leise und zufrieden und ging wieder zurück.

Beim Fischhändler Dragøys sah er lange ins Fenster und hatte einen Wachtraum von warmen Fischfrikadellen.

Nach einigen Minuten fiel ihm auf, dass er in die Gegend gekommen war, in der sein Bruder und er sich früher oft herumgetrieben hatten – erst nach dem Brand von 1969 war hier das elegante Hafenviertel mit Hotels und Restaurants entstanden.

Jens sah blinzelnd auf den Sund hinaus. Das war die Stelle, an der er in der Unglücksnacht gestanden und nach seinem Bruder Ausschau gehalten hatte. Der Wind wirbelte Schnee auf und plötzlich sah Jens ein Bild glasklar vor seinem inneren Auge: den Rauch, der damals in dichten Schwaden vom Hafengebiet aufgestiegen war, und die Hand, die ihn am Arm gezogen hatte.

Der Same mit den kleinen scharfen Augen und der ruhigen Stimme hatte Fragen gestellt, die sein Gedächtnis auf eine neue und unentdeckte Frequenz geeicht hatten.

Eine eigenartige Begegnung, die er vergessen, Worte, die er verdrängt hatte. *Wartest du auf jemanden, Jens? Hier ist niemand, glaub mir. Ich denke nicht, dass du hier stehen bleiben solltest. Es kann gefährlich für dich werden, das Feuer breitet sich aus. Komm lieber mit mir, lass uns hier langgehen.*

Eine Gestalt direkt neben ihm. Und noch eine. Hatte er nicht zwei gesehen? Ja, doch, *zwei* Personen.

Seine Füße bewegten sich mit unsicheren Schritten vorwärts. Es war genau hier, an dieser Stelle, gewesen. Vor sich sah er auf einmal nicht mehr schmucke Hotel- und Geschäftsgebäude, sondern die alten Speicherhäuser. Von hier war er die brennende Gasse zu Fjelds Büros hinaufgegangen. Im Hinterhof mit den Kartons wütete bereits das Feuer und am Rand des brennenden Hauses stand die halbvolle Flasche, die sein Bruder dort stehen gelassen haben musste. Die Person, die ihn am Arm gefasst hatte, führte ihn vorbei, von dort weg.

Dass er nun meinte, dieses Bild deutlich vor sich zu sehen, musste vom Herrgott bewirkt worden sein. Es war so klar und deutlich. Die sympathische junge Frau von der Stadtmission hatte ihm immer nahegelegt, dieses göttliche Licht zu suchen. Bis jetzt hatte er es nur gesehen, wenn die Sonne sich in einer gut gefüllten Wodkaflasche spiegelte.

Und Jens erinnerte sich auf einmal an einiges mehr: An die halb offen stehende Hintertür zu Fjelds Bürogebäude. An eine Gestalt, deren Rücken er gesehen hatte, als er halb vorbeigezogen, halb vorbeigeschoben wurde. Und an Töne, Geräusche, Stimmen.

Darin, was er *gesehen* hatte, mochte er sich vielleicht irren, nicht aber darin, was er *gehört* hatte.

Natürlich hätte er stehen bleiben und nachfragen sollen, was eigentlich vor sich ging. Der Gerechtigkeit halber musste gesagt werden, dass schließlich andere hinzugekommen waren. Er selbst war von Alkohol und Rauch vollkommen benebelt gewesen und hatte sich vor allem Sorgen um Frank gemacht.

Ja, er konnte dem Samen durchaus etwas erzählen, wenn sie sich später treffen würden.

»Wartest du auf jemanden, Jens?«

Jens hob den Blick und starrte auf die weiße, glatte Wand vor sich. Er war so tief in seine Erinnerungen versunken gewesen, dass er niemanden hatte kommen hören. Schlagartig wurde ihm übel. Hatte er Hirngespinste? Aber die Kälte war real. Der Wind biss bis ins Mark und die Kraft wich aus seinem Körper.

»Glaub mir, hier ist niemand außer dir.«

Die Stimme schien direkt hinter ihm zu sein, aber sie konnte genauso gut als Echo aus der Vergangenheit herüberschallen. Bildete er sich nur ein, etwas zu hören? Er brachte es nicht fertig, sich umzudrehen.

Es musste die Kälte sein, die seinen Körper so heftig erzittern ließ. Jens erinnerte sich an die Uhr, die vor kurzer Zeit 3:30 angezeigt hatte, eine Uhrzeit, zu der niemand draußen war.

Er war allein, *natürlich*. Die Stimme, die er gehört hatte, musste einer Wahnvorstellung entspringen. Der Alkohol mal wieder … Der Herrgott hatte ihn schon wieder verlassen. Er machte einen schwankenden Schritt nach vorne.

»Komm lieber mit mir, Jens. Hier lang …«

Schon wieder diese Sinnestäuschung. Dennoch war die Stimme ganz nah an seinem Nacken.

Jemand packte ihn am Arm. Jens hörte wie aus weiter Ferne, dass er ein merkwürdiges, langgezogenes Wimmern ausstieß.

»Hier lang, Jens. Den Rest schaffst du selbst.«

Diesmal phantasierte er nicht. Er ließ sich willenlos führen, erahnte die Gestalt neben sich und war zu betäubt, um überhaupt noch Angst zu verspüren.

Er schien schwerelos zu sein. Dass er in Wahrheit fiel, bemerkte er kaum. Als das eiskalte Wasser ihn umschloss, wunderte er sich. Es war gar nicht so kalt, wie er immer befürchtet hatte.

Kapitel 58

Aslak Eira war ein weiteres Mal zur kirchlichen Stadtmission gefahren. Er hatte zwei Tassen Kaffee getrunken und sich lange angeregt mit einer der Sozialarbeiterinnen unterhalten, bis er schließlich einsah, dass Jens wohl wieder nicht erscheinen würde.

»Das ist schon ein bisschen komisch.« Die Frau wirkte besorgt. »Jens war den ganzen Herbst über fast täglich hier. Nur ein paar Mal tauchte er nicht auf. Da blieb er in irgendeinem Verschlag und kurierte eine Grippe aus. Ansonsten konnte ihn nichts davon abhalten herzukommen. Vor allem nicht an solch kalten Tagen wie heute.«

Es war einfach, sich das Bild des frierenden Jens auszumalen. Blaugefroren und dünn angezogen. Dennoch hatte Jens nicht krank gewirkt. Allerdings konnte es einen ja über Nacht erwischen. Eira nahm sich vor, Jens einige gute Rosskuren zu empfehlen, falls er ihn demnächst kränkelnd antreffen sollte. Gekochtes, glühend heißes Bier mit Honig und Kümmel, zum Beispiel. Wurde man von einem solchen Höllengebräu nicht gesund, war es wirklich ernst.

»Er hat keine eigene Unterkunft«, fügte die Frau vorsichtig hinzu. »Sucht sich immer wechselnde Quartiere. Im Sommer übernachtet er häufig in einem Durchgang oder auf einer Treppe.«

»Sie haben also keine Idee, wo man ihn finden könnte?«

Sie zögerte. »Es gibt viele verschiedene Stellen. Hören Sie, dieser Mann ist eine ziemlich arme Seele. Familie hat er nicht, soweit ich weiß. Seine Eltern und sein einziger Bruder sind tot.«

»Wissen Sie sonst noch etwas über Jens Eide, etwas Persönliches, meine ich.«

»Nicht viel. Wir wollen uns den Menschen, die zu uns kommen, nicht aufdrängen. Es sei denn, sie haben von sich aus das Bedürfnis, über etwas Bestimmtes zu sprechen. Jens ist nicht von der Sorte. Er möchte seinen Kaffee schlürfen und einfach nur über das Wetter reden, manchmal vielleicht noch über die neusten Nachrichten aus dem Radio.«

Eira dachte nach und griff zu seinem Handy. »Berger, überprüf doch bitte mal die Krankenhäuser unserer Stadt und sag mir, ob im Laufe der Nacht ein Obdachloser eingeliefert worden ist – ich bin auf der Suche nach Jens Eide.«

Zehn Minuten später war Berger wieder in der Leitung.

Man hatte Jens Eide in der Nacht zuvor aus dem Meer gezogen. Direkt vor dem Ishavshotel. Da er als alkoholabhängiger Obdachloser stadtbekannt war, hielt man einen Unfall im Rausch für höchst wahrscheinlich.

Eira sank auf den Stuhl, während er Bergers Stimme lauschte. »Ist er tot?«

»Bewusstlos.«

»Bewusstlos?«

»Die Zeit der Wunder ist noch nicht vorüber, Eira. Ein amerikanischer Tourist, der nicht schlafen konnte, stand am Hotelfenster und bewunderte das exotische Unwetter, das den Sund draußen peitschte. Mit dem Fernglas. Das Fenster ging nach Norden und er hat mehr als Wasser in Bewegung gesehen. Nämlich einen Mann, der im Wasser herumruderte.«

Eira sog hörbar Luft ein. Berger ließ ihm eine Weile Zeit, dann berichtete sie weiter. »Sofort wurde Alarm geschlagen. Die Rettungsmannschaft war innerhalb von Minuten da. Jens Eide war bereits untergegangen, aber er hatte ein wahnsinniges Glück, dass man ihn trotzdem bergen konnte. Er war dem Tod wohl schon ziemlich nahe, als sie ihn aus dem eiskalten Wasser herausholten. Hatte eine niedrige Körpertemperatur und einen hohen Promillewert. Man ging, wie gesagt, davon aus, dass das ein Unfall war.«

Eira hatte sich wieder gefasst. »Wusstest du, dass unterkühlte Menschen im Allgemeinen nicht so schnell ertrinken wie Leute mit normaler Körpertemperatur? Hoffentlich kommt er durch.«

»Ja, Eira. Aber es hat keinen Sinn, heute noch beim Krankenhaus vorbeizufahren. Dem Personal zufolge wird er künstlich beatmet.«

Kapitel 59

In den vergangenen vierundzwanzig Stunden war es empfindlich kalt geworden. Eisnebel stieg vom Wasser auf. Eira lehnte am Auto und sah Berger entgegen. Sie kam schnell auf ihn zu und wedelte beim Laufen heftig mit den Armen, offenbar, um warm zu werden.

»Gibt es außer dem Touristen am Fenster noch weitere Zeugen für den Vorfall?« Eira betrachtete den festgetrampelten Schnee auf dem Kai. Es war glatt hier. Aber man lief dennoch nicht Gefahr, ins Wasser zu schlittern.

»Niemand hat etwas Außergewöhnliches zu berichten. Wir haben ein paar Nachbarn befragt, die heute früh zur Arbeit mussten. Ihnen ist nichts Besonderes aufgefallen. Auch den Angestellten des Ishavshotel nicht. Keiner der anderen Gäste hat etwas Ungewöhnliches gemeldet.« Berger schlug jetzt förmlich mit den Armen um sich und stampfte außerdem mit den Füßen auf den Boden. Der Wind pfiff von Minute zu Minute schärfer.

Eira blieb unbeeindruckt stehen und überlegte. Jens Eide hatte viele Jahre lang stark getrunken. Er war ein friedfertiger Mensch und kein einziges Mal im Zusammenhang mit Schlägereien oder Ruhestörung in Gewahrsam genommen worden. Warum sollte er plötzlich so ohne Weiteres vom Rand des Kais ins Wasser fallen? Eira erstarrte bis ins Mark, denn endlich fiel es ihm wie Schuppen von den Augen: Jens war ein weiteres Bindeglied, auch er war 1969 vor Ort gewesen. Jemand musste mitbekommen haben, dass Jens vor kurzem mit Eira gesprochen hatte. Vielleicht hatte auch Jens zum Schweigen gebracht werden sollen.

»Als ich zuletzt mit ihm geredet habe, war er in ausgezeichneter Form.«

»Wie geht's jetzt weiter?«

»Sobald er die Augen aufschlägt und imstande ist, zu nicken oder den Kopf zu schütteln, möchte ich Bescheid bekommen. Dann werde ich mit ihm sprechen.« Eira ging zum Auto und blieb abrupt stehen. »Übrigens, Berger, ruf Vennestad an und bitte ihn, eine DNA-Analyse von Jens durchzuführen, jetzt, wo sie ihn schon mal da haben.«

Noch einmal musste er Sverre Wikan mit Fragen zu dem Brand von 1969 quälen. Man wies Eira zu Sverres Büro. Sverre würde in zehn Minuten von einer Besprechung zurückkommen.

Eira stellte sich ans Fenster und schaute hinaus auf die Gebäude des Stadtzentrums, ein ziemlich mäßiger Ausblick. Dann lief er ein wenig im Raum herum. Sverres Schreibtisch war vorbildlich. So mancher konnte etwas von ihm lernen, wenn es darum ging, Papiere abzuarbeiten und die Tischplatte sauber zu halten – Niillas sollte sich das mal ansehen. In einer Ecke lagen zwei Plastikordner und einige Unterlagen mit dem Logo der Kommune. Ganz ohne schlechtes Gewissen blätterte Eira den Stapel durch. Neben der Tür stand ein schmaler Metallschrank, der halb offen war. Eira warf einen Blick hinein. Beispielhaft.

Die Tür ging auf und Sverre trat ein. Der Glanz in seinen Augen erlosch, als er sah, wer da war. Zweifellos hätte er sich unterhaltsameren Besuch vorstellen können. »Aslak.«

»Tut mir leid, Sverre, eine neue Wendung in dem Fall zwingt mich, Ihnen noch einige weitere Fragen zu stellen.«

»Schießen Sie los.« Er wies auf den freien Stuhl.

»Wir glauben zu wissen, wer bei dem Brand 1969 ums Leben gekommen ist. Wie Sie ja wissen, war es nicht Karl Fjeld.«

Sverre Wikan lauschte, ohne eine Miene zu verziehen.

»Sie waren zur selben Zeit wie der Getötete dort drinnen, Sverre. Schaffen Sie es … Können Sie sich erinnern, ob Sie etwas gesehen oder gehört haben, kurz bevor Sie herauskamen?« Eira rutschte unbehaglich auf seinem Stuhl hin und her. Ihm war vollkommen klar, dass er ständig neues Salz in die Wunde rieb.

»Wer ist der Getötete?«

»Es könnte sich um Jens Eides Bruder handeln. Er hieß Frank und ist seit dem Brand damals verschwunden. Wir sind uns aber noch nicht ganz sicher.«

»Was sagt Jens dazu? Hat er zu irgendeinem Zeitpunkt gesehen, dass Frank zur Hintertür hineingegangen ist?«

»Wir haben noch nicht mit ihm gesprochen. Ich wollte zuerst hören, ob Sie sich an etwas erinnern können.«

»Ich habe damals alles erzählt, was ich wusste, Aslak. Sie haben die Akten sicher gelesen. Wie ich dort herausgekommen bin, kann ich Ihnen nicht sagen. Da gibt es eine große Lücke in meinem Gedächtnis. Und auch die Stunden danach sind vollkommen gelöscht. Einfach weg. Soweit ich verstanden habe, bin ich ein Stück entfernt von ein paar Feuerwehrmännern aufgelesen worden.« Sverre machte eine hilflose Geste. »Es ist wie ein Fluch, Eira. Wenn ich mir etwas wünsche, dann, dass ich wüsste, was sich in der letzten halben Stunde in dem Gebäude zugetragen hat. Was wirklich passiert ist.« Er schwieg und sah weg. »Oder vielleicht auch nicht. Vielleicht ist es besser, dass man sich nicht an alles erinnert. Sie verstehen, ich glaube, sie waren da, mehr oder weniger der ganze Haufen. Ich habe Karl hineingehen sehen. Nachdem ich reingegangen war, habe ich mich auf der Toilette versteckt, weil eine Frau kam. Ich bin mir nicht sicher, wer es war, Eira. Ich habe immer geglaubt, dass es Rita war.« Er hielt beide Hände hoch. »Unter dem Vorbehalt, dass ich möglicherweise nicht mehr ganz zurechnungsfähig war: Ich glaube, es war Rita.«

Eira schwieg nachdenklich. Bis jetzt war Rita nie erwähnt worden. Sie selbst hatte ausgesagt, in jener Nacht einige Zeit vorher nach Hause gefahren zu sein.

Sverre Wikan reagierte auf Eiras verwunderte Miene. »Sie haben völlig recht mit dem, was Sie jetzt denken«, sagte Sverre langsam. »In den Vernehmungen habe ich Rita nie erwähnt.«

»Warum nicht?«

»Weil ich sie nicht ge*sehen* habe. Ich war mir nicht sicher. Ich habe nur eine Stimme gehört, die ich für die ihre hielt. Das schien mir eine allzu dünne Grundlage zu sein, um jemanden da hineinzuziehen, mit Vernehmungen und allem, was daraus folgt. Das habe ich schon als Fünfzehnjähriger begriffen.« Er lachte trocken. »Ich habe wohl damals schon Wert auf wasserdichte Beweise gelegt.« Er richtete sich auf und ordnete seine Papiere. »Sie verstehen sicher, dass ich mich nie in einen Gerichtssaal stellen und etwas hiervon beschwören werde. Dazu ist die Geschichte zu alt und die Erinnerung zu unsicher. Aber unter uns gesagt, wahrscheinlich habe ich Ritas Stimme gehört.«

Kapitel 60

Eira ließ das Auto stehen und schlenderte ins Zentrum hinunter. Das Wetter hatte umgeschlagen. Es war trocken und der leichte Wind wirkte wie ein Filter für die Gedanken.

Eira musste aufpassen, nicht bereits am helllichten Tag Gespenster zu sehen. Aber dass Jens Eide mitten in der Nacht ins Meer gefallen sein sollte, würde ihn so lange beunruhigen, bis Jens selbst ihm alles erklärt hatte. Eira wurde das dumpfe Gefühl nicht los, dass Jens einer Gewalttat zum Opfer gefallen war.

Wem konnte Jens im Weg gestanden haben?

Als Erstes kam Eira Johan Fjeld in den Sinn, aber der konnte es nicht gewesen sein. Johan befand sich noch in Untersuchungshaft, auch wenn sie bis jetzt nichts Konkretes gegen ihn in der Hand hielten.

Wer hätte noch Anlass haben können, Jens vorsätzlich etwas anzutun?

Rita war ebenfalls Hauptverdächtige im Fall Karl Fjeld. Aber auch hier war die Beweislage unsicher. Die beiden Geschwister würden sich weiterhin gegenseitig stützen oder einander in den Rücken fallen, je nachdem.

Eira überlegte. Wie wäre es, Kontakt mit Rita aufzunehmen und sie ganz einfach mit Sverre Wikans Informationen zu konfrontieren? Nach einer Weile entschied Eira sich, erst einmal abzuwarten. Rita hatte unter Eid geschworen, dass sie während des Brandes nicht in dem Gebäude gewesen war. An dieser Aussage würde sie festhalten, bis man das Gegenteil bewiesen hatte.

Am Grandhjørnet bog er ab und hatte den Smørtorget vor sich. Jetzt, zur Essenszeit und kurz vor Geschäftsschluss, waren kaum Leute hier. Das Bryggekanten-Einkaufscenter stand wie ein gotisches Geisterhaus am Hafen. Man hatte den kürzlich niedergebrannten Neubau großräumig gesperrt. Das rot-weiß gestreifte Absperrband flatterte im Wind.

Eine große, schlanke Gestalt stand aufrecht und unbeweglich neben einem Abfallcontainer und betrachtete die Reste des Gebäudes. Eira erkannte sie bald. Gunhild Wikan.

Sie drehte ihm langsam den Kopf zu, als er neben sie trat. »Solche Brände sind schrecklich«, sagte sie zögernd. »Was einmal war, ist für alle Zeit verschwunden. Ausgelöscht.«

»Sie sind ja immer noch in der Stadt.«

Sie nickte kurz.

Eira überlegte, welche Frage möglichst harmlos klingen würde. »Sehen Sie Sverre ab und zu?«

»Doch, sicher. Wenn es sich so ergibt.« Sie sagte die Worte leichthin und unbeschwert – keinesfalls so, als sei das Verhältnis zu ihrem Sohn durch jahrelange Konflikte belastet. Sverre hatte das jedoch ganz anders dargestellt. Eira fragte nicht weiter nach. Die persönliche Beziehung der beiden hatte nichts mit seiner Arbeit zu tun.

Sie blieben nebeneinander stehen und blickten auf die Brandruine.

»Sie haben damals viel durchgemacht«, bemerkte Eira schließlich.

Gunhild schwieg lange und Eira glaubte nicht mehr, dass sie noch reagieren würde. Doch dann seufzte sie: »Ach ja, aber ich hatte auch viel zu verantworten. Im Nachhinein würde ich sagen, dass ich billig davongekommen bin.«

Ihm fehlten die Worte. Sie hatte bei dem Brand ihren Ehemann verloren, ihr Sohn war verletzt worden, danach war sie mit einer Flut übelster Gerüchte und tiefem Hass konfrontiert worden. Eira verstand nicht, warum sie der Ansicht war, *billig* davongekommen zu sein. »Wie meinen Sie das?«

»Glauben Sie an Sühne, Eira?«

»Nicht in der Bedeutung, die das Wort für Sie zu haben scheint.«

»Aber ich tue es.« Sie zog ihren Mantel enger um sich und starrte in die Dunkelheit. »In meinem Alter blickt man größtenteils in Richtung Vergangenheit. Ich möchte meine Schulden begleichen.«

Eira wollte etwas entgegnen, aber sie hob abwehrend die Hand. »Mein Mann hatte ein Verhältnis mit Rita Fjeld.«

»Das ist mir neu. Niemand hat so etwas je erwähnt.« Eira musterte sie skeptisch.

»Rita hat es damals ihrem Vater erzählt. Andreas Fjeld wurde rasend vor Wut und verlangte, dass die beiden ihre Beziehung sofort beendeten und die Sache absolut geheim hielten. Andreas erstellte falsche Überstundenlisten und behauptete, Oscar habe sie geschrieben. Er wollte meinen Mann unbedingt loswerden.«

»Woher wissen Sie, dass Andreas Fjeld das getan hat?«

»Weil er es mir selbst gesagt hat.«

Eira schwieg.

Gunhild Wikan schien hingegen immer gesprächiger zu werden. »Als Karl anfing, bei seinem Vater im Büro zu arbeiten, fand er natürlich die Listen. Er hatte keine Ahnung, dass sie gefälscht waren.«

»Wusste Karl von dem Verhältnis zwischen Rita und Ihrem Mann?«

»Nein. Karl war gerade von der Handelshochschule nach Hause gekommen und Andreas Fjeld wollte um keinen Preis, dass jemand davon erfuhr.«

»Auch Sverre nicht?«

Sie schüttelte den Kopf. »Wir haben darauf geachtet, ihn da rauszuhalten.«

Eira fasste sie vorsichtig am Arm, als fürchte er, dass sie sich in

Luft auflösen und ihre Geheimnisse für immer mitnehmen würde. »Welche Schulden müssen Sie Ihrer Meinung nach begleichen?«

Sie löste ihren Arm aus seinem Griff. »Als der Brand unten am Hafen ausbrach, war Oscar noch im Büro. Später breiteten sich die Flammen aus, und auch Karl kam dorthin.«

Sie holte zitternd Luft und setzte wieder zum Sprechen an. Ihre Stimme war leise und bebte. Eira befürchtete, Gunhild könne jeden Moment anfangen zu weinen. »Oscar wurde in jener Nacht getötet. Jemand hat die Tür abgeschlossen, sodass er sich nicht mehr nach draußen retten konnte.«

Gunhild sah Eira an, als hätte sie seine Gedanken gelesen, und schüttelte den Kopf. »Nein, Eira. Sie werden mich nie dazu bringen, das vor Gericht zu erzählen.«

»Mit anderen Worten: Karl hat Oscar getötet?«

»Darüber will ich nicht sprechen. Die Sache ist abgeschlossen. Karl ist tot.« Gunhild blickte Eira starr ins Gesicht.

»Eben. Karl kann weder bestätigen noch dementieren … Woher wissen *Sie* überhaupt, was da drinnen passiert ist?«

Sie fixierte ihn weiterhin. »Ich weiß es, weil ich Sverres Mutter bin, Eira. Er hat mir damals erzählt, was er gesehen hat. Mein Sohn war in dieser Bruchbude und hat alles mitbekommen, bis der Rauch so dicht wurde, dass Sverre die Orientierung verlor und seine Kleidung Feuer fing.«

Eira grub seine Hände tiefer in die Taschen und fühlte, wie sich alle Muskeln seines Körpers zusammenzogen. Vor lauter Verblüffung brachte er kein Wort mehr heraus.

Was ging hier vor? Sverre hatte doch, ganz anders als nun seine Mutter, behauptet, er habe keine bildhafte Erinnerung an die Brandnacht. Lediglich Ritas Stimme komme ihm in diesem Zusammenhang wieder in den Sinn, was er jedoch nicht beschwören würde.

Nun konnte es Eira nicht mehr egal sein, wie gut das Verhältnis zwischen Mutter Gunhild und Sohn Sverre war. Die beiden machten widersprüchliche Äußerungen. Sverre hatte im Gegensatz zu seiner Mutter durchblicken lassen, er habe wegen der schrecklichen Ereignisse vor fast vierzig Jahren keine Ambitionen, seine Mutter überhaupt nur zu treffen. Wie konnte Gunhild da behaupten, dass sie ausgerechnet in jenen schwierigen Tagen nach dem Brand von 1969 seine Vertraute gewesen sei?

Während sie einander schweigend ansahen, dämmerte es Eira. Gunhild Wikan musste bei den Vernehmungen 1969 gelogen haben, als sie behauptete, dass sie in der Brandnacht krank in ihrem Bett gelegen hatte.

Eira holte tief Luft. »Frau Wikan, es fällt mir schwer, Ihnen zu glauben. Nichts von dem, was Sie sagen, stimmt mit den alten polizeilichen Befragungen überein. Und Ihre Ausführungen widersprechen zusätzlich dem, was Sverre heute sagt.«

Eira beobachtete sie genau. Ihre Miene versteinerte. Dann fuhr Eira unbeirrt fort: »Sverre hat Ihnen das nicht erzählt, Gunhild. Sie waren in jener Nacht *selbst* in dem Gebäude.«

Sie lächelte matt und zog den Schal enger um den Hals. »Das ist wohl Ihr Job, Eira: Theorien in die Welt zu setzen, für die Sie keinerlei Beweise haben.«

Kapitel 61

Aus Gunhild Wikan war kein weiteres Wort herauszubringen. Sie war plötzlich wie verwandelt. Die Stimmungsänderung war schneller über sie hereingebrochen, als graue Wolken hier im Norden einen strahlend blauen Himmel trüben konnten. Auf einmal wirkte Gunhild kurz angebunden und abweisend. »Diese Spekulationen darüber, wer was gesagt hat oder wer sich wo befand, sind vollkommen sinnlos, Eira«, unterbrach sie ihn, als er versuchte, ihr weitere Antworten zu entlocken. »Die Geschichte ist alt, sie ist abgeschlossen. Tatsache ist: Fjelds Bürohaus hat lichterloh gebrannt. Das Feuer ist irgendwo im Gerümpel ausgebrochen. Jeder wusste, dass die baufälligen Schuppen wie Zunder brennen würden. Lassen Sie's gut sein. Leider hat der Brand zum Tod zweier Personen geführt. Mehr weiß ich nicht.«

Eira ließ sich nicht beeindrucken. Er wurde nur noch skeptischer. Vorher hatte sie eigenartigerweise das Wort »Sühne« verwendet, und diese Spur musste er weiter verfolgen. Gunhild *musste* in dem Gebäude gewesen sein, hatte möglicherweise sogar alles gesehen. Außerdem war sie in höchstem Maße verdächtig, so aufgewühlt, wie sie damals über die behauptete Untreue ihres Mannes gewesen sein musste. All dies hatte sie bei den Vernehmungen verschwiegen.

Eira war kurz davor, Gunhild auf der Stelle zu erneuten Befragungen mitzunehmen. Das wäre zweifellos berechtigt gewesen, wie sehr sie sich auch gesträubt haben würde. Aber das Dumme war, dass er sich fast nur auf Vermutungen stützen konnte. Er brauchte jetzt dringend Beweise. Auch um eine weitere harte Runde mit Sverre würde er nicht herumkommen.

Eira begleitete Gunhild noch ein Stück. Bis zu ihrer Pension war es nicht weit und sie ging gern zu Fuß, wie sie sagte. Sie liefen am Kai entlang. Der Wind blies wieder stärker. Gunhild schlug den Kragen hoch.

»Sie brauchen nicht mit mir zu kommen, Eira. Es sind nur zehn Minuten, dann bin ich da. Sie haben sicher Familie und wollen nach Hause.«

Er blieb stehen. Bevor er sich auf den Heimweg machen würde, hatte er noch einiges zu erledigen. »Ihnen ist klar, dass mittlerweile weitere Vernehmungen notwendig geworden sind? Es gibt mehrere neue, ungeklärte Fragen. Wir holen Sie morgen früh um neun Uhr ab. Ruhen Sie sich vorher gut aus.«

Sie schenkte ihm ein winziges Nicken. Eira verfolgte ihre Gestalt mit den Augen.

Rita Fjeld ging mürrisch vor ihm her in die Küche. Sie roch nach Alkohol. Gewöhnlich war sie sorgfältig frisiert und stark geschminkt. Heute hingegen sah sie sogar etwas schlampig aus. Dass ein Fremder in Karls Namen beerdigt worden war, hatte sie offenbar völlig aus der Bahn geworfen. Sie setzte sich an den Küchentisch, deutete auf den Stuhl gegenüber, schob Eira eine Tasse Kaffee hin und schlug die Beine übereinander. »Bringen Sie es hinter sich. Was ist es diesmal?«

Er fragte sich, was sie wohl erwartete. Es schien, als rechne sie jedes Mal, wenn er auftauchte, mit einer größeren Enthüllung oder Anschuldigung. Vielleicht gab es ja Anlass dazu?

Eira holte tief Luft. »Stimmt es, dass Sie und Oscar Wikan eine heimliche Liebesbeziehung hatten?«

Natürlich würde sie es abstreiten. Aber eine so unverfälschte Kombination aus Schock und Entrüstung hatte Eira nicht vorhergesehen.

»Von allen gemeinen, niveaulosen Behauptungen …«, begann sie.

»Und dass diese verlorene Liebe der eigentliche Grund dafür ist, dass Sie nie geheiratet haben?«

Kaffee spritzte über ihre Hand und sie hielt nur noch den Henkel zwischen den Fingern. Rita hatte ihre Tasse energisch gegen die Tischplatte geschlagen. »*Das* ist nun wirklich der Gipfel, Eira!« Sie wirkte ehrlich empört. »Darf ich mal raten, so ins Blaue hinein? Eine Behauptung von Gunhild Wikan, nicht wahr?«

Eira antwortete nicht.

Rita schnaubte vor Wut. »Dazu sage ich nur eines: Da haben Sie Gunhild Wikan, wie sie leibt und lebt. Durchtrieben, verlogen, ohne jegliche Moral. Sie schert sich einen Dreck um die Gefühle anderer. Sie ist das Zentrum des kleinen Wikan'schen Universums. Armer Oscar Wikan, dass er sich in dieses Ungeheuer vergafft hat. Und all die anderen armen Teufel, die sie nach ihrer Pfeife hat tanzen lassen – was sag ich, noch immer tanzen lässt! Und jetzt auch noch Sie, Eira!«

Sie stand auf. »Ich weise das entschieden zurück. Distanziere mich davon. Seien Sie sich darüber im Klaren, dass mindestens jede zweite von Gunhild Wikans Behauptungen eine glatte Lüge ist.«

Ritas Rücken war steif und gerade, als sie zur Haustür ging und sie für Eira öffnete. »Jetzt können Sie noch einmal mit Gunhild Wikan darüber sprechen. Gute Nacht.«

Am nächsten Morgen schickte er Berger in die Pension, um Gunhild Wikan abzuholen. Eira wartete im Auto. Nach nur zwei Minuten war Berger wieder draußen.

»Gunhild Wikan kann nicht kommen.«

»Wie meinst du das?«

»Sie ist krank. Hat Fieber und Schmerzen am ganzen Körper, wie es heißt.«

»Wer sagt, dass sie krank ist? Sie war munter wie ein junges

Fohlen, als ich sie zuletzt gesehen habe, und das ist erst ein paar Stunden her«, platzte es aus ihm heraus. Es klang wie ein Vorwurf.

Berger drehte sich langsam zu ihm. »Weißt du, Eira, ich überbringe bloß die Nachricht. Geh doch bitte hin und frag selbst nach.«

Genau das tat er. An der Rezeption saß ein junger Mann mit glatt zurückgekämmtem Haar. Er teilte Eira mit, dass Gunhild Wikan unter keinen Umständen in der Lage sei, das Haus zu verlassen. Sie hatte sogar einen Arzt gerufen und sich ein Attest besorgt.

Eira legte den Kopf nach hinten und schlug mit beiden Händen aufs Lenkrad. »Wie lange soll man diesen Zirkus eigentlich noch mitmachen, Berger?«

Sie sah ihn nicht an. »Keine Ahnung, Eira. Was dich bei der Stange hält, weiß ich nicht. Ich kann nur für mich selbst sprechen. Es muss daran liegen, dass ich masochistisch veranlagt bin.«

»Mir geht's ähnlich. Aber egal. Jetzt fahren wir zu Helmersen und trinken einen Kaffee. Dabei genießen wir ein Stück Kuchen und erfreuen uns am Anblick von bräunlichem Schneematsch draußen auf der Straße. Nur ein Viertelstündchen. Gunhild Wikan wird sowieso erst kommen, wenn sie selbst es will. Krank, ja, ganz bestimmt.« Er startete den Motor und brauste los.

Eira hatte gelernt zu warten. Ausdauer war in vielen Phasen seines Lebens eine notwendige Tugend gewesen. Nicht zuletzt, um zu überleben. Als Junge war er viele Nächte aufgeblieben, hatte mucksmäuschenstill hellwach auf der Küchenbank gesessen und darauf gewartet, dass sich sein Vater ins Bett schleppen würde. Erst wenn dessen Atem gleichmäßig und schwer geworden war, konnte sich auch der kleine Aslak hinlegen.

Aber auch bei erfreulicheren Gelegenheiten hatte Aslak Eira gelernt, wie wichtig es war, sich in Geduld zu üben. Er hatte stundenlang auf dem Hochsitz ausgeharrt und auf Elche gewartet oder eine halbe Ewigkeit lang in reißender Strömung gestanden und Lachse geangelt.

Da war das Warten vor Gunhilds Pension das reinste Kinderspiel. Diesmal wusste er zumindest, aus welchem Schlupfloch die Beute kriechen würde.

Als Gunhild schließlich auf die Straße trat, war es bereits komplett dunkel geworden. Es war halb drei nachmittags. Sie trug einen schwarzen Mantel und eine Mütze, aber Eira erkannte sie mittlerweile am Gang. Sie setzte sich in einen kleinen dunkelblauen Citroën, der etwas weiter oben in der Straße geparkt war. Auf der Heckscheibe klebte das Logo einer Autovermietung.

Sie fuhr nicht weit. Einige Minuten später parkte der Citroën vor einem Wohnblock in Myreng. Aus irgendeinem Grund hatte Eira sich diese Adresse gut gemerkt. Hier wohnte Nancy Larsen, die langjährige Haushälterin der Fjelds.

Eira stellte seinen Wagen vor einem Kiosk in der Nähe ab und sah aus sicherer Entfernung, wie Gunhild zur Tür eilte.

Bis sie endlich wieder herauskam, hatte er zwei Zeitungen komplett durchgelesen. Gunhild hatte die Hände tief in den Manteltaschen vergraben und ihr Nacken war gebeugt. Eilig lief sie zum Auto zurück.

Nancys Wohnung lag im zweiten Stock. Eira klingelte. Nancy wurde blass, als sie die Tür öffnete und ihn draußen stehen sah. »Ja? Worum geht es?«

»Liebe Nancy. Ich verkaufe keine Staubsauger. Darf ich reinkommen?«

»Ja, warum nicht?«

Eira lächelte und ignorierte die wenig enthusiastische Begrüßung. »Vielen Dank.« Er ging durch die Diele in das kleine Wohnzimmer. Ein aufgeräumter und äußerst sauberer Raum mit

Plüschsofa und Spitzengardinen. Auf dem Teaktisch lagen weiße Läufer, darauf stand eine Topfpflanze. Durch die geöffnete Küchentür erhaschte Eira einen Blick auf die Spüle, auf der zwei Tassen standen. »Sie hatten Besuch?«

Ihre Augen weiteten sich. »Spionieren Sie mir nach, Eira?«

»Ich habe Gunhild Wikan von hier weggehen sehen.« Sie öffnete den Mund, um zu protestieren, aber er hob die Hand. »Wir wollen keine Zeit verschwenden, Nancy. Wenn Sie das abstreiten, glaube ich wirklich, dass Sie etwas zu verbergen haben. Aber was sollte das sein?«

Nancy sank in einen Sessel. »Du lieber Himmel, es war doch bloß ein Besuch. Ich kenne Gunhild Wikan nicht besonders gut, aber früher ist sie … Sie ist hin und wieder da im Haus gewesen. Bei den Fjelds, meine ich.«

»Worüber wollte sie mit Ihnen reden?«

Nancy wirkte angespannt. »Ja, worüber? Über alte Zeiten zumeist. Und auch ein bisschen über heute natürlich.«

»Haben Sie den Eindruck, dass Gunhild an einem bestimmten Ereignis aus der Vergangenheit besonders interessiert ist?«

Nancy zögerte. »Sie wollte wissen, was Karl gesagt hat, als er wieder aufgetaucht ist. Was er hier vorhatte. Ob er mit uns über den Brand von 1969 gesprochen hat – ob er vielleicht erzählt hat, was damals genau passiert ist. Ob … *sie* erwähnt worden ist.« Nancy holte tief Luft. »Es war ihr allem Anschein nach sehr wichtig.«

Kapitel 62

Jens Eide durfte zwar offiziell keinen Besuch empfangen, aber Eira fuhr dennoch zum Krankenhaus. Die Stationsärztin war unnachgiebig. »Der Patient hat, abgesehen von seinem Unfall, noch ein anderes großes Problem«, erklärte sie ungeduldig. »Sehen Sie, er ist nicht nur beinahe ertrunken und dann stark unterkühlt hier eingeliefert worden. Man muss vor allem etwas gegen seine Alkoholsucht unternehmen. Wir haben Ihre Kollegen bereits davon in Kenntnis gesetzt«, fügte sie ausgesprochen förmlich hinzu. »Der Patient ist noch nicht in der Verfassung für eine polizeiliche Vernehmung.«

»Zwei Minuten?« Eira hatte keine Skrupel zu betteln. Jens war nicht zufällig im Wasser gelandet, das sagte ihm zumindest seine Intuition. Und möglicherweise drohten noch anderen Menschen ähnliche vorgebliche Missgeschicke. »Er ist doch wohl phasenweise wach und imstande, sich irgendwie zu äußern?«

»Okay«, seufzte sie. »Dann sagen wir zwei Minuten. Aber nicht mehr.« Sie zeigte zum Bett und überließ Eira und Jens einem zwei Meter großen Krankenpfleger, der die Stirn krauszog und demonstrativ seine Uhr hervorholte.

Jens lag auf einem Berg von Kissen und schlief mit weit geöffnetem Mund. Schließlich bewegte sich ein Augenlid ein kleines Stück nach oben. Eira nahm an, dass Jens Medikamente erhielt, damit er im Entzug nicht die Wände hochging.

Es fiel Jens sichtlich schwer, verständliche Worte zu formen. »Der … Bananen…mann …?«

»Jens, hören Sie zu. Es ist wichtig. Können Sie sich erinnern, wie es dazu kam, dass Sie ins Wasser gefallen sind?«

Es dauerte unendlich lang, bis Jens sich gesammelt hatte.

»Er bekommt hochdosierte Medikamente«, erklärte der Krankenpfleger. »Da muss er jetzt durch. Bei drohendem Delirium hilft nichts anderes mehr. Sein Reaktionsvermögen wird durch die Wirkstoffe stark beeinträchtigt.«

Eira wusste, wovon der Krankenpfleger sprach. Man hätte noch weitaus drastischer über die Nebenwirkungen solcher Medikamente sprechen können.

»Ich … war plötzlich … völlig in die … Vergangenheit versetzt«, begann Jens, kam aber nicht weiter. Sein Mund war zu trocken, um noch mehr Worte formen zu können.

Eira nahm das Wasserglas und hielt es Jens an den Mund. »Wie meinen Sie das?«

»Vielleicht war ich … schon im Delirium?« Er lachte kurz und abgehackt. »Ich hörte … Stimmen. Genau … dieselben … wie vor vielen … Jahren, als ich … nach Frank gesucht hab, meinem Bruder.« Seine Augen fielen zu. »Die Stimme hat mich … gewissermaßen geführt … zum Wasser.«

Das ging zu langsam. Mittlerweile stand der Krankenpfleger hinter Eira und atmete ihm in den Nacken. »Hat Sie jemand gepackt? Gestoßen?«

»Weiß nicht.«

»Ich glaube, das ist genug«, unterbrach der Pfleger. »Er schläft jetzt ein.«

Eira hatte gerade wieder zu einer Frage ansetzen wollen und war noch nicht bereit, endgültig aufzugeben. »Jens, meinen Sie, dass Sie sich jetzt, nach dem Ausflug in die Vergangenheit, deutlicher an das erinnern können, was 1969 geschehen ist?«

Zuerst schien es, als sei Jens eingeschlafen. Aber dann wandte er Eira plötzlich den Kopf zu. Diesmal waren beide Augen normal geöffnet. »Ja, wissen Sie, genau so … war es. Ich hab es vor mir gesehen … Als ich diese Stimme hörte … hab ich begriffen …« Die Augen fielen wieder zu. »Ich hab endlich begriffen … was damals gesagt worden ist. Frank ist … auf den Scheiterhaufen gelockt worden … weil er … dort stand und … hineingesehen hat …«

»Nun ist es genug.«

Eira wurde höflich, aber bestimmt zur Tür geleitet.

Die Ärztin kam ihm mit gerunzelter Stirn entgegen. »Es geht jeden Tag aufwärts, aber Jens Eide ist schrecklich schnell erschöpft. Ich hoffe, Sie werden ihn erst dann eingehend vernehmen, wenn er sich erholt hat. Es sei denn, es wäre absolut notwendig.«

Es war schon lange absolut notwendig.

Eira ging durch die Schwingtüren hinaus und ahnte zum ersten Mal, dass sich bald einige Puzzleteile zusammenfügen würden. Jens' Gedächtnis war jahrzehntelang vom Alkohol vernebelt gewesen. Der Sturz ins Wasser hatte ihn nun gewissermaßen wachgerüttelt. Eira musste Jens nur noch etwas geschickter auf die Sprünge helfen.

»Frank ist auf den Scheiterhaufen geführt worden, weil er dort stand …«, hatte Jens gesagt. Vielleicht wollte er damit sagen, dass sein Bruder in den Augen mancher Leute etwas zu früh zu seiner Schlafstätte zurückgekehrt war. Frank war möglicherweise Zeuge von ungeheuerlichen Vorgängen geworden.

Eira holte sein Handy heraus und beorderte einen Polizisten als Wache vor Jens' Zimmer.

»Wir kommen der Sache näher«, murmelte er halblaut und steckte das Handy in die Tasche.

Kapitel 63

Eine zarte Schneedecke verwischte Details und Konturen, soweit das Auge reichte. Das Licht der Sterne spiegelte sich in den Schneekristallen.

Niillas hatte heute Bandprobe, also war es egal, ob Eira kochen würde oder nicht. Und doch – der Magen knurrte. Eira hatte seit dem Mittag nichts mehr gegessen. Es fröstelte ihn. Sein Kopf fühlte sich an wie ein Klumpen Ton. Eira hatte in der Nacht nur drei Stunden geschlafen. Der Körper versuchte mit aller Kraft, gegen einen Virusinfekt anzukämpfen. Wenn er jetzt eine Erkältung bekäme, wäre sie sicherlich psychisch bedingt. Nun kam es vor allem darauf an, sich auf etwas anderes zu konzentrieren. »Ablenkung« war das Zauberwort.

Am Morgen war er auf die Waage gestiegen und hatte festgestellt, dass er vier Kilo abgenommen hatte. Das war genug. Hunger zehrte nicht nur am Bauchspeck, er ruinierte auch die Konzentration. Schlachter Myland hatte seinen Laden direkt neben Eiras Haus. Auf dem Heimweg hielt Eira dort an und kaufte grobe Lammwürste mit einer Menge Kräuter. Im Keller lagerten noch Mandelkartoffeln. Einen großen Klecks Sauerrahm obendrauf, das sollte das Gleichgewicht endlich wiederherstellen.

Er bemerkte sie erst, nachdem er die Tür geöffnet hatte. Sie stand versteckt unter dem Windfang, außerdem war sie in Schwarz gekleidet und hob sich kaum von der abendlichen Dunkelheit ab.

»Hallo.« Sie trat ins Licht.

»Niillas probt heute mit seiner Band.« Das musste sie, verdammt noch mal, wissen. Die Bandprobe fand immer am gleichen Wochentag statt.

»Ich dachte, ich könnte hier auf ihn warten. Die Musik, die sie spielen, ist nicht ganz mein Stil.«

Ausnahmsweise hatte Victoria mal recht. Auch Eiras Ansicht nach war die Musik, die Niillas mit seiner Band machte, bloß ein Versuch, aufgestaute Aggressionen loszuwerden. »Victoria, ganz egal, was sie spielen – sie sind bestimmt erst in ein paar Stunden fertig.«

»Ich hab sonst nichts zu tun.« Sie klang verhalten. Er erinnerte sich an ihre letzte Begegnung, bei der sie sich ganz anders gebärdet hatte. Eira beschloss, den Vorfall nicht zu erwähnen. Vielleicht musste man ihn einfach als jugendlichen Fehltritt auf sich beruhen lassen. Und außerdem wollte Eira später sowieso noch mal ins Büro. Das machte er immer, wenn Niillas probte. Es war der einzige Tag in der Woche, an dem er mit gutem Gewissen bis in die Nacht hinein arbeiten konnte.

»Hast du schon gegessen?«

»Nein.« Sie lachte etwas beschämt. »Im Grunde bin ich fast am Verhungern.«

Eira stürzte sich in die Vorbereitungen zum Abendessen. Heute ließ sich die Mahlzeit schnell und unkompliziert anrichten. Victoria deckte währenddessen den Tisch. Eira versuchte, sein Unbehagen zu verbergen, als sie die Kerze aus dem Wohnzimmer auf dem Küchentisch platzierte. Viel zu energisch lud er Würstchen und Kartoffeln auf die Teller, riss den Deckel des Sauerrahmbechers ab und ließ sich auf den Stuhl ihr gegenüber fallen.

Seine Strategie war, das Essen in Windeseile in sich hineinzuschlingen. Das Ganze gestaltete sich jedoch stressiger als gedacht. Gerade für einen Genussesser wie Eira. Außerdem war da ihr Blick. Er ruhte auf seinem Gesicht und verdarb ihm vollständig den Appetit.

»Ich hab an dich gedacht.«

»Tu das nicht.«

»Ich hab nach einer Gelegenheit gesucht, dir zu sagen, dass mir mein Benehmen an dem Abend leidtut.« Sie schlug den Blick nieder. »Ich war außer mir. Hatte Schmerzen, überhaupt … Es war so unglaublich gut, dass du da warst.«

»Das ist schon in Ordnung. Sprechen wir nicht mehr davon.« Er spießte noch ein Würstchen auf, obwohl er schon satt war. Die Kerze flackerte zwischen ihnen. Victoria hatte recht lustlos ihren Teller leergegessen und eben Messer und Gabel abgelegt.

»Aslak.« Plötzlich spürte Eira ihre Finger auf seiner Hand. »Ich hab dich schon mal gefragt. Warum kämpfst du so dagegen an?«

Er riss seine Hand zurück. »Wovon in aller Welt sprichst du?«

»Ich weiß viel über Gefühle. Die Kräfte zwischen dir und mir hab ich schon bei unserer ersten Begegnung gespürt. Du kämpfst aus Loyalität gegenüber deinem Sohn dagegen an.« Sie versuchte erneut, seine Hand zu berühren. Ihr Blick war eindringlich und jagte Eira beinahe Angst ein. »Wir können es gut ausleben, Aslak. Niillas wird es verstehen, zumindest darüber hinwegkommen.«

Er starrte sie sprachlos an. »Hör zu, Victoria, lass es mich dir ein für alle Mal erklären. Du irrst dich. Ich empfinde nichts für dich. Ich bin mit einer anderen Frau zusammen. Ist das jetzt klar?«

Er hörte seine Worte und sie versetzten ihm einen Schock. Klartext war wahrscheinlich das Einzige, was eine Reaktion bei ihr auslöste, aber am stärksten reagierte er selbst.

»Sprichst du von dieser kleinen grauen Maus?« In Victorias Stimme lag eine unangenehme Kälte.

»Ich habe keine Ahnung, auf wen du anspielst.«

Sie stand so abrupt auf, dass der Stuhl hinter ihr umkippte. »Da bist du verdammt auf dem Holzweg. Es geht um uns beide, Aslak. Um dich und mich. Du hast das bloß noch nicht kapiert. Aber das wirst du schon noch.«

Die Tür knallte hinter ihr zu.

Er suchte Zuflucht im Büro.

Doch auch hier schien etwas in die falsche Richtung zu laufen. Wieso um alles in der Welt hatte er noch immer nicht herausfinden können, was mit Jens Eides Bruder Frank geschehen war? Möglicherweise trieb der Mörder weiterhin sein Unwesen. Wen hatte er als Nächstes auf seiner Liste?

Eira zog einen Papierstapel zu sich heran, während die aufwühlende Szene mit Victoria immer wieder vor sein inneres Auge trat. So konnte er sich nicht konzentrieren.

Erneut ging er in sich und versuchte herauszufinden, ob er vielleicht doch – unwissentlich – ihr eigenartiges Verhalten provoziert hatte. Nach langen, qualvollen Grübeleien klingelte Eiras Handy. Es war Mona.

»Entschuldige, dass ich dich störe, Aslak, mir ist schon klar, dass du viel zu tun hast.«

Er hörte ihrer Stimme an, dass sie aufgeregt war. »Ist etwas passiert?«

Ihr Lachen klang gezwungen. »Tja, ich weiß nicht. Zumindest brauche ich Rat. Wie gehe ich mit der Tatsache um, dass mein Auto vier aufgeschlitzte Reifen hat?«

Kurze Zeit später untersuchte Eira Monas Fahrzeug.

»Wie lange hat das Auto hier gestanden?«

»Seit ich heute Morgen um acht gekommen bin. Ich parke immer hier. Das sind feste Plätze für die Universitätsangestellten.«

Er hatte einen Beamten der Verkehrspolizei gebeten mitzukommen. Eira hielt es für ratsam, sofort Anzeige zu erstatten. Eiras Kollege schoss Fotos und sicherte ein paar Spuren, bevor das Auto abgeschleppt wurde. Freilich waren solcherlei Sachbeschädigungen an sich nichts Ungewöhnliches. Es kam immer wieder vor, dass Jugendliche auf dem Heimweg von einer Party mutwillig auf parkende Fahrzeuge einschlugen. Vor allem samstagnachts. Aber die vier zerstochenen Reifen an Monas Wagen passten irgendwie nicht in das Bild. Außerdem war jetzt nicht Samstagnacht, sondern Donnerstagabend.

Eira sah sich um und registrierte, dass der Parkplatz weit abseits des Gebäudes lag. Gerade bei Dunkelheit ein idealer Ort für kriminelle Naturen. Noch dazu grenzte er an den Wald und bis zur Eingangstür waren es fünfzig Meter. Kein Büro hatte Fenster zu dieser Seite.

Die meisten der anderen Angestellten waren schon nach Hause gegangen. Nur Mona hatte es nicht so eilig, da sie weder Mann noch Kinder versorgen musste.

»Hast du irgendeine Vermutung, wer es gewesen sein könnte?«, fragte Eira vorsichtig. »Gibt es vielleicht Konflikte?«

»Ich verstehe nicht ganz, worauf du hinauswillst, Aslak. Fragst du, ob jemand mich verfolgt?« Sie sah ihn ungläubig an. Er zuckte mit den Schultern.

Mona schüttelte den Kopf. »Ich habe keine Ahnung, wer Anlass haben sollte, mir eins auszuwischen«, sagte sie resigniert.

Mit einer tiefen Falte auf der Stirn blickte sie dem Abschleppwagen hinterher. »Das kommt unglaublich ungelegen. Ich hab morgen früh um acht einen Termin. Dann muss ich wohl oder übel den Bus nehmen.«

»Wir finden schon eine Lösung. Und jetzt fahren wir erst mal zu mir.« Es fühlte sich völlig selbstverständlich an, das zu sagen. Eira wollte nicht, dass sie zu sich nach Hause ging. Ihm gefiel die Sache mit den Reifen ganz und gar nicht. Außerdem hatte er keine Lust, allein zu sein.

Sie griff in ihre Tasche und holte eine braune Plastiktüte heraus. »Eine Flasche Wein, die ich von einer Studentin bekommen habe«, erklärte sie. »Du hast sicher was zu essen da, und wir werden schon einen Grund finden, den guten Tropfen an einem Donnerstag zu probieren.«

Er lachte, fühlte sich leicht und fröhlich. »Dass du freiwillig mit mir kommst, ist Grund genug.« Er wurde ernst. »Ich könnte mir vorstellen, dass du eigentlich Gehalt dafür bekommst, mit solchen Typen wie mir zu sprechen?«

Sie knuffte ihn in die Seite. »Das sagst du bloß, um von mir zu hören, was für ein netter Kerl du meiner Ansicht nach bist.«

Er warf ihr einen raschen Blick zu und war sich sicher, dass sie errötete.

Auf dem Küchentisch lag ein Zettel.

»Bin über Nacht weg. Niillas.«

Eira verspürte Erleichterung und gleichzeitig tiefes Unbehagen. »Irgendwie war es damals einfacher, als es hieß: Kinderstunde im Fernsehen, Baden, Abendessen und ab ins Bett. Keine Diskussionen über den täglichen Ablauf und kein Zweifel daran, wer der Chef im Hause war.« Er knüllte den Zettel zusammen und steckte ihn in die Tasche.

Mona hatte ein kleines Stück Räucherlachs gefunden und schnitt bereits Brot ab. Er schaute fasziniert zwischen Lachs und Mona hin und her. »Sei dir darüber im Klaren, dass der da nicht in einem Aufzuchtbecken herumgeschwommen ist. Den hab ich selbst geangelt.«

»Alle Achtung! Ich versprech dir, dass ich ihn nicht entweihen werde. Ich mach ihn mit Rührei und Dill. Dazu grober Senf. Das wird köstlich.«

Er betrachtete sie noch immer hingerissen. »Kann ich etwas tun?«

»Den Wein öffnen.«

Eira füllte zwei Gläser. »Bitte sehr.«

Mona nippte am Glas, er folgte ihrem Beispiel. Dann sagte sie verträumt: »Ich glaube, ich hab dich noch nie Wein trinken sehen.«

Er setzte sein Glas ab. »Ich trinke keinen Alkohol. Nur zu ganz besonderen Anlässen. Wie jetzt.«

Dann trank er noch einen Schluck. Der Wein stieg ihm schnell zu Kopf.

Als sie ihm das Glas aus der Hand nahm und ihres danebenstellte, fragte er sich, wie es möglich war, sich von zwei Schluck Wein so berauscht zu fühlen. Er umfasste ihre Handgelenke, zog sie an sich, lehnte den Kopf an ihre Schulter. Monas Arme glitten um seinen Hals. Ihre Hände wurden unruhig. Die Finger wanderten weich und warm an seinem Hemdkragen entlang, öffneten Knöpfe, suchten seine Haut.

Sie flüsterte an seinem Hals. Eiras Muskeln waren angenehm angespannt. Er hielt sich zurück, umarmte sie vorsichtig und überließ ihr die Regie. Wusste, dass sie eine Vorgeschichte hatte, dass sie lange gewartet hatte. Ungeduldig bewegte sie sich unter seinen Händen, ihre Haut glühte und er sah ihren Puls an den Schläfen schlagen. Aslak Eira hörte auf zu denken. Das Geräusch von zerreißendem Stoff drang zu ihm durch. Ein Knopf rollte über den Boden. Sein Atem und ihrer.

Er hob sie hoch – sie war klein und leicht –, trug sie ins Schlafzimmer und sank in sie, bevor sie das Bett erreicht hatten.

Kapitel 64

3. November 2007

Am nächsten Morgen um halb acht brachte er sie zur Arbeit und fuhr dann selbst ins Büro. Es war eine berauschende, schlaflose Nacht gewesen. Eira fühlte sich immer noch beschwingt, obwohl sein Körper nun müde und schwer war. Derselbe Zustand wie nach einem langen, feuchtfröhlichen Wochenende in seiner Jugend.

Die seegrünen Wände in der Eingangshalle verstärkten den Eindruck, dass der Boden unter seinen Füßen schwankte. Eira stolperte über eine Treppenstufe. Kurz darauf hörte er Schritte hinter sich.

»Du musst die Füße beim Gehen hochheben, Eira. Und einen Zahn zulegen. Wir sind gut eine Viertelstunde zu spät dran.« Es war Henriksen. »Ich hab im Stau auf der Brücke festgesteckt.«

Eira richtete den Blick auf die Stufen, bis oben waren es noch zehn.

»Wie geht's?« Henriksen war neben ihm.

»Gut.«

»Ich hab gestern deinen Sohn und seine Band im Lokalfernsehen gesehen. Soweit ich verstanden habe, bringen sie eine CD raus?«

Er nickte nur.

»Was zum Teufel gibst du ihm denn zu essen? Es hat sich angehört, als würden die alle gemeinsam gefoltert. Bei einer Wurzelbehandlung ohne Betäubung hätten sie nicht lauter brüllen können.«

»Danke, Henriksen. So was hört man gern.«

»Also ehrlich, hast du nicht mal gesagt, er hätte in der Schule Musik als Schwerpunktfach?«

Oben angekommen, blieb Eira stehen. Das gute Gefühl hatte sich vollständig verflüchtigt. Er musste tief Luft holen. »Hier, Henriksen, das ist schon mal für dich. Eine Liste aller Obdachlosen mit Alkohol- und Drogenproblemen in dieser windgepeitschten Stadt. Das Milieu ist klein. Mindestens einer von diesen Typen dürfte Jens ja wohl näher kennen und ein bisschen über ihn plaudern. Das musst nun leider du übernehmen. Spür sie auf und schlepp sie zur Vernehmung hierher.« Die Unterlagen befanden sich in einem Pappordner. Eira hantierte ungeschickt damit und stieß ihn voller Wucht gegen Henriksens Zwerchfell. Der jaulte auf.

»Oh, entschuldige. Wie dumm von mir … Ähm, was wollte ich noch sagen? Ach ja, deine Assistenten kannst du dir natürlich selbst aussuchen. Aber lass bitte Berger und Benjaminsen außen vor. Die beiden haben ohnehin schon alle Hände voll zu tun.« Während er sprach, gab er den Code ein, ging durch die Tür und ließ sie Henriksen vor der Nase zufallen.

Am Tag zuvor hatte er zwischendurch den Namen »Victoria Hammer« im polizeilichen Archiv eingetippt. Ihre Personeninformationen waren schnell auf dem Bildschirm erschienen. Sie war am 3. März 1981 in Oslo geboren, ihre Heimatadresse lautete: Kvitseid in Nordwestnorwegen. Die Steuerbescheinigung zeigte, dass sie Studentin war – so weit hatte sie korrekte Angaben gemacht. Sie war außerdem kinderlos und als Single gemeldet.

Es ärgerte Eira maßlos, dass diese junge Frau so penetrant in seinem Kopf herumspukte. Ein einziger Mouseklick, und die Seite mit Victorias Daten war verschwunden. Wenn das nur im echten Leben ebenso einfach wäre.

An konzentrierte Arbeit war im Moment nicht zu denken. Er

raffte ein paar Unterlagen zusammen, verließ sein Büro und klopfte an die Tür einer Kollegin. »Könntest du bitte alle Archive nach diesem Namen durchsuchen? Schau doch mal nach, ob es irgendeine Anklage gegen sie gibt, was auch immer es sein mag.« Er legte einen Zettel auf den Schreibtisch.

Vielleicht würde ihn diese Aktion zu neuen Erkenntnissen führen. Im besten Fall sogar zu innerer Ruhe.

Kapitel 65

Eira kam als Letzter in den Besprechungsraum. Er übersah geflissentlich alle forschenden Blicke. Es war klar. Man *musste* ihm einfach anmerken, dass er in der vergangenen Nacht ein anderer Mann geworden war.

Er räusperte sich etwas zu laut und kam direkt zur Sache.

Als Erstes referierte er über sein Gespräch mit Gunhild Wikan. Eira berichtete knapp und sachlich, wie sie kategorisch zurückgewiesen hatte, ein Verhältnis mit Andreas Fjeld gehabt zu haben.

»Natürlich streitet sie das ab«, schnaubte Henriksen. »Aber umso unbegreiflicher ist es dann, weshalb Andreas Fjeld eine finanzielle Verpflichtung dieser Frau gegenüber auf sich genommen haben sollte.« Henriksen ließ den Blick triumphierend schweifen. Er meinte wohl, er habe gerade einen Gedanken formuliert, der den Fall augenblicklich löste.

Eira klopfte mit dem Stift gegen die Tischkante. »Aus Gunhild Wikan wird man nicht klug. Ich weiß nicht mehr, was ich denken soll. Sie macht eine Reihe von Andeutungen, aber lässt uns dann wieder im Dunkeln tappen. Und weigert sich, ihre eigenen Behauptungen zu bestätigen, wenn man sie noch mal gezielt darauf anspricht.« Er dachte kurz nach. »Man könnte fast meinen, sie wäre bestens im Bilde darüber, was sich im Mai 1969 in dem brennenden Gebäude abgespielt hat.«

Für den Bruchteil einer Sekunde wurde es mucksmäuschenstill. »Woher sollte Gunhild diese Informationen haben?« Benjaminsen stellte die einzig logische Frage.

Eira spürte, wie er zögerte. Er fühlte eine innere Blockade, Sverres Namen zu erwähnen. Gunhild hatte als Einzige behauptet, Sverre habe *nicht* seine Erinnerung verloren, sondern ihr einiges erzählt. Das klang zwar verdammt unglaubwürdig – Eira wollte in diesem Moment Sverres Namen aber noch außen vor lassen.

»Sie hat behauptet, sich auf sichere Quellen zu stützen. Aber sie hat ebenso unmissverständlich klargemacht, dass sie nichts dergleichen beeiden würde.«

Es wurde wieder still.

»Wie soll man das jetzt wieder einordnen?« Berger brachte die Skepsis aller zum Ausdruck.

»Nun, Andreas Fjeld hat jedenfalls geblecht. Er hat sich vielleicht nicht nur um Gunhilds Wohlergehen Sorgen gemacht. Er könnte ja auch deshalb jahrzehntelang bestimmte Beträge an sie überwiesen haben, weil er gewährleisten wollte, dass sie den Mund hält.« Eira war tief in seinen Stuhl gesunken. »Was mich aber außerdem interessiert: Wusste Gunhild etwas von Karl?«

Eira schwieg eine Weile. Victorias Bild war wieder auf seiner Netzhaut aufgetaucht. Bedächtig richtete er sich im Stuhl auf. »Gunhild hatte die Scheidung beantragt. Wir wissen, dass es ein heimliches Verhältnis zwischen ihr und Karl gab, jedenfalls eine Zeitlang. Man könnte annehmen, dass Karl mit ihr zusammen von hier weggehen wollte. Aber vielleicht war auch genau das Gegenteil der Fall? Nämlich, dass Karl *alles* in Bewegung setzte, um sie loszuwerden. Aber auch hier hakt unsere Theorie. Er hat dann in Kanada neu angefangen. Wenn Gunhild ihm wirklich hartnäckig hinterhergelaufen wäre, wäre wohl nicht mal Kanada weit genug entfernt gewesen. Sie hätte Karls neues Leben schnell zunichte machen können.«

Henriksen lachte trocken. »Man könnte meinen, dass du was von Frauen verstehst, Eira.«

»Aber vermutlich nicht genug, Henriksen.« Eira ordnete die Unterlagen, griff nach seiner Jacke und verließ den Raum.

Auf seinem Schreibtisch lag ein kurzer Bericht über die Untersuchungen an Monas Auto. Man hatte nichts weiter festgestellt, als dass jeder Reifen mit einem Kreuzschnitt aufgeschlitzt worden war. Es musste ein relativ spitzer und scharfer Gegenstand gewesen sein, sehr wahrscheinlich ein Messer. Eira blieb einen Augenblick stehen und kratzte sich am Kopf, dann machte er auf dem Absatz kehrt und ging hinaus zu seinem Wagen.

Zu Hause lief er schnurstracks ins Wohnzimmer. Er war regelrecht in seine Wohnung gestürmt und hatte dabei weder Jacke noch Schuhe ausgezogen. Verbissen wühlte Eira in seinen Sachen.

Das Messer war weg.

Er hatte gerade ein schönes, solides Messer fertiggestellt. Die Schnitzeren am Griff waren ihm besonders gut gelungen. *Es war weg.*

Eira fluchte laut und schickte Niillas eine SMS: »Hast du irgendwo mein neuestes Messer gesehen?«

Keine Antwort. Niillas hatte offenbar sein Handy ausgeschaltet.

Johan Fjeld schien sich in der Haftanstalt beinahe wohlzufühlen. Er las mit Vorliebe Zeitungen im Internet. »Das ist einfach phantastisch«, schwärmte er. »Es gibt nichts, was man nicht herausfinden könnte, wenn man einen Computer hat. Warum war ich da früher nur so skeptisch?«

»Die Angst vor Neuem ist eine Art Altersschwäche. Da beißt die Maus keinen Faden ab«, sagte Eira und setzte sich. Er wartete ungeduldig, bis Johan sich ausgeloggt hatte.

»Ich werde mir auch so was zulegen, wenn ich wieder draußen bin«, fuhr Johan fort. »Glauben Sie, dass ich einen Laptop nehmen sollte?«

»Hören Sie, Johan, Sie können mit Benjaminsen über Computer fachsimpeln, sobald wir diesen Fall hier aufgeklärt haben.«

Plötzlich war Johans Begeisterung wie weggewischt. »Nun hören Sie mir doch damit auf. Ich bin unschuldig. Sie wissen, dass ich dem nichts hinzuzufügen habe.«

»Sie müssen mir helfen, Johan. Ich stelle Ihnen jetzt eine Frage zum Jahr 1969. Es geht um die Stelle, an der der verheerende Brand ausgebrochen ist. Ein paar Zeugen meinten, jemanden dort gesehen zu haben. Das muss eine ziemlich ungepflegte Person gewesen sein, auch wenn die Zeugen das Ganze nur aus einer gewissen Entfernung beobachtet haben. Hatten Sie mal irgendwelche Kontakte zu Frank Eide?«

Johan zögerte. »Karl kannte ihn. Und seinen Bruder Jens. Alle drei waren ungefähr gleich alt. Die beiden Brüder ergänzten sich auf ihre Art: Jens war schlau und Frank gutaussehend. Alle Frauen lagen Frank zu Füßen, bis sie ihn näher kennenlernten. Ein richtiger Dreckskerl. In jeder Hinsicht absolut unzuverlässig.«

»Inwiefern?«

»Er tat nur das, was er selbst wollte. Hat alle herumkommandiert.«

»Könnte er ein Gebäude angesteckt haben?«

Johan sah weg. »Um ehrlich zu sein, habe ich immer geglaubt, dass er es war, und ich war nicht der Einzige.«

Plötzlich schossen Eira Magnis Worte durch den Kopf. Hatte sie auf Frank angespielt, als sie von einem Brandstifter gesprochen hatte? Hatte Per ihr gegenüber einen konkreten Namen fallen lassen?

»Ihr Bekannter Per Andersen war wohl auch mit den Eide-Brüdern bekannt. Vielleicht gab es sogar eine Art Clique? Nun ja, wie auch immer … Können Sie mir mehr über Per sagen?«

»Ich kannte Per nicht sehr gut, aber ich glaube, er hat sich nie mit Frank und dessen Freunden abgegeben. Per war ja nicht mal in der Lage, auch nur ein Streichholz anzuzünden, ohne dabei gleich fürchterlich herumzuhampeln. Das ging so, bis er über zwanzig war. Dann kam er auf die schiefe Bahn.« Johan sah unendlich traurig aus. »In dem Jungen war nichts Böses. Wenn ich daran denke, wie wir …« Er seufzte herzzerreißend. »Ich habe seitdem keinen Kontakt mehr zu ihm gehabt. Habe sogar die Straßenseite gewechselt, wenn ich ihn gesehen habe. Man wusste irgendwie nicht, was man sagen sollte …«

Eira erhob sich. »Machen Sie weiter am Computer, Fjeld.«

Vennestad hatte auf Eiras Handy angerufen, ohne eine Nachricht zu hinterlassen. Eira rief den Pathologen sofort zurück. Es dauerte Ewigkeiten, bis Vennestad schließlich gesprächsbereit war. Eira hatte ihn im Auto erwischt und nun war Vennestad offenbar intensiv damit beschäftigt, das Headset herauszufriemeln.

»Eira, ich stehe Gott sei Dank gerade an einer roten Ampel. Nur deshalb kann ich jetzt überhaupt reden. Also, ich wollte nur bestätigen, was wir ohnehin schon eine Weile vermutet haben«, sagte Vennestad und klang kurz angebunden. So kannte Eira ihn gar nicht. Aber jetzt erinnerte er sich wieder – Vennestad nahm das Handyverbot im Auto sehr ernst. »Die DNA des Skeletts, das in Karl Fjelds Grab gelegen hat, ist entschlüsselt. Der Tote ist Frank Eide.«

Die Ampel wurde grün und Vennestad brach das Gespräch ab.

Kapitel 66

Im Regal lag eine halbe Tüte M&M's. Eira füllte sich die Hand damit und ließ es sich gut schmecken. Auch wenn die Süßigkeiten eigentlich Benjaminsen gehörten.

Dann hob Eira den Telefonhörer ab und wählte Monas Nummer. »Könntest du mich nach Feierabend im Büro besuchen? Ich möchte gerne etwas mit dir besprechen.«

Wenn er schon mal den Hörer in der Hand hielt, rief er auch gleich bei Niillas an, aber erhielt wieder keine Antwort. Nun gut, es war erst zwölf Uhr. Der Junge war wohl noch in der Schule.

Eira blickte aus dem Fenster. Draußen gab es jetzt etwas Ähnliches wie Tageslicht. Wie er Gunhild Wikan kannte, würde sie jetzt einen ihrer Spaziergänge antreten. Er musste sie aufspüren.

Eira schmunzelte. Wie gut ihn doch die Intuition geleitet hatte. Gunhild stapfte im Stadtteil Sorgenfri durch dichtes Schneegestöber. Sie hatte sich mittlerweile eine dem Wetter angepasste Wanderausrüstung und Goretex-Schuhe mit Profilsohlen zugelegt. Zügig marschierte sie dahin. Ein eisiger Wind vom Sund trieb ihr die Schneeflocken wie winzige Nadeln direkt ins Gesicht. Trotzdem lief sie mit erhobenem Kopf, als genieße sie die feinen Stiche auf den Wangen.

»Sie sind erstaunlich hartnäckig«, sagte sie mürrisch, als er neben ihr vorfuhr. Sie machte keine Anstalten, ihr Tempo zu verringern. »Worum geht es diesmal?«

»Wie ich sehe, sind Sie wieder gesund. Meinen Sie, wir könnten uns an einem etwas gemütlicheren Ort unterhalten?«

»Kann das nicht warten, Eira? Mein Spaziergang ist mir so wichtig und ich würde ihn jetzt nur äußerst ungern abbrechen.«

Anstelle einer Antwort öffnete er die Beifahrertür und sie stieg widerstrebend ein.

»Nun?« Sie musterte ihn argwöhnisch. »Um was geht es genau?«

»*Ich* stelle hier die Fragen, Gunhild. Sie sind mir schon zu oft ausgewichen. Ich frage Sie noch einmal in aller Form: Wussten Sie, dass Karl die ganze Zeit über am Leben war?«

Sie lehnte den Kopf gegen die Nackenstütze. »Ach, du liebe Güte. Ich dachte, damit wären wir durch.« Auf einmal blickte sie starr auf ihre Handschuhe. »Doch, ja. Ich wusste immer, dass Karl lebt.«

»Warum geben Sie das erst jetzt zu?«

»Ich habe ihn hier in der Stadt ja nicht getroffen.«

Eira versuchte vergeblich, den logischen Gehalt dieser Aussage zu ergründen. Dann wechselte er das Thema. »Sie haben vor einigen Tagen gesagt, dass Sie etwas zu sühnen hätten. Was meinten Sie damit?« Er sah sie durchdringend an.

Sie lachte leichthin. »Haben wir das nicht alle? Sie nicht auch? Das war doch bloß so eine Redensart von mir.«

Eira verdrehte innerlich die Augen. Sie entglitt ihm wieder wie ein glitschiger, frisch gefangener Fisch.

»Vielleicht war ich eine schlechte Mutter, vielleicht hätte ich nicht schon so bald nach dem Brand meiner Wege gehen sollen? Ich habe das erst später begriffen, als ich sah, wie verbittert Sverre geworden war. Er schleppt ein riesiges Trauma mit sich herum. Das war mir damals nicht bewusst.« Sie zuckte leicht mit den Schultern. »So was hatte ich im Sinn, Eira. Aber *Sühne* war ein allzu großes Wort, das gebe ich zu.«

Eira ließ wieder ein paar Momente des Schweigens vergehen. »Ich möchte jetzt noch mal zum zentralen Thema kommen. Wo waren Sie, als der Brand im Mai 1969 ausbrach?«

Seine Augen erforschten ihr Gesicht, aber dort war nichts als eine eiserne Maske zu sehen. »Ich habe die Vernehmungsprotokolle eingehend studiert. Sie haben Ihre Antworten unter Eid gegeben.«

»Worauf wollen Sie mit alldem hinaus, Eira?«

»Ich habe mich beim Lesen ziemlich gewundert. Ihr Mann Oscar war an jenem Abend ins Stadtzentrum gefahren und noch nicht wieder nach Hause gekommen. Ihr Sohn war auch draußen unterwegs. Es war nicht ganz unwahrscheinlich, dass Sverre versuchen würde, dorthin zu gelangen, wo sein Vater sich gerade aufhielt. Dennoch haben Sie in keinster Weise Alarm geschlagen. Wo waren Sie?«

»Der Brand ist weit nach Mitternacht ausgebrochen, Eira. Ich war zu Hause in meinem Bett. Ich hatte nicht bemerkt, dass mein Mann immer noch unterwegs war, und über meinen Sohn hatte ich wenig Kontrolle. Er war schließlich ein typischer Teenager.«

»Sie hatten die Scheidung beantragt?«

»Ich war nicht unempfänglich für Karls andauernde Annäherungsversuche. Aber ich wollte nicht einfach davonlaufen, wie es mir Karl schon mehrfach vorgeschlagen hatte.«

»Wann haben Sie erfahren, was passiert war?«

»Erst am frühen Morgen, als Sverre gefunden und ins Krankenhaus eingeliefert worden war. Jemand hat bei mir zu Hause angerufen und mich informiert.«

Gunhilds kühles, granithartes Äußeres würde niemand auf dieser Welt durchdringen können, wenn sie es nicht selbst gestattete. Ihre Worte reihten sich flüssig aneinander und es hatte nicht den Anschein, als müsse sie nachdenken. Dennoch erahnte Eira einen müden Zug in ihrem Gesicht. War sie kurz davor nachzugeben?

Er seufzte leise. Gunhild ließ nichts weiter verlauten. Vermutlich handelte es sich doch nur um Wunschdenken seinerseits.

Sie waren bei Gunhilds Pension angekommen und Eira stellte den Motor ab. »Um es deutlich zu sagen, Frau Wikan: Wir glauben an *keine* der Theorien, die wir bisher gehört haben.«

Sie zuckte mit den Schultern.

»Haben Sie mal was von den Brüdern Eide gehört? Vielleicht haben Sie sie ja sogar mal im Hinterhof von Fjelds Bürogebäude gesehen – *vor* dem Brand von 1969, meine ich. Ich glaube, die beiden hatten dort eine Art Unterschlupf. Aber möglicherweise gab es ja auch jetzt, nach fast vierzig Jahren, ein unverhofftes Wiedersehen? Zumindest mit einem der beiden?«

In ihrem Gesicht bewegte sich kein Muskel. Ihre Hände umfassten ruhig die Handschuhe. »Jens Eide? Ich habe gehört, was mit ihm passiert ist. Aber ich bin ihm nicht begegnet.«

Eira dachte sich, wenn schon, denn schon, und schloss gleich eine weitere Frage an: »Haben Sie Karl Fjeld nach der Brandnacht von 1969 jemals wiedergesehen?«

Sie sah ihn lange und verwundert an. »Was für eine Frage, Eira. Natürlich nicht.«

»Sie waren bereits in der Stadt, als er am 15. Oktober angekommen ist. Wir schätzen, dass er drei Tage hier war, bevor er getötet wurde. Genug Zeit, um sich sogar rein zufällig über den Weg zu laufen. Tromsø ist doch in gewisser Hinsicht ein Dorf.«

»Ich hatte keine Ahnung davon, dass er hier gewesen sein soll.« Sie suchte wohl nie nach Worten. Sprach leicht und unbekümmert, mit einer Spur Sarkasmus, vielleicht auch Bitterkeit.

Es brannte Eira unter den Nägeln, Gunhild noch intensiver zu vernehmen. Aber sein Gefühl riet ihm, erst einmal abzuwarten. Da würde sich unter Umständen von selbst etwas herauskristallisieren, was er momentan nur vage erahnen konnte. Jedenfalls musste er Gunhild weiterhin auf den Fersen bleiben.

»Verlassen Sie die Stadt bitte nicht, ohne uns vorher Bescheid zu geben«, ermahnte er sie eindringlich.

Um ihren Mund spielte ein kleines, listiges Lächeln, als sie in der Pension verschwand.

Kapitel 67

Tromsø, 14. Mai 1969, 4:00 Uhr

Sverre Wikan hob den Arm und signalisierte Per, dass die Luft rein war. Dann schlüpfte Sverre hinein und zog die Tür hinter sich zu. Eine steile Treppe führte in den ersten Stock hinauf. Rechts war die Tür zum Hinterhof, einem kleinen asphaltierten Viereck, das von hohen Zäunen und den Nachbarhäusern eingerahmt war. Sverre kauerte sich unter der Treppe zusammen und lauschte.

Die Anspannung stieg ihm wie ein Rausch zu Kopf. Er zitterte. Draußen war ein ordentliches Feuer im Gange. Die Gebäude brannten lichterloh und nun breiteten sich die Flammen mit unglaublicher Geschwindigkeit aus. Sverre fragte sich, was Karl Fjeld wohl hier trieb. Sicher raffte er verzweifelt das Geld zusammen.

Mittlerweile zog Rauch ins Gebäude. Er trübte die Sicht und biss in den Augen. Für einen Moment wurde Sverre unsicher. Brannte jetzt das Haus? Nein, der Qualm war vielmehr vom Wind hierhergetrieben worden und bahnte sich seinen Weg durch alle möglichen Ritzen und Öffnungen.

Sverre wartete noch eine Weile, aber Per kam nicht hinterher. So ein Angsthase! Er hätte es wissen müssen. Aber keiner von seinen Bekannten ließ sich sonst so leicht zum Mitmachen überreden wie Per. Und allein machte es nur halb so viel Spaß.

Sverre schlich weiter hinauf zum nächsten Treppenabsatz, wo die Toilette war. Im selben Moment wurde unten die Tür geöffnet. Eine Frau mit Hut und Mantel kam herein. Sie war groß, der Mantel grau und gewöhnlich, und Sverre erkannte sie von hinten nicht. Die Frau riss die Tür zum Hinterhof weit auf. Offensichtlich hatte sie da unten auch mit dem Rauch zu kämpfen.

Sverre stand ganz still. Er folgte der Frau mit den Augen, die den Mantel aufknöpfte, sich umdrehte und die Hutkrempe hochschlug. Er bemerkte, dass sein Mund halb offen stand, und schloss ihn langsam wieder. Das Gesicht der Frau war blass und entschlossen. Es war seine Mutter.

Er suchte nach dem nächstbesten Versteck und verschwand lautlos in dem kleinen Toilettenraum. Gunhild stieg bereits die Treppe hinauf. Als sie oben war, öffnete Sverre die Toilettentür einen winzigen Spalt breit und schaute vorsichtig hinaus. Sie war gerade dabei, die Taschen der beiden Kleidungsstücke zu durchsuchen, die an der Garderobe in der Ecke hingen: die blaue Jacke seines Vaters und Karl Fjelds brauner Mantel.

Gunhild zog einen Umschlag aus Karls Manteltasche und stopfte ihn in ihre eigene Tasche.

Nur einen Augenblick später ging die Tür zu Karl Fjelds Büro auf. Sverres Magen krampfte sich zusammen. Seine Mutter lief geradewegs auf Karl zu und schlang dem Mann die Arme um den Hals.

Was weiterhin geschah, bekam Sverre nur bruchstückhaft mit. Das verhaltene Flüstern. Wie Karl schroff ihre Arme von seinem Nacken stieß und Gunhild weit von sich wegschob. Ihre schriller werdende Stimme. Das Gestikulieren.

Karl fischte einen Schlüsselbund aus der Hosentasche und schritt zu Oscar Wikans Büro hinüber. Die Tür war geschlossen. Er steckte den Schlüssel vorsichtig ins Schloss und drehte ihn herum.

Danach kehrte Karl zu Gunhild zurück – jedoch nicht, um sie jetzt zu umarmen. Er war offensichtlich wütend. Beschwichtigend schlang sie ihre Arme wieder um Karls Hals und presste den Mund auf seinen. Karl riss sich energisch los, sie versuchte es erneut. Schließlich wandte er sich von ihr ab und hastete in sein Büro. Gunhild blieb regungslos stehen.

Vom Treppenabsatz aus konnte Sverre schräg durch die Tür auf den Hinterhof hinausschauen. Einer der Streuner, die sich oft dort draußen herumtrieben, war plötzlich in der Türöffnung aufgetaucht. Es war Frank. Sein Blick war aufmerksam und klar. In dieser Nacht schien er weit weniger betrunken zu sein als sonst.

»Lovely, lovely«, feixte er leise. »Ich hab dich hier draußen vorbeigehen sehen, Gunhild, und dich sofort erkannt – auch wenn es ungewöhnlich ist, dass du wie eine graue Maus daherkommst. Normalerweise stakst du ja in ganz anderen Fummeln herum.«

Für Sverre waren diese Worte wie Schläge in die Magengrube. Er sah, dass auch seine Mutter zusammenfuhr. »Ach, du bist es, Frank. Was machst du hier?«

»Heiße Umarmungen, das muss ich schon sagen«, höhnte Frank weiter. »Worüber habt ihr euch denn gestritten? Wer von euch die Tür abschließen soll, damit Oscar nicht herauskommt und euch erwischt?«

Irritiert beobachtete Sverre durch den Türspalt, wie seine Mutter die Treppe hinunterging und den schmutzigen, heruntergekommenen Mann am Arm packte. »Komm mit, ich will dir was zeigen.«

Sverre hatte sie schon oft auf diese Weise lächeln sehen und in diesem Ton mit Männern sprechen hören, aber noch nie mit jemandem von Franks Kaliber. Er konnte es nicht fassen.

»Weißt du was, Gunhild? Oscar Wikan ist bei Gott ein glücklicher Mann.« Frank schlurfte bereitwillig in den Vorraum und versuchte, einen Arm um sie zu legen. »Hätte ich eine Frau wie dich, würd ich mir wahrhaftig einen Job suchen ...«

»Na ja, Frank, das sind große Worte.« Ihr Blick wanderte ruhelos umher. Sverre begriff, dass sie verzweifelt überlegte, was sie mit dem ungelegenen Besuch anstellen sollte.

Frank grinste sie an. »Weiß Oscar denn, dass du hier bist, mitten in der Nacht? Ich hab mir schon gedacht, dass du den Herzensbrecher Karl treffen wolltest. Hab ihn ja auch gerade hier reingehen sehen.« Frank senkte die Stimme. »Du warst schon mal hier. Wir haben euch beobachtet …«

»Meine Güte, was du im Suff so alles daherredest!« Sie legte eine Hand auf ihre Hüfte und schob diese mit einem kecken Schwung nach vorne. »Weißt du, Frank, dein Gefasel bringt mich auf allerlei Ideen. Wirklich hässliche Ideen … Eigentlich bist du Karl ja ziemlich ähnlich. Gleich groß, fast gleich alt …«

Frank grinste und beugte sich weiter vor. »Wenn du das sagst …«

»Ja, sicher. Aber jetzt komm her, das wird dir gefallen.« Sie zog ihn mit sich und öffnete die Tür zum Kellerraum. »Fjeld hat feine Sachen hier in seinem Keller. Cognac und Whiskey. Für den Fall, dass wichtige Geschäftspartner vorbeikommen, weißt du. Ich fürchte, die Flammen werden bald auf dieses Haus übergreifen, also lass uns schnell machen. Wäre es nicht schade, wenn all die edlen Tropfen dem Feuer zum Opfer fallen würden?«

Drei Stufen führten hinunter in den Lagerraum, wo die verschiedensten Dinge aufbewahrt wurden: Farbeimer, Glühbirnen, Schneeschaufeln. Sverre war selbst einmal mit seinem Vater dort gewesen.

»Der Lichtschalter ist etwas weiter links, Frank.«

Sverre sah, wie Frank zögernd in den finsteren Raum trat und sich langsam nach links beugte. Sein Arm tastete blindlings herum.

»Ich finde keinen Lichtschalter.«

»Geh noch ein Stück weiter hinein.«

Verdutzt ging Sverre auf, was seine Mutter da sagte. Er wusste genau, dass es in diesem Raum kein elektrisches Licht gab.

»Gunhild, hier ist kein …« Frank wollte wohl gerade wieder herauskommen.

Gunhild verstellte sich nicht länger. »Du blöder Kerl, warum musst du auch gerade jetzt hier aufkreuzen … Ich werde dafür sorgen, dass du dein Maul hältst«, zischte sie wutentbrannt. Die Tür knallte hinter Frank zu und Gunhild drehte den Schlüssel um.

»Du bist ja nicht mehr bei Trost!« Karl Fjeld stand oben auf der Treppe. »Willst du den Mann umbringen?«

Gunhild warf sich herum. Wortlos lief sie die Treppe hoch und fasste Karl energisch am Arm. »Du darfst mich nicht verlassen! Wir reisen zusammen. Ich habe alle Ersparnisse von Oscar und mir dabei. Die Scheidung ist beantragt, die Papiere sind unterschrieben.« Sie stieß die Worte hastig und abgehackt hervor.

»Du bist aber immer noch verheiratet, Gunhild.«

»Hab dich nicht so, Karl. Das war ich während unserer ganzen Beziehung«, keuchte sie. »Keiner wird uns auf die Schliche kommen, wenn wir in diesem Chaos gemeinsam verschwinden.«

»Beziehung?«, unterbrach Karl sie schroff. »Wir hatten lediglich eine kurze Affäre.«

»Ist es plötzlich eine *Affäre* geworden?«

Sverre hatte inzwischen die Toilettentür bis auf einen schmalen Spalt angelehnt. Dennoch sah er genau, was einen Treppenabsatz weiter oben passierte.

Gunhild war fast genauso groß wie Karl. Ihr Schlag traf ihn mitten ins Gesicht. »Als ich letztes Mal hier war, waren das noch ganz andere Töne. Wehe du wagst es, dich jetzt davonzumachen!«

Karl explodierte. »Hau ab, Gunhild«, fauchte er. »Oscar ist hier.«

»Du hast es versprochen. Wir wollten zusammen weggehen!« Sie machte keinen Versuch mehr, an sich zu halten, und ihre Stimme gellte.

»Diese Beziehung findet nur in deinem Kopf statt! Ich hatte nie irgendwelche ernsteren Absichten. Es war nur eine Episode. Und die ist vorbei. Ich reise ab, noch diese Nacht.«

»Diese Nacht? Aber wir wollten doch zusammen weggehen.« Gunhild klammerte sich an Karls Revers.

Er schob sie unsanft von sich. »Du wirst mich nicht verraten. Als Gegenleistung werde ich versuchen zu vergessen, dass du Frank umbringen wolltest. Ebenso alle anderen fiesen Dinge, die auf dein Konto gehen. Und wenn du Frank da nicht herauslässt, wird er erbärmlich verbrennen.« Karl schwieg und betrachtete Gunhild einen Moment. »Oder ist es genau das, was du willst? Soll er wirklich draufgehen, damit er keine Gerüchte über dich in der Stadt verbreiten kann?«

»Mein Gott, Karl …« Ihr Zorn war verraucht. Lautes Schluchzen erstickte ihre Worte. »Begreifst du das nicht? Das ist doch wahnsinnig praktisch. Sie werden glauben, dass du es bist … Dann wird keiner nach dir suchen, und wir fangen ein neues Leben an. Lass mich mitkommen«, flehte sie. »Wir haben bestimmt nie mehr so eine Gelegenheit.«

Sverre registrierte einmal mehr, wie schnell seine Mutter von einer Rolle in eine völlig andere wechseln konnte. Diesmal hatte sie Aggression gegen mitleiderregende Heulerei ausgetauscht. Sverre war an so was gewöhnt, denn er hatte ihre Art von klein auf oft genug am eigenen Leib zu spüren bekommen. Er wusste, dass Gunhilds Stimmung innerhalb von Sekunden umschlagen konnte.

Karl Fjeld machte auf dem Absatz kehrt und verschwand in seinem Büro. Die Tür fiel laut ins Schloss.

Sverres Körper gehorchte ihm nur widerstrebend. Er bewegte sich wie in Zeitlupe. Es war, als wäre er in einem abscheulichen Traum gefangen. Natürlich hatte er, wie alle anderen, die Gerüchte über Gunhild und Karl gehört. All das Getuschel hatte ihn verletzt. Er war wütend geworden und hatte sich immer mehr in sich zurückgezogen. Bis jetzt war es ihm gelungen, die Gerüchte zu verdrängen. Aber nach dieser Szene war Sverre klar, weshalb seine Mutter in der letzten Zeit besonders hochfahrend gewesen war. Er verstand, warum sie sich häufig mitten in der Nacht weggeschlichen hatte.

Sverre presste beide Hände aufs Gesicht. Für einen Augenblick entfernten sich alle Geräusche. Der Rauch war viel dichter geworden und seine Augen begannen zu tränen.

Frank war offenbar wieder zu sich gekommen und hatte in seinem Gefängnis einen schweren Gegenstand gefunden, mit dem er gegen die Tür hämmerte. Allmählich gab das morsche Holz nach.

Sverre blinzelte. Ihm stockte der Atem.

Gunhild blieb einen Augenblick unentschlossen stehen, bevor sie die Treppe hinunterlief.

Sverre trat zwei Schritte aus dem Toilettenraum hinaus, um das Geschehen besser verfolgen zu können.

Frank hatte es mittlerweile geschafft, ein großes Loch in die Kellertür zu schlagen. Er drückte die übrig gebliebenen zersplitterten Planken nach außen und war frei. Erschöpft taumelte er durch den Türrahmen.

Gunhild empfing Frank mit einem schweren Hieb auf den Kopf.

Zuvor hatte sie einen Nothammer von der Wand gerissen, sich seitlich neben der Kellertür postiert und dann mit erstaunlicher Ruhe darauf gewartet, dass Frank heraustreten würde.

Sie hatte ihn mit solcher Wucht getroffen, dass er sogleich hintenüberfiel, zurück in den Kellerraum.

Sverre konnte Franks Stöhnen deutlich hören. Der Mann war also noch am Leben.

Der Rauch hatte sich inzwischen zu dichten Schwaden zusammengeballt. Wahrscheinlich standen bereits einige Teile des Hauses in Flammen. Das Atmen fiel schwer.

Sverres Herz hämmerte wie verrückt. Er hatte panische Angst. Jetzt musste er dringend nachsehen, ob sein Vater immer noch in seinem Büro eingeschlossen war. Aber Sverre fand keine Gelegenheit dazu. Irgendwo ging eine Tür und der Junge schlüpfte blitzschnell wieder in den Toilettenraum.

Draußen auf dem Treppenabsatz waren Schritte zu hören. Durch den Türspalt sah Sverre, wie jemand in einer blauen Nylonjacke die Treppe hinunter verschwand. Er erkannte das Kleidungsstück von hinten: die Jacke seines Vaters!

Sverre atmete auf. Sein Vater war also zum Glück noch rechtzeitig hinausgekommen.

Unten quietschten die Scharniere der beschädigten Kellertür. Irgendwer näherte sich offenbar dem verletzten und schwer röchelnden Frank.

Sverre fühlte sich wie versteinert. Er wagte nicht, die Toilettentür wieder zu öffnen. Aber schließlich zwang ihn der dichte Rauch, den engen Raum zu verlassen. Er rang mühsam nach Luft.

An den Wänden schlugen Flammen hoch. Sie griffen unglaublich schnell um sich. Sverre nahm allen Mut zusammen. Mit einer Hand am Geländer tastete er sich Stufe für Stufe hinab. Der andere Arm diente als Schutzschild vor dem Gesicht. Die Hitze war unerträglich. Sein Ärmel fing Feuer.

Die Nachtluft war himmlisch kühl. Sverre hörte Stimmen. Leute standen um ihn herum.

Die Angst zu ersticken steckte ihm noch in den Gliedern. Aber er war jetzt draußen.

Er erinnerte sich schemenhaft an zwei Fäuste. Sie hatten ihn am Jackenkragen gepackt, zu einem Schneehaufen geschleppt und darin so lange herumgewälzt, bis die Flammen erloschen waren.

Da war auch der Bruder des Kerls, der vermutlich immer noch im Keller lag. Eine nach Schnaps stinkende Kehle flüsterte direkt an Sverres Ohr: »Was faselst du da, Junge! Phantasierst du? Was, verdammt, sagst du, ist da drinnen passiert?«

Die Worte drangen nicht bis zu ihm durch. Sein Gesicht tat höllisch weh und das linke Augenlid gehorchte nicht mehr. Wieder rang er nach Luft. Dann glitt er in einen undefinierbaren Nebel.

Ein hoher, schriller Pfeifton holte Sverre zurück. Wie aus weiter Entfernung vernahm er einzelne Sätze.

»Warum bleibst du hier stehen? Wartest du auf jemanden, Jens? Hier ist niemand, glaub mir. Ich denke nicht, dass du hier stehen bleiben solltest. Es kann gefährlich für dich werden, das Feuer breitet sich aus. Komm lieber mit mir, lass uns hier langgehen. Sie kommen jetzt und kümmern sich um Sverre.«

Die Schritte verhallten und neue Schritte näherten sich schnell. Dann wurde alles schwarz.

Kapitel 68

4. November 2007

»Gunhild hat jetzt den Schleier ein Stück weit gelüftet, aber mir reicht das noch nicht.« Eira klang ungewöhnlich ungeduldig. »Wo ist übrigens Rita? Wir müssen täglich zu ihr in Kontakt treten. Damit können wir sie zumindest indirekt überwachen.«

»Ich kann dir darauf leider keine eindeutige Antwort geben«, räumte Berger ein. Ihr Haar war zerzaust und der Pferdeschwanz hing schief. »Dieser Medienrummel wird Rita den Rest gegeben haben. Jetzt weiß jeder, dass Frank Eide in Karls Grab gefunden worden ist. Und Rita ist abgetaucht. Sie geht weder an ihr Handy noch an ihren Festnetzanschluss. Seit gestern hat keiner mehr mit ihr gesprochen.«

»Schick jemanden zu ihr nach Hause«, ordnete Eira an. »Und wenn sie dort nicht ist, könnte sie vielleicht zu ihrer Hütte gefahren sein.«

Er trommelte mit den Fingern auf die Tischplatte, erhob sich und begann, zwischen Schreibtisch und Fenster hin und her zu laufen. »Diese zwei abgerissenen Individuen, Jens Eide und Per Andersen, von denen sonst niemand Notiz genommen hat, besaßen wahrscheinlich den Schlüssel zur Lösung des Ganzen, ohne sich selbst darüber im Klaren gewesen zu sein.

Bei beiden haben die Erinnerungen sozusagen auf dem Grund des Gedächtnisses gelegen. Jahrzehntelang wurden sie nicht angetastet. Der Alkohol hielt sie zuverlässig unter Verschluss. Erst als Karl Fjeld wieder auftauchte, gefolgt von Gunhild und nicht zuletzt einem neuen Brand, begannen sich die alten Erinnerungen zu regen. Sie stiegen langsam, aber sicher an die Oberfläche.

Deshalb ist Per Andersen tot. Ebenso Magni. Ich wette einen Monatslohn darauf, dass auch Jens deswegen im Wasser gelandet ist. Der hatte jedoch einen Schutzengel. Hätte nicht dieser Tourist mit Fernglas dort am Hotelfenster gestanden, wäre Jens jetzt auch tot.«

Eira brachte Berger eine Tasse Kaffee. »Na, dann lass das Koffein mal wirken. Wir brauchen starke Nerven. Bei diesem Fall haben wir ein paar ziemlich harte Nüsse zu knacken.

Schauen wir uns noch mal Karl Fjeld an. Er hatte 1969 bestimmt finanzielle Gründe, sich davonzumachen. Hinzu kam wahrscheinlich, dass er mit allen und allem brechen wollte. Irgendetwas muss ihm mächtig auf den Geist gegangen sein.

Und ich glaube, dass es jemanden gibt, der ganz genau weiß, was sich damals in dem Gebäude abgespielt hat. Das heißt, ich *weiß*, dass es jemand weiß. Wenn dem *nicht* so wäre, hätte man Jens und Per nicht töten wollen, oder?

Also, was ist in der Brandnacht von 1969 in Fjelds Bürohaus vor sich gegangen? Das Feuer hat die meisten Spuren effektiv beseitigt. Nur – neben konkreten Spuren gibt es ja auch noch das menschliche Gedächtnis. Dort leben die Beweise weiter.«

Eira rieb sich die Augen. »Gunhild beunruhigt mich immer mehr. Es fällt mir schwer, ihr zu glauben. Das Gleiche gilt für Rita. Sie ist voller Hass und Bitterkeit, hat wohl das Gefühl, sie müsste irgendetwas rächen oder verteidigen. Aber wäre Gunhild oder Rita tatsächlich imstande, zu töten?«

Er hatte ganz vergessen, dass er sich mit Mona verabredet hatte. Sie drehte eine leere Kaffeetasse zwischen den Fingern und las eine der überregionalen Zeitungen.

»Normalerweise bin ich nicht so geduldig«, sagte sie ruhig und faltete die Zeitung zusammen. »Eigentlich bin ich nur aus Neugier hier geblieben.«

»Hast du dein Auto zurückbekommen?«

Sie nickte. »Mit vier nagelneuen Reifen.«

Er beugte sich vor und sah ihr in die Augen. »Ich weiß nicht, wie ich anfangen soll, Mona. Da ist nur so ein vages Gefühl. Diese Sache mit deinem Auto geht mir nicht aus dem Kopf. Hier stimmt etwas absolut nicht. Das war nicht einfach ein böser Jungenstreich.«

»Du glaubst zu wissen, wer die Reifen zerschnitten hat?«

»Ich kann mich irren. Aber mein Verdacht hat sich erhärtet, als ich entdeckt habe, dass das neueste Messer, das ich gemacht habe, verschwunden ist.«

Sie sah ihn erschrocken an. »Hatte Niillas Freunde zu Besuch, die in Versuchung geraten sein könnten?«

Er schüttelte bestimmt den Kopf. »Niillas hat seit vielen Jahren dieselben Freunde. Die ganze Zeit haben Messer herumgelegen. Die Jungs haben sich meine Werkzeuge angesehen und nur beiläufig gefragt, wie man so was macht. Aber keiner von ihnen interessiert sich besonders dafür. Keiner von Niillas' Freunden ist damit abgehauen.«

»Aber du glaubst, jemand hat dieses Messer gestohlen?«

»Ich *weiß* es. Es hat ja gestern Nachmittag noch da gelegen.« Eira raufte sich die Haare.

Sie nahm seine Hände und hielt sie fest. »Erzähl mir alles, Aslak. Fang ganz vorne an und denk nicht darüber nach, wie es sich anhören könnte. Rede einfach drauflos.«

Während er sprach, saß sie regungslos da.

»Verstehst du jetzt, was ich denke?«

Sie nickte langsam. »Ich glaube, du hast recht. Es sieht ganz so aus, als ob *sie* es getan hätte.«

Eira bemerkte Monas Zögern. Sie fügte erklärend hinzu: »Ich mag es nicht besonders, Diagnosen zu Personen zu erstellen, die ich nicht gut kenne. Aber dieses Verhalten erinnert tatsächlich stark an *Borderline*. Kennst du den Ausdruck? Jemand mit diesem Syndrom hat meistens eine – wie soll ich sagen – schwierige Persönlichkeit. Solche Menschen zeigen wenig Mitgefühl für das Leiden anderer und sind nur sehr eingeschränkt in der Lage, Schuldgefühle zu empfinden. Sie tun alles, um ihre gesamte Umwelt zu beherrschen. Andere Menschen sind in ihren Augen entweder perfekt oder der letzte Dreck, ein krasses Schwarz-Weiß-Denken also. Gerade betroffene *Frauen* erweisen sich mitunter als sexuell überaktiv und haben häufig wechselnde Beziehungen. Meiner Meinung nach kann es verhängnisvoll sein, sich in einer festen Partnerschaft an sie zu binden. Das Ganze ist besonders fatal, weil solche Menschen oft richtig charmant auftreten. Sie setzen ihr schönstes Lächeln auf, und wie nebenbei müssen alle nach ihrer Pfeife tanzen. Das kann sehr zerstörerisch wirken. Verstehst du, Aslak? Man fällt so leicht darauf herein.«

»Danke, Mona, das war sehr erhellend. Ich fürchte, Niillas hat von alldem wirklich keine Ahnung. Er ist einfach verliebt. Und wendet sich mit aller Kraft gegen mich. *Ich* bin in seinen Augen derjenige, der ihn angeblich ständig bevormundet.«

Mona machte ein ernstes Gesicht. »Ich muss das jetzt noch mal betonen, Eira: Wir sprechen hier nicht von einer leichten psychischen Auffälligkeit, die behandelt werden könnte. Es ist vielmehr eine tief verwurzelte Persönlichkeitsstörung.«

Sie blickte auf die Uhr und stand auf.

»So was kann nicht behandelt werden, sagst du?« Eira betrachtete eingehend seine Hände. »Das ist also keine Krankheit?«

Mona schüttelte wieder den Kopf. »Man kann jetzt bloß abwarten. Und beobachten, wie Niillas damit umgeht. Früher oder später wird sie ihn fallen lassen – für jemand anderen als dich, hoffe ich.«

Eira fielen die Wohnungsprospekte ein, die bei Niillas herumlagen, und er wagte nicht daran zu denken, wie weit sich Niillas möglicherweise schon Victoria verschrieben hatte. »Glaubst du, sie könnte ihm irgendwie gefährlich werden?«

»Ich bin der Meinung, dass solche Personen immer gefährlich für ihre Umgebung sind. Zumindest psychisch.«

Berger hatte wieder den Jogginganzug an, den Eira ihre »Galauniform« nannte. Sie war gerade auf dem Weg nach draußen. Dort war es schon stockdunkel. Ein leichter, eisiger Wind hob die Wimpel an der Fahnenstange des Nachbarhauses ein wenig an. Berger ruderte kräftig mit den Armen, um warm zu werden. Sie hatte heute Mühe, sich zu motivieren. Es war nasskalt, aber wenn sie am Abend nicht ein paar Meilen in den Beinen hätte, wäre sie zu nichts zu gebrauchen. Um die Beine aufzuwärmen, joggte sie immer zuerst ein paar Mal sanft auf der gleichen Stelle.

Lautlos wie ein Schatten näherte sich jemand von der Seite.

»Hallo. Ist Aslak schon weg?« Die Joggingkleidung der jungen Frau war viel modischer als Bergers Outfit.

»Aslak?« Berger brauchte ein paar Sekunden für die Antwort. »Meinen Sie Aslak Eira?«

»Natürlich«, lachte sie. »Gibt es hier mehrere Aslaks?«

Berger stoppte. Sie vergaß ihre Aufwärmübung und maß ihr Gegenüber von Kopf bis Fuß. »Können Sie ihn nicht selbst fragen?«

»Ich habe mein Handy vergessen. Wir sind verabredet und ich wollte ihm nur sagen, dass ich später komme, weil ich vorher eine Runde laufe.« Sie lächelte entwaffnend. »Ich heiße übrigens Victoria.«

»Verabredet?« Berger ließ sich nicht so leicht in Smalltalk verwickeln.

»Wir wollten uns treffen …« Die Frau schien Bergers Skepsis nicht zu bemerken. »Wir sind … nun ja, zusammen. Noch nicht so lange, also verraten Sie bloß nicht, dass Sie es wissen«, fügte Victoria lachend hinzu. »Sie kennen ihn ja und wissen, wie viel

Wert er auf sein Privatleben legt und wie verschlossen er ist. Schüchtern, unter uns gesagt.«

Berger starrte sie an, bis sie spürte, wie die Kälte in ihre Muskulatur kroch. »Sie sind zusammen?«

Die Frau nickte. »Können wir ein Stück zusammen joggen? Ich kenne mich nicht so gut aus. Vielleicht könnten Sie mir eine gute Strecke zeigen?«

Berger war zu verblüfft, um zu protestieren. Sie nickte und schlug planlos irgendeine Richtung ein, ohne dabei den Blick von der Frau neben sich zu wenden.

Sie war hübsch, langhaarig und schlank, aber Bergers Ansicht nach etwas zu stark geschminkt für eine anstrengende Runde in der Abendkälte. Berger hätte haushoch verloren, wenn es eine Wette darum gegeben hätte, ob diese Frau jemals Joggingschuhe anziehen würde. Oder auch nur unter den Armen schwitzte.

»Wissen Sie, wo er ist?«

»Er hat eine Verabredung.«

»Mit wem?«

»Mona Lie. Sie kennen sie vielleicht?«

Ein Auto näherte sich. Victoria ließ Berger vorauslaufen. Berger war jetzt richtig in Schwung gekommen. Sie spürte, dass sie ihre Laufform erreicht hatte und die Energie zunahm. Ihre Begleiterin dagegen begann kurzatmig zu werden.

»Ich kenne sie ein wenig. Aber sagen Sie mal, warum arbeitet die Polizei mit einer Psychiaterin zusammen?«

»Das ist nicht die Regel.« Berger räusperte sich beklommen. »In meiner Ahnungslosigkeit hatte ich geglaubt, dass die Zusammenarbeit zwischen den beiden einen etwas … anderen Charakter hätte, bevor Sie … na ja, bevor Sie mir das eben erzählt haben.«

»Vergessen Sie Mona Lie.«

Victorias Satz gellte wie ein Peitschenhieb durch die Stille.

Berger warf ihr einen raschen Blick zu.

Sie liefen den Strandveien entlang und passierten die neuen Wohnblöcke am Ufer.

»Hier schauen wir übrigens zurzeit nach einer Wohnung.«

Sie joggten schweigend ein Stück weiter, dann fragte Victoria: »Warum haben Sie geglaubt, dass Aslak mit dieser Psychiaterin zusammen wäre?«

Berger zuckte unbehaglich mit den Schultern. »Es kam mir eben einfach so vor.«

Jetzt hatte Berger den Blick weit nach vorne gerichtet und setzte ihren Weg mit langen, gleichmäßigen Schritten fort. »Warum fragen Sie das alles? Streng genommen geht es mich ja gar nichts an. Man sollte doch meinen, dass Sie viel näher an Eira dran wären als ich.«

Victoria antwortete nicht und Berger überlegte, ob sie die Frau endlich aus der Puste gebracht hatte. Im Prinzip hatte sie es genau darauf angelegt. Diese eingebildete Tussi provozierte sie – angefangen beim exakt gestriegelten Pferdeschwanz bis hin zur akkurat aufeinander abgestimmten Joggingausrüstung. Noch mehr störten sie die neugierigen, bohrenden Fragen und der herrschsüchtige Ton. Berger schaute sich um und sah Victoria keuchend am Straßenrand stehen.

»Müde?«, murmelte Berger schroff und joggte zurück.

»Ich glaube, ich mache Schluss«, bestätigte Victoria. »Ich kehre um. Und …«, sie fasste Berger am Arm, »… erwähnen Sie unser Gespräch Aslak gegenüber bitte nicht. Wir haben verabredet, dass es noch eine Weile geheim bleiben soll. Sein Sohn, Sie verstehen …« Victoria blickte die Straße hinab. »Aslak wäre wütend, wenn er wüsste, dass ich es schon jemandem erzählt habe. Niillas ist wohl momentan etwas schwierig. Also, ich verlasse mich auf Sie.« Victoria hob die Hand zum Gruß, drehte sich um und trabte langsam den gleichen Weg zurück, den sie gekommen waren.

Berger schaute ihr nach. Dann joggte sie weiter. Die gute Laufform von vorhin erreichte sie nicht mehr. Sie konnte das nicht verstehen. Eira und diese Frau ein Paar? Sie würde jedenfalls keinen Kommentar dazu abgeben.

Kapitel 69

Am nächsten Tag kratzte Eira gerade den Schnee und das Eis von der Windschutzscheibe, als sein Handy klingelte. Es war der wachhabende Polizist im Krankenhaus. Er klang aufgeregt. »Jens Eide ist gerade entlassen worden. Er ist eben zur Tür hinausmarschiert. Hat kein Wort zu mir gesagt, und die vom Krankenhaus auch nicht!«

»Gib mir schnell jemanden vom Personal!«

Eira bekam den Krankenpfleger vom letzten Mal an die Strippe. »Wie können Sie ihn nur einfach so gehen lassen?«

»Entschuldigen Sie mal, Eira! Das hier ist ein Krankenhaus, kein Gefängnis. Der wachhabende Beamte *ist* über die Entlassung informiert worden, aber bedauerlicherweise erst einige Minuten nachdem der Patient gegangen war. Wir haben irrsinnig viel zu tun und nicht sofort an den Polizisten gedacht.« Der Krankenpfleger klang aufgebracht. »Sie sind doch wohl nicht der Ansicht, dass wir die Befugnis gehabt hätten, ihn hier zu behalten, wenn er selbst darauf bestand, entlassen zu werden?«

»Welchen Wohnort hat er angegeben?«

»Er hat keine Adresse.«

Eira warf den Eiskratzer ins Auto und gab dem Beamten im Krankenhaus kurze Anweisungen. »Sehen Sie zu, dass Sie Jens Eide noch erwischen. Bieten Sie ihm an, dass Sie ihn mitnehmen, und fahren Sie ihn, wohin er möchte. Er soll sich dann täglich bei uns melden. Soweit die Kapazitäten vorhanden sind, muss er außerdem überwacht werden.«

Eira seufzte. Jens war womöglich wieder in Gefahr. Gut, rein äußerlich betrachtet war nicht viel passiert. Ein Alkoholiker war ins Wasser gestürzt. Aber Eira hegte nach wie vor den Verdacht, dass jemand hinter Jens her war. Leider fehlten Eira noch immer die Beweise dafür.

Halb drei. Jens würde bald in irgendeinem windigen Unterschlupf oder auf einer Hintertreppe herumlungern. Sein Drang nach Alkohol war sicherlich enorm und vermutlich hatten ihn die Entzugserscheinungen aus dem Krankenhaus getrieben.

Auch wenn Eira sich nicht sonderlich viel Erfolg davon versprach, parkte er vor der kirchlichen Stadtmission und ging hinein. Wie er erwartet hatte, saßen dort nur einige Unbekannte.

Die hilfsbereite Sozialarbeiterin, die er schon früher kennengelernt hatte, grüßte ihn freundlich. Offensichtlich erkannte auch sie ihn wieder. »Suchen Sie Jens?«

Eira nickte. »Er war heute nicht hier, oder?« Sein Ton war kurz angebunden und förmlich. Die innere Unruhe war Eira deutlich anzumerken.

»Doch, gerade eben! Er kam für ein paar Minuten hierher, um Hallo zu sagen, und wirkte tatsächlich nüchtern.« Sie betrachtete Eira nachdenklich. »Ich habe mich gewundert, wie gut er in Form war, nach allem, was der Arme durchgemacht haben muss.« Sie lächelte tapfer und versuchte damit, die Stimmung zu heben.

»Wissen Sie, ob er zu irgendjemandem Kontakt aufgenommen hat?«

Sie zögerte. »Ich habe nur durchs Fenster beobachtet, dass er da drüben über die Kreuzung und dann um die Ecke gegangen ist. Mehr weiß ich leider nicht.«

So konnte das nicht weitergehen. Eira kam nicht weiter. Seit Tagen trat er auf der Stelle. Und mit Jens' Entlassung aus dem Krankenhaus war die Lage noch unübersichtlicher geworden.

Er setzte sich ins Auto und fuhr zu Gunhild Wikans Pension. Die junge Frau an der Rezeption teilte ihm mit, dass Gunhild bereits um acht Uhr ausgegangen sei, ohne eine Nachricht hinterlassen zu haben.

Sverre Wikans Augen blinzelten überrascht, als er Eira die Tür öffnete. »Ich habe gerade geschlafen.«

Eira starrte in die dunkle Wohnung. Er trat ein und zuckte zusammen, als sich ein riesiger Hund mit gesenktem Kopf und angelegten Ohren an Sverres Seite materialisierte. Der tiefe Kehllaut war eine unmissverständliche Warnung und Eira blieb stehen.

»Meine Güte, Sverre … Das ist der größte Dobermann, den ich je gesehen habe. Wie lautet das Passwort, um hier lebend wieder herauszukommen?«

Sverre lächelte und streichelte den Hund. »Schon gut, mein Junge, beruhige dich. Aslak ist ein netter Kerl.« Der Hund sah nicht weniger skeptisch aus, aber er verstummte. »Ich finde, das ist die schönste Hunderasse überhaupt. Sie haben zwar den Hang, sich ein bisschen aufzuspielen, aber das ist kein Problem, solange sie wissen, wer der Boss ist.« Der Hund schien das Lob verstanden zu haben und sah treu ergeben zu Sverre auf.

Eira nutzte die Gelegenheit, um sich wieder zu bewegen, und wurde zu einem Sessel im Wohnzimmer gewiesen. Ein Raum, der noch spartanischer eingerichtet war als Sverres Büro. Der Hund stoppte an der Tür. Er machte keine Anstalten, sich hinzulegen.

Jetzt blieb Eira bei dem Sessel stehen. Der Dobermann ließ ihn nicht aus den Augen. Eira versuchte, so entspannt wie möglich zu klingen. »Es geht um Gunhild. Haben Sie sie gesehen?«

»Hören Sie, die Wege meiner Mutter sind unergründlich.« Sverre schaltete das Licht an und verschwand in der Küche. Man hörte, wie Wasser in einen Kessel gefüllt wurde. Dann rief er in Richtung Wohnzimmer: »Keine Ahnung, was sie vorhat. Oft weiß man ja nicht mal, ob sie nur einen kleinen Spaziergang macht oder ganz weit weg will. Sie entscheidet sich immer recht spontan. Also, alles ist denkbar – egal ob Flugzeug, Auto, Schiff oder Bus.« Er sprach lauter, um das Wasserrauschen zu übertönen. »Haben Sie das alles schon überprüft?«

»Wir arbeiten daran.« Eira klang unwillig. Er wusste nur zu gut, wie viele Möglichkeiten sich boten, wenn jemand schnell verschwinden wollte. »Wir haben uns bereits in der Pension erkundigt. Ihre Mutter hat nicht ausgecheckt.« Berger hatte sich Zugang zu Gunhild Wikans Pensionszimmer verschafft. Der Koffer und alle ihre Sachen waren noch dort.

Eira bewegte sich vorsichtig, wobei er den Blick unruhig umherschweifen ließ. Als er eine Hand auf Sverres Schreibtisch legte, stieß er gegen ein paar Umschläge und lose Blätter. Damit brachte er Sverres akribisch geordnete Sachen in Unordnung.

Sverre räusperte sich in der Küche. »Vielleicht möchte sie ihre Pläne auch gar nicht bekannt werden lassen? Sie waren in letzter Zeit ja recht aufdringlich.«

Tassen klapperten und eine Schranktür knallte. Der Geruch von Kaffee stieg Eira in die Nase. Er schob einen der Umschläge zurecht, der besonders alt und vergilbt aussah. *Andreas Fjeld* stand darauf, geschrieben mit einer alten Kugelkopfschreibmaschine.

Eira ließ zwei Finger in den Umschlag gleiten und fischte einige Blätter heraus. Alte Briefe von Gunhild an Andreas Fjeld. Ein ärztliches Attest, ein Ehevertrag. Ein Testamentsentwurf. Eiras Herz klopfte schneller. In der Eile konnte er die Texte lediglich überfliegen, aber er war so verblüfft, dass er die Blätter fast nicht wieder in den Umschlag bekommen hätte. Diese Papiere hätte Gunhild sicherlich ungern in falschen Händen gesehen.

Sverre Wikan kam aus der Küche zurück. Er balancierte zwei Tassen, die Kaffeekanne sowie eine Packung Kekse. »Eira, Sie haben ja keine Ahnung, wie ungern ich über diese Dinge spekuliere.« Ihm entwich ein resignierter Seufzer. »Aber habe ich eigentlich eine andere Wahl?«

Eira setzte sich besser zurecht, während Sverre seiner Frustration noch deutlicher Luft machte. »Nein.«

»Glauben Sie wirklich, dass meine Mutter hierhergekommen ist, weil sie diesen Ort vermisst hätte? Das ist sie ganz sicher nicht. Sie wusste ganz bestimmt, dass Karl Fjeld einen Besuch in der Stadt plante.«

Eira blickte nach draußen in die Dunkelheit. »Von wem haben Sie das? Von Gunhild? Rita Fjelds Version klingt nämlich ein bisschen anders.«

»Ach ja?« Sverre biss sich auf die Lippen und schwieg lange. »Ich würde Rita Fjelds Worten keinen großen Wert beimessen.«

Eira fragte sich, ob Sverre wohl versuchte, seine Mutter zu verteidigen, obwohl er doch stets betonte, sie sei ihm egal. »Sie glauben, Gunhild hatte erfahren, dass Karl hierherkommen wollte? Dass sie auf irgendeine Weise zu Karls Tod beigetragen haben könnte?«

»Also, Eira. Verzwickter hätte man diese Frage kaum stellen können. Sie meinen, ob sie Karl getötet hat?« Sverre Wikan wirkte gequält und hob beide Arme. »Mein Gott. Wie soll ausgerechnet *ich* darauf antworten können? Wir sprechen hier schließlich von meiner Mutter, einer Person, die wohl kein Mensch jemals wirklich begreifen kann. Ersparen Sie mir Ihre weiteren Fragen und erledigen Sie Ihren Job doch bitte selbst!«

Eira war soeben losgefahren. Sverre Wikan wollte gerade die Wohnungstür hinter sich schließen, als Gunhild plötzlich im Flur auftauchte.

»Wie bist du hereingekommen?« Seine Bewegungen wurden hölzern, er ließ den Schlüsselbund fallen.

»Die liebenswürdige Dame aus der dritten Etage ging gerade raus. So musste ich nicht klingeln.« Sie legte eine Hand auf seinen Arm. »Entschuldige. Als ich letztes Mal hier war, habe ich einen

Ring vergessen. Hatte ihn beim Händewaschen auf die Ablage im Badezimmer gelegt. Warte bitte einen Moment.«

Sie schlüpfte an Sverre vorbei und blieb vor dem knurrenden Hund stehen. »Na, da macht sich aber jemand wichtig.«

Gunhild streckte die Hand aus und strich dem Hund langsam über den Nacken. Er setzte sich. Sie schwatzte weiter und streichelte ihn mit beiden Händen. Der Dobermann legte sich hin, rollte auf den Rücken, leckte ihr die Hände und sah sie mit treu ergebenen Augen an.

Sverre stand noch immer an derselben Stelle, als seine Mutter wieder zurückkam. Der Ring, den sie ihm entgegenhielt, glitzerte im Licht der Deckenlampe.

»Jetzt bist du uns endlich los. Mich und Eira.« Lächelnd zuckte sie mit den Schultern. »Ich habe gesehen, dass er gerade weggefahren ist.«

Gunhild strich Sverre flüchtig über die Wange. »Mach's gut, mein Junge. Du auch, Hündchen.«

Sverre war wie erstarrt. Als die Haustür zufiel, stand er immer noch am selben Fleck und schaute mit leerem Blick in seine Wohnung.

Jens Eide schlug den Jackenkragen hoch. Er war eben erst hier angekommen. Aber die anderen Obdachlosen nahmen nicht sonderlich viel Notiz von ihm. Das gleiche belanglose Gerede wie eh und je. Es war, als sei Jens überhaupt nicht weg gewesen. Und wenn sie Fragen stellten, dann drehten die sich immer nur um Schnaps oder Zigaretten.

Jens befand sich in einem sonderbaren Zustand. Satt, aufgewärmt und stocknüchtern. Und er konnte ohne Mühe gerade stehen. Das hieß zwar noch nicht, dass er sich wirklich wohlgefühlt hätte. Aber er dachte auf eine neue Art. Sah ein wenig klarer. Und die fürchterlichen Entzugserscheinungen, die ihn anfangs gequält hatten, waren etwas schwächer geworden. Jens war entschlossen, dem Alkohol in Zukunft zu widerstehen.

Das panische Herumrudern im eiskalten Wasser hatte sich tief in sein Gedächtnis eingegraben, wie benebelt er auch gewesen sein mochte. Jens war klar geworden, dass dieser Same, der oft an seinem Krankenhausbett gesessen hatte, Polizist sein musste. An jenem Abend auf der Straße hatte Jens das freilich noch nicht erkannt.

In letzter Zeit funktionierten erstaunlich viele Verknüpfungen in seinem Oberstübchen. Auf einmal fiel so manches Puzzleteilchen wie von selbst auf den richtigen Platz.

Er erinnerte sich lebhaft an die Stimme, die in seinen Ohren gegellt hatte, unmittelbar vor dem Sturz ins Wasser. Und man hatte ihm erzählt, dass Frank endlich aufgefunden worden war.

Jens drückte dem nächstbesten Kumpel eine Zigarettenpackung sowie seine letzten Münzen in die Hand und ging weiter. In der kurzen Zeit, die er dort gestanden hatte, war es dunkel geworden. Der Bürgersteig war rutschig und Jens konzentrierte sich darauf, nicht hinzufallen.

Unerledigte Aufgaben lagen vor ihm. *Er hatte etwas vor.* Jahrzehntelang wäre ihm dieser Satz nicht einmal im Traum eingefallen. Sein Körper war zwar morsch – die dünnen Beine und die völlig verrottete Leber konnte man nur noch als Wrackteile bezeichnen –, aber der Wille war da. Und immer noch war etwas von der alten Geisteskraft übrig, die ihn in seiner Jugend so erfolgreich gemacht hatte.

Jens war mächtig stolz auf sich. Die kommenden Wochen waren gesichert: Er würde ein festes Dach über dem Kopf haben. Das kleine Appartement erschien ihm wie der Himmel auf Erden. Ein alter Kumpel hatte Vernunft angenommen und sich in die Obhut des Blauen Kreuzes begeben. Damit die Katze seines Bekannten in der Zwischenzeit nicht verwahrlosen würde, hatte Jens sich bereit erklärt, für das Tier zu sorgen. Als Gegenleistung durfte er in der Wohnung seines Kumpels übernachten, völlig kostenfrei. War das herrlich.

Jetzt waren es nur noch ein paar hundert Meter. Heute war sein erster Tag dort. Das Appartement lag im Mellomveien. Direkt nebenan war ein Beerdigungsinstitut. Immer wenn Jens dort vorbeikam, musste er über Leben und Tod nachdenken.

Vor der Tür blieb er stehen und atmete tief durch. Sein Kumpel musste die Augen einer Eule haben, jedenfalls hatte er kein Geld für Glühbirnen ausgegeben. Das Schlüsselloch musste man mühsam mit dem Finger ertasten. Endlich öffnete sich das Schloss.

Die Diele war finster wie eine Grabkammer. Auch hier hatte sich nach dem Betätigen des Lichtschalters nichts getan. Jens setzte behutsam einen Fuß vor den anderen, um auf keinen Fall etwas umzustoßen oder womöglich noch der Katze auf den Schwanz zu treten. Nur in der Küche und beim Fernseher funktionierten die Lampen, das wusste er.

Aber er kam nicht so weit.

Plötzlich lag eine Hand auf seinem Arm. Jens drehte sich wie elektrisiert um.

»Hallo, Jens. Alles klar bei dir?«

Das Blut stockte ihm in den Adern. Undeutlich nahm er eine Silhouette wahr. Jetzt, da er nicht mehr trank, waren seine Nerven wohl etwas überreizt.

Aber nein, er hatte sich nicht getäuscht. Die Stimme war hier. Und er würde sie unter Tausenden wiedererkennen.

Er starrte auf die fremde Hand.

»Ich habe gehört, sie haben dich aus dem Krankenhaus entlassen?« Die Hand blieb weiterhin auf seinem Arm liegen und griff etwas fester zu.

»Richtig.« In der Hoffnung, dass es jetzt vielleicht doch funktionieren würde, tastete Jens nach dem Lichtschalter. Vergebens.

Seine Hand war kraftlos und schwer, sein Körper kalt und steif, so als werde er wieder vom Eiswasser in die Tiefe gezogen.

»Ich habe für dich eingekauft. Brot und etwas Aufschnitt. Dazu noch Milch. Ich habe gehört, dass du nicht mehr trinkst.« Höhnisches Lachen. »Steh hier nicht so faul herum. Du kannst mir helfen, die Sachen reinzubringen.«

Kapitel 70

Es war später Nachmittag und Eira genehmigte sich ein Stündchen Pause.

In den Straßen hingen die Abgase wie dicker, wollener Eisnebel. Jens war noch immer unauffindbar. Eira hatte einige Obdachlose befragt, in der Hoffnung, dass jemand Jens gesehen hätte.

Ausgerechnet der Schweigsamste von ihnen konnte Eira ein kleines Stück weiterhelfen. Jens hatte diesem Mann ein paar Stunden zuvor Zigaretten und etwas Geld geschenkt. Außerdem hatte Jens offenbar kurz erwähnt, dass er seit neuestem eine Unterkunft hätte. Aber der Mann hatte nicht aus Jens herausbringen können, wo sich die Wohnung befand.

»Da hat er verdammtes Glück gehabt. Unsereins würde sich ja auch mal ein festes Dach über dem Kopf wünschen«, hatte der Obdachlose vor sich hin gebrummt. Dann hatte er Eira das aufgedunsene Gesicht zugewandt. »Wissen Sie, er war so anders als sonst. Ich glaube wirklich, dass Jens trocken ist. Vielleicht haben sie ihn obendrein noch bekehrt. Er ist ja sowieso den ganzen Herbst zu seiner heißgeliebten Stadtmission gerannt …«

Der Weg zu Eiras Haustür war nicht mehr zu erkennen. Innerhalb kürzester Zeit waren zwanzig Zentimeter Neuschnee gefallen. Es wäre Niillas' Aufgabe gewesen, den Weg freizuräumen. Das hatte der Junge früher sogar gerne getan.

Mürrisch griff Eira zur Schneeschaufel. Die Situation ging ihm allmählich auf die Nerven. Von Niillas war weit und breit nichts zu sehen. Wie konnte er den Jungen bloß zur Vernunft bringen? Aber stop – war das nicht schon wieder der falsche Ansatzpunkt? Wann würde er endlich einsehen, dass Niillas bald erwachsen war und eben so manches tat, was dem Vater vielleicht nicht unbedingt gefiel? Am meisten ärgerte Eira sich wohl über sich selbst. Laut schnaufend machte er sich ans Schneeschippen.

Von Victoria hatte Eira nichts mehr gehört. Sein Messer war und blieb verschwunden. Als er sich bei Niillas erkundigt hatte, ob einer seiner Bekannten es genommen haben könnte, hatte sein Sohn ziemlich schroff geantwortet: »Papa, du bist ja so was von daneben.«

Eira ließ seine Schuhe mitten in der Diele stehen und warf seine Jacke achtlos auf einen Küchenstuhl. Wenn niemand außer ihm da war, wirkte das Haus unbewohnt, still und verlassen.

Die Tür zum Wohnzimmer stand halb offen. Sie schlossen sie eigentlich immer, wenn sie fortgingen. Das war jeden Winter ein Ritual, um wenigstens etwas Restwärme im Raum zu halten.

Eira schob die Tür ganz auf. Die Lampen im Wohnzimmer waren ausgeschaltet, dennoch sah er ihre Umrisse auf dem Sofa.

»Endlich.« Sie stand auf und kam auf ihn zu.

»Mein Gott«, murmelte er und wich einige Schritte zurück. »Was fällt dir ein? Begreifst du denn gar nichts?«

»Doch, allerdings.«

Sie war minimal bekleidet. Der dünne Pulli reichte nur knapp über den Po, und untenrum hatte sie lediglich eine Seidenstrumpfhose an.

Victoria presste sich an Eira und stieß die Tür hinter ihm zu. »Selbst solche Typen wie du geben irgendwann nach.«

Er packte sie so energisch an den Armen, dass sie aufjaulte. »Was fällt dir ein, hab ich gefragt! Niillas kann jeden Moment zur Tür reinkommen.«

Sie lächelte. »Niillas?« Jetzt wand sie ihre Arme aus seinem Griff. »Der ist weit weg. Wir haben die Schlüssel getauscht. Er denkt, ich bin auf dem Weg zu mir nach Hause, sitzt in meiner Wohnung und wartet dort auf mich. Der arme Kleine.«

Der Ton, in dem sie über seinen Sohn sprach, brachte Eira zur Weißglut. »Zieh deine Klamotten an und mach, dass du rauskommst, bevor ich dich eigenhändig vor die Tür setze.« Er atmete tief ein. »Das war das letzte Mal, dass du alleine hier aufgetaucht bist.«

Selbst im Dunkeln sah er, dass ihre Augen schmal wurden. »Ich frage mich, was Niillas sagen wird, wenn ich ihm das hier zeige.«

Victoria griff mit beiden Händen nach ihrem Pulli und riss ihn entzwei.

»... wenn ich ihm erzähle, dass du versucht hast, mich zu vergewaltigen! Dass du mich vom ersten Augenblick an hinter seinem Rücken angebaggert hast! Glaubst du, er wird auf die Idee kommen, dass ich das hier selbst getan habe?«

»Er wird kein Wort davon glauben.«

»Oh doch, Aslak. Das wird er. Einige gut verpackte Andeutungen über dein Interesse an mir haben ihn sowieso schon misstrauisch werden lassen.«

Eira sah rot vor Wut, aber kam nicht dazu zu antworten.

Sein Handy piepte und brachte ihn wieder zur Besinnung. Die Polizeidienststelle teilte ihm mit, dass Vennestad bereits mehrmals versucht hatte, ihn zu erreichen. Während des Schneeschaufelns hatte sein Handy im Auto gelegen. Jetzt steckte er es zurück in die Hosentasche. Dann wandte er sich erneut Victoria zu, die gelangweilt mit einer langen Haarsträhne spielte.

»Ich hab da einen Vorschlag«, sagte er müde. »Teste doch einfach deine Hypothese. Finde heraus, wie weit er dir glaubt.«

Innerhalb von Minuten war sie verschwunden. Die Tür knallte hinter ihr zu.

Eira sank auf einen Stuhl und griff sich an den Kopf. Würde sie ihre Drohung wahrmachen? Wie würde Niillas dann reagieren? Sollte er ihn lieber warnen? Was würde dieses Biest noch alles mit seinem Sohn anstellen?

Er stand auf und schob alle Gedanken an Victoria und Niillas beiseite. Der Junge würde schon selbst auf sich aufpassen. Im Moment musste Eira sich um einige andere Dinge kümmern, und vielleicht war der Job gerade jetzt einfach nur eine willkommene Abwechslung.

Er holte sein Handy heraus und wählte Rita Fjelds Nummer. Keine Antwort. Eira fuhr zur Haftanstalt. Johan Fjeld hatte hier insgesamt vier Wochen Untersuchungshaft abzusitzen.

Mit seinem flotten Trikot und der lässigen Jogginghose hätte Johan beinahe als Werbefigur für Seniorensport eingesetzt werden können. Elegant schwang er sich vom Fahrradergometer.

Eira staunte nicht schlecht. Der Mann hatte sich wohl innerhalb weniger Tage gleich mehrere Kilos weggestrampelt. Zum ersten Mal konnte man die Umrisse eines Halses über dem Hemdkragen erahnen.

»Rita? Die habe ich nur ein einziges Mal gesehen, seit ich hier bin. Da ging es um Dokumente im Zusammenhang mit der Erbteilung. Sie kommt nur hierher, wenn es zwingend notwendig ist.«

»Ist es denn ihre Art, weit wegzufahren, ohne vorher Bescheid zu geben?«

Johan zögerte. »Worauf wollen Sie hinaus? Sie hasst es zu fliegen und wird schnell seekrank. Da fährt sie schon lieber Auto. Am allerliebsten aber bleibt sie zu Hause in ihrer Wohnung.«

»Sie geht nicht an ihr Handy.«

»Ach, Eira. Es ist ja auch erst vierundzwanzig Stunden her, seit Sie zuletzt von ihr gehört haben, oder? Rita und ihr Handy, das ist etwas kompliziert. Sie lässt den Akku meistens komplett leer werden und dann vergisst sie oft, das Handy nach dem Aufladen wieder einzuschalten. Sie dürfen nicht vergessen, dass sie bereits dreiundfünfzig war, als sie sich ihr erstes Handy angeschafft hat. Sie kann einfach nicht richtig damit umgehen.«

Johan nahm einen kräftigen Schluck aus einer Mineralwasserflasche, schraubte sie wieder zu und wirbelte sie gekonnt durch die Luft. »Lassen Sie meine Schwester in Ruhe, Eira. Sie trinkt etwas zu viel. Es geht ihr zurzeit nicht besonders gut. Ich kenne sie. Wenn ihr eine Sache über den Kopf wächst, zieht sie sich zurück. Und manchmal fährt sie in solchen Situationen zu unserer Hütte in Hella. Aber sie übernachtet nie dort. Sie wird schon wieder auftauchen. Ich mache mir jedenfalls keine Sorgen.«

»Könnte Rita vielleicht aus irgendeinem Grund Jens Eide aufgegabelt haben, nachdem er aus dem Krankenhaus entlassen worden war?«

Johan verschluckte sich und hustete lange. »*Jens Eide?* Das können Sie vergessen. Rita reagierte schon damals absolut allergisch auf die beiden Brüder, als sie ihr Lager hinter dem Bürogebäude aufschlugen.«

»Sie haben mal erwähnt, dass Jens' Bruder, Frank, ein ziemlich attraktiver Typ gewesen sein soll. Wissen Sie, ob er damals in enger Beziehung zu Rita oder Gunhild stand?«

Johans Augen weiteten sich. »Frank? Ich habe nie einen Hehl daraus gemacht, dass ich ihn für den Verursacher des Brandes gehalten habe. Mehr weiß ich nicht.« Johans runde Augen musterten Eira neugierig. »Hat er sonst noch was mit der Sache zu tun?«

Es klang so überzeugend, dass Eira ihm glaubte.

Kapitel 71

Eira fuhr langsam an Sverre Wikans Wohnung in der Petersborggata vorbei. Sie lag im ersten Stock eines gelben, langgestreckten Mietshauses. Die zwei von der Straße aus sichtbaren Fenster waren dunkel. Eira parkte den Wagen in einer Seitenstraße und klingelte bei Sverre. Keine Reaktion. Vielleicht wollte Sverre über gewisse Themen einfach nicht mehr sprechen.

Eira fuhr ins Stadtzentrum und hielt vor Sverres Büro. Nachdenklich blieb er eine Weile im Auto sitzen. Plötzlich entdeckte er ein Stück entfernt einen dunkelblauen Citroën, der gerade aus einer Parkbucht fuhr und schnell verschwand. In der abendlichen Dunkelheit war es Eira unmöglich zu erkennen, ob tatsächlich Gunhild am Steuer gesessen hatte.

Er schloss den Wagen ab und marschierte in die Feuerwache.

»Sverre ist nicht da«, sagte einer der Männer.

»War seine Mutter nicht gerade hier?«

Der Mann nickte. »Sie hatte bei einem früheren Besuch ihren Schirm in seinem Büro vergessen.« Er grinste breit. »Die Gute wirkte etwas verwirrt.«

Eira sah den Mann an. Sprach er wirklich von Gunhild? Jedenfalls konnte die Geschichte mit dem Schirm nicht stimmen. Er hatte sie schon bei jedem Wetter draußen angetroffen. Einen Schirm hatte sie nie dabeigehabt.

Eira räusperte sich und zeigte seine Polizeimarke vor. »Könnten Sie mir bitte Sverres Büro aufschließen?«

»Das Büro aufschließen? Aber …« Der Mann erhob sich unsicher.

»Nun machen Sie schon.«

Eira schaltete das Licht an und blieb im Türrahmen stehen. Der

Raum sah aus wie immer – spärlich eingerichtet, akkurat aufgeräumt, sehr übersichtlich. Gunhild hatte hier offenbar nichts zurückgelassen.

Die oberste Schreibtischschublade stand halb offen. Darin lag ein Schlüssel. Eira nahm ihn heraus. Er passte ins Schloss des Wandschranks, den Eira sogleich inspizierte. Nichts Auffälliges.

Dann drehte Eira noch eine Runde durch den Raum und ließ seinen Blick über Regale und Schubladen schweifen. Alles war frustrierend normal. Die Ordner im Regal standen nach Jahreszahlen aufgereiht: Brandordnungen, Regelwerke, Kontrollvorschriften. Im Schrank hing Wikans Arbeitskleidung, am Boden darunter standen seine Schuhe. Eira begriff nicht, was Gunhild hier gewollt hatte.

Er nahm noch einen Stoß Papiere auf und blätterte ihn rasch durch.

Auf dem Weg nach draußen blieb er vor dem Wachraum stehen. »Hat sie ihren Schirm eigentlich gefunden?«

Der Mann schüttelte den Kopf. »Als sie ging, murmelte sie etwas davon, dass sie ihn wohl doch woanders vergessen haben musste.«

»Hatte sie etwas bei sich, als sie hereinkam oder hinausging?«

»Hm, nein, soweit ich gesehen habe, nicht.« Der Mann rutschte unruhig auf seinem Stuhl hin und her. »Sie hatte es ziemlich eilig. Vielleicht trug sie ja eine Tasche, aber ich kann Ihnen das leider nicht mit Sicherheit sagen.«

Eira lief hastig zum Auto und fuhr zu Gunhild Wikans Pension. An der Rezeption sagte man ihm, dass Gunhild seit dem Morgen nicht mehr gesehen worden sei.

Benjaminsen gähnte, stopfte den leeren Pizzakarton in den Mülleimer und sah auf die Uhr. Es war spät geworden, schon halb sieben.

»Eira, sag mal, warum können wir sie nicht einfach festnehmen?« Berger saß auf der Kante von Benjaminsens Schreibtisch und zog sich einzelne Haare aus dem Pferdeschwanz, die sie seelenruhig auf den Boden fallen ließ. »Du hast ja jetzt schwarz auf weiß gelesen, dass sie Grund hatte, Karl Fjeld zu töten.«

Eira hatte die Kollegen über seine aufschlussreiche Entdeckung in Sverres Wohnung informiert. Jener vergilbte Umschlag hatte ihn seitdem intensiv beschäftigt. In der Eile war es ihm nicht möglich gewesen, alle Unterlagen genau zu lesen, aber so viel war klar: Die Kopie des Testamentsentwurfs, die Andreas Fjeld Gunhild zugeschickt hatte, sprach ihr ein Erbteil zu. Für den Fall, dass Karl nicht wieder auftauchte, würde sie das Drittel des Erbes erhalten, das eigentlich Karl zugestanden hätte.

Für Berger war die Sache klar. »Warum sollte sie sonst hier sein? Sie weiß von dem Testament und Andreas Fjeld ist tot.«

Benjaminsen nickte. Er war schnell von möglichst simplen Lösungen zu überzeugen.

Eiras leere Colaflasche landete perfekt im Papierkorb in der entgegengesetzen Ecke des Raumes. »Ich glaube nicht, dass es so einfach ist. Da geht es doch nicht nur um Geld.« Er stand auf. »Habt ihr die Buchungslisten des Flughafens überprüft? Und die der Schiffslinien?«

Berger warf ihren Pferdeschwanz zurück. »Kein Passagier unter ihrem Namen.«

Eira zögerte nicht länger. »Dann schreibt sie jetzt zur Fahndung aus. Bittet die Spurensicherung, ihr Zimmer in der Pension und all ihre Sachen aufs Genaueste zu untersuchen. Wenn es auch nur ein einziges Sandkorn oder eine winzige Faser gibt, die sie mit dem Fall in Verbindung bringen könnten, möchte ich das sofort erfahren!« Eira schnappte sich seine Jacke. »Kommt mit, wir müssen noch einmal das Personal der Pension vernehmen.«

Eine halbe Stunde später hatten sie bereits einen Großteil der Angestellten der Pension befragt. Außer den Leuten, die an der Rezeption arbeiteten, hatte niemand mit Gunhild Wikan gesprochen.

Die Spurensicherung war noch in Gunhilds Zimmer beschäftigt. Eira stattete den Kollegen einen Besuch ab.

»Etwas Interessantes?«

»Sehr aufgeräumt und ordentlich hier«, murmelte der eine. »Nichts, aber auch gar nichts liegt überflüssig herum. So was erlebt man selten.« Er öffnete den Kleiderschrank und zeigte auf einen roten Wollmantel. »In der Tasche ist ein Schlüsselbund. Ein paar von den Schlüsseln sind meiner Meinung nach ziemlich alt.« Er reichte Eira den Schlüsselbund. Außer den Schlüsseln hing daran ein Škoda-Abzeichen. Eira sah sich den Schlüsselbund in allen Einzelheiten genau an, dann ließ er ihn in eine Plastiktüte fallen und griff zu seinem Handy.

Lange Zeit hob keiner ab.

Dann setzte Eira an: »Hallo, Johan. Ich habe eine kurze Frage an Sie: Hatte jemand in Ihrer Familie früher mal einen Škoda?«

Eira presste das Mobiltelefon noch fester ans Ohr, um auch tatsächlich jedes einzelne Wort von Johans Antwort verstehen zu können.

Nach einer kurzen Pause nickte Eira wortlos. »Aha … Hmm … Wie bitte? Ein Schlüssel?« Eira zwinkerte seinem Kollegen zu. »… Und Sie können sich deutlich daran erinnern? … Danke … Gut, Sie hören von mir.«

Eira sah erstaunt aus. »Das erste Auto von Karl Fjeld war offenbar ein Škoda gewesen und Johan behauptet, an Karls Schlüsselbund hinge ein Škodazeichen. Daran meint er sich genau erinnern zu können.« Eira deutete auf die Plastiktüte. »Das hier müssten dann also die Schlüssel sein, die Karl bei seiner Rückkehr dabeihatte und mit denen er auch ins Haus gekommen war.«

Eira wollte gerade gehen, als eine Frau einen Putzwagen durch die Rezeption schob. Er hielt sie an. »Kriminalpolizei. Ich muss Ihnen ein paar Fragen stellen. Bitte sagen Sie mir: Wie viele Leute sind hier als Reinigungspersonal angestellt?«

Die Frau sah ihn verblüfft an. »Heute bin nur ich hier.«

Er nahm sie behutsam, aber bestimmt beiseite. »Haben Sie mit der großen, älteren Dame von Zimmer 28 gesprochen? Sie wohnt schon eine Weile hier – Gunhild Wikan heißt sie.«

Die Frau nickte langsam. »Ja, natürlich. Eine sehr nette Dame. Bloß manchmal etwas kurz angebunden.«

»Sind Sie ihr heute mal begegnet?«

»Ich habe sie seit heute Morgen nicht mehr gesehen.«

»Wissen Sie vielleicht, wo sie hinwollte?«

Die Frau schüttelte den Kopf. »Sie sagte nichts darüber. Aber Frau Wikan sah aus, als wolle sie wandern gehen.«

»Hat sie jemals ein paar konkrete Orte erwähnt, die sie besonders mag, wohin sie unter Umständen gerne reisen würde?«

Die Reinigungskraft dachte nach. »Wir haben einmal von Hella gesprochen«, sagte sie plötzlich. »So sind wir ja überhaupt erst ins Gespräch gekommen. Allem Anschein nach ist sie oft da draußen gewesen, als sie jung war. Sie hat erwähnt, dass Freunde von ihr dort eine Hütte haben.«

»Wollte sie vielleicht *heute* dorthin?« Eira sprach hastig. Sein Gefühl sagte ihm, dass er nun rasch handeln musste.

Die Frau zuckte mit den Schultern. »Ich habe keine Ahnung. Sie wollte jedenfalls versuchen, vor ihrer Abreise noch einmal dort hinzukommen.«

Kapitel 72

Rita trat aus der Hütte. Von der Veranda aus sah sie die Schiffe im Sund vorbeigleiten – schwarze Silhouetten mit gelben Lichterreihen. Es war dunkel und kalt geworden. Sie setzte sich auf einen der Terrassenstühle und wickelte die Beine in eine doppelte Schicht Wolldecken. Über die Schultern hatte sie einen Pelz geworfen.

Im Grunde hätte sie bereits vor mehreren Stunden in die Stadt zurückfahren sollen. Aber was spielte das jetzt noch für eine Rolle? Niemand wartete auf sie. Wie ferngesteuert stand sie auf und holte die Cognacflasche aus dem Küchenschrank. Mit hastigen, großen Zügen versuchte sie, das quälende Gefühl von Leere und Sinnlosigkeit hinunterzuspülen.

Sie drehte die Heizlampe höher und verlor sich in Erinnerungen.

Der Gedanke an Gunhild Wikan, dieses falsche Weibsstück, ließ ihr seit Tagen keine Ruhe mehr. Selbst ihr reservierter Vater war Gunhild ins Netz gegangen. Nancy, die immer schon gerne ein Ohr am Schlüsselloch gehabt hatte, war eine zuverlässige Informantin gewesen.

Rita erinnerte sich an die Episode, als sei es gestern passiert. An Nancys rote, geschwollene Augen und an die flehende Stimme.

»Aber … aber Rita, ich *kann* dir nicht sagen, was sie zu Herrn Fjeld gesagt hat …!«

»Oh doch, das kannst du. Wenn nicht, werde ich ihm erzählen, dass du lauschst …«

»Versprichst du, dass du ihm nichts sagst?« Nancy schneuzte sich die Nase. »Gunhild hat deinem Vater erzählt, dass du ein Verhältnis mit ihrem Mann Oscar hättest. Sie sei eines Abends unangemeldet ins Büro gekommen und habe euch erwischt.«

Das war ein herber Schlag in Ritas Magengrube gewesen. »Und was hat mein Vater gesagt?«

»Dass er dir kündigen und dich aus dem Haus jagen würde.«

»Und …?« Rita hatte kaum ein Wort herausbekommen.

»Gunhild hat ihn angefleht, es nicht zu tun. Es würde nur zur Scheidung führen und sie käme allein nicht zurecht, ohne Beruf und Anstellung …«

Mit einem Mal hatte Rita begriffen, warum der Vater ihr gegenüber so distanziert gewesen war. Er war Gunhild auf den Leim gegangen. Hatte wirklich geglaubt, dass Rita ein Verhältnis mit Oscar Wikan hätte. Dass sie deshalb so erpicht darauf gewesen sei, eine Stelle im Büro zu bekommen. Aber nicht ein einziges Mal hatte Andreas Fjeld seine Tochter offen darauf angesprochen, auch nicht in den vielen Jahren bis zu seinem Tod.

Sollte Rita dem samischen Kommissar davon berichten? Konnten solche Informationen irgendeine Bedeutung für die Mordermittlungen haben? Rita dachte lange darüber nach, während ihre Augen einem riesigen Frachter folgten, der im Sund vorbeifuhr.

Nein, sie würde die alten Geschichten nicht wieder hervorkramen. Man konnte ohnehin nichts mehr ungeschehen machen.

Unwillkürlich musste Rita an Karl denken. Er war ein begabter, aber niederträchtiger Spinner gewesen. Egoistisch bis dort hinaus. Diese unerträgliche Selbstgerechtigkeit! Karl hätte damals alles getan, um dem eisernen Griff des Vaters zu entkommen. Rita hatte ihren Bruder schon früh durchschaut. Aber gegen seine Herrschsucht war sie machtlos gewesen. Und Karl hatte noch nicht einmal versucht, sein Verhältnis mit Gunhild vor ihr zu verheimlichen.

Kurz nach dem verheerenden Brand im Jahr 1969 hatte Gunhild eine Bombe platzen lassen. Sie war mit einem teilweise unterschriebenen Ehevertrag zwischen ihr und Karl bei der Familie erschienen. Gunhild behauptete steif und fest, sie hätten geplant, nach ihrer Scheidung zu heiraten. Es gab keinen Beweis dafür, dass Karl wirklich die Absicht gehabt hatte, den Vertrag zu unterzeichnen. Er hatte so etwas nie irgendjemandem gegenüber erwähnt.

Ohne zu zögern hatte Andreas Fjeld die Wohnung in Spanien gekauft und Gunhild angeboten, dort kostenfrei zu wohnen. Rita hatte dieses Pflichtgefühl des Vaters nie begreifen können. Diese Frau war ja noch nicht einmal rechtmäßig von ihrem ersten Mann geschieden. Die Diagnose schien offensichtlich: Verliebtheit eines alternden Mannes. Erst viel später hatte Rita die wahren Hintergründe erfahren.

Wenn sie die Augen schloss, sah sie das Szenario von damals klar vor sich: Sie war durch dicken Schneematsch marschiert und öffnete gerade die Tür zu Fjelds Bürohaus. Mitten im Flur war eine Pfütze. Vermutlich geschmolzener Schnee. Rita überlegte, ob Oscar Wikan noch immer hier war. In letzter Zeit hatte er schon mehrere Abende hier verbracht. Er bereitete wohl wieder eine Demonstration vor, dachte sie naserümpfend. Dieser Mensch missbrauchte ihre Büros, um gegen rechtmäßig gewählte politische Autoritäten zu konspirieren. Ritas Vater machte keinen Hehl daraus, dass er Oscar irgendeiner Regelwidrigkeit verdächtigte. Sie war aber nicht in Details eingeweiht worden.

Sie stand einen Augenblick still. Dann fiel ihr ein, dass Oscar Wikan ja schon seit gestern Urlaub hatte. Er war an diesem Wochenende zu einem Gewerkschaftstreffen gereist.

Langsam stieg sie die Stufen zum ersten Stock hinauf.

Vor Karls Bürotür blieb Rita unwillkürlich stehen und lauschte. Dort drinnen unterhielten sich zwei Personen.

Die Frau in Karls Büro schnurrte wie eine Katze – seidenweich, verführerisch und zugleich herrisch. »Ich wusste es schon, als ich dich zum ersten Mal gesehen habe. Du bist ein Mann, der die Dinge nach seinem Willen durchzieht.«

Karl lachte, und Rita fand, dass es etwas gezwungen klang. »Diejenige, die wirklich etwas zustande bringt, bist wohl eher du.«

Es folgte eine kurze Pause, dann hatte sich Karls Tonfall eigenartig verändert. Rita hatte ihren Bruder noch nie so sprechen gehört: »Beispielsweise bringst du es fertig, einen Mann in den Wahnsinn zu treiben.« Karl atmete schnell. Leder knarrte. »Wunderbar, Gunhild.«

Es wurde still.

Minutenlang hörte Rita kein Geräusch. Nur das Surren in ihrem Kopf wurde lauter und lauter. Sie hätte fortlaufen wollen, aber ihre Beine waren bleischwer.

Dann hatte Karls Stimme wieder ihren normalen Klang. »Allerdings bist du auch außerordentlich fordernd.«

»Fordernd …? Ich fordere nur auf die gleiche Weise mein Recht, wie du deines gefordert hast.« Plötzlich war Gunhilds Stimme spitz geworden, aber dann lachte sie leise. »Das ist ja wohl nicht mehr als gerecht. Du willst sicher nicht, dass bekannt wird, dass wir uns hier treffen? Oder dass du die Geschäfte nicht ganz korrekt führst?«

Karl schien abrupt aufgesprungen zu sein. Seine Schritte polterten laut auf den Holzplanken. Rita wich unwillkürlich ein Stück zurück.

»Woher *zum Teufel* …?« Sie hörte, wie ihr Bruder die Worte wütend hervorzischte.

»Ist ja schon gut, reg dich nicht auf. Ich bin schließlich mit deinem Buchhalter verheiratet. Oscar erzählt mir so manches, das darfst du mir glauben.« Sie lachte wieder. »Du kannst beruhigt sein, ich werde nichts sagen. Es ist ja auch in meinem Interesse, dass du deine finanzielle Situation verbesserst. Wie auch immer du das anstellst.«

Es wurde erneut still.

»Komm her, Karl. Es tut so gut mit dir … Und dein Ring da ist fabelhaft. So ausgefallen.«

»Ich habe ihn aus den USA mitgebracht.« Karl prahlte viel zu gern.

»Männer sollten viel öfter Ringe tragen.« Gunhilds Stimme war wie Samt. Das Ledersofa knarrte wieder rhythmisch.

Kapitel 73

Rita konnte sich nicht mehr erinnern, wie sie aus dem Büro herausgekommen war.

Sie war nicht nur entsetzt darüber, dass ein begehrter und anspruchsvoller Junggeselle wie Karl ein Verhältnis mit einer verheirateten Frau hatte, noch dazu mit einer von Gunhilds Kaliber. Sie hatte zudem erkannt, dass hier irgendetwas vor sich ging. Da drinnen war soeben ein perfider Plan ausgeheckt worden.

Noch schlimmer war: Rita wusste nicht, wie sie Karl damit konfrontieren sollte. Sie wollte unter keinen Umständen zugeben, dass sie ihrem Bruder nachspioniert und an der Tür gelauscht hatte.

Nur das Ende dieser geheimnisvollen Sache war ihr bereits jetzt klar: Karl würde Gunhild gegenüber den Kürzeren ziehen. Allen anderen gegenüber trat er extrem selbstbewusst auf. Gunhild war die Einzige, die ihn an Egozentrik übertraf.

Rita fürchtete sofort um ihre eigene Zukunft. Karl war praktisch ihr Chef. Wenn sie ihn zur Rede stellte, würde er mit Genugtuung seine Macht demonstrieren. Vielleicht würde er sogar Ritas Stelle neu besetzen? Mit Gunhild? Rita wusste, dass Gunhild früher als Sekretärin gearbeitet hatte. Welche weitreichenden Folgen die heimlichen Pläne von Karl und Gunhild haben könnten, wagte Rita sich kaum vorzustellen.

Als sie endlich das Haus verlassen und sich eine Zigarette angezündet hatte, war sie nicht allein. Die beiden Eide-Brüder traten von hinten heran.

»Hallo, Fräulein Rita.« Die Alkoholfahne ließ keinen Zweifel daran, mit wem sie es zu tun hatte. Sie brauchte sich gar nicht erst umzudrehen. Angeekelt blickte Rita zur Seite und tat so, als höre sie nichts.

»Tu nicht so überlegen. Hast du so lange gearbeitet? Dein Vater verlangt viel von dir. Oder ist es vielleicht eher dein Bruder?«

Die beiden kicherten unisono und jetzt wandte sie sich wutentbrannt zu ihnen um. »Wer hat euch überhaupt die Erlaubnis gegeben, euch hier aufzuhalten?« Ihre Stimme bebte. Der Schock von vorhin saß ihr noch in den Gliedern.

»Na, na, na … Erlaubnis hin oder her. Wir schaden ja niemandem …«, begann Jens. Insgeheim hatte Rita schon immer sein diplomatisches Geschick bewundert. Aber heute durfte sie sich keine Blöße geben.

»Du solltest dir lieber eine vernünftige Arbeit suchen«, platzte es aus ihr heraus. »Es ist eine Schande! Bei deinem Grips! Was hätte alles aus dir werden können. Wirklich gut, dass eure Eltern tot sind, da bleibt es ihnen erspart zu sehen, wo ihr gelandet seid.«

Beide Brüder verstummten.

»Nun ja, Rita. *Schande* ist ein dehnbarer Begriff.« Jetzt redete Frank. Er konnte manchmal richtig scharfzüngig werden. »Ich glaube, wenn ich du wäre, würde ich zuerst vor meiner eigenen Tür kehren und auch nicht unbedingt in dieser Ecke hier damit anfangen.«

Rita starrte ihn sprachlos an. Dann trat sie die Zigarette aus und marschierte an ihnen vorbei. »Ihr werdet von hier verschwinden, dafür sorge ich.«

Der Schrei einer Möwe, die vom Hüttendach aufflog, holte Rita in die Gegenwart zurück. Die Dunkelheit wirkte auf einmal dicht und undurchdringlich und verdeckte alles, was Rita kurz zuvor noch in Umrissen hatte sehen können. Die Temperatur war sicherlich unter null gefallen, aber die Heizlampe gab genügend Wärme ab.

Rita hatte lange Zeit bewegungslos dagesessen, von Erinnerungen überwältigt. Jetzt blinzelte sie zur Uhr. Im Dämmerlicht konnte sie die Zeiger nicht genau erkennen. Oder lag es am Cognac? Die Flasche hatte sich beinahe von selbst geleert.

Und plötzlich wurde ihr klar, was Karl und Gunhild an jenem Aprilabend 1969 ausgebrütet hatten. Wieso war sie nicht früher darauf gekommen? Wie viele Fäden hatte Gunhild außerdem noch gezogen?

Ritas Körper wurde taub und schwer. Sie hatte am Vormittag eine Beruhigungstablette genommen, um ihre Nervosität zumindest halbwegs in den Griff zu bekommen. Aber diese lähmende Mattheit kam jetzt aus ihrem Inneren. Hier würde keinerlei Medizin helfen.

Wie durch Watte hörte sie weit entfernt einen Automotor, vielleicht war es auch ein Bus. Früher bedeutete das Besuch, aber heute nicht mehr. Weder sie noch Johan luden andere hierher ein.

Dann war alles wieder still. Im Sund war lange kein Schiff mehr vorbeigefahren. Selbst die Möwe hatte ihre Rufe verstummen lassen.

Rita sammelte all ihre Kraft zusammen. Nicht einmal heute wollte sie hier übernachten. Sie musste zusehen, dass sie nach Hause kam.

Mit großer Anstrengung gelang es ihr, das Licht auszuschalten, die Tür zog sie bloß zu. Sie konnte kaum die Hand vor Augen sehen.

Eigentlich hätte es ihr nun unheimlich werden müssen, so allein in der Einöde. Aber sie empfand keine Furcht. Dieser Ort hatte ihr schon immer Geborgenheit gegeben, gerade *weil* er so weit ab vom geschäftigen Treiben der Stadt lag. Und im Augenblick war ihr ohnehin alles vollkommen gleichgültig.

Mit dem Lichtkegel der Taschenlampe vor sich fand sie schließlich zu ihrem Auto. So viel war geschafft. Aber sie rang nach Luft. Jede Bewegung schmerzte.

Mühsam zündete sie den Motor und rollte langsam auf die

Hauptstraße. Es waren keine anderen Autos zu sehen. Weder vor ihr noch im Rückspiegel.

Dafür gab der Rückspiegel etwas anderes preis.

Ein mächtiger Schatten erhob sich vom Rücksitz.

Rita schrie auf und verlor die Kontrolle über ihre Gliedmaßen. Mit voller Wucht landete ihr Fuß auf dem Gaspedal. Das Auto schoss auf dem vereisten Asphalt dahin, rammte die Seitenplanke und schleuderte auf die Gegenfahrbahn.

Sie schmeckte Blut. Ihr Kopf war auf dem Armaturenbrett aufgeschlagen.

Rita hörte undeutlich, wie ein Sicherheitsgurt geöffnet wurde. Gunhilds Stimme hingegen war nah, *ganz* nah an ihrem Ohr. »Du verdienst es wirklich zu krepieren, du hochmütiges Ding.«

Das Auto schien immer noch zu rotieren, der Untergrund schwankte. Die Beifahrertür wurde geöffnet und Gunhild glitt auf den Sitz neben ihr. »Was ist mit dem ursprünglichen Testament passiert? Dein Vater hatte ja bestimmt, dass ich Karls Anteil erben sollte. Es geht um viele Millionen Kronen. Karl ist tot. Das Geld gehört mir, Rita!«

Gunhild war so nah, dass Rita meinte, Tropfen ihres Speichels auf der Gesichtshaut zu spüren. Rita wollte sich übergeben. Sie war einer Ohnmacht nahe.

Die Stimme an ihrem Ohr erinnerte an das Zischen einer angriffsbereiten Schlange. Eine Hand griff in Ritas Haar und zog den Kopf energisch nach hinten.

»Ich habe mit Nancy gesprochen. Sie hat mir erzählt, dass Andreas das Testament geändert hat, nachdem er krank geworden war. Da hat doch wohl jemand ein Wörtchen mitgeredet … *Du,* nicht wahr?«

Rita versuchte die Lippen zu bewegen, aber sie brachte keinen Laut zustande.

Jetzt wurde ihre Tür geöffnet. Eiskalter Wind fegte herein und ließ Rita ein kleines bisschen klarer denken. Dann wurde sie rüde am Arm gepackt. »Los, steh auf.«

Kapitel 74

Der Wind blies in starken Böen, als Eira vom Auto zu Rita Fjelds Haus marschierte. Er steckte die Hand in den Zeitungskasten. Die aktuelle Ausgabe lag noch darin. Gewöhnlich wurde das Blatt morgens gegen vier oder fünf Uhr ausgetragen. War Rita heute nicht vor die Tür gegangen? Oder war sie überhaupt nicht zu Hause gewesen?

Nur in der Diele und an der Haustür brannte Licht. Die Spuren im Schlamm vor der Garage waren frisch. Selbst der Regen hatte es nicht geschafft, sie ganz aufzuweichen.

Eira wurde unruhig. Ritas Garagentür, dick und glänzend lackiert, aus dunkler Eiche, erschien ihm wie der Zugang zu einer verschlossenen, geheimen Grotte. Er nahm Anlauf und sprang in Richtung des kleinen Lüftungsfensters unter dem Garagendach. Mit beiden Händen hielt er sich am Fenstersims fest. Überraschenderweise gelang ihm der Klimmzug gleich beim ersten Versuch.

Ritas Auto, ein dunkelblauer Audi, stand nicht in der Garage. Sie war also wirklich nicht zu Hause.

»Berger, bitte schick ein paar Leute hierher, die uns Zugang zu Rita Fjelds Haus verschaffen können. Ich fahre inzwischen zu Johans Haus und sehe dort einfach mal nach dem Rechten. Das kommt mir nun doch alles etwas seltsam vor.«

Johan Fjelds Haus war dunkel. Man hatte eine polizeiliche Absperrung angebracht. Solange Johan in Untersuchungshaft saß und die Ermittlungen andauerten, hatte Nancy frei.

Eira verließ das Auto und legte die fünfzig Meter vom Tor zur

Eingangstür langsam zurück. Er wünschte sich mit einem Mal, dass es reichlich Neuschnee gegeben hätte, sodass eventuelle Spuren zu sehen gewesen wären. Aber der Regen hatte den Boden effektiv freigelegt. Überall nur gefrorene Erde ohne irgendwelche Abdrücke.

Die Postzustellung war für den Zeitraum der Untersuchungshaft gestoppt worden. Das Gleiche galt für die Müllabfuhr. Lediglich Hausierer oder andere Fremde, die nicht über die Situation Bescheid wussten, würden hierherkommen. Die Polizei fuhr regelmäßig Streife.

Auch hier brannten nur die Lampen in der Diele und an der Haustür. Den Schlüssel zum Haus hatte Eira Johan bei dessen Inhaftierung abgenommen.

Hastig schloss er auf und betrat die Diele. Die Luft war klamm und abgestanden. Die hohen Decken und die abgeschalteten Heizkörper verstärkten die unwirtliche Atmosphäre des Hauses.

Eira machte eine Runde durch alle Zimmer. Das Haus wirkte tatsächlich verlassen. Sicherlich verkümmerten nun die Topfpflanzen. Aber als Eira näher hinsah, bemerkte er, dass die Blätter keinen sonderlich welken Eindruck machten. Bei einer Grünlilie blieb er stehen und steckte einen Finger in die Erde. Hier musste jemand erst kürzlich gegossen haben.

Er öffnete die Kellertür und schaute hinunter in die Finsternis. Auf einer der oberen Stufen lehnte ein Besen mit zerbrochenem Stiel an der Wand. Eira versuchte sich zu erinnern, ob der dort bereits gestanden hatte, als er voriges Mal hier gewesen war. Das sonderbare Gerät war ihm damals jedenfalls nicht aufgefallen.

Er verließ das Haus und schloss hinter sich ab.

Als er gerade den Wagen starten wollte, klingelte sein Handy.

»Hallo, Eira. Ich bin's, Berger. Bei Rita ist keiner zu Hause. Das Bett ist ordentlich gemacht, in der Küche gibt es keine benutzten Tassen oder sonstiges verschmutztes Geschirr.«

»Okay. Dann müssen wir handeln. Schreib sie bitte auch zur Fahndung aus. Und ich habe gleich noch einen weiteren Auftrag für die Leute von der Spurensicherung. Sie sollen zu Johans Haus fahren und untersuchen, ob an dem Besen, der auf der Kellertreppe steht, Fingerabdrücke und Blutspuren zu finden sind.«

Am anderen Ende der Leitung wurde es still. Berger hatte verstanden. »Ich kann's mir schon denken, Eira. Dir geht der Mord an Magni Andersen durch den Kopf. Vor ihrer Treppe ist gefegt worden, um zu vertuschen, dass Blut im Schnee war. Den Besen haben wir nie gefunden.«

Er war fast im Präsidium angekommen, als Niillas anrief. Einige Zeit zuvor hatte der Junge bereits eine SMS geschickt und mitgeteilt, dass er bei Victoria essen würde. Mit einem mulmigen Gefühl im Bauch nahm Eira das Gespräch entgegen. »Ja?«

»Ich bin bei Victoria«, sagte Niillas in rasend schnellem Samisch. Seine Stimme war leise und klang abgekämpft wie nach einem Dauerlauf. »Ich muss reden, während sie auf der Toilette ist. Papa, also, ich weiß auch nicht ... Hier passiert gerade etwas völlig Verrücktes! Dein Messer ist hier, bei ihr. Mit Scheide und allem.«

»Wo hast du ...«

»Es lag auf ihrem Schreibtisch. Zusammen mit einigen total abgedrehten Briefen an dich und auch einen an Mona ... das ist ... Scheiße, das ist ...«

Eira hörte, wie eine Tür geöffnet wurde und ihre Stimme etwas sagte.

»Niillas ...«, er kam nicht weiter. Das Gespräch war abgebrochen worden.

Im nächsten Moment hatte er das Auto gewendet und war zusammen mit Berger auf dem Weg zu Victoria.

Kapitel 75

Nancy Larsen stieg zwei Haltestellen zu früh aus dem Bus. Fröstelnd schlug sie den Mantelkragen hoch, um sich vor dem Abendwind zu schützen, und spannte den Schirm auf, bevor sie in Richtung Clodiusbakken weiterging. Die lange Steigung möglichst schnell zurückzulegen war viele Jahre eine Art Fitnesstraining für sie gewesen. Aber mittlerweile fiel ihr der Anstieg immer schwerer.

Es war schon lange stockdunkel. Die Luft drang schneidend kalt bis in ihre Kehle vor. Nancy bog in eine Seitenstraße ein, als der Streifenwagen gerade wieder abfuhr. Sie wusste, dass die Beamten täglich ein paar Mal vorbeikamen, um zu überprüfen, ob alles in Ordnung war.

Als die Polizei das Haus und den Garten abgeriegelt hatte, war keiner auf die Idee gekommen, Nancy zu bitten, ihre Schlüssel abzugeben. Sie war fast ein wenig gekränkt gewesen. Einige waren wohl auch heutzutage noch der Ansicht, Frauen wie sie seien bedeutungslos.

Nancy schloss die Tür auf und betrat das Haus.

In der Küche griff sie zur Gießkanne. Die Topfpflanzen brauchten viel Zuneigung. Dank Nancys Pflege und ihres grünen Daumens blickte so mancher Blumenstock in diesem Haus auf ein ungewöhnlich langes Leben zurück. Nancys erster Gedanke bei Johans Inhaftierung war gewesen, was nun wohl mit all seinen schönen Zimmerpflanzen passieren würde.

Sie ging von Topf zu Topf. Einige der Gewächse sahen doch schon etwas mickrig aus. Es war hier einfach zu kühl und zu dunkel.

Schließlich seufzte sie tief und nahm plötzlich wahr, dass der wohlbekannte Geruch dieser Räume sich verändert hatte. Heute roch es fast wie verbrannt, wenn auch nur schwach. Schnell öffnete Nancy ein Fenster, um herauszufinden, ob diese eigenartige Note von draußen käme. Zu dieser Jahreszeit heizten viele Nachbarn mit Holz. Aber draußen roch es nur nach kaltem Winter.

Sie ging durch die Küche ins Wohnzimmer. Der Geruch wurde schwächer. Nancy machte auf dem Absatz kehrt. In der Diele war der Geruch wieder stärker. Es roch richtig versengt. Eine Gardine an einem warmen Ofen? Ein zu heißes Bügeleisen auf synthetischem Stoff? Aber nichts davon konnte im Moment hier im Haus der Fall sein. Plötzlich wurde ihr klar: Sie musste den Keller kontrollieren.

Im Gegensatz zu Johan hatte Nancy nie Angst gehabt, dort hinunterzugehen. Sie wunderte sich jedoch sehr, dass die Kellertür offen stand. Nancy spähte hinunter in die Dunkelheit. Der Geruch wurde noch stärker. Es gab keinen Zweifel – irgendetwas musste in Brand geraten sein, aber sie konnte weder Rauch noch Flammen entdecken.

Auf einem schmalen Holzregal im Treppenaufgang standen die Töpfe mit den Amarylliszwiebeln vom vergangenen Jahr. Nancy fiel ein, dass es an der Zeit war, sie heraufzuholen, damit sie Weihnachten blühten. Hastig tastete sie nach dem Lichtschalter. Mit dem weiten Ärmel ihres Mantels streifte sie versehentlich den äußersten Topf und riss ihn zu Boden.

Nancy erschrak.

Der Topf zersprang mit einem lauten Klirren. Es hallte im Treppenaufgang wider.

Sie starrte auf das Erdhäufchen und die Tonscherben.

Wieder fuhr sie zusammen.

Da unten war jemand! Nancy hatte ganz deutlich einen kurzen, scharfen, metallischen Klang gehört. Wie von einem zufallenden Schloss.

Sie war zu keiner Bewegung fähig. Ihr wurde eiskalt. Aber sie durfte sich jetzt nicht gehen lassen. Zitternd holte sie ihr Handy aus der Manteltasche und wählte den Polizeinotruf.

Unten im Keller knarzte eine Tür.

Unendlich lange war lediglich das Freizeichen zu hören. Warum nahm denn dort keiner ab?

Dumpfe Schritte näherten sich und würden jeden Augenblick bei ihr sein.

Endlich ging jemand ans Telefon.

»Es … es … brennt …« Ihre Stimme versagte.

»Wo brennt es?«

»Bei Fjeld …« Ihre Hand ließ das Handy in den nächsten Amaryllistopf sinken. Nancy war außerstande, einen klaren Gedanken zu fassen. Die Füße waren schwer, wie einbetoniert. Ihre Augen weiteten sich, als die Person um die Treppenbiegung kam. »Sie … *hier?*«

»Sie sind es also, Nancy. Pflichtbewusst, obwohl das Haus polizeilich abgesperrt ist. Und neugierig, wie immer. Dann lassen Sie uns mal gehen.«

Nancy leistete keinen Widerstand. Willenlos ließ sie sich in den Keller hinunterziehen.

Hart am Tempolimit fuhr Eira zu Victorias Souterrainwohnung. Berger war ebenso angespannt wie er selbst. Sie wechselten kein einziges Wort. Berger wusste, dass sie ihn jetzt nicht fragen durfte, wohin die wilde Fahrt überhaupt ging.

Eira hätte ihr die ganze Geschichte so auf die Schnelle auch gar nicht erklären können. Er hatte es einfach nur wahnsinnig eilig.

Mit einem kurzen Schulterzucken stellte er den Wagen im Halteverbot ab und stürzte zur Tür. Die war überraschenderweise nur angelehnt.

In der Wohnung war es viel zu still. Für den Bruchteil einer Sekunde blieb er stehen. Dann ging er langsam ins Wohnzimmer.

Sie saß auf dem Sofa. Allem Anschein nach völlig entspannt und mit der Fernbedienung beschäftigt.

»Ich wusste doch, dass du eines Tages von selbst kommen würdest.«

Mit zwei Schritten war Eira bei ihr. »Wo ist Niillas?«

»War er hier? Ach ja, er ist gegangen. Ich hab ihn weggeschickt.«

Eira schaute sich um. Auf dem Esstisch lag das Messer.

Sie folgte seinem Blick. »Na klar, dein Messer.« Sie klang desinteressiert und starrte Richtung Fernseher. »Niillas hatte es dabei. Keine Ahnung, weshalb. Wollte sich wohl wichtig machen.«

Eira griff nach dem Messer und wollte etwas sagen. In dem Moment klingelte sein Handy. Er steckte das Messer in die Tasche, hörte sich die kurze Mitteilung des Anrufers an und zog Berger mit sich zum Auto.

»Bei Johan Fjeld brennt es.«

Kapitel 76

»Die Frau war sehr kurzatmig und hat das Gespräch abgebrochen, bevor wir weitere Fragen stellen konnten«, teilten ihm die Kollegen von der Wache mit. »Das Ganze war im Grunde recht eigenartig. Wir haben dann herausgefunden, dass mit dem Handy einer gewissen Nancy Larsen angerufen wurde.«

»Es muss sich um Johans Haus handeln. Ich nehme an, sie hat immer noch die Schlüssel.«

Vor dem Haus traf Eira auf Benjaminsen und Sverre Wikan.

»Da hat sich was im Keller entzündet«, erklärte Wikan und nahm den Helm ab. »Schwer zu sagen, welche Substanz das sein könnte. Jedenfalls irgend so ein Schwelbrand.«

Sverre ging hinab in den Keller. Eira und Berger folgten ihm langsam.

Die Tür eines Raumes stand offen. Benjaminsen zeigte hinüber zu einem Metallfass, das Wikans Leute gerade hinaustrugen. »Die Stoffe da drin haben sich entzündet und giftige Gase freigesetzt. Gefährliche Sache.«

»Ein Schwelbrand? Wie entsteht so was?« Eira blieb ratlos stehen.

»Das lässt sich nicht so leicht beantworten, weil wir uns den Inhalt noch nicht genauer angesehen haben.« Wikan zögerte einen Moment. »Was ist eigentlich mit der Frau selbst, Nancy, könnte sie …?«

»Warum sollte sie es dann melden?«, entfuhr es Eira etwas zu scharf. Er wandte sich schnell an Benjaminsen. »Wurde irgendetwas gefunden?«

»Nichts außer diesem Fass hier. Wir haben auch sonst keine besonderen Beobachtungen gemacht. Es gab keine Anzeichen für einen Einbruch.«

Berger räusperte sich. Ihr war noch immer etwas übel von der rasanten Fahrt vorhin. »Und wo ist Nancy?«

Benjaminsen zuckte mit den Schultern. »Das wissen wir noch nicht. Ein Wagen ist auf dem Weg zu ihr nach Hause.«

Wikan nickte den Kommissaren zu. »Unsere Ermittlungen vor Ort sind jetzt abgeschlossen. Wir ziehen uns zurück. Das Fass nehmen wir mit, um den Inhalt zu analysieren. Halten Sie mich bitte auf dem Laufenden, falls Sie hier noch etwas Verdächtiges finden sollten.« Er nickte wieder und verabschiedete sich.

Schnell waren auch die restlichen Untersuchungen durchgeführt. Benjaminsen fuhr zurück ins Präsidium.

Eira stieg in seinen Wagen und blieb eine Weile regungslos sitzen. Er starrte zu dem verlassenen Haus hinüber. »Berger, das ist mir wirklich ein Rätsel. Wenn ein richtiger Brand im Keller ausgebrochen wäre, hätte ich ja gleich mehrere plausible Erklärungen gefunden. Aber was hat es mit diesem Schwelbrand auf sich? Ein Fass, das urplötzlich giftige, vielleicht sogar tödliche Gase freisetzt, noch dazu in einem menschenleeren Haus? Es *muss* sich auch hier um Brandstiftung handeln, dafür lege ich *meine Hand ins Feuer*.«

Sie lachte auf.

Eira zog die Stirn in Falten. »Und ich glaube, mir fällt da gerade etwas ein.«

Er holte sein Handy heraus, wählte Benjaminsens Nummer und legte sofort los: »Könntest du etwas für mich recherchieren, sobald du ins Büro kommst? Es ist ziemlich dringend.«

Er ließ den Motor an und erklärte Benjaminsen ein paar Details seines Eilauftrags.

»Und noch etwas, Benjaminsen. Frag nach, ob die Spurensicherung inzwischen Fingerabdrücke an dem Škodaschlüsselbund aus Gunhilds Manteltasche gefunden hat. Ich fahre dann jetzt mit

Berger aufs Land. Wir suchen Rita und Gunhild. Es sieht nämlich nicht so aus, als befänden sie sich noch im Stadtgebiet.«

Berger montierte das Blaulicht auf dem Dach. Sie überquerten bereits die Brücke nach Kvaløya.

»Glaubst du wirklich, Rita ist in ihrer Hütte?« Berger blickte streng nach vorne. Eigentlich hatte sie genug von der vielen Fahrerei.

»Wir müssen es einfach überprüfen. Der Ort ist jetzt schon von einigen Leuten erwähnt worden, die irgendwie mit unserem Fall zu tun haben. Ich wollte mir die Hütte ohnehin mal anschauen. Und es würde gut zu Rita passen. Nach allem, was in letzter Zeit passiert ist, meidet sie die Leute.«

Bald hielten sie auf einem abgelegenen Parkplatz am Waldrand.

»Halt dich dicht hinter mir, Berger. Hier ist es etwas unwegsam.«

Berger platzierte ihre Schritte genau in Eiras Fußstapfen im Schnee. Etwas später erkannte sie, dass sie geradewegs auf eine alte Blockhütte zusteuerten.

»Wie vor hundert Jahren.« Berger ließ den Lichtkegel ihrer Taschenlampe über die Hauswand schweifen.

Eira griff nach der Türklinke. Die Tür stand offen. Sie lauschten. Der Wind rüttelte schwach an den Baumwipfeln. In einiger Entfernung schlugen die Wellen ans Ufer, das Meer war viel deutlicher zu riechen als zu hören.

Jetzt gingen sie vorsichtig hinein und leuchteten mit ihren Lampen Decke und Wände ab.

»Rita?«

Auf der Arbeitsplatte in der Küche standen eine Kaffeetasse und eine Cognacflasche. Jemand hatte ein paar Mal von einem Sandwich abgebissen und den Rest in den Müll geworfen. Alles war frisch.

Sie sahen sich draußen um. Auf einem Terrassenstuhl lagen zwei zusammengeknüllte Wolldecken. Rita war hier gewesen und konnte noch nicht lange weg sein. Sie hatte weder aufgeräumt noch abgeschlossen.

Sie setzten sich ins Auto und fuhren wieder in Richtung Tromsø.

Gunhild Wikan betrachtete die Rücklichter des vorbeifahrenden Polizeiautos. Sie hatte die Polarnacht immer gehasst. Diesen deprimierenden, schwarzen Sack, der den Leuten im Norden jedes Jahr über den Kopf gestülpt wurde. Er nahm einen bis weit in den Januar unerbittlich gefangen.

Jetzt, als sie aus dem Gebüsch am Straßenrand heraustrat, erkannte sie auf einmal den Vorteil der dunklen Tage. Zu dieser Jahreszeit konnte sie ständig im Verborgenen bleiben. Selbst direkt am Straßenrand wurde sie nicht bemerkt.

Der Polizeiwagen war sicherlich bei Fjelds Hütte gewesen. Eine vergebliche Fahrt. Es war ja schon eine Weile her, dass Rita wieder abgereist war. Ihr Auto war vorhin nur wenige Meter von hier entfernt ordentlich Karussell gefahren. Und längst waren sowohl Rita als auch ihr Auto verschwunden.

Gunhild hielt eine kleine Taschenlampe vor sich und lief durch den einsetzenden Schneeregen in den Wald. Der Lichtstreifen zeigte ihr, wohin sie die Füße setzen musste. Gerade heute wollte sie ungern stürzen und sich im Dunkeln womöglich noch ein Bein brechen.

Sie hatte Rita aus dem Auto gezogen und den schweren Körper knapp hundert Meter zum nächstgelegenen Arbeiterhaus geschleift. Rita war benommen gewesen und hatte sich bereitwillig auf Gunhilds Schulter gestützt. Offenbar hatte sie nicht mehr mitbekommen, wer sie da durch den Wald führte.

Gunhild musste schwer schlucken. Wie absurd, dieser Frau zu

helfen, die sie wohl am meisten hasste. Aber sie wollte Rita nicht am Straßenrand zurücklassen, wo sie schnell gefunden werden konnte.

Jetzt lief Gunhild wieder auf die alten Holzhäuser zu. Man hatte sie aus der Stadt hierher gebracht, um sie für die Nachwelt zu erhalten. Allerdings hatte man nicht bedacht, wieviel Geld es verschlingen würde, die Häuser dauerhaft vor dem Verfall zu bewahren. Jetzt standen sie das ganze Jahr über verlassen da und verwitterten immer mehr.

Gunhild schaltete die Taschenlampe aus und tastete sich zu dem niedrigen weißen Haus mit der Nummer acht vor.

Sie schloss die Tür hinter sich und erkannte den Geruch wieder. Die Luft war stickig in den engen Räumen. Dazu Holzherd, Schimmel und feuchte Flickenteppiche. Ihre eigene Vergangenheit.

Auf der Holzbank im Raum neben der Küche lag Rita. Gunhild sah die Beule auf Ritas Stirn, groß wie ein Tischtennisball, und den Schnitt über dem Auge.

Rita war jetzt bewusstlos. Der Schlag gegen die Stirn und der Alkohol waren nicht die einzigen Gründe dafür. Gunhild hatte da schon noch ein wenig nachhelfen müssen.

Sie hatte in Ritas Jackentasche ein Tablettenröhrchen gefunden. Die Sorte kannte sie aus Spanien. Hastig hatte sie ein paar Tabletten zerrieben und sie Rita mit etwas Wasser eingeflößt.

An dieser Überdosis würde Rita aber nicht sterben. Sie würde lediglich tief und lange schlafen, bis sie erfröre.

Die Temperatur in dem nicht isolierten Haus war fast die gleiche wie draußen, acht Grad minus. Das kalte Wetter sollte noch mindestens eine Woche anhalten. Falls Rita jemals wieder erwachen sollte, wäre alles aus ihrem Gedächtnis verschwunden.

Gunhild zog den vergilbten Umschlag hervor, auf dem in Maschinenschrift *Andreas Fjeld* stand. Er enthielt Dokumente, die sie ein ganzes Leben lang aufbewahrt hatte: die Beweise für Karls Unterschlagung im Betrieb; ihre eigenen Briefe an Andreas Fjeld mit den Informationen über Ritas angebliche Affäre mit Oscar. Außerdem hatte sie hier jahrzehntelang den teilweise unterschriebenen Ehevertrag zwischen ihr und Karl aufbewahrt. Ebenso den »Nachweis« ihrer Schwangerschaft und die Unterlagen zum Wohnungskauf in Spanien – lauter feine Geschichten, die jetzt im Zuge der Ermittlungen ans Licht kommen mussten.

Sie hatte vorgehabt, Rita alles zu zeigen. Es sollte so richtig krachen. Gunhild wollte Rita genüsslich unter die Nase reiben, dass sie die Unterlagen bald der Presse zuspielen würde.

Schon damals hatte der Umschlag seine Wirkung nicht verfehlt. Nein, sie hatte Andreas Fjeld damit nicht unter Druck gesetzt, ganz und gar nicht. Das war nie notwendig gewesen. Er hatte sofort verstanden, dass es ihr ernst gewesen war. Dass sie bald Karls Verlobte geworden wäre und damit die rechtmäßige Erbin an Karls Stelle.

Arme Rita! Jetzt musste jeder glauben, sie habe allen Grund gehabt, zu viele Tabletten zu schlucken. Gunhild drapierte den Umschlag gut sichtbar neben dem bewusstlosen Körper. Die Kopien hiervon waren bis zu seinem Tod in Andreas Fjelds Besitz gewesen.

Aber wie oft verirrte sich eigentlich jemand hierher? Wer würde schon im Winter auf die Idee kommen, diese schäbigen Behausungen zu besichtigen? Vielleicht würde es bis zum Frühling dauern, bis sich wieder jemand für diesen Ort interessierte. Wie viel würde man dann noch über Ritas Tod herausfinden können – abgesehen davon, was man aus der Flasche, dem Tablettenröhrchen und dem braunen Umschlag schließen würde?

Die Versuchung, einfach zu gehen und Rita dem sicheren Tod zu überlassen, war enorm. Unzählige Male hatte Gunhild geträumt, dass sie Rita elendig verenden ließe. Irgendetwas hielt sie jedoch zurück.

Es war zu einfach. Warum sollte diese Person so leicht davonkommen? Die schlimmste Strafe für Rita wäre doch, nach dieser Geschichte wieder unter die Leute gehen zu müssen. Angegafft zu werden, Gegenstand von Tuscheleien auf der Straße zu sein, zu wissen, dass andere über sie und ihre Brüder Bescheid wussten.

Gunhild wühlte in den Taschen und fand Ritas Handy. Eiras Nummer war sofort abzulesen. Er hatte Rita im Laufe des Tages mindestens zehnmal zu erreichen versucht.

Es war schwierig, die Tasten mit Handschuhen zu betätigen, und hier draußen gab es nur ein schwaches Netz. Gunhild gelang es dennoch, die SMS zu senden. *»Haus 8 in Hella. Hilfe!«*

Fünf Minuten später tastete sie sich den Weg hinunter. Das Meer war unruhig. Laut klatschten die Wellen gegen die Felsen, bevor sie wieder zurückgesogen wurden. Die Dunkelheit war so undurchdringlich, dass es Gunhild unmöglich war, sich daran zu gewöhnen. Sie rutschte auf den Felsen aus und hätte fast den Halt verloren. Erschrocken klammerte sie sich an Zweige und Heidekraut.

Als sie zurück auf der Hauptstraße war, regnete es noch immer. Eiskalter, peitschender nordnorwegischer Regen durchnässte die Kleidung. Endlich fand sie die Bushaltestelle wieder und fühlte sich eigenartig leicht.

Kurz vor der Brücke über den Sund schaltete Eira das Blaulicht wieder ein.

Im nächsten Moment läutete schon wieder sein Handy. Berger hielt sich genervt die Ohren zu.

Offenbar arbeiteten die Kriminaltechniker auf Hochtouren. Er hörte dem Kollegen am anderen Ende der Leitung aufmerksam zu und gab einige kurze Antworten. Dann beendete er das Gespräch. »Berger, du kannst dich wieder entspannen. Wir haben da etwas ziemlich Interessantes. Die Fingerabdrücke auf den Škodaschlüsseln und auf dem abgebrochenen Besen sind identisch. Außerdem finden sie sich auch auf Magni Andersens Haustürschlüssel.«

Berger hob die Augenbrauen. »Hm. Klingt, als hätten wir die halbe Miete. Nur – sie wurden wohl noch nicht identifiziert?«

»Nein, aber überleg doch, das muss der Täter – oder die Täterin – sein. Der oder die Betreffende muss sich absolut sicher gewesen sein, nicht entdeckt werden zu können. Denn es wurden keine Handschuhe benutzt.«

Die Lichter der Stadt glitzerten in der Polarnacht.

»Gunhild hat Motive«, murmelte er versonnen. »Geld und auch Rache, weil Karl sie verlassen hat. Ich habe allerdings nie geglaubt, dass das Erbe der Grund war. Vielleicht schon eher Rache, aber selbst das ist zu schmalspurig gedacht.«

»Wie meinst du das, Eira?«

»Verlust von Ansehen. Der Versuch, Enthüllungen zu verhindern. Über unaufgeklärte Morde zum Beispiel.«

»Du sprichst in Rätseln, Eira!«

Er blickte geistesabwesend vor sich hin und bremste abrupt vor einer roten Ampel.

»Hör endlich auf damit! Mir wird wieder schlecht, wenn du so fährst!«

»Wir hatten da vielleicht einen kleinen Denkfehler, Berger«, sagte er leise. »Warum sollte Gunhild hier bleiben, wenn sie Karl getötet hat? Warum ist sie dann nicht schnurstracks nach Hause gefahren, sobald er tot war?« Er gab wieder Gas. »Sie wird immer so abweisend, wenn man danach fragt, weshalb sie die weite Reise auf sich genommen hat. Sagt, sie hätte höchst private Gründe.«

»Du glaubst also, dass sie *nicht* die Mörderin ist?«

»Sie wirkt in mancher Hinsicht kalt und skrupellos.«

»Aber eine Mörderin ist sie nicht?«

Er zuckte mit den Schultern. »Möglicherweise wollte sie etwas nachprüfen. Oder auf eigene Faust ein paar Untersuchungen anstellen. Es kommt mir fast so vor, als suche sie nach etwas. Das einzig Konkrete, was wir gegen sie in der Hand haben, ist, dass sie überall auftaucht. Besonders, wenn sonst gerade niemand zugegen ist. Die ältere Nachbarin glaubte, eine rot gekleidete Gestalt bei Magni gesehen zu haben.« Er starrte hinaus in den Verkehr. »Was hat sie nur in Pers Zimmer gemacht?«

Berger strich sich die Haare zurück. »Eventuell hat sie die Sachen, die dort lagen, durchsucht. Oder sie wollte nachsehen, ob sie etwas wiedererkennen würde. Wir wissen ja nicht, ob sie dort etwas Wichtiges gefunden hat.« Berger holte Luft. »Ist dir eigentlich schon mal aufgefallen, dass Gunhild die aktuellen Ereignisse bereits sehr früh mit 1969 in Verbindung gebracht hat?«

»Sie hatte die ganze Zeit etwas zu verbergen«, bemerkte Eira. »Ich glaube, dass sie damals wirklich in dem brennenden Haus war. Fürchtet Gunhild, jemand könnte verraten, dass sie 1969 einen Mord begangen hat?«

Berger streckte ihre Beine aus. »Sie hat sich mit einer offensichtlichen Lüge Zugang zu Sverres Büro verschafft. Das war doch mehr als verdächtig.«

Er schlug mit der Faust aufs Lenkrad. »Verdammt, Berger, jetzt wird's mir klar. *Brandschutzkontrollen* stand da auf den Ordnern in Sverres Büro! Und als ich mal Nancy fragte, wer … «

Er konnte nicht weitersprechen, weil sein Handy piepte.

Die SMS kam von Rita: *Haus 8 in Hella. Hilfe!*

Eira schlug Alarm.

Kapitel 77

Nancy Larsen hatte schon lange aufgehört zu weinen. Es war sinnlos. Sie hatte keine Ahnung, wie viele Stunden vergangen waren. Mit dicken Stricken war sie an einen Holzstuhl gefesselt worden und spürte mittlerweile kaum noch Arme und Beine.

Eine Zeit lang war reger Betrieb im Haus gewesen. Sie hatte aufgeregte Stimmen gehört. Mal ganz in der Nähe, dann wieder wie aus weiter Ferne. Aber keiner hatte sie entdeckt.

Nur wer sich gut auskannte, wusste, dass hinter dem letzten Kohlenkasten eine kleine Luke war. Durch sie gelangte man zum Heizungstank, und der Spalt zwischen diesem und der Wand bot gerade genug Platz für zwei Menschen.

Sie hatte die Stimmen und die Diskussionen über den Schwelbrand gehört und begriffen, dass sie vielleicht nicht überleben würde. Man hatte sie hier hinten perfekt versteckt, und vorne verrichteten Polizei und Feuerwehr nichtsahnend ihre Arbeit.

Dann hatten sie sich wieder in ihre Autos gesetzt und waren davongefahren. Als das letzte Motorengeräusch verklungen war, wusste sie, dass nur noch ein Wunder sie retten könnte. Sie hatte ihren Mantel an, aber zitterte erbärmlich vor Kälte und Angst. In ihrem Mund steckte ein Stofffetzen und drückte gegen den Rachen. Nancy kämpfte permanent gegen den Brechreiz an. Ihre Handgelenke brannten.

Zu ihren Füßen lag Jens Eide, auch er war gefesselt und geknebelt. Seine verängstigten, weit geöffneten Augen hatten erschrocken geblinzelt, als die Luke geöffnet und sie hineinbugsiert worden war. Sie verstand nicht, was der alte Saufbold hier machte. Aber ihr war klar, dass das ekelerregende Gas, das sich im Keller verbreitet hatte, etwas mit ihm zu tun haben musste.

Sie hatte keine Ahnung, ob es Nacht oder Tag war. Die Kellertreppe knarrte. Nancy hielt die Luft an. Sie wusste nicht, ob sie sich freuen oder ängstigen sollte.

Die Schritte wurden lauter. Alter Sand knirschte auf dem Boden. Und dann hörte sie ein leises Knurren. Sie schauderte.

»Nancy, Nancy. Dass Sie das aber auch so kompliziert für mich machen mussten. Ihr Anruf bei der Polizei hat mich doch ziemlich bei meiner Arbeit gestört.«

Die Luke wurde geöffnet. Im selben Augenblick blendete sie das Licht einer Taschenlampe, aber sie gewöhnte sich schnell daran und die Umrisse der großen, dünnen Gestalt wurden klarer. Der Knebel wurde entfernt.

»Wie um alles in der Welt kommen Sie eigentlich ins Haus?«, flüsterte sie heiser.

»In letzter Zeit hatte ich gute Verwendung für die Kopie von Karls altem Schlüssel.« In dem engen Verlies klang die Stimme hohl. »Das kam in der Tat ziemlich häufig vor. Ich musste hier ein bisschen Kleinkram platzieren und auch ab und zu mal etwas ausleihen. Natürlich habe ich anschließend alles wieder an seinen Platz gebracht. Sie werden davon gehört haben.«

Nancy hörte angestrengte Atemgeräusche.

»Es tut mir leid, dass ich Ihnen das antun muss, Nancy. Es wird dasselbe Gas sein wie bei dem Schwelbrand von vorhin. *Ich* töte keinen von Ihnen. Der Schwelbrand tut es. Sie werden einfach einschlafen, völlig schmerzlos. Bis dahin bin ich in meinem Bett und morgen komme ich zurück, um zu untersuchen, was passiert ist. Ich fürchte, diese Brände in Fjelds Wohnhaus werden genauso ungelöst bleiben wie der Brand von 1969.«

Nancy zerrte an den Stricken. Sie fühlte eine zunehmende Enge in der Brust und das Atmen wurde schwerer. »Sverre«, keuchte sie, während ihr Herz hämmerte und die Augen des Hundes im Dunkeln wie Kohlen glühten. »Tun Sie es nicht. Bitte!«

Sein Daumen drückte auf das Feuerzeug, und die Flamme entzündete den Inhalt des Fasses mit einem leisen Zischen.

Die penible Ordnung in Sverres Büro war von unerwartetem Nutzen. Übersichtlich sortiert und jederzeit griffbereit – so standen die Ordner im Regal und warteten förmlich darauf, aufgeschlagen zu werden. Eira interessierte sich für die Formulare zu Sverres Brandschutzkontrollen, und zwar vor allem in Einfamilienhäusern. Schnell hatte Eira sich zum Buchstaben F vorgearbeitet.

Hier stand es schwarz auf weiß: Die Feuerstellen und elektrischen Anlagen bei Johan Fjeld waren am 18. Oktober um 13:00 Uhr überprüft worden.

Eira hatte jetzt einige Mosaikteilchen des Falles zusammengesetzt. Es gab nur noch wenige Lücken.

Am 18. Oktober gegen Mittag musste Karl gerade auf dem Weg zur Hütte und Johan kurz außer Haus gewesen sein. Die Brandschutzkontrolle in Johans Haus war von Sverre Wikan persönlich durchgeführt worden, obwohl diese Arbeit gewöhnlich von einem seiner Mitarbeiter erledigt wurde. Nancy war als Hausangestellte zugegen gewesen.

»Berger, sieh dir das an. Meine Vermutung hat sich bestätigt. Dazu wollte ich dir ja vorhin im Auto schon was sagen. Ich erinnerte mich plötzlich an Nancys Antwort … damals, als ich sie gefragt hatte, ob oft Leute bei Johan vorbeigekommen sind. *›Fast nie‹*, antwortete sie. Und dann sagte sie in etwa: *›Nur das Übliche. Zeitungsbote, Post, Müllabfuhr* … Ja, und eben auch die *Brandschutzkontrolle!‹* Sie hatte das bloß so am Rande hinzugefügt. Aber das ist jetzt unser Stichwort.«

Berger setzte sich. »Ich weiß nicht. Sie hätte ihn doch von früher kennen müssen.«

»Nein, Nancy hat Sverre sicherlich nicht wiedererkannt. Er hatte jahrzehntelang nicht in der Stadt gewohnt. In Uniform war es für ihn also kein Problem, sich Zugang zum Haus der Fjelds zu verschaffen. Er durfte sogar in Karls Zimmer gehen. Immerhin steht dort ein alter Holzofen, sodass Nancy wohl keinen Verdacht geschöpft hat, auch nicht, als er etwas länger als normal drinnen blieb. Sverre hat Karls Schlüssel an sich genommen und den Whiskey vergiftet. Der Mann kennt sich ja gut aus mit Chemikalien.«

Eira strich sich durch die Haare. »Nancy dürfte aus allen Wolken gefallen sein, als sie Sverre heute wieder in Fjelds Haus antraf, diesmal aber mit seinem wahren Gesicht.«

Eira machte noch eine kurze Pause und schlug sich dann heftig mit der flachen Hand gegen die Stirn. » Mein Gott, was waren wir behämmert! Sverre hat vorhin ja ausdrücklich nach ihr gefragt. So ein Hund. Sie muss noch immer im Keller sein! Der Herr Brandermittler hat natürlich dafür gesorgt, dass sie nicht gefunden wurde!«

Er riss die Papiere an sich und beorderte Verstärkung. Sie stürzten zum Auto. Sverres Kollegen blickten ihnen verdutzt hinterher.

Berger konnte sich nicht daran erinnern, jemals so rasant durch Tromsøs Straßen gefahren zu sein. Im Moment durfte sie sich aber nicht darüber beklagen, auch wenn sie heute dieses flaue Gefühl in der Magengegend gar nicht mehr loszuwerden schien.

»Sag mir eins, Eira. Hat dich nicht noch was anderes auf Sverre gebracht?«

Eira antwortete nicht sofort. Er musste ein paar empörten Fußgängern ausweichen. Dann räusperte er sich. »Deine Intuition funktioniert also auch. Ja, es war das Wort *Schwelbrand.* Sverre hat es vorhin, vor Fjelds Haus, so eigenartig betont. Es ist mir nicht mehr aus dem Kopf gegangen. Daraufhin habe ich Benjaminsen gebeten, mir noch mal Sverres Biographie durchzugeben.«

Er passierte viel zu schnell eine große Kreuzung. Autos hupten. »Es gab schon mal einen Schwelbrand, für dessen Entstehung niemand eine Erklärung hatte. Kurz bevor Sverre hierherkam, war er in Ostnorwegen in einen mysteriösen Fall verwickelt – eine Frau ist in einem Hochgebirgshotel durch einen Schwelbrand ums Leben gekommen. Sverre hat das bei unserer ersten Begegnung nach dem Brand im Einkaufscenter kurz erwähnt, natürlich ohne Details zu nennen. Es wurde behauptet, die Frau habe im Bett geraucht und sei stark alkoholisiert eingeschlafen. Ihre Kleidung hatte in einem Haufen auf dem Bett gelegen, lauter Klamotten aus Kunstfasern. Sie waren in Brand geraten und hatten ein Gas freigesetzt, durch das sie gestorben ist.«

»Gab es in dem Hotelzimmer keinen Brandmelder?«

»Der löste erst nach langer Zeit Alarm aus. Da war sie schon tot. Das Ganze wurde als Unfall eingestuft. Ihre Familie war jedoch sehr skeptisch. Sie betonten, dass sie nie geraucht hatte und sehr zurückhaltend im Umgang mit Alkohol gewesen war.«

»Und Sverre?«

»Er machte zur gleichen Zeit einen Kurs im selben Hotel. Sie kannten sich. Einige behaupteten, dass sie eine Affäre gehabt hätten, die sie aber recht schnell beendet habe. Sverre bestritt das, sagte, sie seien nur gute Freunde gewesen. Jedenfalls muss er sich auffallend eifrig in die Ermittlungen hineingekniet haben.«

Berger machte innerlich drei Kreuze. Sie waren wohlbehalten vor Johans Haus angekommen, und sie hatte sich nicht einmal übergeben müssen.

Eira schlug die Autotür zu. »Das war ja klar. Kein Auto in der Auffahrt. Dunkle Fenster.«

Eira rüttelte an der Haustür. »Natürlich abgeschlossen.« Schnell fischte er die Schlüssel aus seiner Hosentasche und sperrte auf.

Aus der halb geöffneten Kellertür drang ein scharfer Brandgeruch. Und die dünne, wimmernde Stimme einer Frau.

Es dauerte einige Zeit, bis sich die Augen an die Dunkelheit gewöhnt hatten. Das Licht war ausgeschaltet und so sollte es auch bleiben. Eira kannte sich mit feuergefährlichen Stoffen zwar nicht allzu gut aus; aber möglicherweise wäre es gefährlich, jetzt den Lichtschalter zu betätigen. Eine Explosion musste tunlichst vermieden werden. Außerdem schützte sie die Dunkelheit vor einem möglichen Angreifer.

Eira setzte die Füße mit größter Vorsicht auf die hinabführenden Stufen und signalisierte Berger, sich immer zwei Schritte hinter ihm zu halten. Er schlich um die Treppenbiegung.

Ganz hinten im Kellergang nahm er eine Bewegung wahr – ein schwarzer, geschmeidiger Schatten, der schnell näher kam. Das kurze Aufleuchten gelbroter Augen und gefletschte Zähne. Ein furchteinflößender, tiefer Kehllaut.

Aus einem der hinteren Räume tauchte Sverres Gestalt auf und der Befehl zum Angriff klang wie ein Peitschenknall.

Vierzig Kilo durchtrainierte Muskelmasse sprangen Eira entgegen. Er blockierte den Angriff mit dem linken Arm und schützte instinktiv seine Kehle. Die Zähne des Hundes verfehlten nur knapp seine Schulter.

In der rechten Hand hielt er bereits das Messer. Er holte aus. Dann glitt das Messer tief in den Hals des Tieres.

Eira fiel gemeinsam mit dem Hund zu Boden.

»Keine Bewegung, Wikan.« Benjaminsen stand oben auf der Treppe und hielt seine Waffe fest in der Hand.

Kapitel 78

»Sie müssen ihn gut trainiert haben. Die reinste Mordmaschine.«

Eira kam wieder auf die Beine. Gerade wurden zwei Personen, auf Helfer gestützt, aus einem Kellerraum geführt: Nancy Larsen und Jens Eide.

»Offensichtlich nicht gut genug.« Sverre Wikan stand über dem toten Tier und klang überraschend ruhig. »Warum sind Sie zurückgekommen?«

»Ihre Mutter hat mich auf die Spur gebracht.«

»Sie lügt, wie immer.«

»Gunhild hat uns dadurch den Weg gewiesen, dass sie Ihr Büro durchsucht hat. Ihr Verdacht wurde aber bereits bestätigt, als sie Magni aufsuchte und die Schlüssel mit dem Škodazeichen in Pers Zimmer fand. Sie erkannte den Zusammenhang. Ihr war schnell klar geworden, dass Sie gezielt vorgebliche ›Beweise‹ auslegten. Ich denke, Gunhild hat – übrigens genau wie ich – die Papiere gesehen, die Sie aus Johans Safe genommen hatten. Das waren unter anderem die Kopien ihrer alten Briefe.«

Eira musste Luft holen. »Und welche Dramatik, lieber Herr Wikan! Erst als Sie das Testament gesehen haben, haben Sie begriffen, dass Ihre Mutter Andreas Fjeld beerben würde, wenn Karl tot wäre. Da *war* Karl aber bereits tot. Geld war also nicht Ihr Motiv, geben Sie es zu! Sie wollten rächen, was 1969 passiert ist, als Karl Ihren Vater während des Brandes im Büro eingeschlossen hat.«

Benjaminsen war heruntergekommen. »Jens Eide ist bei Bewusstsein. Er meint, dass er sich sehr gut an alles erinnert, was geschehen ist, sowohl 1969 als auch jetzt auf dem Anleger, bevor er ins Wasser gefallen ist.«

Bei Sverre war lediglich ein winziges Zucken am linken Auge wahrzunehmen. Abrupt wandte er sich an Eira. »Wie rechtfertigen Sie diese albernen Behauptungen?«

»Wir beide haben in Ihrem Büro über Jens Eide und den Brand von 1969 gesprochen, und Sie haben einen Satz gesagt, dessen Reichweite mir leider erst viel zu spät bewusst geworden ist. Sie haben gefragt: *Was sagt Jens dazu? Hat er zu irgendeinem Zeitpunkt gesehen, dass Frank zur Hintertür hineingegangen ist?*«

Eira machte eine Pause. »Ich hatte die Hintertür überhaupt nicht erwähnt. Keiner wusste irgendetwas darüber, wo Frank in jener Nacht gewesen war oder was er getrieben hatte. *Sie hingegen* hatten ihn offenbar gesehen. Sverre, das liegt doch auf der Hand. Sie hatten sich in dem brennenden Haus versteckt und haben Frank hineingehen sehen. Sie wissen genau, wie es dazu kam, dass er da drinnen verbrannte.«

»Sie glauben also, Rache sei mein Motiv, heute, nach so langer Zeit? Ich wäre in der Lage, jemanden zu töten?« Sverre klang verächtlich.

»In erster Linie war es wohl die Angst vor neuen Ermittlungen. Vor einem Schneeball, der wieder ins Rollen gekommen war und immer größer zu werden drohte. Karls Rückkehr hätte Enthüllungen über die Ereignisse von 1969 zur Folge gehabt.«

Eira setzte sich auf eine Treppenstufe. Langsam wich die Anspannung und er fühlte sich müde. Dann blickte er Sverre forschend in die Augen. »Jemand hat damals wahrscheinlich auf dem Anleger Materialreste angezündet und dadurch den Brand verursacht. Waren Sie das, Sverre? Und dann wüsste ich noch gerne etwas von Ihnen. Bevor Sie wieder hierhergezogen sind, sind Sie mit einem Hotelbrand in Verbindung gebracht worden. Man kam zu dem Schluss, dass es ein Unfall war. In Wahrheit wurde der tödliche Schwelbrand aber vorsätzlich gelegt. Die Frau, die bei dem Brand starb, ist also ermordet worden.« Eira zögerte kurz. »Ich habe auch eine Theorie dazu, was 1969 mit Frank Eide passiert ist. Allerdings glaube ich nicht, dass es uns noch gelingen wird, sie zu beweisen – jetzt, da Karl tot ist.«

Eira schwieg in der Hoffnung, zumindest ein einziges Mal zu Sverres Innerem vorgedrungen zu sein und endlich ein Geständnis zu hören.

Vergebens.

Sverre Wikan betrachtete Eira unbeweglich. Lediglich das leichte Zucken an seinem linken Auge war weiterhin zu sehen. »Ich habe es 1969 gesagt und ich wiederhole es jetzt: Ich erinnere mich an nichts von dem, was in dem Haus passiert ist. Daran halte ich fest, solange ich lebe.« Mit steifen Schritten ging er zum Polizeiwagen und wartete wortlos, bis man ihm die Tür geöffnet hatte.

Kapitel 79

Die Beamten eines Streifenwagens hatten Gunhild schließlich aufgespürt.

Es war Morgen und seit Sverres Verhaftung waren fast zwölf Stunden vergangen. Gunhild war die ganze Nacht nicht in der Pension gewesen. »An diesem Ort hätte man sie am wenigsten vermutet.« Die Stimme des Streifenpolizisten klang krächzend aus dem Lautsprecher. »Wir haben an fast jedem Fleck der Insel nachgesehen, bloß hier nicht.«

»Bleibt einfach im Auto. Behaltet sie im Auge, aber lasst sie in Ruhe. Ich bin schon unterwegs.« Eira fuhr los.

Weniger als zehn Minuten später ging er zu Fuß über den Friedhof.

Er fand Gunhild an der Grabstätte der Familie Fjeld, auf der alten Bank aus Holz und Schmiedeeisen. Er setzte sich neben sie.

Gunhild nickte nur. »Ich wusste die ganze Zeit, dass Karl nicht hier gelegen hat«, sagte sie langsam. »Sverre auch.« Sie wirkte zerbrechlicher, durchsichtiger. »Karl hat meinen Sohn aus den Flammen geholt. Zusammen mit Jens Eide.« Sie drehte ihm langsam den Kopf zu, ihre Augen waren rot gerändert. Sicherlich nicht vom Weinen. Sie war erschöpft.

Ihre Stimme klang, als tauchte sie weit in die Vergangenheit zurück. »Sverre war nicht schwer verletzt. Nur eine Verbrennung im Gesicht.«

Eira runzelte die Stirn. »Glauben Sie, seine schlimmsten Verletzungen waren die im Gesicht?«

»Ich fand es schrecklich … grauenhaft … einen Sohn zu haben, der in so etwas verwickelt gewesen war.« Sie sprach leise und tonlos. »Ich war froh, endlich wegzukommen.«

»Worin war Sverre Ihrer Meinung nach verwickelt?«

»Sverre ist nachts um eins rausgegangen. Das war *vor* Ausbruch des Brandes. Er war allein.« Sie sah weg. »Die Götter mögen wissen, was er in jener Nacht in dem brennenden Haus getrieben hat …«

»Wollen Sie damit andeuten, dass Sverre den Brand verursacht hat? Dass er etwas zu tun hatte mit dem Mord an …«

»Hören Sie auf, mir irgendwelche Dinge in den Mund zu legen!« Zum ersten Mal wurde ihre Stimme lauter. »Ich weiß nicht, was in jener Nacht vor sich gegangen ist. Ich habe geschlafen!«

Eira ließ das Thema fallen. Was die Beziehung zu ihrem Sohn betraf, so lebte Gunhild Wikan in einer anderen Welt.

»Gunhild, bitte geben Sie mir eine ehrliche Antwort: Sverre hatte von Karls Rückkehr erfahren – stimmt das?«

Sie nickte.

»Eine Sache hätte ich Karl gerne gefragt«, sagte er langsam. »Was ist mit seiner Brille und dem Siegelring passiert?«

Der Anflug eines Lächelns huschte über ihr Gesicht und einen kurzen Moment lang hatte sie Ähnlichkeit mit Sverre. »Das ist wirklich ein Rätsel, Eira. Aber es muss doch wohl so gewesen sein, dass Karl diese Dinge dabeihatte und sie neben den Obdachlosen gelegt hat.«

Er sah sie forschend an. »Hatte Karl denn mehrere Brillen?«

»Ja, allerdings.«

»Hatte er seinen Mantel an, als er das Büro verließ?«

»Ich wiederhole es noch einmal, Eira. Ich war nicht in dem Haus. Woher soll ich das wissen?«

Eira seufzte. »Jens Eide glaubt, sich zu erinnern, ihn in einer blauen Jacke gesehen zu haben – wie die von Oscar.«

Sie schnaubte verächtlich. »Sie wollen mir doch nicht erzählen, dass Sie auf das hören würden, was Jens sagt!«

Eira verspürte ein wachsendes Unbehagen. »Sie glauben also,

dass Karl den Obdachlosen getötet und den Ring und die Brille zurückgelassen hat, als er das Gebäude verließ?«

Sie betrachtete Fjelds Grabstein und wandte den Blick auch beim Reden nicht davon ab. »Wer sonst könnte es gewesen sein?« Sie drehte ihm das Gesicht zu, ihr Blick war unmöglich zu deuten. »Warum sollte er sonst davongelaufen sein? Es kann niemand anders als Karl gewesen sein.«

»Wie können Sie das sagen, Gunhild? Sie schwören ja, dass Sie zu Hause in Ihrem Bett lagen!«

»Ich nehme nur das an, was am wahrscheinlichsten ist.«

Mit einem Mal hatte Eira das Gefühl, seine Beine wären an der Bank festgefroren. Hier neben Gunhild empfand er dasselbe Unbehagen wie in Victorias Gegenwart. Diese Frauen streuten skrupellos kleine und große Unwahrheiten, Lügen und Verleumdungen. Hier verschmolzen Charme und Hohn. Wer nicht aufpasste, war gefangen im Bann ihrer Manipulationen.

Gunhilds Stimme durchbrach seine Gedanken. »Wir werden natürlich nie eine Bestätigung dafür bekommen, weil Karl ja tot ist. Der Mord an Frank Eide ist ein Geheimnis, das Karl mit ins Grab genommen hat.« Sie legte Eira eine Hand auf den Arm. »Aber wer sonst hätte ein Interesse daran gehabt, Franks Tod auf solche Weise zu vertuschen?«

»Sie, Gunhild.«

Sie seufzte und schüttelte leicht den Kopf. »Ich war zu Hause.«

»Frank hat Sie gesehen. Ich glaube, Sie hatten Angst, er würde Sie verraten.«

Wieder spielte ein fast trauriges Lächeln um ihren Mund. »Frank war Alkoholiker.«

Eiras Blick streifte die blasse, magere Hand, die auf seinem Arm lag. Er hörte ihre Stimme jetzt näher an seinem Ohr, aber gedämpft und betrübt. »Geht es Rita gut?«

»Was wissen Sie über Rita, Gunhild?«

»Ich habe Johan heute Morgen besucht. Er ist ja endlich frei, der arme Kerl.« Ihre Hand drückte seinen Arm. »Wissen Sie, als Sie Ritas Selbstmord verhindert haben, habe ich zum ersten Mal die Arbeit der Polizei bewundert.«

»Selbstmord?«

»Sie wollte ihn natürlich nicht wirklich durchführen. Ansonsten hätte sie niemals die Polizei verständigt.«

»Wo waren Sie gestern den ganzen Tag, Gunhild? Und letzte Nacht?«

Die hellblauen Augen blinzelten nicht ein einziges Mal. »Ich war am Strand, bin gewandert. Habe lange aufs Meer geschaut. Und dann Abschied von der Gegend genommen. War bei Freunden. Ich bin ja jetzt zum letzten Mal hier.«

»Bei welchen Freunden?«

Sie antwortete nicht.

»Ich glaube, dass Sie den Abend, vielleicht auch den Tag, in Hella verbracht haben. Inkognito. Sie sind Rita gefolgt und wissen allzu genau, was mit ihr passiert ist. Sie waren um 23 Uhr noch nicht wieder in der Pension. Keiner hat Sie gesehen.«

»Warum in aller Welt sollte ich Rita folgen?«

»Rita ist im Begriff aufzuwachen. Wir werden ja bald hören, was sie sagt.«

»Rita lügt und sie trinkt. Ihr kann man nicht vertrauen. Sie wird nicht mit dieser Schande leben können, jetzt, da all das an die Öffentlichkeit dringt. Sie wird die unglaublichsten Dinge behaupten, um sich selbst reinzuwaschen.« Gunhilds Hand lag immer noch auf seinem Arm. »Ich verstehe ja, Eira, dass Sie diesen zermürbenden Fall nun endlich abschließen wollen. Er existiert ja schließlich seit fast vierzig Jahren. Was für ein Triumph wäre es gewesen, wenn Sie ihn wirklich gelöst hätten.«

»Wir *haben* ihn gelöst. Nur die Geständnisse von Ihnen und

Sverre fehlen, das ist alles. Wir glauben, dass Sverre den Stadtbrand von 1969 verursacht hat. *Sie beide* waren in der Brandnacht in dem Bürogebäude, in dem Oscar Wikan und Frank Eide verbrannt sind. Die Papiere, die bei der bewusstlosen Rita gefunden wurden, sprechen Bände über Sie. Sie glaubten, Sie würden bei Andreas Fjelds Tod Karls Anteil erben, es war von einem mehrstelligen Millionenbetrag die Rede. Sie wussten aber nicht, dass Andreas Fjeld sein ursprüngliches Testament geändert und Ihren Namen gestrichen hatte. Das hat er übrigens im Alter von achtundachtzig Jahren veranlasst, als er zum ersten Mal in seinem Leben krank wurde. Sein Anwalt hat das neue Testament in Verwahrung genommen.«

Sie antwortete nicht.

Eira holte tief Luft. »Gunhild, hören Sie. Sie könnten die Stadt vielleicht mit einem Rest von Ehre verlassen, wenn Sie sich zu einem Geständnis durchringen und uns erzählen, was 1969 wirklich geschehen ist.«

Gunhild betrachtete ihn beinahe mitleidig. »Sie sind ein Träumer, Eira. Sie greifen nach Strohhalmen. Tun Sie das nicht. Das ganze Gerede von Papieren und Plänen, die weder bei Sverre noch bei mir zu finden sind. Ich habe gestern die Einsamkeit gesucht, weit weg von Hella. Ich habe mit niemandem gesprochen, das ist richtig. Mit diesen Ereignissen, die Sie untersuchen, bin ich aber seit langem fertig. Und mit den Menschen auch. Für meinen Sohn bin ich nicht verantwortlich. Diesmal verlasse ich Tromsø mit *noch* weniger Trauer als nach dem Brand von 1969.«

Eira betrachtete ihre Augen. Sie waren trocken, und sie hatte den Blick in die Ferne gerichtet. »Aber soll ich Ihnen was sagen, ich bewundere Johan. Der hat viel durchgemacht. Ist unschuldig verdächtigt worden, genau wie ich.« Sie legte eine vielsagende Pause ein. »Wir verstehen uns ziemlich gut. Er kommt nächste Woche auf einen Erholungsaufenthalt zu mir nach Spanien.«

Wortlos schob Eira ihre Hand von seinem Arm. Er stand auf und ging.

Seine Finger waren so steif gefroren, dass er nur mit Mühe die Handytasten betätigen konnte. »Ihr könnt jetzt kommen. Fahrt mit ihr direkt zur offiziellen Vernehmung. Danach könnt ihr sie ins Hotel bringen. Ihr Flug nach Spanien geht heute Abend um sieben.«

Am Friedhofstor blieb er stehen und sog die kalte Luft tief ein. Aslak Eira spürte, wie sein Puls sich langsam beruhigte. Dann griff er noch mal zum Handy.

»Niillas, wir haben seidenweichen Neuschnee. Was hältst du von einer Runde in der Flutlichtloipe und einem Essen im Lotus?«

Er verließ den Friedhof ohne zurückzublicken und lächelte zum ersten Mal seit mehreren Wochen.

Nachwort der Autorin

Die Handlung dieses Romans fußt auf einem realen Ereignis, dem Stadtbrand von Tromsø im Jahr 1969. Trotzdem sind Plot und Geschichte frei erfunden. Weder Figuren noch Situationen haben Wurzeln in der Wirklichkeit, für sie ist allein die Autorin verantwortlich.

Ein großer Dank geht an den Journalisten und Fotografen Gunnar Graff, der äußerst bereitwillig sein phantastisches Fotomaterial von dem Brand zur Verfügung gestellt hat, sowohl für das Cover der norwegischen Originalausgabe als auch zu meiner Inspiration.

Und zum Schluss ein Dank an meine Lektorin Benedicte Treider.